Tanja Heitmann

TIAMAT – Liebe zwischen den Welten

DIE AUTORIN

Tanja Heitmann wurde 1975 in Hannover geboren. Sie arbeitet in einer Literaturagentur und schaffte mit ihren Romanen auf Anhieb den Sprung auf die Bestsellerlisten. Sie lebt mit ihrer Familie in Norddeutschland. Die Schattenschwingen-Reihe, ihre erste Jugendfantasy, wurde von Presse und Publikum begeistert aufgenommen. Mit „Tiamat – Liebe zwischen den Welten" entführt Tanja Heitmann ihre Leser erneut in eine aufregende Fantasywelt.

Von Tanja Heitmann sind bei cbt außerdem erschienen:

**Schattenschwingen** (30787)
**Schattenschwingen – Die dunkle Seite der Liebe** (30846)
**Schattenschwingen – Zeit der Geheimnisse** (30893)

Tanja Heitmann

# TIAMAT

## Liebe zwischen den Welten

cbt

Kinder- und Jugendbuchverlag
in der Verlagsgruppe Random House

MIX
Papier aus verantwortungsvollen Quellen
FSC® C014496
www.fsc.org

Verlagsgruppe Random House FSC® N001967
Das für dieses Buch verwendete
FSC®-zertifizierte Papier *Holmen Book Cream*
liefert Holmen Paper, Hallstavik, Schweden.

1. Auflage
Erstmals als cbt Taschenbuch September 2014

Umschlaggestaltung: Kathrin Schuler unter Verwendung
einer Illustration von © Istockphoto/Vladimir Piskunov;
Shutterstock (Eliks, Anna Tyukhmeneva)
MG · Herstellung: KW
Satz: Kompetenzcenter, Mönchengladbach
Druck und Bindung: GGP Media GmbH, Pößneck
ISBN: 978-3-570-30923-0
Printed in Germany

www.cbt-buecher.de

*Für Rose, eine Dame von Welt*

*For my true love is a man*
*Who never existed at all*
Vienna Teng

# Prolog

Wer nicht wusste, worum es sich bei dem Bild handelte, sah nur blaue und dunkelgraue Kreise, die sich zu dem schwarzen Auge in der Mitte hin immer mehr verengten. Obwohl das Werk eindeutig von Kinderhand stammte, entwickelte es eine erstaunliche Sogwirkung. Daran änderte auch das blau schillernde Gitter nichts, das über dem kompletten Bild lag, als solle es den Betrachter schützen. Während das blaue Liniennetz trotz seiner Komplexität sorgfältig ausgearbeitet war, bestand der Strudel aus groben Strichen, als habe sich der kleine Künstler nicht länger als nötig mit dem verstörenden Motiv aufhalten wollen. Oben am Rand des Blattes prangte in unregelmäßigen Druckbuchstaben ein Name: Tiamat.

Filippa Margold ertappte sich dabei, das Bild schon viel zu lange anzustarren. Das von den Buntstiftstrichen wellig gewordene Papier schien zwischen ihren Fingern feucht zu werden. Als würde das dunkel kreisende Blau sie benetzen. *Reine Einbildung*, erkannte Filippa sofort. Schließlich war Tiamat tatsächlich hinter einem blauen Gitter gefangen. Mit einiger Anstrengung löste sie den Blick von der Zeichnung und betrachtete stattdessen das Mädchen, das vor ihr stand und aufgeregt von einem Bein aufs andere trat. *Sie ist unleugbar die zehnjährige Ausgabe ihrer Mutter Madelin.* Und damit meinte sie nicht nur das volle Lockenhaar des Mädchens, sondern auch diese bestimmte Erwartungshaltung, dass schon alles richtig sein würde, was es tat. Darin hatte sich auch Madelin schwer getäuscht – und ihre Tochter machte den gleichen Fehler, als sie die Wächterin im Esszimmer von Himmelshoch abgefangen und ihr das Kunstwerk gezeigt hatte.

»Und diese Zeichnung hast auch wirklich du angefertigt, Anouk?«, vergewisserte sich Filippa.

Anouk nickte so eifrig, dass ihre Locken wippten. »Ja, damit Sie wissen, wie Tiamat aussieht. Ich dachte, das hilft Ihnen vielleicht dabei, weil Sie nicht zu ihr können …«

Das Mädchen hielt abrupt inne, als Filippa die Zeichnung der Länge nach durchriss. »Mein liebes Kind, ich befürchte, du hast die Regeln nicht wirklich begriffen. Oder was ich noch sehr viel schlimmer fände: Du nimmst sie nicht ernst.«

»Doch, das tue ich.« Anouk kämpfte standhaft gegen die Tränen an, die ihr in den Augen standen. Mit einer solchen Zurechtweisung hatte sie zweifelsohne nicht gerechnet, sondern vielmehr mit einem Lob für ihre Bemühung. »Ich nehme die Regeln der Wächter ernst, aber warum darf man nicht versuchen, sie besser zu verstehen, oder auch mal nachfragen, wenn einem etwas unsinnig erscheint? Diese ganze Geheimniskrämerei …«

»… ist überlebenswichtig«, schloss Filippa den Satz für sie. *Genauso stur wie Madelin. Eine Schande, dass sie so wenig vonseiten der Parsons mitbekommen hat.* »Du bist zwar noch ein Kind, Anouk, aber du musst dennoch begriffen haben, wie heikel die Angelegenheit ist. Oder muss ich dich daran erinnern, dass dein Vater seine halbe Hand verloren hat, weil er sich nicht an unsere Regeln hielt?«

Endlich senkte das Kind den Kopf. »Nein.«

»So, wie ich das sehe, wird aus dir niemals eine Wächterin werden. Das ist eine Schande, nachdem so viele Generationen der Parsons dem Zirkel treu gedient haben. Es ist aber auch kein Weltuntergang, schließlich gibt es bereits einen würdigen Nachfolger für deinen Vater. Wenn du jedoch in Himmelshoch bleiben willst, solltest du aufhören, unsere Vorgehensweise infrage zu stellen. Ansonsten …«

Filippa ließ die Drohung unvollendet im Raum stehen, wohl wissend, dass dieses Mädchen sich schon allein ausmalen würde, welche Konsequenzen ein erneuter Regelverstoß nach sich ziehen würde. So schlau war sie zweifelsohne. Außerdem musste Filippa sich beeilen, denn sie hörte Schritte im Flur – und Jakob Parson würde es sicherlich nicht gutheißen, dass eine junge ehrgeizige Wächterin so mit seiner Tochter umsprang.

»Ich werde machen, was Sie sagen.« Anouks Stimme war nicht mehr als ein Flüstern. »Wenn ich dafür auf Himmelshoch bleiben darf, obwohl ich keine Wächterin werde.«

*Es ist einfach, das Regelwerk des Wächterzirkels zusammenzufassen: Das Tor darf zu keiner Zeit unbewacht sein. Lass nichts und niemanden raus, lass nichts und niemanden rein.*

*Wer die Wächter jedoch sind und was sie tun, steht auf einem anderen Blatt.*

*Ich weiß einiges, aber bei Weitem nicht alles. Und ich bin mir auch nicht sicher, ob ich es überhaupt wissen will. Oder ob es noch eine Rolle spielt …*

# 1. Ein ungebetener Besucher

Schon klar, ich hätte es kommen sehen müssen.

Normalerweise hätte ich ja auch gar nicht dort gestanden … Jedenfalls nicht eine Sekunde länger als nötig, wenn ich mich an die Absprache gehalten hätte, in einem solchen Fall sofort und ohne Zögern in den sicheren Raum zu flüchten.

Absprachen sind eine Sache, ein krakenartiges Etwas von den Ausmaßen eines Kleinwagens auf dem heimischen Dachboden eine ganz andere. Vor allem sobald dieses Etwas versucht, eine Form anzunehmen, mit der man sich leichter über die rissigen Deckenbalken bewegen kann. Die langen, sich grazil bewegenden Tentakel sahen schlicht zu faszinierend aus! Wie ein Designervorhang pendelten sie herab, während der Kopf des Kraken von unsichtbaren Mächten eingedrückt und gewrungen wurde, während er langsam seine Form veränderte. Als hätte das nicht ausgereicht, um einen zu bannen, verursachte das Geschöpf glitschige Geräusche von der Sorte, bei der man eine Gänsehaut bekommt und sich schütteln möchte.

Kurzum, es war einfach zu fesselnd, um mich aus dem Staub zu machen.

Dabei herrschte an Spannung eigentlich kein Mangel in meinem Leben.

Jetzt gerade noch weniger als zuvor, denn der Krake begnügte sich nicht damit, dekorativ zwischen den Deckenbalken hängen zu bleiben.

Warum auch, wenn es in seiner unmittelbaren Nähe einen Appetithappen wie mich gab?

Ein schlanker Arm schwebte auf mich zu, ganz gemächlich,

als stände es gar nicht zur Debatte, dass ich die Flucht ergreifen könnte. Kein Wunder, schließlich stand ich stocksteif da, den Mund zu einem stummen O geformt und von dem verrückten Wunsch beseelt, die glänzende Oberfläche des Arms zu berühren, unter der bläuliche Schlieren trieben. *Bestimmt fühlt es sich wie Wackelpudding an*, dachte ich, dann übernahm endlich mein Restverstand die Führung. Mit einem lauten Knall ließ ich den Bücherkarton fallen, den ich eigentlich zwischen dem Gerümpel hatte verstauen wollen.

Die Spitze des Arms kringelte sich ein, dann schoss sie vor.

Ich schrie und wich wenig elegant aus, indem ich mich auf den Hintern plumpsen ließ.

Der Arm rollte sich ein, und als er sich erneut nach mir ausstreckte, bekam ich noch mit, dass ihm Dornen wuchsen. Dann konzentrierte ich mich darauf, dass meine Beine und Arme sich nicht verhedderten, während ich auf allen vieren den Rückzug antrat.

Gerade als ich die Luke zur Treppenstiege erreichte, erklang ein schlürfender Laut, der nichts Gutes verhieß. Der Krake hatte die Verfolgung über das Dachgebälk aufgenommen. Und er war verflixt schnell, trotz seines deformierten Kopfs und der spröden Unterlage. In meiner Panik stürzte ich mich kopfüber in die Luke, machte einen schrägen Überschlag und landete irgendwie auf den Füßen, wobei meine Waden schmerzhaft gegen die untersten Leiterstufen schlugen. Ich hob mir das Jammern für später auf und stolperte stattdessen den Flur entlang, die Arme weit ausgestreckt für den Fall, dass ich die Kurve bei diesem Tempo nicht bekam.

Und hohes Tempo war vonnöten, wie mir ein Blick über die Schulter bestätigte. Dunkelblaue, dornenbesetzte Tentakel mit pfeilspitzen Enden quollen durch die Dachbodenöffnung. Das Bedürfnis, sie zu berühren, war mir endgültig vergangen.

Ohne Rücksicht auf meine Fingernägel krallte ich mich in die altersschwache Stofftapete und flog um die Ecke.

Vor mir lag der Flur des Obergeschosses, der in einer geschwungenen, nach unten ins Foyer führenden Treppe endete.

Einsam und verlassen lag die Treppe da.

Das war ja mal wieder typisch.

Ich hielt inne, um meine Lungen mit Luft zu füllen, und dann brüllte ich das einzige Sinnvolle in meiner Situation: »Sander, wo zur Hölle steckst du? Beweg deinen Hintern ins Obergeschoss. Sofort!«

Auf das ›Sofort‹ ließ ich ein schrilles Kreischen folgen, weil mir just in diesem Moment auf die Schulter geklopft wurde. Von etwas, das pieksig und glibschig zugleich war. Ich verschwendete keine Zeit damit, mehr über den Klopfer in Erfahrung zu bringen, sondern sprintete los. Nur dass sich der Tentakel nicht abschütteln ließ, er grub seine Dornen wie eine Klette durch das Shirt in meine Haut. Instinktiv fasste ich zu, um ihn abzuwehren. Doch das war ein Fehler, denn die Dornen stachen auch auf der Oberseite heraus. Abgelenkt durch Schmerz und Ekel knallte ich mit der Hüfte gegen den asiatischen Hochzeitsschrank mit seinem Bambusrahmen und stürzte der Länge nach zu Boden.

Während ich noch fiel, hörte ich wildes Hundegebell und Schritte auf den ausgetretenen Holzstufen.

*Endlich*, dachte ich.

Dann holte der Krake den Arm, an dem ich hing, ein und schleifte mich über den Boden. Es gelang mir, mich an der Truhe festzuklammern, allerdings nur für wenige Sekunden, denn der Arm war zu stark und ich – außer Atem und zittrig durch den brennenden Schmerz – zu schwach. Lediglich ein paar Schritte von mir entfernt türmte sich ein ganzes Knäuel von Fangarmen auf, in dem ich gleich enden würde, umgeben von dem Geruch nach tiefen Wassern. Mein letzter Versuch, mich mit den Füßen bei einem der vorbeiziehenden Türrahmen einzuhaken, scheiterte. Ich brachte nicht einmal mehr die Kraft auf, zu schreien, als endlich ein Schemen auf vier Pfoten neben mir auftauchte und der Tentakel seine Spannkraft schlagartig verlor.

Unsere Bulldogge Lutz hatte zugeschlagen!

Entspannung war allerdings nicht angesagt, denn schon im nächsten Moment schlang sich etwas fest um meinen Fußknöchel.

Sehr fest.

Ich trat mit dem freien Bein blind zu und fand ein Ziel, das zu meiner Überraschung kein bisschen weich war. Ganz im Gegenteil.

»Shit. Anouk, was soll der Blödsinn, warum trittst du nach mir?«

Benommen drehte ich mich auf den Rücken und sah Sander an, der seine von meinem Absatz getroffene Brust rieb. »'Tschuldigung, das war Instinkt.«

»Instinkt? Du hast keine Instinkte, Mann, ansonsten würdest du jetzt wohl kaum flach auf dem Rücken liegen, sondern dich aufrappeln und wegrennen.«

Genervt zerrte Sander mich aus der Reichweite des Kraken, dessen Tentakel nach Lutz' Angriff starr in der Luft verharrten. Ein Kraftpaket wie unsere englische Bulldogge war auch wirklich atemberaubend, vor allem wenn aus ihrem Maul ein Stück zuckender Tentakel herauslugte. Das war mal eine saubere Kriegserklärung! Und das, obwohl locker ein Dutzend Lutze in den Kraken gepasst hätten. Von solchen Nebensächlichkeiten ließ sich der Bully jedoch nicht beeindrucken, der dämliche Hund hatte schlicht kein Gespür für Gefahr. Seiner Meinung nach war er das mit Abstand gefährlichste Wesen vor Ort.

»Was bist du bloß für ein mieser Wächter?«, fuhr ich Sander an, der mich in Richtung Treppe manövrierte. »Dieses Monster wird Lutz fressen!«

»Blödsinn, denn im Gegensatz zu *dir* hat der Hund Instinkte.« Sander packte mich unter den Achseln, als ich in mich zusammenzusinken drohte. Ich war für solche Aktionen einfach nicht geschaffen. Unsanft hielt er mich in der Senkrechten, während der Krake seine Schockstarre überwand und mehrere Tentakel gleichzeitig auf Lutz abfeuerte, was dem Hund nicht mehr als ein Knurren entlockte, bevor er in den erstbesten Tentakel biss. »Und ein verdammt großes Ego hat er auch. Jetzt hau endlich ab, Anouk.«

»Gern, sobald du deine Pfoten von mir nimmst.«

Sander zog seine Hände so hastig zurück, als hätte ich mich in null Komma nix in einen stachligen Wabbelkraken verwandelt.

Ich sackte keuchend auf die Knie.

Ohne mich weiter zu beachten, machte Sander kehrt und brach im Vorbeilaufen einen der Bambusstäbe aus der Umrahmung des Hochzeitsschranks.

Unterdessen baute sich das Ungeheuer zu seiner vollen Größe auf, wobei sein Kopf nicht länger an eine eingedellte Tube voll blauem Gelee erinnerte, sondern den groben Umriss eines Mannes angenommen hatte, dessen Unterkörper anstelle von Beinen in unzähligen Tentakeln endete. Die Arme zeichneten sich bereits ab, waren aber noch mit den Seiten verwachsen. Als er jedoch den heranpreschenden Sander erblickte, spreizte er sie ab und öffnete seine Hände, in deren Innenflächen zwei Münder voller Zähne klafften.

Kurz vor dem Krakenmann blieb Sander stehen, hob den Bambusstab auf Brusthöhe, zielte und warf ihn mitten in die dunkelste Stelle des Leibes, die gleichmäßig pulsierte. Der Stab versank bis zur Hälfte mit einem schmatzenden Geräusch und für einen Moment fielen die reißzahnbewehrten Arme schlaff herab. Dann packten sie den Stab und zogen ihn heraus, während das Wesen auf seinen Tentakeln die Wand seitwärts hinaufzurutschen begann.

Der Anblick, wie Sanders Schulterblätter vor Schreck unter seinem Shirt zusammenzuckten, war eine Rarität, einfach, weil er äußerst selten überrascht war.

»Was hast du in Bio gemacht, Bleistifte auf der Nasenspitze balanciert? Kraken haben nicht bloß ein Herz und Schluss, da gibt es noch zwei weitere«, klärte ich ihn auf.

»Du bist ja immer noch da.« Sander warf mir einen giftigen Blick zu. »Willst du unbedingt noch einmal gerettet werden?«

Ich sparte mir eine Antwort und rutschte auf meinem Hinterteil die Treppenstufen runter, weil ich meinen Wackelbeinen nicht über den Weg traute. Ganz anders als die beiden Tentakelzähmer war ich keine Kämpfernatur, mir wurde allein bei der Vorstellung schummerig, mich mit jemandem körperlich zu messen. Was auch immer Sander anstellte, um an die zwei Kiemenherzen zu gelangen, davon wollte ich nach Möglichkeit kein Zeuge werden. Das Letzte, das ich noch mitbekam, war, wie der Krakenmann sich von der Flurdecke auf Sander fallen ließ und Lutz losklаffte, als gäbe es seine Lieblingspansensorte als Leckerli.

Irgendwann verstummte der Lärm aus Rappeln, Sanders Flüchen und Lutz' laut kundgetaner Hundebegeisterung im Obergeschoss, und ich konnte aufhören, mein Nagelbett blutig zu knabbern. Das war ohnehin eine Angewohnheit, die ich mir dringend abgewöhnen musste – nicht nur weil Sander sich jedes Mal über meine Sorgen lustig machte, sondern weil ich mir selbst keine Sorgen machen wollte. Zumindest nicht um ihn, bei Lutz war das was anderes, den liebte ich schließlich heiß und innig. Sander hingegen wusste, was er tat. Nun gut, manchmal auch nicht, aber das hatte ihn bislang noch nie in Verlegenheit gebracht.

Trotzdem hatte ich meinen Zeigefingernagel fies eingerissen, als kurze Zeit später die Dusche im Badezimmer anging. Ich schloss daraus, dass an diesem Tag mit keinen weiteren Krakenattacken mehr zu rechnen war und ich den sicheren Raum im Untergeschoss wieder verlassen durfte. Ins Obergeschoss, wo mein Zimmer lag, mochte ich trotzdem noch nicht gehen, also verzog ich mich in die Küche. Dort kümmerte ich mich um meine zerstochene Hand und die geschwollene Schulter, deren Haut gerötet und mit lila Pünktchen übersät war. Zu meiner Erleichterung hatten die Dornen auf den Tentakeln kein Sekret oder Ähnliches in den Wunden hinterlassen, sodass schon bald nichts mehr von der Verletzung zu sehen sein würde. Allerdings war ich immer noch ordentlich aufgewühlt und meine Hände zitterten. Deshalb beschloss ich, ein Ablenkungsmanöver mit meinem Bedürfnis nach Süßem zu paaren: Ich backte Muffins.

Ich war gerade dabei, Schokoflocken in den Teig zu rühren, als Lutz an der Küchentür kratzte. Unsere weiße Bulldogge mit den rehfarbenen Flecken machte, im Gegensatz zu mir, nur einen leicht angeschlagenen Eindruck und ließ, ohne Gewinsel, ihre Blessuren untersuchen. Allerdings verschmähte Lutz den Klecks Muffinteig in seinem Napf, mit dem ich ihm was Gutes tun wollte. Stattdessen verkroch er sich in seinem Korb neben dem Ofen, von wo aus das tiefe Grummeln seines Bauchs verriet, dass gerade eifrig Tentakel verdaut wurden.

Allein bei der Vorstellung schüttelte es mich und – ›ping‹ – kündigten sich die ersten Herpesbläschen auf meiner Oberlippe an, die ich immer bekam, wenn ich mich ekelte. *Bitte nicht!* Verzweifelt bemühte ich mich, an Schokolade anstelle von fischigem Glibber zu denken, was sich als richtig schwierige Aufgabe herausstellte. Denn kaum waren meine Sinne auf fluffiges Gebäck eingestellt, blitzte der mutierte Krakenmann vor meinen Augen auf, dessen Zähne in den Handflächen sich auch liebend gern in etwas Leckerem vergraben hätten. Vorzugsweise in Mädchen mit Korkenzieherlocken. Dieses Erlebnis würde mich zweifelsohne noch eine Zeit lang verfolgen.

Sander fand den Weg in die Küche, als ich die Muffins gerade zum Auskühlen auf ein Gitter schob. Sein Gesicht war übersät mit feinen Schnitten und lila Punkten, an seinem Nasenflügel klebte ein Rest Blut, und beide Hände sahen aus, als hätte er sie in kochendes Wasser gesteckt. Nichts davon schien ihn zu kümmern, in dieser Hinsicht war er entweder ein großartiger Schauspieler oder bei ihm gab es dort, wo bei normalen Menschen das Schmerzzentrum saß, nur einen Sandsack, auf den man nach Herzenslust einprügeln konnte, ohne dass es ihm wehtat.

Die Augen zu Schlitzen verengt, musterte er mich, bis ihm auffiel, dass seine Brille nicht auf der Nase, sondern auf seinem Kopf saß, umgeben von verwuschelt schwarzem Haar.

Das war so typisch, dass ich es nicht einmal kommentierte. Die dunkel gerahmte Brille war überall im Haus anzutreffen, nur nie auf Sanders Nase, wo sie eigentlich hingehörte. Glücklicherweise waren seine anderen Sinnesorgane hervorragend ausgebildet, ansonsten wäre er vor lauter Blindheit gewiss schon längst einen bizarren Unfalltod gestorben. Das Einzige, was er zu hundert Prozent scharf sah, waren die Besucher von der anderen Seite des Tors. Was meiner Meinung nach kein Geschenk war.

Nachdem Sander die Brille zurechtgeschoben hatte, maß er mich erneut von Kopf bis Fuß, wobei sein Blick besonders lang an meiner malträtierten Schulter und dem mit Pflaster umwickelten Zeigefinger hängen blieb, dann ließ er sich auf seinen limonengrünen Stuhl fallen. Genau: *sein* Stuhl. Als ich den altertümlichen Küchentisch samt Stühlen abgeschliffen und bunt angemalt hatte, war mir gleich klar gewesen, dass Sander sich exakt das Exemplar mit der schrillsten Farbe aussuchen würde. So war es immer, obwohl er behauptete, sich nichts aus Farben zu machen. Aus Formen übrigens auch nicht, wie sein T-Shirt mit dem Testbild-Aufdruck zu den karierten Hosen bewies. Mir taten allein vom Hinsehen die Augen weh.

»Wow, und ich dachte, ich würde bereits alle geschmacklosen Kombis kennen, die dein Kleiderschrank hergibt.«

Sander zog eine Braue hoch. »Du willst über Klamotten reden? Wie wär's damit: Zieh dir was mit Ärmeln an, ansonsten flippt Jakob aus, wenn er deine Wundmale sieht.«

»Papa wird heute den letzten Zug nehmen und nicht vor neun Uhr abends eintreffen. Bis dahin sind es noch vier Stunden. Außerdem bringt die Hitze mich um.« Der Backofen des alten Herrenhauses wurde mit Holz beheizt und verwandelte die Küche, selbst an kühlen Märztagen wie heute, problemlos in eine Sauna. Mehr als ein Trägershirt war da einfach nicht drin. »Wie sieht es oben aus?«, erkundigte ich mich.

»Umdekoriert. Diese angestaubte Kommode stand eh nur im Weg, jetzt brauchen wir sie für den Sperrmüll wenigstens nicht mehr extra zu zerlegen. Am übelsten hat es allerdings den Dachboden erwischt, auf den das Ding geflüchtet ist.«

»Hat es schon angefangen?«

»Noch nicht, es werden also weiterhin Wetten angenommen. In was wird sich der vollgerümpelte Dachboden, auf dem Mr Armfüßler sein gewaltsames Ende fand, im Lauf der nächsten Wochen verwandeln? In das größte Boudoir aller Zeiten, auf das selbst Ludwig XVI. neidisch gewesen wäre? Oder gar in ein Sternenzimmer?«

»Ein Sternenzimmer ...« Das Wort zündete in mir. »Was genau meinst du damit?«

Natürlich war es albern nachzufragen, nicht nur, weil Sander mir vor lauter Coolness keine Antwort geben würde, sondern auch, weil es meine Vorfreude verriet, die ich ansonsten möglichst sorgfältig verbarg. Ich war nämlich die einzige Person in unserem Haushalt, die den Veränderungen durch die Besucher etwas abgewann. Für Sander waren sie lediglich ein Zeichen seines Versagens und für meinen Vater Jakob die reinste Verschwendung von Energie, die darüber hinaus das Risiko barg, dass jemand etwas von den Vorgängen in unserem Haus mitbekam. Schwer zu sagen, welche von beiden Vorstellungen Papa mehr auf den Magen schlug: Zeit mit Nebensächlichkeiten zu verschwenden oder aufzufliegen.

Wie erwartet verzog Sander keine Miene, sondern lehnte sich über den Tisch, um sich einen Muffin zu schnappen.

Ohne zu fragen.

Warum auch? Schließlich war er der Held und ich bloß die Küchenmaid, die er zu allem Überfluss gerade erst vor dem bösen Ungeheuer gerettet hatte. Das wurmte mich mehr, als ich mir eingestand. Diese ganze Kampfkiste war nichts für mich und für gewöhnlich stand ich dazu, schließlich hatte ich dafür andere Dinge drauf. Aber dass Sander jetzt einen auf überlegen machte, weil er mir armem Lämmchen zu Hilfe geeilt war, wollte ich nun auch nicht so stehen lassen.

Sander, ein Held? Unterschreibe ich. Allerdings nur mit der Anmerkung, dass man auch über eine Daseinsberechtigung verfügt, wenn man außerstande ist, Meeresfrüchte mit Bambusstäben aufzuspießen.

Sander, cool? Ja, meinetwegen. Geschenkt.

Sander, mir generell überlegen? In hundert Jahren nicht!

Gerade als er in den Muffin biss, fragte ich deshalb voller Unschuld: »So hungrig? Wenn du ein paar Stücke vom Besucher übrig gelassen hättest, gäbe es heute gegrillten Tintenfisch zum Abendessen.«

Das war hinterhältig und gemein, aber ich freute mich trotzdem, als Sander bei dem Gedanken an Calamaris das Gesicht verzog. Dann schluckte er, als sei der Happen Schokogebäck ein Stein, und legte den Rest vom Muffin so weit weg wie möglich.

»Lass uns nicht mehr über Tentakel reden, einverstanden?«

»Kein Problem. Obwohl … Die müssen echt lecker gewesen sein, schließlich hat sich Lutz bis zum Anschlag damit vollgestopft.«

Sander hielt sich die Hand vor den Mund, während er mich wütend anfunkelte. Das konnte er gut, darin hatte er Übung.

»Eigentlich ist der Hund ja resistent, weil die Besucher nur leblose Materie verändern. Dieses Mal wäre es jedoch durchaus möglich, dass es zu viel des Guten war und Meister Sabbelschnute gegen alle Regeln mutiert«, plauderte ich unbekümmert weiter. Es war vermutlich kein schöner Zug von mir, aber ich genoss es, endlich einmal Oberwasser zu haben. Ansonsten war es nämlich stets Sander, der mich lässig vor die Wand laufen ließ. »Stell dir mal vor, dem alten Lutz wachsen plötzlich ein paar Engelsflügel. Wäre das nicht abgefahren?«

Beim Klang ihres Namens wälzte sich die Bulldogge schwerfällig auf den Rücken und gab ein pfeifendes Geräusch am unteren Ende von sich.

Sanders Grinsen war nicht mehr als eine Andeutung in den Mundwinkeln. »Dann könntest du ihn als einen weiteren Dekogegenstand in dein schickes Mädchenzimmer stellen.«

Wie aufs Stichwort war meine Überlegenheit dahin. »Wenigstens habe ich ein Zimmer und nicht wie du eine verwahrloste Höhle in den Katakomben, in direkter Nachbarschaft mit deinen fischigen Freunden, denen es in den ungünstigsten Momenten gelingt, durch das Tor zu kriechen. Oder in diesem Fall zu glitschen, und zwar so geschickt, dass du es trotz deines ach so hervorragenden Warnsystems nicht einmal mitbekommst, dass einer im Haus unterwegs ist.«

Aufgebracht knallte ich die benutzten Backutensilien ins steinerne Spülbecken, denn trotz meiner Bettelei hatte Papa es bis heute nicht geschafft, eine Spülmaschine anzuschaffen. Die Welt vor dem Untergang zu bewahren, war eben eine nervenaufreibende Angelegenheit, vor allem, wenn man noch einen offiziellen Job in einer Bank hatte. Inzwischen hatte Sander sich mit einem Geschirrtuch neben mich gestellt und begann abzutrocknen. Die Brille saß erneut schief in seinem Haar. Es kribbelte wie wild in meinen Fingern, aber ich widerstand dem Verlangen, sie ihm auf die Nasenspitze zu schieben.

»Auf die Gefahr hin, als Klugscheißer dazustehen: Ich würde nicht darauf setzen, dass es einer eh schon brüchigen Porzellanschüssel guttut, wenn man an ihr herumreibt, als sei sie Aladins Wunderlampe.«

Ich grummelte nur, scheuerte aber sicherheitshalber mit deutlich weniger Druck.

Wie ein Großteil unserer Haushaltsdinge war auch diese Schüssel ein Erbstück und hatte, wie alles von den Kronleuchtern in den Gesellschaftsräumen bis hin zum Silberbesteck, etliche Jahrzehnte auf dem Buckel, was sie in meinen Augen nur umso schöner machte. Der Rest unserer Einrichtung setzte sich zusammen aus ausgefallenen Stücken, die meine Mutter angeschafft hatte, und veränderten … Nun ja, sagen wir einmal *veränderten* Objekten, wie etwa die schwarze Stelle im Salonboden, in der wir so lange den Müll und die sich vorm Tor ansammelnden Salzmengen verschwinden ließen, bis sich herausstellte, dass die Dinge wieder auf dem Hinterhof des hiesigen Tante Emma Ladens herauskamen. Die Inhaberin, Frau Lorenz, verkaufte uns bis heute als Strafe nicht einmal ein lumpiges Ei. Aber wie sollten wir ihr bitte schön erklären, dass wir ihren Hinterhof keineswegs als wilde Müllkippe benutzt hatten? Das ging schlecht, ohne unser kleines Geheimnis zu lüften. Von solchen Unannehmlichkeiten einmal abgesehen, hatte unser Zuhause Charakter – und zwar in so mancher Hinsicht.

»Anouk …«, begann Sander, um sogleich wieder zu verstummen.

Trotzdem ahnte ich, worauf dieses gepresste »Anouk« hinauslaufen würde. »Fang gar nicht erst damit an«, knurrte ich.

»Du weißt genauso gut wie ich, dass an diesem Gespräch kein Weg vorbeiführt.«

»Unsinn, Papa muss überhaupt nicht erfahren, dass ich persönlich Bekanntschaft mit Besucher Tintenfisch gemacht habe.«

»Wie willst du es denn vor ihm verheimlichen?«

Das theatralische Augenrollen hatte ich mittlerweile richtig gut drauf, nur leider bekam Sander nichts davon mit, weil er zu sehr mit Abtrocknen beschäftigt war. Das Geschirr würde im Anschluss funkeln und glänzen, so, wie der sich ins Zeug legte. »Indem ich es Papa verschweige, du Genie.«

»Für dich mag das ja angehen, aber ich muss Jakob genau berichten, was passiert ist. Die Salzzeichen vorm Tor bieten nicht länger einen Schutzwall, und das Kraftfeld funktioniert auch nicht sonderlich verlässlich in der letzten Zeit, worauf du eben selbst so charmant hingewiesen hast. Ich habe viel zu spät mitbekommen, dass ein Besucher auf unsere Seite gewechselt ist, nämlich erst als du schon am Krakeelen warst. Insofern du deine Dienste nicht als neues Alarmsystem anbieten willst, wird mir gar nichts anderes übrig bleiben, als mit Jakob zu sprechen.«

S wie Sander, S wie stur, S wie scheißstur.

Ich stemmte die Hände in die Hüften. »Ein gewisser Ausschnitt des Geschehens würde vollauf ausreichen, nämlich genau ab dem Moment, in dem du den Krakenmann mit einem Bambusstab harpuniert hast. Die Vorgeschichte ist doch unwichtig, die kann man getrost unter den Tisch fallen lassen.«

»Super Vorschlag. Auf diese Weise findet Jakob zwar nicht heraus, wie es wieder einmal einem Besucher gelungen ist, unser Sicherheitssystem zu überlisten, aber das macht ja auch nichts.« Sanders Stimme war Ironie pur. »Jetzt mal im Ernst, dieser Glibberhaufen ist nicht nur durch das Tor gelangt, ohne dass Alarm ausgelöst wurde, sondern er hat es sogar unbemerkt bis unters Dach geschafft. Wenn du nicht zufällig deinem Ordnungswahn gefolgt wärst ...«

Ich spritzte eine Ladung Spülwasser in Sanders Richtung.

Unbekümmert setzte er erneut an. »Wenn du nicht zufällig deiner Hausfrauenleidenschaft ...«

»Entweder du hörst sofort auf damit oder ich tunke deinen Kopf in die Abwaschbrühe.« Ich war vielleicht keine Jeanne d'Arc, allzeit bereit, mich in die Schlacht gegen die Besucher zu werfen, aber von diesem Großmaul ließ ich mir nichts gefallen.

In Sanders grünen Augen war ein eindeutiges »Als ob es einem Mädel wie dir gelingen würde, mich baden zu schicken« zu lesen, aber er ließ es klugerweise dabei bewenden. Den Mund hielt er trotzdem nicht.

»Wenn du nicht zufällig in den Kraken gerannt wärst, wäre

er uns vermutlich entwischt. Was das bedeuten würde, weißt du genauso gut wie ich: Es wäre der Anfang vom Ende. Jakob würde mich schlachten, bevor der Wächterzirkel ihn hinrichtet, weil er seit Jahren die Nebensächlichkeit vor ihnen verborgen hat, dass uns Besucher mit ihrer Anwesenheit beehren. Und das, obwohl er doch persönlich bewiesen hat, dass es unmöglich ist, die Barriere aus Salzzeichen zu durchqueren, und unser Tor deshalb auch kein ernsthaftes Risiko darstellt. Jedenfalls nicht so groß, dass der Wächterzirkel seine Lager in Himmelshoch aufschlägt. Deshalb müssen wir ganz genau analysieren, wie es überhaupt so weit kommen konnte, dass dieser Besucher unser Sicherheitsnetz ausgetrickst hat. Unsere alte Diskussion wird also zwangsläufig wiederaufgenommen, und du würdest uns allen einen Gefallen tun, wenn du dich dieses Mal nicht querstellen würdest. Das Internat, von dem Jakob sich Infomaterial hat schicken lassen, sah doch gar nicht übel aus.«

»Das hier ist mein Zuhause! Ich lasse mich auf keinen Fall abschieben. Dir mag so was ja schnurz sein, aber ich habe einen Freundeskreis, der mir wichtig ist. Da kann ich mich nicht einfach absetzen, nur weil du deinen Job vermasselt hast. Außerdem habe ich Ideen und Pläne, die mich an Marienfall binden.« Das war jetzt ein wenig hochgegriffen, darum schob ich rasch ein »Und ein Privatleben habe ich auch« hinterher.

»Anouks berühmtes Privatleben«, ächzte Sander. »Damit meinst du die Nachmittage, die du lesend in deinem Mädchenparadies verbringst, richtig?«

Ich hob drohend den Zeigefinger. »Du hast doch keine Ahnung, weil du unter Privatleben den Moment verstehst, in dem du dich mit Wodka *randvoll* auf irgendwelchen Partys ausschaltest.«

»Irre ich mich oder ist da eine Spur von Neid in deiner Stimme? Ach nee, du bist ja freiwillig Jakobs liebes Mädchen.«

»Genau, ich bin Papas Mädchen – auch ein Grund, warum ich auf jeden Fall bleibe. Denn wenn ihr beide allein seid, verkommt ihr Männer doch innerhalb kürzester Zeit, vom armen

Lutz mal ganz abgesehen. Wenn ich dich nicht unentwegt jagen würde, deinen Anteil der Hausarbeit zu erledigen, würdest du dich eines Tages wundern, warum dein Kleiderschrank keine frischen Klamotten mehr enthält und ein Müllberg dir den Weg zur Haustür versperrt. Papa hingegen würde vermutlich vor lauter Arbeit vergessen, dass er ein Mensch und keine im Dauereinsatz funktionierende Maschine ist. Auch wenn ihr beiden euch das nicht eingestehen wollt: Ihr braucht mich, weil ihr ohne mich gar nicht wüsstet, dass es abseits des Tors so was wie ein normales Leben gibt. Ich bin sozusagen die unentbehrliche Stellvertreterin der Außenwelt, dafür habe ich eigentlich einen Orden vom Wächterzirkel verdient, anstatt einer Fahrkarte nach Höhere-Töchter-Abschiebehausen.«

Leider war meine gesamte Überzeugungsarbeit für die Katz, bei Sander ging das zum einen Ohr rein und zum anderen umgehend hinaus. »Anouk, der Krake war dir wirklich verdammt dicht auf den Fersen. Wenn ich nur eine Sekunde später dazugekommen wäre …« Er brach ab, als sei mir mit Vernunft eh nicht beizukommen.

Womit er eindeutig recht hatte. Also versuchte ich ihn auf eine andere Weise zu überzeugen. »Kannst du dir das denn vorstellen: Ein Leben in diesem Haus ohne mich?«

Für einen winzigen Moment zögerte Sander, fast als würde ihm die Vorstellung zutiefst zuwider sein. Dann verhärtete sich sein Gesicht jedoch auch schon wieder. »In Himmelshoch ist es mittlerweile schlicht zu gefährlich für dich, sieh es ein.«

»Ich habe fast mein ganzes Leben in Himmelshoch verbracht, geschlagene elf von sechzehn Jahren und fünf Monaten, ohne dass mir jemals etwas Ernstzunehmendes zugestoßen ist.«

Sander berührte meine geschwollene Schulter – lediglich flüchtig, weil er wusste, wie sehr der Abdruck der Tentakel schmerzte, aber auch weil er es generell vermied, mir nah zu kommen. Trotz der leichten Berührung stöhnte ich vor Schmerzen auf.

»Es hätte noch viel schlimmer kommen können«, flüsterte er und jede Andeutung von Schalk war aus seinem schmalen Gesicht gewichen.

*Schachmatt*, gestand ich mir, aber nicht Sander gegenüber ein. Unter gar keinen Umständen würde ich zugeben, wie knapp ich tatsächlich entkommen war. Stattdessen drehte ich mich um und flüchtete auf mein Zimmer, wo ich mich aufs Bett warf. Falls Sander recht behielt und sich die Lage immer weiter verschlimmerte, dann würden sie mich fortschicken, dabei wollte ich um keinen Preis irgendwo anders sein. Dies war mein Zuhause, das einzige, das ich mir überhaupt vorstellen konnte. Ich war eine Parson, wir gehörten zu Marienfall wie der Salzgeruch des fernen Meeres und das flache Land. Auch wenn ich mich an die Orte, an denen wir bis zu meinen fünften Geburtstag gelebt hatten, kaum erinnerte, war ich mir trotzdem sicher, dass sie mir genauso unwichtig gewesen waren wie die Menschen, denen ich dort begegnet war. Nur hier fühlte ich mich heimisch, schlug Wurzeln, verflocht mich mit Freunden, Mitschülern und den Kleinstadtbewohnern von Marienfall.

Und was planten unterdessen die zwei Menschen, die mir am nächsten standen?

Meine Abschiebung.

# 2. Unter Himmelshoch

Ich musste eine ganze Weile geschlafen haben, denn als ich aufwachte, war ich kräftig durchgefroren in meinem Trägershirt. Ein Blick auf den Wecker verriet, dass es 21:23 Uhr war.

Papa war also bereits zu Hause.

Ich kam schlagartig auf die Beine, obwohl mir jeder Muskel in meinem Körper wehtat. Die Flucht vor dem Kraken hatte mir offenbar mehr abverlangt als gedacht. Während ich in ein Paar ausgetretener Vans schlüpfte, konnte ich mein Stöhnen nur notdürftig unterdrücken, dann öffnete ich im Dunkeln die Zimmertür und lauschte ins Treppenhaus. Aus dem Esszimmer war nur leises Klappern zu hören, als würde jemand den Tisch für ein spätes Abendessen eindecken. Demnach blieb mir noch Zeit für einen Abstecher ins Badezimmer, bevor ich mich in die Schlacht stürzte.

Im Spiegel sah mir ein Mädchen entgegen, das in vielerlei Hinsicht Ähnlichkeit mit einer gewissen Anouk Parson aufwies, wie etwa die dunkelblonden Spirallocken, von denen Mutter Natur bei meiner Herstellung offenbar eine Extraportion übrig gehabt hatte, und die braunen Augen, dem einzigen an meinem Äußeren, für das mein Vater verantwortlich zeichnete, ansonsten schlug ich ganz nach meiner Mutter. So weit alles klar, nur dieser komische Mund … Vor allem die pralle Oberlippe war mir fremd. Das war nicht Anouk, die ich dort sah, das war Daisy Duck, und zwar schmollend. Der Ekel-Herpes hatte zugeschlagen.

»Oh nein«, entfuhr es mir, wobei ein unangenehmes Ziehen durch meine Lippe ging.

Hastig durchsuchte ich den Filzkorb, in dem ich meine Kosmetik aufbewahrte. *Irgendwo muss zwischen dem ganzen Kram doch …* Schließlich fand ich die Wundsalbe und verteilte sie großzügig auf meiner Oberlippe mit dem Ergebnis, dass sie richtig schön glänzte. Während ich mich entsetzt betrachtete, konnte ich Sanders dumme Sprüche bereits im Geiste hören: »Hey, das sieht so aus, als habe das Silikon nur für die obere Etage gereicht. Schick.« Die Chance, mich durch den Kakao zu ziehen, würde er unter keinen Umständen ungenutzt verstreichen lassen.

Normalerweise hätte ich mich mit meiner aufgeplusterten Lippe so lange unsichtbar gemacht, bis sie wieder halbwegs normal aussah. Aber heute war das unmöglich, denn ich musste mich in eigener Sache vertreten, ansonsten würden die beiden Herren mein Schicksal in meiner Abwesenheit besiegeln. Mir blieb also nichts anderes übrig, als noch eine Schicht Wundsalbe aufzutragen, meinen Lockenwust mit einem Haargummi zu bändigen und mir auf dem Weg nach unten einen Pulli überzuziehen, obwohl Papa zweifelsohne bereits über meine verletzte Schulter Bescheid wusste.

Der Clou in unserem Esszimmer war keineswegs der mächtige Eichentisch, der für locker ein Dutzend Gäste Platz bot. Auch nicht der Kristalllüster, der das Herz von so manchem Antiquitätenliebhaber zum Klopfen gebracht hätte – während die Stehlampe mit dem Fliegenpilzschirm, die meine Mutter auf irgendeinem Flohmarkt ersteigert hatte, wohl nur mich begeisterte. Nein, den absoluten Höhepunkt stellte das Panoramafenster dar, hinter dem keineswegs der zu erwartende Garten mit Hecken, Sträucher und Rabatten zu sehen war. Bei Tag ragte dort vielmehr die tibetische Hochebene auf mit dem Pamir, der auch das *Dach der Welt* genannt wurde, was ich für einen ausgesprochen passenden Namen für dieses imposante Hochgebirge hielt. Ich spreche übrigens von einem Blick auf das *echte* Gebirge und nicht etwa von einer besonders raffinierten Wandtapete, wie es sie auch mit Wasserfall-Motiven oder Einhörnern im Mondlicht gibt. Denn die Einhörner auf Wandtapeten bewegen sich nicht, während an unserem Pamir immer etwas los war – und seien es nur die vorbeiziehenden Wolken.

Das Gebirge im Panoramafenster war zu hundert Prozent real.

Das Geheimnis dieser fantastischen Aussicht lag im Scheibenglas, das wie ein Guckrohr nach Zentralasien funktionierte, nachdem es die Bekanntschaft mit einem monströsen Besucher gemacht hatte. Wo diese Ungeheuer nämlich entlangkamen, veränderte sich gelegentlich die Realität. In diesem Fall hatte Sander einen riesigen geleeartigen Klumpen im Esszimmer gestellt, der in seinem Bauch unzählige Eier getragen hatte. Über diesen Vorfall schwieg Sander sich nach Möglichkeit aus, weil es dem Monsterblob gelungen war, sich über ihn zu stülpen, ehe er ihn … den Weg aller Besucher von jenseits des Tors schickte. Ich hingegen diskutierte leidenschaftlich gern über diesen speziellen Besucher und vertrat dabei die Theorie, dass der Geleeberg Sander keineswegs zu ersticken beabsichtigte, sondern auf diese Weise lediglich seine Eier hatte befruchten wollen. Nur dass sich Sanders Kopf dafür leider als ungeeignet erwies.

Jedenfalls war das Panoramafenster nach dem Spektakel zuerst beschlagen gewesen, und seitdem sich der Nebel gelichtet hatte, lag dort die tibetische Hochebene.

Einen solchen Anblick steckte niemand locker weg, der nicht von klein auf mit veränderter Einrichtung aufgewachsen war. So wie ich. Ich war quasi die inoffizielle Chronistin für meeresartige Besucher mit Hang zu Mord und Totschlag plus der ihnen anhängigen Veränderungen – wobei ich Letzteres deutlich bevorzugte. Sander stand mehr aufs Entsorgen, während ich in meinem Hinterkopf Auftreten, Verhalten und Entsorgungsform notierte. Diese Dinge aufzuschreiben war leider verboten, obwohl es wirklich eine Schande war, vor allem da sich die Besucher in den letzten Wochen regelrecht die Klinke in die Hand gedrückt hatten. Meine mentale Sammlung umfasste bereits blutrünstige Meerfrauen, bei denen nicht einmal der Fischschwanz attraktiv ausgesehen hatte, mutierte Seeigel und eine hochgiftige Algensorte, die halb Himmelshoch überwuchert hatte, bis wir endlich herausfanden, dass sie kein Süßwasser vertrug. In einigen Räumen arbeiteten seitdem immer noch Heizlüfter gegen die Feuchtigkeit an.

Unsere Besucher waren nicht die einzigen, die regelmäßig aus anderen Welten vorbeikamen, um Unheil anzurichten. Soweit ich wusste, waren unsere jedoch die einzigen mit einem deutlichen Meeresbezug, während Besucher von anderen Toren beispielsweise zweidimensionale Reptilien waren oder Dämpfen ähnelten, die jedes Lebewesen, das sie einatmete, in den Wahnsinn trieben.

Woher die Tore stammen? Gute Frage.

Gegen Ende des 14. Jahrhunderts, war etwas schiefgegangen – und zwar so richtig mächtig. Dass kurz darauf die Pest wütete und unzählige Menschenleben ausrottete, war gewiss kein Zufall – zumindest lenkte es von den verheerenden Folgen ab. Was da genau schiefgegangen war, wusste ich nicht, denn man musste dem Innersten Wächterzirkel angehören, um in das Mysterium, das die Katastrophe ausgelöst hat, eingeweiht zu werden. Nichtsdestotrotz hatte ich mir so viel zusammengereimt, dass der einflussreiche und außerdem geheimnisvolle Verband, aus dem sich später der Wächterzirkel rekrutierte, eine Dummheit – etwa ein Experiment oder Ritual – angestellt hatte, das nicht nach Plan verlief. Zumindest ist wohl kaum davon auszugehen, dass sie es darauf angesetzt hatten, der Realität Risse beizubringen.

Aber genau das geschah: Unsere Realität erlitt Risse wie eine gesprungene Glaskugel, deren Zentrum nahe Messina in Sizilien lag. Von dort fraßen sich immer feiner werdende Verästelungen fort, bis sie am Rand schließlich unregelmäßig ausliefen.

Unser *Tor*, wie der Wächterzirkel diese Risse nannte, lag am Rand dieses Musters und wurde somit erst entsprechend spät entdeckt. Im Jahr 1881 fanden es einige unglückliche Arbeiter beim Ausbau des Kellergewölbes des Herrenhauses Himmelshoch. Die Männer, die vor Angst nicht geflüchtet waren, brachte der Wächterzirkel zum Schweigen, denn die Geheimhaltung der Tore war ein essenzieller Bestandteil der Wacht. Zu diesem Zeitpunkt hatte der Zirkel solch einen großen Einfluss, dass sogar der damalige Besitzer von Himmelshoch, der größte Gutsherr von Marienfall, sich ihrem Willen beugte und ihnen sein Haus überließ. Die Wacht für Himmelshoch übernahm damals ein Zirkelmitglied namens Jori Parson, und für seine Zusage, dass er selbst, seine Söhne und deren Söhne das Tor zu ihrem Lebensmittelpunkt machen würden, bekam er das Herrenhaus als Lohn. Das bedeutete für die Familie Parson einerseits einen großartigen Familienwohnsitz, der andererseits trotz der harschen Geheimhaltungsmethoden des Zirkels wertlos geworden war. Der Teufel persönlich hause hinter den breiten Steinmauern, hieß es bis heute in Marienfall. Dabei schlief das dunkle Geheimnis unter seinen Grundfesten noch viele Jahrzehnte nach seiner Entdeckung.

Das ist allerdings nur eine grobe Zusammenfassung dessen, was ich über die Vergangenheit aufgeschnappt hatte oder mein Vater mir zu erzählen bereit gewesen war. Mir lag die Wacht nämlich nicht im Blut – im Gegensatz zu Sander, der schon ein Wächter war, bevor der Zirkel ihn aufgenommen hatte. Sander war dafür geboren, in der Nähe des Tors zu leben, und noch lieber machte er Jagd auf die Besucher. Einige Jahre nachdem das Tor unter Himmelshoch erwacht war, tauchten diese Wesen zum ersten Mal auf, und seitdem häufte sich ihr Erscheinen – nur um sogleich Sanders Bekanntschaft zu machen. Mich interessierten weder die Besucherabfertigung noch die Mysterien des Tors, die meinen Vater so in ihren Bann gezogen hatten, sodass in seinem Leben nur noch Platz für das Kellergewölbe und seine Arbeit in der Bank war. Aber ich mochte die Veränderungen, die Spuren, welche die Besucher im Herrenhaus hinterließen.

Übrigens war es Sander, der herausgefunden hatte, aus welcher Himmelsrichtung wir von unserem Esszimmer aus auf den Pamir blickten. Eigentlich lag ihm nichts an den Veränderungen, vermutlich weil man sich mit ihnen keinen Kampf um Leben und Tod liefern konnte, aber diese sensationelle Aussicht hatte ihn gepackt. Manchmal erwischte ich ihn, wie er vor dem Fenster stand und beobachtete, wie eine winzige Karawane sich einen Weg durch den kargen Landstrich suchte oder wie das Wetter innerhalb kürzester Zeit umschlug. In einem Moment waren Ebene und Gebirge noch weiß mit Schnee überpudert und im nächsten brach plötzlich die Sonne hervor und alles schimmerte in weichen Erdtönen. Der Pamir bewegte etwas in Sander, zog ihn an, stets aufs Neue. Vielleicht lag es an der atemberaubenden Schönheit des Gebirges, vielleicht aber auch daran, dass er – im Gegensatz zu mir – unter Fernweh litt. Eine Sehnsucht, der er nicht in absehbarer Zeit würde nachgeben können, auch wenn ihm unsere verschlafene Kleinstadt Marienfall noch so sehr zum Hals heraushing. Sander war auf eine Weise an das Tor gebunden, die noch mysteriöser war als das Tor selbst.

An diesem Abend lag tiefe Dunkelheit über dem Pamir, nur einige winzige Lichter verrieten einsame Jeeps, die auf unbefestigten Straßen unterwegs waren. Auch ansonsten herrschte Ruhe im Esszimmer. Über einem der mit dunkelrotem Samt bezogenen Stühle hing Jakobs Mantel, und auf dem Esstisch stand neben einem Stapel Schalen eine randvolle Plastiktüte, die dem Duft nach zu urteilen vom Asia-Imbiss am Bahnhof stammte.

Sander musste Dad abgefangen und direkt in den Keller gelotst haben, wo sie das Tor kontrollierten und dabei ungestört besprachen, wie sie mich am einfachsten loswerden könnten. Wie schön, dass sie endlich ein gemeinsames Thema entdeckten, wo sie ansonsten so wenig miteinander verband – einmal abgesehen von ihrer Furcht, ein überdimensionaler weißer Hai könnte eines Tages durchs Tor geschwappt kommen und uns alle verschlingen, bevor Sander eine Bombe basteln konnte, um ihn artgerecht in tausend Teile zu sprengen. Offenbar hatten die Männer meinen Lutz zu ihrem verschwörerischen Treffen mitgenommen, ansonsten würde der verfressene Köter bereits mitten auf dem Tisch stehen und Bratnudeln aus den zerfetzten Schachteln schlecken.

»Unfair«, murmelte ich.

Mein Stolz verlangte von mir, in den Keller zu stürmen und meine Beteiligung an dieser Entscheidung einzufordern, während mein innerer Hasenfuß ziemlich überzeugend darauf hinwies, dass es in der Nähe zum Tor alles andere als kuscheliggemütlich war. Das galt besonders, seitdem das Tor zusehends außer Kontrolle geriet.

Ich riss mich zusammen und lief ins hintere Treppenhaus, in dem eine Holztür aus dicken Eichenbohlen in den Keller hinabführte. Wie das Herrenhaus selbst, stammte die Türklinke von anno 1836 und wurde von einem Teufelskopf mit aufgerissenem Maul geziert, dessen langer Hals im Lauf der Zeit von vielen Händen blank gescheuert worden war. Auch dieses Mal rang ich mich nicht dazu durch, die Klinke beziehungsweise den Teufelshals direkt anzufassen, sondern zog meinen Pulliärmel über meine Hand und benutzte ihn wie einen Topflappen. Obwohl die Tür schwer war, verursachten ihre Angeln nicht das leiseste Geräusch. Vermutlich ölte Sander sie regelmäßig, damit niemand hörte, wann er nachts, total dicht, zurück in sein Refugium schlich. Papa kam für solche Dinge nicht infrage, für solche Alltagsangelegenheiten war er schlichtweg zu genial –

Essen vom Asia-Imbiss mitzubringen, war das höchste der Gefühle, wenn es darum ging, am Haushalt teilzunehmen.

Die Treppe war erstaunlich breit angelegt, obwohl sie lediglich in den Keller hinabführte. Wobei Keller eine Untertreibung war. Unter dem Herrenhaus gab es eine ganze Flut an Kammern, einige von ihnen sahen so aus, wie man sich einen ordentlichen Keller vorstellt, mit niedriger Decke und spartanischer Beleuchtung. Räume, in denen man Weinvorräte lagerte, den Rasenmäher unterbrachte oder Kisten vom Umzug verstaute, die niemals ausgepackt werden würden. In einer solchen Kammer hauste Sander – freiwillig, wie ich betonen möchte. Von allen zur Verfügung stehenden Zimmern hatte er sich für ein elendes Erdloch entschieden. Allein das war schon Grund genug, um den Keller verdächtig zu finden.

Ganz unvermittelt endete der offizielle Teil des Flurs mit seinem gefliesten Boden. Ab hier begann jener Teil, den ich in diesen Tagen noch mehr mied als ohnehin schon. Es handelte sich um einen roh aus dem Erdreich herausgehobenen Schacht, der von uralten Balken gestützt wurde. Hier hatte 1881 eigentlich das Kellergeschoss ausgeweitet werden sollen, doch so weit war es niemals gekommen.

Im Schacht klafften in unregelmäßigen Abständen Löcher in den Wänden und sogar im Boden, die aussahen wie zum stummen Schrei aufgerissene Schlünde. Hinter ihnen verbargen sich Höhlen, die an Luftblasen im Erdreich erinnerten. Sie zeigten, dass sich an diesem Ort Risse in der Realität aufgetan hatten, jedoch ohne ein Tor zu öffnen. Trotzdem ging von diesen Blasen ein seltsamer Geruch aus, nicht etwa erdig, wie zu erwarten gewesen wäre, sondern es roch nach See. Dabei war das Meer knapp fünfzig Kilometer von Marienfall entfernt, hier gab es nur flaches Land und gelegentlich mal eine verirrte Möwe – mehr nicht. Allerdings türmten sich in diesen Höhlen Berge von Salz, das sich dort im Laufe der letzten Monate angesammelt hatte und davon kündete, dass etwas Unheimliches beim

Tor vor sich ging. Nicht einmal mein Vater hatte eine Ahnung, um was genau es sich handelte. Sander und mein Vater schafften die Salzfuhren Tag für Tag in die Höhlen, während sie sich im Stillen fragten, wann sie den Mengen nicht länger Herr werden würden.

Der Höhepunkt des Kellergewölbes verbarg sich am Ende des Schachts und war von der Kellertreppe her nicht einsehbar. Ab dieser Stelle legte man besser sein elektronisches Spielzeug wie Handy und MP3-Player ab, sofern man daran hing. Ansonsten lief man nämlich Gefahr, nur noch einen nutzlosen Haufen Schrott in der Hand zu halten.

Denn dort, hinter einer Eisentür, lag das Tor.

Das, Gott sei Dank, verschlossene Tor. Nur an seinen Rändern schien es im Laufe der Zeit ein winziges bisschen undicht geworden zu sein. Durch diese Bruchstellen rieselte das Salz und gelegentlich zwängte sich ein Besucher mit mörderischen Absichten hindurch.

Mit pochendem Herzen ging ich auf die Eisentür zu, die eher eine Sicherheitsschleuse war, die man im Notfall wasserdicht verschließen konnte.

Über ihr blinkte, aus Leuchtröhren zusammengesetzt, ein Name: Tiamat. Sander hatte dieses seltsame Kunstwerk, das er mithilfe eines Technikkastens gebaut hatte, vor einigen Jahren dort angebracht. Einer von seinen schrägen Witzen, nur lachte niemand über ihn, auch Sander nicht.

*Tiamat.*

Diesen Namen hatte ich in einem der Geschichtsbücher gefunden, die meine Mutter so geliebt hatte und die ich vor meinem Vater in Sicherheit gebracht hatte, bevor er sie ins Altpapier geben konnte. Tiamat war eine babylonische Göttin gewesen, die das Salzwasser und somit das Meer verkörperte. Außerdem hetzte sie gern Seeungeheuer auf ihre Feinde – der Krakenmann vom Dachboden wäre gewiss ihr Favorit gewesen. Obwohl mein Vater den Namen als Unsinn abtat, hatte er sich sogar unter den Wächtern eingebürgert. Denn es war bedeutend leichter, mit Schrecklichem und Geheimnisvollem fertig zu werden, wenn es einen Namen trug.

Heute jedoch half mir dieser Trick wenig. Ich stand noch immer vor der Eisentür, die vom unsteten Licht der Leuchtröhren angestrahlt wurde. Durch den Rost, mit dem sie überzogen war, sah sie uralt aus, oder als habe sie lange Zeit im Salzwasser gelegen. Dabei hatten Papa und Sander sie erst vor vier Monaten erneuert. Die Lackschicht war größtenteils abgeblättert, das Eisen darunter rissig und von Furchen übersät, als versuchte etwas von der anderen Seite sich langsam durch das Metall zu fressen. Der Rostgeruch kratzte in meiner Nase.

*Dir läuft die Zeit davon, vermutlich haben die beiden Herren längst vereinbart, wer dich morgen früh zum Zug bringt. Du musst dich beeilen!*

Trotzdem verharrte ich und inspizierte erst einmal den Boden, der mit Metallplatten bedeckt war. In meiner Angst bildete ich mir ein, dass sich Pfützen in ihren Unebenheiten abzeichneten, was natürlich Unsinn war. Ich kam jedoch nicht gegen meine Furcht an und glaubte lauter Anzeichen dafür zu erkennen, dass sich in der Schleuse gerade eine gewaltige Flut aufbaute, die jeden Moment die Tür sprengen und alles mit sich reißen würde, das sich ihr in den Weg stellte. Die Salzzeichen, die das Tor verschlossen hielten, machten ihren verdammten Job nicht länger auf eine Weise, die mein Vertrauen verdiente. Der Krakenmann, der unbemerkt bis zum Dachboden vorgedrungen war, war nur ein weiterer Beweis in einer langen Kette von Schrecken. Und wenn ich das gestresste Gesicht meines Vaters richtig deutete, dann verschlechterte sich die Lage mit jedem Tag drastisch.

Vibrierten nicht die Nieten des Türrahmens verdächtig?

Sammelte sich nicht Wasser in den Fugen zwischen den Metallplatten?

Hatten die Sohlen meiner ausgetretenen Schuhe nicht soeben ein saugendes Geräusch verursacht?

Natürlich war das Unsinn, hinter der Eisentür befand sich die Schleuse, und erst dahinter erhob sich Tiamat, in deren Umfeld es so trocken war wie nirgendwo sonst auf der Welt. Denn rund um das Tor türmte sich Salz, jede Menge Salz. Salz, das durch die zunehmend zerbröckelnden Salzzeichen quoll.

*Okay, Anouk, du schiebst jetzt deine Ängste meilenweit beiseite,* feuerte ich mich an. *Papa hat das Tor unter Kontrolle, so, wie er alles und jeden unter Kontrolle hat. Der Mann bändigt sogar Sander, was nun wirklich Beweis genug ist.*

Trotzdem konnte ich ein »Brrrr« nicht unterdrücken, als ich die Metalltür aufzog und mir ein Schwall kalter Luft ins Gesicht wehte. Dahinter begann die Schleuse, eine Metallröhre, die tief hinab ins Erdreich führte. Im Gegensatz zu den beiden Männern des Hauses ging ich aufrecht hindurch – irgendeinen Vorteil musste es schließlich haben, bestenfalls durchschnittlich groß zu sein. Wobei *durchschnittlich* sich auf eher kleine Leute bezog.

Am Ende der Schleuse befand sich ein Kraftfeld, das einer Wand aus Nebel ähnelte. Diese harmlos aussehende Grenze unbeschadet zu durchschreiten, war nur der Familie Parson möglich, was witzigerweise auch unsere Bulldogge Lutz einschloss. Jeder andere, der durchging, musste mit einem mächtigen Stromschlag rechnen. Wobei es sich nicht um einen echten Stromschlag handelte, weil der Nebel nachweislich keinen Strom leitete. Das hatten die Wächter als Erstes herausgefunden bei ihren Versuchen, das Kraftfeld außer Betrieb zu setzen, weil es sie von Tiamat fernhielt. An dieser Aufgabe hatten sie sich jedoch trotz ihrer ganzen Technik und ihres Ehrgeizes die Zähne ausgebissen, genau wie sie nicht herausgefunden hatten, woher das Feld eigentlich stammte und woraus es gespeist wurde. Gegen Strom hätten sie sich schützen können, aber gegen diesen seltsamen Nebel kamen sie nicht an. Auch ihre Kameras nicht, die sie Papa auf die andere Seite hatten bringen lassen, um wenigstens ein Bild von dem Tor zu bekommen. Was Papa jedes Mal zurückgebracht hatte, war ein Haufen Elektroschrott gewesen, aber es gab keine einzige Aufnahme. Als ich noch jünger und dem Wächterzirkel gegenüber aufgeschlossener gewesen war, hatte ich meinem Unbehagen zum Trotz eine Zeichnung von Tiamat angefertigt. Anstelle von Dank hatte es eine Abmahnung darüber gesetzt, dass die Geheimhaltung des Tors an erster Stelle stand.

Als wäre ich so dumm gewesen, die Zeichnung an meiner Schule herumzuzeigen!

Schließlich stand man als Bewohnerin von Himmelshoch sowieso unter Generalverdacht, mit den bösen Mächten im Bunde zu stehen. Dass es eigentlich ganz schick ist, ein bisschen evil zu sein, darauf kam die Marienfaller Jugend nämlich erst, nachdem Sander das Partyalter erreicht hatte. Seitdem stand das alte Herrenhaus in dem Ruf, Durchgeknallte von der unterhaltsamen Sorte hervorzubringen. Sein größter Gag bestand darin, mithilfe seines Brillenbügels jedes Paar Handschellen zu knacken. Angeblich hatte er diese Kunst für sich entdeckt, als er nach einer lustigen Nacht an ein Bett gefesselt aufgewacht war. Nur dass das Bett nicht seins war und die Besitzer gerade im Wagen vorfuhren. Für gewöhnlich gab ich nichts auf Tratsch, aber diese Geschichte hatte ich sofort geglaubt. Niemand wusste besser als ich, dass für Sander das Leben erst richtig spannend war, wenn ihm jemand ans Leder wollte – ob das nun ein aus Reißzähnen bestehender Besucher oder ein rasender Familienvater war, der in sein kaputt gefeiertes Heim zurückkehrte und dem Kerl mit der Plüschhandschelle ums Handgelenk die alleinige Schuld für die Verwüstung gab.

Was das geheimnisvolle Kraftfeld anbelangte, an dem sich der Wächterzirkel die Zähne ausbiss, so war es aus unserer Sicht nicht im Geringsten geheimnisvoll. Es handelte sich schlicht um die erste Veränderung, die sich auf Himmelshoch breitgemacht hatte. Sie hatte sich kurz nach Tiamats Erwachen aufgetan, und wie die meisten Veränderungen war sie ein Sander-

Fan: Auf eine magische Weise, die er weder Jakob noch mir plausibel erklären konnte, bekam er oftmals mit, wenn ein Besucher – allen Qualen zum Trotz – das Kraftfeld durchquerte. Ein wirklicher Vorteil, denn während mein Vater seine Schichten direkt vor Tiamat verbringen musste, konnte Sander faul in seinem Kellerloch herumlungern und Comics lesen.

Das eigentümliche Gefühl beim Durchschreiten des Nebels war mir zwar vertraut, dennoch überraschte mich meine Reaktion stets aufs Neue. Vermutlich, weil ich einfach nicht glauben konnte, dass sich irgendetwas hier unten mit Worten wie »wohliger Schauer« und »Verzückung« in Verbindung bringen ließ. Der Nebel fühlte sich an, als bestände er aus unsichtbaren Händen, die einen abtasteten. Gehörte man zur Familie Parson, durfte man hindurch – gehörte man nicht dazu, bekam man einen ordentlichen Schlag verpasst. Leider dauerte der Zauber nicht länger als ein paar Herzschläge, dann war ich auch schon hindurch und musste den Preis zahlen. Den Anblick Tiamats.

Mitten im hohen Kellergewölbe drehte ein Maelstrom mit dem Durchmesser einer überdimensionalen Kinoleinwand bedächtig und doch mit erschreckender Gleichmäßigkeit seine Runden. Die Strömungen, die sein schwarzes Auge umkreisten, variierten in den Farben eines Gewitterhimmels. Als ich noch jünger war, hatte ich mir einzureden versucht, dass es sich tatsächlich um eine Leinwand handelte, die die gesamte unterirdische Halle ausfüllte. Dabei war dieses Gewölbe, tief unter Himmelshoch, so weiträumig, dass darin sogar der hochgewachsene Sander verloren aussah. Und auf dieser Fläche sah man direkt in einen monströsen Meeresstrudel, in dessen Zentrum ein dunkles Herz schlug, auf den Moment wartend, in dem die Barriere brach und er seine Wassermassen durch das Tor treiben konnte, um alles zu überfluten. *Es ist nur eine Leinwand, eine Leinwand, auf der ein Horrorfilm läuft…* Die Selbsttäuschung funktionierte leider nie, denn das Tor – und mit ihm der Maelstrom – war genauso real wie mein rasender Pulsschlag.

In unregelmäßigen Abständen fuhren bläuliche und goldene Blitze aus der Tiefe des Strudels hervor und warfen einen flackernden Schein gegen die Steinwände. Das war insofern ein Vorteil, da es in dem Gewölbe keine Elektrizität gab und nur einige Kerzen und Öllampen Licht spendeten. Sie beleuchteten den Schreibtisch meines Vaters, auf dem sich Stapel von Notizen neben aufgequollenen Büchern über Tiefseebewohner und Meeresströmungen türmten, eine zusammenklappbare Pritsche, die Sander als Folterinstrument bezeichnete, und eine verbeulte Schubkarre samt Schaufel. Am schönsten sahen die Salzberge im Kerzenlicht aus, obgleich sich darin auch schon ihr Vorteil erschöpfte. Die sanft glitzernden Erhebungen standen für ein ernsthaftes Problem, für das noch keine Lösung in Sicht war. Das Salz rieselte unaufhörlich durch die Barriere, die den Maelstrom zurückhielt: ein Netz aus lauter beweglichen, bläulich schimmernden Linien, an denen feinste Salzkristalle haften blieben. Wir nannten sie die Salzzeichen, weil sie sich zu komplexen Mustern zusammenschlossen, und mein Vater hatte es sich zur Lebensaufgabe gemacht, sie zu entschlüsseln. Das war auch dringend notwendig, denn immer mehr dieser Zeichen zerbrachen und durch die entstandenen Lücken drangen nicht nur Salzbäche, sondern auch die Besucher.

Als ich das Gewölbe betrat, knirschte Salz unter meinen Sohlen. Dieses leise Geräusch reichte aus, um Lutz, der stolz und aufrecht vor dem furchterregenden Maelstrom patrouillierte, auf meine Spur zu bringen. Eins seiner Schlappohren zuckte, dann machte er kehrt und stürzte auf mich zu. Der Aufprall einer rennenden Bulldogge ist nicht zu unterschätzen, also ging ich rasch in die Hocke und musste im nächsten Moment auch schon einen schlabberigen Hundekuss einstecken.

»Anouk, was machst du hier unten?«, begrüßte mich die strenge Stimme meines Vaters.

Ich presste mein Gesicht noch einmal fest in Lutz' vertraut riechendes Fell, dann stand ich auf und erwiderte Jakobs eindringlichen Blick. Er trug noch den eleganten Anzug von der Arbeit und sein Haar lag nass in der Stirn. Offenbar hatte ihn auf dem Heimweg ein kräftiger Frühlingsregen überrascht, und Sander hatte ihm nicht die Zeit gelassen, sich das Haar trocken zu reiben, weil er es so verflucht eilig hatte mit seinem Verrat. Sah ganz danach aus, als ob er mich gar nicht schnell genug aus dem Haus bekommen konnte.

Aufgebracht stierte ich Sander an, der neben Jakob stand, und er besaß tatsächlich die Frechheit, meinen Blick zu erwidern.

»Anouk?« Mehr musste mein Vater nicht sagen, um unser Blickduell zu unterbrechen. Manchmal war mir seine Autorität unheimlich.

»Nun, ich bin in den Keller gekommen, weil ... Im Esszimmer stand nur eine unangerührte Tüte mit Essen und deshalb bin ich ...« Das war ein schlechter Einstieg, also richtete ich mich bewusst auf und setzte erneut an. »Es ist mein Leben, und über mein Leben entscheide ich, zumindest sollte ich mit sechzehn Jahren das Recht dazu haben.«

Die Augenbrauen meines Vaters fuhren in die Höhe und lösten seinen ansonsten stets eine Spur zu harten Ausdruck auf. »Es liegt mir fern, dir das Tiamat-Gewölbe zu verbieten. Du bist eine Parson, damit hast du jedes Recht, hier zu sein. Ich bin nur verblüfft, weil du es in der letzten Zeit, noch mehr als sonst, vermieden hast herzukommen.«

Das war nicht ganz die erwartete Reaktion.

Verwirrt sah ich nun doch zu Sander hinüber, der den Kopf schüttelte. Mit einer Geste deutete er an, wie er seinen Mund verschloss und den Schlüssel wegschmiss. Das sollte dann wohl bedeuten, dass er Papa nichts von meiner Begegnung der zudringlichen Art erzählt hatte. Klasse. Einmal davon abgesehen, dass ich nun wie ein Trottel dastand.

Prompt bekam ich die Rechnung für meinen wirren Auftritt serviert.

»Töchter in diesem Alter sind wahrlich kein Geschenk«, brummte Jakob, während er sich wieder einem faustgroßen Loch in den Salzzeichen zuwendete, um die sich ein verästeltes Muster aus weißen Kristallen gebildet hatte. Es sah aus, als wären die Zeichen mit Gewalt auseinandergedrängt worden. Bevor Jakob sich erneut in seine Arbeit vertiefte, gab er Sander ein Zeichen. »Bitte begleite Anouk nach oben. Es ist schon spät, fangt also ruhig schon mit dem Essen an. Ich muss mich erst einmal um die Auswertung kümmern und komme dann nach.«

Sander zögerte. »Das mit dem Essen bekommt Anouk bestimmt allein hin, ich würde lieber …«

Jakob hob die Hand. »Alexander, ich sagte *bitte*.«

Es war Sander anzusehen, was er von dieser ›Bitte‹, in Kombination mit seinem Vornamen, den er auf den Tod nicht ausstehen konnte, hielt. ›Alexander‹ war ein griechischer Name und bedeutete so viel wie ›Beschützer‹, was für seinen Geschmack dann doch zu viel Programm war. Er benutzte die Abkürzung Sander schon so lange, dass ich mich gar nicht daran erinnerte, gehört zu haben, wie ihn jemand außer meinem Vater mit seinem offiziellen Namen ansprach.

Darüber hinaus machte Sander ein langes Gesicht, weil er sich mit mir abgeben musste, während Jakob das Geheimnis der beschädigten Salzzeichen erforschte. Die Lippen zu einer schmalen Linie aufeinandergepresst, bedeutete er mir, durch das Kraftfeld zu treten, aber ich konnte mich nicht losreißen. Schwer zu sagen, ob es die Anziehungskraft des Maelstroms oder Papas konzentrierte Ausstrahlung war, die mich gebannt hielt.

Dann packte Sander mich an meiner heilen Schulter und führte mich ab, während mein Vater hinterm Schreibtisch inmitten der Salzhügel Platz nahm. In die rechte Hand nahm er einen Stift, während er mit der anderen umständlich ein Stück Papier zurechtrückte. An Jakobs linker Hand waren von seinen

Fingern nur noch die ersten Glieder vorhanden, der Rest war mit einem sauberen Schnitt von den Salzzeichen amputiert worden, als er versucht hatte, durch sie hindurchzugreifen. Seitdem wussten wir, dass die Barriere aus dem filigranen Muster nicht nur den Maelstrom zurückhielt, sondern auch uns Menschen. Sämtliche Experimente, die mein Vater seitdem unternommen hatte, um sie zu überwinden, waren gescheitert. Außer für die Besucher stellten die Salzzeichen eine unüberwindbare Grenze dar.

Während ich mehr oder weniger freiwillig zur Schleuse ging, blickte Lutz unschlüssig drein, dann folgte er uns. Vermutlich war er zu der Überzeugung gelangt, dass sich heute Nacht kein fischiger Nachtisch mehr beim Tor blicken ließ, während wir höchstwahrscheinlich einen Abstecher in die Küche unternahmen.

»Das sind übrigens meine alten Vans, die du da anhast«, knurrte mich Sander von der Seite an.

Schuldbewusst schielte ich auf die Schuhe mit dem Schachbrettmuster, bei denen schon die Nähte aufgingen und deren Sohlen vom Skateboardfahren abgenutzt waren. Vor Jahren hatten sie tatsächlich Sander gehört, niemand sonst hätte ein Paar Schuhe dermaßen ramponiert bekommen. »Die lagen einsam und verlassen auf dem Dachboden herum … Außerdem passen sie dir doch schon lange nicht mehr«, antwortete ich ausweichend.

»Stimmt. Ich find es nur witzig, dass du dir gern mal ein Teil von mir schnappst, obwohl du keine Gelegenheit ungenutzt verstreichen lässt, mich darauf hinzuweisen, wie obergeschmacklos meine Sachen sind.«

»Überobergeschmacklos«, stimmte ich zu. »Aber Vans sind nun einmal Vans.«

Jakob ließ ein gereiztes Räuspern vernehmen, er wollte sein Reich endlich für sich allein haben.

Folgsam setzten wir uns in Bewegung. Als ich durch das

Nebelfeld trat, hinter dem die Sicherheitsschleuse begann, durchfuhr mich der Schauer so intensiv, dass ich aufkeuchte. Sander warf mir einen verständnislosen Blick aus den Augenwinkeln zu.

»Spürst du es denn nicht?«

»Was spüren?«

Ich verkniff mir eine Antwort, denn ausgerechnet Sander gegenüber einzugestehen, dass die Berührung des Kraftfelds eine solch verwirrende Reaktion bei mir hervorrief, war nicht gerade verführerisch. Bestimmt würde er mich bis ans Ende meiner Tage damit aufziehen, dass ein bisschen Nebel ausreichte, um meine Gefühle in Wallung zu bringen. »Gefühlswirrungen«, hörte ich meinen Vater im Geist verächtlich sagen, womit aus seiner Sicht die seltsamen Neigungen seiner Tochter umfassend erklärt waren. Jakob war der geborene Rationalist und liebte alles, was mit Logik und Zahlen zu tun hatte. Bevor er die Wacht von seinem Vater übernommen hatte, war er mit meiner Mutter und mir als Mathegenie von einem tollen Job zum nächsten gejettet. Dabei hatte er sich nie fürs Geschäft interessiert, sondern stets für die Zahlenwelt dahinter. Jetzt saß er in Marienfall fest und musste sich damit abfinden, in einem zweitklassigen Geldinstitut zu arbeiten, was er nichtsdestotrotz mit Hingabe tat.

»Diesen Gang in die Katakomben hätte ich mir übrigens sparen können, wenn du vorher in der Küche nicht gesagt hättest, du müsstest Papa unbedingt von dem kleinen Zusammenstoß erzählen.«

Sander zuckte gleichgültig mit den Schultern. »Und riskieren, dass du in einen Blutrausch verfällst, weil Jakob dich ohne Diskussion auffordert, die Koffer zu packen? Nein, danke.«

»Und was ist aus deiner Sorge geworden, dass Papa nicht herausfindet, wie der Besucher so weit kommen konnte, wenn er nur die halbe Geschichte kennt?«

 »Der Besucher hat unser Sicherheitsnetz ausgetrickst, darauf kommt es an. Wer den Kraken durch Zufall ertappt hat, spielt dabei keine Rolle, und deshalb muss Jakob es nicht wissen. Außerdem war er so guter Laune, als er nach Hause kam, da wollte ich ihm den Abend nicht vollständig versauen.«

»Seit wann nimmst du Rücksicht auf Papa? Oh, ich begreife! Der Besucher hat tatsächlich etwas verändert, und zwar dein verkümmertes Spatzenhirn. Falls du mir gleich auch noch einen gesegneten Appetit wünschst und nebenbei die Schönheit meiner Augen erwähnst, wissen wir Bescheid.«

Zu meiner Enttäuschung machte Sander sich nicht die Mühe, gereizt aufzustöhnen. Stattdessen schob er mich durch die Schleuse. Aus diesem Kerl sollte jemand schlau werden.

# 3. Die Torwächter

Das Tor im Kellergewölbe unter unserem altehrwürdigen Herrenhaus war gewiss auf seine Weise einzigartig, keineswegs jedoch das Einzige seiner Art.

Es gab andere Tore.

Zu viele Tore.

Wobei die Bezeichnung ›Tor‹ irreführend ist, denn es handelte sich keineswegs um gemauertes Bogenwerk, sondern um Bruchstellen zwischen unserer Welt und einer anderen Seite, die sich in ganz verschiedenen Gewändern zeigte. Unter Himmelshoch lauerte ein gewaltiger Maelstrom darauf, Marienfall und alles andere, was sich ihm in den Weg stellte, zu verschlingen. Aber es gab auch winzige Tore, die nicht mehr waren als schwarze Löcher mitten im leeren Raum, in denen man nur den Wind rauschen hörte. Den Finger steckte man trotzdem besser nicht hinein, zumindest nicht, wenn man an ihm hing. Es gab flüsternde Tore, die jedem, der ihnen lauschte, den Verstand verdrehten und ihn von einer Dimension erzählen ließen, die unbedingt geöffnet werden müsse, damit der Meister Einzug hielt. Dazu müsse man nur ausreichend menschliches Blut opfern und die gut drei Dutzend Jungfrauen, von denen es zu stammen habe, am besten gleich mit. Das klingt witzig, war es allerdings nicht, wenn man bedachte, mit welcher Hingabe diese armen Leute an ihrer Mission festhielten und wie viele Opfer es deshalb bereits gegeben hatte. Es gab Spiegelsäle, die eine Schattenwelt offenbarten, die sich nur mit grellem Licht zurückdrängen ließ, brennende Feldspalten, die sich nur allzu gern ausgeweitet hätten, und ein Tor am Grund des Atlantiks, aus dem Blasen aufstiegen, die einen geheimnisvollen Inhalt in sich trugen. Niemand wusste, woraus er bestand, denn wenn man sie mit Gewalt öffnete, erklang nur ein Schmerzensschrei. Abzuwarten, dass sich die Blasen von selbst öffneten, hatte bislang offenbar keiner der Wächter in Betracht gezogen. Schließlich lautete ihre oberste Regel, sofort alles auszulöschen, was durch ein Tor kam.

*Lass nichts und niemanden raus ...*

Immer wieder traten Besucher durch die Tore, Wesen, die auf unserer Seite Chaos und Zerstörung hervorriefen. Niemand wusste, ob sie es darauf anlegten, aber bislang war noch von keinem Besucher berichtet worden, der einfach nur mal ›Guten Tag‹ sagen wollte – einmal davon abgesehen, dass sie dazu kaum die Chance hatten, denn die Wächter nahmen ihren Job, wie gesagt, ziemlich ernst. Angeblich war das Risiko, das die Besucher darstellten, viel zu groß, um erst einmal abzuwarten, ob die Gestalt mit dem Blitze schleudernden Stab im Grunde genommen Gutes im Schilde führte, obwohl alles um sie herum lichterloh in Flammen aufging.

Dass die Tore eins der bestgehüteten Geheimnisse der Menschheit waren, war dem Dienst des Wächterzirkels geschuldet, der es seit Jahrhunderten als seine Aufgabe sah, noch unentdeckte Tore ausfindig zu machen und sie zu bewachen. In beiden Bereichen hatten sie Perfektion erlangt, sodass nicht mehr als einige Gerüchte über die Besucher im Umlauf waren, die sich meistens als Spinnereien abtun ließen. Wer nahm sie schon ernst, die Ufo-Gläubigen, Weltuntergangsfanatiker und Esoterikanhänger? Auch Menschen, die angeblich von Wahnvorstellungen heimgesucht wurden, lieh selten jemand sein Ohr, und sogar die Satanisten mit ihrer Überzeugung, das Böse lauere irgendwo dort draußen auf seine Chance, zu uns durchzudringen, entlockte den meisten nur ein müdes Lächeln.

*Lass nichts und niemanden rein ...*

In dieser allgemeinen Ahnungslosigkeit zeigte sich der Erfolg der Wächter am stärksten, und zugleich spiegelte er die Entschlossenheit, mit der sie vorgingen. Denn wie würde eine Gesellschaft aussehen, die sich bewusst war, dass es mehr als eine Welt gab? Und damit meine ich nicht etwas Abstraktes wie das Paradies, sondern etwas sehr Reales, wie ein kolossales Monstrum, das geduldig darauf wartet, dass der Gletscher vor seinem Tor endlich abtaut, damit es zu uns rüberkann? Richtig, Verunsicherung wäre noch eine milde Beschreibung der dann vorherrschenden Stimmung. Ein Großteil der Menschen würde vermutlich sein Grundvertrauen verlieren und verzweifeln. Das Leben ist ohnehin schon unvorhersehbar genug, da möchte man keinen Gedanken daran verschwenden müssen, dass sich plötzlich ein magisches Tor vor der eigenen Haustür öffnet und eine Horde intelligenter Kakerlaken herausströmt, mit der Absicht, die Weltherrschaft an sich zu reißen.

Im Vergleich zu den meisten Toren war Tiamat rein optisch zwar beeindruckend, aber noch verhältnismäßig leicht unter Kontrolle zu halten. Da hatten es andere Wächter oftmals schwerer, denn ihre Tore befanden sich nicht immer an gut verborgenen Orten und waren von ihren Ausmaßen her oft unübersichtlich. Außerdem tauchten deren Besucher nicht bloß sporadisch auf, sondern forderten eine intensive und oftmals lebensgefährliche Überwachung. Nur wenige Wächter konnten sich den Luxus erlauben, neben ihrer Aufgabe einem normalen Leben nachzugehen oder gar ein Familienleben zu führen, das diesen Namen verdiente. Für die meisten Wächter stellten ihre Kinder vor allem Rekruten dar. Sie waren eine eingeschworene Gemeinschaft aus Frauen und Männern, die sich dem Wohl der Allgemeinheit verschrieben hatten, ohne dafür einen Lohn zu erhalten außer dem Wissen, die Welt, wie wir sie kennen, zu erhalten und zu schützen.

Die Wächter ... Ein geheimnisvoller Orden.

Allerdings nicht in meinen Augen, denn schließlich lebte ich mit zwei von ihnen seit meiner Kindheit unter einem Dach – auch wenn mein Vater sich niemals als Wächter bezeichnete und dem Zirkel eher distanziert gegenüberstand. Während er seiner Aufgabe mit dem für ihn typischen Eifer nachging, legte er zugleich großen Wert darauf, eigenständig zu arbeiten und den Einfluss der Wächter so gering wie möglich zu halten. Das Kraftfeld war dabei eine große Hilfe. Ich stand in dieser Hinsicht vollkommen hinter ihm, schlicht, weil mir der Zirkel nicht geheuer war mit seiner stur geradeaus blickenden Art. Einmal ganz davon abgesehen, dass wir unser Zuhause in der Sekunde verloren hätten, in der bekannt wurde, dass auch durch unser Tor Besucher drangen.

Im Gegensatz zu meinem Papa und Sander hegte ich nicht bloß Misstrauen gegenüber den Wächtern, sondern brachte auch eine satte Portion Unfähigkeit für den Job mit. Anstatt den Besuchern zu zeigen, wo es bei uns langging, gelang mir höchstens die perfekte Flucht. Sander konnte ein Lied davon singen, denn sein Job war die Sicherheit rund um Tiamat, während Jakob für die Salzzeichen und den Austausch mit dem Zirkel zuständig war. Der Schutzraum, den ich bei Gefahr sofort und unter allen Umständen aufzusuchen hatte, war deshalb auch von Sander angelegt worden. Er war nämlich recht schnell zu der Überzeugung gelangt, dass ich mich in der Nähe des Tors am Nützlichsten machte, indem ich nicht im Weg stand und mich unfreiwillig als Zwischenimbiss für die Besucher anbot.

Mein schlechtes Gewissen, keine große Hilfe zu sein, hielt sich in Grenzen. Nur weil ich eine Parson war, war ich noch lange keine geborene Wächterin – gerade angesichts des Krakenmannes hatte ich das wieder einmal eindrucksvoll bewiesen. Dafür konnte ich voller Stolz behaupten, dass aus mir, den widrigen Umständen zum Trotz, ein ganz normales Mädchen geworden war, dem es sogar in einem Haus voller besucherbedingter Veränderungen gelang, ein Alltagsleben zu führen.

An dieser Aufgabe war Sander hingegen sang- und klanglos gescheitert, und um das zu erkennen, musste man sich gar nicht erst seinen vollkommen verdrehten Klamottengeschmack ansehen. Wer sonst hauste freiwillig in einem Kellerloch, pseudostudierte Physik per Fernstudium und gestand sich nur ein Privatleben in der Nacht zu, wenn es darum ging, sich um den Verstand zu feiern? Dabei gehörte ich der vierten Generation von Wächtern in der Familie der Parsons an. Nur mit dem Unterschied, dass ich die Erste in dieser langen Reihe war, die eindeutig ungeeignet war. Das hatte ich – dank Superwächterin Filippa Margolds Einsatz – bereits als Kind unter Beweis gestellt.

# 4. Schlagabtausch

Unter dem Esstisch ertönte Schnaufen und Schmatzen.

Lutz war ohne Frage gerade ein sehr zufriedener Hund. Chinesisches Essen war seiner Meinung nach ein ganz besonderer Schmackofatz, den man möglichst lautstark verzehrte, wie es in China schließlich zum guten Ton gehörte.

Über der Tischplatte herrschte dagegen eisernes Schweigen.

Genau wie ich saß Sander vor einer Schale voll lauwarmem Essen, die unbenutzten Stäbchen zwischen den Fingern. Obwohl in unserem Panoramafenster an diesem Abend eine wunderbare Aussicht auf den Pamir geboten wurde, samt einem Miniatur-Zeltlager mit Ziegenherde und Wachfeuer, musterte Sander mich über den Tisch hinweg. Unwillkürlich bedeckte ich meine geschwollene Oberlippe und rechnete jeden Augenblick mit einem fiesen Spruch.

Meine Erwartung wurde umgehend erfüllt. »Tut mir leid, es sagen zu müssen, aber eine Hand reicht zum Bedecken deines Herpes nicht aus. Das Teil hat mittlerweile die Ausmaße des Mount Everest angenommen.«

»Durch dein Gestarre wird es bestimmt nicht besser. Vielen Dank auch, jetzt fängt es schon wieder an zu kribbeln.«

»Ich starre dich überhaupt nicht an.«

»Wie nennst du es sonst, wenn du jemanden unter dräuenden Augenbrauen heraus beobachtest?«

Ruckzuck fuhren Sanders Brauen in die Höhe. »Niemand außer dir benutzt so ein altmodisches Wort wie ›dräuend‹, du verbringst eindeutig zu viel Zeit mit deinen Büchern. Wenn du anfängst, mich einen ›bösen Buben‹ zu schimpfen, halte ich dir den Mund zu – Herpes hin oder her.«

»Da stellt man dir eine ganz normale Frage und was kommt dabei heraus? Man wird bedroht. Das Sozialverhalten deiner spitzohrigen Kameraden aus dem Kellerloch färbt langsam ab, wenn du mich fragst.«

»Ratten sind ausgesprochen sozial veranlagt«, verkündete Sander, während er anfing, mit den Stäbchen Furchen in den Reis zu ziehen. »Allerdings verkehren in unserem Keller keine Ratten, sie sind zu intelligent, um sich in Tiamats Nähe zu begeben. Die wissen halt, wann ihr Überleben ernsthaft gefährdet ist. Offenbar greift da der gleiche Instinkt, der dich auf Abstand hält.«

»Wie charmant.« Mit Mühe unterdrückte ich das Verlangen, Sander mit frittierten Reisbällchen zu bombardieren. »Beäugst du mich deshalb so kritisch, weil du es mir übel nimmst, dass ich darauf bestehe, im Umfeld des Tors zu leben, aber außerstande bin, entsprechend auf mich selbst aufzupassen?«

»Wenn man dir so zuhört, könnte man glatt auf die Idee verfallen, ich würde dich bespannern. Noch einmal fürs Protokoll: Ich habe dich nicht angestarrt und auch nicht beäugt, sondern nur zu dir hinübergesehen, weil du mir zufälligerweise gegenübersitzt. Außerdem könntest du ruhig einmal lobend erwähnen, dass ich nicht eine einzige Bemerkung über deine Oberlippe gemacht habe, obwohl die durchaus Fantasien weckt.«

»Mount Everest«, hielt ich dagegen.

Die Furche im Reis geriet schief. »Das gilt nicht, das ergab sich mehr so aus der Situation heraus. Du hast mich durch dein Abgetaste quasi dazu gezwungen, die Angelegenheit zu kommentieren.«

»Als ob ich dich bösen Buben zu irgendwas zwingen könnte. Oder soll ich dich lieber einen hundsgemeinen Fiesling nennen?«

Sander ließ die Stäbchen fallen und hielt sich demonstrativ

die Ohren zu. »Wie gern wäre ich jetzt im Keller und müsste mir dieses verquaste Zeug nicht anhören, lalala. Dann lieber auf der Jagd nach etwas Todbringendem, trallalala.«

Ich schaute mir das Theater einen Moment lang an, dann lockte ich Lutz mit einem Stück Hühnchen an und kraulte ihm die Nackenfalte, was ich mit demonstrativer Hingabe tat. Augenblicklich stellte Sander seine Störfrequenz ein.

»Ich glaube nicht, dass diese ganzen künstlichen Geschmacksstoffe im Essen das Richtige für einen Hund sind.«

Wohl wissend, wie sehr ihn der Aufmerksamkeitsentzug mitten im schönsten Schlagabtausch quälte, ignorierte ich Sander. Es war ein albernes Spiel zwischen uns, das wir nichtsdestotrotz stets mit Leidenschaft betrieben: Uns gegenseitig auf die Palme bringen, und zwar ohne Gnade oder Rücksicht auf Verluste. In selbstkritischen Momenten fragte ich mich manchmal, ob wir mit diesem Gepricke überspielten, dass wir jede ernsthafte Unterhaltung vermieden, als berge ein echtes Zwiegespräch lauter Falltreppen, seit wir den Kinderschuhen entwachsen waren. Und in ganz besonders selbstkritischen Momenten gestand ich mir sogar ein, dass ich diesen Fiesitäten-Austausch in Kauf nahm, weil ich trotz allem gern mit Sander sprach und unsere Fopperei besser war als Schweigen.

Entsprechend hielt ich meine Ignorierstrategie nicht sonderlich lange durch, sondern unterbrach Sanders »Anouk bringt ihren heiß geliebten Lutz durch das Verfüttern von Menschenessen langsam, aber sicher um«-Monolog mit einer Drohung »Wenn du dieses dumme Gerede nicht sofort einstellst, probiere ich demnächst einmal aus, wie dir Hundefutter bekommt.«

»Das würdest du nie im Leben bringen.«

»Nun, ich bin die Königin der Küche in unserem Himmelshoch-Verein, und bislang hast du immer brav gegessen, was ich dir vorgesetzt habe. Sogar die Pansen, die ich in den Eintopf getan habe, nachdem du dich über meine Idee, eine Gefährlichkeitsskala für die Besucher zu entwickeln, lustig gemacht hast.«

Ha! Da hatte ich jemanden eiskalt erwischt. Ich konnte richtig sehen, wie die Farbe aus Sanders Gesicht wich, während er seine Erinnerung nach besagtem Eintopf durchforstete. Dann versuchte er, die Situation mit einem schiefen Grinsen zu retten.

»Das hast du nicht getan, dafür bist du viel zu wohlerzogen.«

Ich setzte mein Pokerface auf. »Lutz haben die Reste vom Eintopf jedenfalls geschmeckt. Der frisst eben alles, was mit Pansen in Kontakt gekommen ist.«

Spätestens jetzt stand fest, dass Sander die Essensschalen auf dem Tisch nicht mehr anrühren würde. Den fahlen Gesichtston hatte ich heute schon einmal gesehen, als ich die Tentakel erwähnt hatte, während er in den Muffin biss. Meine Sprüche wirkten bei ihm offenbar nachhaltiger als jede Diätabsicht. Nicht dass er so etwas nötig gehabt hätte, durch seinen Bewegungsdrang verbrannte er ohnehin jedes Gramm Energie sofort. Mir selbst war allerdings auch nicht nach Essen zumute, denn ich war viel zu aufgeregt nach unserem Match. Dabei hätte ich locker noch einen draufsetzen können, indem ich mir genüsslich das süßsauere Gemüse einverleibte und dabei entsprechende Kommentare über die Konsistenz abließ.

Mitten in unser Schweigen hinein betrat Jakob das Esszimmer.

Natürlich fiel es meinem Vater nicht auf, dass wir beide augenblicklich erstarrten, denn er war viel zu sehr daran gewöhnt, dass die Gespräche verstummten, sobald er auftrat. Das lag an seiner Ausstrahlung, der man sich nur schwerlich entziehen konnte. Sie schien ein bestimmtes Areal im menschlichen Hirn zu aktivieren, das daraufhin alles ausblendete, das nicht in direktem Zusammenhang mit Jakob stand. Als kleines Mädchen hatte diese Reaktion bei mir dazu geführt, dass ich bisweilen Angst vor meinem Vater hatte, als könne er meine Welt anhalten, wenn er es nur wolle. Erst später begriff ich, dass so etwas gar nicht in seiner Absicht lag, vor allem da seine eigene Welt mehrmals mit Gewalt zum Stehen gebracht worden war: an dem Tag, als er die Aufgabe als Wächter anstelle seines Vaters übernahm und seine eigenen Zukunftspläne hintenanstellte, und dann noch einmal kurze Zeit später, als meine Mutter uns verließ. Nach außen hin war keiner dieser beiden Brüche im Auftreten meines Vaters zu entdecken, schließlich war Jakob kein Mann, der nachsichtig mit sich oder anderen umging. Wer sonst hätte sich einen aufreibenden Job bei einer Bank zugemutet, während er die Verantwortung für ein Tor trug, dessen wahre Ausmaße er vorm Zirkel verschleierte?

Und dabei sah Jakob durchweg wie aus dem Ei gepellt aus. Ich hatte meinen Vater am Wochenende noch nie mit einem Bartschatten gesehen oder ihn dabei erwischt, wie er ein Nickerchen hielt. Vermutlich glaubte Jakob, das gesamte System, das er mit so viel Härte gegen sich selbst aufgebaut hatte, würde zusammenbrechen, sobald er sich auch nur eine Sekunde gehen ließ. Deshalb funktionierte er rund um die Uhr, entweder im Dienst seiner Bank, die ihm seine Leistung kaum angemessen vergüten konnte, oder im Dienst am Tor. Es war somit kein Wunder, dass ich mich in der Gegenwart meines Vaters oftmals als überflüssige Person mit überflüssigen Bedürfnissen fühlte. Und das, obwohl er mit mir für seine Verhältnisse relativ sanft umsprang, während Sander oftmals die volle Härte seiner Strenge zu spüren bekam, egal, wie sehr er sich in Jakobs Nähe zusammenriss und seine scharfe Zunge im Zaum hielt. Meistens jedenfalls. Und wenn es doch einmal mit Sander durchging, sorgte ich schleunigst für ein Ablenkungsmanöver. Gerieten die beiden Männer trotzdem aneinander, war das ungefähr genauso stressig, wie neben einem Wahnsinnigen zu stehen, der mit seinem Zeigefinger an dem roten Knopf zur Zündung einer Atombombe herumspielte.

Bevor mein Vater ins Esszimmer kam, hatte er seinen edlen Geschäftsanzug noch rasch gegen einen Wollpulli und ein dunkles Paar Hosen eingetauscht, was seinem Auftritt jedoch keinen Abbruch tat. Selbst in einem Pyjama sah er nicht wie eine Privatperson aus.

»Es ist sehr nett von euch, mit dem Essen auf mich zu warten, aber das wäre nicht nötig gewesen.«

Ich schenkte Jakob ein Lächeln, das er erwiderte, während er am Kopfteil des Tisches Platz nahm. Allerdings bemerkte ich, dass das Lächeln keineswegs seine Augen erreichte. Vermutlich war er in Gedanken noch bei den zerbrochenen Salzzeichen oder bei einem Problem auf der Arbeit, tröstete ich mich.

Jakob nahm eine Schachtel mit gedämpftem Tofu und begann zu essen.

Eine unangenehme Stille breitete sich aus.

Während ich mit der einen Hand anfing, mir als Übersprungshandlung Bratnudeln in den Mund zu schieben und mit der anderen Hand Lutz unterm Kinn zu kraulen, saß Sander reglos da und sorgte dafür, dass die gefühlte Temperatur sich dem Nullpunkt näherte. Keine Ahnung, ob er das absichtlich machte oder ob er nicht wusste, wie er sich ansonsten in Jakobs Nähe verhalten sollte. Solange es um das Thema Tiamat-Wacht ging, klappte es mit den beiden hervorragend. Sie waren Vollprofis, auch wenn Papa das Sagen hatte. Aber sobald etwas wie eine familiäre Situation entstand, breitete sich emotionaler Frost aus.

Während ich den Bratnudelklumpen herunterwürgte, was leichter gesagt als getan war, zerbrach ich mir den Kopf, womit ich diese Runde auflockern konnte. Das war meine Aufgabe, denn von den beiden Herren würde sich keiner dazu herablassen, das Eis, das sekündlich dicker wurde, zu brechen.

»Übrigens habe ich neulich ein wenig im Netz herumgestöbert und herausgefunden, dass man Geschichte auch als Fernstudium belegen kann«, verkündete ich. »Wenn ich nächstes Jahr mit der Schule fertig bin, brauche ich Marienfall also gar nicht verlassen.«

Mein Vater legte seine Stäbchen ab. »Warum solltest du nach dem Abitur in Marienfall bleiben wollen?«

 Gute Frage. Weil ich mein Zuhause trotz all der lauernden

Probleme mochte? Weil das bisschen Familie, das ich hatte, mir wichtig war? Weil ich triftige Zweifel daran hegte, dass Jakob und Sander als Duo funktionierten? Ich war vielleicht kein Wächtermaterial, aber ich hielt dieses Haus zusammen, so viel stand schon einmal fest. Nur wollte ich das den beiden nicht unbedingt unter die Nase reiben.

»Na ja, meine Freunde bleiben hier: Laboe wird eine Ausbildung im Musikzentrum als Veranstaltungstechnikerin beginnen, und Moritz wird auf keinen Fall dieses Schuljahr packen, dafür hat er einmal zu oft auf Durchzug geschaltet und aus Protest gegen Schulstumpfsinn leere Blätter bei Prüfungen abgegeben. Und Becks will Psychologie in Göttingen studieren, das ist nur drei Zugstunden von Marienfall entfernt. Die kommt jedes Wochenende nach Hause, ist doch klar. Also was soll ich da woanders zum Studieren hingehen? Einmal davon abgesehen, dass dem armen Lutz auf seine letzten Tage wohl kaum ein Studentenwohnheim zuzumuten ist.«

Bei der Nennung seines Namens ließ Lutz ein Kläffen vernehmen, das wohl »Jawohl, Lutz – das bin ich!« heißen sollte.

»Das mit Lutz zählt als Argument nicht, weil du ihn auf keinen Fall irgendwohin mitschleppen wirst. Der Hund gehört zur Inneneinrichtung von Himmelshoch und damit ist alles gesagt.«

Schau an, da fand Sander endlich seine Sprache wieder und dann kam so was dabei heraus.

»Lutz ist mein Hund«, stellte ich richtig und suchte die Schalen nach einem übrig geblieben Reisbällchen ab, um es ihm an den Kopf zu werfen. Gerade noch rechtzeitig fiel mir ein, dass mein Vater sicherlich wenig begeistert davon wäre, wenn seine fast erwachsene Tochter Lebensmittel durch die Luft katapultierte. Eine seiner demütigenden Zurechtweisungen brauchte ich heute Abend nun wirklich nicht.

So ganz ohne Beschuss war Sander allerdings nicht kleinzukriegen. »Lutz ist unser Hund und ›unser‹ bedeutet in diesem

Fall zwei zu eins. Jakob und ich gegen dich. Du hast das Nachsehen, Herzchen, sieh es ein.«

»Sprich nur für dich selbst, Alexander.« Mein Vater bekam gar nicht mit, dass Sander ihn wegen seines vollen Namens anfunkelte, weil seine Aufmerksamkeit auf mich gerichtet war. »Dein Wunsch, Geschichte zu studieren, ist also immer noch vorhanden? Eigentlich hatte ich gehofft, das würde sich mit der Zeit von selbst geben, genau wie alle anderen fixen Ideen auch.«

Wunderbar. Da bot man netterweise ein Gesprächsthema an, und die Herren hatten nichts anderes zu tun, als sich wie die Geier auf die erstbeste Schwachstelle zu stürzen, als sei sie ein Filetstück. »Ich finde Geschichte als Studienfach nun einmal interessant.«

»Über die Vergangenheit zu forschen, ist wenig lukrativ«, gab mein Vater zu bedenken.

»Da gibt es hundert gute Gründe, die gegen ein Geschichtsstudium sprechen, aber du redest natürlich über Kohle.« Sander schüttelte verächtlich den Kopf, während ich staunte, dass er mir, wenn auch bloß indirekt, zur Seite sprang. »Es ist eine Sache, wenn du möchtest, dass Anouk banktechnisch in deine Fußstapfen tritt, aber ›Spekulation‹ kann man leider nicht studieren, soviel ich weiß.«

Oje, Sander begann, scharf zu schießen. Das kam in der letzten Zeit auffallend häufig vor, als würde er einen unausgesprochenen Groll gegen Jakob hegen. Gut möglich, dass seine Anspannung auch mit den Veränderungen am Tor zusammenhing, die ihm sichtlich schlaflose Nächte bescherten. Bislang reagierte mein Vater darauf mit Zurückhaltung, als würden die Kommentare an ihm abprallen, oder er strafte Sander mit Missachtung, was bei ihm immer hervorragend funktionierte. Der Rest der Welt mochte Sander glatt am Hintern vorbeigehen, aber wir Parsons hatten Gewicht. Wenn Jakob sich nicht von ihm reizen ließ, dann war das für Sander der Beweis, dass er als

Person nicht wahrgenommen wurde. Und von Jakob nicht wahrgenommen zu werden, fühlte sich an, als würde man nicht existieren.

»Also, warum mir Geschichte zu studieren so wichtig ist, auch wenn sich damit keine Reichtümer erlangen lassen, liegt vor allem daran, dass … Wie soll ich es sagen?«, plapperte ich los, bevor Sander die nächste rhetorische Bombe platzen ließ. »Geschichte hat so etwas … Verbindliches. Da steht schon alles fest, man muss es nur richtig erfassen und festhalten. Den Gedanken finde ich total beruhigend, also dass man schon weiß, was passiert ist. Natürlich weiß man es noch nicht wirklich, sonst müsste man ja nicht forschen, aber im Prinzip steht es fest: Das alte Rom ist untergegangen, genau wie das Reich der Majas, und Spanien beherrscht auch schon lange nicht mehr die Weltmeere. Das sind unumstößliche Fakten. Ich mag das.«

»Demnach sagt dir an Geschichte besonders zu, dass sie keine Unwägbarkeiten enthält«, brachte mein Vater es mit seiner präzisen Art auf den Punkt.

»Genau. Unser Leben ist ein einziges Chaos, und wenn es schlecht läuft, bekommt das Chaos ein Krakengesicht und springt durchs Tor, um einem das Leben zu rauben. Da ist es doch beruhigend zu wissen, dass die Geschichte wirklich Geschichte ist. Alles Schlimme ist schon lange vorbei. Ich fände es traumhaft, mich intensiv mit Dingen zu beschäftigen, bei denen nicht mit irgendwelchen Kastenteufeln zu rechnen ist. Auf diesem Gebiet ist das höchste der Gefühle ein Streit darüber, wie eine historische Quelle auszulegen ist. Vollkommen ungefährlich das Ganze.«

Der Gesichtsausdruck meines Vaters gefiel mir gar nicht. Anstatt mir auf die Schulter zu klopfen und zu betonen, dass ich mir das wohl ganz genau überlegt habe, krauste er die Stirn. »Dass dir das Leben in Tiamats Nähe nicht bekommt, war mir durchaus klar. Aber es gibt mir zu denken, dass es dich derartig verunsichert.«

Die Unterhaltung entwickelte sich in eine vollkommen verkehrte Richtung. »Ich verstehe nicht ganz, wo da ein Zusammenhang bestehen soll.«

»Jakob versucht dir zu sagen, dass ihm erst jetzt aufgefallen ist, dass du dich übertrieben stark nach Verlässlichkeit in deinem Leben sehnst«, klärte Sander mich auf. »Dieses ganze schräge Lebensregeln-Ding und dein sentimentaler Hang, alte Dinge um dich zu scharen und ständig aufzuräumen oder andere zum Aufräumen zu nötigen, obwohl es eindeutig Zeitverschwendung ist. Offenbar haben die Besucher und das Wissen, dass es Tore zwischen den Realitäten gibt, dich tief verunsichert. Warum würdest du sonst so scharf darauf sein, so was Staubtrockenes wie Geschichte zu studieren? Das ist nichts anderes, als sich vor der Welt zu verstecken.«

Mein Vater nickte bekräftigend.

Das war ja klar, dass die beiden ausgerechnet in diesem Punkt einer Meinung waren, auch wenn sie ansonsten nichts übereinbekamen. Ich begann aus lauter Frust mit den Zähnen zu knirschen.

Unterdessen redete Sander munter weiter, wobei er einen überraschenden Pfad einschlug. »So, wie es aussieht, solltest du diese Fernstudiumsache echt machen, damit du in Marienfall bleiben kannst. Denn zum einen wäre es falsch, vor deinen Ängsten davonzulaufen, und zum anderen sollte dein Bedürfnis nach Sicherheit erfüllt werden. So ein unfreiwilliger Ortswechsel würde dich garantiert um dein seelisches Gleichgewicht bringen, und um das ist es ohnehin nicht sonderlich gut bestellt. Anders kann ich mir deinen Hang zu Liebesromanen, ehrlich gesagt, nicht erklären.«

Diese Sichtweise war so gar nicht in Jakobs Sinn. »Was redest du bloß für einen Unsinn?«

»Wieso Unsinn? Ist doch alles ganz logisch und darüber hinaus auch noch die harmonischste Lösung. Denn wenn Anouk bleibt, müssen wir uns nicht darüber streiten, wer einen größeren Anspruch auf Lutz hat. Und darum dreht sich diese Diskussion im Kern doch.«

Jakobs Miene strahlte pure Verachtung aus, obwohl er nicht mehr tat, als die Mundwinkel zu senken. »Es ist mir nicht entgangen, dass du es darauf anlegst, mich herauszufordern, Alexander. Normalerweise kümmert mich das nicht weiter, aber wenn du anfängst, Anouk dafür zu benutzen, dann gehst du zu weit.«

Sander sprang von seinem Stuhl auf, als habe jemand eine Rakete unter ihm gezündet. »Ich würde Anouk niemals benutzen! Genau wie du will ich nur das Beste für sie, aber im Gegensatz zu dir traue ich ihr durchaus zu, dass sie selbst entscheiden kann, was genau das Beste für sie ist.«

»Was weißt du schon über meine Tochter?« Die Stimme meines Vaters war nicht mehr als ein bedrohliches Flüstern.

»Ich will nur verhindern, dass du den Fehler begehst, für sie Entscheidungen zu treffen, die ihr Leben maßgeblich beeinflussen. Bei einem Kind mag das noch angehen, aber das ist sie schon lange nicht mehr.«

»Benimmst du dich deshalb so abstrus, weil dir aufgefallen ist, dass sie kein kleines Mädchen mehr ist?«

»Unterstell mir ja nichts!«

»Das Recht hast also nur du, indem du voraussetzt, ich würde nicht die richtigen Entscheidungen für meine Tochter treffen. Das ist es doch, worauf du hinauswillst.«

In Sanders Gesicht arbeitete es, als wolle eine Entgegnung aus ihm hervorbrechen, die er mit aller Gewalt zurückhalten musste, wenn er sich jemals wieder mit Jakob im selben Raum aufhalten wollte. Ohne ein weiteres Wort zu verlieren, drehte er sich um und verließ das Esszimmer.

Das Blut rauschte lautstark hinter meinen Schläfen, während mein Vater sich den Mund abwischte.

»Ich vermute, dir ist ebenfalls der Appetit vergangen? Nun, es ist ja auch schon spät.«

Mehr als ein Nicken brachte ich nicht zustande.

Als würde ihn jede Bewegung Kraft kosten, stand Jakob auf. »Dann wünsche ich dir eine gute Nacht. Ich werde mit Lutz um den Block gehen, dann musst du dir darum keine Gedanken mehr machen.«

Ich blieb noch eine ganze Weile allein am Esstisch sitzen und betrachtete das Nomadenlager mit seinen erdfarbenen Zelten und den winzigen Lagerfeuern. Es war einfacher, sich auf die schwarzen Punkte zu konzentrieren, die Menschen waren, bis mir die Augen schmerzten, anstatt darüber nachzudenken, was mein Vater in der Auseinandersetzung mit Sander zwischen den Zeilen gesagt hatte und was Sander trotz seiner unübersehbaren Wut nicht ausgesprochen hatte.

Die beiden teilten ein Geheimnis.

Ein Geheimnis, das mich betraf?

Das konnte doch unmöglich sein, oder?

# 5. Freundschaftsband

Die Nacht nach der Auseinandersetzung zwischen meinem Vater und Sander verbrachte ich mit Grübeln, ohne zu einem Ergebnis zu kommen. Für den nächsten Schultag war das absolut tödlich: Seit der Mittagszeit hing ich nun in einem Loch, und zwar in einem richtig tiefen. Mein Kopf fühlte sich an, als sei er mit Watte ausgestopft. Nur mit Mühe hielt ich mich so weit aufrecht, damit Herrn Wecken, unserem Englischlehrer, nicht auffiel, dass in seinem Unterricht lediglich meine äußere Hülle anwesend war.

Vor meiner Freundin Becks konnte man hingegen rein gar nichts verbergen, dafür hatte sie schlicht ein zu feines Gespür für menschliche Abgründe – insofern war es keine große Überraschung, dass sie Psychologin werden wollte. Eigentlich hieß Becks Juliane Freibaum und hasste ihren Spitznamen leidenschaftlich, obwohl sogar ihr großer Bruder Tammo ihn benutzte. Dahinter verbarg sich allerdings auch eine hochnotpeinliche Geschichte, quasi der einzige Moment in ihrem bisherigen Leben, in dem sie sich hatte gehen lassen. Auf einer Party hatte sie mit ihrem Mund etwas an einer Becks-Bierflasche vorgeführt, was vor allem die Jungs niemals vergessen würden. Und seitdem erinnerten sie Becks jeden Tag mit diesem speziellen Kosenamen daran.

Während ich mich damit abmühte, die Augen vor Müdigkeit offen zu halten, riss Becks feinsäuberlich ein Blatt Papier aus ihrem Block und schrieb eine Nachricht darauf. Warum jemanden eine Frage ins Ohr flüstern, wenn es auch extraumständlich ging? Zu allem Überfluss faltete sie den Zettel auch noch zu einem Briefumschlag, bevor sie ihn vor mich auf den Tisch legte. Dort blieb er eine Weile liegen, bis ich mich so weit sortiert hatte, um ihn auseinanderzufalten.

*Anouk-Liebes, Deine Müdigkeit ist ansteckend, und das kann ich ausgerechnet heute wenig gebrauchen. Was hast Du letzte Nacht bloß getrieben? Kuss, Juliane.*

Das war keine rasch gekritzelte Nachricht, sondern ein halbes Kunstwerk, versehen mit Schnörkeln und Kusslippen. Typisch Becks, sogar das ›du‹ schrieb sie ganz altmodisch groß. Das mochte ich an ihr, genau wie ihren Pferdeschwanz und ihre kerzengerade Körperhaltung, als würde sie an einer Ballettstange stehen oder auf einem Pferderücken sitzen. Was ich weniger an ihr mochte, war ihre felsenfeste Überzeugung, dass sie alles durchblickte, und dass sie ihre viel zu hohen Maßstäben bei jedem ansetzte. Manchmal wirkte sie dadurch ganz schön arrogant, aber das blendete ich nach Möglichkeit aus. Schließlich hatte ich gewusst, wie sie tickte, als ich mich vor einigen Monaten mit ihr angefreundet hatte.

*Schlecht gepennt*, kritzelte ich unter ihre elegante Schrift. Dann strich ich mein Gekrakel durch und setzte zu einer Becks-würdigen Antwort an.

*Werte Frau Sitznachbarin, es war mir gestern Nacht einfach nicht vergönnt einzuschlafen. Frag nicht, warum und entschuldige bitte meine hemmungslose Gähnerei. Die Deine*

Wie erhofft, kicherte Becks.

Das war es, was sie an mir mochte: Ich war eigen, aber nicht so sehr, dass ich aus der Rolle fiel, eben genau die richtige Mischung, die sie anziehend fand. Manchmal fragte ich mich, wie Becks wohl reagieren würde, wenn sie auch nur eine Ahnung davon hätte, wie mein Leben außerhalb der Schule aussah. Ein wenig Schrägheit wie Himmelshoch als Zuhause oder den farbenfrohen Sander fand sie zwar noch spannend, aber fantastische Veränderungen oder gar Tiamat? Gut möglich, dass ich Becks Unrecht tat und sie unter jeder Bedingung wie eine Eiche zu mir stand, aber so sicher war ich mir nicht. Ich hatte nämlich schon mitbekommen, wie sie Leute abkanzelte, die ihrer Meinung nach zu abgefahren waren. Unwillkürlich fragte ich mich, warum ich überhaupt mit ihr befreundet sein wollte. Zum einen natürlich weil sie so ein wunderbar alltägliches Leben führte, das ich mir insgeheim auch wünschte: Standardeltern, einen langweiligen Bruder und außer einem üblen Spitznamen nichts weiter Interessantes zu vermelden. Zum anderen strahlte Becks eine Sicherheit aus, von der ich mich magisch angezogen fühlte und die mich hoffen ließ, dass sie sogar dann noch meine Freundin sein würde, wenn sie jedes meiner Geheimnisse kannte.

Das Ende der Englischstunde hätte ich glatt verschlafen, glücklicherweise weckte Becks mich rechtzeitig aus meinem Dämmerzustand. »Du brauchst dringend frische Luft«, ordnete sie an.

Folgsam taperte ich hinter ihr her auf den Schulhof und stellte mich mit zu ihren Freunden, die bereits unter Hochdruck redeten, nachdem sie fünfundvierzig Minuten lang im Unterricht den Mund gehalten hatten. Das galt besonders für diejenigen aus dem Geschichtskurs bei Frau Dr. Marie Zirowski, die zu Endlosmonologen neigte.

Tammo, Becks älterer Bruder, führte wie immer das Gespräch an, sodass ich wusste, es konnte ausschließlich um Basketball gehen, bevor ich auch nur ein Wort hörte. Manche Dinge standen genauso verlässlich fest wie das morgendliche Aufgehen der Sonne. Für gewöhnlich war ich durchaus zu haben für Verlässlichkeit, aber Tammo übertrieb es meiner Meinung nach. Was seine Themenauswahl anging, war er dermaßen verlässlich, dass ich mittlerweile synchron mitsprechen konnte.

Als wir in den Kreis traten, blinzelte Tammo mir zu, das Selbstbewusstsein in Person. Kein Wunder, er war ein waschechter Hingucker mit seinem goldroten Haarschopf, der ihn aus jeder Menschenmenge hervorstechen ließ, und seiner Athletenfigur. Genau wie Becks wusste er fast schon zu gut, was für Klamotten ihm standen und wie man lächeln musste, damit einem die Welt zu Füßen lag. Mehr brauchte es für die meisten Mädchen an der Sophie-Scholl-Gesamtschule nicht, um in Ohnmacht zu fallen. Ich bildete da keine Ausnahme, nur dass ich vor Langeweile daniedersank, weil ich sowohl Tammos Gerede als auch seine zur Schau getragene »Was bin ich doch beliebt«-Tour einschläfernd fand. Vermutlich machte mich ausgerechnet meine Resistenz für seinen Charme in seinen Augen besonders anziehend, jedenfalls bekam ich die Extraportion Aufmerksamkeit ab, nach der sich die anderen Mädchen der Clique sehnten.

»Moin, Anouk«, begrüßte er mich. »Du siehst aus, als könntest du eine kleine Aufmunterung gebrauchen. Kann ich dir dabei helfen?«

»Lass mal, deine Basketball-Helden-Geschichten sind aufmunternd genug. Erzähl ruhig weiter.«

Es war Tammo an der Nasenspitze anzusehen, dass er nicht recht wusste, ob ich das ernst meinte oder ihn vielleicht hochnahm. Dann siegte jedoch sein Ego, und er erzählte fröhlich weiter, wie er den Verteidiger vom letzten Freundschaftsspiel in Grund und Boden gerammt hatte. Automatisch schweifte mein Blick ab und blieb am einnehmendsten Grinsen aller Zeiten hängen.

Laboe.

Was machte die denn hier? Eigentlich lohnte sich der Weg vom Kunsttrakt, wo sie gerade Unterricht hatte, zum Innenhof für die Pause nicht. In ihrem Windschatten folgte Moritz, von Kopf bis Fuß in dunkle Farben gekleidet, nur seine Miene war noch finsterer. Dabei war Kunst sein Lieblingsfach, wie ich beklemmt dachte. Also wieder kein guter Tag für ihn.

Während Becks und die anderen fasziniert an Tammos Lippen hingen, der irgendwas über den Jahrhundertwurf erzählte, lief ich Laboe und Moritz entgegen.

»Hey, was macht ihr denn hier?«

Laboe grinste. »Es ist schon echt ein Kunststück, unauffällig schnell zu rennen. Haste gut gemacht, Commander Becks hat von deiner unerlaubten Absonderung von der Gruppe nichts mitbekommen.«

»Du bist paranoid, meine Gute«, winkte ich ab.

»›Meine Gute‹«, äffte Laboe mich nach. »Ist das Becksisch? Die Frau färbt langsam auf dich ab.«

Die Giftspritze saß, obwohl ich solche Kommentare allmählich gewöhnt war. Becks machte keinen Hehl daraus, dass sie auf Laboe herabsah, während die wiederum keine Chance ungenutzt verstreichen ließ, über die »Sauberfrau« zu lästern. Dagegen anzugehen brachte erfahrungsgemäß wenig, Laboe neigte nämlich dazu, sich an dem Thema nur umso mehr festzubeißen, je stärker ich sie davon abzubringen versuchte. Normalerweise war sie das mit Abstand coolste Mädchen der Schule, aber wenn es um meine Freundschaft zu Becks ging, wurde sie bissig.

Ich entschied mich für ein Ausweichkommando, indem ich mich Moritz zuwendete und ihm über seine behaarte Wange strich. Seit dem letzten Sommer, den er allein mit einer Wanderung durch die schottischen Highlands verbracht hatte, trug er einen Vollbart, passend zu seinen schulterlangen Haaren. Sander nannte ihn deshalb immer die »Teenager-Ausgabe von Vetter It«, nach diesem Kerlchen aus der ›Addams Family‹, das von Kopf bis Fuß nur aus Haaren bestand. Das war übrigens als Kompliment gemeint, denn es schafften nur wenige Menschen, Sanders Aufmerksamkeit so zu erringen, dass er sie mit einem Spottnamen bedachte.

»Wie geht es dir?« Meine Frage klang viel zu vorsichtig, das wusste ich sofort.

»Ich bin kein rohes Ei«, bekam ich prompt von Moritz die Rechnung serviert.

»Weiß ich doch. Das war bloß so dahingesagt, ganz ohne Hintergedanken.«

»Und warum streichelst du mir dann die Wange?«

»Weil unsere Anouk Körperkontakt liebt.« Laboe legte den Arm um meine Schultern und drückte mir einen Schmatzer auf die Wange.

Ich musste lachen und knutschte sie zurück, traf allerdings lediglich ihren Kieferknochen, weil sie locker einen Kopf größer war als ich. So wie die meisten Menschen. Dann fing ich Becks Blick auf, wobei ich ihre Gedanken förmlich lesen konnte: »Du lässt dich von Jasmin Laboe mitten auf dem Schulhof busseln? Weißt du denn nicht, was man über sie erzählt?«

*Doch*, dachte ich, *das weiß ich nur allzu gut.*

Vermutlich gab es niemanden in unserer Kleinstadt, der sich noch nicht das Maul über dieses einzigartige Mädchen zerrissen hatte, schließlich bot Laboe mehr als einen Grund dafür. Der Augenfälligste war vermutlich ihre Milchkaffeehaut, eine Mischung aus ihrem Vater, dessen Familie schon seit Generationen in Marienfall lebte, wo alle miteinander blass waren, und ihrer französischen Mutter, deren Vorfahren aus der Karibik stammten. Ihre Großmutter, die in Paris lebte, hatte sogar noch ein paar ziemlich beeindruckende Voodootricks auf Lager. Das allein wäre schon interessant gewesen, aber es kam noch hinzu, dass Laboe keinen Hehl daraus machte, auf Frauen zu stehen. Die Kombination war für viele einfach zu heftig. Nicht unbedingt, weil die Leute sich etwas Böses dachten, sondern weil sie nicht recht wussten, wie sie sich verhalten sollten, vor allem weil Laboe allzeit erhobenen Hauptes durchs Leben ging.

»Oh, ich befürchte, dieses Bussi fand deine Freundin Becks nicht angebracht. Das gibt Punktabzug auf ihrer Sauberfrauen-Liste, sorry.« Laboe gab sich gar nicht erst die Mühe, die Genugtuung aus ihrer Stimme zu tilgen.

Ich seufzte. »Du weißt, dass dieser Hühnerkampf zwischen euch beiden albern ist, oder?«

»Ich liebe Hühnerkampf, da kriege ich gar nicht genug von.«

Das Schrillen der Glocke verkündete das Pausenende. Während Laboe ein so waschechtes Hahnenkrähen von sich gab, dass der halbe Schulhof sich nach ihr umdrehte, suchte ich Moritz' Blick.

»Sollen wir heute Nachmittag was zusammen machen?« Es setzte mir zu, wie schmal er in diesem Mantel aussah. Als wir ihn im Herbst zusammen gekauft hatten, hatte er ihn noch problemlos ausgefüllt.

»Das geht leider nicht, mein Vater will heute etwas mit mir unternehmen, Vater-Sohn-Zeit, Kino oder so. Vermutlich krönt er das Ganze mit einem ellenlangen und sinnbefreiten Gespräch im Anschluss.«

»Armer Moritz, obwohl Kinobesuch doch deutlich besser ist, als wenn er dich wieder zu einem Cellovorspiel schleppen würde.« Moritz Eltern waren der festen Überzeugung, dass er unbedingt etwas aus der einzigen Leidenschaft, die sie nachvollziehen konnten, machen musste. Es war ihnen unbegreiflich, dass er zwar stundenlang mit seinem Cello zubrachte, es aber hasste, vor Publikum zu spielen.

»Moritz mag heute zwar vergeben sein, ich habe allerdings Zeit, mein Schnuckiputz.« Laboe lächelte herzallerliebst.

»Fein, dann treffen wir uns nach Schulschluss bei deinem Wagen«, willigte ich ein, verwundert über die Bezeichnung ›Schnuckiputz‹. Dann erst begriff ich, dass Becks hinter mir aufgetaucht war.

»Die Dame ist bereits vergeben, zumindest für den heutigen Nachmittag«, verkündete Laboe.

Becks ignorierte sie, während sie mich beim Ellbogen packte und regelrecht abführte. Das hielt Laboe jedoch nicht davon ab, uns Luftküsse hinterherzuwerfen. Becks Kiefer mahlte, als sie ihren Platz im Englischkurs neben mir einnahm.

»Nun ärger dich doch nicht, für Laboe ist das ein Spiel, sie provoziert halt gern. Und du machst es ihr mit deiner abweisenden Art besonders leicht«, versuchte ich ihr zu erklären, obwohl ich wusste, dass die beiden wie Hund und Katze waren und keine Erklärung meinerseits irgendetwas besser machte.

Zuerst sah es so aus, als würde Becks nicht reagieren. Bedächtig strich sie ihren Pferdeschwanz glatt. Herr Wecken startete bereits in den Unterricht, als sie plötzlich flüsterte: »Jasmin Laboe ist wie ein Krankheit, die man nicht loswird.«

»Blödsinn! Und überhaupt: Du kennst sie ja nicht einmal«, raunte ich zurück.

Den Rest der Stunde verbrachte ich nicht mit »The Catcher in the Rye«, sondern mit der Frage, was genau Becks damit hatte sagen wollen. Sie hatte wütend, aber auch nachdenklich geklungen. Ich fand bis zum Ende der Stunde keine Lösung und war geradezu erleichtert, als sie sich rasch verabschiedete, um ihren Bus noch zu bekommen.

# 6. Bunte Kaninchen und andere Ärgernisse

Laboe parkte ihren klapprigen Fiat Punto wie gewohnt in der Seitenstraße vor unserem Haus. Einen Moment lang saßen wir schweigend nebeneinander und hörten den Song zu Ende, dann stupste sie gegen meinen Arm.

»Einen selbst gemachten Bitterorangenbollo von meiner Grandmama für deine Gedanken.«

»Zwei Bitterorangenbollos.«

Laboe grinste breit und zeigte ihre wunderbar weißen Zähne. »So gierig heute?«

»Wenn es um Süßigkeiten *made by* Grandmama geht, immer.«

›Grandmama‹ war der Kosename für ihre Oma und stammte noch aus Laboes Kindertagen, als sie kurzerhand die Worte ›Grandmère‹ und ›Großmama‹ zusammengezwirbelt hatte. Passte ja auch wunderbar zu der französischen Dame, deren Enkelkinder in Deutschland aufwuchsen.

Umständlich wickelte ich den Bonbon aus dem Papier und betrachtete ihn einen Moment lang. Ich liebte Grandmamas handgemachte Bonbons, die aussahen wie ungeschliffene Edelsteine und die wie nichts anderes auf der Welt schmeckten. Dieser hier mochte ›Bitterorange‹ heißen, aber die herbe Note war viel komplexer und hinterließ ein Prickeln auf meiner Zunge, bei dem ich meine Sorgen und Erschöpfung vergaß.

Laboe hingegen leider nicht. »Nun komm schon, Anouk, lass dich nicht so lange bitten, dir liegt doch was auf der Seele. Und komm ja nicht auf die Idee, mir eine billige Ausrede anzudrehen, dafür kenne ich dich zu gut.«

Trotz ihrer Drängelei strich ich in Ruhe das Stanniolpapier glatt und sortierte in Gedanken, was ich ihr erzählen durfte und was nicht. Von meinen Freunden war Laboe die Einzige, die eine Ahnung hatte, dass es in Himmelshoch tatsächlich nicht mit rechten Dingen zuging. Normalerweise war es Sander und mir aufs Strengste verboten, Freunde mit nach Hause zu bringen – aus gutem Grund, wie ich zugeben musste. Nicht bloß, weil es schwierig war, unser verzaubertes Panoramafenster zu erklären oder warum die Ballerinafigur aus Porzellan eine Pirouette im Schneckentempo drehte und dabei verflixt echt aussah, sondern weil es wegen der Besucher eben durchaus gefährlich werden konnte. Einmal davon abgesehen, dass eine der wichtigsten Wächterregeln besagte, jeden, der nicht zum Zirkel gehörte, vom Tor fernzuhalten.

An und für sich war es kein Problem, diese Regel einzuhalten, weil die meisten meiner Freunde das verwitterte Herrenhaus am Ende der Efeugasse ohnehin mieden. Die Einwohner von Marienfall kannten Schauergeschichten über Himmelshoch, die seit Generationen erzählt wurden – und bei denen mich stets der Verdacht überkam, dass die Wächter sie absichtlich gesät hatten, um die Leute fernzuhalten. Ein einfacher, aber nichtsdestotrotz effektiver Trick. Davon einmal abgesehen war den meisten das Herrenhaus schlicht zu düster.

Betrachtete man die Vorderseite unseres Hauses, leuchtete mir das auch durchaus ein. Hinter einer mannshohen Steinmauer ragte das Bauwerk drei Stockwerke hoch, wobei es eher schmal als breit war und einen schiefen Eindruck machte. Ein Teil der Front war mit rohen und unregelmäßigen Steinplatten verputzt, sodass es aussah, als hätte sich das Haus mit eigener Kraft aus dem Boden gestemmt. Das Dach lief spitz zu, und seine Schindeln waren im Laufe der Jahre an den Stellen schwarz angelaufen, wo kein Moos wuchs. Auf der Zinne saß ein Wetterkreuz, ein Fanfare pustender Engel, den man allerdings nur sah, wenn man den Kopf in den Nacken legte. Nur auf diese Weise konnte man das Herrenhaus von der Straße aus in seiner ganzen Pracht betrachten und vermutlich hatte es daher auch seinen Namen, der über der Eingangstür in Stein gemeißelt stand.

## Himmelshoch.

Sander hingegen meinte, das Haus würde so heißen, weil man lieber in den Himmel schaue anstatt auf das Bauwerk. Dem stimmte ich überhaupt nicht zu, obwohl das Herrenhaus unbestreitbar eine finstere Seite hatte. Aber nur von vorne! Es gab noch eine Menge anderer Facetten, und genau das machte das Bauwerk in meinen Augen so anziehend. Sein Erbauer hatte nicht bloß etwas Beeindruckendes, Schönes oder bloß Nützliches schaffen wollen, sondern vielmehr etwas, das sich nicht mit einem schlichten Wort beschreiben ließ. Himmelshoch war eine Burg, ein Gruselschloss, ein mürber Steinhaufen, ein Kerker und ein Zuhause zugleich. Leider stand ich mit meiner Meinung ziemlich allein da.

Wie gesagt mieden die Marienfaller Himmelshoch nach Kräften. Nur meine liebe Freundin Laboe ließ sich weder von dunklen Gemäuern noch von der Tatsache abhalten, nicht eingeladen zu sein. Dermaßen unbelastet, war sie eines Tages in unserem Garten aufgetaucht. Und da sie dort niemanden antraf, spazierte sie einfach durch die offene Terrassentür hinein. Als ich sie fand, machte sie gerade die Bekanntschaft der Chaiselounge im Musikzimmer, deren Bezug nicht bloß wie knallorange Knete aussah, sondern seit einigen Wochen tatsächlich daraus bestand. Aus Superknete nämlich. Ich hatte Sander zu Hilfe holen müssen, um Laboes Allerwertesten von der Chaiselounge, in der er langsam, aber sicher versank, zu befreien. Zu meiner Erleichterung hatte sie dieses Erlebnis mit Fassung getragen, obwohl ihre Lieblingsjeans danach auf dem Sondermüll gelandet war. Als Enkelin einer Dame, die dem Übernatürlichen stark zugetan war, ging sie sowieso nicht davon aus, dass die Welt streng nach den Naturgesetzen funktionierte. Danach war alles Leugnen sinnlos gewesen, und gemeinsam mit Sander hatte ich Laboe in das Geheimnis von Himmelshoch eingeweiht. Jedenfalls im Groben, sodass ich nun aufpassen musste, nichts Falsches zu sagen. Tiamats Geschichte und die Tatsache, dass es nur ein Tor von vielen war, behielten wir genauso für uns, wie wir den Wächterzirkel verschwiegen. Für Laboe wohnten wir somit in einem hochspannenden Haus, in dem hochspannende Dinge passierten. Nichts war wirklich gefährlich, weil Super-Sander ja alles 1a unter Kontrolle hatte. Zumindest fast immer.

»Gestern gab es einen Überraschungsbesuch aus den Katakomben, der so überraschend war, dass wir ihn erst bemerkten, als er sich bereits auf dem Dachboden häuslich eingerichtet hatte«, erstattete ich Bericht. »Prompt hat Sander wieder die alte Diskussion auf den Tisch gebracht, ob es nicht besser für mich wäre, ein Internat zu besuchen. Letztendlich hat er Papa zwar nichts von den Vorfall verraten, aber es ist nur eine Frage der Zeit, bis der von allein auf dieses Thema zu sprechen kommt. In den letzten Monaten ist die Anzahl der Besuche stetig gestiegen, ohne dass Papa und Sander den Grund dafür ausmachen können. Anstatt einen Weg zu finden, Tiamat zu schließen, verlieren sie mehr und mehr die Kontrolle. Du kannst dir bestimmt vorstellen, wie gereizt die beiden deshalb sind. Die nächste meerblaue Nacktschnecke auf der Kellertreppe bedeutet ohne Zweifel, dass ich im Zug in Richtung Internat sitze.«

Laboe zupfte an ihrer Unterlippe. »Vielleicht wäre es das Beste.«

In meiner Empörung war ich schneller aus dem Wagen raus, als Laboe blinzeln konnte. Ich erreichte bereits das mannshohe Schmiedetor von Himmelshoch, als sie zu mir aufschloss.

»Nun sei nicht gleich beleidigt.« Im Gegensatz zu mir war Laboe nicht einmal ansatzweise außer Atem. Wie kam das bloß, dass alle um mich herum fitter waren, obwohl Sander mich an zwei Tagen die Woche durch die Hölle jagte? »Damit wollte ich überhaupt nicht sagen, dass du ins Internat gehen sollst, sondern dass es in Himmelshoch langsam echt gefährlich wird. Schließlich ist es denkbar, dass dich so ein Besucher das nächste Mal einsloggt und als Britney-Spears-Kopie wieder ausspuckt. Das wäre dann echt gruselig.«

Wir grinsten uns an, Laboe aus tiefstem Herzen, ich nur aufgesetzt. Im Gegensatz zu ihr wusste ich schließlich, dass die Besucher alles andere als Glibberwesen waren, die sich problemlos von Sander ausschalten ließen. Vielmehr wuchsen ihnen erschreckend oft zentimeterlange Stacheln oder mehrere Reihen Haifischzähne. Diesen Aspekt hatten Sander und ich allerdings verschwiegen, ansonsten hätte Laboe vermutlich darauf bestanden, dass Himmelshoch vom Militär dem Erdboden gleichgemacht wird und ihre Grandmama anschließend Grund und Boden mit einem Voodoozauber reinigt. Aus ihrer Perspektive wäre das ja auch richtig gewesen, aber nur weil sie keine Ahnung hatte, wozu Sander als Wächter tatsächlich imstande war und dass Tiamat zwar bewacht werden musste, jedoch auf keinen Fall zerstört werden konnte.

Unter Einsatz meines Körpergewichts gelang es mir, die knarrende Eingangstür des Hauses aufzustemmen, hinter der die halbrunde Empfangshalle lag. Ein wahres Kleinod mit Marmorboden.

Laboe drehte eine Pirouette und sank dann theatralisch gegen das Treppengeländer aus poliertem Mahagoni. »Wie geschaffen für kleine Mädchen, um ›Die Schöne und das Biest‹ nachzuspielen. Diese geschwungene Treppe macht mich echt fertig. Die ist so voll Hollywood, weißt du?«

Ich dachte beim Anblick der Treppe unangenehmerweise daran, wie ich sie am Tag zuvor auf meinem Hosenboden heruntergerutscht war, nachdem mir meine Knie vor Angst den

Dienst quittiert hatten – aber das behielt ich selbstredend für mich.

»Ja, es ist ein ziemlicher Programmwechsel. Draußen denkt man: Was für ein Spukschloss. Und sobald man durch die Tür ist, findet man sich in einem Märchen oder, besser noch, in einem Roman von Jane Austen wieder. Genau das gefällt mir, dass Außen und Innen zwei vollkommen verschiedene Angelegenheiten sind.« Ich hielt inne. »Das muss ich mir merken, das ist eine wichtige Regel.«

In diesem Moment kam Lutz um die Ecke gewatschelt und begrüßte uns mit einer Extraladung Sabber. Nachdem das erledigt war, verschwand er in die Küche. Was für ein kluger Hund, er wusste genau, wo dieser Mädchennachmittag enden würde, nämlich am Küchentisch mit lauter leckeren Sachen drauf. Und wenn es erst einmal so weit war, war Master Lutz zur Stelle.

»Dein Pa ist auf der Arbeit?«, vergewisserte sich Laboe. Es war schwierig zu sagen, wem von uns beiden die Vorstellung, plötzlich von Jakob überrascht zu werden, mehr zusetzte. Sogar meine durch und durch selbstbewusste Freundin zog in Gegenwart meines Vaters den Kopf ein.

»Sicher doch. Hast du den geschmacklosen Plastikkürbis bemerkt, der im Vorgarten steht? Wenn Papa unerwartet auftaucht, dreht Sander ihn um, sodass man sein Grinsen nicht länger sehen kann, nach dem Motto ›Du hast jetzt nix mehr zu lachen‹. Na, und heute hat der Kürbis gegrinst.«

»Tolle Idee, ein klassischer Sander, würde ich meinen. Wo steckt das bunte Kaninchen eigentlich?«, fragte Laboe, während sie mit dem Ärmel einen Sabberfaden von ihrer Schlaghose wischte.

»Sander? Der hockt bestimmt unten in seinem Bau, paukt für die theoretische Physikprüfung oder sieht der Zeit beim Verrinnen zu, während er als Endlosschleife seine vergötterten Black Keys hört. Von der Mucke bekomme ich langsam aber sicher Pickel.«

Solange mein Vater nicht von der Arbeit zurück war, war Sander im Haus, für den Fall, dass es Besuch gab. Da Jakob am Tag mit seiner Arbeit als Banker verheiratet war, bedeutete das im Klartext, dass Sander nicht mehr als ein paar Stunden Freiheit in der Nacht zur Verfügung standen. Eigentlich sollte er mir deshalb leid tun, aber ich hatte auf dem Schulhof Gerüchte darüber gehört, auf welche Weise er seinen Ausgang zu verbringen pflegte. ›S‹ stand nach Meinung einiger chronischer Partygänger nicht nur für Sander, sondern auch für ›sensationell‹, und bei einigen älteren Mädchen für ›saugut‹. Meine Theorie dazu lautete, dass er ohne Brille auf der Nase weder wusste, wo er sich gerade aufhielt, was er trank und erst recht nicht, mit wem er sich abgab. Wie auch immer, das ging mich nichts an. Sein Leben.

»Für Sander gilt die Außen-und-Innen-Regel übrigens nicht«, rutschte es mir trotzdem heraus. »Bei dem ist Innen genauso durchgeknallt wie Außen.«

»Im Gegensatz zu dir, die sowohl vom Outfit als auch von ihrer Seele her ein Engelchen ist.«

Laboe zupfte an meinem cremefarbenen Flatteroberteil, mit dem meine Mutter einst ihren Schwangerschaftsbauch kaschiert hatte. Die Hälfte meines Kleiderschranks bestand aus Madelins zurückgebliebener Garderobe, lauter Sachen, die genauso besonders waren wie alles, was meine Mutter zurückgelassen hatte. Nur ertrug mein Vater nach all den Jahren immer noch nicht den Anblick, weshalb ich meist darauf verzichtete, die Stücke zu tragen.

»Es ist wirklich kaum zu glauben, dass Sander und du Geschwister seid«, fuhr Laboe fort. »Noch unähnlicher könntet ihr euch gar nicht sein. Der große, schwarzhaarige Sander mit seinen scharfen Gesichtszügen und die goldige Anouk, deren Rehkitzaugen glatt Bambi die Show stehlen.« Meine Freundin grinste mich verschwörerisch an. »Gib endlich zu, dass ein Besucher deinen Bruder als kleinen Jungen verwandelt hat, vor allem seinen Geschmackssinn. Leugnen ist sinnlos.«

Ich zog eine Grimasse, nicht nur weil der Gedanke an Sanders Outfits grausam war, sondern auch weil ich das Geschwisterthema unangenehm fand. »Die Dinge sind selten so, wie sie auf den ersten Blick scheinen«, wich ich deshalb aus.

»Fürs Leben lernen mit Anouk Parson. Du willst jetzt doch wohl nicht philosophisch werden? Ich hatte gerade eine Doppelstunde Kunst-LK, zu deren Ende hin Moritz einen seiner Anfälle gekriegt und einen Endlosmonolog darüber gehalten hat, dass nichts einen Sinn macht, nicht einmal der Surrealismus in seiner Blütephase. Ich bin immer noch ganz betroffen.« Was wie ein lockerer Spruch klingen sollte, verriet in Wirklichkeit, was Laboe umtrieb.

Ich nickte verständnisvoll. »Ich mache mir auch Sorgen um Moritz. Solange er allerdings abblockt oder eruptiv aus ihm hervorbrechende Ansprachen hält, kann man da nur wenig tun. Außer zu ihm stehen und für ihn da sein.«

»Aber wir sind nicht immer da.«

Das stimmte natürlich. Darüber hatte ich mir auch schon den Kopf zerbrochen, ohne eine Lösung zu finden. In meinem umfangreichen »Vom Leben fürs Leben lernen«-Weisheiten-Schatz befand sich leider keine Anleitung, wie man mit einem schwermütigen Siebzehnjährigen umging, dessen einziger Trost im Cellospiel bestand. Wenn es wenigstens einen erkenntlichen Auslöser für Moritz' Verzweiflung gegeben hätte, wie Soziopatheneltern, ein tragischer Verlust oder eine unerfüllte Liebe, hätte es wenigstens einen Hebel zum Ansetzen gegeben. Den gab es jedoch nicht, Moritz litt schlicht und ergreifend am Dasein. Mein Vater machte dafür gewisse Hormone verantwortlich, als wären wir Jugendlichen nicht mehr als ein Chemiebaukasten, dessen Inhalt durcheinandergeraten war.

»Möchtest du was essen?« Der Gedanke an Essen würde Laboe hoffentlich aufmuntern, außerdem war die Küche einer der wenigen unveränderten Räume in diesem Haus. Offenbar mochten die Besucher die Nähe des Ofens nicht. Ganz im Gegensatz zu mir, Essen war eins meiner Lieblingshobbys.

Wie erwartet nickte Laboe. »Ehrlich gesagt stehe ich kurz davor, vor Hunger aus den Latschen zu kippen. Dieser Reis-mit-Scheiß, den sie uns heute in der Schulmensa vorgesetzt haben, war doch bestenfalls Schweinefutter. Das wird echt immer übler, wir sollten eine Initiative für menschenwürdiges Essen ins Leben rufen.«

»Dann würde ich Spaghetti *Arrabiata* vorschlagen, und zwar so scharf, dass sie alles wegbrennt, was noch vom Mensaessen in dir steckt.«

Laboe verbeugte sich tief vor mir, wobei ihr handlanges Haar auf und ab wippte. Ihr krisseliger Schopf stand immer zu Berge, als habe sie in eine Steckdose gefasst, und ließ sich nur von extrabreiten Bandanas zähmen. »Deshalb bin ich deine Busenfreundin, du weißt einfach, was ich brauche, und gibst es mir.«

»Liebend gern, solange es ums Essen geht.«

»Alles andere wäre auch gar nicht möglich, wie du weißt. Schließlich habe ich mein Herz unwiederbringlich an Jennifer Lawrence verloren.«

Nun war es an mir, ein wenig zu schauspielern. Ich schlug meine Hände voller Verzweiflung vor die Brust. »Dass du mir dein Fremdlieben auch immer so herzlos unter die Nase reiben musst! Gut, dann bleibe ich halt meinen ›Lucas‹-Träumen treu. Jungen, die es nur in Kevin-Brooks-Büchern gibt, können sich meiner Zuneigung wenigstens nicht entziehen. Das hast du jetzt davon, du untreue Seele.«

Diese Fopperei zwischen uns war wohl einstudiert und diente zur gegenseitigen Vergewisserung, dass es zwischen uns nur Freundschaft gab. Von meiner Seite aus bestand daran eh kein Zweifel, aber Laboe fühlte sich offenbar sicherer, wenn sie mir gelegentlich durch die Blume sagte, dass sie wirklich und wahrhaftig nicht auf diese spezielle Art an mir interessiert war. Dabei wusste ich das auch so.

Den Nachmittag verbrachten wir plaudernd und Spaghetti essend in der Küche, wobei Lutz sich unterm Tisch als Fußwärmer anbot, solange gelegentlich Nudeln und Parmesanbrocken ihren Weg nach unten fanden. Laboe sprach viel über das ›Feste Feiern‹-Projekt, ein Kinderfest, das vom hiesigen Musikzentrum ausgerichtet wurde. Eigentlich war sie der Typ, der gern abhing, aber wenn sie sich für etwas begeisterte, konnte sie sich richtig ins Zeug legen. Vermutlich gab es dieses Fest nur, weil sie nicht locker gelassen hatte, bis die Stadt und Sponsoren endlich ihre Taschen geöffnet hatten. Mittlerweile stand die Veranstaltung als solche, und nun ging es darum, sie mit Leben zu füllen. Jetzt waren Laboes Freunde und Bekannte dran, jedem wurde eine Rolle in dem Spektakel zugedacht und mir als ihrer engsten Freundin eine der Größten: Ich war die Marketingspezialistin. In diesem Fall war es jedoch ganz leicht, sich etwas einfallen zu lassen, denn das Motto lautete »Der kleine Drache Kokosnuss haut auf die Pauke«.

Gerade als wir überlegten, ob es möglich wäre, aus Pappmaschee und mit viel gutem Willen einen knallroten Kokosnuss samt Stachelschwein Matilda zu bauen, die dann auf dem Marktplatz Werbung für das Fest machen würden, schlurfte Sander in die Küche. In der Hand hielt er eine verbeulte Kaffeekanne, die man zum Warmhalten auf den Ofen stellte. Bestimmt schmeckte die abgestandene Brühe scheußlich, aber Sander war faul und holte nur alle paar Stunden Nachschub. Dermaßen k.o., wie er heute aussah, hatte er den dringend nötig. Dabei war er ein dunkelhäutiger Typ, der selbst im Winter den Eindruck machte, gerade von einem Sonnenscheinurlaub am Meer zurückgekehrt zu sein. Jetzt lag jedoch ein grauer Schleier über dem Bronzeton und Schatten trübten seine ansonsten lebendig grünen Augen ein.

»Das muss ja eine sensationell kurze Nacht gewesen sein«, begrüßte ich ihn.

Sander zuckte bloß mit den Schultern, dann warf er Laboe einen Blick zu. »Hallo … Mädchen.«

Das war ja mal wieder typisch. »Wo ist deine Brille?«

Automatisch fasste Sander sich ins Haar, doch da steckte die Brille nicht. Er betastete den Ausschnitt seines gelb-schwarz gestreiften Pullis, aber dort war sie auch nicht. Ratlosigkeit breitete sich in seinem Gesicht aus.

»Du hast sie in der Tasche von deiner Jogginghose eingehakt«, half ich ihm auf die Sprünge.

Umständlich schob er das Gestell auf seine Nase. »Sieh an, Frau Laboe. Und ich dachte, die miese Beleuchtung sei daran schuld, dass dein Gesicht schwarz aussieht.«

»Scharfe Hose«, konterte Laboe. »Hätte nicht geglaubt, dass Adidas sich traut, etwas in einem derartig schrillen Lila zu produzieren. Bestimmt ein Unikat.«

Sander sah verblüfft an sich herab. »Das ist Lila?«

Erfahrungsgemäß konnte das Geplänkel zwischen den beiden Ewigkeiten so weitergehen, sie hatten sich nämlich stets viel zu sagen, lauter fies verpackte Nettigkeiten. Im Stillen hegte ich den Verdacht, dass, wenn Laboe nicht Mädels bevorzugen würde, die beiden längst ein Paar wären. Denn während mich Sanders Art bis zur Weißglut reizte, war es für Laboe ein Riesenspaß, sich mit ihm einen Schlagabtausch zu liefern. »Wenn Sander seine Sprüche klopft, zeigt er dir damit, dass er dich mag. Ansonsten würde er dich einfach ignorieren. Also nimm es als Kompliment, wenn er behauptet, du wärst die größte Nervensäge auf Gottes schöner Welt. Damit bringt er zum Ausdruck, dass er sein Schwesterherz lieb hat«, hatte Laboe mir einmal erklärt, als ich mich über seine Sticheleien beschwerte. Seitdem behielt ich es lieber für mich, wenn er mir wieder einmal eins seiner angeblichen Komplimente an den Kopf geworfen hatte.

»Der Kaffee auf dem Herd ist frisch gekocht, den kannst du dir gern nehmen, wenn du dafür rasch wieder in dein Kellerloch verschwindest«, schlug ich Sander vor, doch der schüttelte den Kopf.

»Deswegen bin ich nicht hochgekommen, sondern wegen dir. Sag deiner Freundin Auf Wiedersehen, wir beide haben nämlich eine Verabredung.«

Mein Kiefer sackte nach unten. »Wir? Eine Verabredung? Auf keinen Fall. Du fantasierst wohl.«

Sander nahm seine Brille ab und kratzte sich mit dem Bügel hinterm Ohr. Bei jedem anderen hätte diese Geste verlegen ausgesehen, aber eine Reaktion wie Verlegenheit existierte in Sanders persönlichem Universum nicht. »Training«, erklärte er schlicht.

Zweimal die Woche, wenn Papa die Nachmittage von zu Hause aus arbeitete, jagte Sander meine müden Knochen durch die Straßen von Marienfall und zwang mich, Klimmzüge und Ähnliches zu machen, damit ich im Fall eines Zusammenstoßes mit einem Besucher dazu in der Lage war, schleunigst die Flucht anzutreten. Diese Trainingseinheiten waren die reinste Qual, denn ich war alles andere als eine Sportskanone, und Sander kostete die Chance, mich zu schikanieren, voll aus. Zumindest glaubte ich das. Warum sonst zog er die Stunden penibel durch, obwohl er normalerweise zusah, möglichst wenig mit mir zu tun zu haben?

»Wir haben heute Donnerstag, du Nase. Da steht kein Training auf dem Plan.«

»Ach ja. Den Deal habe ich dir ja noch gar nicht erklärt«, brummte er, während er sich an den Tisch setzte und sich meinen Teller mit der restlichen Pasta vornahm.

»Deal?« Ein ungutes Gefühl breitete sich in meiner Magengegend aus.

Laboe lehnte sich im Stuhl zurück und schien die Show zu genießen. Wir zwei Parsons waren ihrer Meinung nach ein spitzenmäßiges Unterhaltungsprogramm. Wie ›Dick und Doof‹ etwa. Leider hatte sie viel zu selten die Gelegenheit, den ›Mini-und-Blindschleiche‹-Vorführungen beizuwohnen, wie sie nicht müde wurde zu betonen.

»Den Deal natürlich, damit ich Jakob nichts von deinem missglückten Rendezvous mit dem Besucher erzähle«, sagte Sander ungerührt. »Dafür erklärst du dich bereit, zwei Trainingseinheiten mehr pro Woche zu absolvieren. Und weil der Herr Papa davon nichts mitbekommen darf, werden wir es im Haus tun, während er seine Lebenszeit in seiner heiß geliebten Bank verschwendet, nur weil sie ihn dort mit Zahlen herumspielen lassen. Passt eh zu dem Programm, das ich mir überlegt habe. Deine Haltung, dich lieber auffressen zu lassen, als dich zu wehren, hat mich drauf gebracht. Da die Besucher immer öfter vorbeischauen und du unbedingt in Himmelshoch bleiben willst, wirst du halt lernen müssen, dich zu verteidigen.«

Das war ja wohl kaum sein Ernst! Es gab viele Dinge, in denen ich okay bis gut war. Allerdings hatte kein einziges davon auch nur das Geringste mit Sport, geschweige denn mit Kampfsport zu tun, weswegen ich im Zweifelsfall für Wegrennen war.

»Vergiss es, ich lasse mich auf keinen Fall als lebender Sandsack missbrauchen. Du willst ja nur deinen Spaß mit mir haben.«

Sander verzog verächtlich das Gesicht. »Mit dir? Immer.«

Es gab Szenenapplaus von Laboe. »Einfach nur großartig. Wollt ihr gleich mit dem Training anfangen? Fände ich super. Ich verkrümele mich auf die Balustrade der Bibliothek, damit ich nicht im Weg bin, wenn ihr euch gegenseitig durch den Raum werft. Aber tu Anouk nicht weh, ja? Sie ist von Natur aus ja eher der unsportliche Typ, ungelenkig, eben nicht so körperlich. Ihre Kleinwüchsigkeit könnte man dagegen als Vorteil sehen, sie kann einfach unter ihrem Angreifer durchrennen.«

Meine beste Freundin. Wie schön, dass es sie gab. »Es ist wirklich zu schade, dass du jetzt gehen musst, Laboe.«

»Muss ich doch noch gar nicht.«

»Doch, musst du. Und zwar sofort.«

Offenbar kannte sie mich gut genug, um zu wissen, wann der Spaß vorbei war. Mit einem dicken Grinsen schnappte sie sich ihre Tasche, tätschelte Lutz den breiten Schädel und verabschiedete sich. »Mach's gut, Sander. Und du auch, meine Süße, wir sehen uns morgen in Chemie, dann kannst du mir deine blauen Flecken zeigen. Und falls Sander zu grob wird, beiß ihn. Ich habe gehört, das mag er.«

Ehe ich zu einer passenden Erwiderung ansetzen konnte, war Laboe auch schon zur Tür hinaus.

»Und du willst das jetzt wirklich durchziehen?« Ich konnte schlicht nicht glauben, was Sander sich in den Kopf gesetzt hatte.

»Gnadenlos«, sagte er und deutete in Richtung der Bibliothek, die er noch am Tag unseres Einzugs in ein Trainingszimmer verwandelt hatte.

Ergeben ließ ich den Kopf hängen und folgte ihm.

# 7. Fehlschlag

»Versuch es noch einmal.«

»Auf keinen Fall!«

»Memm hier nicht rum, los jetzt.«

»Nein.«

»Anouk.« Sander knurrte meinen Namen. »Nun mach schon.«

»Ich sagte: nein! Und dabei bleibt es. Wir haben es bereits hundert Mal gemacht und hundert Mal bist du ausschließlich am Meckern gewesen. Dabei bin ich echt schnell genug für dieses blöde »Ein Mann greift dich frontal an«-Szenario. Wir haben das nämlich bereits im Selbstverteidigungskurs an der Schule geübt, ich gemeinsam mit Moritz. Übrigens äußerst erfolgreich, seitdem zuckt der Gute jedes Mal zusammen, wenn er mich sieht. Davon einmal abgesehen, bringt die Nummer nichts im Fall eines fischigen Besuchers, schließlich haben die meistens keine Arme und eher Kiemen anstelle von Kehlköpfen. Wenn du mir etwas beibringen willst, dann am besten, wie man ein Seemonster außer Gefecht setzt, damit stehe ich wenigstens auf der sicheren Seite. Oder noch besser, wir üben mit deinen geliebten Stöcken.«

Sander rieb sich entnervt die Nasenwurzel. »Als ob du nicht die erstbeste Gelegenheit nutzen würdest, um dich unter spektakulären Umständen selbst aufzuspießen. Bevor ich mit dir eine Kampftechnik wie Arnis übe, musst du erst einmal beweisen, dass du deinen Körper und nicht nur dein Mundwerk unter Kontrolle hast.«

»Ha! Jetzt hast du dich verraten. In Wirklichkeit glaubst du auch nicht daran, dass ich trainierbar bin. Dir liegt dieser ganze

Kampfsportkram im Blut, während ich mehr der Harmonietyp bin. Ich bin gut im Dauertelefonieren und darin, den richtigen Kinofilm auszusuchen, aber eben nicht im Schmerzen zufügen. Ganz im Gegensatz zu dir, der seine Umwelt schon mit seinem schieren Anblick tyrannisiert. Allein dieser gelb-schwarz gestreifte Pulli von vorhin … Gib es endlich zu, wir machen das hier nur, weil es dir Freude bereitet, mich zu quälen.«

»Mädel, wenn du glaubst, es bereitet mir Freude, mich mit deinen Schneckenreaktionen herumzuplagen, dann hast du keine Ahnung, was das Wort *Freude* tatsächlich bedeutet. Es hat jedenfalls rein gar nichts mit Langeweile und Kopfschmerzen zu tun.«

Ich stemmte die Hände in die Hüften. »Kopfschmerzen? Woher willst du denn plötzlich Kopfschmerzen haben?«

»Die bekomme ich von deiner Jammerei.«

Ich hätte nicht fragen sollen, war ja klar.

»Seit wir vor einer gefühlten Ewigkeit mit dem Training begonnen haben, beschwerst du dich unentwegt, anstatt endlich einmal deinen Hintern in Bewegung zu setzen.«

»Na warte!«

Angetrieben von meiner verletzten Eitelkeit stürzte ich vor, um Sanders Kehlkopf einzudrücken, genau so, wie er es mir die ganze Zeit über beizubringen versuchte. Ich zog den Ablauf perfekt durch, ein schneller Schritt nach vorn, Hand zur Faust mit Daumen nach außen, gekrümmte Fingerknöchel vor, das Ziel fest im Blick – nur dass dort, wo eben noch mein Ziel gewesen war, gähnende Leere herrschte.

Sander war blitzschnell zur Seite getreten und versetzte mir einen Schlag aufs Hinterteil, sodass ich einige Schritte weiterstolperte.

»Der Schneckenvergleich hat es nicht richtig getroffen, Zeitlupe ist passender.«

Auf meinen Wangen, die ohnehin schon vor Anstrengung glühten, entfachte sich ein regelrechtes Feuer. Es war so erniedrigend, auf einem Gebiet herausgefordert zu werden, auf dem man von Anfang an auf verlorenem Boden stand. Sander lag die Kampfkunst im Blut, er hatte Wahnsinnsreaktionen und zeigte eine erstaunliche Kreativität, wenn es darum ging, seine Gegner mit Alltagsgegenständen auszuschalten. Einmal hatte er sogar einen besonders üblen Besucher, der direkt aus dem Mariannengraben entstiegen schien, mit einem Kugelschreiber erledigt. Wie sollte ich dagegen ankommen?

Mit erhobenem Kinn nahm ich die Ausgangsstellung ein, fest entschlossen, es ihm zu zeigen. Ich hatte mich angestrengt, von Anfang an, aber wenn das nicht reichte, würde ich eben noch eine Schippe drauflegen. Als Sander jedoch einen bedrohlichen Schritt auf mich zumachte, wich ich intuitiv zurück. Genau das, was er mir in den letzten Stunden hatte abgewöhnen wollen. Nicht zurückweichen, angreifen!

Sander stöhnte und schmiss seine Brille auf den Klamottenhaufen in der Ecke, um sich besser die Schläfen massieren zu können.

»Hey, die brauchst du doch«, wandte ich kleinlaut ein.

»Nicht bei dir.« Das war kein Spott, sondern pure Entmutigung, die aus ihm sprach. »Sieht danach aus, als wäre das Training keine so brillante Idee gewesen, vielleicht hören wir jetzt lieber auf.«

»Wie du meinst. Hören wir für heute auf … Oder mehr so generell?« Unsicherheit machte sich in mir breit. Ich hasste diese Übungen, aber noch mehr hasste ich es, Sander resigniert zu erleben, was nichts anderes bedeutete, als dass ich ein hoffnungsloser Fall war. Mit dieser Erkenntnis war ich plötzlich genauso wenig einverstanden wie mit dem abrupten Ende der Übungsstunde. »Komm schon, noch ein letzter Durchgang, ja? Und ich verspreche dir, dass ich es dieses Mal ernsthaft darauf anlege, dich zu verletzen.«

Mehr als ein Achselzucken hatte Sander nicht für meine Kehrtwende übrig. »Einverstanden. Aber mach schnell.«

*Genau das habe ich vor*, dachte ich und griff ihn an.

Dieses Mal klappte es, wobei schwer zu sagen war, ob es an meiner Entschlusskraft, an Sanders fehlender Brille oder schlicht daran lag, dass er immer noch resigniert herumstand, anstatt in Angriffshaltung zu gehen. Letztendlich war es gleichgültig, denn schon ein paar Sekunden später zählte einzig und allein, dass ich ihm einen kräftigen Schlag gegen sein rechtes Ohr verpasste. Um den Kehlkopf zu treffen, hatte es dann leider doch nicht gereicht.

Zuerst entging mir, wie er zurücktorkelte und dann in die Knie ging, weil meine Fingerknöchel ganz unerwartet schmerzten. In den Filmen schüttelte der Held nie seine Schlaghand aus und jammerte, er habe sich sämtliche Knochen gebrochen. In der Realität war das durchaus denkbar, so wie in meinem Fall. Erst danach bemerkte ich Sanders gekrümmten Rücken und die Art, wie er sich das Ohr hielt. Und selbst dann wog ich erst einmal ab, ob er mich hochnahm. Das war doch ein Ding der Unmöglichkeit, dass ausgerechnet ich, das Mädchen, für das Selbstverteidigung Flucht bedeutete, Superhelden-Sander wirklich und wahrhaftig getroffen hatte. Dann warf ich meine Vorsicht über Bord und hockte mich neben ihn auf den Boden.

»Tut es echt weh? Ist etwas kaputt gegangen? Glaub mir bitte, ich habe null damit gerechnet, dich zu erwischen. Ach, das tut mir so leid, wirklich sehr leid.«

Als ich erst einmal damit anfing, mich zu entschuldigen, konnte ich gar nicht wieder aufhören. In meinem ganzen Leben hatte ich niemandem je auch nur ein Haar gekrümmt, und jetzt litt der arme Sander möglicherweise unter einem Trommelfellriss und würde mit einem gestörten Gleichgewichtssinn leben müssen. Ungeachtet der Tatsache, dass ihm meine Berührungen normalerweise widerstrebten, schlang ich meinen Arm um seinen Rücken und streichelte über die Hand, mit der er sein Ohr bedeckte, als wolle er den Druck des Schlages ausgleichen.

 In meiner Verzweiflung presste ich mein Gesicht gegen seinen Oberarm, um mein dummes Geplapper einzustellen. Erst jemanden verletzen und dann auch noch ein Drama veranstalten – das ging ja mal gar nicht.

Der vertraute Geruch unseres Waschmittels und Sanders weniger vertrauter Geruch stiegen mir in die Nase. So tief es ging, atmete ich ein und fragte mich, wann ich ihm das letzte Mal so nah gewesen war. Vermutlich als kleines Kind, als es noch zu unserem Alltag gehört hatte, einander Trost zu spenden. Damals hatte er noch nicht nach dieser Mischung aus Salz und frisch geschlagenem Holz gerochen.

»Nichts Schlimmes passiert«, murmelte Sander beruhigend in meine Sprechpause hinein. Wie zum Beweis senkte er die Hand.

»Da ist ja Blut!« Mir blieb fast das Herz stehen. Was hatte ich nur angerichtet in meinem Wahn, ihn von meinem Kampfgeist zu überzeugen?

»Höchstens ein paar Tropfen. Es steckte zwar ganz schön viel Power hinter deinem Schlag, aber du hast mich bloß gesteift. Oh Mann, dass hört sich an, als habe jemand in mein Ohr eine Muschel samt Meeresrauschen eingebaut. Witzig.«

»Lass die dummen Sprüche, ich habe dich verletzt. Möglicherweise sogar zum Krüppel geschlagen.«

Sander lachte, nur um im nächsten Moment das Gesicht schmerzvoll zu verziehen. Zwischen Wangenknochen und Ohr, wo meine Fingerknöchel ihn erwischt hatten, verfärbte sich die Haut dunkelrot. »Es hat auch einen Vorteil: Jetzt höre ich dich nur noch mit halber Lautstärke.«

Ich versetzte ihm einen Schlag aufs Schulterblatt, nur ganz leicht, denn sicher war sicher.

Sander sah mich ernsthaft verwundert an. »Hey, was hast du denn plötzlich? Du machst ein Gesicht, als hätte ich *dir* das Trommelfeld zerschlagen und nicht umgekehrt.«

»Kannst du dich daran erinnern, wie du als Kind von dieser Riesentanne im Park runtergesprungen bist, um deinen Mut zu beweisen, und dir dabei den Fußknöchel verstaucht hast? Ich habe dich den ganzen Weg zurück ins Haus gestützt, obwohl du schon damals einen Kopf größer gewesen bist als ich. Anschließend habe ich dir sogar einen kalten Wickel gemacht, so, wie ich es bei der ›Sendung mit der Maus‹ gesehen hatte.«

»Du hast Kirschjogurt auf eins von diesen Erbstücken aus Spitze gepappt«, sagte Sander lachend. »Jakob hat beinahe einen Herzinfarkt bekommen, zuerst weil er dachte, ich hätte einen offenen Bruch wegen dem ganzen Weiß und Rot, und dann wegen des Spitzenteils. Und als Älterer von uns beiden habe ich die ganze Schimpfe abbekommen, während du heulend daneben gestanden hast.«

»Ich war gerade erst sieben Jahre alt und Papa hat mir furchtbare Angst gemacht. Natürlich habe ich geheult, er ist schrecklich, wenn er wütend ist.«

In Sanders Augen zeigte sich unerwartete Ernsthaftigkeit, als er mich ansah. »Darum habe ich Jakob ja auch nicht verraten, dass es deine Idee mit dem Wickel gewesen ist, obwohl er dann vermutlich mit seiner Meckerei aufgehört hätte. Du bist halt sein kleines Mädchen.«

Die Resignation, mit der das sagte, setzte mir zu. Als habe er es schon vor langer Zeit akzeptiert, bei Jakob weit abgeschlagen in der zweiten Reihe zu stehen. Und dabei musste ich schon um Papas Aufmerksamkeit kämpfen. »Du bist ihm auch wichtig«, versuchte ich mit größtmöglicher Überzeugung vorzubringen.

»Ich bin für Jakob wichtig, weil Tiamats Bewachung für ihn wichtig ist. Ansonsten verbindet uns beide nichts.«

»Wie kannst du das sagen? Schließlich hat er dich damals ohne Zögern aufgenommen.«

»Ja, als Torwächter, aber nicht als seinen Sohn. Du bist alt genug, um den Unterschied zu erkennen, Anouk. Aber in Wahrheit hast du das doch auch schon längst. Warum sonst hast du niemals einen Bruder in mir gesehen?«

Der Widerspruch lag mir auf der Zunge, doch ich schluckte ihn runter. Eine Lüge hätte uns beiden nicht weitergeholfen. »Du warst immer schon anders«, gestand ich stattdessen ein.

Als Sanders Rückenmuskeln sich unter meinem Arm bewegten, dachte ich, er würde mit den Schultern zucken, um seine Gleichgültigkeit zu demonstrieren. Dann begriff ich, dass ihm meine Umarmung unangenehm wurde, und ich zog mich zurück. Sander nutzte die Gelegenheit und rückte ein Stück von mir ab. Auch ansehen mochte er mich offenbar nicht länger, denn sein Blick schweifte durch die Bibliothek, von der bloß noch die deckenhohen Regalreihen und die Bücherstapel auf der Balustrade an ihre ursprüngliche Verwendung erinnerten. Ansonsten war alles auf Sanders Training zugeschnitten.

»Es ist sowieso ein Wunder, dass uns die Leute diese affige Geschwisternummer abnehmen.« Sander tastete unbewusst sein verletztes Ohr ab. »Während meiner Schulzeit wusste ich nie, ob ich darüber lachen oder den Kopf schütteln sollte. Du und ich – wir könnten gar nicht verschiedener sein. Allein vom Äußeren her sind wir wie Tag und Nacht. Offenbar sehen die Leute nur das, was sie sehen wollen. Nicht wahr, Anouk? Darin bist du doch auch nicht schlecht.«

Ich verstand die Anspielung nicht. »Das ist Unsinn, ich verschließe meine Augen nicht vor der Wahrheit. Ich weiß, wer du bist.«

Sander stand auf und machte ein paar Schritte, wie um seinen Gleichgewichtssinn zu prüfen. Dann ging er zu dem Regal, in dem er seine Stöcke und andere Dinge, mit denen er trainierte, lagerte. Anstatt jedoch eine der Waffen aufzunehmen, stand er regungslos da.

»Woher willst du etwas über mich wissen, was ich nicht einmal selbst weiß?«

Seine Frage umkreiste mich, während ich unfähig war, sie an mich heranzulassen. Mein Mund schnappte auf, ohne dass ich einen Laut von mir gab, und meine Hände strichen, entgegen meinem Willen, die Trainingshose glatt, nachdem ich aufgestanden war. Als Sander mit einem langen Stab zu trainieren begann und mich ignorierte, trat ich den Rückzug an. Bei der Tür blieb ich allerdings noch einmal stehen und warf ihm einen Blick zu. Er hatte recht, ich wusste wirklich nicht, wer dieser Junge war, der dort selbstverloren die sorgsam einstudierten Bewegungsabläufe durchspielte, als seien sie eine Form der Meditation und nicht darauf ausgerichtet, die Welt – oder zumindest unsere Kleinstadt – in den Angeln zu halten.

# 8. Der Besucher

Ich war fünf Jahre alt, als Sander zu uns kam.

Noch Jahre später erinnerte ich mich ganz genau daran, wie ich ihm zum ersten Mal gegenübergestanden hatte, aber ich weiß nicht mehr, ob meine Eltern beide anwesend waren oder nur mein Vater, dessen Hand auf meiner Schulter lag. Es war Sommer und ich trug ein sonnengelbes Kleid mit Trägern. Die Hand – damals noch unversehrt – meines Vaters war eiskalt und zitterte stark, als sei er zu lange in den Kellergewölben unter Himmelshoch gewesen und nicht draußen auf der Straße, wo in diesen Tagen unaufhörlich die Sonne schien.

Und von der Straße musste er gekommen sein, denn schließlich hatte er jemanden mitgebracht.

Einen Besucher, wie ich erfreut feststellte.

Denn in Himmelshoch, in dem mein Großvater bis zu seinem Tod vor einigen Tagen allein gelebt hatte und das wir gerade bezogen, gab es keinen Besuch. Vielmehr noch: Er war verboten. Wegen des Geheimnisses im Keller, über das meine Eltern unentwegt flüsterten.

»Das ist Alexander, er wohnt ab jetzt bei uns, er hat nämlich kein Zuhause«, hörte ich Jakob sagen mit seiner tiefen, Respekt einflößenden Stimme, bei der ich stets zusammenzuckte. Trotzdem registrierte ich, dass da noch etwas anderes war, ein Bruch, als sei meinem Vater etwas Schreckliches widerfahren. Rasch schob ich den Eindruck beiseite, denn er konnte nur falsch sein. Wir hatten schließlich einen Besucher. Nein, keinen Besucher, sondern einen neuen Mitbewohner!

Ich sah mir den fremden Jungen an und war sofort auf fast

magische Weise erfüllt von dieser Zuneigung, die man verspürt, obwohl das Gegenüber noch nicht einmal den Mund geöffnet hat. Es ist ein Instinkt, der sagt: Auf diese Person hast du gewartet, sie ist ein wichtiger Teil deines Lebens, ob du willst oder nicht.

»Alexander …« Der Name wollte mir nicht recht über die Lippen gehen, es klang, als würde er bei dem ›X‹ in der Mitte durchbrechen, und wurde dadurch zu einem »Ale-Sander«. Der Junge blinzelte, vermutlich weil es ihm zusetzte, wie ich dank meiner Zahnlücke seinen Namen verschandelte, was mir leid tat. Unter Hochdruck suchte ich nach etwas Freundlichem, mit dem ich es wieder gut machen konnte. »Ale-Sander. Das ist ein schöner Name, den mag ich. Klingt wie ›Hallo, Sander!‹, nicht wahr?«

Der Junge lächelte nicht über meine Bemerkung, wie ich es eigentlich erwartete, sondern schaute mich lediglich aus seinen zu Schlitzen verengten Augen an, als habe er Probleme, mich zu sehen. Als blicke er direkt ins Sonnenlicht …

»Den Namen habe ich ihm gegeben«, erklärte mein Vater, wobei ich etwas wie Besitzerstolz herauszuhören glaubte.

Dass dieser Junge, der ungefähr drei Jahre älter als ich sein mochte, nicht einmal einen eigenen Name hatte, stimmte mich traurig. Wenn man so groß war, dann sollte man doch eigentlich wissen, wer man ist. Das dachte ich zumindest. Erst nach und nach begriff ich, dass ihm noch weitaus wichtigere Dinge fehlten, wie etwa seine Sprache oder gar das Wissen, wie man sich benahm und was eine rote Ampel war.

Alexander – oder Sander, wie er sich schon kurz darauf zum Widerwillen meines Vaters nannte – faszinierte mich vom ersten Moment an. Mir war, als blickte ich hinter die Maske des vor Erschöpfung zitternden Jungen, der klitschnass und lediglich in Jakobs Hemd gewickelt im Foyer von Himmelshoch, inmitten der noch unausgepackten Umzugskartons stand. Wenn ich mir unsere Begegnung jetzt vor Augen führte, hatte er wie ein Welpe gewirkt, den man kurz vor dem Ertrinken aus dem Wasser gefischt hatte. Ein schmaler Junge mit langem schwarzem Haar, das in nassen Strähnen an seinem Hals klebte. Ein Junge, der kaum wusste, wie ihm geschah, und der unentwegt blinzelte, weil er von seiner Umgebung bestenfalls Umrisse erkannte und entsprechend nervös war. Der mit Ausdauer den kleinen Hund ignorierte, der hartnäckig, wie es nur Bulldoggen sind, an seinem Fußknöchel knabberte und dabei knurrte.

Aber das war natürlich die Sicht einer Sechzehnjährigen, die genau weiß, dass Sander eine Brille benötigte und dass er möglicherweise zitterte, jedoch auf keinen Fall aus Angst, sondern höchstens aus Anspannung … Wenn überhaupt. Und Lutz hatte ihm schon bald nachgesehen, dass er einfach in sein Revier eingedrungen war. Als Kind hatte ich ohnehin etwas anderes in Sander gesehen, eine Art Versprechen, das eines Tages eingelöst werden würde. Verrückt, ich weiß. Nur kam es mir damals keineswegs verrückt vor. Und es passte auch zu Sanders Reaktion auf die seltsame Gegebenheit, wie er in unserem Foyer stand, wo mein Vater ihm kurzerhand einen neuen Namen gab und ihn damit zu seinem Besitz erklärte.

Damals machte Sander einen verwirrten Eindruck, aber nur kurz, dann strich er sich Wassertropfen von den Wangen und folgte meinem Vater, der ihm das Gästezimmer zeigen wollte.

Rückblickend erinnerte ich mich nicht, was vor oder nach dieser Bekanntmachung geschehen war – ich sehe nur Sander als Kind und höre die Stimme meines Vaters. Mit fünf Jahren bekommt man bereits eine Menge mit, aber man behält nicht viel im Gedächtnis, bestenfalls Bruchstücke. So steht mir das blaue Muster auf Sanders Schulter noch lebhaft vor Augen, auf das ich einen Blick erhaschte, als das zu große Hemd aufklaffte. Die Stelle sah aus, als habe dort jemand einen mit Schnörkeln geprägten Stempel abgerollt. Später erfuhr ich, dass es sich um den Abdruck der Salzzeichen handelte, die sich seit diesem

Tag wie ein kunstvolles Netz vor das Tor spannten. Der kleine Sander hatte es offenbar berührt und dabei seine komplette Vergangenheit verloren.

Mein Vater vermutete, dass Sander heimlich ins Kellergewölbe eingedrungen war – um zu spielen oder auf der Suche nach Essen und einem Platz zum Schlafen. Es wäre sogar möglich gewesen, dass er sich schon länger dort unten herumtrieb, denn Jakob hatte, als einziger Erbe seines Vaters, die Wacht erst vor einigen Tagen und mit viel Widerwillen übernommen, weshalb er das Gewölbe weitgehend mied. Vermutlich war er die meiste Zeit über in Diskussionen mit meiner Mutter verwickelt gewesen, die nicht länger als unbedingt nötig auf Himmelshoch bleiben wollte. Wie auch immer, Sander hätte sich keinen schlechteren Moment aussuchen können. Denn Tiamat erwachte nach ihrem Jahrhunderte währenden Schlaf genau zu diesem Zeitpunkt. Als habe sie darauf gewartet, dass ein Wächter seine Aufgabe schleifen ließ. Durch Jakobs Nachlässigkeit wurde der Junge mit den schwarzen Haaren fast ein Opfer des erwachenden Tors, das seitdem von einer mysteriösen Barriere aus Zeichen versperrt wurde. Eine für uns Menschen undurchdringliche Barriere, wie mein Vater kurz darauf am eigenen Leib erfahren musste. Sander nannte zwar noch alle sein Finger sein Eigen, aber seine Erinnerung war danach nicht bloß unzuverlässig und löcherig wie meine in Kindheitstagen, sondern sie existierte schlichtweg nicht länger. Alles, was vor diesem Erlebnis lag, war aus seinem Gedächtnis gelöscht, komplett *tabula rasa*. Wie auch immer er gelebt hatte vor dem Tag, an dem Jakob ihn bewusstlos im Kellergewölbe fand, es war ausgelöscht worden.

Als Kind beneidete ich Sander manchmal darum, dass er keine Ahnung hatte, wer seine Eltern waren oder ob er überhaupt je welche gehabt hatte. Für mich wirkte er frei und unbelastet, während mir die zerbrochene Beziehung meiner Eltern zusetzte. Zwar suchte Jakob lange Zeit nach Sanders Familie, doch alle Spuren liefen ins Leere. »Vermutlich ist er ein Zigeunerkind, dessen Sippe längst weitergezogen ist«, hatte ich meinen Vater einmal sagen hören und war nicht weiter überrascht gewesen. Denn mit seinen rabenschwarzen Haaren und seiner wilden und zugleich stolzen Art konnte ich mir Sander hervorragend als Zigeuner vorstellen. Geboren, um ein freies Leben zu führen und die Feste zu feiern, wie sie fielen. Zumindest Letzteres nutzte er später als Jugendlicher bis zur Neige aus.

Nachdem meine Mutter uns kurze Zeit nach diesem Ereignis verlassen hatte und im Herbst ein neues Schuljahr begann, gab mein Vater Sander als seinen Sohn aus. Das war insofern leicht, weil wir ja gerade erst nach Marienfall gezogen waren und niemand wusste, ob die jungen Parsons nun ein oder zwei Kinder hatten. Irgendwie gelang es meinem Vater auch, alles Offizielle zu regeln, wobei ihm in die Hände spielte, dass wir zuvor wegen seines Jobs überwiegend im Ausland gelebt hatten. Auf diese Weise wurde Sander zu einem Parson. »Nur vorübergehend, eine leider unumgängliche Notlüge«, hatte er Sander gegenüber beteuerte, der sich gegen eine solche Vereinnahmung heftig wehrte. Zum einen vermutlich, weil er sich nicht sonderlich gut mit Jakob verstand und ihn unter keinen Umständen ›Vater‹ nennen wollte. Zum anderen – und das verstand ich weitaus besser – weil es bedeutet hätte, seine Vergangenheit endgültig verloren zu geben. Irgendwo musste doch eine Familie auf ihn warten, ihn vermissen … Zwar sprach Sander nicht darüber, aber ich wusste, dass er auf eigene Faust Nachforschungen anstellte, seit er alt genug dafür war. Ein zusammengeschnürter Packen von den Briefen der Ämter und Krankenhäuser, die er angeschrieben hatte, war mir in die Hände gefallen, als ich ihm beim Brillesuchen in seinem chaotischen und restlos vermüllten Zimmer geholfen hatte. Seitdem durfte ich nur mit seiner ausdrücklichen Erlaubnis im Türrahmen stehen und ansonsten keinen Fuß in sein Terrain setzen. Nicht, dass ich mich darum riss, in seiner Lotterhöhle herumzuhängen, in deren Ecken Moos wucherte.

Ob ich mich darüber freute, plötzlich einen großen Bruder zu haben? Ich weiß nicht recht, denn es war ja eine Lüge, der darüber hinaus ein bitterer Beigeschmack anhaftete. Es ging Jakob zu keinem Zeitpunkt darum, dass wir drei eine echte Familie bildeten. In seinen Augen war Sander zuerst ein Findelkind, später ein geduldeter Gast, der seiner von der Trennung verstörten Tochter zur Seite stand, und dann, als er älter war und ein erstaunliches Talent im Bewachen Tiamats an den Tag legte, sein Lehrling. Ein Sohn war Sander ihm jedoch zu keinem Zeitpunkt, und er gab sich auch keinerlei Mühe, wenigstens so zu tun, als ob. Sander schien das auch nicht weiter zu bekümmern, denn er ging von sich aus ebenfalls keinen Schritt auf Jakob zu. Falls er jemals etwas unternommen haben sollte, um die Beziehung zu vertiefen, dann habe ich das nicht einmal ansatzweise mitbekommen. Sander und mein Vater nahmen sich nichts in ihrer Distanziertheit, sie sprangen bestenfalls so höflich wie zwei Fremde miteinander um.

Und ich? Ich wünschte mir oft, der Klebstoff zu sein, der unser Dreieck zusammenhielt. Nur hatte ich ebenfalls so meine Probleme mit Jakob, den außer seiner Arbeit wenig kümmerte. Was mein Verhältnis zu Sander anging … Wir waren wie zwei Magneten, die glaubten, voneinander angezogen zu werden, um dann – Überraschung! – mit einem Riesenknall auseinanderzufliegen. Immer wieder aufs Neue, ich konnte die blauen Flecke, die ich mir dabei geholt hatte, schon gar nicht mehr zählen.

Vielleicht sah ich Sander niemals als Bruder, weil er sich beharrlich weigerte, diese Rolle einzunehmen. Die ersten Monate – möglicherweise auch Jahre – war er mir zwar zugetan, aber eben auf eine verschlossene Weise, die er nur in seltenen Momenten abstreifte. Wenigstens akzeptierte er mich während dieser Zeit als eine Freundin, auch wenn ich kichern musste, als er seine ersten Versuche, mit einer Gabel zu essen, unternahm oder mir die Aufgabe zufiel, ihm den Sinn von Seife zu erklären. Seitdem wusste ich, dass Zitronenseife nicht nur appetitlich riecht, sondern offenbar auch appetitlich aussieht, denn Sander hatte voller Genuss hineingebissen. Allerdings war es kein reines Geben von meiner Seite gewesen, er revanchierte sich stets. Für mich gab es als Kind nichts Tröstenderes als seine wärmende Umarmung, wenn ich wieder einmal in Tränen über die Tatsache ausbrach, dass meine Mutter uns verlassen hatte. Und das tat ich oft. Damals.

Spätestens als ich meine Blumen-T-Shirts gegen Oberteile mit einem nicht zu knappen Ausschnitt eintauschte, begannen Sander und ich auseinanderzudriften. Mir stand noch Jahre später lebhaft vor Augen, wie er mir mit verkniffenem Gesicht den Wäschekorb in die Arme gedrückt hatte, in dem zuoberst mein erster BH lag, der mit Erdbeeren bedruckt war.

»Ab heute herrscht beim Wäschemachen Arbeitsteilung. Ich wasche meinen Kram und du wäschst deinen. Übrigens, Erdbeeren gehen genauso wenig wie Teddybären – oder noch schlimmer: Blümchen. Wenn du schon unbedingt eine Frau werden musst, dann bitte ein coole. Sonst halte ich das nicht aus.«

Es ist wohl keine große Überraschung, dass meine dreizehnjährige Ausgabe lediglich stocksteif dastand, anstatt ihm für diese Unverschämtheit den Kopf abzureißen. Solche Zusammenstöße gab es noch viele, aber dieser erste verfolgte mich noch lange, vor allem der Blick, mit dem Sander mich bedacht hatte. Als sei ich ein fremdes Wesen, von dem er nicht wusste, ob er es fürchten oder erforschen sollte. Ich war verletzt gewesen, keine Frage, aber zugleich hatte mich die Intensität gefesselt, die von ihm ausgegangen war. Mir kam es vor, als hätte mich zum ersten Mal in meinem Leben jemand wirklich angesehen.

Ob ich wollte oder nicht, mich prägten vor allem zwei Menschen, die kein Teil meines Lebens sein wollten: Sander, der mich mied und dessen Unterhaltungskünste sich auf Bissigkeiten beschränkten, und meine Mutter. Als ich später begriff, dass mein Vater Sander keineswegs auf der Straße aufgegriffen hatte, sondern dass er sich unter Himmelshoch aufgehalten hatte, als Tiamat erwachte, hatte ich Jakob unter vier Augen gefragt, ob Madelin möglicherweise nicht nur wegen seiner Aufgabe als Wächter gegangen war, sondern auch wegen Sander. Weil Papa sich seinetwegen schuldig fühlte und die Wacht niemals abgeben würde, damit kein Kind je wieder in eine solche Lage geriet.

Jakob hatte mich lange angesehen und dann gesagt: »Deine Mutter ist fortgegangen, um ein anderes Leben zu führen. Marienfall hatte ihr nichts zu bieten, und ich musste hier bleiben, also hatte ich ihr auch nichts zu bieten. Es ist besser für dich, ihre Entscheidung zu akzeptieren, anstatt dich mit dem ›Warum‹ zu quälen. Vergiss Madelin, auch wenn es dir noch so schwer fällt, denn sie wird nicht wiederkommen. Und Hoffnung, die sich niemals erfüllt, verwundet einen mehr als ein eingestandener Verlust.«

Mehr war zu diesem Thema nicht aus Jakob herauszubringen gewesen, obwohl ich genau spürte, wie nah ihm meine Frage ging. Mein Vater war kein emotionaler Mensch, ganz im Gegenteil, aber ich ahnte, dass er selbst noch Hoffnung hegte, obwohl es ihn verletzte.

Meine Mutter verließ unsere Familie fast zeitgleich mit Sanders Erscheinen. Madelin ging mitten in der Nacht, heimlich, wie Menschen es tun, die schon lange unglücklich sind und ihren Entschluss ganz allein mit sich ausgemacht haben. Sie nahm nicht mehr mit als einen Koffer voller Kleider und mein Lieblingsschmusetier, ein lang gezogener Hase namens Löffel, dem ich fast genauso sehr hinterherweinte wie ihr. Trotzdem war mir nicht viel mehr von Madelin geblieben als eine Handvoll ausgefallener Möbelstücke, die sie nach Himmelshoch mitgebracht hatte, und ihre restliche Kleidung, die ich nicht tragen konnte, ohne dass mein Vater mich mit Nichtachtung abstrafte. Dann gab es noch eine Kiste mit Krimskrams, die zusammen mit ein paar Fotos in meinen Besitz übergegangen waren. Auf den ältesten Aufnahmen sah Madelin noch glücklich und dann immer verschlossener aus, als würde sie ein Lächeln für die Kamera Überwindung kosten. Nur auf den Fotos, auf denen sie mich im Arm hielt oder mir auf der Schaukel Schwung gab, lachte sie.

# 9. Abflug

Heute war wieder einer von diesen Tagen, an dem ich mit den Stöpseln meines MP3-Players in den Ohren auf dem Bett saß und mein Lieblingsalbum von Vienna Teng anwählte, um die Außenwelt auszublenden und in meinen Grübeleien zu versinken. Genau das brauchte ich, wenn ich die vergilbten Fotos von meiner Mutter in die Hand nahm, deren Anblick mir tief in die Brust schnitt.

Es tat weh, Madelin zuzusehen, wie sie mit mir als Kleinkind spielte und dabei den Eindruck machte, als sei sie glücklich, als würde es ihr unendlich viel bedeuten, sich von mir als Mini-Anouk mit Fingerfarbe vollschmieren zu lassen oder mich mit Heidelbeerkuchen zu füttern. Ich hatte die Fotos schon so oft betrachtet, dass sie an den Rändern ausgefranst waren, und wie immer fragte ich mich, ob meine Mutter eine hervorragende Schauspielerin oder eher eine Lügnerin war. Denn ihre zärtliche Art, dieses ganze Zugetansein, das war nicht echt gewesen. Wäre es echt gewesen, dann hätte sie mich niemals verlassen. Sie hätte mich mitgenommen, wohin auch immer sie gegangen war. So musste es sein. Wenn ich jedoch ihre strahlend blauen Augen und das liebevolle Lächeln sah, mit dem sie mich betrachtete, dann konnte ich es nicht glauben, sosehr ich mich auch darum bemühte. Madelin war und blieb ein Rätsel.

Während ich selbstvergessen dasaß, zupfte jemand einen Stöpsel aus meinem Ohr, sodass Vienna Teng plötzlich mono über eine verlorene Liebe sang.

Sander stand neben meinem Bett, mein Handy in der Hand.

»Du solltest das Ding nicht rumliegen lassen. Lutz war kurz davor, es zu fressen, weil ihm das ewige Gepiepe auf den Nerv ging.«

Ich brauchte einen Moment, um mich zu fassen, denn seit unserem Selbstverteidigungstraining vor über einer Woche hatte Sander mich nicht eines Blickes gewürdigt. Die meiste Zeit war er ohnehin mit Tiamat beschäftigt gewesen, sodass ich weder ihn noch meinen Vater viel zu sehen bekommen hatte. Sollte mir recht sein, Ruhe war schließlich ein seltener Zustand in unserem Haus. Und so ertappte mich wenigstens auch niemand dabei, wie ich mehrmals am Tag auf den Dachboden schlich und auf die einsetzende Veränderung nach dem Besuch des Krakenmanns wartete, die sich jedoch nicht richtig einstellen wollte. An den Wänden hatte sich lediglich eine glasartige Schicht ausgebreitet, mehr nicht. Es war, als läge ein Dornröschenzauber über dem Herrenhaus.

»Hallo, findest du jetzt bitte mal zurück ins Hier und Jetzt? Komm schon, nimm das Teil endlich, da ist Hundesabber dran«, forderte Sander mich gereizt auf. Er machte einen abgekämpften Eindruck, als würden die Stunden beim Tor nunmehr ihren Preis fordern. »Es ist übrigens Laboe, niemand sonst bringt das Durchhaltevermögen auf, hier tausendmal hintereinander anzubimmeln.«

Trotz der Speichelfäden schnappte ich mir das Handy und kam lediglich dazu, »Hallo« zu sagen, dann sprudelte Laboe auch schon los.

»Gott, das hat ja Ewigkeiten gedauert! Ich habe deine Nummer angewählt und angewählt und … Na, und plötzlich habe ich Sander an der Strippe. Du willst gar nicht wissen, mit was für einem asozialen Spruch der Kerl mich begrüßt hat. Unfassbar. Aber egal, erzähl ich dir später. Jetzt musst du erst einmal deinen Hintern in Bewegung setzten und zu uns nach Hause kommen. Grandmama ist zu Besuch! Und sie hat zur Feier des Tages Champagner mitgebracht. Echten Champagner, stell dir das vor! Wir sind bereits beim Anstoßen, du musst dich beeilen, wenn du auch noch ein Glas abbekommen willst.«

»Wow!« Ich sah mich hektisch nach meinen Vans um. Laboe hatte recht, ich musste sofort los. Denn genauso unangekündigt, wie die alte Dame aufzutauchen pflegte, verschwand sie auch wieder. »Bin gleich da, ich fliege, also lass mir wenigstens einen Schluck übrig. Himmel, ich freue mich!« Ich drückte das Gespräch weg und stürzte zum Schreibtisch, um den Busfahrplan hervorzukramen. Laboes Familie lebte außerhalb von Marienfall auf einem Bauernhof mitten im Nirgendwo, weshalb die älteste Tochter pünktlich zum Führerschein ein eigenes Auto geschenkt bekommen hatte.

»Mist, der letzte Bus ist bereits weg«, stellte ich frustriert fest.

»Dann wird es wohl nichts mit dem Besuch.«

In der Aufregung hatte ich den unfreiwilligen Handy-Überbringer ganz vergessen.

Sander hatte sich auf mein Bett gesetzt und hielt eins der alten Fotos in der Hand. »Madelin sieht sehr jung aus, so habe ich sie mir nie vorgestellt«, sagte er mit einem schmerzlichen Lächeln. Bevor ich nachhaken konnte, legte er die Aufnahme zu den anderen und stand auf. Unter seinem Wangenknochen schimmerte ein Rest des Blutergusses, der sich nach meiner Attacke dort ausgebreitet hatte. »Laboes Grandmama ist also wieder einmal im Lande. Eine coole Lady. Was willst du jetzt machen?«

»Ich werde mit dem Fahrrad hinfahren, mir bleibt ja nichts anderes übrig.«

»Eine Fahrradtour, bei dem Wetter?«

Wie aufs Stichwort sahen wir gleichzeitig zum Fenster. Draußen regnete es dicke Tropfen, so dicht an dicht, dass es wie ein grauer Vorhang aussah. Dieses Frühjahr war definitiv nicht mein Freund.

 »Das solltest du dir besser noch einmal überlegen«, schlug

Sander vor. »Ruf Laboe an und sag ihr, dass sie dich mit ihrem Altmetallhaufen abholen soll.«

Nachdenklich kaute ich auf meiner Unterlippe herum. »Das möchte ich nicht, das Wiedersehen ist doch immer das Schönste, da will ich Laboe nicht von ihrer Familie wegholen.« Ich schnappte mir meine Sporttasche und stopfte Ersatzklamotten hinein, die ich nach den knapp vierzig Minuten mit dem Fahrrad auf jeden Fall brauchen würde.

»Es wird bereits dunkel draußen«, gab Sander zu bedenken.

Der Schauder bei dem Gedanken an die einsame Landstraße ließ sich nicht unterdrücken. »Ich leihe mir einfach das Blinklicht von Lutz' Halsband aus, das hasst er ohnehin wie die Pest. Wenn ich das an meiner Kapuze festmache, übersieht mich schon keiner.«

»Wäre ja auch zu schade, wenn du der Horde Triebtäter, die am Straßenrand auf Beute lauert, entgehen würdest. Es ist wirklich verdammt einsam dort draußen.«

Sander verschränkte die Arme vor der Brust, sodass ich mir das Motiv auf seinem Shirt – ein obszön aufgepumpter Wrestler, der einen Totenkopf auf sein Gesicht gemalt hatte – nicht länger anschauen musste. Mal ehrlich, wer verkaufte bloß solche Scheußlichkeiten? »Ich fahr dich hin«, sagte er unvermittelt.

»Wie bitte?«

Nun zog Sander mir auch den zweiten Stöpsel aus dem Ohr. »Ich sagte, ich fahre dich hin, du taubes Huhn. Nachdem Jakob und ich ein paar Extraschichten zum Sichern des Tors geschoben haben, herrscht zurzeit Ruhe. Mit meiner Maschine brauchen wir höchstens zehn Minuten bis zum Hof der Laboes.«

»Einmal davon abgesehen, dass Papa dich durch den Fleischwolf dreht, wenn du Tiamat unbeaufsichtigt lässt, fahre ich lieber nackt auf dem Rad, als auf deine Höllenkiste aufzusteigen.«

»Okay, dann also nackt oder auf meiner Maschine, du hast die Wahl.«

»Das ist doch Quark, du besitzt ja nicht einmal einen zweiten Helm, weil du niemand anderen auf deinem heiß geliebten Bike duldest!«

»Besitze ich nicht? Wie gut du doch über mich Bescheid weißt.«

Ein paar Minuten später standen wir in der Garage vor Sanders pechschwarzer Suzuki Bandit. Im letzten Sommer hatte es einen riesigen Streit gegeben, weil er unbedingt für ein paar Wochen einen Nebenjob annehmen wollte, um dieses gebrauchte Motorrad zu kaufen. Zuerst hatte Jakob strikt seine Zustimmung verweigert, abends rechtzeitig zu Hause zu sein, damit Sander Pakete in der Nachtschicht beim DPD sortieren konnte. Schließlich hatte er jedoch eingelenkt, vermutlich weil Sander ansonsten anspruchslos war und dazu ohne Klagen sein halbes Leben im Keller verbrachte. So weit jedenfalls meine Theorie, warum Jakob nachgegeben hatte, obwohl er ansonsten absolut unnachgiebig war. Seitdem war Sander stolzer Besitzer dieses Chrommonsters, das er heiß und innig liebte und um das ich bislang einen Bogen gemacht hatte. Nicht, dass er mich auch nur einmal eingeladen hätte, eine Runde mit ihm zu fahren. Gott bewahre.

Mit vor Aufregung klammen Händen umfasste ich den Helm, den er aus einem Karton gefischt hatte. Das Teil wog schwer in meinen Händen und war genauso schwarz wie die Maschine. Ein wenig pikiert stellte ich fest, dass es ein kleiner Helm war, extra für Frauen. »Sind da vielleicht die DNA-Proben sämtlicher Tussis drin, die du nachts in irgendwelchen Clubs aufgetan und zu einer Spritztour eingeladen hast?«

»Klar, schließlich nehme ich alles, was ich kriegen kann.«

Gegen meinen Willen schnupperte ich am Innenfutter. »Der sieht nicht nur nagelneu aus, sondern der riecht sogar neu.«

»Ach ja?«

»Wirklich. Für wen hast du den gekauft? Raus mit der Sprache.«

Sander zog lediglich die Brauen hoch und hielt mir seine alte Lederjacke hin. Sein einziges Kleidungsstück, das nach etwas aussah. Okay, von den Vans an meinen Füßen und dem hellgrauen T-Shirt, das ich vor Kurzem beschlagnahmt hatte, einmal abgesehen. Und dem orange-schwarz geringelten Paar Socken, das er seit Ewigkeiten suchte … Glücklicherweise nicht in meinem Nachttisch, sie waren nämlich die besten Schlafsocken, die ich je gehabt hatte. Na, gut, sein Totenkopfhalstuch war ebenfalls heimlich in meinen Besitz übergegangen, aber er sah damit auch nicht halb so schick aus wie ich.

Nachdenklich wog ich die Lederjacke in meiner Hand.

*Ganz schön schwer.*

Aus irgendeinem mir unerklärlichen Grund hatte Sander bislang auch keine für ihn typischen Verschlimmerungen wie Anstecknadeln, Buttons oder Geschmiere mit Leuchtstiften vorgenommen. Es war einfach eine abgetragene Lederjacke, die mir drei Nummern zu groß war. Das änderte jedoch nichts daran, dass es sich unheimlich gut anfühlte, sie zu tragen. Vielleicht bekam ich ihn dazu, sie mir gelegentlich einmal auszuleihen. Notfalls ohne sein Wissen.

»Und du, was willst du bei dem Sauwetter anziehen, damit du dir nicht den Tod holst?«

Sander zupfte an der zerschlissenen Kapuzenjacke, die er sich übergezogen hatte. Als ich ungläubig den Kopf schüttelte, grinste er lediglich. »Ich friere nicht so schnell. Und jetzt Beeilung, sonst liegen die Laboes bereits in den Betten, wenn wir ankommen.«

Stumm zeigte ich auf den Sitz des Motorrads.

»Ja, mein Kind, genau da wirst du dich draufsetzen, und zwar hinter mich. Und dann schön festhalten.«

»Das weiß ich, du Clown. Ich meine deine Brille, die liegt da.

Nicht, dass du sie mit deinem Allerwertesten platt machst. Außerdem möchte ich, dass du sie für die Fahrt trägst, auf der Nase und nirgendwo sonst.«

Mit einem verlegenen Räuspern setzte Sander die Brille auf, dann öffnete er das Garagentor. Ein eisiger Wind wehte herein, sodass ich eiligst in die Lederjacke schlüpfte, die mir bis zu den Oberschenkeln reichte. Wahrscheinlich sah ich ganz schön albern aus, aber wenigstens konnte ich meine Hände in den Ärmeln verstecken.

»Ist es wirklich eine gute Idee, bei diesem Wetter Motorrad zu fahren?«

»Der reinste Selbstmord«, sagte Sander, dann setzte er seinen Helm, den Comic-Alien-Aufkleber zierten, auf und zog mich hinter sich auf den Sitz.

Mir verschlug der Lärm, den das Motorrad beim Start machte, den Atem. Es wurde auch nicht besser, als ich meine Arme um Sanders Taille schlang und mich so fest wie möglich an ihn presste. Falls ihn die Nähe störte, beschwerte er sich zumindest nicht. Es war auch möglich, dass er meine Beunruhigung wahrnahm und ausnahmsweise davon absah, mich auf Abstand zu halten. Aber es war nicht nur Angst, die mich angesichts der rasant vorbeiziehenden Straßenlichter überkam, als Sander viel zu schnell fuhr. Auch nicht der Fahrtwind, der an mir riss und zerrte, sodass ich bei jeder Kurve befürchtete, gleich den Halt zu verlieren. Es war ein mir bislang unbekannter Aufruhr in meinem Inneren, der mich die Furcht vor der Geschwindigkeit fast vergessen ließ. Widerwillig gestand ich mir ein, dass ich mich auch dann an Sander gedrängt hätte, wenn er nur halb so schnell gefahren wäre.

# 10. La Grandmama

Laboes Eltern, Solange und Werner, waren als Paar eine spektakuläre Mischung.

Solange sah aus wie eine aus dunklem Holz geschnitzte Figur, an der alle Proportionen perfekt stimmten: Von den weich geschwungenen Wangenknochen über den schönen Mund bis zu ihren langen schlanken Gliedern. Sogar ihre Kopfform war perfekt, das bewies ihr raspelkurz geschnittenes Haar. Sie war eine anmutige Frau, die neben ihren drei Kindern, die sie ordentlich auf Trab hielten, wunderschöne Seidentücher herstellte, die bereits weit über die Grenzen von Marienfall bekannt waren. Jedes einzelne Stück war ein Schatz und stellte Eindrücke aus der Natur nach, etwa einen Wolkenhimmel oder frisch aufgeblühte Pfingstrosen. Ich konnte mühelos einen ganzen Nachmittag damit verbringen, die Tuchmuster zu betrachten, die Solange kunstvoll mit ihrer eigenen Technik aufgebracht hatte.

Werner hingegen war ein handfester Mann, ein typisches Produkt des Marienfaller Lands, das jahrhundertelang von Landwirtschaft bestimmt worden war. In seinem Leben hatte er nur eine verrückte Sache unternommen, und das war ein Trip mit ein paar Kumpels in einem schrottreifen VW-Bulli nach Frankreich gewesen. Beim wilden Campen am Atlantik lernte er quasi als Höhepunkt Solange kennen, die dort ebenfalls mit Freundinnen Urlaub machte. Nachdem Solange in Paris aufgewachsen war, hatte sie offenbar eine Überdosis Großstadt erlitten, anders konnte ich mir nicht erklären, warum sie sich nichts Besseres hatte vorstellen können, als mit Werner den Hof seiner

Eltern zu übernehmen. Werner Laboe war ein toller Kerl, wirklich! Aber freiwillig *Vive la Paris* gegen die Kleinstadt Marienfall mit ihren schlappen 15.000 Einwohnern eintauschen? Mir ging das schlicht nicht in den Kopf, obwohl ich selbst unheimlich gern in unserem Kaff lebte. Für dieses Paar galt die Faustregel: Gegensätze ziehen sich an.

In meinem Fall sah das mit den sich anziehenden Gegensätzen komplett anders aus, wie mir gerade mein rebellierender Magen bestätigte. Während Sander den Geschwindigkeitsrausch und das Tempo zweifelsohne für fantastisch hielt, war mir einfach nur schwummerig. Als die Bandit endlich stillstand, traute ich mich erst die Augen zu öffnen, nachdem Sander zweimal laut und deutlich gesagt hatte: »Wir sind da.« Selbst dann brauchte ich noch einen Moment, um meine verkrampften Finger von seiner Taille zu lösen. Trotz seiner Lederjacke, die ich trug, war mir elend kalt und meine Oberschenkel fühlten sich erfroren an.

Sander nahm seinen Helm trotz des Regens ab und warf mir einen Blick über die Schulter zu. Dann packte er mich am Oberarm.

»Sekunde, ich steig ja schon freiwillig ab«, nuschelte ich. »Brauchst mich nicht von der Maschine zu schubsen.«

»Das habe ich auch gar nicht vor, du siehst bloß so aus, als würdest du gleich einen Abgang machen. Ist dir schlecht?«

Durchaus, hinter meiner Stirn war alles durcheinander. »Jetzt weiß ich, warum du nur zehn Minuten für die Strecke brauchst.«

»Für den Rückweg sieben.«

»Du Wahnsinniger.« Die letzte Silbe verschluckte ich, mein Magen vollführte nämlich eine kleine Drehung.

Sander glitt vom Sattel und zog mich auf die Beine, oder vielmehr auf die Gummistelzen, die einst meine Beine gewesen waren. »Nun komm schon«, stachelte er mich an. »Ich begleite dich noch zum Haus, aber tragen tu ich dich auf keinen Fall.«

»Darum bitte ich. Heb dir deine Superkräfte ruhig für die Rückfahrt auf. Die wirst du brauchen … Plus eine Extraportion Megaglück.«

Ein wenig steif hielt ich auf die beleuchtete Eingangstür zu, über die in altdeutscher Schrift »Das Heim ist des Menschen Himmelsreich« geschrieben stand. Sander hatte mich untergehakt, und ich glaubte, seine Unruhe geradezu zu fühlen. Nicht nur, dass er mit mir hier entlangschaukeln musste, die Zeit verging dabei rasant schnell und Tiamat war unbewacht. Gleichgültig, was er über die neuen Sicherheitsmaßnahmen erzählt hatte, sein Verantwortungsgefühl setzte ihm zu. Soviel ich wusste, hatte er das Tor noch nie zuvor unbewacht gelassen. Vermutlich würde er versuchen, den Rückweg auf sechs Minuten runterzuschrauben.

»Du kannst mich loslassen und abzischen, den Rest schaffe ich schon allein.«

Ich wollte ihm meinen Arm entziehen, doch das ließ Sander nicht zu. Sanft, aber bestimmt zog er mich weiter, bis wir die Tür erreichten. Eine sichtlich überdrehte Laboe öffnete uns und fiel mir prompt um den Hals. Durch den Flur dröhnten gut gelaunte Stimmen und Gitarrenmusik, es duftete nach Süßkartoffelauflauf und Grandmamas Spezialräucherstäbchen. Die Willkommensfeier war bereits voll im Gang.

»Da bist du ja endlich! Mensch, und das bunte Kaninchen hast du ja auch mitgebracht. Sehr schön. Grandmama liebt Sander!«

»Vermutlich, weil er so farbenfroh ist, darin haben sie etwas gemeinsam«, mutmaßte ich, sobald ich wieder Luft bekam.

»Meine liebe Anouk, man muss dieses Zeug, das uns aus der Küche entgegenwallt, rauchen, um davon lustig zu werden.« Würdevoll rieb Sander seine Brillengläser an einem Zipfel seines Wrestler-T-Shirts trocken, der unter der klitschnassen Kapuzenjacke hervorlugte. »Ich würde echt wahnsinnig gern bleiben, aber ich muss sofort wieder los. Lutz hat was Falsches gefressen und verpestet bereits das gesamte Haus.« Als er sich zum Gehen wandte, packte Laboe ihn bei der Jacke.

»Mit der Ausrede hast du dich bereits das letzte Mal aus der Affäre gezogen, als wir dich ins Kino mitnehmen wollten. Und als es um den Ausflug ans Meer ging. Deine Rückzieher sind fast so berühmt wie dein Klamottenstil. Du kannst Grandmama doch wenigstens Hallo sagen, das würde sie unheimlich freuen.«

»Nun lass dich nicht lange bitten.« Ich zwickte Sander von hinten in den unteren Rücken, woraufhin er einen Satz nach vorn machte. »Das Haus, zu dem du so dringend zurückwillst, wird noch ein paar Minuten länger ohne dich zurechtkommen.« Ich blinzelte verschwörerisch.

Sander blieb unbeeindruckt. »Das letzte Mal, als ich mich von dir habe breitschlagen lassen, unbedingt jemandem eine Freude zu machen, habe ich drei Stunden bei einem privaten Cellokonzert von Moritz neben seiner dauerredenden Mutter gesessen. Die Frau hatte unbedingt wissen wollen, ob ich mich im Studium mit Farbtheorie beschäftigen würde. Farbtheorie und Physik, also echt.«

»Hey, wir reden hier von *la* Grandmama und nicht von Frau Behrends, die Badezimmerfugen mit der Zahnbürste schrubbt!«

Ein genervtes Stöhnen, dann stampfte Sander ergeben durch den Flur, während Laboe mir High Five gab. Vor lauter Vorfreude waren meine nassen Jeans und meine zerrütteten Nerven vergessen, ich liebte nämlich einfach alles an Grandmama. Und irgendwie liebte ich auch die Vorstellung, sie gemeinsam mit Sander zu erleben. Der Abend versprach mehr als spannend zu werden.

Von außen sah das Bauernhaus der Laboes zwar gepflegt, allerdings ganz und gar altmodisch aus mit seinen roten Backsteinwänden, an denen im Sommer Kletterrosen blühten. Im Inneren allerdings hatte Solange keinen Stein auf dem anderen gelassen und ihrem kreativen Geist freien Lauf gewährt. So kam es, dass die Wohnküche den Eindruck erweckte, vor der Türe liege ein schneeweißer Strand und dahinter schillere das Meer, während einem die Kokosnüsse direkt in den Schoss fielen. Es gab maurische Fliesen über der Küchenzeile, die Stühle um den Esstisch waren aus Treibholz und an der Wand stand ein Aquarium mit kunterbunten Fischen. Alles war licht und freundlich, das beste Mittel gegen den nicht abreißen wollenden Winterblues.

In der Mitte des Tisches residierte Grandmama Eulalie, ein Champagnerglas in der Hand und auf dem Schoß Phillip, den jüngsten Spross der Familie. Um den Kopf gebunden trug sie ein Tuch von Solange, das ein Meer aus Klatschmohn zeigte. Ihre dunklen Augen lagen auf Sander, wanderten dann allerdings rasch zu mir. *Ladies first.*

»Meine Anouk«, verkündete sie, stellte das Glas ab und zog mich an ihren stattlichen Busen.

In diesen Momenten war ich tatsächlich ganz die ihre, denn es gab nichts Geborgeneres als Grandmamas Umarmung, bei der alles weich war und man sich über alle Maßen behütet fühlte. Eine Mischung, die es in meiner Familie schlicht nicht gab. Ich ließ mich ausgiebig auf die Wangen küssen und in die angeblich viel zu schmalen Hüften zwicken, ehe ich noch einmal gedrückt wurde, als gäbe es kein Morgen. Fast beneidete ich Phillip, der auf Grandmamas Schoß sitzen durfte und den Eindruck erweckte, dort trotz seiner acht Jahre nicht so schnell wieder runterzugehen.

Dann war Sander an der Reihe. Die beiden maßen sich, als würden sie einander ohne Worte auf den neuesten Stand bringen, bevor Grandmama breit lächelte und Sander sich hinabbeugte, um seinen Anteil an Begrüßungsküssen einzuheimsen und auf den Po geklopft zu werden. Leider konnte ich nicht hören, was Grandmama ihm zuflüsterte. Danach lächelte sie jedenfalls noch breiter, und Sander gelang es tatsächlich, rot zu anzulaufen. Dabei war Verlegenheit doch gar nicht in seinem genetischen Programm vorgesehen.

»Es ist schön, dich wiederzusehen, Alexander«, sagte Grandmama in ihrem einzigartigen Deutsch.

Als Solange beschlossen hatte, mit Werner in Marienfall zu leben, hatte Grandmama angefangen, Deutsch zu lernen, und war dabei erstaunlich erfolgreich gewesen. Trotzdem hatte sie natürlich einen französischen Akzent, der mir stets ein Lächeln aufs Gesicht zauberte. Sander erging es scheinbar ähnlich, denn er verzog nicht einmal verächtlich den Mund wie sonst immer, wenn er mit seinem vollständigen Namen angesprochen wurde. Bei Grandmama klang Alexander auch weniger wie ein Name, sondern mehr wie ein Ehrentitel. Und entsprechend gut benahm Sander sich: kein Rumgeflachse, keine Sprüche oder anderes von seiner sonstigen Checkliste für seltsames Verhalten.

»Ich freue mich auch sehr, Sie wiederzusehen, Eulalie. Leider muss ich gleich wieder los, es geht nicht anders, das werden Sie sicherlich verstehen.«

»Nicht mal Zeit für ein Glas Champagner?«, fragte Werner. Obwohl Laboes Vater mit seiner hellen Haut und dem Restkranz an aschblondem Haar leicht fehlplatziert in seiner eigenen Küche wirkte, fühlte er sich sichtlich wohl, wie er so Seite an Seite mit seiner Frau zusammenstand.

»Mann, Dad. Sander ist mit dem Motorrad hier. Alles klar?« Werner jun. verdrehte die Augen, um sofort Beifall heischend zu Sander zu blicken.

Mir lag ein passender Kommentar auf der Zunge, den ich lieber für mich behielt. Dreizehnjährige Jungen, die nach ihrem Vater Werner benannt waren, waren meiner Meinung nach gestraft genug, da war Nachtreten verboten. Solange musste Werner senior nicht bloß überirdisch doll lieben, dass sie dieser Namenswahl zugestimmt hatte, sondern vermutlich klang Werner in ihren französischen Ohren darüber hinaus ganz super. Jemand hätte sie beizeiten aufklären sollen, nun durfte das arme Kind es ausbaden.

Entschuldigend zuckte Sander mit den Achseln. »Tut mir wirklich leid.« Er wollte sich bereits zum Gehen wenden, als Grandmama mit ihrem flamingopink lackierten Fingernagel auf ihn zeigte.

»Einen Moment. Lass mich noch sehen, wie es dir zurzeit ergeht, wenn du schon nicht bleibst, um dich zu unterhalten.«

Sander schubbelte durch sein nasses Haar, bis die Tropfen flogen. »Einverstanden«, stimmte er schließlich zu.

Grandmama hatte ohnehin bereits einen Stapel Karten aus einer der großen Taschen geholt, die wie Flicken auf ihr Blumenkleid genäht waren. Die Frau sah aus wie eine Frühlingswiese. Neugierig linste ich auf die Karten, die unterschiedliche Bilder zeigten.

»Das Crowley-Tarot«, flüsterte Laboe mir verschwörerisch zu. »Grandmama schwört darauf. Es kommt bei ihr gleich nach dem Lesen von Hühnerknochen.«

»Das mit den Hühnerknochen ist ein Witz, oder?«

Laboe lächelte nur vielsagend.

Hastig suchten wir uns einen Platz am Tisch, um das Spektakel besser mitzubekommen, während Sander wie angewurzelt stehen blieb. Auf seinem Gesicht spiegelte sich eine Mischung aus Neugier und Unwohlsein. Ich machte ein Daumen-hoch-Zeichen, als Grandmama die Karten mit dem Rücken nach oben zu einem Kreuz legte, aber er erwiderte nur voller Ernst meinen Blick.

Dann deckte Grandmama die erste Karte auf, die einen mit dem Kopf nach unten hängenden Mann zeigte.

»Der Gehängte«, flüsterte Laboe und griff nach meiner Hand. »Sander geht es offenbar gerade nicht sehr gut.«

»Du befindest dich in einem Ungleichgewicht, Alexander«, bestätigte Grandmama. »Du wirst gebraucht und willst deine Pflicht tun, aber dein ganz persönlicher Wunsch treibt dich in eine andere Richtung. Das Verlangen, es zu erfüllen, ist groß. Das Opfer, das dein Schicksal dir abverlangt, ist jedoch noch größer.«

»Diese Karte überrascht mich nicht, Sander würde nämlich seine Seele dafür geben, um den Pamir zu durchwandern. Er leidet ganz übel unter Fernweh, hängt aber bis auf Weiteres in Marienfall fest«, rutschte es mir heraus.

Grandmama betrachtete mich auf diese spezielle Weise, bei der man sich immer ganz nackt vorkommt. »Alexanders Seele ist bereits vergeben, ma petite. Und sein Herz auch. Allerdings nicht an einen Berg, wenn ich das richtig sehe.«

»Na, dann wissen wir jetzt ja alle Bescheid. Bei mir stehen weder Herz noch Seele zur Verfügung und meinen Verstand habe ich ja bekanntlich auch bereits verloren.«

Sander klang mehr erschüttert als wütend. Als Grandmama die nächste Karte aufdeckte, machte er einen Schritt vor, um nun doch alles ganz genau mitzubekommen. Dabei spürte ich, wie eine vibrierende Energie von ihm ausging. Damit war ich bereits vertraut. In extremen Situationen, meist, wenn er mit Jakob aneinandergeriet, umgab ihn ein regelrechtes Energiefeld. Es war ein Phänomen, über das ich noch nie mit jemandem gesprochen hatte. Und auch einen Teufel tun würde, ehe ich damit anfing.

Die nächste Karte zeigte ein schwarzes Skelett mit einer Sense in der Hand. Dieses Mal musste Laboe mir nicht erklären, was sie bedeutete.

Als einzige Person sah Grandmama angesichts dieser bedrohlichen Karte nicht einmal ansatzweise beunruhigt aus. »Der Tod bedeutet lediglich ein Ende, aber nicht das Ende. Das gibt es nämlich nicht. Der Tod steht für eine unvermeidliche Veränderung, eine Häutung. Er ist nichts anderes als ein Tor, durch das wir gehen müssen. Dein Leben ist an einem Scheidepunkt angelangt, Alexander. Du musst die Veränderung annehmen und das Tor durchschreiten, ansonsten wirst du scheitern.«

Schlagartig wurde mir bewusst, dass die Karten keineswegs von Sanders Fernweh erzählten, sondern von etwas viel Bedeutsameren: Von Tiamat, der Bruchstelle zu einer anderen Welt, deren Bewohner seit einiger Zeit mit Gewalt zu uns durchzudringen versuchten und darin immer erfolgreicher wurden. Das Tor, das Sander bereits einmal fast das Leben gekostet hätte. Während ich die Karte des Todes betrachtete, glaubte ich in ihren Tiefen den Maelstrom zu entdecken, der hinter der unsichtbaren Grenze lauerte, um alles zu verschlingen. So sah also Sanders Schicksal aus.

Sander schien von Grandmamas Deutung genauso erschüttert wie ich. Das Energiefeld um ihn herum verdichtete sich, und er rieb sich die rechte Schulter, die von dem blauen Abdruck der Barriere aus Salzzeichen gezeichnet war. »Vielen Dank«, sagte er leise. »Dann weiß ich nun ja wenigstens, was auf mich zukommt. Hoffentlich ist dadurch niemandem die Stimmung verdorben worden, schließlich steht mir nur ein Ende und nicht *das* Ende bevor. Danach geht es bestimmt mit einer Dauerparty im Nirwana für mich weiter. Schönen Abend noch.«

»Warte, Alexander. Die letzte Karte!«, rief Grandmama, aber Sander war bereits zur Tür hinaus.

Vollkommen durcheinander folgte ich Sander in den Regen und holte ihn erst ein, als er bereits auf dem Motorrad saß.

»Das ist doch alles esoterischer Blödsinn, ein Zeitvertreib, mehr nicht«, redete ich los. »Das hat rein gar nichts zu bedeuten, das war bloß Zufall.«

»Ein dicker Stapel Karten und ich erwische rein zufällig den Tod. Was bin ich doch für ein Glückskind.« Sanders Grinsen überzeugte nicht sonderlich, sodass er es gleich wieder sein ließ. »Wir wissen beide, dass Grandmama keine Hochstaplerin ist. Deshalb holst du dir hier draußen auch den Tod und redest über Zufälle, die keine sind. Das Tor… Es wird aufbrechen, ganz egal, wie viele Stunden ich damit zubringe, Wache zu halten, die Salzzeichen zerbrechen einfach immer weiter. Alle Zeichen deuten darauf hin, dass es schon bald passieren wird. Ich werde alles verlieren, was mir wichtig ist, und ich kann nichts dagegen tun.«

Plötzlich hielt ich Sanders Wächtergetue nicht mehr für das schräge Hobby eines Adrenalinjunkies, unabhängig davon, dass er es selbst bei jeder Gelegenheit so darstellte. Sander graute vor Tiamat und was sie anrichten würde, wenn sie erst einmal entfesselt war. Die Schatten unter seinen Augen kündeten von den unzähligen Stunden, die er mit der Wacht verbrachte in dem Wissen, eines Tages zu scheitern. Obwohl es mir verrückt vorkam, griff ich nach seiner Hand. Zuerst spürte ich Wärme, nur um dann festzustellen, dass sie nass und kalt war. Ich drückte sie kurz, dann zog Sander sie weg.

»Geh wieder rein, die Lederjacke hält zwar einiges an Regen aus, aber irgendwann ist auch sie durchnässt.«

»Ich fahre mit dir zurück«, hielt ich beharrlich dagegen. »Warte, ich muss nur meinen Helm holen.«

Sander warf die Maschine an. »Unsinn, du brauchst was von diesem exotischen Essen in den Magen und eine doppelte Ration Duftstäbchen und keinen depressiven Torwächter. Wenn Jakob von der Arbeit kommt, sage ich ihm Bescheid, dass du bei den Laboes bist. Dann kann er sich ja den Wagen von den Nachbarn leihen, um dich abzuholen. Meinetwegen kann ich gern eine Extraschicht bei der Wacht übernehmen, mir ist heute eher weniger nach Freitagnacht-Highlife zumute.«

Ohne meine Antwort abzuwarten, fuhr er vom Hof. Ich stand noch eine Weile im Regen und verfolgte die Spur der Scheinwerfer. Erst als sie längst verschwunden war, kehrte ich ins Haus zurück.

# 11. Der Anfang vom Ende

Zu meiner Überraschung wurde der Abend bei den Laboes trotz der missglückten Tarot-Session noch richtig schön. Das lag einerseits an dem überirdisch leckeren Essen – in der Hinsicht kannte Sander mich wirklich gut –, andererseits an der Wiedersehensfreude, die im Übermaß verstrahlt wurde. Bei uns daheim gab es so etwas nicht: Beisammensitzen, plaudern und die Zeit verstreichen lassen. Im Leben meines Vaters war jede Sekunde wegen seines Jobs und seiner Pflicht als Wächter verplant, und Sanders Vorstellung von Zweisamkeit bestand darin, mir vorzuzählen, wie viele Liegestütze ich beim Training absolvieren musste. Wenn wir dann ausnahmsweise einmal zu dritt beisammensaßen, endete das meistens in einer Auseinandersetzung der beiden männlichen Hausbewohner und dem stets folgenden eisigen Schweigen, das mich rasch auf mein Zimmer trieb.

Es war also kein Wunder, dass der Abend wie im Flug verging und ich wie aus einem Traum erwachte, als Werner jun. plötzlich mit dem Telefon vor mir stand. »Dein Vater.« Es war dem Jungen anzuhören, wie eingeschüchtert er war – eine solche Wirkung erzielte Jakob bei den meisten Menschen.

»Anouk, ruf dir ein Taxi und komm nach Hause«, forderte mein Vater mich ohne große Umschweife auf. »Herr Laboe soll dir das Geld für die Fahrt bitte auslegen.«

»Ein Taxi? Ich dachte, du würdest mich abholen kommen. Die Reichbachs von nebenan leihen dir bestimmt ihren Wagen, wenn du sie bittest.«

»Beeil dich, verstanden?«

»Papa, ich …« Ich stoppte, als das Piepen mir verriet, dass Jakob bereits aufgelegt hatte.

Siedend heiße Finger strichen über meinen Rücken. Etwas war zu Hause vorgefallen und vermutlich nichts Gutes. Die zwanzig Minuten, die es dauerte, bis das Taxi kam, verbrachte ich damit, aufgeregt in der Küche auf- und abzugehen, während mir die fürchterlichsten Ideen durch den Kopf spukten. Was auch immer passiert war, das Herrenhaus stand offenbar noch, sonst hätte Jakob nicht von dieser Nummer aus anrufen können. Und Sander musste trotz seiner Fahrkünste heil nach Hause gelangt sein, ansonsten wüsste mein Vater schließlich nicht, wo ich mich aufhielt. Ich war derartig in meine Gedanken versunken, dass ich gar nicht mitbekam, wie Grandmama neben mich trat und den Arm um meine Taille legte.

»So viel Unruhe in deinem Leben und ich mache es mit meinen dummen Karten noch schlimmer. Mein armes Mädchen.«

»Ich bin froh, heute Abend bei Ihnen gewesen zu sein, Eulalie. Wirklich. Und was Sander anbelangt, der hat sich schon viel üblere Dinge über seine Zukunft anhören müssen, mein Vater nimmt in dieser Hinsicht kein Blatt vor den Mund. *Unser* Vater, meine ich natürlich.« Prompt fing ich mir wieder einen von diesen Ich-kann-hinter-deine-Fassade-sehen-Blicken ein. »Haben Sie schon einmal meine Karten gelegt?«, fragte ich misstrauisch.

Grandmama lächelte breit. »Und dabei, ohne deine Erlaubnis, eins deiner Geheimnisse aufgedeckt? Das würde ich niemals tun. Aber ich möchte dir einen Rat mitgeben: Lauf niemals vor der Wahrheit davon. Du bist stark, sehr viel stärker, als du denkst. Stell dich ihr.«

Ich nickte, weil ich außerstande war, einen Ton herauszubringen. Nicht gerade ein Beweis meiner enormen Stärke. Und auch auf der Taxifahrt durch die Dunkelheit fühlte ich mich eher verängstigt und sorgenschwer. Ich verkroch mich in der Lederjacke, die durch die Nässe einen schweren Geruch verströmte. Es roch gut, männlich. Nach Sander. Umgehend rief ich meine Gedanken zur Ordnung, schließlich war es zu abstrus, da half auch Grandmamas Stimme nicht, die mich auffordert, die Augen nicht vor der Wahrheit zu verschließen. Sanders Geruch ging mich nun wirklich nichts an.

Kaum hatte ich das Taxi verlassen, hörte ich das Gebrüll. Es war unverkennbar Sanders Stimme.

Laut, kräftig und vor allem verdammt wütend.

S wie superwütend.

Der Fahrer ließ das Fenster auf meiner Seite runter und beugte sich über den Beifahrersitz. »Willst du da wirklich reingehen, Mädchen? Klingt nach mächtig Ärger.«

»Das ist doch nur der Fernseher, im Spätprogramm schreien die doch ständig rum, das ist Schauspielkunst«, winkte ich ab und stürmte zum Haus.

Ich brauchte gar nicht weit zu laufen, denn Sander und mein Vater waren in der Empfangshalle aneinandergeraten, in der sie sich wie zwei Ringer kurz vorm Angriff gegenüberstanden. Das hieß, Sander brüllte, während Jakob ihn nur abfällig anstierte.

»… ich friste mein verfluchtes Leben in dieser Gruft, weil du es so willst. Du hast ja Besseres zu tun, nämlich an deiner so überaus wichtigen Karriere zu feilen, während an mir alles vorbeizieht bis auf ein paar lausige Stunden in der Nacht, wenn ich mal Freigang bekomme. Und habe ich mich jemals beschwert? Niemals!«

»Es geht nicht darum, welche Versäumnisse du hinnehmen musst, sondern darum, dass du dich nicht an die Regeln gehalten hast. Regeln, die ich aus gutem Grund aufgestellt habe und nicht, um dir das Leben zu verleiden. Das weißt du ganz genau«, wies Jakob den aufgebrachten Sander zurecht.

»Natürlich weiß ich das, aber deine goldenen Regeln sind

nun einmal nicht heilig, es gibt nämlich noch die ein oder andere wichtige Sache neben Tiamat – und damit meine ich nicht deine dämliche Bank. Oder wäre es dir lieber gewesen, wenn ich Anouk mit dem Fahrrad hätte fahren lassen, durch diese scheißverregnete Dunkelheit?«

»Reiß dich zusammen. In diesem Ton wirst du nicht mit mir reden.«

»Wieso, verstoße ich gegen irgendeine spezielle Regel, indem ich von deiner Heuchelei angekotzt bin?«

Der Streit stand kurz davor, die Ausmaße eines 3. Weltkriegs anzunehmen. Ich musste meinen ganzen Mut zusammennehmen, um die Eingangstür mit einem lauten Knall zuzuschlagen. »Da bin ich wieder«, flötete ich.

Die beiden Männer fuhren herum und starrten mich an.

Lutz, der neben Sanders Stiefeln kauerte, gab ein verhaltenes Begrüßungsgrunzen von sich. Von Monstern ließ sich unsere Bulldogge nicht einschüchtern, aber von seinen aufgebrachten Herrchen allemal. Mir ging es genauso, aber leider reichte es in meinem Fall nicht aus, verstört zu fiepen – ich musste schlichten, das war mein Job in diesem ungleichen Dreieck.

»Wie schön, dass ihr euch streitet«, sagte ich mit Engelszungen. »Ich habe schon gedacht, es wäre etwas Schlimmes passiert, weil Papa mich nicht abgeholt hat.«

»Dein Herr Papa wollte mich keine Sekunde allein lassen, ich bin nämlich unberechenbar und kein Stück zuverlässig. Es gab noch ein paar andere schwerwiegende Vorwürfe, die er mir an den Kopf geworfen hat, aber die fallen mir gerade nicht ein. Vermutlich habe ich die Stiefel nicht korrekt abgetreten oder eine ähnliche Lappalie begangen, die nach Jakob Parson mindestens mit totaler Missachtung bestraft werden muss«, knurrte Sander, wobei er Jakob herausfordernd anfunkelte.

Mein Vater ballte die Hände zu Fäusten, allerdings nicht um sie einzusetzen, so weit würde er sich nie gehen lassen. Um jemanden zu maßregeln, standen ihm ganz andere Techniken zur

Verfügung. Aber allein dass er es tat, zeigte, dass Sander mehr als einen wunden Punkt getroffen hatte. »Alexander, du gehst zu weit«, warnte er ihn, ohne jedoch einen Erfolg zu erzielen. Dafür war Sander viel zu aufgebracht.

»Jakob«, setzte er bedrohlich leise an, »könntest du, verdammt noch einmal, endlich akzeptieren, dass mich kein Schwein außer dir Alexander nennt? Ich finde den Namen nämlich hochgradig ätzend – nur für den Fall, dass dir dieser Umstand in den letzten zehn Jahren tatsächlich entgangen sein sollte.«

Ich hatte schon oft erlebt, dass Sander unzufrieden oder gar zornig auf meinen Vater war. Wenn sie nicht gerade gemeinsam am Tor arbeiteten, herrschte zwischen den beiden Funkstille, und nur gelegentlich fuhr ein Störgeräusch durch das Schweigen, hinter dem sie ihre gegenseitige Abneigung verbargen. Dass Sander seine Gefühle jetzt offen zeigte und auf Angriff ging, war auf diese Weise noch nie vorgekommen – einfach aus dem Grund, weil Jakob solche Ausbrüche nicht duldete. Auch jetzt verhärteten sich die Gesichtszüge meines Vaters zusehends. Sogar Lutz bekam das Stimmungstief mit und jaulte leise.

Fieberhaft dachte ich über ein Ablenkungsmanöver nach, irgendeinen Unsinn, der das Blickduell der beiden unterbrach, bevor die Situation vollkommen außer Kontrolle geriet.

»Hier ist übrigens die Quittung für die Taxifahrt, dieser Halsabschneider hat mir 23 Euro abgenommen. Unglaublich, was?« Als sei es die wichtigste Neuigkeit der Weltgeschichte, schwang ich über meinem Kopf den Zettel, den ich aus der Tasche von Sanders Lederjacke gefischt hatte, und lachte dabei äußerst verdreht. Egal, Hauptsache die beiden Kampfhähne lenkten ihre Aufmerksamkeit auf mich.

»Das ist keine Quittung«, klärte mein Vater mich auf.

»Ach, nein?« Ich starrte auf das Papier und wirklich: Es war eine Tarotkarte. Grandmama musste sie mir bei unserer Verabschiedung zugesteckt haben. *Das ist Sanders letzte Karte in dem gelegten Kreuz gewesen*, begriff ich.

»Wir haben alle einen anstrengenden Abend hinter uns, deshalb schlage ich vor, dass sich jeder zurückzieht. Und, Alexander, dein Verhalten wird Konsequenzen nach sich ziehen, nicht nur, weil du deine Wacht fahrlässig vernachlässigt hast, sondern auch für deine unangemessene Reaktion auf meine Zurechtweisung. Du wirst mich in meinem Haus nicht noch einmal anschreien, ansonsten kannst du gehen.« Mein Vater nickte mir noch einmal zu, dann schlug er den Weg in Richtung Keller ein, wo er vermutlich die halbe Nacht vor Tiamat verbringen würde, in den Maelstrom starrend, während er über eine Möglichkeit sinnierte, es zu schließen und die verhasste Wacht endlich zu beenden.

Ich stand mit der Tarotkarte in der Hand da und begann am ganzen Leib zu zittern. Mir war gar nicht bewusst gewesen, unter welcher Anspannung ich gestanden hatte. Wenn Sander und Papa sich stritten, war es, als bebten die Fundamente meines inneren Hauses.

Sander stand einige Atemzüge reglos da, dann ging er an mir vorbei.

In mir brach Panik aus. »Wo gehst du hin? Du willst doch wohl nicht Himmelshoch verlassen, nur weil Papa dir einen Rausschmiss angedroht hat? Sobald er sich beruhigt hat, gehe ich zu ihm und sage, dass dir gar nichts anderes übrig geblieben ist, als mich zu Laboe zu bringen. Dass ich dich quasi gezwungen und erpresst habe. Dann wird alles wieder gut. Sander, geh nicht!« Meine Stimme überschlug sich.

Sander schlug sich beide Hände vors Gesicht und stöhnte, als würde meine Panikattacke das Fass zum Überlaufen bringen. »Ich will nicht abhauen, sondern nur frische Luft schnappen. Ein Spaziergang mit Lutz, mehr nicht. Also krieg dich wieder ein, ich kann mit deiner panischen Art jetzt echt nicht gut umgehen. Ich kann dich jetzt nicht trösten, jetzt nicht, sonst …«

Das war ja nett. Trotzdem beschloss ich, nicht klein beizugeben. »Das renkt sich also wieder ein mit Papa? Dafür wirst du sorgen?«

»Dein lieber Papa hat mir einen ellenlangen Vortrag gehalten, nachdem ich ihm erzählt habe, dass ich dich rasch mal zu Laboe rübergebracht habe. Und in diesem Vortrag war ein ganzer Sack voller ziemlich übler Vorwürfe verpackt gewesen. Der heftigste Vorwurf bestand übrigens darin, dass ich ein Auge auf dich geworfen habe und alles daransetzen würde, dich um mich herumzuhaben. Ehrlich gesagt habe ich die Schnauze voll, mir das ständig anzuhören, egal, was ich Jakob für meine Rettung schuldig bin. Ich lasse mich nicht länger von ihm schikanieren, schließlich braucht er mich. Sieh mal, ich will hier sein, hier bei dir, aber nicht um jeden Preis. Daran gehe ich kaputt.«

*Bei mir?*

Während ich das noch verdaute, verschwand Sander mit Lutz in der Nacht und ließ mich mit lauter unbeantworteten Fragen zurück.

Vorwürfe … Abhängigkeit … Schuld … Erpressung – solche Worte waren bislang nie zwischen den beiden gefallen. Offenbar war mit dem Besuch bei den Laboes etwas lang unter Verschluss Gehaltenes hervorgebrochen.

Unwillkürlich musste ich an die Karten denken, die Grandmama für Sander gelegt hatte. Der schwierige Weg hatte offenbar bereits begonnen. Ich betrachtete die Karte, die sie mir zugesteckt hatte. Es musste diejenige sein, die sie nicht mehr aufgedeckt hatte, als Sander überhastet aufgebrochen war. Sie zeigte ein Paar, dessen Hände sich berührten.

Die Liebenden.

War es das, was er am Ende finden würde? Das hoffte ich aus vollem Herzen, auch wenn mir der Gedanke, ihn zu verlieren, damit diese Karte ihre Erfüllung fand, unerträglich war.

# 12. Sichtwechsel

Ich kuschelte mich in die Sofakissen, während die Schmonzette anlief, die Becks für unseren faulen Nachmittag ausgesucht hatte. Eigentlich war ich kein besonderer Filmfan und schon gar nicht, wenn es um eine vorhersehbare Liebesgeschichte ging, aber heute war ich damit überaus einverstanden. Mir gefiel die Aussicht, abzuschalten und mich einfach von bunten Hollywood-Bildern berieseln zu lassen. Nach der Aufregung des letzten Abends war ich mehr als froh gewesen, bei Becks unterzukommen. Ein Tag bei ihr zu Hause war die beste Therapie für mein in Schieflage geratenes Seelenleben. Ich brauchte dringend eine Auszeit, und die würde ich in diesem Einfamilienhaus mit eigenem Pool im Keller und Sofalandschaft am ehesten finden.

Trotzdem stand mir die Erinnerung an die vergangenen Ereignisse mehr als lebendig vor Augen. Die Katastrophe vom letzten Abend hatte nämlich noch keineswegs ihren Höhepunkt erreicht gehabt.

Ich versuchte, nicht daran zu denken, doch es gelang mir nicht …

Wie versprochen suchte ich am Morgen meinen Vater in seinem Arbeitszimmer auf, um ihm die Angelegenheit aus meiner Sicht zu erklären. Während mir der Magen nach der ganzen Aufregung schmerzte, saß Jakob gänzlich aufgeräumt hinter seinem Schreibtisch. Ich nahm ihm direkt ein wenig übel, dass die Auseinandersetzung keine Spuren bei ihm hinterlassen hatte. Und noch übler nahm ich ihm, dass unsere Unterhaltung letztendlich nur aus exakt zwei Sätzen von seiner Seite bestand.

»Ich will nichts darüber hören, dass du die Verantwortung an Sanders Fehlverhalten trägst, Anouk. Und jetzt lass mich bitte in Ruhe arbeiten.«

Dermaßen abgekanzelt, stieg ich in den verhassten Keller und klopfte an Sanders Kaninchenbau, doch es kam keine Antwort. Auch im Rest des Hauses war er nicht anzutreffen. Lutz faulenzte in seinem Körbchen in der Küche, während die Bandit nicht in der Garage stand, was dann wohl nichts anderes bedeutete, als dass Sander letzte Nacht noch einmal losgezogen war. Dabei hatte er angeblich nur einen Spaziergang machen wollen, nicht mehr. Vielleicht hatte er es sich anders überlegt und war einfach fortgegangen? Eigentlich wäre es kein Wunder, so gekränkt und aufgebracht, wie er nach dem Streit gewesen war. Aber er hatte doch gesagt, dass er bei mir sein wollte ... Dieser Satz von ihm brachte mich vollkommen durcheinander, ich wusste einfach nicht, was ich davon halten sollte. Warum hatte er das gesagt, und wieso glaubte ich ihm das nicht nur, sondern verspürte auch eine recht verwirrende Freude darüber?

Vor Aufregung begann ich zu zittern, es fühlte sich an, als säße ich in einer Eiskammer. Obwohl Sanders Lederjacke noch klamm war, schlüpfte ich hinein und fühlte mich unmittelbar besser. Geborgen und beschützt.

Eine Stunde später, die ich mit intensivem Nägelknabbern verbrachte, tauchte Sander dann ziemlich abgefeiert, zerwuschelt und mit einem auf links gedrehten Wrestler-T-Shirt auf. Außerdem war er von seinem Fußmarsch klitschnass und roch wie eine Destillerie. Bei seinem Anblick kochte mir innerhalb von Sekunden das Blut hoch. So lief das also: Wenn es hart auf hart kam, ging Sander feiern und ließ sich anschließend abschleppen. Allein seine Augenschatten hätten verraten, dass er die Nacht durchgemacht hatte – genau wie ich, nur dass ich albernes Huhn mir den Kopf über seine Worte und die Tarotkarte zerbrach, während er kräftig auf den Putz haute. Ich kam mir wie ein Depp vor, ein überdrehtes Mädchen, das viel Drama um nichts machte. Es war demütigend, dass ich einen tieferen Sinn hinter seinen Worten zu erkennen geglaubt hatte, den es gar nicht gab. Ich war ihm nicht wichtig, kein Stück.

»Da ist ja unser pseudomelancholischer Held. *Oh, Anouk, ich will hier sein, hier bei dir*«, äffte ich Sander nach, der seine Schläfen massierte, hinter denen es vermutlich schmerzvoll pochte. »Immerzu bei dir, es sei denn, ich liege gerade zwischen den Beinen einer komplett betrunkenen Partygöttin.«

Genervt blinzelte er mich an. »Könntest du bitte leiser schreien? Mir platzt nämlich gleich der Schädel.«

Diese Dreistigkeit brachte das Fass zum Überlaufen. Ich warf ihm seine Lederjacke vor die Füße und noch ein paar Beschimpfungen an den Kopf, was er mit ausdrucksloser Miene hinnahm. Dann verließ ich das Haus. Lutz nahm ich mit, ansonsten würde das arme Tier noch eine Depression von der schlechten Stimmung bekommen. Nun schnüffelte er kreuz und quer durchs Wohnzimmer der Freibaums, auf der Suche nach Becks orangefarbenem Kater Fritzfratz, der schon vor Stunden beim Anblick der Bulldogge das Weite gesucht hatte.

Becks war zwar überrascht gewesen, als ich plötzlich vor ihrer Tür stand, aber letztendlich hatte sie sich gefreut, den Regentag nicht allein rumbringen zu müssen. Meine Ausrede, ich sei spazieren gewesen und hätte einfach nur Hallo sagen wollen, hatte sie auch bereitwillig geschluckt. Normalerweise hätte ich mich in einer solchen Situation zu Laboe oder Moritz abgesetzt, aber die Laboes hatten zu Ehren von Grandmama einen Wochenendtrip nach Hamburg geplant. Moritz hingegen weigerte sich wieder einmal, ans Telefon zu gehen, was bedeutet hätte, dass er mir zwar Unterschlupf gewähren, aber mich durchgehend anschweigen würde. Und eine Überdosis Niedergedrücktheit würde ich heute unmöglich schultern, dafür war ich selbst zu erledigt.



Die Freibaums hätten ohne Probleme den Preis als Vorzeigefamilie gewonnen, den ich ihnen wahnsinnig gern persönlich überreicht hätte, denn normal, ein bisschen etepetete und vorhersehbar fand ich im Augenblick ausgesprochen wohltuend. Mehr noch, ich bekam gar nicht genug davon. Schon das gemeinsame Mittagessen, zu dem Frau Freibaum mich spontan eingeladen hatte, war Balsam für meine geschundene Seele gewesen. Man saß beisammen an einem liebevoll eingedeckten Tisch und unterhielt sich über dieses und jenes. Die Stimmung war locker, nirgendwo lauerten Falltüren oder ein unausgesprochener Vorwurf um die Ecke. Und es gab auch keine bösartigen Besucher, die einem den Teppich ruinierten, indem sie dort Gänseblümchen sprießen ließen. Schon bei der Vorspeise atmete ich tief durch und verdrängte den Gedanken an die seltenen gemeinsamen Essen bei uns in Himmelshoch, bei denen das Wort ›ungemütlich‹ zweifelsohne erfunden worden war. Umso froher war ich, heute bei Becks unterzukriechen und das Gegenprogramm zu genießen. Und ich war noch froher, weil Becks älterer Bruder Tammo sich einen Magen-Darm-Infekt eingefangen hatte und auf seinem Zimmer blieb, sodass er die Stimmung nicht mit seinen Basketball-Geschichten vermiesen konnte.

Da es seit gestern in einer Tour regnete, gab es keinen besseren Platz auf Erden als ein gemütliches Sofa, eine Schale voller Süßigkeiten in Reichweite. Becks saß in eine Decke gemummelt neben mir und blickte abwechselnd vom Bildschirm auf die Haarenden zwischen ihren Fingern. Wenn sie ein gespaltenes Haar fand, zupfte sie es resolut ab. Ihr lag etwas auf der Seele, das war mir durchaus nicht entgangen.

»Was hast du gestern Abend denn gemacht?«, fragte mich Becks unvermittelt.

»Ich war bei Laboe, ihre Großmutter ist nämlich zu Besuch. Die Frau ist genial, die müsstest du echt mal kennenlernen.«

In meiner Begeisterung für Grandmama redete ich Unsinn, schließlich war Becks alles, was irgendwie mit Laboe zusammenhing, höchst suspekt. Es schien sie zu irritieren, dass Laboe aus ihrer Vorliebe für Mädchen keinen Hehl machte. Und genau das war es, was ich nicht verstand. Kein halbwegs klar denkender Mensch hatte heutzutage ein Problem mit Homosexualität, selbst wenn er – wie Becks – eher konservativ gepolt war. Bei uns an der Schule fanden die meisten Mitschüler das eher spannend und ein Großteil der Jungs hielt es schlicht für grausame Verschwendung. Nur Becks reagierte allergisch und Laboe entsprechend zickig. Es brannte mir auf den Nägeln, dieses Thema endlich einmal anzusprechen.

»Ich weiß, Laboe steigt dir gern auf die Füße, aber das macht sie nur, weil sie deine Vorbehalte spürt. Die übrigens ziemlicher Unsinn sind.«

»Falls du glaubst, es widert mich an, dass sie bei jeder unpassenden Gelegenheit erwähnt, wie umwerfend süß sie Jennifer Lawrence findet, dann irrst du dich. Sie kann stehen, auf wen sie will. Das interessiert mich nicht.«

*Und warum bist du dann so gereizt?*, fragte ich mich im Stillen. »Laboe ist echt toll und eine super Freundin, du solltest ihr eine Chance geben.«

»Nimm es mir nicht übel, aber das ist eine Schnapsidee. Es ist nämlich keineswegs so, dass nur ich es bin, die mit Laboe nichts zu tun haben will. Bei ihr herrscht nämlich sofort Zickenalarm, wenn sie mich sieht. Zwischen uns stimmt die Chemie nicht, da kann man nichts machen.«

Trotz dieser deutlichen Ansage hatte ich nach wie vor das Gefühl, dass sich hinter ihrer Abneigung noch etwas anderes verbarg. Nur war ich schlicht zu platt, um nachzubohren. *Ein anderes Mal*, sagte ich mir. *Dafür braucht es Fingerspitzengefühl und vor allem eine gute Taktik.*

Gerade als sich das Liebespaar im Film zum ersten Mal so richtig stürmisch in den Armen lag, klingelte Becks Handy. Sie warf einen Blick aufs Display, gab ein Schnaufen von sich und drückte das Gespräch weg. Dann richtete sie den Blick starr auf den Bildschirm, aber ich konnte hören, wie es hinter ihrer Stirn ratterte. Wer auch immer angerufen hatte, war der Grund für ihre wachsende Unruhe.

»Sag mal, wie war die Party gestern Abend eigentlich?«

Becks legte den Zeigefinger über ihre Lippen. »Psst.«

*Fein, dann eben nicht.*

Dann klingelte das Handy erneut und nach dem dritten weggedrückten Gebimmel sah Becks mich verlegen an. »Das ist Klaas, der war gestern ebenfalls auf der Party und ... Ich bin rückfällig geworden.«

Das erklärte einiges. Klaas war Becks Exfreund, wobei man sich nie ganz sicher sein konnte, ob die beiden wirklich ›Ex‹ waren. Das Spiel ging schon länger so, allerdings nicht, weil sie lichterloh füreinander brannten, obwohl sie nicht zueinanderpassten. Denn auf den ersten Blick passten sie sogar hervorragend zusammen und Klaas war offenbar ernsthaft von ihr angetan. Je länger ich Becks jedoch kannte, desto mehr bekam ich das Gefühl, dass Klaas eine Art Notlösung war. Sie neigte zu Perfektionismus und zum perfekten Leben gehörte einfach der Idealpartner. Deshalb wollte Becks allzu gern wahr werden lassen, dass Klaas genau das für sie war, aber in Wirklichkeit brizzelte es von ihrer Seite aus nicht. In der Hoffnung, dass die Gesetze der Physik nicht ganz so ehern waren wie bislang angenommen, testete sie ab und an, ob es nicht vielleicht doch endlich zu einem Blitzeinschlag zwischen ihnen kam, sodass sie endlich das Traumpaar wurden, an das alle glaubten.

»Lass mich raten: Von deiner Seite aus war es eine Runde Rummachen und für Klaas der Startschuss für einen weiteren Beziehungsversuch.«

Becks zog sich die Decke bis zum Kinn, als stehe sie kurz vorm Erfrieren. »Das wird er sich dieses Mal bestimmt nicht so schnell ausreden lassen. Die Party bei Joschi war riesig, total gute Stimmung und ständig wurde einem Sekt nachgeschenkt. Ich bin ja eigentlich nicht so der ausgelassene Typ, aber dieser

Sekt ... Irgendwie ist es mit mir durchgegangen. Ich sollte wirklich keinen Alkohol trinken, ich baue dann immer nur Mist. Wie damals mit dieser dämlichen Bierflasche. Man sollte meinen, dass ich bestens Bescheid weiß, dass man die Fehler nie wieder rückgängig machen kann, die einem im betrunkenen Zustand unterlaufen. Egal, wie sehr man sich anstrengt, total normal zu wirken. Wie auch immer, auf einmal war Klaas da, und ich hatte dieses irre »Alles geht«-Gefühl, auf das ich mich dummerweise eingelassen habe.«

»Hast du Klaas denn irgendwas versprochen oder angedeutet, dass es dir nicht nur darum geht, der Party einen würdigen Abschluss zu verpassen?«

»Nun, weißt du ... Wir haben nicht sonderlich viel miteinander geredet. Ich habe ihn auf der Tanzfläche getroffen und Klass trug so ein knallenges Oberteil ... Es sah schlicht sexy aus, wie seine Brustmuskeln sich unter dem Shirt abzeichneten. Den Rest kannst du dir ja bestimmt denken.«

Ja, das konnte ich, obwohl ich selbst bislang noch nie im angesäuselten Zustand die Brustmuskeln eines Jungen bewundert hatte. Übrigens auch nicht im unangesäuselten Zustand. Vermutlich hing das mit meinem Desinteresse an der hiesigen Männerauswahl insgesamt zusammen, die zwar ganz passabel, aber keinesfalls umwerfend war. Die eigneten sich als Kumpels, aber das war es dann auch schon. Zum Schwärmen hatte mich bislang keiner gebracht, und schon gar nicht zu der Art von Gefühlsausbrüchen wie gerade im Liebesfilm, in dem sie ihm voller Verzweiflung und mit Tränen in den Augen Vorwürfe machte, während er männlich-stoisch dreinblickte, obwohl klar war, dass es in ihm vor Leidenschaft kochte. Nein, damit hatte ich nichts am Hut.

»Dein Bruder ist übrigens auch auf der Party gewesen, der ist allerdings erst kurz vor knapp eingetrudelt«, unterbrach Becks meine Grübeleien. »Dafür ist Sander ja bekannt: Als letzter kommen und am härtesten feiern.«

Ich schmiegte mich tiefer in die Kissen und biss die Zähne fest aufeinander. Bestimmt war er mit großem Hallo begrüßt worden, bevor er den Weg zur Bar und dann in die Intimbereiche eines Vorstadtmodels antrat. Aus lauter Frust hätte ich Becks fast verraten, dass Sander, dieser elender Herumtreiber, keineswegs mein Bruder war. Sondern nur ein Idiot, der unangenehmerweise im gleichen Haus wie ich lebte.

»Sander ist bei Joschi und den anderen Verrückten hängen geblieben, die haben gerade Strippoker gespielt. Wer verliert, muss ein Kleidungsstück ablegen. Pokern ist übrigens gar nicht so einfach, wie man denkt. Ich habe es ausprobiert, bevor ich Klaas getroffen habe. Wenn ich jetzt so darüber nachdenke, kapiere ich endlich, warum der so große Augen gemacht hat – ich hab meinen Pulli nicht wieder übers Camisole gezogen.«

Becks musste ernsthaft nervös sein, wenn sie solche Informationen freiwillig preisgab. Für gewöhnlich schwieg sie sich über ihre Eskapaden genauso aus wie über Sander, vermutlich weil sie annahm, dass wir uns nicht sonderlich nahestanden. Womit sie absolut recht hatte.

»Na ja, ich war wenigstens nicht die einzige Person, die halb nackt auf der Party herumgesprungen ist. Dein Bruder … Was ist das eigentlich auf seiner Schulter? So ein blaues Linienmuster, wie stilisierte Wellen in einer japanischen Zeichnung oder so.«

»Eine Tätowierung, was sonst«, brummte ich. Offenbar war Sander zu der Auffassung gelangt, dass es Zeitverschwendung war, jeder Marienfaller Dame einzeln seinen durchtrainierten Oberkörper vorzuführen, und nutzte stattdessen Pokerspiele zum Rundumschlag. Ob es Becks wohl etwas ausmachte, wenn ich zwecks Wutunterdrückung ins Kissen biss?

»Ich hätte nie gedacht, dass Tätowierungen so genial aussehen. Dieses Blau ist unglaublich lebendig, gar nicht wie Farbe, sondern als würde es zu seinem Körper gehören. Oh Mann, hör nur, was für einen Unsinn ich rede. Dieser Sekt hatte echt meinen Verstand ausgeschaltet.« Als ihr Handy erneut klingelte, zuckte Becks resigniert mit den Schultern. »Macht ganz den Eindruck, als ob ich das jetzt klären muss, ob es mir passt oder nicht. Tut mir leid, aber das kann ein Weilchen dauern, Klaas ist ein ziemlich sturer Brocken.«

»Kein Problem, ich halt den Film solange an, der haut mich eh nicht vom Hocker. Ich schnapp mir ein Buch und stopfe mich mit Schokocrossies voll, bis du wieder da bist.«

Becks lächelte schwach – bestimmt würde sie jetzt gern das Gleiche tun –, dann verschwand sie aus dem Wohnzimmer.

Ich wälzte mich ziemlich unelegant vom Sofa, gestand Lutz eine Handvoll Chips zu, und studierte dann das Bücherregal, das eine ganze Wand einnahm. Zu meiner Enttäuschung überwogen Sachbücher und Klassiker der Literatur, mit denen ich in der Schule schon genug in Berührung kam. Ich musste nur den Namen *Thomas Mann* lesen und sofort schwadronierte die entrückte Stimme meines Deutschlehrers, Herrn Gamsbach, über wichtige Zeitzeugnisse, Figurenführung und so fort in meinem Kopf. Unter packender Unterhaltung verstand ich etwas anderes. Doch egal, wie sehr ich suchte, ich fand nichts, das auch nur im Entferntesten nach meinem Geschmack war. Falls Becks gern las, so gehörte keins dieser Bücher ihr, da war ich mir sicher.

Gerade als ich mit der Fingerspitze über einen golden geprägten Buchrücken in der Abteilung in Leder gebundener Originale fuhr, begann Lutz zu knurren. Und zwar richtig bedrohlich.

Verblüfft drehte ich mich um.

In der Wohnzimmertür stand Becks älterer Bruder Tammo.

Schon eine Sekunde später baute sich Lutz vor dem Jungen auf und bellte ihn dermaßen aufgebracht an, dass ich mich selbst erschrak. Hastig packte ich ihn am Halsband und zerrte das kläffende Kraftpaket von Tammo weg, der sich keinen Millimeter regte, wofür ich ihm sehr dankbar war. Jede andere Reaktion hätte die Bulldogge in ihrer Rage nur noch mehr herausgefordert.

»Jetzt gib endlich Ruhe, Lutz«, wies ich meinen Hund zurecht. »Egal, wie wohl du dich hier fühlst, das ist nicht dein Revier. Es gibt nichts für dich zu verteidigen. Schluss jetzt!«

Leider reagierte Lutz kein bisschen auf meine Kommandos. Englische Bulldoggen sind nicht nur stur, sondern auch massig, sodass es mir nur mit viel Ächzen gelang, den knurrenden Köter vor die Terrassentür zu zerren. Die frische Luft würde sein Mütchen schon kühlen und der folgende Chipsentzug erst recht. Lutz blieb vor der geschlossenen Schiebetür stehen und jaulte vor Empörung, aber seine angelegten Ohren verrieten, dass er vor allem wieder reinwollte, um Tammo in die Enge zu treiben.

»Tut mir wahnsinnig leid, so ist mein Hund sonst überhaupt nicht drauf. Vermutlich hat er sich erschreckt, als du reingekommen bist.

Es war ein seltsamer Anblick, wie Tammo Freibaum in einem zerknautschten T-Shirt und Pyjamahosen vor mir stand, ein leeres Wasserglas in der Hand. Das rotblonde Haar des Mädchenschwarms bildete seitlich am Kopf einen Zipfel und auf seiner Wange zeigten sich Knitterfalten vom Bettbezug. Dabei hätte ich darauf gewettet, dass er selbst krank höllisch smart aussah. Ohne es mir erklären zu können, fand in ihn auf diese verratzte Tour sehr viel sympathischer.

»Dein Hund passt wirklich gut auf dich auf, was?«

Tammo kratze sich an der Brust, auf die ich gerade ziemlich ungeniert starrte. Das war ja mal ein fadenscheiniger Stoff … Hilfe! Offenbar hatte mir Becks mit den sich unter Shirts abzeichnenden Brustmuskeln einen Floh ins Ohr gesetzt.

»Wie geht es dir denn?«, fragte ich in die peinliche Stille hinein.

»Keine Ahnung, irgendwie verkehrt.« Tammo machte den Eindruck, als müsse er sich anstrengen, um die richtigen Worte zu finden. »Eigentlich wollte ich gestern Abend nach dem Basketball-Training noch auf Joschis Party, aber auf dem Weg dorthin ist mir plötzlich speiübel geworden. Muss wohl was Falsches gegessen haben oder so, jedenfalls habe ich mich gerade noch rechtzeitig nach Hause geschleppt und die komplette Nacht über … Na ja, du kannst es dir bestimmt vorstellen.«

Das konnte ich durchaus und tat es auch prompt: Sexy Tammo über der Toilettenschüssel. Ich musste grinsen. Das war natürlich eine unpassende Reaktion auf ein solches Geständnis, also schob ich schnell ein »du Armer« hinterher.

»Nur nicht zu viel Mitleid, Parson«, sagte Tammo in einem Ton, den ich zuvor noch nie bei ihm gehört hatte. Ich kannte seine »Jeder hört mir zu«-Stimme genauso gut wie den »Jetzt musst du beeindruckt sein«-Ton, aber Witze, und dann auch noch von der trockenen Sorte, waren neu.

»Tut mir leid, aber meine Ration an Mitleid habe ich heute Vormittag bereits für jemand anderes aufgebraucht, dem es schlecht ging«, rutschte es mir heraus.

»Lass mich raten: Der gute Sander hat es erst heute Vormittag von einer Party nach Hause geschafft und zur Begrüßung in den Hausflur gekotzt.«

»Das mit dem Hausflur warst du, soviel ich von Becks weiß.« Ich hätte mich selbst ohrfeigen können, dass ich ausgerechnet Sander, diesen Partyterroristen, in Schutz nahm, aber mir steckte schlicht die Überzeugung in den Knochen, dass ich die einzige Person war, die schlecht über ihn sprechen durfte.

Zu meiner Erleichterung nahm Tammo meine Entgegnung locker. »Ja, stimmt, das hatte ich bereits verdrängt. In meiner Erinnerung dominiert die Kloschüssel. Aber was ist mit dir? Du siehst auch mehr nach schlafloser Nacht als nach blühendem Leben aus. Warst du bei Joschi?«

»Ich? Natürlich nicht.«

Ich war kein Partygänger, das hatte ich bereits bei meinen ersten Versuchen herausgefunden. Zum einen nervte es, dass alle immerzu annahmen, ich wäre so ein Freak wie mein vermeintlicher Bruder, der in den Köpfen der Leute ständig feierte, so, wie er früher in der Schule nur Unsinn angestellt hatte. Noch heute hieß die Technik, schulfrei durch das Auslösen der Feuerlöschanlage herbeizuzwingen, die »Sander-Feierabend-Methode«. Darauf war ich nur bedingt stolz, denn schließlich wusste niemand, dass es Sanders Trick gewesen war, um früher nach Himmelshoch zu kommen und meinen Vater zu unterstützen, nachdem am Morgen ein Besucher beim Tor angeklopft hatte. Außerdem waren mir auf den Feten die älteren Mädchen rasch auf die Nerven gegangen, die mich löcherten, ob mein Bruder noch käme und ob der gerade eine Freundin habe. Sander und eine Freundin – was für eine lächerliche Vorstellung. Warum sollte er eine haben, wo für ihn doch auch so übermäßig viel Abwechslung drin war?

»Ich mag mehr so gemütliche Abende, wo ich auch verstehe, was mein Gegenüber sagt«, hängte ich rasch noch zur Erklärung dran.

»Ist auch klüger, dieser Partykram stinkt auf die Dauer ohnehin.«

Das war eine ordentlich ungewöhnliche Aussage von einem Typen wie Tammo Freibaum. Wir sahen einander an, musterten uns vielmehr, und mir war, als würde ich ihn zum ersten Mal sehen. Der Aufschneider vom Pausenhof, der Basketball-Junkie und große Bruder von meiner Freundin Becks war verschwunden, stattdessen fand ich mich einem älteren Jungen gegenüber, den ich nicht uninteressant fand. Machte es einen Unterschied, ob man einander auf dem Schulgelände begegnete, wo alles vertraut und seit Jahren eingespielt war, oder plötzlich in einer anderen Umgebung? Tammo schien Ähnliches durch den Kopf zu gehen, denn im seinem Blick lag mindestens so viel Neugierde wie in meinem.

Als Becks schließlich ins Wohnzimmer zurückkehrte, waren Tammo und ich noch nicht viel weiter. Die intensive Spannung zwischen uns schien sie allerdings nicht zu bemerken, dafür war sie allem Anschein nach zu erschöpft von ihrem Gespräch.

»Hallo, du wandelnde Leiche. Bist du wieder auf den Beinen? Du musst dir mal was Anständiges überziehen, sonst bringst du Anouk noch in Verlegenheit«, begrüßte Becks ihren Bruder, ehe sie sich mir zuwendete. »Ich brauche jetzt dringend frische Luft. Bist du bei einem Spaziergang dabei?«

So gern ich wie angewurzelt stehen geblieben und Tammo in seine kornblumenblauen Augen geblickt hätte, aber Becks wollte bestimmt nicht bloß im Regen herumrennen, sondern mir unter vier Augen erzählen, was nun mit Klaas war. »Sicher, Spaziergang klingt klasse, wir machen einfach einen auf *Singing in the Rain*. Lutz muss sich eh mal gründlich austoben, der ist total neben der Spur. Der hatte wegen Tammo einen Knurranfall. Eindeutig unausgelastet, das Tier.«

Becks nickte dankbar.

Ich verharrte noch einen Moment, während sie bereits in die Diele verschwand. Bislang hatte ich allein beim Anblick von Tammos Feuerscheinhaar innerlich gestöhnt, davon konnte nun nicht länger die Rede sein. Da war etwas Neues an ihm oder vielmehr etwas, das ich erst jetzt entdeckt hatte.

»Gute Besserung, wir sehen uns dann am Montag in der Schule.«

Tammo lächelte, weder auf eine aufreißerische noch zuckersüße Weise, sondern ganz leicht, lediglich ein Heben der Mundwinkel. »Auf jeden Fall. Ohne deinen geifernden Bewacher wird es bestimmt auch netter. Ich freu mich.« Die Art, mit der er das sagte, zauberte mir ein Lächeln auf die Lippen.

Als Becks und ich durch die trübgrauen Felder hinter der Wohnsiedlung spazierten, auf denen noch nicht einmal ein Schimmer Frühlingsgrün lag, brauchte ich eine Weile, bis ich mich so weit gefangen hatte, um Becks richtig zuzuhören. Dabei ging keineswegs an mir vorbei, dass sie sich von Klaas tatsächlich zu einem Neustart hatte überreden lassen, nur weil sie Gewissensbisse quälten. Ich strengte mich ernsthaft an, aber in meine Gedanken schlich sich immer wieder Tammo … Oder vielmehr der neue Tammo, dessen Blick so nachdenklich auf mir gelegen hatte. Damit hatte er etwas in mir ausgelöst, doch um was es sich genau handelte, erschloss sich mir noch nicht.

# 13. Veränderdich

Es war bereits Abend, als ich mich von Becks verabschiedete und nach Hause ging. Lutz und ich waren ordentlich durchgefroren von dem Marsch durch die Felder, aber im Gegensatz zu ihm war ich der reinste Sonnenschein. Dieser Hund ließ hängen, was er hatte: Schlappohren, Lefzen und Stummelrute. Während des Spaziergangs hatte er mich weitgehend ignoriert, als würde er es mir übel nehmen, dass er Tammo nicht hatte bei lebendigem Leibe auffressen dürfen. Dabei hielt ich es schlecht aus, von meinem Hund mit Missachtung gestraft zu werden. Nachdem ich allerdings sein Fell mit einem Handtuch trocken gerieben und seinen Fressnapf gefüllt hatte, gab er sich versöhnlich und verpasste mir einen unter normalen Umständen verbotenen Hundekuss mitten auf den Mund. Ich unterdrückte ein ›Igitt‹, denn schließlich war ein Friedensangebot ein Friedensangebot.

Ich machte mir gerade eine heiße Milch mit Honig, als Sander sich zu uns in die Küche gesellte. Offenbar hatte er gerade trainiert, denn seine Wangen waren gerötet und er trug die dafür typische schwarze Baumwollhose. Die Brille hatte er in den Ausschnitt seines T-Shirts eingehängt, die ihn einen Tick zu tief runterzog. Einige blaue Schnörkel waren zu sehen, die tatsächlich wie stilisierte Wellen aussahen … der geschwungene Bogen seines Schlüsselbeins … die leichte Kuhle darunter, genau wie ein Teil seiner Brust. Im nächsten Moment wunderte ich mich über mich selbst. *Himmel! Seit wann kümmert mich so etwas?* Becks Sichtweise war höchst ansteckend, so musste es sein. Ich wendete mich ab, nicht nur wegen des Ausschnitts, sondern auch weil ich absolut keine Lust auf seine Gesellschaft hatte. Nicht dass Sander das kümmerte, vermutlich erkannte er ohne seine Gläser vor den Augen nicht einmal meinen abweisenden Gesichtsausdruck.

»Dein Handy …«, setzte er an. »Gehst du da eigentlich auch mal ran?«

»Ich hatte eine Verabredung, bei der ich ungestört sein wollte, also habe ich es abgestellt.« Das entsprach nicht ganz der Wahrheit, denn in Wirklichkeit hatte der Akku irgendwann im Laufe des Nachtmittags schlappgemacht. Das kam mir jetzt ganz gelegen. Sollte er ruhig glauben, dass unvermittelt die Rebellin in mir durchgebrochen war. Ich konnte mich auch entziehen und anschließend kein Wort darüber verlieren, was ich getrieben hatte.

Danach herrschte erst mal Schweigen – Sander wartete wohl darauf, dass ich in meiner ansonsten recht redseligen Art ausplaudern würde, wo ich gewesen war, und dann auch noch nachhakte, was es mit der Frage auf sich hatte. Tja, Pech gehabt. Die gute alte Anouk hatte keine Lust auf diese Art von Spielchen.

»Ich habe versucht, dich zu erreichen«, gestand Sander letztendlich ein, während ich Honig in eine Tasse träufelte. Unter anderen Umständen hätte ich gefragt, ob ich ihm auch eine machen sollte, aber heute war mir nicht danach zumute. Der hatte in der letzten Nacht mehr als genug Milch und Honig abbekommen. »Ich wollte mit dir reden, denn das mit uns beiden ist heute Morgen irgendwie schiefgelaufen. Für mich ging das alles eine Spur zu schnell, nachdem ich die Nacht kein Auge zugetan und eindeutig zu tief ins Glas geguckt hatte. In einem Moment schreist du mich an und im nächsten bist du auch schon auf und davon. Kann sein, dass ich genervt rübergekommen bin, aber ich wollte dich nicht vor den Kopf stoßen, ich war einfach nur so fertig und übel restalkoholisiert. Also, was ich dir sagen will: Es war verkehrt, dass ich den Mund gehalten habe, anstatt dir sofort klipp und klar zu sagen, dass …«

»Das solltest du jetzt besser auch tun. Den Mund halten, meine ich«, unterbrach ich ihn. Ob es nun eine sorgsam vorbereitete Ausrede oder gar die Wahrheit war, interessierte mich nicht. »Du kannst tun und lassen, was du willst, mir bist du keine Rechenschaft schuldig.«

»Es geht mir auch nicht darum, Rechenschaft abzulegen, sondern etwas klarzustellen. Das, was ich letzte Nacht zu dir gesagt habe, …«

»Ist mir schnuppe egal«, vollendete ich den Satz. »Hör mal, Sander. Wozu die Anstrengung? Dir ist es ansonsten doch auch nie wichtig, was ich von dir und deinen Nummern halte. Bleiben wir ruhig dabei. Und wenn du nichts dagegen hast, werde ich jetzt ins Badezimmer verschwinden, ich brauche nämlich ein heißes Bad. Es war ein schöner, aber auch ziemlich anstrengender Nachmittag.« Mitten in der Bewegung hielt ich inne. »Tammo hatte heute übrigens das gleiche Shirt an wie du, sogar in derselben Farbe. Witzig, wo ihr beiden doch nicht unterschiedlicher sein könntet.«

»Tammo Freibaum, ja? Den hast du also getroffen und wolltest dabei nicht gestört werden.« Sander verzog das Gesicht. »Hat dieser Möchtegernherzensbrecher etwa was damit zu tun, dass du mich auflaufen lässt? Shit, Anouk, das ist doch wohl nicht dein Ernst, der Typ liegt charakterlich auf einer Ebene mit Weißbrot. Und das ist kein Kompliment fürs Weißbrot.«

»Ach ja, habe ich doch glatt vergessen, wie dick du mit Tammo bist! Hast ihn früher ein paar Mal auf dem Schulhof gesehen oder bei einer deiner Nacht-/-Nebel-und-Weib-Aktionen. Dadurch kennst du seine Persönlichkeit natürlich wie deine Westentasche. Ich verrate dir mal was, Sander: Man kennt die wenigsten Menschen wirklich gut. Ich lebe mit dir in einem Haus und habe keine Ahnung, wer du eigentlich bist. Was weißt du also über Tammo?«

Ich ließ den plötzlich stumm gewordenen Sander stehen und verließ die Küche, allerdings ohne das erhoffte Triumphgefühl.

Sein Gesichtsausdruck hatte mir im letzten Moment einen Strich durch die Rechnung gemacht. Sander hatte verletzt ausgesehen. Und Sander sah nie verletzt aus. Wütend, ablehnend, ja – aber nie verletzt, denn er ließ niemanden an sich heran. Eigentlich.

Wasserdampf hing in der Luft, hatte den Spiegel verhangen und den Kerzen einen Heiligenschein gezaubert. Meine Zehen tauchten wie Inseln aus dem Badeschaum auf. *Noch nicht vollkommen verschrumpelt*, urteilte ich. Ich lag zwar schon eine ganze Weile in der Wanne, aber ein paar Minütchen länger würden bestimmt nicht schaden. Es duftete angenehm nach Orangenschale mit Vanille und im Hintergrund liefen die *Fleet Foxes* – es war Entspannung de luxe. Genau das, was ich brauchte.

Ganz in diesem Sinn beschloss ich, noch einmal heißes Wasser nachlaufen zu lassen. Mit dem großen Zeh setzte ich den Warmwasserregler in Bewegung, nur kam leider nichts aus dem Hahn, egal, wie sehr ich mich abmühte. Widerwillig richtete ich mich auf, wobei die kühle Luft sich sofort auf meine Schultern legte. Aber gleichgültig, wie weit ich den Regler aufdrehte, der Hahn gab nur ein Schnaufen von sich, mehr nicht. Richtig überrascht war ich nicht, denn das Rohrsystem in diesem Haus war uralt, da konnte schon mal was klemmen oder verstopfen. So, wie es in den Rohren gurgelte, tippte ich darauf, dass etwas den Hahnausgang versperrte.

Mit einem Seufzen steckte ich den Zeigefinger in die Öffnung und ertastete etwas Weiches, das bei meiner Berührung zurückwich.

Ich zögerte.

Was mochte das sein, ein Knäuel Alge?

Egal, was es war, es musste raus, ansonsten würde ich bald vor Kälte zu schnattern anfangen – und ich war keineswegs bereit, mein Badeparadies voreilig aufzugeben. Entschlossen grub ich meinen Finger tiefer in die Öffnung und kitzelte an dem weichen Was-auch-immer in der Hoffnung, es möge dadurch ins Rutschen geraten. Stattdessen stieß es ein kicherndes Geräusch aus und rutschte unter meiner Fingerkuppe hin und her.

Wie vom Blitz getroffen riss ich meine Hand zurück und im gleichen Moment plumpste das Ding in den Badeschaum und aus dem Hahn sprotzte eine Ladung Heißwasser.

Ich stieß einen gellenden Schrei aus und wollte aus der Wanne flüchten, doch ich rutschte ab und tauchte der Länge nach unter.

*Es ist zusammen mit dir im Wasser!*, schoss es mir durch den Kopf.

Ich schrie erneut – oder vielmehr versuchte ich es, denn der Badeschaum vor meinem Mund machte das Schreien unmöglich. Prustend und keuchend rappelte ich mich auf und zog mich über den Wannenrand. Dabei streifte etwas meine Wade. Mehr als ein entsetztes Husten brachte ich nicht zustande, während ich auf die Bodenfliesen sank. Zuerst wollte ich aus dem Badezimmer krabbeln und mich in Sicherheit bringen, dann entschied ich mich jedoch anders. Das Ding war aus dem Wasserhahn gefallen, es war also klein, nicht wesentlich größer als ein Flummi. Außerdem hatte es gekichert.

Sollte ich wirklich vor einem weichen, kichernden Flummi fliehen, mit triefnassen Haaren und splitternackt, ein Abbild des Elends? Gut, ich war vielleicht nicht für den Kampf geboren, aber ich war trotzdem kein Feigling. Mit einem Miniaturschleimbeutel nahm es ich durchaus auf.

Entschlossen beugte ich mich über die Wanne. Leider wurde das Badewasser fast vollständig von dem nach Orangen duftenden Schaum bedeckt …

Halt! Da war eine Bewegung auszumachen.

Voller Eifer packte ich ein Windlicht samt brennender Kerze und stülpte es über den Unterwasserschwimmer.

Ein Stoß gegen die Innenseite des Windlichts verriet, dass ich es eingefangen hatte.

»Hab dich, du Kichererbse!«

Mein Triumph währte allerdings nur kurz, denn genau in diesem Augenblick stürmte Sander ins Badezimmer. Mein Schrei musste ihn auf den Plan gebracht haben.

Prompt ließ ich meine Beute los und blickte mich gehetzt nach einem Handtuch um.

Sander, der die Lage blitzschnell, nur leider komplett falsch erfasste, und mich in Gefahr glaubte, wollte mich von der Wanne, dem Hort des vermeintlichen Übels, wegziehen. Als seine Hände unter meine Achseln fuhren, versuchte ich seiner Berührung zu entkommen, verlor das Gleichgewicht, krallte mich an ihm fest, woraufhin er auf den nassen Fliesen ausrutschte – und im nächsten Moment lagen wir beide in inniger Umarmung am Boden.

»Runter von mir«, keuchte ich.

Zu Sanders Verteidigung muss gesagt werden, dass er sich mächtig ins Zeug legte, um Abstand zu gewinnen, aber die Lache aus Wasser und Unmengen von Badeschaum machten es ihm unmöglich. Vielleicht rackerte er sich auch einen Tick zu verbissen ab, sodass er ins Schleudern geriet und im Endeffekt genauso auf mir lag wie zuvor. Irgendwie gelang es mir schließlich, ihn ein Stück wegzuschieben, was die Angelegenheit allerdings nur bedingt besser machte, denn dadurch bekam er eine tolle Aussicht auf meinen Busen. Fehlende Brille hin oder her, so, wie er die Augen aufriss, entging ihm die unfreiwillige Präsentation keineswegs. Obwohl es bereits zu spät war, zog ich ihn wieder an mich. Lieber ertrug ich ihn der Länge nach auf mir, als dass er mich noch komplett in natura sah.

»Kannst du dich mal entscheiden?« Sanders Lippen bewegten sich an meiner Halsbeuge, während er sich abplagte, Halt zu finden. Nur bot mein nasser Körper noch weniger Halt als alles andere.

»Hör endlich auf, dich so viel zu bewegen«, fuhr ich ihn an. »Diese Ruckelei bringt doch nichts.«

»Das habe ich irgendwie schon einmal gehört.«

Ich stöhnte genervt.

Wenigstens hielt Sander endlich still, obwohl unsere Situation dadurch nicht merklich erträglicher wurde. Ich spürte seinen Atem auf meiner empfindlichen Kehle, das Heben und Senken seiner Brust, die Schwere seines Körpers, von dem mich lediglich eine Schicht Stoff trennte. Diese sinnliche Wahrnehmung ließ mich die lächerliche Situation, in der wir steckten, vergessen. Sander schien ähnlich zu empfinden, denn er hob den Kopf und sah mich an. Die eine Hand, mit der er mich hatte fassen wollen, lag oberhalb meines Rippenbogens, nur einen Hauch von meiner Brust entfernt. In der Sekunde, in der ich mir dessen bewusst wurde, flammte meine Haut unter seiner Berührung auf, und damit der Wunsch, die Flammenspur möge sich ausweiten. Diese unvermittelte Reaktion auf seine Nähe brachte mich mehr durcheinander als mein Erlebnis in der Badewanne und der Sturz zusammen.

»Ich brauche ein Handtuch«, flüsterte ich.

Sander brummte zustimmend, aber es dauerte, bis er tatsächlich reagierte. Als würde sein Körper zum ersten Mal in seinem Leben nicht seinem Willen gehorchen. Fast unerträglich langsam zog sich seine Hand von meinem Rippenbogen zurück, sodass es geradezu einem Streicheln glich.

*Nicht aufhören*, flüsterte eine Stimme, die ich nie zuvor gehört hatte. Unwillkürlich versteifte ich mich.

Sanders eben noch leicht geöffnete Lippen wurden zu einer harten Linie und die Hand verschwand endgültig. Nach einigem Kämpfen gelang es ihm, sich aufzurichten, und kaum dass ich meine Knie vor die Brust gezogen hatte, reichte er mir auch schon ein Badehandtuch, den Blick starr auf die Wand gerichtet, damit ich mich in Ruhe einwickeln konnte. Das war mehr Gentleman, als ich je von ihm erwartet hätte.

»Was war denn überhaupt los?«, fragte er mit heiserer Stimme. »Du hast so laut geschrien, dass die Wände gewackelt haben. Ist dir das Shampoo umgekippt oder etwas ähnlich Katastrophales?«

Diese Art von dummer Bemerkung brachte mich in die Realität zurück, sie wirkte wie eine Radikalkur, um das Verlangen nach behutsam ihren Weg suchenden Händen zu vergessen. »Ein kicherndes Ding ist aus dem Wasserhahn ins Badewasser geploppt – darum bin ich ausgeflippt. Ich hatte es übrigens gerade eingefangen, als du hier wie ein Irrer reingestürmt und über mich hergefallen bist.«

»*Draufgefallen* trifft es besser.«

»Lass das! Keine Kommentare über diesen hochnotpeinlichen Zwischenfall, ansonsten garantiere ich für nichts. Wir beide werden nie wieder auch nur ein Wort darüber verlieren, was gerade dank dieses glibberigen Badeschaums passiert ist. Das streichen wir vollständig aus unserem Erinnerungsspeicher, ohne die kleinste Ausnahme. Und wenn du dich nicht daran hältst, weil du es ach so lustig findest, mich damit aufzuziehen, dann kannst du dich auf was gefasst machen. Ich bin ja durchaus bereit, mir einiges von deinen Sprüchen anzuhören, aber nicht darüber, wie du der Länge nach auf mir gelegen hast. Darüber machst du keine Witze, verstanden?«

»Hatte ich nicht vor, obwohl es wunderbares Material abgeben würde, zumindest der Anfang mit dem Sturz. Das wäre der reinste You-Tube-Renner. Was allerdings danach kam ... Das war zu nah und dann auch wieder nicht. In einem Moment wollte ich noch schleunigst auf die Füße kommen und im nächsten ...« In Sanders Augen schlich sich Entsetzen über die eigenen Worte. »Wir sollten wirklich nicht darüber reden. Vor allem weil wir ja auch was zu tun haben. Wächter-Kram. Dringenden Wächter-Kram.« Sander lehnte sich über die Badewanne und inspizierte den Inhalt, plötzlich ganz der knallharte Profi. »Ein Besucher?«

Dankbar für den Themenwechsel trat ich neben ihn – allerdings erst nachdem ich kontrolliert hatte, dass das Handtuch alle entscheidenden weiblichen Merkmale meines Körpers abdeckte. »Dafür war es zu klein. Ich tippe mal eher auf eine Veränderung: Ein Besucher hat einen Badeschwamm gestreift, der nun lustig durchs Haus springt.«

Sanders Kopf flog herum. »Unmöglich. Über eine solche Veränderung wüsste ich Bescheid.«

»Nicht, wenn sie neu ist.«

In meinem Magen bildete sich ein Eisklumpen, während Sander fluchend das Badewasser mit den Händen durchpflügte und es schließlich unter Vorsichtsmaßnahmen abließ. Vollkommen umsonst. Was auch immer aus dem Wasserhahn gefallen war, es war längst auf und davon. Ratlos folgte ich Sander in mein Zimmer, wo er Runden drehte wie ein Tiger, um sich schließlich auf mein Bett fallen zu lassen.

»Ich stecke bis zum Hals im Sumpf«, erklärte er der Zimmerdecke. »Diese Veränderung bedeutet nichts anderes, als dass ein Besucher entkommen ist.«

Während ich das Badehandtuch krampfhaft zusammenhielt, setzte ich mich neben ihn. Konnten solche Dinge nicht passieren, wenn ich angezogen und topp frisiert war, anstatt dass ich wie etwas aussah, das man kurz vorm Ertrinken aus dem Wasser gefischt hatte? Ich schob meine Eitelkeit beiseite und konzentrierte mich auf das Problem. »Es wäre auch möglich, dass der Krakenmann auf seiner Flucht eine Winzigkeit berührt hat, etwas, von dem du bei deiner Überprüfung gar nichts wissen konntest, ein zerknülltes Stück Papier zum Beispiel, das nach der Veränderung schleunigst das Weite gesucht hat.«

Sander machte keinen sonderlich überzeugten Eindruck. »Bislang habe ich noch immer jede Veränderung entdeckt, sogar diesen Stecknadelkopf im Teppich, der das Wetter vorhersagt.« Dann richtete er sich auf, nur um sogleich den Kopf zwischen die Knie sinken zu lassen, als sei ihm plötzlich schlecht geworden. Vermutlich stimmte das sogar. »Gott, verdamm mich. Ein Besucher muss entwischt sein, als ich dich zu Laboe gebracht habe. Jakob hatte recht damit, mir für diesen Leichtsinn die Pest an den Hals zu wünschen. Ich habe einen riesigen Fehler gemacht und es noch nicht einmal eingesehen. Es war mir einfach wichtiger, mich um dich zu kümmern. Wenn dein Vater von dem Ausreißer erfährt, wird er mich mit seinen Starkstromblicken auf der Stelle einäschern und dich in den nächstbesten Zug setzen, der dich ans andere Ende der Welt bringt. Das war's, ich habe alles ruiniert.«

Ich wollte mich dieser Meinung unter keinen Umständen anschließen. »Das kann nicht sein. Wenn ein Besucher entkommen wäre, dann hätten wir davon bereits erfahren. Oder glaubst du, es fällt niemandem auf, wenn eine dreißig Meter lange Seeschlange mit einem Riesenhunger oder sonst irgendein Ungetüm aus dem Reich Tiamats in den Straßen von Marienfall ihr Unwesen treibt?«

»Wer weiß, wo es hin ist. Um dieses Kaff herum gibt es meilenweit nur Felder und höchstens mal einen Spaziergänger als Zwischenmahlzeit.«

Wie konnte man nur so schnell aufgeben? »Papperlapapp. Die Besucher suchen die Nähe zu den Menschen, das wissen wir doch. Wenn es einer geschafft hätte, sich unbemerkt aus dem Staub zu machen, hätte er schnurstracks auf die Stadt zugehalten. Lauter feines Essen und die beste Chance zum Abtauchen. Wenn du dir unbedingt Vorwürfe machen willst, dann nur weil dir eine Veränderung entgangen ist.«

Da Sanders Kopf immer noch nicht wieder zwischen seinen Knien auftauchte, tätschelte ich ihm den Rücken. Das heißt, ich hatte vor, ihm den Rücken zu tätscheln, ganz kameradschaftlich. Nur glitt meine Hand stattdessen über seinen gebeugten Rücken, fuhr über angespannte Muskeln und die sich abzeichnenden Schulterblätter, strich die Wirbelsäule zum Nacken hinauf in sein zerzaustes Haar. Ich sah meinen Fingern dabei zu, wie sie die schwarzen Strähnen durchpflügten, die sich voll und überraschend weich anfühlten, beobachtete, wie meine Fingerspitzen oberhalb des Ausschnitts über seine warme Haut tanzten, bevor sie wieder seinen Rücken erkundeten. Es war, als stände ich neben mir. Dieses Mädchen, in dem ein bislang unbekanntes Begehren wuchs – das war nicht ich. Niemals hätte ich mich vorgebeugt, mit den Lippen seine Ohrmuschel unter dem Vorwand gesucht, ihm ein »alles ist gut« hineinzuflüstern und meine Lippen anschließend dort ruhen zu lassen. Oder doch? Ich atmete den Geruch nach Orangenschale, der holzigen Note seines Aftershaves und seiner erhitzten Haut tief ein und erschrak, als er eine wahre Kettenreaktion auslöste, in deren Folge ich mich fühlte, als sei ich ins Weltall katapultiert worden, wo ich nun schwerelos dahinschwebte ... Bis zum nächsten Atemzug, wenn alles von vorne losging. Nur mit Not konnte ich mich so weit beherrschen, keinen Kuss auf die samtige Stelle hinter seinem Ohr zu hauchen.

Mein eigenes Verhalten ängstigte mich und trotzdem konnte ich nicht damit aufhören, Sander zu liebkosen, auf eine Weise, die mit Trost spenden schon lange nichts mehr zu tun hatte. ›Zu nah und doch wieder nicht‹, hatte er gesagt. Konnte ich ihm überhaupt zu nah sein? War ich es bereits?

Ich betete darum, dass er endlich den notwendigen Bruch herbeiführte und die Distanz, die ansonsten zwischen uns herrschte, wiederherstellte. Als er seinen Oberkörper jedoch aufrichtete, tat er es nur, um sanft meinen Nacken zu umfassen und mich heranzuziehen, bis mein Gesicht vor seinem war. Ich spürte seinen Atem, drängte mich an ihn und versuchte mir zugleich einzureden, dass es nur darum ging, ihn zu beruhigen. Dabei zeigte das Glühen in seinen Augen, dass er trotz meiner Bemühungen alles andere als ruhig und entspannt war. Seine Hand umhüllte meine Schulter, dann streichelte er die Außenseite meines Arms entlang. Sämtliche Härchen richteten sich auf, als würden sie der Spur seiner Finger nachspüren. Dann legte er seine Lippen an meine Stirn – für einen wunderbaren Moment, und im nächsten war er bereits fort. Aufgesprungen und aus dem Zimmer geflüchtet, als hätte er es keine Sekunde länger in meiner Gegenwart ausgehalten.

Der Raum um mich herum geriet in Bewegung, ein schlingernder Kurs, während ich meine Finger schmerzhaft fest ins Handtuch grub, das ich vor meiner Brust zusammenhielt.

Was war geschehen? Ich wusste es nicht.

Dann sah ich Sanders Lederjacke über meinem Schreibtischstuhl hängen, die mir zuvor nicht aufgefallen war. Ich hatte sie ihm nach unserem Streit vor die Füße geworfen und nun hing sie hier.

Mir wurde schwindelig.

# 14. Sei auf der Wacht!

Eigentlich liebte ich den Sonntagmorgen: Niemand erwartete Pflichtbesonnenheit von mir, ich konnte ausschlafen, rumtrödeln, ewig frühstücken und dann mit einem Buch neben dem warmen Küchenofen in Bademantel und Plüschsocken versumpfen. Sogar Lutz war an Sonntagen noch lässiger als sonst und bestand nicht einmal darauf, draußen den Garten umzubuddeln – davon abgesehen, dass er den Garten ohnehin bereits an den sechs vorherigen Tagen in einen Acker verwandelt hatte. Es war mir ein Rätsel, welche Art von Befriedigung einem Hund zuteil wird, dessen obere Hälfte seines Wurstkörpers im Erdreich abgetaucht ist. Davon abgesehen, dass wir den Buddelkönig bereits zweimal hatten freischaufeln müssen, weil er in seinem eigenen Loch festgesteckt hatte. Wie auch immer, Sonntage in Himmelshoch waren ausgezeichnete Faultiertage. Nur heute leider nicht.

Schon beim Aufwachen fühlte ich mich wie elektrisiert und starrte auf die Stelle meines Bettes, wo gestern Sander gesessen hatte, während ich mich an ihn schmiegte und irgendwas Pseudoberuhigendes säuselte.

Was zur Hölle hatte ich mir bloß dabei gedacht?

Vor lauter Anspannung sprang ich wie Rumpelspilzchen durchs Bad, außerstande, mir die Zähne zu putzen, weil mein Mund mit Kichern oder Grimassenschneiden beschäftigt war. Zurück in meinem Zimmer durchwühlte ich den Kleiderschrank, und zwar mit einem ziemlich seltsamen Ergebnis. Die Klamotten, die ich rauslegte, entsprachen einem klassischen Dating-Outfit samt dem einzigen Paar Heels, das ich besaß. So weit war es also mit mir gekommen, dass ich mich zum Sonntagsfrühstück aufbretzelte, um niemanden Spezielles, und schon gar nicht Sander, zu beeindrucken. *Du bist knallverrückt, meine Liebe,* bestätigte ich mir, um dann demonstrativ zum ausgefransten Bademantel und den Hüttenschuhen zu greifen. Ein Hauch Lipgloss musste trotzdem sein. *Nur weil's gut nach Erdbeere schmeckt. Ungelogen.*

Auf dem Weg in die Küche glaubte ich jeden Moment einen Herzinfarkt zu erleiden, während ich mir unentwegt mögliche Sprüche wie »Ah, Sander. Du auch hier?« zurechtlegte. Gestern … Das war ein Ausrutscher gewesen, der mit viel nackter Haut, Badeschaum und der anziehenden Verletzlichkeit junger Männer zusammenhing. Wie würde mein Vater sagen: »Alles Hormone.« Und in diesem Fall konnte ich ihm wirklich nur zustimmen. Mehr steckte nicht hinter der Geschichte, auch wenn ich mir einige Sekunden lang vorstellte, wie es wäre, von Sander mit einem Guten-Morgen-Kuss auf die Wange begrüßt zu werden und dabei die Chance zu bekommen, unauffällig an ihm zu schnuppern. Der herbe Holzduft seines Aftershaves und salzige Haut …

Rot bis in die Haarspitzen schlüpfte ich durch die Küchentür, nur um voller Enttäuschung festzustellen, dass kein Sander anwesend war. Dafür ein wedelnder Lutz, der Stellung neben seinen Näpfen bezogen hatte, und mein komplett in Anzug eingekleideter Vater, der gerade seinen schwarzen Kaffee trank.

»Schön, du bist ja schon auf«, begrüßte er mich. »Ich wollte dich eben wecken gehen, wir bekommen nämlich in knapp einer halben Stunde Besuch von Filippa Margold. Sander ist bereits aus dem Haus, er wird heute erst spätabends wiederkommen. Vermutlich wird sich Filippa darüber echauffieren, dass sie ihn so gut wie nie persönlich antrifft, aber nach seinem Ausbruch vor ein paar Tagen möchte ich ihr seine charmante Art noch weniger zumuten als sonst.«

Ich nickte nur benommen, darum bemüht, meine kippende

Stimmung in den Griff zu kriegen. Sander würde sich heute nicht mehr blicken lassen, und das war gut, denn Filippa und Sander im Doppelpack schaffte ich nämlich auf keinen Fall. Vor allem nicht, weil Sander keine Chance ungenutzt verstreichen ließ, ihr seine Abneigung zu demonstrieren, obwohl sie ihn durchaus freundlich behandelte. Schließlich war er ein hervorragender Wächter – und das war alles, was für Filippa zählte.

Die Vertreterin des Wächterzirkels, die für Himmelshoch zuständig war, war die Pest auf Beinen, ehrgeizig und fordernd. Während sie Tiamat für ein eher uninteressantes Tor hielt, das – abgesehen von den gelegentlich auftretenden Veränderungen – bestens unter Kontrolle war, hatte sie in den letzten Monaten ein zunehmendes Interesse an Sander gezeigt. Sie wusste zwar nichts darüber, wie großartig er im Besucher-Eliminieren war, aber sie schien den perfekten Wächter in ihm zu erahnen. Zumindest hatte sie ihm mehrmals die Wacht an einem der großen Tore schmackhaft zu machen versucht. Ohne großen Erfolg.

»Wenn Fräulein Oberwächterin jemals etwas über die Linien auf meiner Haut herausfinden sollte, würde sie mich nicht bloß in Einzelhaft stecken, sondern vermutlich das mit mir anstellen, was ich ansonsten mit den Besuchern anstelle«, war sein einziger Kommentar zu ihren Avancen gewesen. »Jakob macht es schon richtig, uns diese Kontrollfreaks vom Zirkel vom Leib zu halten, auch wenn wir deshalb die Vollzeitbewachung von Tiamat zu zweit hinbekommen müssen. Ich verbringe lieber den Rest meines Lebens im Kellergewölbe, als dass Filippa und Konsorten hier das Kommando übernehmen.«

Wenn Filippa sich bei ihren Stippvisiten dann mir zuwandte, musterte sie mich jedes Mal, als sei ich ein missglücktes Experiment. Die erste Parson, die als Wächterin vollkommen unfähig war. Bei solchen Gelegenheiten hätte ich ihr gern etwas Unverschämtes an den Kopf geworfen, aber seit sie mir als Kind einmal damit gedroht hatte, mich Himmelshoch zu verweisen, hielt ich mich zurück. Die Vereinbarung, die Jakob nach

Tiamats Erwachen mit dem Zirkel getroffen hatte, stand auf gläsernen Füßen. Sollten diese Leute jemals herausfinden, dass unser Tor keineswegs rundum abgesichert war, würden sie uns Parsons vor die Tür setzen. Eigentlich hätten wir dann frohgemut unseres Weges gehen können, der jahrelangen Bürde endlich enthoben. Nur kam leider kein Nicht-Parson durch das Kraftfeld, und was war ein Wächter, der nicht in die Nähe des Tors gelangte, das er bewachen sollte?

Aus diesem Grund stand ich jedes Mal stumm und mit hängenden Schultern da, wenn Filippa bei ihren Überprüfungen auch abcheckte, ob ich mich an unsere Absprache hielt. Die Vorstellung, ihr ausgerechnet an diesem Sonntagmorgen Rede und Antwort stehen zu müssen, gefiel mir noch weniger als sonst.

»Soll ich mich auch aus dem Staub machen?«, fragte ich meinen Vater. »Die Laboes sind zwar auf einem Wochenendausflug, und bei Becks war ich erst gestern, aber ich wollte immer schon mal einen ganzen Sonntag im Museum verbringen.« Das war sogar nur halb geflunkert, obwohl man für die Marienfaller Dauerausstellung nicht länger als eine gute Stunde brauchte. Sie war jedoch in einem altehrwürdigen Backsteingebäude untergebracht, in dem es warm war – und vor allem wurde man nicht mit Verachtung gestraft, weil man dem Wächterzirkel ein wenig kritisch gegenüberstand.

Zu meiner Enttäuschung schüttelte Jakob den Kopf. »Tut mir leid, aber Filippa hat mehr oder weniger darauf bestanden, dich zu sehen. Vorrangig will sie überprüfen, ob du mit dem Stress, in Tiamats Nähe zu leben, weiterhin zurechtkommst. Falls das ihre größte Sorge ist, können wir uns gratulieren. Ich hoffe, dass die Veränderung nach dem Krakenmann unterm Dachstuhl nicht in dem Moment erscheint, wenn Filippa im Haus ist. Ihre Obsession mit den Veränderungen ist einzigartig. Normalerweise könnte man meinen, dass sie auf die sofortige Zerstörung jeder einzelnen besteht. Stattdessen studiert sie sie mit einer an Faszination grenzenden Gründlichkeit.«

Allein die Tatsache, dass wir in einem Haus voller übernatürlicher Veränderungen lebten, hatte Jakob Endlosdiskussionen mit dem Zirkel gekostet, weil er sich weigerte, hinter einem Sichtschutzwall mit Stacheldraht zu verschwinden. In diesem Punkt war mein Vater stur geblieben und hatte darauf bestanden, dass das Haus ein Haus bleiben sollte, anstatt in eine Festung verwandelt zu werden. Solange von außen nichts zu erkennen war, würde er die Fassade eines normalen Lebens aufrechterhalten und dafür niemanden einlassen. Nur in den Garten und in die angebaute Garage durften wir Besuch mitnehmen – wobei die Garage Sanders Domäne war mit dem ganzen Sperrmüllmöbeln und der Bastelecke für die Bandit. Die einzige Person, die diese eherne Regel je außer Kraft gesetzt hatte, war Laboe, und ich dankte meinem Schöpfer dafür, dass mein Vater es bislang noch nicht herausgefunden hatte.

»Vielleicht sollten wir Filippa über Sanders Linien auf der Schulter erzählen. Ihn wie ein Objekt zu studieren, wäre bestimmt ganz nach ihrem Geschmack, wo sie ihn doch so toll findet«, versuchte ich die Stimmung aufzulockern.

Jakob nahm einen Schluck Kaffee und sah mich dabei missbilligend an. Dass er mir nicht geradewegs sagte, wie unpassend meine Bemerkung gewesen war, setzte mir mehr zu als jede Zurechtweisung.

»Wenn du möchtest, kann ich Filippa ablenken, indem ich ihr von meiner Idee erzähle, eine Wächter-Chronik zu verfassen. Bestimmt würde sie ihre gesamte Besuchszeit darauf verwenden, mir diese Wahnsinnstat auszureden.«

Mit dieser Chronik ging ich meinem Vater schon länger auf die Nerven. Es reizte die Historikerin in mir und wäre zugleich eine schöne Form von Rebellion gewesen. Notfalls, hatte ich Jakob gegenüber argumentiert, könnte man den Zirkel mit einer solchen Chronik auch erpressen, falls sie uns auf Himmelshoch eines Tages zu sehr auf den Leib rücken sollten. Dieses Argument hatte mein Vater überzeugend gefunden, aber nicht überzeugend genug.

»Eins der wichtigsten Gebote der Wächter lautete nicht umsonst, für die Außenwelt nicht zu existieren. Und dieses Gebot gilt aus gutem Grund auch für uns hier in Himmelshoch«, hatte Jakob erklärt. »Die strikte Geheimhalterei resultierte nämlich unter anderem daraus, dass der Zirkel für die Entstehung der Tore verantwortlich ist. Wenn man durch eigene Dummheit die Pforten zur Hölle aufgestoßen hat, darf man nicht auf Milde und Verständnis hoffen. Was, denkst du, würden die Marienfaller mit uns anstellen, wenn sie von der Gefahr erfahren würden, die in Tiamat steckt?«

Ich hatte meinem Vater zugestimmt, dass keine Chronik ein solches Risiko wert war. Trotzdem wurmte mich dieses Thema. Als ich noch ein Kind war, hatte Filippa Margold mir in ihrer unnachahmlichen Art klargemacht, dass die Regeln des Zirkels ehern waren und um keinen Preis infrage gestellt werden durften. Wer sich nicht daran hielt, der wurde empfindlich bestraft. Ich hatte meine Lektion gelernt, allerdings auf eine andere Weise als von ihr beabsichtigt – schließlich lebte ich in einem Haus voller Regelbrecher. Ich hatte gelernt, dass man dem Wächterzirkel gegenüber schwieg und die Wahrheit über Tiamat so gut wie möglich verbarg. Nur leider war ich weder im Schweigen noch im Verbergen gut und deshalb entsprechend nervös.

An manchen Tagen fand ich die Wächter fast noch gefährlicher als die Tore, die sie bewachten. Sie fragten nicht lange, sondern hielten ohne zu zögern drauf. Von daher überraschte es nicht, dass ihr Zirkel über hervorragende Kämpfer und Vertuschungskünstler verfügte, sich aber nicht die Mühe machte, die Tore – und was durch sie hindurchkam – zu erforschen. Die Devise lautete: bedingungslose Beseitigung – für Fragen blieb keine Zeit. Mein Vater und Sander waren damit nicht nur im Prinzip einverstanden, sondern unterstützten diese Vorgehensweise resolut, nachdem der erste Besucher, der durch das erwachte Tor gedrungen war, Sander fast umgebracht hatte. Seitdem hatte jeder neue Besucher in Fisch-, Meerestier- oder sonstiger Glibbergestalt bewiesen, dass sie nichts Gutes im Schilde führten. Jedenfalls brachte Sander sie ohne Gewissensbisse zur Strecke, bevor sie ihm mit ihren vergifteten Stacheln à la Seeigel zu Leibe rückten. Gut, mir war auch nicht nach einem Plausch mit dem Krakenmann vom Dachboden zumute gewesen, während seine Tentakel nach mir griffen, aber trotzdem …

Ich hatte einmal den Vorschlag gemacht, einen Besucher einzufangen und zu studieren. Schließlich konnte es nicht verkehrt sein, mehr über sie zu erfahren. Warum waren sie stets gewalttätig? Warum nahmen sie die Anstrengung auf sich, Tiamat und anschließend die Salzzeichen zu passieren? Konnten sie die Tordurchschreitung vielleicht nicht verhindern, weil sie vom Maelstrom eingesaugt und auf unserer Seite ausgespuckt wurden? Dann wäre es nicht richtig, sie zu töten. Zumindest sollte man einmal darüber nachgedacht haben, oder? Nun, nach Meinung der Parson-Männer offenbar nicht, denn mein Vater hatte allein bei dem Vorschlag einen halben Herzinfarkt erlitten, während Sander mir einen Vogel gezeigt hatte.

»Klar, wir fangen diese mordlustigen Biester ein und studieren, füttern und schmusen sie, während sie versuchen, Fischeier in unser Gehirn zu legen, nachdem sie uns den Schädel gespalten haben. Anouk, deine Beiträge zur Torwacht sind echt erschreckend, bleib lieber bei deinen Liebesromanen oder geh mit Lutz spazieren. Die frische Luft wird dir guttun.«

Damit war mein »Lasst uns die Besucher erforschen und besser verstehen lernen«-Ansatz im Keim erstickt worden und ich hatte keinen weiteren Anlauf gewagt. *Bei den zwei Herren könnte Filippa Margold glatt noch was lernen,* dachte ich, als ich mich in meinem Zimmer anzog. Ich wollte ihr nämlich nicht in meinem zotteligen Bademantel gegenübertreten.

»Anouk?« Die Stimme meines Vaters klang beherrscht wie eh und je, obwohl ich nur allzu gut wusste, wie sehr ihn diese Überprüfungen stressten. »Filippa ist da. Möchtest du ihr Guten Tag sagen?«

Ja, sicher doch. Genauso gern wie ich einen fischigen Besucher zur Begrüßung herzen mochte. Das behielt ich jedoch lieber für mich und rief stattdessen »Danke, ich komme sofort« wie das brave Mädchen, das ich meistens war. Dann atmete ich noch einmal tief durch und machte mich auf den Weg, um diesem Sonntag den endgültigen Todesstoß zu verpassen.

Filippa Margold war schätzungsweise Mitte dreißig und eine attraktive Frau, wenn man unter ›attraktiv‹ drahtig und durchtrainiert verstand. Ihre Wangenknochen stachen spitz aus ihrem ohnehin schon dreieckigen Gesicht hervor und die vollen Lippen vermochten die harten Züge nicht auszugleichen. Ihr eines Auge zeigte ein tiefes Braun, während das andere in einem verwirrenden Glasgrün schimmerte, genau wie die Narbe, die ihre feine Braue teilte. Wächter trugen Narben, manche sichtbar, manche verborgen und manche sogar unsichtbar, wie bei meinem Vater. Ihr dunkelbraunes Haar trug sie stets hochgesteckt, als wäre es ihr sonst eh im Weg, und an ihren Ohrläppchen funkelten die kleinsten Diamantstecker, die ich je gesehen hatte. Noch mehr Dekoration war bei einer Wächterin vermutlich nicht erlaubt. Dafür fand ich ihre Kleidung cool, die komplett Schwarz war und eng, enger, am engsten. Bei ihrem Anblick fiel mir stets der Vergleich mit einer Katze ein, ein gelenkiges Tier, dessen Fell wie schwarze Seide glänzte. Nur leider sah diese Katze, die mich locker einen Kopf überragte, die nächste Mahlzeit in mir und konnte jederzeit zum tödlichen Sprung ansetzen.

Filippa erwartete mich im Salon, der in ihrem Fall mit seinen antiken Möbeln genau der richtige Raum war. Denn weder unsere gemütliche Küche noch das Esszimmer entsprachen ihrer hochmütigen Ausstrahlung. Eigentlich sollte ich durch meinen Vater geübt sein im Umgang mit strengen Menschen, aber Filippas Fall war speziell: Viel mehr als dass ich sie fürchtete, überwog mein Misstrauen. Sie war eiskalt, da war ich mir sicher.

»Ich freue mich, dich zu sehen, Anouk Parson«, nahm Filippa mich in Empfang, wobei sie sich tatsächlich um ein Anheben der Mundwinkel bemühte. Aus reiner Gewohnheit versuchte ich ihren Akzent zu deuten, herauszuhören, welcher Himmelsrichtung sie wohl entstammte, doch es gelang mir auch dieses Mal nicht. Sie war eben durch und durch Wächterin, da brauchte es so etwas Überflüssiges wie eine Heimat nicht. Wie immer sprach sie mich mit vollem Namen an, um darauf hinzuweisen, dass ich nicht bloß Anouk, das Individuum war, sondern eine Parson und somit ein Nachkömmling aus einer langen Reihe von Wächtern.

»Guten Morgen, Filippa«, flötete ich aufgesetzt fröhlich. »Dass Sie sogar am Sonntag im Dienst des Zirkels unterwegs sind … Die Wächterschaft gönnt sich wohl nie eine Auszeit.«

»Das solltest du doch genauso gut wissen wie ich, schließlich wohnst du in einem Haus voller Wächter. Dein Vater lebt dir vor, was es bedeutet, seine Pflicht zu tun.« Anerkennend nickte sie Jakob zu, was dieser ohne eine Miene zu verziehen hinnahm. In Filippas Gegenwart verwandelte er sich aus Prinzip in einen Roboter, der nur auf Anfrage hin knappe Antworten gab. *Je weniger Angriffsfläche man bietet, umso besser*, notierte ich unter meinen Lebensregeln.

»Das tut Papa, und zwar unentwegt. Er lässt keine Chance ungenutzt verstreichen, mich an die Verantwortung zu erinnern«, beeilte ich mich beizupflichten. Eine wichtige Regel besagte nämlich auch, dass man es nie übertreiben darf. Nicht dass Filippa sich aus Rache für einige Tage in Himmelshoch einquartierte, vorgeblich um die Abläufe bei uns zu studieren und eventuelle Schwachstellen aufzudecken. Das hatten wir bereits zweimal durchgemacht, und es hatte damit geendet, dass Jakob wie ein wandelnder Zombie ausgesehen hatte, weil er nächtelang kein Auge zutat, um Tiamat und Filippa gleichzeitig zu überwachen, während Sander Pläne schmiedete, Filippa hinterrücks zu überwältigen, in einen Atombunker weit vor Marienfall mit ausreichend Sauerstoff und Vorräten zu verschleppen und den Eingang anschließend zuzumauern. Es durfte ihr also kein Zweifel daran kommen, dass hier alles vorbildlich ablief. »Papa macht seinen Job mit unglaublich viel Herzblut und jeder Menge Eifer. Keine Pause, niemals. Immer Pflicht, Pflicht, Pflicht. Genau wie Sander. Der kann auch nichts anderes, als von morgens bis abends Wächter zu sein. Der wüsste gar nicht, was er aus seinem Leben machen sollte, wenn man ihm den Job wegnimmt.«

»Ist es das, was dich am Wächtersein abschreckt, Anouk Parson? Die Hingabe, mit der die beiden Männer ihrer Aufgabe nachkommen?«

Mist. Egal, wie ich es anstellte, bei Filippa machte ich es falsch. Betroffen stand ich da und überlegte, einfach in das schwarze Loch in unserem Salonboden zu springen. Schließlich wollte ich immer schon einmal ausprobieren, ob ich heil auf Frau Lorenz' Hinterhof ankäme. Selbst wenn meine Gliedmaßen danach verkehrt am Torso sitzen sollten, war das trotzdem angenehmer als ein Gespräch mit dieser lauernden Katze.

»Tut mir leid, ich wollte dich nicht vor den Kopf stoßen, indem ich dich direkt auf deinen wunden Punkt anspreche. Mir liegt es vermutlich mehr, die Absicherung eines Tors zu kontrollieren, als mit jungen Mädchen über ihre Persönlichkeitsentwicklung zu sprechen. Besonders wenn sich diese anders entwickelt, als es mir lieb ist. Das soll kein Vorwurf sein, nur eine Feststellung aus Wächtersicht«, fügte sie rasch in Richtung meines Vaters hinzu, der seine Ausdruckslosigkeit vergaß und ein empörtes Brummen von sich gab. »Warum machen wir nicht einen Spaziergang durch den Garten, meine Liebe, und unterhalten uns ein paar Takte? Das Tor sehe ich mir später an, ich gehe davon aus, dass alles – wie sonst auch – in bester Ordnung sein wird. Dass Tiamat so ruhig ist, liegt sicherlich an der hervorragenden Arbeit, die dein Vater und Alexander leisten. So etwas muss man zu schätzen wissen.« Filippa versuchte erneut, ihre Mundwinkel zu einem Lächeln zu bewegen, aber sie spielten nicht mit. *Zu wenig Übung*, tippte ich.

»Einverstanden«, stimmte ich widerwillig zu. »Lutz döst zwar gerade in seinem Körbchen, aber sobald es um Stöckchenfangen geht, sagt er nie Nein.«

Filippa blinzelte, was dank ihrer verschiedenen Augenfarben beeindruckend aussah. »Dein Hund ... Muss der unbedingt dabei sein?«

Hörte ich da die Katze fauchen? Sofort fühlte ich mich besser, nachdem ich diese Schwachstelle aufgedeckt hatte. »Sicher doch, dann ist gleich alles viel entspannter. Und darum geht es doch? Ich soll mich locker machen und über meine Zukunft reden.«

»Das wäre schön.« Trotzdem machte Filippa ein Gesicht, als hätte ich vorgeschlagen, meinen Feuer speienden Drachen im Garten Gassi zu führen. Entsprechend gereizt wandte sie sich an Jakob. »Ich wäre Ihnen verbunden, wenn Sie probieren würden, Alexander zu erreichen. Es ist zwar nicht unbedingt notwendig, dass ich beide Tiamat-Wächter spreche, aber mir wäre es deutlich lieber.«

Jakob zuckte unbeeindruckt mit den Schultern. »Hätten Sie sich frühzeitig angemeldet, wäre er heute selbstverständlich zu Ihrer Verfügung gestanden, so aber genießt er seinen freien Sonntag. Solange er Motorrad fährt, wird er nicht ans Handy gehen – und Alexander steigt erfahrungsgemäß erst von seiner Maschine ab, wenn der Tank leer zu werden droht.«

»Wenn das so ist, sollte ich vielleicht über Nacht bleiben und morgen früh ein Gespräch mit ihm führen.«

Immer noch tat Jakob unbekümmert. »Wie Sie meinen.«

Filippa schnaufte frustriert.

»Ich geh dann mal den treuen Lutz holen, der wird sich vielleicht freuen, Sie zu sehen!« Was absolut der Wahrheit entsprach. Das letzte Mal hatte er ihre schwarze Wildlederhose mit einem Muster aus Sabberfäden überzogen, er fand Filippa nämlich zum Anbeißen – allerdings nicht auf eine schmusige Weise. In seinen Augen war sie ein leckerer Happen, dessen Widerstand früher oder später brechen würde.

*Eine gute Seite hat Filippas Überfall,* gestand ich mir widerwillig ein. *Solange diese Frau mich auf Trab hält, komme ich wenigstens nicht dazu, mir den Kopf über Sander zu zerbrechen.*

Das beste Mittel, um eine Bulldogge von ihrem Opfer wegzulocken, besteht in einem Nylonsack, gefüllt mit Hundekeksen. Den muss man dann möglichst weit wegwerfen. Was in meinem Fall nicht besonders weit war, da mein Körper es schlicht nicht hinbekam, die richtige Bewegungsabfolge im Weitwurf nachzuahmen. Lutz fand es super, dass er stets nur ein paar lausige Schritte hinter dem Säckchen herflitzen musste, um im Anschluss mit einem Keks belohnt zu werden.

Filippa hingegen war weniger begeistert. Kurzerhand brach sie einen Zweig ab, mit dessen Ende sie den Beutel hochhob wie etwas besonders Ekliges. Was es ja auch in Wirklichkeit war, so über und über mit Sabber bezogen. Dann schleuderte sie ihn mit einem beeindruckenden Wurf bis ans Ende unseres Gartens.

Der Garten hinter Himmelshoch war kein Garten im Sinne von einer überschaubaren Rasenfläche plus ein paar Beeten und Ziersträuchern, sondern er reichte an die Ausmaße eines Parks heran ... Eines verwilderten Parks, umsäumt von mächtigen Nadelbäumen und Eichen, die vor einer Ewigkeit mal ganz possierlich ausgesehen haben mochten, jetzt aber geradezu unheimlich anmuteten. Stumme Riesen, zwischen deren Stämmen Dunkelheit herrschte und die – neben der Mauer, die das Grundstück umsäumte – neugierige Blicke abhielten. Jetzt verschwand das Kekssäckchen in diesem Gewirr aus Baum und Gestrüpp und Lutz sauste ihm mit vor Begeisterung weit heraushängender Zunge hinterher.

»Der ist erst einmal beschäftigt«, sagte Filippa und wischte sich erleichtert über die Stirn. Dann taxierte sie mich. »Du bist in meiner Gegenwart immer so schrecklich angespannt, meine Liebe.«

»Weil ich in Ihrer Gegenwart nach Möglichkeit nichts falsch machen will, meine Beste.« Im Gegensatz zu meinem Vater war ich nicht imstande, eine eiskalte Fassade aufzubauen.

Filippa lachte und machte eine wegwerfende Handbewegung. »Warum denn nur? Doch wohl etwa nicht wegen der kleinen Androhung, dich von Himmelshoch wegzuholen, oder? Das ist nun schon so lange her.«

»Mag sein, aber ich lasse es lieber nicht darauf ankommen.«

»Hängst du wirklich so sehr an diesem alten Kasten?«

Ich nickte anstandslos. Warum wunderte sich bloß jeder darüber, dass ich mein Zuhause nicht verlassen wollte?

»Nun ja, wenn du so sehr an Himmelshoch hängst, solltest du deine Einstellung gegenüber dem Zirkel eventuell noch einmal überdenken. Denn dein Vater wird der Wacht eines Tages nicht länger gewachsen sein, nicht wahr?«

»Dann ist immer noch Sander da«, hielt ich dagegen, allerdings mit dem flauen Gefühl im Magen, dass Filippa noch ein Ass im Ärmel hatte.

»Aber Alexander ist kein echter Parson – und unser Vertrag läuft mit der Familie Parson.« Das erste Mal lag etwas wie Genuss in Filippas ansonsten so beherrschter Stimme. »Falls du die Wacht nicht übernehmen wirst, wird der Zirkel Tiamats Wache übernehmen. Wir sind sogar schon darauf vorbereitet.«

»Wie wollen Sie etwas über Tiamat wissen, wo Sie sie doch noch nicht einmal gesehen haben, weil das Kraftfeld Sie davon abhält?«

Filippa legte nachdenklich den Zeigefinger an ihr Kinn. »Da ist durchaus was dran. Vielleicht möchtest du mir ja ein wenig über Tiamat erzählen, und wie man sie am besten bewacht.«

Ein widerwärtiges Kribbeln breitete sich in meinem Nacken aus. »Mein Vater erzählt Ihnen gern alles Wissenswerte.«

»Gewiss tut Jakob Parson das. Er ist sogar dazu verpflichtet. Aber ich fände einen Bericht aus deinem Mund ebenfalls interessant – und er wäre ein Zeichen deines guten Willens.«

Wir starrten uns gegenseitig an, und zu meiner Erleichterung war es Filippa, die als Erste den Blick senkte.

»Denk über mein Angebot nach. Dein Vater hält Himmelshoch, weil er auf sein Recht pocht und diese übermenschliche Arbeit allein mit Alexander schultert. Aber wie lange wird das so noch gut gehen? Wie lange hält dein Vater diese Art zu leben noch durch? Und Alexander wird nicht ewig ein Dasein im Kellergewölbe fristen. In diesem Jungen schlummert ein Hunger nach Leben, der sich nicht mehr lange wird unterdrücken lassen. Es wird der Tag kommen, an dem du dich fragen wirst, ob du nicht die Unterstützung des Zirkels brauchst, Anouk Parson. Wir stehen bereit, darauf kannst du dich verlassen. Nur ob wir dann als Freunde kommen, wird an dir und deinem Verhalten liegen.«

Ich war zu keiner Regung fähig. Offenbar hatte Filippa beschlossen, dass in meinem Fall Drohungen nicht länger ausreichten, und nahm deshalb auch noch Erpressung hinzu. Wenn das wirklich die Haltung des Zirkels war, handelte mein Vater mehr als richtig, diese Leute zu hintergehen und von Himmelshoch fernzuhalten. Wer konnte schon sagen, was sie ansonsten anstellen würden?

# 15. Wer bin ich?

Zum ersten Mal in meinem Leben erschien mir das Einläuten des Schulbeginns am Montagmorgen wie Himmelsglocken. Ich brauchte dringend ein Gegenprogramm zu Himmelshoch.

Filippa Margold war bis zum späten Abend geblieben, wohl in der Hoffnung, letztendlich doch noch Sander zu treffen. In dieser Hinsicht war sie enttäuscht worden. Er tauchte exakt zehn Minuten, nachdem die unzufrieden dreinblickende Wächterin abgerauscht war, auf. Jakob hatte ihn sofort im Foyer gestellt – und zwar nicht um gemeinsam auszuatmen, weil wir alle bei Filippas Besuch noch einmal glimpflich davongekommen waren, sondern um mit ihm über die Konsequenzen seines Ausflugs zu den Laboes zu reden. Ich hatte, auf der obersten Treppenstufe sitzend, noch mitbekommen, wie er Sander ein paar Extraschichten zur besten Partyzeit aufbrummte, dann hatte ich mich auf mein Zimmer verdrückt. Seitdem hatten Sander und ich einander gemieden. Das fiel uns in dem weitläufigen Herrenhaus nicht sonderlich schwer, aber ich litt trotzdem unter Schnappatmung, sobald ich Schritte hörte. Außerdem malte ich mir aus, wie ich mich verhalten würde, wenn sich unsere Wege kreuzten. Weit gekommen war ich bei diesen Überlegungen leider nicht, denn egal, in welche Richtung ich es spann, es klang immer verkehrt. Ein lässiges »Ach ja. Du wohnst ja auch hier«, würde er mir wohl kaum abnehmen, und ihn zu ignorieren wäre zwar einfach – aber auch kindisch. Von diesem unlösbaren Problem einmal abgesehen, rechnete ich jeden Augenblick damit, dass dieses flummiartige Kicherding in meinem Kakao auftauchte oder neckisch auf der Schulter meines Vaters saß, während der in einer Internatsbroschüre blätterte. Nichts dergleichen passierte, und obwohl ich froh darüber sein sollte, empfand ich eine gewisse Unzufriedenheit. Es war zweifellos die Ruhe vor dem Sturm.

Wie immer ein paar Sekunden vor Unterrichtsbeginn ließ Laboe sich auf den Stuhl neben mir fallen, ihr angestammter Platz im Geschichtskurs. Frau Dr. Zirowski, unsere Geschichtslehrerin, legte ohne weitere Umschweife mit ihrem Vortrag über die Weimarer Republik los. Wir gaben ihr die Chance, sich warm zu reden, dann lehnte ich mich zu Laboe rüber, um ein wenig zu plauschen.

»Erzähl! Ist der Wochenendausflug mit Grandmama nach Hamburg ein Erfolg gewesen?«

Laboe machte ein Daumen-hoch-Zeichen. »Und selbst? Hat Becks dich ins Koma gelangweilt?«

Ich spielte mit dem Gedanken, ihr von Tammo und meiner neuen Sicht auf ihn zu erzählen, aber das Thema wurde von Sanders Lippen auf meiner Stirn überschattet. Obwohl es keinen Sinn machte, stellte ich mir die beiden Jungen nebeneinander vor, und ich hätte Laboe nicht von dem einen erzählen können, ohne an den anderen zu denken. Also zuckte ich bloß mit den Schultern und erzählte von dem Liebesfilm, soweit ich ihn noch zusammenbekam. Drei Sekunden später hatte ich Laboes Aufmerksamkeit verloren, anstatt meinen Ausführungen zu lauschen, hörte sie dann doch lieber Frau Dr. Zirowski zu. Liebesfilme und Laboe – das ging so gut zusammen wie Sander und ein schicker Anzug. Mir war das mehr als recht, spätestens auf dem Pausenhof würde sie bemerken, dass sich etwas geändert hatte. Falls ich mir das ganze nicht eingebildete.

In der großen Pause stand Tammo nicht bei seiner Clique, insofern hatte sich tatsächlich etwas geändert. Ich ging zu Becks, die betreten Klaas' Hand hielt, fast als würde sie ein ungeliebtes Pflichtprogramm absolvieren. Kaum sah sie mich, ließ sie ihren frisch gebackenen Wieder-Freund stehen und lief mir entgegen. In ihrem Überschwang schloss sie mich sogar in die Arme.

»Hallo, hallo, da bist du ja endlich! Und ganz allein ... Wo ist denn Laboe abgeblieben?«

»Die wollte mit Moritz ein paar Süßigkeiten beim Kiosk kaufen, der arme Kerl hat vor lauter Cellospielen am Wochenende das Essen vergessen – behauptet er jedenfalls. Warum fragst du?«

Becks lief puterrot an. »Nur so. Und halt auch wegen Klaas. Weil wir jetzt wieder zusammen sind. Ich dachte halt, dazu hat sie bestimmt einen bissigen Kommentar auf Lager. Darauf wollte ich mich innerlich einstellen.«

»Nicht doch, da brauchst du dir nun wirklich keine Sorgen zu machen. Laboe interessiert sich null für dein Liebeslieben, solche Jungen-Mädchen-Geschichten gehen ihr voll ab.« Eigentlich hatte ich Becks damit beruhigen wollen, aber aus einem mir nicht ersichtlichen Grund verzog sie ihren Mund zu einer schmalen Linie.

»Auch wieder wahr. Na, dann werde ich mich mal um mein uninteressantes Liebesleben kümmern«, sagte Becks und war – schwups – auch schon an Klaas' Seite, um ihn zu küssen.

Während ich noch über diese Achterbahnfahrt staunte, gesellte sich jemand an meine Seite. Es war Tammo Freibaum, das Gesicht immer noch von den Anstrengungen seiner Krankheit gezeichnet. Anstatt mit Eiltempo auf seine Clique zuzuhalten, blieb er neben mir stehen.

Mir sackte die Kinnlade herunter.

Tammo lächelte mich an, nicht süß oder entschuldigend, sondern mehr, als freue er sich im Stillen über meine Reaktion.

Das brachte mich komplett aus dem Gleichgewicht. »Hi, Tammo. Was machst du denn hier? Ich meine, hier bei mir? Deine Leute stehen doch dort drüben.« Ich zeigte auf seine Clique, obgleich mir bewusst war, dass ich meine Verwirrung damit überdeutlich verriet. Da hätte ich auch gleich brabbeln können.

Tammo nickte, die Ernsthaftigkeit in Person. »Ja, dort drüben stehen sie. Und dort stehen sie gut, wenn du mich fragst.«

*A-ha.* »Geht es dir denn wieder besser?«

»Schon, solange ich nichts essen muss. Aber heute zur Schule zu kommen, war offenbar keine sonderlich schlaue Idee. Mir ist das alles zu laut und schlicht zu viel.«

Das glaubte ich ihm unbenommen. Seine beiden Hände steckten in den Taschen seiner Jeans, den Rücken hielt er leicht gerundet, als fehle ihm für seine übliche Sportlerpose die Kraft. Und auch die Art, mit der er sprach, war ungewohnt zurückhaltend. Normalerweise redete er stets laut genug, damit der ganze Schulhof in den Genuss seiner Witze und Geschichten kam.

»Versteh mich nicht falsch, aber du siehst übel mitgenommen aus. Egal, bei welcher Lehrkraft du gleich Unterricht hast, sie wird dich definitiv nach Hause schicken. Mich wundert es, ehrlich gesagt, dass du überhaupt zur Schule gekommen bist.«

»Wirklich?«

Dieses ›Wirklich‹ sorgte dafür, dass mir das Herz bis zum Hals hochschlug. Blieb nur zu hoffen, dass Tammo wieder ganz der Alte war, sobald ihn die letzten Ausläufer dieser Magen-Darm-Geschichte verließen, ansonsten sah ich schwarz für meinen Gefühlshaushalt.

»Hast du einen wichtigen Kurs in der nächsten Stunde?«, fragte er.

»Ich würde Leichtathletik für mich persönlich nicht unbedingt als wichtigen Kurs bezeichnen. Es ist vielmehr so, dass ich vor der Sportstunde immer die Götter aller Ungelenkigen und Stubenhocker anbete, sie mögen die Erde aufreißen und mich von ihr verschlucken lassen, damit ich nicht hinmuss. Heute steht irgendwas mit Werfen auf dem Plan und ich hasse Bälle.« Das sagte ich ausgerechnet dem Basketball-Fanatiker Tammo. Sehr clever. Ich war echt groß im Flirten.

Zu meiner Verwunderung störte Tammo sich nicht weiter daran. »Wenn das so ist, was hältst du davon, dich stattdessen mit mir ins Café abzusetzen?«

»Wir beide? Also nur du und ich? Quasi allein?« Mehr fiel mir dazu spontan nicht ein.

Tammo nickte und sah mir dabei vollkommen gelassen ins Gesicht.

Verlegenheit war allem Anschein nach nicht unbedingt seins, denn im Gegensatz zu mir brachte ihn unsere Unterhaltung kein bisschen durcheinander. Trotzdem vermutete ich hinter seiner Abgeklärtheit kein abgezocktes Spiel, das er regelmäßig mit Mädchen durchzog. So tickte er nicht, dass hatte ich bereits oft genug in den Pausen feststellen dürfen. Seine übliche Anbaggernummer bestand darin, dem Mädchen seine Aufmerksamkeit zu signalisieren. Und dann sollte sie sich gefälligst ordentlich anstrengen, um ihn auf eine Verabredung festzunageln. Er war wie ein Kater, der einmal, mehr so nebenbei, maunzt und dafür erwartet, auf Händen getragen, gekrault und mit Leckerlies gefüttert zu werden. Für Tammo waren Mädchen eine Art nette Randerscheinung, er stand drauf, dass sie auf ihn standen, aber deutlich stärker brauchte er die Bestätigung seiner Kumpels. Umso mehr wunderte es mich, dass wir beide nun abseits standen und er seinen Freunden lediglich zuwinkte, als sie ihn bemerkten. Der harte Kern des Basketballteams war über diese Reaktion mindestens genauso erstaunt wie ich. Bevor uns allerdings jemand eine unkomische Bemerkung zurief, nahm Tammo meine Hand und zog mich hinter sich her.

»Ich bin eigentlich keine Schwänzerin«, erklärte ich atemlos, obwohl wir gerade erst ein paar Schritte gegangen waren. Die Leute würden sich das Maul zerreißen, so viel stand schon einmal fest. In der Ferne sah ich Laboe, die mir verblüfft nachsah, und ich sah auch Frau Langhorst, meine Sportlehrerin, die mich anlächelte. Sie war immer besonders nett zu mir, weil ich trotz meiner sportlichen Minderbegabung niemals aufgab. Sie wusste ja auch nicht, dass ich durch Sanders harte Schule »Wer aufgibt, den frisst der Besucher« gegangen war.

»Hallo, Anouk«, sprach Frau Langhorst mich an. »Wir sehen uns ja gleich im Sportkurs. Ich habe mir für heute etwas besonders Nettes ausgedacht: Wir machen einen Weitwurfwettbewerb, da kannst du dann mal sehen, dass es Leute gibt, die noch schlechter sind als du. Das motiviert ganz ungemein.«

Während ich über diesen pädagogischen Haken nachdachte, räusperte sich Tammo.

»Eigentlich haben wir gerade nach Ihnen gesucht, um Bescheid zu sagen, dass Anouk mich nach Hause begleitet. Mir ist nämlich schlecht.«

Zuerst zog Frau Langhorst die Brauen zusammen, um zu signalisieren, dass sie den Job schon zu lang machte, um sich von Schülern reinlegen zu lassen. Ein Blick auf Tammo überzeugte sie dann allerdings, dass er unmöglich so viel Elend vortäuschen konnte. »Einverstanden, Junge. Sieh zu, dass du ins Bett kommst. Ich sag im Lehrerzimmer Bescheid. Und du, Anouk, pass auf, dass er dich nicht ansteckt, du bist nämlich auch schon ganz blass um die Nase. Keinen Kuss zum Abschied, verstanden?«

Es gelang mir gerade noch zu nicken, ansonsten wäre ich in diesem Augenblick einfach nur gern tot umgefallen. Ich war bestimmt kein Engel, aber eine solche Lügennummer war nichts für mich. Trotzdem protestierte ich nicht, sondern folgte Tammo brav in Richtung Ausgang.

»Tut mir leid«, sagte er. »Die Sache mit Frau Langhorst eben ist wohl nicht nach deinem Geschmack abgelaufen. Ich wollte dich nicht in eine unmögliche Situation bringen, nur hattest du gerade gesagt, dass du Werfen hasst, und da dachte ich, so fügt sich ja alles bestens zusammen.«

Mit einiger Anstrengung schluckte ich den Kloß im Hals herunter. »Du bist beim Lügen ja nicht einmal rot geworden.«

»Ach was, unter dem ganzen Grün sieht man das Rot bloß nicht.«

Einen Moment hielt ich noch an meiner Entrüstung fest, dann ließ ich sie los. Schließlich hatte ich tatsächlich schwänzen wollen und hatte dann ja auch bei der Flunkergeschichte mitgespielt. Alles freiwillig, genau wie mich niemand dazu zwang, Tammos Hand zu halten.

Ich horchte in mich hinein, wie es sich anfühlte, meine Finger mit seinen verschränkt zu halten. Seine Hand war kühl und ein wenig feucht, was mich bei seinem Zustand nicht weiter überraschte und auch nicht störte. Aber etwas fehlte ... Etwas, das diese Berührung zu etwas Besonderem machte. Allerdings blieb auch das Gefühl aus, dass es seltsam war, gemeinsam mit Tammo durch Marienfall in Richtung Innenstadt zu spazieren. Vor ein paar Tagen noch hatte ich allein bei seinem Namen Gähnanfälle erlitten und jetzt ... Da war eine Anziehungskraft zwischen uns, die ich nur vage zu fassen bekam. Seit ich ihn vor Lutz' Kläff- und Sabberattacke gerettet hatte, fühlte ich mich in seiner Gegenwart wohl, es war nach nur ein paar rasch ausgetauschten Sätzen Vertrautheit entstanden. Aber reichte das aus, um seine Hand zu halten? Tammo schien sich dabei nichts weiter zu denken, er ging locker neben mir her, machte weder Anstalten, mich loszulassen, noch mich plötzlich an sich zu ziehen und zu küssen. Eine solche Attacke hätte mich auch zweifelsohne überfordert. Im Küssen war ich alles andere als ein Profi, was ich bislang aber nur Moritz in angeschickertem Zustand gebeichtet hatte. Moritz ging es nicht besser, und so hatten wir überlegt, einander Nachhilfe zu geben, nur um uns im letzten Moment dagegen zu entscheiden. Ich kannte Moritz, seit er zwölf Jahre alt war, und auch wenn er sich mit jedem Tag mehr verschloss, so war er trotzdem wie ein Bruder für mich. Und Brüder küsst man nun einmal nicht.

Im Café verkündete Tammo, dass er mich einladen werde, und ließ mich auswählen. Das war nicht schwer: heiße Schokolade mit Schlagsahne.

 »Zweimal, bitte«, sagte er zur Kellnerin.

»Bist du dir sicher, dass heiße Schokolade das Richtige für deinen lädierten Magen ist?«

»Nein, aber ich trinke sie trotzdem. Du musst dir übrigens auch nicht so viele Sorgen machen, mir geht es nämlich besser, als ich aussehe. Glaube ich zumindest.«

»Wie geht es dir denn überhaupt? Du wirkst irgendwie verändert auf mich.«

»Vielleicht liegt es daran, dass manche Begegnungen einen verändern.«

Ich wartete ab, dass Tammo durch ein Grinsen verriet, dass er mich gerade auf den Arm nahm oder dass er einfach nur eine ziemlich offensichtliche Baggertour fuhr, indem er sich gleich über den Tisch lehnte und mir seine Liebe gestand, ehe er mich an seine starke Brust zog. Aber nichts dergleichen geschah, er saß nur ein wenig selbstverloren da, forschte seinen eigenen Worten nach und spielte mit dem silbrigen Anhänger, den er an einer Kette um den Hals trug. Eine schön gearbeitete Minaturphiole.

»Manchmal ist es ja auch gar nicht so leicht, genau zu wissen, wer man ist«, nahm ich seinen Gedanken auf. »Ich habe sogar den Verdacht, dass jedes Mal, wenn man der Überzeugung ist, endlich bei sich angekommen zu sein, etwas passiert, das einem vor Augen führt, dass alles ganz anders ist. Da glaubt man, einen Menschen in- und auswendig zu kennen, und im nächsten Moment stellt sich heraus, dass man in Wirklichkeit einem Fremden gegenübersitzt. Wen wundert's? Wenn man sich mit sich selbst nicht auskennt, wie soll man da die anderen kennen?«

Tammo sah mich so eindringlich an, dass mir ganz flau wurde. »Es überrascht mich nicht, dass dir dieses Thema vertraut ist. Schließlich lebst du mit Sander unter einem Dach.«

»Ja«, stimmte ich zu. »Sander ist immer für eine Überraschung gut.«

# 16. Erblüht

Als ich nach Hause kam, herrschte hinter meiner Stirn das reinste Chaos. Die Zeit mit Tammo war nur so dahingeflogen, denn nach dem eher tiefsinnigen Einstieg war das Gespräch locker und zum Schluss richtiggehend witzig geworden. Vermutlich hätten wir noch viel mehr gelacht, wenn die heiße Schokolade bei Tammo nicht am falschen Ausgang angeklopft hätte und er dadurch die Cafétoilette besser kennenlernte als ihm lieb war. Danach hatte ich schweren Herzens beschlossen, dass er wirklich ins Bett gehörte, und er hatte sich widerstrebend an der Bushaltestelle von mir verabschiedet.

Seitdem fragte ich mich, ob das, was ich für ihn empfand, möglicherweise Verliebtheit war. Oder wenigstens der Anfang davon. War Verliebtheit ein stilles, angenehmes Gefühl? Oder war ich einfach zu durcheinander, um das Feuerwerk in meiner Brust zu empfinden, wie es in sämtlichen Liebesromanen beschrieben wurde? Vielleicht war ich ja gar kein Spätzünder in Sachen Verliebtheit, sondern bloß nicht in der Lage, dieser Empfindung den notwendigen Raum zu geben, weil mir immerzu andere Dinge – wie mein seltsames Leben und meine noch seltsameren Mitbewohner in Himmelshoch – durch den Kopf gingen.

Kaum war ich im Haus, begrüßte Lutz mich überschwänglich, zumindest für eine Sekunde, dann schnüffelte er an meinen Händen herum und begann zu knurren.

»Erwischt«, gestand ich. »Tammo war nicht nur in meiner Nähe, sondern ich habe ihn auch angefasst. Schande über mich, ich leichtfertiges Frauenzimmer.«

Als Lutz sich immer noch nicht beruhigte, ging ich ins Gästebadezimmer und wusch meine Hände. Dieser Hund war schlimmer als ein eifersüchtiger Vater. Obwohl ich mir bei genauerer Überlegung nicht vorstellen konnte, dass Jakob gereizt auf einen Jungen reagieren würde, den ich ihm vorstellte. Vermutlich würde mein Vater ihn geradewegs fragen, ob ich nicht bei ihm einziehen dürfte, damit er sich meinetwegen keine Sorgen mehr zu machen brauchte und ich auch nicht länger im Weg stand, während die Herren Wächter ihrer Tätigkeit nachgingen. Andererseits hatte Papa selten die Gelegenheit dazu, sich Sorgen um mein Wohlergehen zu machen, dafür war er zu oft mit anderen Dingen zugange. Wenn er sich nicht für seinen Job aufrieb, beschäftigte ihn Tiamat in ihrer ganzen Pracht. Seine Tochter war angesichts dieser beiden zu stemmenden Herkulesaufgaben bestenfalls eine lästige Nebenbaustelle, die in seinen Augen mehr Schwächen als Stärken an den Tag legte.

Beim Stichwort ›Schwäche‹ wanderten meine Gedanken automatisch in Richtung Keller. Nur für eine Sekunde, dann riss ich mich zusammen. Es war für uns alle das Beste, wenn Sander im Keller und ich oben auf meinem Zimmer blieb. Außerdem hatte ich auch noch was anderes zu tun, als mich mit ihm herumzuplagen: Ich musste Laboe anrufen und bei Becks sollte ich mich auch rasch melden, damit wegen der Klaas-Sache auf dem Schulhof keine Missstimmung zwischen uns aufkam. Oder wegen ihres Bruders, der plötzlich meine Hand hielt. Musste ich ihr gegenüber erwähnen, dass ich mit Tammo im Café gewesen war? Kein Wunder, dass mir der Kopf schwirrte, es war ja auch zum Verrücktwerden.

Ich war bereits vor meiner Tür angelangt und tippte fleißig aufs Display ein, als ein Klirren vom Dachboden her ertönte. Es klang wie Glas, das auf einen Steinboden fällt.

*Der Krakenmann ist zurück!*, schoss es mir durch den Kopf.

Das war natürlich Unsinn, schließlich hatte Sander ihn höchstpersönlich in Calamares am Spieß verwandelt. Es musste also die lang ersehnte Veränderung sein, die endlich einsetzte.

Hastig schmiss ich meine Schultasche ins Zimmer und stürmte die Stiege zum Dachboden hinauf, auf der mir ein blumiger Duft entgegenwehte.

Was mochte sich zwischen den alten Holzsparren ausgebreitet haben? Ich liebte Veränderungen, zumindest solange sie nicht kichernd in mein Badewasser plumpsten.

Der Anblick, der sich mir bot, war mehr als sensationell!

Wo vorher allerhand Gerümpel herumgestanden hatte, wuchsen nun Blumenranken, die mit dunkelroten Blüten bedeckt waren. Sanft wanden sie sich dem Licht entgegen, das von oben einfiel. Tatsächlich war ein Großteil des Dachstuhls durchsichtig geworden, zumindest beinahe, denn die Umrisse der Holzsparren und Dachschindeln waren erkennbar wie die bläulichen Kanten bei einer Glasscheibe. Der Dachboden machte dem Namen Himmelshoch nun alle Ehre.

Leider stellte sich heraus, dass ich nicht die Entdeckerin dieser spektakulären Veränderung war. Sander war bereits vor mir eingetroffen und kletterte gerade durch die Dachluke herein.

»Von außen sieht alles ganz normal aus«, teilte er mir ohne weitere Umstände mit. Wer verschwendete schon seine Lebenszeit mit Hallo sagen? »Als ich eine Schindel ausgelöst habe, hat sie sich zurückverwandelt. Sobald sie jedoch Kontakt zum Innenraum bekommt, verändert sie sich wieder in so was wie Glas.«

Ich blickte auf den Scherbenhaufen, der ein paar Schritte vor mir auf dem Boden lag. Das verstand Sander also unter Kontaktaufnahme.

»Jetzt haben wir einen Garten unterm Dach, das ist so dermaßen genial!«, platzte es aus mir heraus. Trotz Sanders düsterer Miene mochte ich meine Begeisterung nicht unterdrücken. Ein Gewächshaus! Wenn ich das Laboe erzählte, würde sie ausflippen vor Begeisterung. Ab jetzt konnten wir im Winter picknicken und im Grünen Bücher lesen, selbst wenn es regnete, und …

»Gib acht mit den Ranken, sie finden Menschen interessant«, unterbrach Sander meinen Glückstaumel. »Und du willst doch nicht als dekoratives Blumengitter enden, oder?«

Ich schüttelte selig den Kopf. Blumen mit einem Eigenleben – wie märchenhaft schön. Eine winzige Ranke wickelte sich um meinen Zeigefinger und öffnete an ihrer Spitze eine weiße Blüte, die sich langsam rosa und schließlich blutrot verfärbte und dabei diesen lieblichen Duft verströmte. Prompt war ich verliebt, ernsthaft und wahrhaftig verliebt.

»Hoffentlich müssen wir dieses Grünzeug nicht regelmäßig stutzen, ansonsten wäre ich für Totalrodung.« Sander machte ein Gesicht wie sieben Tage Regenwetter, was ziemlich seltsam an jemandem aussah, auf dessen T-Shirt ein neonfarbener Smiley prangte und der knallrote Doc Martens trug, als plane er einen Zirkusauftritt. Als er vor mir stand, schob er demonstrativ die Brille ins Haar.

»Man könnte meinen, du willst mich nicht sehen.«

»Keine Angst, ich sehe dich gut genug.« Sander klang mürrisch, und ich konnte mir nicht erklären, warum.

»Das schaffst auch wirklich nur du, von so viel Schönheit umgeben nölig drauf zu sein.«

»Während du heller strahlst als die liebe Sonne.«

Wir starrten uns an.

»Offenbar war Tammo nicht ganz so kotzig zumute, wie Frau Langhorst gedacht hat«, knurrte Sander.

Damit war unser Blickduell schlagartig beendet, weil ich bei dem Namen Tammo blinzeln musste.

»Deine Sportlehrerin hat hier angerufen, nachdem sie bei den Freibaums niemanden erreicht hat. Wollte hören, ob mit dem Nachhausebringen alles gut gegangen ist, nachdem es Tammo doch dermaßen verflucht elend ging, dass er dich als Stütze brauchte. Ich vermute mal, du bist nicht so blendend drauf, weil er unterwegs sein halb verdautes Frühstück auf dem Pflaster verteilt hat.«

Das also steckte hinter Sanders schlechter Laune. Zu allem Überfluss bekam ich sogleich Gewissensbisse, weil ich mit Tammo eine tolle Zeit verbracht hatte. Das war natürlich Unsinn, aber ich kam nicht dagegen an.

»Ich hatte keine Lust auf Sport, darum haben wir Frau Langhorst die Geschichte aufgetischt, dass Tammo übel ist. Das war ja noch nicht einmal richtig geflunkert, er ist nämlich krank. Es ist mir allerdings ein Rätsel, warum dich das sauer macht, schließlich bist du früher der König unter den Schwänzern gewesen, das steht sogar schwarz auf weiß in deiner Abi-Zeitschrift im Statistikteil. ›Die meisten Fehlstunden: Sander Parson.‹«

»Mit dem kleinen Unterschied, dass ich nicht blaugemacht habe, um mit Überlangweiler Tammo das Nieselwetter zu genießen.«

»Wie konnte ich nur vergessen, was für ein pflichtbewusster Mensch du doch bist. Bei dir ist alles einzig und allein auf deinen Dienst an der Menschheit ausgerichtet, während Entgleisung ein Fremdwort für dich ist. Sander Parson, nicht Schwänzergott, sondern die Zuverlässigkeit in Person.« Ich biss mir auf die Zunge, doch es war zu spät. Wir dachten beide zeitgleich an unseren abendlichen Motorradausflug zu den Laboes. Er hatte seine Pflicht einmal vernachlässigt, und es hatte sogleich Folgen gehabt, auch wenn wir die bislang nicht absehen konnten.

Sander schluckte hörbar. »Übrigens habe ich die flummiartige Veränderung, von der du erzählt hast, bislang noch nicht gefunden, aber ich bin mir sicher, dass ein Besucher entkommen ist. Der Schacht zur Kohlengrube stand ein Stück offen, und es wird kaum Jakob gewesen sein, der ihn nicht richtig verschlossen hat. Den dreckigen Schacht meidet er, den zu überprüfen ist mein Job.«

»Ich war es auch nicht«, gestand ich halblaut ein. »Nach Möglichkeit gehe ich nicht einmal in die Nähe der Grube, in der sitzen mir eindeutig zu viele Spinnen. Doch selbst wenn die Luke einen Spalt offen stand, heißt das noch lange nicht, dass ein Besucher durch ihn geflüchtet ist. An diesem Haus ist alles alt und morsch, vielleicht hast du beim letzten Check einfach nicht gemerkt, dass die Luke nicht ordentlich verschlossen ist. Davon abgesehen hättet ihr schließlich an den Salzzeichen bemerkt, wenn einer entkommen wäre.«

Sander verzog bekümmert das Gesicht. »Jakob und ich haben nach der Krakenattacke ein paar Änderungen der Zeichen vorgenommen, in der Hoffnung, sie würden dadurch wirkungsvoller. Es sah auch ganz danach aus, aber nun habe ich Tests durchgeführt und festgestellt, dass die Zeichen wie festgebrannt sind. Deshalb verraten sie auch nichts darüber, was sich abgespielt hat. Es ist, als würde eine Sicherheitskamera ein perfekt aufgelöstes Standbild von einem leeren Raum zeigen, während in Wirklichkeit die Diebe zuschlagen. Ich habe Jakob erst letzte Nacht davon erzählt. Nur von den festgefrorenen Zeichen, nicht von meinem Verdacht, dass mir ein Besucher entwischt ist. Er glaubt, es sei noch einmal alles gut gegangen, obwohl er natürlich sofort wieder eine Ansprache gehalten hat.«

»Es ist auch alles gut gegangen«, behauptete ich, obwohl mein Mund ganz ausgetrocknet war vor Anspannung.

Sander lachte bitter. »Wohl kaum. Aber ich will dieses Problem allein geradebiegen, ohne dass Jakob mir im Nacken sitzt und mir unablässig mitteilt, was für ein mieser Versager ich bin. Zumindest ziehe ich das durch, solange die Zeichen nicht auf Weltuntergang stehen. Allzu monströs kann der Besucher letztendlich nicht sein, ansonsten hätten wir bereits von ihm erfahren ... Oder vielmehr von dem Unheil, das er angerichtet hat. Insofern hast du recht.«

Wahnsinn. Hatte Sander mir gerade wirklich zugestanden,

dass ich mal richtig gelegen hatte? Unter anderen Umständen hätte ich ein Freudentänzchen veranstaltet. »Was du für diese Geheimaktion brauchst, ist eine Komplizin, die dich unterstützt und die mit allen Wassern gewaschen ist.«

»Lass mich raten: dich zum Beispiel.« Endlich schlich sich ein Lächeln auf seine Lippen.

»Jawohl, mich. Wen Besseres kannst du gar nicht kriegen.«

»Ohne Zweifel, wer sonst hat so viel Erfahrung darin, auf allen vieren vor Angreifern zu flüchten, seinen Retter bewusstlos zu treten oder quiekende Veränderungen entkommen zu lassen?«

Goldig wie eh und je, der alte Sander war zurück. »Das Ding hat nicht gequiekt, sondern gekichert. Kleiner Tipp, zu seiner Komplizin sollte man stets nett sein, sonst kommt sie vielleicht auf die Idee, einem den Feinden zum Fraß vorzuwerfen.«

»In dieser Hinsicht mache ich mir keine Sorgen, denn ich kenne deine schöne Seele. So etwas Böses würdest du niemals tun.«

»Kommt drauf an.« Mein Versuch, möglichst geheimnisvoll und verwegen zu klingen, scheiterte auf ganzer Linie. Das machte jedoch nichts, solange Sander von einem Ohr bis zum anderen grinste. Ich liebte es, wie er dabei aussah – vergnügt, einen Tick unverschämt und zu jeder Schandtat bereit.

»Wir sitzen in dieser Angelegenheit also in einem Boot. Ich bin mit von der Partie, weil mich sonst mein schlechtes Gewissen umbringt, und du, weil du keine schlüpfrigen Geschichten über Nächte im Mädcheninternat in deinen Erfahrungsschatz aufnehmen willst.«

»Yes, Sir!« Ich salutierte hoch professionell. »Aktion ›Anouk bleibt in Marienfall‹ kann starten.«

Sander musterte mich, die Augen plötzlich verengt. Mit jeder Sekunde wich das freche Grinsen mehr aus seinem Gesicht und ließ Platz für eine Distanziertheit, bei der mir unweigerlich kalt wurde.

»Was hast du denn, habe ich etwas Falsches gesagt?«

Sander zuckte mit den Schultern. »Nein, eigentlich nicht. Ich frage mich nur, wie weit du gehen würdest, um Marienfall nicht verlassen zu müssen. Das kam eben so rüber, als wäre das der Hauptgrund, warum du mir helfen willst, hierzubleiben. Alles andere ist nebensächlich.«

»Natürlich geht es mir darum, dass ich nicht weggeschickt werden will. Aber nicht nur, ich habe auch andere Gründe. Ich will zum Beispiel genauso wenig wie du, dass in unserer Stadt das große Chaos ausbricht, Papa über dich herfällt oder die Wächter bei uns Einzug halten. Ich begreife nicht, warum du das in einem so abfälligen Ton sagst.«

»Vergiss es, okay?«

»Wie bitte? Vergessen, dass du mich einfach aus heiterem Himmel anpampst?« Das schaffte wirklich auch nur Sander, die Laune auf dem Höhepunkt in Sekundenschnelle bodenlos tief abstürzen zu lassen. »Für dich braucht man echt eine Gebrauchsanweisung. Offenbar drücke ich ständig die falschen Knöpfe, anders kann ich mir deine Stimmungsschwankungen nicht erklären.«

»Dafür brauchst du keine Gebrauchsanweisung, sondern nur ein Stichwort: Poloshirt-Liebhaber Freibaum.«

»Ach, von daher weht also der Wind. Du bist eifersüchtig.«

»Nein, absolut nicht.« Sander machte einen Schritt auf mich zu und funkelte mich wütend an. »Ich bin keineswegs eifersüchtig, sondern schlicht entsetzt über deinen Männergeschmack.«

Mittlerweile war er so nah, dass ich eigentlich zurückweichen musste, wenn ich nicht über kurz oder lang mit der Nasenspitze gegen seine Brust stoßen wollte. Doch zurückweichen? Das sah ich gar nicht ein. Schließlich war ich ebenfalls aufgebracht und voll gerechtem Zorn, deshalb streckte ich mich ihm entgegen. Sollte er doch den Rückzug antreten.

»Woher willst du wissen, ob ich mich für Tammo interessiere? Davon abgesehen, dass es dich nicht das Geringste angeht, wie ich zu ihm stehe.«

Sander musste über die Antwort nicht groß nachdenken. »Weil du noch nie über einen anderen Jungen so geredet hast wie über ihn. Als wäre er ein Geheimnis, das du vor mir verbergen musst.«

»Vielleicht hast du bislang nur niemals mitbekommen, wenn ich in einen Jungen verliebt war. Du verpasst nämlich eine ganze Menge von mir, weil du entweder im Keller sitzt oder damit beschäftigt bist, dir weibliche Unterhaltung im Nachtleben aufzureißen.«

Um Sanders Mundwinkel zuckte es und ein zynisches Lächeln kam zustande. »Es ist nicht notwendig, viel Zeit mit dir zu verbringen, um herauszufinden, dass deine Traumkerle bislang nur in Büchern vorkamen. Der verträumte Blick mit dem du diese zerlesenen Exemplare durch die Gegend getragen hast, war deutlich genug. Ich sage nur ›Lucas‹.«

»Und das willst du mitbekommen haben, obwohl diese blöde Brille nie auf deiner Nase sitzt, ja?«, zischte ich ihn an. Inzwischen war ich so sauer, dass ich ihm am liebsten einen Tritt vors Schienbein versetzt hätte.

»Das und noch eine ganze Menge mehr.« Sanders Stimme war lediglich ein Raunen. »Das Problem ist nicht, dass ich was gegen Tammo Freibaum habe. Der Typ ist ein Schwachmat, unter dessen Schädeldecke nur Platz für Basketball und eine Runde Dosenbiertrinken mit den Kumpels vorhanden ist. Aber das ist mir, offen gestanden, scheißegal. Nicht egal ist mir, dass er etwas tun wird, das ich unbedingt tun will. Dass er es darf und ich nicht.«

Mein Atem ging vor Anspannung stoßweise und das Blut rauschte durch mich hindurch. Es war ein Wunder, dass ich Sanders leise Worte überhaupt verstand. »Was willst du unbedingt tun?«

Sanders Brauen fuhren zusammen, als wundere er sich darüber, dass ich diese Frage wirklich ernsthaft stellte.

»Dich küssen natürlich.«

Während ich noch verblüfft über dieses Geständnis dastand, beugte er sich zu mir hinab und legte seine Lippen auf meine, sachte und bestimmt zugleich. Ich hielt still, staunend über diese unerwartete Berührung und voller Erwartung, was noch geschehen möge.

Es war ein sanfter Kuss, nicht mehr als eine Eröffnung des Spiels. Dann lösten sich Sanders Lippen, nur um sich sogleich wieder zu senken. Sie streiften, liebkosten, setzten mir zarte Küsse in den Mundwinkel, während sein Daumen mein Kinn umspielte, als wolle er mich auf diese Weise dazu bringen, meine Lippen zu öffnen. Das taten sie schließlich von ganz allein, genau, wie meine Hand nach Sander suchte und seine Taille fand. Im nächsten Moment legte er einen Arm um meine Schultern und zog mich an sich.

Innerlich zuckte ich für einen Sekundenbruchteil zurück, erschrocken über seinen drängenden Körper, nur um mich sofort nach noch größerer Nähe zu sehnen. Dieses Begehren tat sich unvermittelt auf, als wäre es schon immer ein Teil von mir gewesen, gut verborgen, und nun befreite es sich plötzlich mit einem Schlag. Es war irrational und wild, es begrub jeden Gedanken und weckte ein schmerzliches Verlangen nach dem Jungen, dessen Hand gerade meinen Nacken umfasste. Alles, was bisher gewesen war, war plötzlich aufgehoben, als habe er mich wach geküsst, damit ich in eine neue Welt eintrat.

Tat ich das wirklich? Stand ich wirklich eng umschlungen mit dem Jungen da, der mich in den letzten Jahren bei jeder Gelegenheit mit seiner bissigen Art auf Abstand gehalten hatte? Der sich niemals länger als nötig mit mir in einem Raum aufhielt und jede meiner Berührungen mied, als wären sie ihm zutiefst zuwider? Eine Antwort auf diese Fragen zu finden, war verblüffend leicht. Ich schmeckte Sanders Lippen, spürte die Wärme, die hinter ihnen lag, der Ort, den ich erforschen und mit dem mein Mund verschmelzen wollte – und war mir absolut sicher, dass ich mir nichts anderes so sehr wünschte.

Als spürte Sander mein inneres Eingeständnis, küsste er mich plötzlich auf eine Weise, die mit dem zärtlichen Drängen zu Beginn nichts mehr zu tun hatte. Und mir fiel es unbeschreiblich leicht, mich darauf einzulassen, als hätte ich nur abgewartet, dass er die Grenze zwischen uns aufhob. Ganz von allein glitt meine Hand unter sein Shirt und legte sich oberhalb seiner Hüfte ab, als böte nur seine nackte Haut den Halt, den ich brauchte, um mich nicht endgültig zu verlieren. Meine Finger fanden sein Haar, seine raue Wange und dann den heftig schlagenden Puls an seinem Hals. Atemlos nahm ich das Beben seines Körpers wahr, der sich immer enger an mich schmiegte.

All diese Eindrücke erreichten mich und doch wieder nicht. Es kam mir vor, als würde es nichts anderes geben als Sanders Kuss und meinen Herzschlag hart gegen seine Brust.

Als unsere Münder sich schließlich voneinander lösten, verlor ich fast das Gleichgewicht. Eine harte Landung nach der gerade erst erlebten Schwerelosigkeit. Nein, ich wollte nicht aufhören, sondern Sander sofort wieder zu mir herabziehen, ihn küssen und alles vergessen, was zwischen uns stand.

Ein Blick auf ihn genügte jedoch, um das Verlangen erlöschen zu lassen.

In Sanders Augen war Bestürzung zu lesen, von der gleichen Intensität, mit der er eben erst auf mich zugegangen war. Mir schwante, woher dieser Umschwung rührte: Er fühlte sich schuldig, mir meinen ersten Kuss geraubt zu haben, so vollkommen unvermittelt.

»Tu das nicht«, sagte ich. »Du hast nichts Falsches getan, ganz im Gegenteil.«

Trotz meiner Bitte gab Sander mich frei. Mit einem Ruck löste er sich aus meiner Umarmung, als könne er sie dadurch ungeschehen machen, während sein Gesicht verriet, dass ihn die Trennung ebenfalls schmerzte.

»Es war falsch und es tut mir leid«, flüsterte er. »Ich hätte das niemals tun dürfen.«

»Warum denn nicht? Wir sind nie wie Bruder und Schwester gewesen …«

Sander legte seinen Zeigefinger auf meine Lippen. »Nein, wir beide sind nie auf eine solche Weise zusammengewachsen, obwohl das nur natürlich gewesen wäre. Die Distanz, die ich zu dir gehalten habe, für die gibt es einen triftigen Grund.«

»Natürlich. Weil es eine Lüge gewesen wäre, wenn wir so getan hätten, als ob«, versuchte ich ihm zuvorzukommen, aber so leicht war der Kummer von Sanders Zügen nicht zu vertreiben.

»Das ist es nicht. Würde es nur darum gehen, gäbe es aus meiner Sicht kein Problem. Es ist vielmehr …« Sander fluchte lautlos. »Wenn ich dir sage, dass ich dir den Grund unter keinen Umständen verraten darf, würdest du dich damit als Begründung zufrieden geben, dass so etwas nicht noch einmal geschehen darf?«

Ich schüttelte ungläubig den Kopf. »Natürlich nicht. Nicht nach dem, was gerade zwischen uns geschehen ist. Wie könnte ich?«

»Das habe ich mir schon fast gedacht.« Sander lächelte traurig. »Du hast einen verdammt sturen Kopf, Anouk. Nur leider ändert das nichts an der Tatsache, dass ich dir nicht erklären kann, warum ich diese Grenze zwischen uns niemals hätte überschreiten dürfen. Aber ich kann dir versprechen, dass ich es nicht noch einmal tun werde.«

Voller Schrecken streckte ich die Hand nach Sander aus, doch er wich zurück. Er war schon immer zu schnell für mich gewesen.

»Bitte«, sagte ich, ohne recht zu wissen, worum ich bat. Um einen weiteren Kuss? Dass er mich nicht abwies, sich nicht vor mir verschloss? Dass er mir die Wahrheit nicht verschwieg?

Für einige Sekunden sah Sander mich gequält an, und ich hoffte, er würde nachgeben, aber dann drehte er sich um und ließ mich zwischen den betörend duftenden Blumenranken zurück, die meine Beine umspannten, als bräuchten sie meine Wärme dringender als die der Sonne.

Gleich einem Stich grub sich die Erkenntnis in meine Brust, dass es Sander stets leicht fiel, sich von mir abzuwenden. Selbst nach dem, was wir soeben miteinander geteilt hatten.

Sander Parson, der sich ansonsten vor nichts auf der Welt fürchtete, war vor mir immerzu auf der Flucht.

# 17. Freier Fall

Wie lange ich inmitten der Blumenranken stand und darum kämpfte, nicht in Tränen auszubrechen, wusste ich nicht. Ich fühlte mich nackt, wund und verlassen. Meine Empfindungen waren derartig überbordend, dass ich von der Außenwelt wie abgetrennt war. Ich erkannte mich kaum wieder in diesem durch und durch erschütterten Mädchen, in dem ein Sturm tobte, der es in einen Abgrund zu reißen drohte. Kein Schutzmechanismus, kein Verdrängen nützte, alles, was mich in diesem Moment ausmachte, war mein Kummer. Ich begriff ihn nicht, konnte nicht erklären, warum er mit solcher Brutalität über mich gekommen war, aber ich wusste, dass das einzige Heilmittel in dem Jungen bestand, der dieses ganze schreckliche Durcheinander verursacht hatte.

Der Kuss … Für Sander war er ein Fehler gewesen.

Vorsichtig betastete ich meine Lippen, die sich ungewöhnlich empfindsam anfühlten. Fast glaubte ich, Sander zu schmecken. Wenn ich die Augen schloss, dann war er wieder da. Dabei hatte er mir nur allzu klar gesagt, dass er mir nie wieder so nahe kommen würde.

Ich sackte vornüber, unterdrückte einen Schrei und presste meine Augen so fest zu, bis vor Schmerz weiße Funken aufflogen.

Sander hatte versprochen, dass er mich niemals wieder küssen würde.

Nie wieder.

Ich hielt den Gedanken kaum aus, dabei hatte ich mir bislang selbst in meinen kühnsten Träumen nicht vorgestellt, dass er mich überhaupt anziehend fand.

*Wer bin ich in der ganzen Zeit für ihn gewesen, während ich dachte, er fände mich bestenfalls überflüssig?*

Bislang hatte ich jeden Gedanken, der auch nur ansatzweise in Richtung einer gemeinsamen Liebesgeschichte ging, sofort im Keim erstickt. Viel mehr noch hatte ich mir unablässig eingeredet, dass zwischen uns höchstens gegenseitige Akzeptanz vorherrschte, wie Hund und Katze, die notgedrungen zusammen in einem Haus leben müssen. Sander war zwar nicht mein Bruder, aber genauso unerreichbar. Allein die Distanz, die er im Lauf der letzten Jahre stetig zwischen uns aufgebaut hatte, hatte mir unmissverständlich zu verstehen gegeben, dass er auf meine Zuneigung keinerlei Wert legte. Nur war das, was gerade zwischen uns passiert war, deutlich mehr als Zuneigung gewesen. Ich hatte seinen Hunger gespürt, hatte wahrgenommen wie seine Zärtlichkeit leidenschaftlicher geworden war, wie er seine Zurückhaltung verloren und fast dem Verlangen nachgegeben hatte, sämtliche Gräben zwischen uns bis zum Letzten zu überwinden. Trotzdem hatte er sich von mir abgewandt und mich meiner Verwirrung überlassen.

Zu meiner Verzweiflung gesellte sich Wut.

Wie konnte er mir das antun?

Wenn er wirklich etwas für mich empfand, dann durfte er mich nicht allein lassen, ich hielt es nicht aus, nicht jetzt.

Ohne weiter darüber nachzudenken, stürmte ich die Treppen hinab bis in den Keller, dessen unheilvolle Ausstrahlung mir zum ersten Mal gleichgültig war. Vor Sanders Tür verharrte ich kurz, dank des jahrelangen Drills, mich von ihr fernzuhalten. *Lonely Boy* von den Black Keys dröhnte mir ohrenbetäubend laut entgegen. Empörung stieg in mir auf. Mich auf Abstand halten – das war stets seine Taktik gewesen, aber davon wollte ich mich jetzt nicht einschüchtern lassen. Er hatte die Regeln lang genug vorgegeben!

Ich verzichtete aufs Anklopfen, riss stattdessen die Tür auf, trat ein … Und erstarrte. Vor lauter Verwunderung vergaß ich glatt den Wutausbruch, mit dem ich jeglichen Protest von seiner Seite aus gleich im Keim hatte ersticken wollen.

Während ich in den Raum stolperte, wurde mir klar, wie lange ich schon nicht mehr in diesem Zimmer gewesen war. Wirklich lange. Damals war es das Reich eines Jungen gewesen, der Dreck und Chaos für die ideale Umgebung hielt. In diesem halben Erdloch hatte es aus Prinzip muffig gerochen, vor allem wegen der mit Schimmelpilz überzogenen Essensteller. Die Wände waren mit Heavy-Metal-Postern und Comichelden tapeziert gewesen, und überall, wirklich überall, hatten sich in dem kleinen Raum Klamotten und Bücher getürmt, denn einen Schrank hatte es genauso wenig gegeben wie ein Regal, lediglich eine Matratze, die auf dem blanken Steinboden lag. Alles, was Sander sein Eigen nannte, war kreuz und quer verstreut herumgeflogen. Es war mir ein Rätsel gewesen, wie man so hausen konnte – und das nicht nur, weil ich einen Hang zur Ordentlichkeit hatte. Vermutlich hatte hinter der Verwahrlosung eine ordentliche Portion Rache an Jakob gesteckt, der Sander zwar sein selbst erwähltes Zimmer zugestand, aber nicht müde wurde zu betonen, wie sehr er dessen Unordnung verabscheute. Als verweise ein versumpftes Teenagerzimmer grundsätzlich auf einen Charaktermangel. Jakob war wirklich schon immer hart mit ihm umgesprungen.

Von der damaligen Unordnung war jetzt allerdings keine Spur mehr zu entdecken. Der Kellerraum war blitzblank aufgeräumt und die Wände waren in einem lichten Grau gestrichen. In einer Ecke stand ein Schreibtisch, neben dem Fachliteratur fein säuberlich aufgestapelt lag, und es gab eine Seemannskiste, in der ich seine Kleidung vermutete, denn sie flog nirgends sichtbar herum. Am meisten jedoch überraschte mich das schlichte Bettgestell aus Metall, auf dem Sander gerade kniete, um ein Bild von der Wand zu nehmen.

»Seit wann besitzt du ein Bett, und dazu auch noch ein anständiges?«

Sander zuckte zusammen. Offenbar hatte er bei der lauten Musik nicht mitbekommen, dass ich eingetreten war. Langsam stand er auf, wobei er das großformatige Stück Papier zusammenfaltete und unter einem dicken Buch auf dem Schreibtisch verstaute, ehe ich einen Blick darauf werfen konnte. Dann stellte er die Musik leiser, bevor er sich mir zuwendete.

»Nachdem ich die Bandit gekauft hatte, war noch etwas Kohle übrig, und ich war die steinharte Matratze leid.«

»Du oder doch eher eine von deinen Eroberungen? Bestimmt haben deine One-Night-Stands wenig Lust, sich auf einer Matratze am Boden zu rekeln.« Es war mir durchaus bewusst, dass meine aus der Luft gegriffene Anschuldigung daneben war. Außerdem ließ sie mich schwach aussehen. Darum presste ich meine Lippen so fest aufeinander, wie ich konnte, ohne dass es etwas half. In mir kochte es schlimmer als in einem pfeifenden Wasserkessel.

Anstatt mich mit einer arroganten Entgegnung auf Abstand zu bringen, erwiderte Sander lediglich meinen Blick.

»Nun guck nicht so! Ich weiß, dass es dein Hobby ist, Mädels abzuschleppen. Schließlich zerreißt sich die gesamte Schule regelmäßig das Maul darüber, was für ein heißer-Schrägstrich-verrückter Typ du doch bist. Ich weiß Bescheid. Oder hast du tatsächlich geglaubt, ich sei ein ahnungsloses Schäfchen, das du nicht bloß mit deiner ausgefeilten Kusstechnik verdorben hast, sondern das zu allem Überfluss nicht ahnt, dass es an einen Wolf geraten ist?«

In Sanders Augen spiegelte sich Erschütterung, allerdings nur flüchtig, dann hatte er sein Pokerface unter Kontrolle. »Ich halte dich tatsächlich für ahnungslos, allerdings nicht, was meine Frauengeschichten anbelangt. Wenn ich gewollt hätte, dass du von dieser Freizeitbeschäftigung nichts erfährst, dann hätte ich schon dafür gesorgt. Und was mein Bett anbelangt … Ich nehme niemanden hierher mit, den ich anschließend nicht dabehalten will. Und das war bislang noch nie der Fall. Solange es nur um ein bisschen Spaß geht, gibt es genug Orte in Marienfall, wo man sich ungestört amüsieren kann.«

»Verstehe. Den Spaß ziehst du außerhalb deines Reviers ab, sehr clever. Ein kleiner Tipp: Unser Dachboden ist dafür allerdings immer noch zu dicht dran an deinem Heiligtum, du hättest mich besser in den Wald verschleppt, bevor du mich Bekanntschaft mit deiner Zunge machen lässt. Dann hättest du anschließend wenigstens darauf hoffen können, dass ich den Weg nicht zurückfinde, um dir deswegen auf die Nerven zu gehen.«

»Du setzt dich also mit den Mädchen gleich, die mich komplett überdreht auf Partys anquatschen, weil sie von der Freundin einer Bekannten gehört haben, ich sei eine unkomplizierte Nummer?« Sander kräuselte verächtlich die Nase. »Ich hätte ein bisschen mehr Selbstvertrauen von dir erwartet.«

In meiner Brust wummerte es so heftig, dass ich kaum mehr Luft bekam. »Mit meinem Selbstvertrauen ist es leider nicht weit her, nachdem du mich geküsst und im direkten Anschluss eiskalt abserviert hast.«

»Ich habe dich weder abserviert noch war ich eiskalt. Ganz im Gegenteil – und genau das macht es ja so verflucht schwierig.«

Von einer Sekunde zur anderen geriet Sander in Bewegung, als wisse er nicht, wohin mit sich. Dabei sah es für einen Moment aus, als wolle er mich in seine Arme schließen, aber dann wandte er sich ab und verpasste der Wand einen solchen Fausthieb, dass ich vor Schreck aufschrie. Die Arme gegen die Wand gestemmt, blieb er stehen. Sein Rücken bebte, als würde ihm eine große Anstrengung abverlangt. Unvermittelt überkam mich das Bedürfnis, ihm beruhigend eine Hand aufzulegen, doch ich traute mir selbst nicht über den Weg. Sobald der Sicherheitsabstand zwischen uns aufgehoben war, legte sich womöglich ein Hebel in mir um – und dann würde es mir nur noch darum gehen, ihm näherzukommen. Als er mich geküsst hatte, hatte ich mich von Anfang an darauf eingelassen, so als hätte ich nur darauf gewartet. Und auch jetzt glühte Hoffnung in mir, Sander möge alles vergessen, das vielleicht zwischen uns stand, und mich erneut in seine Arme ziehen. Doch er blieb eisern.

»Hilf mir mal auf die Sprünge, Anouk. Was muss ich tun, damit du dich von mir fernhältst, ohne mich zugleich zur Hölle zu wünschen, weil ich in deinen Augen nicht mehr als ein triebgesteuertes Arschloch bin? Damit komme ich nämlich schlecht zurecht, egal, wie sehr ich mich anstrenge. Ich wollte dich nicht ausnutzen oder bloß ein wenig Spaß haben, wirklich, daran liegt es nicht.«

»Dann erzähl mir den wahren Grund, warum du mich abblockst – dann hätte ich wenigstens die Chance mitzuentscheiden, ob es für uns beide besser ist, einander aus dem Weg zu gehen. Das schuldest du mir, denn schließlich bin ich nicht diejenige gewesen, die den ersten Schritt gemacht hat. Du hast mich geküsst, du trägst die Verantwortung. Mist, Sander, ich bin völlig durcheinander. Mach, dass es aufhört, sag mir, was du mir sagen musst, damit ich den Kuss und was er ausgelöst hat, vergessen kann. Anders wird das nämlich nicht funktionieren.«

Meine Stimme versagte. Die Wut, die mich eben noch beflügelt hatte, wich mehr und mehr dem Gefühl von Angst. Angst, noch schlimmer verletzt zu werden. Angst, nie wieder einen Fuß in dieses Zimmer zu setzen, das Sander als sein ureigenes Reich empfand. Angst, dass er mich mit dieser plötzlich ausgebrochenen Sehnsucht allein ließ. Angst davor, ihn zu verlieren, nachdem ich ihn nur für wenige Augenblicke wirklich bei mir gehabt hatte. Obwohl ich noch nie zuvor in einer solchen Lage gewesen war, war ich mir absolut sicher, es nicht zu überstehen, wenn er die Mauer ohne eine Erklärung erneut und endgültig hochzog.

Während ich noch um meine Fassung rang, drehte Sander sich um. Sein Gesicht war sehr blass, und er sah vollkommen erschöpft aus, so als hätte er gerade einen Kampf gegen sich selbst verloren. Er hatte die Entscheidung getroffen, er würde es mir erzählen. Und ich? Ich wollte es erfahren, oder? Nun, so sicher war ich mir plötzlich nicht mehr.

»Dein Vater …«, begann Sander. »Was hat er dir darüber erzählt, warum er Tiamat bewacht, obwohl es doch nur zu offensichtlich ist, dass er für ein anderes Leben bestimmt und der Wächterzirkel nur allzu scharf darauf ist, die Kontrolle über Himmelshoch zu übernehmen, seit das Tor erwacht ist?«

Was für eine seltsame Frage. »Sander, das Letzte, worüber ich jetzt reden will, ist Jakob. Wenn du mich schon unbedingt ablenken willst, dann lass dir etwas Besseres einfallen.«

»Glaub mir, ich bin jenseits von einem halb garen Ablenkungsmanöver. Also tu mir den Gefallen und zieh bitte mit, das hier ist nämlich verdammt schwer für mich.«

Ich nickte ergeben. »Papa hat seine Pflicht als Wächter von seinem Vater übernommen, nachdem der verstorben ist. Ich habe meinen Großvater leider nicht kennengelernt, meine Mutter hatte wohl etwas dagegen, dass die beiden Männer den Kontakt hielten, denn sie wollte mit Himmelshoch, dem Zirkel und erst recht mit Tiamat so wenig wie möglich zu tun haben. Und Papa hat das wohl auch so gesehen, schließlich hat er die Aufgabe als Wächter damals nur übergangsmäßig machen wollen, weil Opa außer ihm keinen Nachfolger ausgebildet hatte. Und Tiamat musste bewacht werden, obwohl sie damals noch schlief. Diese Pflicht hat Jakob trotz allem für wichtiger als jede andere gehalten, ungeachtet der Tatsache, dass die Ehe meiner Eltern dadurch gefährdet wurde. Noch am Todestag meines Großvaters hat er die Wacht übernommen, damit Himmelshoch sein Geheimnis nicht verrät. Seitdem war Tiamat durchgehend bewacht.«

Sander grinste. »Bis zu jenem Abend, an dem ein gewisser Trottel sich nicht an die Regel hielt, weil er für ein Mädchen unbedingt den Ritter spielen musste. Und dann auch noch ungebeten. Ich habe dich ja quasi zwingen müssen, zu mir aufs Motorrad zu steigen.«

Wie zwei Feuerblumen glühten meine Wangen auf. Aus dieser Perspektive hatte ich unsere Motorradfahrt noch gar nicht betrachtet. Ich hatte das so verstanden gehabt, dass es Sander lediglich um meine Sicherheit gegangen war, die nicht mehr als eine lästige Angelegenheit für ihn darstellte.

»Eigentlich ist es keine besonders große Überraschung, dass ausgerechnet ich versagt habe. Schließlich bin ich kein Wächter, auch wenn Jakob alles Erdenkliche angestellt hat, um mich zu einem zu machen, damit der Kelch an dir vorübergeht.«

»Worüber nicht nur Papa froh ist, sondern auch ich! In dieser Hinsicht bin ich unfähig, niemand weiß das besser als du. Ich drehe schon durch, bloß weil eine Miniveränderung in mein Badewasser plumpst.« Sanders gequälter Ausdruck setzte mir zu. Er hielt sich für einen schlechten Wächter, dabei war er besser, als Papa es jemals gewesen war. »Die Wacht liegt dir im Blut, die Salzzeichen wären ohne dich schon längst zerbrochen, und niemand wird mit den Besuchern so spielend fertig wie du. Wenn du nicht wärst, hätten wir Himmelshoch schon längst dem Zirkel übergeben müssen.«

»Und wir wissen beide, woran das liegt: Ich bin gezeichnet.«

Als Sander sein Shirt auszog, fühlte es sich für einen Moment so an, als würde mir der Boden unter den Füßen weggezogen. Ich setzte alles daran, ihn nicht anzustarren, aber es gelang mir nicht. Allerdings weniger wegen des bläulich schimmernden Geflechts unter seiner Haut rund um die linke Schulter bis hinab zur Brust. Nein, es brachte mich fast um den Verstand, seinen freien Oberkörper zu sehen. Die Situation mochte noch so ernst sein, aber ein kleiner, offenbar vollkommen verwilderter Teil in mir ließ mich Dinge denken wie *Wow! ... so schön ... unbedingt anfassen wollen ... anschmiegen ... küssen ... meins machen*. Es dauerte lange, bis ich mich auf Sanders Hand konzentrieren konnte, die auf das Geflecht zeigte. Die Linien, aus denen es bestand, sahen aus wie Blutbahnen, die dicht unter der empfindsamen Haut aufleuchteten. So ähnlich, als würde man die Adern an der Innenseite des Handgelenks betrachten. Nur wusste ich es besser. An dem Tag, als mein Vater Sander mit zu uns nach Haus gebracht hatte, hatte ich sie gesehen, da waren sie noch ganz frisch gewesen. Damals hatten sie sich bewegt, zumindest war mir das als Kind so vorgekommen. Und sie waren dunkelblau gewesen, wie das Meer an einem stürmischen Tag.

»Du hast dich bei uns im Keller herumgetrieben, ein kleiner Junge, der wahrscheinlich auf der Suche nach einem Versteck war. Nur, dass du dir dafür den denkbar schlechtesten Zeitpunkt ausgesucht hast, denn während du durch das Kellergewölbe gestromert bist, ist Tiamat nach Jahrhunderten des Schlafs zum Leben erwacht.« Ich stockte, als ich mich abmühte, die Geschichte wiederzugeben, die ich erst Jahre, nachdem Sander ein fester Teil unserer Pseudofamilie geworden war, erfahren hatte. »Du musst die Barriere aus Salzzeichen, als sie sich gerade aufgebaut hat, mit deiner Schulter gestreift haben. Nur einen Moment später, und sie hätte dich bei lebendigem Leib zerschnitten, sie sind absolut tödlich – Papa hat nicht umsonst einen Teil seiner Hand verloren, bei seinem Versuch, sie zu durchdringen. Jedenfalls hattest du Glück im Unglück. Jakob hat dich bewusstlos vor dem Tor liegend gefunden und dir ein neues Zuhause gegeben, als klar wurde, dass du deine Vergangenheit verloren hast. Das hat er trotz des blauen Geflechts getan, für das er dich eigentlich den Wächtern hätte übergeben müssen. Sie sind ein Abdruck der Salzzeichen und gehören damit der anderen Seite des Tors an. Du trägst etwas an dir, das zu Tiamat gehört. Allein dafür würden dich die Wächter sofort töten.«

Ich biss auf meine Unterlippe. *Und genau aus diesem Grund misstraue ich diesen Leuten zutiefst, während ich Sander blind mein Leben anvertrauen würde, egal, von welchen Zeichen er bedeckt ist. Nichts kann daran etwas ändern*, erkannte ich. Er würde immer ein Teil von mir sein, wie die Zeichen auf seiner Haut. Die Linien leuchteten in einem so lebendigen Blau, dass ich mir trotz der schwierigen Situation vorstellte, ihre Windungen mit der Fingerspitze nachzuzeichnen und dabei Sanders Oberkörper zu erforschen … Hastig fixierte ich einen Punkt dicht neben seinem Gesicht und konzentrierte mich darauf, die Ereignisse zu Ende zu erzählen. »Jedenfalls fühlte Papa sich so schuldig an dem, was dir zugestoßen ist, dass er die Wacht nicht wie geplant an den Zirkel abgegeben hat.«

»So hat Jakob es dir erzählt.« Sander wrang das Shirt in seinen Händen. »Ich selbst erinnere mich nicht daran. Meine Vergangenheit beginnt in dem Hausflur, als er uns einander vorgestellt hat. Dafür erinnere ich mich an etwas anderes.«

Ohne zu wissen, warum, breitete sich Unruhe in meiner Magengegend aus. »Sander, ich möchte über das Jetzt reden, über uns beide, und nicht über irgendwelche alten Geschichten.«

Ein trauriges Lächeln erschien auf seinem Gesicht. »Geschichten. Genau das sind sie: Geschichten.«

*Was du für die Wahrheit hältst, ist gar nicht die Wahrheit. Du hast an eine Lüge geglaubt, aber willst du wirklich wissen, was die Wahrheit ist?* Ich machte einen Schritt zurück und dann noch einen. Plötzlich war das verführerische Kribbeln in meinen Fingerspitzen genauso weggewischt wie mein Gesprächsbedarf. Der Raum erschien mir viel zu eng. Offenbar war mir meine Beklommenheit anzusehen.

»Noch hast du die Gelegenheit, dich umzudrehen und zu gehen, Anouk.«

Ich blieb widerstrebend stehen. »Als ob das so einfach wäre. Denn wenn ich jetzt gehe, wirst du später so tun, als wäre nie etwas zwischen uns passiert. Schlimmer, du wirst so tun, als wäre ich nur das Mädchen, das im gleichen Haus lebt wie du. Ein paar Gags und ein wenig Flachserei, das wären die einzigen Berührungspunkte zwischen uns, die du zulassen würdest.«

»Das habe ich doch bislang so gehalten und es hat dich nie gestört.«

Mein Schnaufen verriet mehr über meine verletzten Gefühle als mir lieb war.

»Du musst dich jedenfalls entscheiden«, fuhr Sander fort, »ob unser bisheriges Verhältnis wirklich so unerträglich gewesen ist, dass du es gegen einen kompletten Bruch eintauschen würdest. Wenn ich dir nämlich erst den Grund nenne, warum ich mich von dir ferngehalten habe, gibt es kein Zurück mehr. Danach wird unsere Beziehung nicht mehr dieselbe sein, das ist ganz ausgeschlossen.«

Ich stand da, nicht mehr als ein Häufchen Elend, aber ich war nicht gewillt, einen Rückzieher zu machen. Schlicht, weil es kein Zurück gab. Mir zumindest war es vollkommen unmöglich, die Gefühle, die ich mir gerade erst eingestanden hatte, sogleich wieder abzutöten, nicht einmal dann, wenn Sander sich für den Rest seines Lebens tot stellte. »Ich will es wissen«, wisperte ich.

In Gedanken versunken rieb Sander über das blaue Geflecht auf seiner Haut, das sich daraufhin bewegte. Zumindest bildete ich mir das ein. Ich war mit den Nerven wirklich am Ende. »Madelin«, setzte er an. Allein dieser Name reichte aus, dass ich zu seinem Bett wankte und mich setzte. Sander warf mir einen besorgten Blick zu, aber ich bedeutete ihm, weiterzusprechen. »Du musst wissen, dass ich deine Mutter niemals kennengelernt habe.«

»Unsinn! Natürlich kanntest du sie, sie ist erst einige Zeit später gegangen, nachdem du zu uns gestoßen bist. Warum behauptest du so etwas? Wenn es dir nur darum geht, mich vor den Kopf zu stoßen und zu verletzen, dann sag einfach, dass du dir mit der Küsserei auf dem Dachboden bloß die Langeweile vertrieben hast und dass ich einen ziemlich drögen Zeitvertreib abgebe. Dann schaue ich dich für den Rest deines Lebens nicht einmal mehr mit dem Hintern an, versprochen. Aber lass meine Mutter aus dem Spiel!«

Sander hob beschwichtigend die Hände, eine ganz und gar ungewohnte Geste bei ihm. »Geh in dich und sag mir, ob du auch nur eine einzige Erinnerung besitzt, in der du Madelin und mich zusammen siehst. Na los, versuch es, es ist wichtig.«

Ich schluckte, dann schluckte ich noch einmal, aber der Knoten in meiner Kehle wollte nicht verschwinden. Ich wischte über meine Augen, aber die Tränen verschwanden ebenfalls nicht. »Sie war plötzlich weg, von einem Tag auf den nächsten.« Es tat ungeahnt weh, diese Tatsache auszusprechen. Allerdings setzte dieses Eingeständnis nicht nur mir zu, denn Sander grub seine Finger so fest in seinen Oberarm, dass die Haut weiß anlief.

»Ja, Madelin war weg, wie vom Erdboden verschluckt«, flüsterte er. »Ich habe sie wirklich niemals getroffen, aber ich erinnere mich an Dinge hier im Haus, die ihr persönlich gehört haben müssen und die Jakob an einem Abend, kurz nachdem ich zu euch gekommen war, eingesammelt hat und die nie wieder aufgetaucht sind. Später hat er mir gesagt, dass es leichter für dich sei, zu glauben, dass deine Mutter die Familie verlassen habe, weil sie mit der Wächteraufgabe deines Vaters nicht zurechtgekommen sei und Himmelshoch hasse. Gut möglich, dass es tatsächlich so war, aber es ist nicht der wahre Grund für Madelins Verschwinden.«

Was sollte ich tun? Ich hörte Sanders Worte, sie gruben sich so tief in mir ein, dass ich sie nie wieder würde vergessen können, auch wenn ich mich noch so sehr anstrengte. Nur was bedeuteten sie?

»Ich kann mich, wie gesagt, nicht daran erinnern, was sich abgespielt hat, als Tiamat erwacht ist, und auch nicht daran, wie Jakob mich gefunden hat. Die Geschichte allerdings, die er mir über die Geschehnisse an diesem Tag erzählt hat, ist eine andere – und alles weist darauf hin, dass diese Version der Wahrheit entspricht. Eigentlich hätte ich es mir auch selbst zusammenreimen können, denn warum nimmt ein Mann einen fremden

Jungen bei sich auf, geht all die Unannehmlichkeiten ein, um ihn aufzuziehen, wenn er diesen Jungen zutiefst verachtet und ablehnt?«

»Papa lehnt dich nicht ab, ihr seid nur grundverschieden«, unterbrach ich Sander, weil ich die Kälte, mit der er Jakobs Haltung ihm gegenüber beschrieb, kaum aushielt. Mittlerweile konnte ich Sander schließlich gut genug einschätzen, um zu wissen, dass er sich immer dann distanziert gab, wenn ihn etwas besonders stark berührte.

»Jakob lehnt mich ab, daran gibt es nichts zu rütteln. Und er hat auch einen guten Grund dafür – ihr beide habt Madelin meinetwegen verloren. In Wirklichkeit war es deine Mutter, die mich vor dem Tor im Kellergewölbe entdeckt hat. Vermutlich bin ich von Neugierde getrieben durch den Kohlenschacht eingestiegen, um mir das alte Spukhaus einmal genauer anzusehen, oder es war eine andere hirnrissige Idee, wie sie nur neunjährige Jungen haben können. Jedenfalls habe ich es unbemerkt bis vors Tor geschafft und dort möglicherweise etwas Dummes angestellt, denn schließlich ist Tiamat ausgerechnet in dem Moment aus ihrem Schlaf erwacht, als ich vor ihr stand. Als sich die Salzzeichen aufgebaut haben, muss ich sie berührt haben, und sie haben sich mir eingebrannt. Vermutlich hätten sie mich zerschnitten, wenn Madelin mich nicht rechtzeitig entdeckt und fortgerissen hätte. Allerdings um einen hohen Preis: Sie geriet hinter die Salzzeichen und wurde sogleich vom Maelstrom fortgerissen. Das war der Moment, in dem Jakob dazugestoßen ist. Er hat mit eigenen Augen gesehen, wie Madelin in den dunklen Fluten des Strudels verschwand, er hat es gesehen und konnte nichts dagegen tun, weil die Salzzeichen das Tor verschlossen hatten. Bei seinem Versuch, nach ihr zu greifen, hat er zwei Finger seiner linken Hand verloren. Ein glatter Schnitt, wie von einem Laser ausgeführt. Vermutlich wäre er noch mehr verletzt worden, wenn ich nicht schreiend aufgewacht wäre. Also hat er sich von seiner Frau abgewendet und sich um ein fremdes Kind gekümmert, das in den Augen eines Wächters verdorben worden war, als sich ein Teil vom Tor auf ihm eingeprägt hatte.«

Sander hielt inne, und es war ihm anzusehen, wie er sich abmühte, tiefer in seine Erinnerung hinabzusteigen, in der Hoffnung auf etwas zu stoßen, das Jakobs Aussage bestätigte. Dann wischte er sich über die Augenlider und sah mich an, während es mir kaum gelang, seinem Blick nicht auszuweichen.

»Jakob duldet mich nur deshalb in seiner Nähe, weil Madelin mich gerettet hat und er sich in ihrer Schuld fühlt. Was denkst du, warum er Himmelshoch unbedingt halten will und jede verfügbare Sekunde bei Tiamat verbringt und die Salzzeichen zu entschlüsseln versucht? Ihretwegen. Auch wenn Jakob es niemals gesagt hat, so glaube ich, dass er nur darauf wartet, die Barriere zu durchdringen, um herauszufinden, was aus Madelin geworden ist. Und seit die Besucher auftauchen, braucht er dringend Unterstützung, um die Wacht ohne die Hilfe des Zirkels aufrechtzuerhalten. Dabei bin ich ihm nützlich. Und ich bin es ja auch gern, ich sehe mich ebenfalls in der Verantwortung und bin dankbar, in Himmelshoch eine Heimat gefunden und dich getroffen zu haben. So gesehen könnte alles so einfach sein, aber meine Gegenwart führt Jakob unablässig vor Augen, weshalb Madelin nicht mehr bei euch, ihrer Familie, ist. Es mag nicht meine alleinige Schuld sein, aber ich bin der Auslöser für diese Katastrophe gewesen. Und von dem, der für all das Unglück verantwortlich ist, wegen dem deine Mutter verschollen oder gar tot ist, möchtest du dich doch gewiss nicht küssen lassen, oder?«

Ich brachte keine Antwort zustande. Ich brachte überhaupt keine Reaktion zustande, mein gesamtes Innenleben stand still, als habe jemand das Pendel einer Uhr angehalten. Eigentlich hätte ich Sander sofort sagen müssen, dass seine Schuldgefühle unbegründet waren – er war nur ein Kind gewesen, das zur falschen Zeit am falschen Ort gewesen war, nur konnte ich es nicht. In meinem Kopf war nur Platz für das Bild, wie meine Mutter im schwarzen Herz des Maelstroms verschwand, hilflos den gewaltigen Fluten ausgeliefert. Auf diese grausame Weise hatte ich sie also verloren … Ich versuchte, das Bild von mir zu schieben, doch es gelang mir nicht.

*Lebt Madelin noch? Kann überhaupt ein Mensch auf der anderen Seite des Tors überleben?*

Der Maelstrom, dessen Anblick immer eine solche Beklemmung in mir ausgelöst hatte, begann seine Kreise in meinem Inneren zu ziehen und jeden Gedanken und jede Empfindung zu verschlingen. Ich musste raus aus diesem Keller, hinaus ins Tageslicht. Erst dann würde es mir gelingen, mich aus dieser schrecklichen Umklammerung zu befreien und zu begreifen, was Sander mir erzählt hatte. Wenn ich hier unten bei ihm blieb, würde ich auf trocknem Grund ertrinken.

Irgendwie gelang es mir, aufzustehen und Schritt für Schritt auf die Tür zuzugehen. Im Nachhinein konnte mich nicht daran erinnern, wie ich sie erreichte, nur daran, dass ich ein Weinen hörte. Es war mein eigenes.

# 18. Wundstarr

Der Wecker hatte bereits vor einer Ewigkeit geklingelt, und mein Vater rief gerade zum zweiten Mal, dass ich zu spät zur Schule käme, wenn ich nicht sofort aufstände. Das kümmerte mich jedoch nicht. Stattdessen drehte ich mich auf die andere Seite und zog mir die Decke über den Kopf. Wie ein Embryo lag ich da, geschützt und warm, nur leider änderte das nichts an meinem Seelenschmerz. Gab es das überhaupt, eine Seele? Es musste sie geben, denn anders konnte ich mir dieses Reiben und Stechen in meiner Brust nicht erklären.

Die Tür ging auf, Krallen schabten über den Holzboden und im nächsten Moment schob sich eine triefnasse Hundeschnauze unter meine Decke. Obwohl sie mein Knie berührte, reagierte ich nicht, wohl wissend, dass Lutz nur die Vorhut bildete. Auf der Treppe ertönten bereits die Schritte meines Vaters.

Ich hätte Jakobs Gang unter hundert anderen erkannt, niemand sonst ging derartig zielstrebig durchs Leben. Immer schön geradeaus und bloß kein Zögern, nicht einmal wenn es darum ging, die eigene Tochter zu belügen. Wie sonst wäre es ihm gelungen, mich davon zu überzeugen, dass Madelin uns verlassen hatte, dass ihre Freiheit ihr wichtiger gewesen war als unsere Familie? Er hatte mich in dem Glauben aufwachsen lassen, dass meine Mutter eine Frau war, die ihr einziges Kind ohne ein erklärendes oder gar tröstendes Wort in einem Haus voller Monster zurückgelassen hatte. Dabei war sie ein Opfer Tiamats geworden, und nicht einmal Jakob konnte, den unzähligen Forschungsstunden zum Trotz, sagen, ob sie noch lebte, und, wenn ja, wie es ihr wohl erging.

Nachdem ich mir die halbe Nacht den Kopf darüber zerbrochen hatte, ob mein Vater mir diese Lüge aufgetischt hatte, um mich oder doch nur sich selbst zu schützen, war ich kein Stück schlauer. Und was noch viel schlimmer war: Ich hatte keine Ahnung, wie ich ihm nun gegenübertreten sollte. Die Fragen, die ich ihm dringend stellen musste, überschlugen einander, bis nur noch Chaos herrschte. Ich musste wissen, warum er sich das Recht herausgenommen hatte, mich zu belügen. Weil er befürchtete, dass ich Madelins wahres Schicksal nicht verkraften würde, oder weil er insgeheim glaubte, Schuld daran zu sein, weil er als Wächter versagt hatte? Ob er wirklich mit allen Kräften versucht hatte, die Salzzeichen zu durchbrechen, um sie zu retten? Hatten Madelin und er sich geliebt und war sie mit einem Leben in Himmelshoch einverstanden gewesen? Kurzum, wer waren meine Mutter und mein Vater in Wirklichkeit? Zwei Menschen, denen ein unvorhersehbares Unglück zugestoßen war, oder waren wir eine Familie kurz vor dem Auseinanderfallen gewesen – Tiamat hin oder her? Und wo war mein Platz in diesem Durcheinander?

Diese und noch viel mehr Fragen mischten sich mit wirren Gefühlen, sodass ich kaum wusste, wo ich ansetzen sollte. Eine Frage ergab nur die nächste und zugleich kämpfte ich verzweifelt gegen meine innere Verlorenheit. Wie sollte ich die Zerschlagung dieses Gordischen Knotens bloß angehen, ohne mich heillos in ihm zu verstricken?

Ich kannte meinen Vater gut genug, um zu wissen, dass er mich bei einem schlechten Start vermutlich von oben herab abkanzeln würde. Jakob war bekanntermaßen ein Spezialist darin, Leute vor eine Mauer laufen zu lassen, er würde mich zum Schweigen bringen, bevor ich auch nur richtig mit meinem Verhör angefangen hatte. Und so, wie die Dinge nach der letzten Auseinandersetzung standen, würde er vermutlich schnurstracks Sander dazu auffordern, seine Sachen zu packen und zu verschwinden, nachdem er schon so viel Unruhe in unser Leben gebracht hatte. Falls daran ein Zweifel bestand, musste ich nur an die Auseinandersetzung der beiden wegen der nächtlichen Motorradfahrt denken. Darüber hinaus hatte Jakob keinen Zweifel daran aufkommen lassen, dass er jedes Interesse, das Sander an mir zeigte, bestrafen würde. Wenn mein Vater erfuhr, was auf dem Dachboden geschehen war … Dafür würde er Sander gewiss nicht nur vor die Tür setzen, sondern ihn direkt an die Wächter ausliefern. Das war das Letzte, was ich wollte. Zwar war es mir unmöglich, in dieser Situation über Sanders Rolle in diesem Spiel nachzudenken, aber dass sie nicht annähernd so schuldbeladen war, wie er es dargestellt hatte, darin war ich mir absolut sicher.

Nein, es wäre nicht hilfreich, aufgelöst und unüberlegt über Jakob herzufallen. Dafür brauchte ich einen Plan und für einen Plan musste ich geradeaus denken können. Im Moment war das völlig unmöglich, bestimmt würde ich nur alles falsch machen und am Ende sowohl Sander als auch meinen Vater verlieren, ohne einen Schritt weitergekommen zu sein.

Jakob räusperte sich kurz, dann zog er die Decke von meinem Kopf. »Guten Morgen, Anouk. Warum bist du noch nicht auf, fehlt dir etwas?«

Da meine Kehle wie zugeschnürt war, nickte ich lediglich.

»Bist du krank, soll ich in der Schule anrufen und dich für heute entschuldigen?«

Mein Vater sah ernsthaft besorgt aus über meinen Zustand, sodass ich mich entschied, die Chance auf ein wenig Aufschub zu nutzen. Im Moment war ich völlig ahnungslos, wie ich vorgehen sollte, damit unser aller Leben nicht zu einem noch größeren Scherbenhaufen wurde, als es sowieso schon war. Ohnehin graute mir bei der Vorstellung, wie wir beide nach einem Gespräch miteinander umgehen würden. Schließlich war mein

Vater das einzige Familienmitglied, das mir geblieben war und das ich trotz allem liebte. »Mein Magen spielt verrückt«, flunkerte ich deshalb, was auch nur halb gelogen war, denn mir war tatsächlich mulmig zumute. »Wahrscheinlich habe ich mich bei Tammo Freibaum angesteckt, der hatte die gleichen Symptome am Wochenende.«

Der durchdringende Blick meines Vaters brachte mich fast dazu, mir wieder die Decke über die Nase zu ziehen. »Du siehst wirklich mitgenommen aus«, befand er zu meiner Erleichterung. »Ich werde in der Bank Bescheid geben, dass ich später komme. Sobald du dich angezogen hast, begleite ich dich zum Arzt.«

»Das ist nicht nötig«, wiegelte ich rasch ab. Das war mal wieder typisch für Jakob, sofort einen Schlachtplan auszutüfteln, ohne zuvor abzuchecken, ob das auch im Sinne des Betroffenen war. »Tammo hat sich gründlich ausgeschlafen, danach ging es ihm besser. Möglichst wenig Stress und noch weniger Bewegung ist die beste Therapie. Ich bleibe einfach in meinem Bett, dann bin ich morgen wieder fit.«

Während mein Vater abwog, ob ich vielleicht recht haben könnte, sah ich ihn verstohlen an. War er ein Lügner oder doch mehr ein Beschützer? Vielleicht würde mir ein wenig Abstand helfen, seinem Geheimnis auf die Spur zu kommen. Also versuchte ich, meinen Vater aus der Perspektive eines Fremden zu betrachten, und was ich sah, war nicht bloß eine Respektsperson, sondern auch ein äußerlich perfekt zurechtgemachter Mann um die Vierzig. Die Strenge, die Jakobs Wesen entsprach, hatte sich tief in seine Züge gegraben, und seine Schlankheit betonte diese Seite noch. Ein asketischer Mann, der ganz und gar in seiner Berufung aufging, stets konzentriert, sich nicht einmal in Kleinigkeiten Fehler erlaubend. Von seiner Erscheinung her war er wie geschaffen für ein Hightech-Labor oder ein elegantes Büro mit Sicht auf eine Großstadt. Aber als Vater einer Jugendlichen, Angestellter einer mittelständischen Bank,

Besitzer eines schrulligen Herrenhauses und erst recht als Wächter eines Tors, hinter dem ein Maelstrom dräuend seine Runden drehte, war er eigentlich undenkbar.

*Wer bist du?*, wollte ich Jakob fragen, aber da wendete er sich bereits ab. Das Einzige, das ich mit Sicherheit wusste, war, dass die Mauer, die er zwischen sich und der Welt aufgebaut hatte, grundsätzlicher Natur war. Nicht nur Sander und ich stießen uns daran die Nasen blutig. Jakob hatte irgendwann beschlossen, das Leben auszusperren. Vielleicht sogar schon zu einer Zeit, als meine Mutter noch da gewesen war. Das hätte zumindest erklärt, warum sie auf einigen Fotos so traurig aussah.

»Gut, dann schlaf dich aus«, entschied Jakob. »Wenn sich dein Zustand allerdings verschlimmert, dann rufst du dir sofort ein Taxi und fährst zu unserem Hausarzt Dr. Weinbrecht. Sander muss beim Tor bleiben, damit das klar ist. Dafür gibt es keine Ausnahmeregelung, ganz egal, was er als Begründung anführen mag. Nicht, dass er noch einmal auf die Idee verfällt, mit dir in der Gegend spazieren zu fahren.«

Die Gefahr bestand wohl kaum, aber ich hielt es für keine gute Idee, meinem Vater das auf die Nase zu binden.

Ich wartete ab, bis seine Schritte verklangen, dann stand ich auf. Ziellos wanderte ich im Zimmer auf und ab, an meiner Seite stets den treuen Lutz, der mein Unglück offenbar spürte, wobei seine Hundenase, mit der er mich immer wieder anstupste, äußerst willkommen war. Ich konnte jedes bisschen Aufmunterung, das dieser Morgen zu bieten hatte, gebrauchen.

Auch mein Zimmer bedeutete mir viel, da war ich Sander sehr ähnlich. Es war mein Nest in diesem ungewöhnlichen Haus, das ich zwar für seine Verrücktheiten liebte, aber in dem man eben auch froh über einen Rückzugsort war. Im Gegensatz zum Rest von Himmelshoch gab es in meinem Refugium weder etwas Verändertes noch Antiquitäten, sondern eine Mischung aus Ikea und den wenigen Möbelstücken, die meine Eltern bei ihrem Einzug mitgebracht hatten und die vom Stil her eindeutig meine Mutter ausgesucht haben musste.

Ich setzte mich auf den Hocker vor den Schminktisch aus den 50er-Jahren, den ich besonders liebte, und sah mich um. Alles in meinem Zimmer war hell, natürlich und gemütlich. Es gab keinen Bruch oder etwas Außergewöhnliches. Vielleicht wirkte mein Zimmer dadurch mädchenhaft und langweilig, wie Sander nicht müde wurde, mir unter die Nase zu reiben, aber das störte mich nicht. Wenn ich mir in diesem Augenblick ein bestimmtes Leben hätte aussuchen dürfen, dann hätte ich mich genau dafür entschieden: für die entspannte Langeweile, die meine vier Wände ausstrahlten. Wer brauchte schon Chaos und Weltuntergangsstimmung um sich herum? Eine emotionale Achterbahnfahrt in der Endlosschleife? Eröffnungen, die einen von einem Elend ins nächste stürzten? Ich auf jeden Fall nicht, nein, ganz und gar nicht, vielen Dank. Ich sehnte mich nach Ruhe und einer Schulter zum Anlehnen. Und eine Schale mit Keksen in Reichweite wäre auch nicht verkehrt.

Nachdenklich betrachtete ich mein Spiegelbild. Das klang zwar seltsam, aber ich passte in dieses Zimmer, mit meiner Mickerlingstatur, meinem unauffälligen Lässiglook und dem Lockenkopf. Ich war weder für Sanders cooles Kellerloch gemacht und schon gar nicht für das, was sich hinter der verrosteten Metalltür mit der Leuchtschrift verbarg. Mir wurde beim Motorradfahren übel, ich verkrümelte mich lieber unter der Bettdecke, anstatt mich in Schlachten um die Wahrheit zu werfen, und hasste das Durcheinander, aus dem meine Gegenwart bestand. Ich war normal, gewöhnlich, alltäglich, auch wenn die Umstände in meinem bisherigen Leben alles andere als normal, gewöhnlich und alltäglich gewesen waren. Ob es mir nun gefiel oder nicht, ich hielt alldem nicht länger stand – weder Sander noch meinem Vater und schon gar nicht dem, was ich über meine Mutter erfahren hatte. Von der ich übrigens zum ersten Mal in Erwägung zog, nicht nur ihr Aussehen, sondern auch ihr

Wesen geerbt zu haben: ihren Hang zu schönen Dingen und Geschichtswälzern, ihren Wunsch nach Familie und Beständigkeit und ihre Liebe zu einem Mann, der sie auf Abstand hielt.

Das Ergebnis meiner Lebensumstände war nicht zu übersehen, ich war abgekämpft, meine Bewegungen fahrig, die Augen verheult, ich war ein Wrack von Kopf bis Fuß. Und dabei standen die richtig harten Entscheidungen erst noch an, denn in der letzten Nacht hatte ich zwar mein Kissen malträtiert, aber wie ich zu Sander und seinem Geständnis stand, wusste ich trotzdem nicht. Ich hatte nicht einmal einen Schimmer, wie ich mit alldem umgehen sollte. Am besten wäre es vielleicht, meine Koffer zu packen und mich in dieses Internat abzusetzen, bei dem Jakob mich wohl schon auf die Warteliste gesetzt hatte.

»Soll ich das tun? Flüchten? Ist das mein Weg?«, fragte ich mein Spiegelbild. Leider blieb es mir eine Antwort schuldig. »Komplett ahnungslos, was? Habe ich, offen gestanden, auch nicht anders erwartet.«

Dann bemerkte ich die Tarotkarte, die ich vor einigen Tagen in den Rahmen des Spiegels gesteckt hatte.

*Die Liebenden.*

Sanders Zukunft.

Ich nahm sie in meine Hand, und plötzlich wusste ich, wohin ich musste: Zu Grandmama.

# 19. Brandgefahr

Die Fahrt mit dem Fahrrad zum Hof der Laboes tat mir wohl. Endlich legte der Regen eine Pause ein, und auch wenn die Sonne nicht schien, so duftete die Luft zumindest nach dem bevorstehenden Frühling. Die Gleichmäßigkeit der Felder erinnerte an die Ordnung eines Schachbretts, das Land sah gegen den Horizont leicht geschwungen aus und am Himmel zogen Vogelschwärme ihre Kreise. Zuerst kam ich aus der Puste und befürchtete schon, erschöpft zusammenzuklappen, vor allem weil Lutz, der an der Leine neben meinem Rad lief, ein ordentliches Tempo anschlug. Dann kehrte die Wärme in meinen Körper zurück und ich blühte regelrecht auf. Gefühlsmäßig war ich nach wie vor ausgebrannt, doch das kümmerte mich nicht, lieber trat ich konzentriert in die Pedale. Einfach nur im Jetzt sein und den Kopf freipusten lassen vom Märzwind – darauf kam es an.

Als ich den Hof erreichte, war ich durchgeschwitzt, und auch Lutz hechelte, was das Zeug hielt. Allerdings hatte die Bulldogge eindeutig mehr Power als ich, denn als Laboes Neufundländerhündin Lolle auf uns zugelaufen kam, sprang er sofort wie ein junger Gott an ihr hoch, bereit, an ihrer Seite wild über den Hof zu jagen und sie beim Spielen mit ihrem Lieblingsgummiball anzuhimmeln. *Für Hunde ist immer alles so wunderbar einfach*, dachte ich neidisch. *Bei denen läuft das nach dem Motto ›Ich kann dich gut riechen, damit ist alles geklärt‹*. Unwillkürlich dachte ich an Sanders Geruch, den ich viel zu kurz eingeatmet hatte. Dann dachte ich an seinen Geschmack … Ehe ich beschloss, die Hausglocke zu läuten.

Solange öffnete mir die Tür, einen Korb mit gefalteten Tüchern auf der Hüfte. »Guten Morgen, Anouk. Das ist ja eine nette Überraschung. Fällt bei dir der Unterricht aus?«

»Nicht direkt«, druckste ich herum. »Ich hatte eine schlimme Nacht, deshalb bin ich heute nicht in der Schule. Zu Hause fällt mir allerdings die Decke auf den Kopf, es ist nicht auszuhalten. Deshalb dachte ich mir, ich könnte ja vielleicht Grandmama Gesellschaft leisten.«

»Das ist eine schöne Idee, sie wird sich freuen. Geh in die Küche, dann kannst du ihr beim Kochen helfen. Ich muss mich rasch um die Tücher kümmern, die müssen heute noch versandfertig gemacht werden. Zurzeit läuft das Geschäft wie geschmiert.«

Ich wusste es wirklich zu schätzen, dass Solange mir nicht sofort ein Loch in den Bauch fragte. Als Laboes Mutter hatte sie vermutlich gelernt, dass es manchmal mehr brachte, einem die notwendige Zeit zuzugestehen, bis man von selbst seine Probleme auspackte.

Als ich die Küche betrat, bestand mein größtes Problem ohnehin darin, dass der Duft von frisch gebackenem Brot und einer verrückten Mischung aus Orangen mit Chili meinen leeren Magen zum Knurren brachte. Der Stein, der sich seit meiner Begegnung mit Sander auf dem Dachboden in meinem Bauch eingenistet hatte, war schlagartig verschwunden.

»Guten Morgen, Anouk-Herzchen«, begrüßte mich Grandmama, ohne den Blick von dem Topf zu nehmen, in dem sie kräftig rührte. Mich überkam der Verdacht, dass sie mich an meinem Gang erkannte, so wie ich meinen Vater. Was mochten meine Schritte wohl über mich aussagen? Hasenfuß oder Hindernisläuferin? Tippelschritte oder Mehr-Stolpern-als-Gehen? Mein Ego lag wirklich am Boden. »Einen Kuss gibt es später, jetzt muss ich zusehen, dass die Marmelade nicht anbrennt. Die Orangenschale will sich unbedingt festsetzen.«

 »Guten Morgen, Grandmama. Die Marmelade duftet umwerfend«, antwortete ich brav und setzte mich an den langen Küchentisch, auf dem neben halb leer getrunkenen Kaffeetassen und Krümeln ein aufgeschlagenes Buch lag.

›Paris war eine Frau‹ stand auf dem Umschlag.

Oh, das gute Stück hatte ich Laboe geschenkt! Wir planten nämlich eine Parisreise nach dem Abitur, als Belohnung fürs Durchhalten und ... weil wir unbedingt dorthin wollten! Nur wir zwei, in einer kleinen Dachbodenkammer mit Blick auf die weißen Kuppeldächer der Sacré Cœur, so hatten wir es uns bereits ausgiebig ausgemalt.

Plötzlich vermisste ich meine Freundin ganz furchtbar. Zwar hatte ich Laboe gestern in der Schule gesehen, aber seitdem war unendlich viel passiert, und ich war noch nicht dazu gekommen, ihr mein Herz auszuschütten, auch wenn ich vermutlich kaum etwas erzählen durfte. »Stell dir vor, meine Mama hat mich in Wirklichkeit gar nicht verlassen, sondern ist bloß durch einen unerklärlichen Zufall in den Maelstrom hinterm Tor geraten und ist seitdem verschollen. Das weiß ich, weil Sander, den du für meinen Bruder hältst, mich ohne Vorankündigung geküsst hat. Jetzt bin ich verliebt und wirr und durcheinander wie ein 1000-Teile-Puzzle in der Box. Hast du zufällig Interesse, mich zusammenzusetzen?« Unwillkürlich schniefte ich. All diese Dinge, die mein Leben auf den Kopf stellten, würde ich voraussichtlich mit mir allein ausmachen müssen.

Nun drehte sich Grandmama doch um, den tropfenden Holzlöffel in der Hand. »Ich sehe schon«, sagte sie, dann nahm sie den Topf vom Herd und begann herumzuwerkeln. Fünf Minuten später stand eine Schale mit frischem Milchkaffee und ein Teller mit Scheiben des selbst gebackenen Weißbrots vor mir. Grandmama deutete auf die Butter und schöpfte einen Klacks von der Marmelade auf einen Unterteller zum Auskühlen. Die Mischung aus Süße und Schärfe, die mir in die Nase stieg, brachte meine Sinne zum Kribbeln.

»Die Erdbeermarmelade hat Solange im letzten Sommer eingekocht, sie war wohlschmeckend, aber jetzt ist sie pure Energie. Wenn man sie isst, herrscht Brandgefahr.«

Grandmama grinste, als ich nach dem ersten Bissen wegen der Schärfe zu keuchen begann. Mann, das Zeug war grandios, das schoss einem 1a die Nebenhöhlen frei. Trotzdem aß ich alles auf und erschlich mir mit einem bambimäßigen Augenaufschlag eine weitere Portion. Während ich mich vollstopfte, saß Grandmama mir gegenüber, die Arme gemütlich über ihrem Busen verschränkt. Zwischendurch kam Solange herein, sagte etwas in klingendem Französisch, das ich nicht verstand, und verschwand sogleich wieder mit einer Kaffeeschale in Richtung ihres Ateliers.

Nachdem ich keinen Bissen mehr herunterbekam und mein Bauch gefühlt zu einer Bowlingkugel angeschwollen war, sank ich gegen die Stuhllehne.

»Bist du jetzt gestärkt genug, um mir von deinen Problemen zu erzählen? Deswegen bist du doch zu mir gekommen, damit ich dir helfe.«

Grandmama wusste nicht nur blind, wer den Raum betrat, sie konnte einem auch von der Nasenspitze den Seelenzustand ablesen. Und sie verschwendete keine Zeit mit Herumgeplänkel. Nun, genau aus diesem Grund war ich ja tatsächlich gekommen, nur leider hatte ich nicht den leisesten Schimmer, wie ich das Ganze erklären sollte, damit sie mir einen weisen Rat erteilen oder wenigstens ein paar hausgemachte Beruhigungsbonbons mit auf den Weg geben konnte.

»Das ist alles so verflixt schwierig. Wäre es vielleicht möglich, dass wir meine Erklärungen überspringen und Sie mir die Karten legen? Die wissen doch sowieso Bescheid, oder?«

Grandmamas Blick brannte sich in mich, als ob mir nicht schon von dem Chili in der Marmelade superheiß wäre. »Du brauchst Klarheit«, sagte sie schließlich, und das Wort ›Klarheit‹ ließ mich automatisch nicken. Ja, genau das brauchte ich vor allen anderen Dingen! »Zeig mir deine Hände.«

Gehorsam reichte ich ihr meine Hände über den Tisch. Durch das Fenster fiel milchiges Tageslicht und Solange sang in ihrem Atelier, während Grandmama meine Hände von beiden Seiten studierte, bevor sie die Handinnenflächen glatt strich, als wären sie eine Nachrichtenrolle. Was wir hier taten, hätte mir eigentlich merkwürdig vorkommen sollen, aber Grandmama vermittelte eine solche Gelassenheit, dass ich ihr Tun gar nicht erst infrage stellte. Für sie war das Lesen aus meiner Hand offenbar genauso gewöhnlich, wie ausgehungerte Mädchen mit Marmeladebroten zu füttern.

»Dein Lebensweg ähnelt dem von Alexander in vielerlei Hinsicht. Große Umwälzungen – in der Vergangenheit, aber auch in der nahen Zukunft. Leider verraten mir die Linien nicht, wie lange eure Wege noch miteinander verschlungen sein werden. Ich sehe nur, dass dein Leben nach dem aufziehenden Sturm ruhig werden wird. Eine Zeit lang zumindest.«

Ich schluckte, obwohl ich mich doch eigentlich darüber freuen sollte. Schließlich waren Eintracht und Normalität genau das, wonach ich mich mehr denn je sehnte. »Wenn das so aussieht, dann wird meine Zukunft wohl ohne Sander stattfinden müssen, denn für ein ruhiges Leben ist er leider nicht gemacht.« Es sollte ein Scherz sein, stattdessen klang mein Kommentar nach Galgenhumor.

Als habe sie erraten, wie sehr mir dieses Thema zusetzte, streichelte Grandmama über meine Hand. »Euch beide verbindet mehr, als du denkst. Wenn du willst, dass er Teil deines Lebens ist, dann wird er das auch sein.«

Als ob das so einfach wäre! *Wollen* allein reichte gewiss nicht, dafür waren die Dinge viel zu kompliziert. Aber woher sollte Grandmama das wissen? Sie ahnte ja nicht einmal, dass Sander und ich keine Geschwister waren. Ich räusperte mich. »Manchmal stehen einem die Ereignisse im Weg, sodass man gar keine eigene Entscheidung treffen kann. Man ist nicht mehr als ein Spielball, der von anderen Mächten herumgerollt wird.« Großartig. Kryptischer konnte man eine Antwort nicht verpacken. Zu meiner Erleichterung verstand Grandmama mich auch so.

»Lass deine Entscheidungen nicht von anderen treffen, vertraue deinem Verstand und deinem Gefühl, Anouk. Dazu gehört auch, dir selbst gegenüber ehrlich zu sein.«

»Das bin ich.« Ich klang wie ein kleines Mädchen, von dem erwartet wurde, die Süßigkeiten, die es schon fast in den Mund gesteckt hatte, zurück in die Schale zu legen. »Möglicherweise nicht immer, aber dann nur, weil ich nicht bemerke, dass ich mir selbst was vormache. Oder ich kapiere es erst, wenn es bereits zu spät ist. Leider gibt es ja kein Wahrheitsserum, das einem klarmacht, was tatsächlich in einem vorgeht. Oder einen Spiegel, der einem die nackte Wahrheit zeigt. Wie soll man, bitte schön, ehrlich zu sich sein, wenn man überhaupt nicht durchsteigt, weil alles grauenhaft verkorkst ist? In einem Moment wird man geküsst und im nächsten verlassen und dann erfährt man noch zu allem Überdruss von einem Familiengeheimnis, von dem man sich nicht sicher ist, ob das gut oder schlecht war.« Nun klang ich nicht länger wie ein kleines Mädchen, sondern wie ein Wasserfall. Gott sei Dank musste ich Luft holen und nutzte die Gelegenheit, ab hier den Mund zu halten. Ich hatte mich zweifelsohne gnadenlos verplappert – hoffentlich reichten Grandmamas Deutschkenntnisse nicht aus, um aus meinem Redeschwall schlau zu werden. Doch die Hoffnung begrub ich sofort.

»Es wundert mich ohnehin, dass Alexander dich erst jetzt geküsst hat. Das war längst überfällig«, erklärte Grandmama, ohne eine Miene zu verziehen. Als mir die Kinnlade runtersackte, lächelte sie. »Niemand mit zwei Augen im Kopf glaubt, dass ihr beiden Geschwister seid. Non, non.« Ihr Zeigefinger zerschnitt die Luft.

Ich überlegte ernsthaft, zur Anrichte zu gehen und mir ein Glas Rotwein einzuschenken. Randvoll. »Weiß Laboe darüber Bescheid?« Die Vorstellung verunsicherte mich über alle Maßen.

Grandmama dachte nach. »Nein, noch nicht. Aber wenn sie dich und Alexander das nächste Mal sieht, wird sie es ahnen. Die Verbindung zwischen euch lässt sich nicht leugnen. Aber viel entscheidender ist die Frage, ob du diese Verbindung zulässt oder dich anders entscheidest. Du spürst die anbrechenden Veränderungen bereits, sie haben sich nämlich schon in deine Haut gegraben.«

Zuerst dachte ich, Grandmama meinte das im übertragenen Sinn, aber dann sah ich, dass sich in den feinen Linien meiner Handinnenfläche ein kaum wahrzunehmender Schimmer abgesetzt hatte. Eine Spur von Wasser. Ich rieb mit dem Daumen darüber, doch das Blau blieb, wo es war, wie ein Zeichen, das ich nicht zu lesen vermochte.

# 20. Wahrheitssuche

Abseits der Landstraße sah ich bereits die ersten Häuser von Marienfall auftauchen, als mein Handy piepste. Lutz und ich quälten uns gerade Meter für Meter voran. Er, weil er nach der Toberei mit seiner besten Freundin Lolle am Ende seiner Kräfte war, und ich, weil Grandmama darauf bestanden hatte, mir die Taschen mit Nervenfutter zu füllen. Selbst gemachtes Karamell mit Salzkristallen – unwiderstehlich. Natürlich hatte ich die Hälfte bereits aufgefuttert, noch bevor ich den Hof der Laboes verlassen hatte, und nun verklebte das Karamell mir ordentlich die Magenwände.

»Komm, Lutz, wir gönnen uns eine Pause. Ich muss die Überdosis Zucker verdauen.«

Mein Fahrrad stand noch nicht richtig, da hatte der Hund sich schon der Länge nach auf den begrünten Seitenstreifen geschmissen. Das erste Gras sah wirklich einladend aus und bestimmt war es schön weich. Ich holte mein Handy aus der Tasche und wollte mich dann zu Lutz gesellen, aber als ich sah, von wem die Nachricht kam, war mir nicht mehr nach Sitzen zumute. Sie war von Tammo.

Habe ich dich angesteckt?

Eine schlichte Frage, aber mir wurde ganz anders. War das wirklich erst gestern gewesen, dass ich mit Tammo in die Stadt spaziert war, meine Hand in seiner? Tatsächlich. Wie war es bloß möglich, dass ich ihn vollkommen vergessen hatte? Sander hatte es mit Bravour geschafft, meine Welt auf den Kopf zu stellen. Seitdem war ich vollauf mit den Folgen des Kusses beschäftigt, sodass kein Platz mehr für etwas anderes vorhanden war. Ich wusste nicht, was ich von Sander halten sollte. Ich wusste nicht, wie ich zu meinem Vater stand, und konnte mich nicht einmal darüber freuen, dass meine Mutter mich nicht verlassen hatte, sondern mir von Tiamat geraubt worden war. Aber das war falsch, schließlich führte ich auch ein Leben außerhalb von Himmelshoch, das mir wichtig war. Tammo hatte es nicht verdient, vergessen zu werden, nur weil ich kopfstand.

Null angesteckt! Hatte bloß eine unruhige Nacht & bin deshalb nicht zur Schule, tippte ich hastig.

Die Antwort ließ nicht lange auf sich warten: Genau wie ich. In Gesellschaft kommt man übrigens schneller wieder auf die Beine.

An meinem Daumnagel knabbernd, starrte ich die Zeilen an. Dann fasste ich einen Entschluss.

Stimmt, ist medizinisch bewiesen. Soll ich dich besuchen?

Tammos Antwort kam schneller, als ich blinzeln konnte.

Ja!

Eine halbe Stunde später stand ich vor dem Haus der Freibaums, in der Hand eine Papiertüte mit Hundeleckerlis für Lutz, den ich direkt im Garten unter einem Baum anband und ihn mit ein paar Entschädigungshappen fütterte. Die Bulldogge hatte nämlich sofort zu knurren begonnen, kaum dass wir das Grundstück betreten hatten. Die Hundekekse zeigten insofern Wirkung, dass Lutz nicht ganz so bedrohlich knurrte, denn Knurren, Sabbern und Schlucken gleichzeitig überforderte selbst einen Könner wie ihn.

Ich wedelte mit der Papiertüte vor seiner Sabberschnauze. »Da sind noch mehr Schmakofatze drin. Nur damit du Bescheid weißt: Gutes Betragen lohnt sich. Also sei schön brav und führ dich nicht wie ein Berserker auf.«

Mein Gerede war Lutz offenbar schnurz, denn er stand plötzlich stramm, die Lefzen bis zum Anschlag hochgezogen. Ein Blick über die Schulter verriet mir, dass Tammo in die Haustür getreten war und verlegen lächelte.

»Die Hundebestechung klappt wohl nur, solange ich nicht in der Nähe bin. Dabei gilt dein Lutz doch als Schmusehündchen, sogar meine Schwester schwärmt von ihm. Und das, obwohl Becks Hunde in der Regel nicht leiden kann, sie ist eben eine waschechte Katzenliebhaberin, Fritzfratz geht ihr über alles. Den darf deine Bulldogge als einzige Ausnahme jagen, alle anderen, die sich dazu erdreisteten, würden sofort erschossen. Mindestens.«

»Lutz ist sonst nie so aggressiv drauf«, bekräftigte ich, weil mir das Benehmen meines Hundes hochnotpeinlich war. »Normalerweise ist er ein ganz Lieber, vor allem wenn was Feines zu fressen in Aussicht steht. Ich kann mir dieses Geknurre beim besten Willen nicht erklären.«

Es war Tammo anzusehen, dass ihm die Situation ebenfalls unangenehm war. Wer wird schon gern schwach von der Seite angemacht, als sei er ein Schwerverbrecher? Anstatt mich zu begrüßen, blieb er sicherheitshalber im Türrahmen stehen, während ich mich mit meiner widerspenstigen Töle herumplagte, die gerade dazu ansetzte, den Baum, um den ich die Leine gebunden habe, notfalls mit Stamm und Wurzeln auszureißen.

»Tja, möglicherweise hat ein Mitglied deiner Familie den Hund speziell darauf abgerichtet, jeden Jungen anzufallen, der sich dir nähert.« Tammo versuchte sich an einem lockeren Lächeln, aber eine Spur seiner Verunsicherung blieb.

Ich überprüfte noch einmal, ob Lutz' Leine richtig festgebunden war, und tätschelte ihm den Kopf, was ihn jedoch nicht weiter interessierte. Seine gesamte Aufmerksamkeit war auf seinen erklärten Feind gerichtet, während er riss und zerrte, was das Zeug hielt. Sah ganz so aus, als würden die beiden nicht einmal dann Freunde werden, wenn wir Tammo von oben bis unten mit Leberwurst einrieben. Nun, die frische Luft im Vorgarten würde Lutz schon nicht schaden.

Zögernd blieb ich vor Tammo stehen. Wie sollte unsere Begrüßung denn nun am besten aussehen?

Tammo nahm mir die Entscheidung ab, indem er mir einen Kuss auf die Wange gab, das Hundegeheul im Hintergrund eisern ignorierend. Dann schlüpften wir gemeinsam ins Haus.

»Soll ich dir einen Kaffee kochen oder hast du deine Müdigkeit nach der schlaflosen Nacht bereits überwunden?«

»Ich fühle mich gerädert, aber es geht. Was trinkst du denn oder kommt noch alles wieder retour?«

Tammo hatte mich in die Küche geführt, wo er ein wenig unschlüssig mitten im Raum stehen blieb. Dann deutete er auf den Sodastreamer. »Auf Wasser ist Verlass, das bleibt intus. Ansonsten bin ich immer noch auf Zwangsdiät, obwohl es mir so weit schon recht gut geht.«

Das glaubte ich sofort. Der ungesunde Grünstich war verschwunden, das Kupferhaar glänzte und auch seine Körperhaltung war wieder voller Kraft. Nur seine Bewegungen verrieten, dass er noch nicht ganz wieder der Alte war. Für gewöhnlich zappelte Tammo mit einer Mischung aus überbetont lässig und Sportsgeist herum, die Hände stets in Bewegung, genau wie die Füße. Jetzt bewegte er sich zurückhaltend, fast ein wenig suchend. Das war mir schon vorher aufgefallen, ich hatte es aber seiner Schwäche zugeschrieben. »Du siehst verhältnismäßig fit aus. Das ging ja schnell.«

Während Tammo Wassergläser aus dem Schrank holte, blinzelte er mir zu. »Irre ich mich oder sagst du das irgendwie mit einer Prise Misstrauen?«

»Na ja, es ist nur …« Ich kämpfte mit mir, ob ich es ihm tatsächlich auf den Kopf zusagen wollte. Dann entschied ich, dass es schon ausreichend Ungereimtheiten in meinem Leben gab. Wenn ich mit ihm zusammen war, wünschte ich mir Ehrlichkeit und Klarheit. »Es ist nur, dass du mir seit deiner Krankheit ganz verändert vorkommst – was du sagst, wie du es sagst und wie du dich verhältst. Allein, dass wir beide jetzt hier zusammenstehen, hätte ich noch vor ein paar Tagen für schier unmöglich gehalten.«

»Ganz so überraschend ist das nun auch wieder nicht, schließlich habe mich schon vorher für dich interessiert.«

»Ja, aber nur weil ich nicht sofort anbeißen wollte, als du mich angeflirtet hast, das hat deinen Ehrgeiz geweckt. Ich kann mir allerdings nicht vorstellen, dass ich wirklich dein Typ war.« Was eigentlich zu der Frage führte, warum sich das urplötzlich geändert hatte, aber die verkniff ich mir lieber.

Einen Moment lang machte sich Tammo noch an dem Streamer zuschaffen, dann gab er auf und stellte sich vor mich. Seltsamerweise beunruhige mich seine Nähe nicht im Geringsten, obgleich er mir so nah kam, dass ich die winzigen weißen Sprenkel im Blau seiner Augen sehen konnte. Meine Atmung blieb ruhig, und mein Herz tat nur einen kleinen Sprung, als Tammo über meine Wange streichelte. Ganz behutsam.

»Und, bin ich jetzt dein Typ?«

»Ich bin auf jeden Fall gern mit dir zusammen.« Wahrheitsgetreuer konnte ich die Frage nicht beantworten.

Tammo lachte leise. »War das nun ein Kompliment oder eine nette Abfuhr?«

»Es ist so, wie ich sagte: Ich verbringe gern Zeit mit dir.«

»Okay.« Tammo machte einen Schritt zurück und kratzte sich im Nacken. »Ich bin auch froh, dass du da bist. Machen wir uns also einen schönen Tag, bevor Becks nach Schulschluss hier einfällt und dich in Beschlag nimmt. Wir sollten was für unsere Entspannung tun, und das möglichst im Haus. Nicht, dass uns zu guter Letzt doch noch jemand sieht und sich fragt, warum wir eigentlich nicht im Unterricht sind. Nachdem wir gestern so viel Glück gehabt haben, sollten wir nicht noch einmal darauf bauen. Schwimmst du gern?«

»Herr Freibaum, wenn du mir jetzt was von ganz lockerem Nacktbaden erzählst, dann hetze ich dir Lutz auf den Hals.«

Tammo riss abwehrend die Hände in die Höhe. »Keine Sorge, ich hänge an meinem Leben. Wir haben für Gäste Badesachen da, denn ob du es glaubst oder nicht, unser Pool wird bei vielen Gelegenheiten von Besuchern genutzt. Bestimmt ist in der Badezeug-Sammlung auch was Geeignetes für dich dabei.«

»Daran habe ich keinen Zweifel, irgendein Stück, aus dem deine Schwester schon vor Jahren rausgewachsen ist, wird mir schon passen.«

»Du bist mir nie klein vorgekommen«, versuchte Tammo mich aufzubauen.

»Weil du im Stehen immer über mich hinweggeschaut hast. Ich bewege mich unter dem Radar der Normalgewachsenen.« Wenn es um meine Größe ging, neigte ich leider konsequent zu Selbstmitleid.

»Ach, daran lag es also. Gut, dass ich dich jetzt auf meinem Radar habe.«

Es ging nicht anders, ich musste Tammo anstrahlen. Im Ernst, das war doch mal ein anständiger Junge: Flirtete, machte Komplimente und trat nach dem ersten Kontakt nicht sofort wieder die Flucht an. Zwar löste er keinen Tornado in meinem Inneren aus wie Sander, aber dafür tat er mir gut. Für heute musste das erst einmal reichen.

Das Haus der Freibaums stand auf einem sanft abfallenden Hügel, sodass der Pool zwar im Keller lag, aber über eine Fensterfront verfügte, die auf den Garten hinausging. Eins der Fenster stand offen und ließ die Frühlingsluft herein, die so gut roch, dass man dafür gern eine Gänsehaut in Kauf nahm. Der Pool selbst war einfach wunderschön. Das Wasser lief über die blaugrau geflieste Umrahmung – wenn man schwamm, machte es den Eindruck, als würde es keine Begrenzung geben. Das war schon ziemlich luxuriös und der Grund, warum Becks den Pool kaum erwähnte. Das Prachtstück war ihr ein wenig peinlich, wie sie mir bei einem Rundgang durchs Haus erzählt hatte, als ich vor ein paar Monaten das erste Mal zu Besuch gewesen war. Tammo dagegen hatte weniger Hemmungen, den Pool bei jeder Gelegenheit in seinen Erzählungen zu erwähnen, und es gab zweifelsohne mehr als ein Mädchen an unserer Schule, das alles darangesetzt hätte, um mit ihm in trauter Zweisamkeit zu plantschen. Gern auch ohne Leihbikini.

*Irgendwas mache ich falsch*, dachte ich beim Durchsehen der Badesachen. *Mich haut weder der Pool noch die Aussicht auf Wasserspiele mit dem Schulschwarm um, obwohl ohne Frage beides toll ist. Hat ganz den Anschein, als ob bei meiner Herstellung die Schaltstelle fürs Funkenschlagen übersehen wurde. Obwohl …* Ich hatte Funken geschlagen, gestern erst, und die folgende Feuersbrunst hatte gefährliche Ausmaße angenommen. Dann lieber lauwarm baden. Unter diesem Motto entschied ich mich für einen weißen Bikini, bei dem das Unterteil saß, wohingegen das Oberteil knapp ausfiel und meine Vermutung bestätigte, dass dieses gute Stück Becks zu einer Zeit gehört hatte, als es bei ihr oben herum noch nicht viel zu verbergen gab. Im Gegensatz zu mir.

Unschlüssig zupfte ich am Stoff herum und fragte mich, ob mir beim ersten Schwimmzug wohl alles herauskugeln würde, was rund und einen Tick zu groß war, und ob ich nicht doch lieber den anderen Bikini anziehen sollte, bei dem das Höschen eine Nummer zu groß ausfiel. Nur erschien die Alternative, von der Hüfte abwärts plötzlich im Feien dazustehen, auch nicht gerade verführerisch. Derartig in Anspruch genommen, schnappte ich mir beim ersten Handyklingeln das Gerät und nahm das Gespräch an, ohne zuvor auf die Nummer zu sehen.

Ein großer Fehler, wie sich sogleich herausstellte.

»Hi, ich bin's«, erklang Sanders verhaltene Stimme.

Prompt spielte ich mit der Idee, das Gespräch wegzuklicken, nur leider machten meine Finger nicht mit. Die weigerten sich schlicht, den entscheidenden Knopf zu drücken, während mein Mund – ohne Befehl meinerseits – sagte: »Na du. Wie geht es dir?« Ich hätte mich augenblicklich ohrfeigen können.

Sander machte ein Geräusch wie ein Ball, dem die Luft ausging. »Dreckig, um ehrlich zu sein. Ich habe mich gestern echt selbst übertroffen. Eigentlich rufe ich aber an, um zu hören, wie es dir geht. Jakob meinte, du wärst krank und ich solle ein Auge auf dich haben, was durchaus schwierig ist, wenn du nicht im Haus bist. Er hat sogar angedeutet, dass er früher nach Hause kommen will, was der eindeutige Beweis ist, dass er sich Sorgen um dich macht. Mein Auftrag lautet, bei ihm durchzurufen und Bericht zu erstatten. Also, was sage ich dem besorgten Herrn Papa?«

»Das es mir besser geht.« Was durchaus stimmte. Spätestens seit ich Sanders Stimme in meinem Ohr hatte, liefen alle Programme wieder auf vollen Touren. Im Spiegel erhaschte ich einen Blick auf meine glühend roten Wangen und bemerkte gerade noch rechtzeitig, dass ich gefährlich kräftig an den seitlich geknoteten Bändchen des Bikinihöschens herumzupfte, während »SanderSanderSanderSander« als Endlosschleife hinter meiner Stirn ablief. Mist. »In Wirklichkeit bin ich noch am Verdauen, wenn du verstehst, was ich meine. Und nebenbei versuche ich, an meinem gewöhnlichen Alltag festzuhalten, sonst werde ich nämlich verrückt.«

»Falls du jemanden zum Reden brauchst …«

»Ich war heute Morgen bei Grandmama«, unterbrach ich ihn, bevor er mich in Versuchung führte, indem er sich als Schulter zum Ausheulen anbot. Das würde ich nämlich kaum ablehnen können.

»Oh, da bist du also schon gewesen. Das trifft sich, genau das wollte ich dir nämlich gerade vorschlagen. Grandmama ist nämlich die Einzige, die das drauf hat. Ich meine, helfen, ohne dass man erst einmal lang und breit erzählen muss, worum es geht.«

»Moment. *Du* wolltest mich zu Grandmama schicken?«

»Jemand anderes wäre mir in diesem speziellen Fall nicht eingefallen.«

»Was ist mit *dir*, du Pinsel?«

Totenstille am anderen Ende der Leitung.

»So ist das also. Du drückst dich vor der Verantwortung«, resümierte ich bitter. »Erst bringst du mich in einen solchen Schlamassel und dann lässt du mich damit allein.«

»Nein!« Ich konnte Sander regelrecht vor mir sehen, wie er dieses ›Nein‹ unter Druck ausstieß. Vermutlich musste gleich wieder die Wand dran glauben. »Ich will mich vor rein gar nichts drücken, ich wäre heilfroh, wenn wir miteinander sprechen könnten, nichts lieber als das. Aber wie stellst du dir das vor?«

»Keine Ahnung«, flüsterte ich ins Handy, nicht sicher, ob ich wütend, verzweifelt oder gar überdreht war, weil ich mich trotz allem freute, seine Stimme zu hören.

»Sag mal, Anouk, ist alles okay bei dir?« Tammo stand vor dem Umkleideraum, ich konnte seine nackten Zehen unter dem Türschlitz sehen. »Wenn nichts Passendes beim Badezeug dabei ist, kann ich mal oben in Becks Schrank nachsehen. Die hätte bestimmt nichts dagegen, wenn du etwas von ihr anziehst, schließlich seid ihr gut befreundet.«

»Eine Sekunde«, haspelte ich ins Handy. »Nee, du, alles okay. Ich hab was gefunden, das sitzt nur so elend knapp, dass ich noch ein bisschen dran Rumfummeln muss. Geh schon mal ins Wasser, ich komme gleich nach.«

»Zu knapp?«, echote Tammo. »Behalt es an und such ja nicht weiter. Versprochen?«

Ich wartete, bis er fortgegangen war. »Sander?«

Aus dem Handy drang ein hämisches Lachen. »Zeigt Tammo dir seinen Pool? Wart 's ab, in spätestens zehn Minuten zeigt er dir noch ganz was anderes. Viel Spaß dabei.«

»Stopp. Diese Art von Anspielung kannst du dir sparen, das ist absolut …«

»Hey, amüsier dich, ich bin der Letzte, der ein Problem damit hat. Tammo ist ein super Trostpreis … Oder eher sein Pool. Das Teil ist berühmt-berüchtigt. Mann, du machst es richtig, mein Liebes. Warum sich Sorgen machen, wenn man auch Spaß haben kann? Also ab mit dir.«

»Sander, du kannst mich nicht täuschen, ich weiß, dass dir das gerade gegen den Strich geht. Also lass das blöde Rumgerede und hör zu. Mit Tammo und mir …«

»Mit Tammo und dir wird es gleich lustig. Wozu sollte ein knapper Bikini ansonsten gut sein? Und ich weiß auch, wie so ein Typ wie Freibaum tickt. Du glaubst doch wohl nicht wirklich, dass der nur eine Runde nett schwimmen will? Aber nur zu, mach's ruhig. Ich werde es genauso halten, sobald Jakob hier in Himmelshoch die Stellung übernimmt. So, wie dein Vater am Telefon klang, war der eh schon auf dem Weg zum Zug. Je eher er auftaucht, desto besser.«

»Warum tust du mir weh? Schon wieder?«, fragte ich, dann drückte ich das Gespräch weg und stellte das Handy aus. *So nicht*, beschloss ich. *So darfst du nicht mit mir umspringen, egal, wie sehr ich für dich brenne.*

Tammo saß am Beckenrand mit dem Rücken zu mir. Einem ziemlich beeindruckenden Rücken. Machte ganz den Anschein, als wäre das viele Basketballspielen tatsächlich zu mehr nütze als einem Sack voll Pausenhofgeschichten. Das Wasser umflutete ihn und auf unerklärliche Weise erweckte es den Eindruck, als würde es ihn umtanzen, glücklich darüber, an ihm entlangzufließen. Er warf mir einen Blick zu, ein vergnügtes Blitzen in den Augen.

»Schick«, sagte er, wobei ihm das Kunststück gelang, keinen

Deut anzüglich zu klingen. Dann glitt er ins Wasser und begann zu schwimmen.

Verführungskünste sahen anders aus.

Ich fühlte mich gleich leichter und dafür war ich ihm dankbar. Ich sprang kurz unter die Dusche, dann steckte ich den großen Zeh ins Wasser.

»K-k-k-kalt.«

Tammo machte unter Wasser eine Kehrtwende und schwamm auf mich zu. Er bewegte sich unglaublich geschmeidig, als sei er in seinem wahren Element. »Vertrau mir, es ist nicht kalt. Du frierst nur, weil du da draußen stehst und vor dich hin tropfst. Nimm dir ein Herz und spring in den Pool.«

So weit mein Brustkorb es zuließ, pumpte ich Luft hinein, dann hopste ich ohne jede Eleganz die Treppe hinab, bis mir das Wasser über den Bauchnabel ging. Meine Eingeweide zogen sich zusammen. Ich konnte nicht länger an mich halten und stieß einen Schrei aus, der Tammo zum Lachen brachte.

»Los jetzt, diese Rauszögerei macht alles bloß schlimmer.«

»Eiskalt!«, stieß ich noch einmal hervor, ehe ich losschwamm. Tatsächlich verflüchtigte sich die Kälte wie von Zauberhand.

Im Vergleich zu Tammo durchpflügte ich geradezu unbeholfen die Bahn. Obwohl ich gerne schwamm, hatte ich von Anfang an Schwierigkeiten gehabt, die Arm- und Beinbewegungen zu koordinieren, was mich wie eine Raupe in Aktion aussehen ließ und meinen alten Schwimmlehrer in den Wahnsinn getrieben hatte. Mir machte das nichts aus, Hauptsache ich blieb über Wasser, denn Tauchen war so gar nicht meins. Allein bei dem Gedanken begannen meine Nebenhöhlen zuzugehen. Vermutlich saß tief verankert in meinem Stammhirn das Bild des Maelstroms, wodurch mir jede Form von Unterwasserwelt verdächtig erschien.

Tammo schwamm ruhig neben mir her, nur gelegentlich tauchte er ab, allerdings ohne eine Haiattacke oder Ähnliches zu veranstalten, was Jungs in der Regel ja für spaßig hielten.

Und zu sehen gab es auch nichts, wie ich mich immer wieder rasch überzeugte, indem ich mein Bikinioberteil abtastete. Offenbar fühlte Tammo sich pudelwohl und auch meine Verspanntheit löste sich nach und nach.

»Und, ist dir immer noch kalt?«, fragte Tammo nach einiger Zeit.

»Überhaupt nicht, es ist großartig. Sogar viel schöner, als ich erwartet habe. Ist das Meerwasser?« Ich leckte über meine Lippen und schmeckte zu meiner Verwunderung lediglich Chlorgeschmack heraus.

»Nein, wie kommst du darauf?«

»Weil ...« Ich suchte nach der richtigen Beschreibung, allerdings fiel mir nur etwas ein, was sich seltsam angehört hätte: Das Wasser umbettete mich, trug mich, legte sich schützend um mich. Es fühlte sich nicht an wie Wasser, sondern nach mehr, als wäre es nicht bloß das bekannte Element, sondern würde eine Seite offenbaren, die mir bislang unbekannt gewesen war. Vermutlich hätte Tammo mir einen Vogel gezeigt, wenn ich ihm damit gekommen wäre. »Es erinnert mich an ein Solebecken, wo man sich auf dem Rücken treiben lässt, ohne einen Finger zu krümmen. Geborgen, irgendwie. Ich mag das.«

»Das ist doch großartig, genau so soll es sein.«

Tammo sah so erfreut aus, dass ich mich über meinen Eiertanz wunderte. Warum sagte ich nicht frei heraus, wie es mir gerade erging? Meine Vorsicht ihm gegenüber war unnötig, denn im Gegensatz zu Sander hatte er mir noch nie wehgetan oder mich abgekanzelt. Trotzdem hielt ich die Deckung ihm gegenüber geschlossen. Nun, hier war meine Chance, es zu ändern. Ich würde fortan auf Tammo vertrauen, denn in der Nähe dieses Jungen ging es mir gut.

# 21. Auftauchen

Tammo trat neben mir entspannt Wasser. »In etwa einer Stunde kommt Becks nach Hause. Ich will keinen Stress machen, ich sag's nur, damit du Bescheid weißt. Und weil … Nun ja, sie hat mir deinetwegen gestern ein Loch in den Bauch gefragt und mir ernsthaft Ärger angedroht, falls ich es darauf anlegen sollte, dich – Zitat – *zu benutzen*. Richtig dramatisch.«

Ich hatte meine Unterarme auf den Backenrand gestützt und durchschnitt mit den Beinen das Wasser. »Das ist wirklich süß von ihr, Becks ist eine tolle Freundin – aber Sorgen sind in unserem Fall nun echt nicht nötig. Das zwischen uns … Also was immer das sein mag, mit Ausnutzen hat das, glaube ich, nichts zu tun.«

»Jedenfalls wäre ich dankbar, wenn meine ehrenwerte Schwester heute keine Gelegenheit finden würde, mir deswegen auf den Zahn zu fühlen. Und dann noch womöglich in deiner Gegenwart. No, thanks.«

»Soll ich mich besser aus dem Staub machen?«

»Was hältst du davon, wenn wir es gemeinsam tun?«

»Gern, nur habe ich deinen Kommentar von vorhin noch im Ohr, dass wir heute besser nicht noch einmal auf unser Glück setzen sollten, in dem wir uns in der Stadt blicken lassen. Und zu mir nach Hause können wir leider nicht.« Mit einem Bauchgrummeln dachte ich daran, dass, selbst wenn ich Besuch mit nach Himmelshoch bringen dürfte, uns entweder ein vor Eifersucht angriffslustiger Sander oder – noch schlimmer – mein Vater in Empfang nehmen könnte. Ob Jakob wirklich früher nach Hause kam, um nach mir zu sehen? Ich traute Sander durchaus zu, ihm etwas Entsprechendes unter die Nase zu reiben, denn je früher Jakob die Wacht übernahm, desto schneller konnte er los, um sich auszutoben. Oh ja, ich sollte möglichst bald aufbrechen.

Tammo tauchte für einen kurzen Moment unter, als könnte er dem Gefühl schwerlich widerstehen, vollkommen von Wasser umfangen zu sein. Als er wieder aufstieg, benetzte ein glänzender Film seine Haut, als wolle das Wasser sich nicht von ihm trennen, und das Haar lag so glatt an seinem Kopf, dass man die Form exakt erkennen konnte. In diesem Moment haftete ihm etwas Überirdisches an. *Ein Wassermann aus einem Märchen.*

»Warum können wir nicht zu dir nach Hause?«

Seine Stimme riss mich aus meiner Verzauberung. Da unternahm ich einen Ausflug in die Normalität und hatte nichts Besseres zu tun, als mir sofort etwas Verrücktes einzubilden.

»Wir können nicht zu mir, weil ... Weil dort auch Sander wohnt. Du kennst Sander doch, oder?«

»Wer kennt ihn nicht? Dein Bruder ist bekannt wie ein bunter Hund und sieht auch so aus.«

»He, keine Sprüche über Sander, darauf reagiere ich allergisch.«

»Stimmt, ich erinnere mich. Es ist nur ... Er ist ziemlich außergewöhnlich. Befürchtest du, er könnte sich wie dein Hund aufführen, wenn ich dich in euren vier Wänden besuchen würde? Mich anknurren und mir die Zähne zeigen oder so?«

Allein die Vorstellung, wie Sander auf Tammo reagieren würde, versetzte mich in Panik. »Die beiden sind sich ähnlicher, als du denkst. Das Einzige, das sie trennt, ist Lutz' unerschütterliche Liebe zu Pansen. Obwohl ich mir nicht sicher bin, ob Sander die nicht auch verspürt, wenn er nur genug intus hat. Schließlich war er – gerüchteweise – nach einer halben Flasche Wodka auch imstande, in den Gartenteich der Schmidts zu klettern, auf der Suche nach Goldfischen fürs Sushi. Angeblich hat er live vorgeführt, dass Goldfische durchaus essbar sind. Darüber darf man gar nicht nachdenken.«

»Auf der Party war ich auch. Aber soweit ich mich erinnere, hat er keinen Fisch, sondern was von diesem Algenkram gegessen.«

»Klasse, das ist ja nur halb igitt.«

Mit einem Lächeln auf den Lippen schwamm Tammo auf mich zu und umfasste mein Bein am Unterschenkel. »Vorher hast du doch davon gesprochen, schwerelos auf dem Rücken zu treiben. Dass dir das gefallen würde. Wir haben zwar kein Salzwasser zu bieten, aber ich könnte dich halten, wenn du möchtest.«

Ich hörte in mich hinein. Wollte ich das? Schwerelos dahingleiten? Ja, jederzeit. Von Tammo gehalten werden? Ich zögerte. Da war sie wieder, diese mit absolut nichts zu begründende Zurückhaltung, obwohl alles wunderbar mit ihm war.

»Keine Sorge, ich lasse dich auf keinen Fall untergehen, wenn es das ist, wovor du dich fürchtest.« Seine andere Hand fuhr unter mein Schulterblatt.

Ich mochte seine Berührung. Den festen und doch sanften Griff, zu wissen, dass das Wasser in Bewegung geriet, weil er sich mir näherte, vermutlich schon so nah war, dass sein Oberkörper mich gleich streifen würde. Das war schön, ohne Frage.

»Ich halte dich«, versprach er.

»Weiß ich doch.«

»Und warum nimmst du dann nicht die Unterarme vom Beckenrand?«

Tja, warum eigentlich?

Bevor ich eine Antwort darauf fand, lenkte mich ein Räuspern ab.

Unisono blickten Tammo und ich zu der höher gelegenen Fensterfront.

Vor dem geöffneten Fenster hockte Sander auf seinen Fersen. Neben ihm stand Lutz, von der Schnauze bis zur Schwanzspitze stramm gespannt wie ein Flitzebogen.

 »Es gibt so was wie eine Zehn-Sekunden-Frist.« Sanders

kräftige Stimme hallte durch den Raum. »Wenn du ein Mädchen anfasst und sie deine Berührung nicht innerhalb von zehn Sekunden erwidert oder dich sonst wie ermutigt weiterzumachen, dann ist es höchste Zeit für einen Rückzieher. Nur so als Empfehlung, Tammo.« Sander schubbelte sein zerzaustes Haar. »'Tschuldigung übrigens, dass ich einfach in eure Privatparty reinplatze. Ich schwöre, ich habe geklingelt. Mehrmals. Aber offenbar hört man das hier unten nicht. Ist mir echt unangenehm.« Was wohl kaum stimmte, denn anstatt sich vom Acker zu machen, glitt er geschmeidig durch das Fenster und bedeutete Lutz, zu bleiben, wo er war. Lutz stieß ein empörtes Heulen aus, gehorchte aber.

»Hallo, Sander.« Tammo fand als Erster von uns beiden die Sprache wieder.

»Deine Hände sind ja immer noch an der falschen Stelle, Freibaum.«

Tammo warf mir einen entschuldigenden Blick zu, dann ließ er mich los.

Und ich wurde schlagartig stinksauer. »Sander«, knurrte ich, wobei ich meinen Kiefer kaum auseinanderbekam.

»Ja, genau, ich bin's. Ich soll dich abholen, Befehl von Jakob. Der war nicht gerade begeistert, dass seine todkranke Tochter die Gegend unsicher macht, anstatt das Bett zu hüten. Deshalb würde ich vorschlagen, dass du dich augenblicklich in Bewegung setzt.« Dann blickte er nach oben, als habe er etwas Wichtiges vergessen, und fügte ein »bitte« hinzu.

»Sag mal, tickst du noch richtig?«

»Was für eine Frage. Ich habe noch nie richtig getickt. Soll ich dich aus dem Wasser ziehen? Nicht, dass du dir beim Rausklettern was brichst. Sport ist ja nicht so deins.«

Mit einer ungeahnten Kraft stemmte ich mich aus dem Becken und baute mich so bedrohlich vor Sander auf, wie man in einem Bikini eben bedrohlich sein kann. Zu allem Überfluss konnte ich unschwer an seiner Reaktion erkennen, dass das weiße

Doppel entschieden zu spärlich ausfiel. In der einen Sekunde musterte er mich noch mit einer Eindringlichkeit, als sei ich eine himmlische Erscheinung, und in der nächsten waren seine Augen überall, nur nicht beim Mädel im Bikini.

»Wehe, du lässt auch nur einen einzigen Kommentar ab«, warnte ich ihn.

»Bin ja nicht lebensmüde.« Vorsorglich schob er die Brille ins Haar. »Hier muss es doch irgendwo Handtücher geben. Oder fallen die genauso winzig aus wie das Teil an dir?«

»Hör sofort mit dem Theater auf! Ich kann echt nicht fassen, was du angestellt hast.«

»Glaub mir, ich finde das Ganze auch nicht gerade lustig. Es ging aber nicht anders und genau darüber müssen wir reden.«

Reden? Der Kerl konnte froh sein, dass so rein gar nichts vom Kampftraining bei mir hängen geblieben war, ansonsten hätte er sich längst von seinem Kehlkopf und noch ein paar anderen Körperteilen verabschieden dürfen.

»Dann schieß mal los mit deinem Gerede und im Anschluss verschwindest du umgehend.«

»Exakt so sieht mein Plan aus: reden, abhauen. Aber jetzt ziehst du dir erst mal was über, sonst funktioniert das mit uns beiden nicht.«

Sander machte Anstalten, mich in Richtung Umkleide zu schieben, als er plötzlich innehielt und auf seine Hände blickte, mit denen er mich soeben berührt hatte.

Ich sah es auch. Das Wasser schimmerte auf den Innenflächen, als würde es vom Sonnenlicht bestrahlt.

»Unmöglich«, brachte ich hervor.

Sander verschwendete keine Zeit mit Reden.

Mit einem Sprung war er bei Tammo im Wasser.

# 22. Abtauchen

»Was zum Henker …«

Weiter kam ich nicht, meine Stimme schien sich einfach aufzulösen. Ich bemerkte es nicht einmal, denn was gerade vor meinen Augen passierte, nahm mich völlig in Anspruch.

Sander war kopfüber in den Pool gesprungen. Komplett bekleidet.

Von Tammo bekam ich noch mit, dass er untertauchte, elegant wie ein Delfin.

Dann war das Wasser zu aufgewühlt, um etwas zu erkennen.

Nicht bloß aufgewühlt, es begann sich zu bewegen, Wellen zu schlagen, die hoch über den Beckenrand schwappten und meine Füße berührten, obwohl ich gut zwei Meter entfernt stand. Unter meinen Sohlen spürte ich mit einem Mal nicht länger glatte Fliesen, sondern Steine, feine Steine, durchmischt mit Sand. Als die Welle zurückschwappte, war die Empfindung noch da, obwohl meine Augen darauf beharrten, dass der Boden sich nicht etwa in einen Strand verwandelt hatte, sondern weiterhin gefliest war. Die nächste Welle rollte heran und führte eine solche Flut mit sich, dass das Wasser sich gar nicht erst wieder zurückzog. Schnell sprang ich auf die Truhe, in der Polster für die Liegen aufbewahrt wurden. In der Mitte des Pools hatte sich ein dunkler Wirbel aufgetan, der die stetig anwachsenden Wassermassen im Kreis wälzte. Dabei glänzte die Oberfläche, als wäre sie mit flüssigem Gold überzogen, das sich an den Wellenkanten brach und mich blendete.

»Unmöglich, einfach unmöglich«, wiederholte ich voller Unglauben. Ich hatte schon einiges Fantastisches in meinem

Leben gesehen, aber das hatte stets in Tiamats Dunstkreis stattgefunden. Das Haus der Freibaums war kein Ort dafür! Doch die brausenden Fluten ließen sich nicht leugnen.

Irgendwo in diesem Wahnsinn musste Sander sein. Fassungslos hielt ich nach seiner Silhouette Ausschau, die in eine Mischung aus Schwarz, Rot und undefinierbarem Durcheinander gekleidet war. Doch mehr als vage Schemen konnte ich wegen des goldenen Gleißens nicht erkennen. Notdürftig beschirmte ich meine Augen mit der Hand und erkannte einen rasend schnell dahingleitenden Schatten, der der Kreisbewegung des Wassers folgte, als wolle er sich in die Tiefe hinabtragen lassen. Was genau dieser Schatten sein mochte, konnte ich nicht sagen, nur dass er für einen Jungen zu schnell war. Und es gab in diesem Becken nur einen Jungen ... der zweifelsohne ein Besucher war. Ein Besucher, der mich in den letzten Tagen zum Narren gehalten hatte. Kein Wunder, dass Tammo Freibaum seit seiner angeblichen Krankheit wie ausgewechselt war, denn er war es tatsächlich: Ein Geschöpf aus Tiamats Welt hatte sein Aussehen und sein Leben übernommen. Darüber hinaus hatte dieser Besucher gerade eine kolossale Veränderung ausgelöst, die so rein gar nichts mit den Spielereien in Himmelshoch zu tun hatte. Der Maelstrom, den er bewirkt hatte, drohte die Halle zu fluten.

Und dann das Tempo, mit dem alles vonstattenging. Ein Großteil meines Verstandes weigerte sich, den stetig größer werdenden Strudel als real zu akzeptieren. Eine Veränderung dieses Ausmaßes innerhalb weniger Atemzüge – das war schlichtweg unmöglich!

Das war mein Stichwort: Atemzüge. Wie lange war Sander schon abgetaucht, herumgeschleudert von dem an Dynamik sekündlich zunehmenden Strudel? Versuchte er noch, Tammo zu ergreifen, oder hatte Tammo ... der Besucher ... oder wer auch immer dort seine Runden zog, ihn längst in die Tiefe gezogen? Denn im Herzen des Pools musste sich eine Tiefe aufgetan haben, aus der sich die Wassermassen speisten, die mir bereits bis zu den Knien gestiegen waren und gewaltig an mir rissen. In meinem Hinterkopf tat sich die Erkenntnis auf, dass ich schon bald ertrinken würde, so kräftig, wie die Strömung war. Nur konnte ich mich damit jetzt unmöglich beschäftigen. Denn wenn nicht sofort etwas geschah, würde Sander auf keinen Fall wieder lebendig auftauchen.

*Dieser schnell schwimmende Schatten, das muss einfach Sander sein*, entschied ich. Schließlich war er bislang noch mit jedem Besucher fertig geworden. *Diesen verrückten Kerl hat das Jagdfieber gepackt, und er ist nicht mehr ausreichend bei Vernunft, um zu bemerken, dass ihm die Luft ausgeht.* Der Gedanke richtete mich auf.

»S wie sauerstoffarmes Sumpfgehirn«, nuschelte ich aus reiner Gewohnheit, dann sprang ich in die tobende Flut, die mich gewaltsam mit sich riss.

Das Wasser war kein Wasser.

Es war ein Element, das es in unserer Welt eigentlich nicht gab.

Ein Element, das von der anderen Seite des Tors stammte.

Es war wie Luft und Wasser in einem und doch etwas ganz anderes.

Wie ein lebendiges Wesen umgab es mich, schmiegte sich an mich, legte sich auf meine weit aufgerissenen Augen und stieg mir in die Nase, ohne dabei Angst vorm Ertrinken auszulösen. Wenn diese ungeheuere Kraft nicht gewesen wäre, der ich ausgeliefert war und die mich unablässig im Kreis schleuderte, wäre es gewiss eine faszinierende Erfahrung gewesen. Eine ähnlich ergreifende Erfahrung, als wenn Töne plötzlich als Farben sichtbar werden oder die Schwerkraft aufgehoben ist. Doch das Ziehen an meinem Körper, der beängstigende Gedanke, was mich wohl erwartete im Zentrum dieses Strudels, auf den ich unausweichlich zusteuerte, verdrängte alles andere.

Um mich herum herrschte ein reges Flimmern, jenes Aufblitzen von warmem Sonnenlicht, das sich auch auf Sanders Händen gespiegelt und Tammo als Besucher verraten hatte, der in der Lage war, die Realität zu verändern. Diese vibrierenden Strahlen waren gefangen in dem fremdartigen Element, durchfuhren es unablässig wie ein ganzes Blitzgeschwader den Nachthimmel. Sie setzten sich zusammen, bildeten Formen, um sogleich wieder auseinanderzubrechen. Trotzdem verstand ich, was sie darstellten. Sie waren verwandt mit den Salzzeichen, die Tiamat hinter Verschluss hielten. Und sie ähnelten dem Liniengeflecht auf Sanders Brust und Schulter.

Ich warf den Kopf herum.

Irgendwo in diesem Irrsinn musste er doch sein!

Da war jedoch nur Blau und das goldene Flirren der Zeichen, die immer schneller vor meinen Augen verwischten, sodass mir schwindelig wurde. Darüber hinaus begannen meine Lungen nun doch zu brennen, obwohl ich die seltsame Materie einatmete, und der Druck auf meinen Brustkorb nahm viel zu schnell zu. Nicht mehr lang, und ich würde auftauchen müssen, was zu bewerkstelligen jedoch einem Wunder gleichkäme. In meiner Verzweiflung öffnete ich fast die Lippen, um nach Hilfe zu rufen, traute mich dann aber doch nicht, das fremde Element auch in meinen Mund strömen zu lassen. Das dachte ich zumindest so lange, bis die ersten schwarzen Flecken auf meiner Netzhaut auftauchten und mein Körper die Regie an sich riss. Gierig schnappte er nach Luft, doch was auch immer ich einatmete, es gab meinen Lungen ausreichend von dem, wonach sie schrien.

*Das überlebst du nicht*, heulte die Panik in mir auf. *Du Verrückte! In diesen Hexenkessel zu springen, um ausgerechnet Sander zu retten. Sander, dem nicht einmal der monströseste Besucher etwas anhaben kann, während du Gefahr läufst, in deiner Badewanne zu ertrinken, nur weil eine Veränderung kichert.*

 *Das mag ja sein*, hielt ich dagegen, während das Zusammenspiel von Blau und Gold einer sanften Schwärze wich und der Griff sich um mich legte wie zwei kräftige Hände, die mich in einen Abgrund trugen. *Aber ich hatte keine andere Wahl. Wenn es um Sander ging, hatte ich die noch nie.*

Der Gedanke war tröstlich, bis er mir abhandenkam, und ihm nichts folgte außer Besinnungslosigkeit.

# 23. Lebenshauch

Es drang behutsam zu mir vor, wie ein überraschend milder Wind nach einem langen Winter. Zuerst umspielte es meine Lippen mit sanftem Druck und überzeugte sie davon, sich einen Hauch zu öffnen, damit es hineinfluten und mit seiner Wärme meine Lungenflügel zum Aufblühen bringen konnte. Genau so fühlte es sich an, als wäre mein Brustkorb eine Blume, von der mit Zauberhand Eis und Frost genommen wurden, damit sie sich wieder erhob und ihre Blätter entfaltete.

Dann brach der Einzug des Frühlings jäh ab, und ich sank zurück in tiefe Schwärze, das Licht unerreichbar weit über mir.

Ich wartete, stumm hoffend.

Und als es mich das nächste Mal aus dem Tal hervorhob, blieb ich, wo ich war, atmend und mit einem schmerzhaften Herzschlag, der bis in meine Kehle drang. In diesem Moment wollte ich nur eins: Atmen, immer wieder, auch wenn es noch so qualvoll war und meinem geschwächten Körper Mühe bereitete.

Ich bekam jedoch nicht einmal annähernd ausreichend Luft, so sehr ich mich auch bemühte. In meiner Verzweiflung begann ich blindlings um mich zu schlagen, erwischte einen Widerstand und erwehrte mich seiner, so gut es mir gelang.

»Ho, ho, ganz ruhig. Nicht ausflippen, sondern schön brav weiteratmen. Komm, Mädchen, streng dich an. Zum Wüten hast du später noch genug Gelegenheit.«

Es war Sanders Stimme, die wie aus großer Ferne zu mir durchdrang. Für Erleichterung blieb jedoch keine Zeit, ich rang um die richtige Dosis Sauerstoff. Denn obwohl meine Lungen behaupteten, sie hätten noch lange nicht genug, passte höchstens noch ein Quäntchen hinein. Mein Brustkorb war wie zugeschnürt.

»Entspann dich«, redete Sander auf mich ein, und ich glaubte, seine Finger auf meiner Stirn wahrzunehmen, als ob er Haarsträhnen wegstreichen würde. *Halt mich fest, sonst geh ich verloren!*, wollte ich ihm zurufen, doch meine bleiern schwere Zunge folgte meinem Willen nicht. »Alles ist gut, komm in Ruhe zu dir, Anouk. Wir sind ganz allein, weit und breit ist niemand, der uns stört. Mach dir um nichts Sorgen, konzentrier dich ausschließlich aufs Atmen. Alles ist gut, alles ist bestens.«

Ich glaubte ihm kein Wort. Nichts war gut! Trotzdem folgte ich seinem Rat, bis ich das Gefühl hatte, wieder in meinem Körper angekommen und nicht länger seinem Bedürfnis nach Sauerstoff unterworfen zu sein. Verwirrt leckte ich über meine Lippen, auf denen ein vertrauter Geschmack zurückgeblieben war. Dann erst öffnete ich die Augen, um wie durch einen Schleier in Sanders von Anspannung gezeichnetes Gesicht zu blicken, das nur eine Handbreit von meinem entfernt war. Seine Finger hielten meinen Unterarm so fest umschlossen, dass es schmerzte. Und doch war seine Berührung zugleich wohltuend, sodass ich auf keinen Fall wollte, dass er den Griff lockerte. Denn wenn er mich nur für einen Moment losließ, würde mich die Strömung erneut mitreißen, da war ich mir sicher.

Seiner deutlichen Besorgnis zum Trotz bekam Sander ein schiefes Grinsen hin. »Das bringst auch nur du, auf dem Trocknen zu ertrinken. Warum, zum Henker, hast du nicht geatmet?«

Es brauchte einiges an Geräusper, bis ich meine Stimme wiederfand. Nach wie vor lag ein unangenehmer Druck auf meiner Kehle. »Gute Frage, ich habe ja geatmet, nur hat es nicht sonderlich viel gebracht. Nicht, dass du auf die Idee kommst, ich würde deine Wiederbelebungsversuche vorziehen und deshalb simulieren«, krächzte ich und streckte die Hand nach Sander aus, um mich an ihm festzuhalten. Sicher war sicher. Zwar war ich dem Strudel entkommen, aber um mich herum drehte sich weiterhin alles, als säße ich in einem Karussell. Dunkelblaue Fluten zogen rasant vorbei, als hätten sie sich auf meiner Netzhaut eingebrannt.

Zuerst blinzelte Sander, offenbar unentschlossen, wie er auf mein Bedürfnis nach Halt reagieren sollte. Dann schob er seine Hände unter meine Achseln und zog mich an sich, als hätte ich kein Gewicht. Seine Arme lagen so fest um meinen Rücken, dass ein leichtes Zittern durch sie ging, beinahe als müsse er sich beherrschen, mich nicht zu zerdrücken. Erleichtert schmiegte ich mich an seine Brust, die im Gegensatz zu allem anderen nicht kreiste und umherwirbelte. Mir erschien er das einzige Echte in einer aus den Fugen geratenen Welt zu sein. Mein Hafen. Sein klitschnasses Shirt fühlte sich kalt an, während mir ansonsten erstaunlich warm war. Gar nicht so, als wäre ich beinahe ertrunken und nun in einem jämmerlich abgekämpften Zustand. Trotzdem begann ich als Nachwirkung auf den Schrecken am ganzen Leib zu schlottern und drängte ich mich dichter an ihn, woraufhin er seine Arme noch fester um mich spannte. Es hatte ganz den Anschein, als bräuchten wir beide die tröstende Nähe des anderen.

»Was hattest du eigentlich in diesem Möchtegern-Maelstrom zu suchen?« Sanders Frage klang, als würde er sich erkundigen, wie ich auf die Idee gekommen sei, mir einen Liter Tierblut über den Kopf zu gießen und anschließend in ein Becken voller Haie zu springen. Das kam also dabei heraus, wenn man ihn zu retten versuchte: Am Ende stand man wie ein Depp da.

»Warum bin ich wohl ins Wasser gesprungen? Du bist nicht wieder aufgetaucht. Deshalb.«

Sander stöhnte. Es war klar, dass er sich vor die Stirn geschlagen hätte, wenn er mich nicht im Arm halten würde. »Wenn du mich vorm sicheren Herzinfarkt bewahren willst, dann rette mich bitte nie wieder. Denk nicht einmal daran, sondern bring in einer Gefahrensituation einfach deinen Hintern in Sicherheit, ja? Es ist nämlich um einiges leichter für mich, einen Besucher zu catchen, ohne zu befürchten, dass du Schnapsideen ausheckst, um mir zu Hilfe zu kommen.«

»Hallo? Ich wollte dich retten, du undankbarer Klotz.«

Sander sparte sich eine Antwort, schließlich wussten wir beide, wie erfolgreich meine Rettungsaktion verlaufen war.

Ich entschied mich für einen Themenwechsel. »Du glaubst also auch, dass Tammo für diese Veränderung im Pool verantwortlich ist? Dass er in Wirklichkeit der Besucher ist, der vor ein paar Tagen entkam, als wir bei den Laboes gewesen sind?«, versuchte ich die Ereignisse zu rekonstruieren.

»Ja«, bestätigte Sander knapp.

»Und, hast du ihn erwischt?«

Das Zähneknirschen hieß wohl so viel wie ›nein‹.

»Selbst wenn Tammo der entkommene Besucher ist, so erklärt das noch lange nicht die heftige Veränderung, die er herbeigeführt hat. Ein solches Ausmaß ist schlicht unfassbar – und dann ist das Ganze auch noch in einem solchen Mordstempo abgegangen.« Allein bei der Erinnerung begann ich nach Luft zu schnappen wie ein Fisch auf dem Trocknen. Offenbar war ich noch nicht wieder vollständig auf dem Damm. »Als ich nämlich in den Pool gesprungen bin, war da bereits kein Topfen Wasser mehr drin, sondern etwas vollkommen anderes, das bloß so aussah wie Wasser.«

»Hat ganz den Anschein.«

Mit dieser kurz angebundenen Tour von Sander war ich vertraut, sie verriet, dass er mächtig sauer war. »Nimmst du es mir übel, weil ich einmal in meinem Leben die Heldin gespielt habe?«

»Unsinn, natürlich nicht! Ich könnte mich bloß selbst in den Hintern treten, dass ich mir Tammo nicht sofort vorgenommen habe, obwohl mir mein Instinkt gleich gesteckt hat, dass mit dem etwas nicht stimmt. Ein Blick auf ihn, wie er da neben dir im Pool schwamm … Nein, eigentlich schwante mir schon vorher nichts Gutes, nämlich wegen der Art, wie Lutz bei seinem Anblick geknurrt hat. Der Hund hat einfach einen todsicheren Instinkt, was Besucher anbelangt. Anstatt jedoch darauf zu reagieren, dachte ich, mein Unbehagen läge bloß an meiner Eifersucht, ich Trottel. Dass ich einfach nicht mehr klar denken konnte, so, wie ihr da miteinander zugange ward. Tja, und dann die Berührung des Wassers, nachdem ich hineingesprungen bin, das war …« Sander verstummte.

»Was ist passiert?«, fragte ich vorsichtig nach, wobei mir die Stimme wegen meiner Kurzatmigkeit beinahe versagte.

Sander presste seine Lippen gegen meine Schläfe, und ich nahm einen Frühlingshauch wahr, warm und prickelnd.

Unwillkürlich sog ich ihn ein.

In diesem Augenblick, als meine Lungen sich mit Sauerstoff füllten, begriff ich, dass es tatsächlich Sander gewesen war, der mir gerade wortwörtlich Leben eingehaucht hatte. Es waren seine Lippen gewesen, die mich dazu bewegt hatten, wieder zu atmen, weiterzuleben – dank seines Atems. Die Erkenntnis verwirrte mich vollends.

Es dauerte eine Weile, bis Sander auf meine Frage antwortete. Und dann tat er es auch nur zögerlich, um jedes Wort ringend. »Ich weiß nicht genau, was nach meinem Sprung in den Pool passiert ist. Diese wassergleiche Veränderung hat mich umschlossen, ehe ich Tammo auch nur ansatzweise erreicht hatte. Sie hat sich um mich gelegt, als wolle sie mich … willkommen heißen. Ich gebe es nur ungern zu, aber ich habe Tammo von einer Sekunde zur anderen vergessen. Das war ein umwerfendes Gefühl, richtig groß. Mir kam es vor, als würde ich aus einem Traum erwachen, den ich bislang für mein Leben gehalten habe, nur um zu erkennen, dass die Wirklichkeit etwas sehr viel Wunderbareres für mich bereithält. Offen gestanden war ich so weggetreten, dass ich von dem Strudel gar nichts mitbekam, bis ich plötzlich gegen einen Widerstand prallte, der sich dann als dein Ellbogen herausgestellt hat. Den hast du mir nämlich kräftig in die Rippen gestoßen. Insofern kannst du dir durchaus zugutehalten, mich gerettet zu haben, ansonsten hätte ich nämlich nicht mitbekommen, dass du leblos mit der Strömung treibst, kurz vorm Ertrinken … Erst als ich dich festgehalten habe, begriff ich, dass wir von einem riesigen Strudel in die Tiefe gerissen wurden. Wahrscheinlich war es ein Riesenglück, dass wir beide überlebt haben.«

»Und Tammo?« Bei diesem Namen biss ich mir leicht auf die Zunge. Wer sich hinter diesem Namen und dem Gesicht eines Jungen aus Marienfall auch verbergen mochte, ich konnte mir nicht vorstellen, dass er willentlich unseren Tod in Kauf genommen hätte. Auch wenn er mich hinters Licht geführt hatte, war ich mir sicher, dass er mir willentlich keinen Schaden zufügen wollte. Zwar hatten bislang alle anderen Besucher nichts anderes als unseren Tod im Sinn gehabt, aber er war anders, das verriet mir mein Instinkt. »Ich halte dich«, hatte er versprochen, und ich glaubte ihm, obwohl Sander mich vermutlich umbringen würde, sollte ich jetzt etwas Derartiges auch nur andeuten. Seine Augen blitzten ohnehin schon gefährlich genug.

»Was soll schon mit dem Mistkerl sein? Der sitzt irgendwo und reibt sich zufrieden seine Flossen, dieser miese Besucher-Arsch. Vermutlich bekommt er einen Orden dafür, dass er uns in eine Falle gelockt hat. Die ganze Nummer haben wir ohne Frage ihm zu verdanken. Ich hätte zwar nie auch nur im Traum gedacht, dass ein Besucher mehr Verstand aufbringt als fürs Töten unbedingt nötig ist, aber hinter dieser Nummer steckt auf jeden Fall ein Plan. Dieser Ort am Grund des Strudels …« Sanders Herz machte einen fühlbaren Sprung und die Härte verschwand aus seiner Stimme. »Von diesem veränderten Wasser umgeben zu sein, löste eine Empfindung bei mir aus, die ich noch nie zuvor gespürt habe. Als hätte ich eine andere Welt betreten. Die richtige Welt. Vermutlich hängt es lediglich damit zusammen, dass ich mich noch nie inmitten einer Veränderung von solchen Ausmaßen befunden habe. Falls es denn überhaupt eine Veränderung ist. Ergeht es dir ähnlich?«

Stumm schüttelte ich den Kopf. Was auch immer dies für ein Ort war, ich war hier nur Gast, dass spürte ich mit jeder Faser. Ich war ein Gast, solange Sander mich hielt. Diese Einsicht versetzte mir einen Stich. Es war, als gehörten wir zwei verschiedenen Spezies an, seit wir den Grund des Strudels erreicht hatten.

Auch Sander setzte unsere unterschiedliche Reaktion sichtlich zu. »Wirklich nicht? Himmel, was ist bloß los mit mir?«

Niemals hätte ich gedacht, dass es mich so irritieren könnte, wenn er derartig durcheinander war, dass ihm nicht einmal mehr ein dummer Spruch einfiel. Immer noch steif in den Gelenken, setzte ich mich auf und gab dabei intuitiv acht, den Kontakt zu ihm nicht zu verlieren. Obwohl es bestimmt zu vertraulich war, kletterte ich auf seinen Schoß, denn ich wollte ihm tief in die Augen sehen, damit er den Gedanken aufgab, dass etwas mit ihm verkehrt war. Stattdessen blinzelte ich angestrengt.

Auf meinem Blick lag ein Schleier, als würde ich durch einen Film aus klarem Wasser blicken, der meine Umgebung verzerrte. Noch immer sah ich Blau. Nur Blau. Um Sander und mich herum kreisten Wasserfluten, getrieben von einer unsichtbaren Macht.

*Das muss eine optische Täuschung* sein, versuchte ich mir den Eindruck zu erklären, *schließlich habe ich festen Grund unter mir. Ich atme und keine Strömung hat mich in ihrer Gewalt.* Erneut kam ein Schwindelgefühl über mich. *Vermutlich ist mir dieses unbekannte Element bis in die Gehirnwindungen gesickert und lässt mich jetzt glauben, in einem Trichter zu sitzen, dessen Wände aus dunkelblauen Fluten bestehen. Es sei denn …*

»Der Sog …«, setzte ich beklommen an. »Wir sind ihm gar nicht entkommen.«

Sander streichelte beruhigend über meinen Rücken. »Nein, wir sitzen auf seinem Grund fest. Es ist eine Art Blase oder vielleicht eher etwas wie das Auge eines Sturms. Und was auch immer wir gerade einatmen, es ist keine gewöhnliche Luft. Genau wie das Wasser des Strudels kein gewöhnliches Wasser ist. Das Ding hier könnte eine Art Miniausgabe des Maelstroms hinter dem Tor von Himmelshoch sein.«

»Wir sind durch eine Mini-Tiamat gegangen, die sich ganz plötzlich im Pool der Freibaums geöffnet hat? Das ist schlichtweg unmöglich, die Vorstellung ist völlig absurd. Dann wäre auf der anderen Seite von Tiamat ... Was? Ein Riesentrichter und mehr nicht?« Meine Lungen begannen erneut zu brennen, als reiche schlicht nicht aus, was ich – zunehmend panischer – an Luft in sie hineinpumpte. Das musste die Aufregung sein, anders konnte ich mir diese Reaktion nicht erklären.

»Ich weiß es doch auch nicht.« Sander atmete gestresst aus.

Instinktiv legte ich den Kopf in den Nacken und fing seinen Odem ein. Wie schon zuvor glitt er über meine Lippen und breitete sich wie ein Leuchtfeuer in meiner inneren Dunkelheit aus. »Danke«, hauchte ich ergeben.

Sander betrachtete mich skeptisch. »Anouk, alles klar bei dir?«

»Ja, total. Ich fühle mich fein. Ausgesprochen fein sogar.« Selbst in meinen Ohren klang ich vollkommen neben der Spur, geradezu berauscht.

»Dann ist es ja gut, ich hatte nämlich eben den verrückten Eindruck, du würdest meinen Atem mit deinem Mund einfangen wollen.«

Ich gab ein unbestimmtes Murmeln von mir, denn mit jedem Wort, das Sander aussprach, nahm der Zauber seines Atems zu. Die Intensität, mit der meine Sinne darauf reagierten, überwältigte mich. Noch nie zuvor hatte ich etwas dringender gebraucht als seinen Atem. Mein Körper flüsterte mir ziemlich exakt zu, was er in Anbetracht dieser Menge an wunderbarem Füllstoff für meine Lungen von mir erwartete, aber dem konnte ich in dieser Situation unmöglich nachgeben. Oder doch? Das

Brennen in meinem Brustkorb und die Schwärze, die jeden Moment zurückzukehren drohte, waren doch Grund genug, redete ich mir zu. Ich brauchte Sanders Atem, ansonsten würde ich ersticken. Dagegen gab es doch nun beim besten Willen nichts einzuwenden. Also stemmte ich mich empor und verschloss seinen Mund mit meinen Lippen.

Sander erstarrte augenblicklich, stellte jede Form von Bewegung ein, und das war gar nicht gut, weshalb ich vorsichtig Druck ausübte. *Lass mich ein*, bat ich still und hoffte, er möge mich erhören.

Ich wollte, dass er atmete, damit ich atmen konnte.

Nur leider begriff er das offenbar nicht.

In der einen Sekunde saß Sander noch reglos da, in der nächsten verwandelte er mein Verlangen nach seinem Atem in einen Kuss. Einem so drängenden Kuss, als habe er schon die ganze Zeit darauf gehofft. Und offenbar bekam er gar nicht genug von davon, das Versprechen, mich nie wieder auf diese Weise zu berühren, zu brechen. Zu meiner Erleichterung stellte ich fest, dass ein Kuss zu dem gleichen Ergebnis führte, nur unter wesentlich angenehmeren Bedingungen. Ich ließ mich von ihm bestürmen und mitreißen, während ich die Widersprüchlichkeit genoss, einerseits belebt und andererseits trunken zu sein.

Als wir einander freigaben, blickte Sander mich entschuldigend an. »Das war nicht ganz das, worauf du hinauswolltest, oder?«

»Nein … doch.« Es kostete mich eine enorme Willensanstrengung, überhaupt zu sprechen, anstatt mein Gesicht an seins zu schmiegen. »Ich nehme gern beides, sowohl Küsse als auch Sauerstoff. Unter diesen Umständen bekommt der kitschige Spruch ›Ich brauche dich wie die Luft zum Atmen‹ eine ganz neue Bedeutung.« Ein Lachen perlte über meine Lippen. Die Situation mochte verrückt sein, aber ich war glücklich. »Du bist wie ein Katalysator, der dieses seltsame Element für mich in

Sauerstoff verwandelt. Bleibt nur die Frage, warum du kein Problem mit dem Atmen hast. Gib es zu, du hast Kiemen, die du bislang äußerst sorgfältig versteckt hast.«

»Ich? Kiemen? Nein, das wohl kaum. Aber ich habe etwas anderes zu bieten, was meine Reaktion auf dieses veränderte Element möglicherweise erklärt.« Mit einem Ruck zog Sander sein T-Shirt hoch, und wir blickten beide auf das Geflecht, das von seiner Schulter übers Schlüsselbein hinab zur Brust verlief. Die Linien … Sie hatten sich verändert. Waren sie ansonsten nicht mehr als eine blasse Erinnerung an die Salzzeichen, so lagen sie nun auf der Haut wie ein Strom aus gleißendem Blau. Als wären sie zu Leben erwacht.

»So ein verfluchter Scheißdreck«, flüsterte Sander.

»Wahnsinn.« Es war mir schlicht unmöglich, das blau schillernde Muster nicht gebannt zu betrachten, denn trotz seiner Fremdartigkeit war es wunderschön. In meinen Fingerspitzen kribbelte es, sie wurden geradezu magnetisch angezogen von dem tief pulsierenden Leuchten, das die Linien erfüllte, während ich zugleich befürchtete, mich an diesen Energieadern zu verbrennen. »Das Geflecht … Es reagiert auf dieses veränderte Wasser, als würden es sich elektrisch aufladen. Was bedeutet das wohl?«

»Keine Ahnung, es lag leider keine Anleitung für die Leuchtreklame dabei.«

Diese flapsige Entgegnung holte mich ein Stück weit auf den Boden der Tatsachen zurück. »Sehr witzig. Ich meinte, ob sich das Muster anders anfühlt als sonst. Schließlich ist es ein Teil deines Körpers und zu dem wirst du ja wohl eine gewisse Form von Kontakt haben.«

»Alles fühlt sich anders an, seit ich in das veränderte Wasser eingetaucht bin.«

Ich schluckte schwer, denn allmählich zeichnete sich eine Ahnung ab, was diese Entwicklung bedeutete: Sander stand in einer Verbindung zu der Materie um uns herum, er fügte sich wie ein passendes Teil in den Trichter ein, während ich zwar geduldet wurde, aber nur solange er mich hielt. Gerade als ich diese Vermutung aussprechen wollte, spannte Sander sämtliche Muskeln in seinem Körper an.

»Was hast du?«

Er deutete auf die Wände des Trichters. »Da kommt jemand.«

»Wirklich? Ich kann nichts erkennen. Da sind nur gleißende Blitze, die in den kreisenden Fluten aufleuchteten und Muster bilden.«

»Genau die meine ich.«

Dann begriff ich. Die Blitze, die sich näherten und zugleich verdichteten, waren Zeichen – wie die auf Sanders Haut, wie die Salzzeichen, die Tiamat in ihre Grenzen verwiesen. Sie alle waren Zeugnisse aus der Welt, die hinter dem Tor lag. Dieser unleugbare Zusammenhang, der Sander mit einschloss, während ich außen vor blieb, ließ meinen Magen eine Umdrehung machen.

Dann noch einmal, als die Blitze sich so deutlich abzeichneten, dass die Wasserwand hinter sie zurückzuweichen schien.

Die Linien verästelten sich und ergaben schließlich ein Bild … Nein, eine Gestalt!

Als das Strahlen nachließ, stand auf dem Grund des Strudels Tammo Freibaum. Oder zumindest jemand, der exakt wie der Junge mit diesem Namen aussah. Und doch ganz anders war.

# 24. Auf dem Grund der Dinge

Sander spannte sämtliche Muskeln an, um auf die Beine zu springen und den Besucher gebührend in Empfang zu nehmen. Nur leider hing ein Gewicht an ihm – meine Wenigkeit. Und ich hielt es für keine besonders überzeugende Idee, Tammo zu Fischfutter zu verarbeiten, zumindest so lange nicht, wie er sich nicht mordlüstern aufführte und niemand wusste, was aus dem echten Tammo geworden war. Wir mussten die Gelegenheit nutzen, mit ihm zu sprechen. Also umfasste ich Sander, so fest ich konnte, und schlang zusätzlich meine Beine um seine Hüfte.

»Das ist jetzt nicht der richtige Zeitpunkt für weitere Zärtlichkeiten«, knurrte Sander mich an. Seinen Versuch, aufzustehen, gab er trotzdem auf. Entweder hatte Tammo soeben die weiße Fahne gehisst oder Sander reagierte stärker auf meine Umklammerung, als ich mir je hätte träumen lassen.

»Der richtige Zeitpunkt, um Tammo in der Luft zu zerreißen, ist es aber auch nicht. Jedenfalls nicht, bevor er uns erklärt hat, was eigentlich los ist … Mit ihm und mit dieser kolossalen Veränderung, in der wir drinstecken. Möglicherweise weiß er sogar, was in der letzten Zeit mit Tiamat los ist. Deshalb sollten wir erst einmal abwarten, solange er nicht auf Angriff geht. Und, Sander …«, flüsterte ich. »Was auch immer passiert, lass mich nicht los. Ohne dich kann ich nicht an diesem Ort sein, ich würde vom Strudel fortgerissen werden, da bin ich mir sicher.«

Ich hörte Sanders Kieferknochen mahlen. »Nur eine falsche Bewegung von dem Mistkerl und wir machen es auf meine Weise.« Mein zustimmendes Nicken bekam er schon nicht mehr mit. Seine gesamte Aufmerksamkeit war auf den Besucher gerichtet, der bislang keinen Ton von sich gegeben hatte.

Zögernd blickte ich über meine Schulter.

Auf Tammos Zügen spiegelte sich jenes goldene Leuchten, das auch den Zeichen im Strudel eigen war, und ließ ihn aussehen, als strahle er von innen heraus. Ein menschliches Wesen und doch wieder nicht, sondern Form gewordenes Wasser oder vielmehr eine Gestalt, die erfüllt war von diesem veränderten Element, das sich jetzt wie Luft anfühlte, mich aber nicht mit Sauerstoff zu versorgen in der Lage war. Reglos stand Tammo da, seine muskulösen Arme hingen entspannt an den Seiten, um zu demonstrieren, dass er weder anzugreifen gedachte, noch einen Angriff erwartete.

»Anouk hat recht.« Tammo sprach ruhig, als gäbe es nicht das geringste Problem zwischen uns. »Sie braucht die Verbindung zu dir, damit sie hier verweilen kann, ansonsten würde die Strömung sie ergreifen. Außerdem ist es für uns beide bestimmt von Vorteil, wenn Anouk bei unserem Gespräch dabei ist, denn sie scheint die einzige Person zu sein, die Einfluss auf dich hat. Und was ich zu erzählen habe, wird dir bestimmt nicht gefallen.«

Die einzige Regung, die Sander zeigte, bestand darin, seine Finger in meine Haut zu graben, als wolle er sie dort verankern. Dann grub er sie noch ein wenig tiefer, als Tammo einen Schritt auf uns zutrat. Mühsam unterdrückte ich einen Schmerzenslaut.

»Tu uns beiden den Gefallen, Freibaum, und reiz mich nicht mehr als ohnehin schon.« Die Angriffslust in Sanders Stimme war nicht zu überhören. »Wenn du mir die Chance bietest, an dich ranzukommen, ohne Anouk zu gefährden, kann ich für nichts garantieren.«

Augenblicklich wich Tammo zurück, allerdings weniger verängstigt, sondern wie jemand, der ein wildes Tier nicht unnötig gegen sich aufbringen will. »Keine Sorge, ich bin nicht gekommen, um dich herauszufordern. Ganz im Gegenteil. Allerdings muss ich mich erst einmal dafür entschuldigen, dass ihr an diesen Ort gelangt seid. Besonders bei Anouk. Das muss ein übler Schrecken gewesen sein.« Sein Blick wanderte zu mir, ohne dass er mich wirklich ansah. In diesem Moment war ich nicht das Mädchen, mit dem er auf so unnachahmlich leichte Weise geflirtet hatte. Mir kam es vor, als sähe er nicht mich, Anouk, an, sondern eine andere. Das war vollkommen verrückt, aber ich konnte mich des Eindrucks dennoch nicht erwehren. Wen sah Tammo, wenn er mich auf diese Weise betrachtete?

»Ob ihr mir glaubt oder nicht – so war das nicht geplant«, gestand er.

»Die Flutung des Kellers war also lediglich ein Missgeschick? Wie peinlich.« Sander schnalzte bedauernd mit der Zunge.

»Ich bin erst vor Kurzem angekommen und noch ziemlich durch den Wind«, gestand Tammo unumwunden ein. »Ich hatte zwar eine ungefähre Ahnung davon, was mich in dieser Welt erwarten würde, aber auf die unzähligen und befremdlichen Eindrücke, die auf einen einprasseln, kann man sich schlecht vorbereiten. Eigentlich hatte ich mir fest vorgenommen, den Tropfen nicht zu öffnen, solange ich mir nicht 100 Prozent sicher bin, dass meine Gabe vollständig hergestellt ist. Selbst dann hätte ich es nur an einem einsamen Ort ausprobiert, wo kein Mensch Gefahr läuft, in den Sog zu geraten. Mit meiner heftigen Reaktion auf Anouks Nähe hatte ich allerdings nicht gerechnet, und als du dann auch noch aufgetaucht bist … Das ist komplett außer Kontrolle geraten.«

»Nur für den Fall, dass du es vergessen hast: Ich bin persönlich anwesend, du brauchst also nicht in der dritten Person über mich zu sprechen«, warf ich ein.

Als sei meine Lippenbewegung das Faszinierendste überhaupt, starrte Tammo auf meinen Mund, dann lächelte er verlegen. »Mit jedem deiner Atemstöße erzählst du eine Geschichte, darüber, wer du bist und was du erlebt hast. Tut mir leid, wenn ich mich deshalb seltsam benehme. Davon einmal abgesehen, solltest du sparsam mit deinem Sauerstoff umgehen. Denn Sander scheint sich seiner Aufgabe, sich um dich zu kümmern, nur wenig bewusst zu sein.«

»Unsinn! Ich habe durchaus kapiert, wie das mit dem Atmen läuft.« Sander drehte mein Gesicht zu sich, dann musterte er mich eingehend. »Du siehst wirklich ein bisschen blau um die Nase aus.«

Das war durchaus möglich. Ich war so von Tammos Worten gebannt gewesen, dass ich gar nicht bemerkt hatte, wie mir allmählich die Luft ausging.

»Vielleicht sollte ich das besser übernehmen, ich kenne mich damit aus, wie man einen Menschen mit Sauerstoff versorgt«, schlug Tammo vor.

»O-kay«, sagte Sander gedehnt. »Das ist eine ziemlich konkrete Art, um mich darum zu bitten, dir den Kopf von den Schultern zu reißen.«

Während Sander noch ein paar Beschimpfungen nachschob, sog ich seinen Atem ein, bis mein Brustkorb glühte. Vielleicht war ich nicht für diesen Ort geschaffen, aber diese Art zu atmen war einfach nur großartig. Allzu gern wäre ich in dieser Erfahrung versunken, doch mir blieb nur ein Moment, da Sanders Wut nun in Eifersucht umschlug. Allein die Vorstellung, dass Tammo mir auf diese Weise nah kommen könnte, reizte ihn mehr als jede feindliche Geste. Höchste Zeit dafür, das Gespräch wieder in vernünftige Bahnen zu leiten.

»Was meinst du damit, dass wir uns in einem Tropfen befinden, den du geöffnet hast? »

Zuerst zögerte Tammo, und sein Schweigen sorgte dafür, dass Sander Anstalten machte, aufzustehen. Notfalls würde er mich einfach mitziehen, koste es, was es wolle. Hauptsache, er konnte eine Angriffsposition einnehmen.

Gerade noch rechtzeitig räusperte Tammo sich. »Dieser Winkel im Herzen des Strudels ist die Ausdehnung eines winzigen Teilchens aus meiner Heimat, das ich mit mir genommen habe. Ich besitze die Gabe, in einem Wassertropfen eine Realität zu erschaffen, die dem Ewigen Meer ähnlich ist. Die Flut, die euch mitgerissen hat, war in Wirklichkeit keine, jedenfalls keine aus gewöhnlichem Wasser. Normalerweise hätte es überhaupt nicht einer solchen Springflut bedurft, um den Tropfen zu öffnen und zu stabilisieren, aber im Moment bekomme ich das anscheinend nicht besser hin. Das Durcheinander beim Pool habe ich übrigens beseitigt, auch wenn es ein wenig gedauert hat. Falls jemand in die Nähe des Schwimmbeckens kommt, wird er nichts Außergewöhnliches entdecken.«

»Das ist wohl das Mindeste. Zusammen mit den Freibaums, ihrem Gärtner, der Putzfrau und dem übergewichtigen Kater würde es auf Dauer nämlich ganz schön eng werden in deinem Zaubertropfen.« Zu meiner Verwunderung war Sander mit seinem Spott nur halb bei der Sache und ätzte deshalb nicht auf üblichem Niveau. Offenbar beeindruckte ihn diese Umgebung mehr, als er zuzugeben bereit war. »So sieht es also auf deiner Seite des Tors aus? Wasserströmungen in allen erdenklichen Blau- und Grauschattierungen, zerschnitten von einem Gewirr aus goldenen Linien und mittendrin ein leerer Raum?

Tammo kratzte sich verlegen am Nacken. »Nun, zumindest würde es in diesem Tropfen nach einiger Zeit wie in meiner Heimat aussehen. Unsere Heimat ist alles andere als ein leerer Raum. Um sie meinen Bedürfnissen anzupassen, bedarf es allerdings einiger Arbeit. Das ist übrigens die große Kunst unseres Volkes, den Fließenden: die stete Bewegung und die Veränderung des Meeres in eine Form zu verwandeln. Wir gehen mit dem Fluss und zugleich geht der Fluss mit uns. Daher der Name.«

So nannte sich das Volk auf der anderen Seite also, die Fließenden. *Alles fließt*. Unwillkürlich ging mir der Satz eines altgriechischen Philosophen durch den Kopf. Heraklit, hatte er das gesagt? Egal. Bei dem Versuch, mir eine Welt vorzustellen, in der alles einer ewigen Bewegung ausgesetzt war, begann mir der Kopf zu schwirren.

»Gratulation«, sagte Sander. »Leider ist die Bestimmung der Fließenden nicht wirklich der Hit, wenn sie darin besteht, in eine andere Welt einzudringen und den Bewohnern dort das Leben schwer zu machen.«

»Ich sagte bereits, es tut mir leid, dass ihr in meinen Tropfen geraten seid.«

Sander machte eine wegwerfende Handbewegung. »Damit meine ich nicht diesen albernen Zaubertrick, sondern deine fiesen Kollegen, die uns seit einiger Zeit das Leben zur Hölle machen.«

Tammo blickte ihn ernst an. »Von uns Fließenden ist keiner durch das Tor gegangen, seit unser Versuch, es zu schließen, gescheitert ist – und das ist schon einige Jahre her. Selbst wenn wir es gewollt hätten, wäre es uns nicht gelungen, weil die Barriere auf unserer Seite undurchdringbar war. Ich bin der Erste, der es geschafft hat, durch eine der sich öffnenden Bruchstellen zu schlüpfen.«

»Lügner«, stellte Sander mit unterkühltem Ton fest. Dass ihm nicht viel mehr zu diesem Thema einfiel, verriet, wie knapp er davor stand, sich auf Tammo zu stürzen.

»Ich lüge nicht. Es war uns unmöglich, das Tor zu durchschreiten, die Barriere auf unserer Seite hat es nicht zugelassen. Wir haben es natürlich versucht, immer wieder, und es hat uns viele Opfer gekostet. Wenn man das blaue Liniennetz berührt … diese Linien sind schärfer als ein Fallbeil.«

»Auf unserer Seite ist es dasselbe, wir gelangen nicht hindurch! Mein Vater hat bei dem Versuch, die Salzzeichen zu durchdringen, seine halbe Hand verloren.« Geflissentlich übersah ich den giftigen Blick, mit dem Sander mich bedachte. »So nennen wir die Barriere auf unserer Seite: die Salzzeichen. Weil sich feine Kristalle auf ihr absetzen und sie wie weiße Hieroglyphen aussehen lassen.«

»Irgendwer hat aber einen Weg gefunden, die Salzzeichen zu durchlöchern und durchs Tor zu gelangen«, hielt Sander an seinem Kurs fest. »Tiamat trägt ihren Namen nicht umsonst, sie beglückt uns in schönster Regelmäßigkeit mit Salzfluten und Meeresmonstern. Ungefähr vier Jahre nachdem sie erwacht war, tauchte der erste Besucher auf. Von dem waren zwar nur Reste übrig, die an Fischgulasch erinnerten, nachdem die Salzzeichen ihn fachgerecht zerlegt hatten. Aber sogar diese Brocken waren tückisch und haben sich in den Steinboden geätzt. Danach hat es zwei Jahre gedauert, bis sich der nächste Besucher blicken ließ. In der letzten Zeit kommen jedoch immer mehr von ihnen, man könnte schon fast von einer Plage sprechen.«

»Genau das sind sie«, stimmte Tammo zu. »Eine Plage, und zwar von der hoch aggressiven Sorte.«

»*Aggressiv* ist stark untertrieben.« Sander stieß ein Knurren aus. »Diese abgefuckten Viecher mit ihren Tentakeln und Giftpfeilen greifen ausnahmslos alles an, was nicht bei drei auf den Bäumen ist. Aber darüber weißt du ja bestens Bescheid, schließlich bist du von derselben Sorte, ansonsten hättest du die Salzzeichen nicht überwinden können. Anstatt jedoch direkt auf Angriff zu gehen, besteht deine Spezialtechnik offenbar darin, den Feind zu Tode zu quatschen. Uns blieb unter diesen Umständen nichts anderes übrig, als mit deinen Kollegen kurzen Prozess zu machen. Ich hoffe, du siehst uns das nach. Nicht, dass wir bei euch noch in den Ruf geraten, schlechte Gastgeber zu sein.«

Tammo war zunehmend blasser geworden. »Diese Besucher, wie du sie nennst, haben nicht nur auf eurer Seite Schaden angerichtet, das kannst du mir glauben. Eins der Probleme, die uns der Maelstrom bereitet, sind die Randwandler, Wesen, die sich in den Grenzgebieten des Ewigen Meeres herumtreiben. Wenn du es so willst, sind sie das Gegenstück zu uns Fließenden. Während unser Leben auf die Strömungen des Ewigen Ozeans ausgerichtet ist und wir nur inmitten seiner Unendlichkeit unsere Gaben entfalten können, ist ihre Heimat das Tote Wasser –

dazu verwandelt sich der Ozean, wenn sein Fluss zum Erliegen kommt. Dieses Tote Wasser gibt es eigentlich nur an den Rändern unseres Reichs, dort hausen diese Kreaturen, deren Bestimmung es ist, allem Leben Einhalt zu gebieten, um sich daran satt zu fressen. Der Maelstrom übt nun eine geradezu magische Anziehungskraft auf sie aus, denn sie wissen, in was sich der Ewige Ozean verwandelt, wenn er Tiamat, oder wie ihr die Öffnung zwischen unseren Welten nennt, durchquert: In Totes Wasser. Ich habe es gesehen, als ich auf der Suche nach einem Ausgang durch euer Kellergewölbe geirrt bin. Es lag überall zu Bergen aufgetürmt.«

»Du meinst wohl Salz!«, warf ich aufgeregt ein. »Auf unserer Seite rieselt Salz heraus, immer mehr, je stärker die Salzzeichen beschädigt werden.«

»Das überrascht mich nicht, schließlich bleibt auch von normalem Meerwasser nichts anderes übrig, wenn es verdunstet und dabei allem beraubt wird, was es zu einem lebendigen Element macht.« Es war Tammo anzuhören, wie sehr ihn diese Vorstellung quälte. »Je stärker der Maelstrom wird, desto größere Probleme haben wir, die Randwandler zurückzudrängen. Wir führen seit Langem Krieg gegen sie und setzen alles daran, sie fernzuhalten. Das ist jedoch ein mühseliges Unterfangen und aufgrund des stärker werdenden Strudels gelingt es mehr Randwandlern, das Tor zu erreichen. Tiamat ist wirklich ein überaus passender Name – dieses Tor ist eine Göttin, die die Macht besitzt, einen ganzen Ozean in eine Salzwüste zu verwandeln. Und die Randwandler sind ihre treuen Diener, die alles daransetzen, ihren Willen wahr werden zu lassen. Der Name war deine Idee, Anouk. Richtig? Du verstehst die Wahrheit hinter den Dingen instinktiv.«

»Könntest du diese lahmen Flirtversuche gefälligst unterlassen?« Sanders Reaktionen waren eindeutig schneller als meine, ich war nämlich noch damit beschäftigt, meinen verblüfften Gesichtsausdruck unter Kontrolle zu bringen. »Wir haben hier wirklich Wichtigeres zu tun, zum Beispiel uns die gesamte Bandbreite deines Märchens anzuhören, damit wir endgültig bestätigen können, dass wir dir kein Sterbenswort glauben.«

Ungeachtet Sanders Zweifel begann es hinter meiner Stirn zu rattern. »Du kommst also aus einer Welt, die nicht nur mit Tiamat Schwierigkeiten hat, sondern auch mit den bösartigen Rand-dingens-Besuchern ...«

»Randwandlern«, half Tammo mir aus. »Sieht ganz so aus, als hätten wir auf beiden Seiten ganz ähnliche Probleme. Vor langer Zeit kam es bei uns zu einem unerklärlichen Zwischenfall an den Rändern des Ewigen Ozeans: Einige Stellen von unterschiedlicher Größe erstarrten, als wären sie gefroren. Bis heute hat sich nichts daran geändert, und obwohl es der Natur des Ozeans widerspricht, hätten wir Fließenden es verschmerzt. Die größte Stelle jedoch entfaltete dieselbe Wirkung wie ein Fels in der Brandung. Durch ihn änderte die Strömung ihren Weg. Zuerst bemerkten wir nur eine Störung und fühlten uns nicht weiter gefährdet. Die Stelle befindet sich an den Grenzen unseres Hoheitsgebietes, sodass wir dieser Entwicklung lange Zeit nicht die nötige Aufmerksamkeit geschenkt haben. Außerdem wimmelte es dort schon damals von Randwandlern. Erst als wir bemerkten, dass die Strömung sich in einen gefährlich reißenden Maelstrom zu verwandeln drohte, beschlossen wir, die Angelegenheit in die Hand zu nehmen. Leider schlugen unsere Bemühungen fehl, weil die Barriere, die das Tor verschließen sollte, unvollendet geblieben ist.«

»Dann seid ihr also dafür verantwortlich, dass Tiamat aus ihrem Schlaf erwacht ist«, stellte Sander trocken fest. »Na, das macht mir euch Fließende ja gleich so richtig sympathisch. Das Tor einfach in Ruhe zu lassen, wäre ja auch langweilig gewesen. Nö, da muss man unbedingt dran herumspielen.«

Ich verdrehte die Augen. »Das meint Sander übrigens ironisch. Nicht, dass es dir entgeht, weil er es so subtil verpackt.«

Tammo konnte seine Ungeduld nur schlecht verbergen. »Wie gesagt, es ging nicht anders, wir mussten etwas unternehmen, ansonsten würde uns der Maelstrom eines Tages vernichten. Erst vor Kurzem haben die Randwandler eine Bruchstelle in die Barriere geschlagen, die groß genug für einen von uns war, um hindurchzuschlüpfen. Die Wahl, wer von uns diesen riskanten Versuch unternehmen sollte, fiel auf mich. Einer der Hauptgründe dafür war meine Gabe, einen Tropfen des Ewigen Meeres so weit auszudehnen, dass ich einen Raum erschaffen kann, der meiner Heimat ähnlich ist. So würde ich nicht vollkommen einer fremden Welt ausgeliefert sein, nachdem ich das Tor durchschritten habe.«

»Wozu niemand dich gezwungen hat.« Sander zeigte wenig Bereitschaft, Mitgefühl für Tammo an den Tag zu legen. Allerdings schien der darauf auch wenig Wert zu legen, so abfällig, wie er Sander musterte.

»Wirklich niemand?«, hakte Tammo nach. »Das sehe ich anders. Ich bin mit einem Auftrag zu euch gekommen, weil unser erster Versuch, das Tor zu schließen, fehlgeschlagen ist. Durch das Versagen dieses *Niemands* war ich also durchaus gezwungen, in eure Welt zu gehen.«

In meinen Ohren machte Tammos Erklärung durchaus Sinn, auch wenn ich noch nicht wusste, warum die Besucher überhaupt zu uns kamen.

Sander hingegen schätzte die Lage anders ein. »Das ist doch alles Schwachsinn, du bist genau wie die anderen Besucher, nur dass du uns erst einmal in eine Falle gelockt hast wie eine Spinne, und nun versuchst du, uns einzuwickeln. Du kannst von Glück reden, dass Anouk dir eine Chance geben will, ansonsten wäre diese Sache schon längst vorbei. Wir haben so viele Grausamkeiten durch euch erlebt, dass deine Ausrede mit den bösen Randwandlern bei mir nicht zieht. Kennst du einen Besucher, kennst du alle – das ist meine Devise.«

 Eine Devise, auf die Tammo mit einer ordentlichen Portion

Genervtheit reagierte. Was man ihm, angesichts eines solchen Maßes an Sturheit, schlecht verübeln konnte. Sander war wirklich ein Spezialist darin, einen zur Weißglut zu treiben.

»Ich kann nachvollziehen, dass es dir schwerfällt, meine Erklärung zu akzeptieren«, zischte Tammo. »Gesteh mir bitte trotzdem die Zeit zu, weiterzuerzählen, und zwar ohne mir ständig Gewalt anzudrohen. Ich bin kein Randwandler und ich will weder dir noch Anouk etwas Böses. Wenn ich euch mit der Absicht zu töten entgegengetreten wäre, dann hätte mich nichts und niemand davon abhalten können. Nicht einmal du. Denn schließlich befindest du dich gerade in meinem Reich, hier gelten meine Gesetze. Halt dich also gefälligst mit deinen Drohungen zurück.«

Diese Herausforderung wirkte sich leider keineswegs entspannend auf die Lage aus. »Du traust dich vielleicht was, Alter.« Sander schüttelte langsam den Kopf, offenbar perplex über den Grad von Dreistigkeit, mit dem er herausgefordert wurde. In diesem Moment war ich ausgesprochen froh, dass ich auf seine Hilfe angewiesen war und er das wusste. Andererseits wollte ich mich auch nicht unbedingt darauf verlassen, schließlich fing Sanders Temperament schneller Feuer als leicht entflammbares Material.

»Ich glaube Tammo, wenn er sagt, dass er uns kein Leid antun will«, redete ich beruhigend auf Sander ein. »Schau doch, er hat rein gar nichts mit den Besuchern gemeinsam, die bislang durch das Tor vorgedrungen sind. Das einzig Ungewöhnliche an ihm ist, dass er einen vergrößerten Wassertropfen beherrschen kann. Ich möchte hören, warum er Tiamat überhaupt durchquert hat. Also hör auf, so …« Ich legte eine unfreiwillige Pause ein, um notgedrungen zu hecheln.

»Anouk, aus dir spricht ja der reinste Sauerstoffmangel.«

Zuerst dachte ich, Sander mache sich über mich lustig, aber dann legte er seine Stirn auf meine, woraufhin mich Frühlingsluft umwehte. Oh Gott, noch deutlicher konnte gar nicht werden, wie abhängig ich in dieser merkwürdigen Situation von ihm war. Das würde er mir bis in alle Ewigkeit unter die Nase reiben. Als meine Atmung wieder ruhig und tief war, löste ich mich so weit aus seiner Umarmung, dass ich Tammo betrachten konnte. »Warum bist du nach Marienfall gekommen?«

Sichtlich erleichtert strich Tammo das nasse Haar zurück. Es hatte ihm schon länger in die Augen gehangen, aber er bemerkte es erst jetzt. »Um einen Auftrag zu erfüllen. Dazu habe ich mich durch das Leck ziehen lassen und bin im Keller eures Hauses herausgekommen.«

»*Leck* ist wohl kaum die richtige Bezeichnung für euer kleines Schlupfloch in unsere Welt.«

Ich packte Sanders Ohr und zog daran. »Zuhören.«

»Leck, Bruchstelle, Riss oder Tor – die Bezeichnung ist nebensächlich. Was es anrichtet, ist entscheidend«, erklärte Tammo. »Von unserer Seite aus gesehen handelt es sich um ein Leck, aber meinetwegen können wir gern beim Namen Tiamat bleiben. Jedenfalls schwindet das Ewige Meer, das sich beim Durchfließen von Tiamat in Salz verwandelt. Außerdem wird der Strudel immer stärker, seine vernichtende Strömung zerrt bereits am Kern unseres Reichs. Wenn wir dieses Mal nicht erfolgreich sind, wird das für unsere Welt unabsehbare Folgen haben. Und auch an eurer wird der Sturm nicht spurlos vorbeiziehen. Die Barrieren stehen wegen der Randwandler-Angriffe kurz vorm Brechen, und wenn das passiert, dann wird eure Welt von Totem Wasser überschwemmt und ein Großteil der Erde in eine Salzwüste verwandelt werden, während unsere austrocknet.«

»Wir haben die Ausläufer des Sturms bereits zu spüren bekommen«, flüsterte ich Sander zu. »Die zunehmenden Überfälle durch die Randwandler, die Unmengen an Salz, die sich im Kellergewölbe türmen, die sich allmählich auflösenden Salzzeichen. Was Tammo sagt, passt zusammen und macht Sinn.«

»Mit dem kleinen Schönheitsfehler, dass er nicht der wahre Tammo ist, sondern ein Besucher. Ich trau dem Kerl nicht über den Weg.« Sander gab mir einen leichten Kuss auf die Lippen, dann hob er den Kopf und nahm Tammo ins Visier. »Ich habe so meine Schwierigkeiten, mir das alles von einem Besucher anzuhören, der das Aussehen eines Menschen geklaut hat. Mir würde diese Unterhaltung leichter fallen, wenn du uns dein wahres Gesicht zeigen würdest.«

Tammo zögerte. »Das ist mein wahres Gesicht, ich bin mit diesem Körper verschmolzen.«

»So ist das also.« Sander schnaufte abfällig. »Du hast dir den armen Tammo Freibaum als Opfer zum Einnisten ausgesucht. Super Wahl, diesen Langweiler wird wenigstens niemand vermissen. Außer seiner Familie vielleicht, aber wollen wir mal nicht kleinlich sein. Ist ja auch nicht so schlimm wie das, was deine Kollegen Randwandler mit ihm angestellt hätten, auf diese Weise ist zumindest seine hübsche Verpackung erhalten geblieben. Nett, wirklich nett.«

»Du bist mit Tammo verschmolzen? Das hat er doch bestimmt nicht freiwillig zugelassen.« Ich konnte es kaum fassen.

»Vielleicht war der echte Tammo nicht mehr lebendig, bevor sein Körper annektiert wurde. Vielleicht hat ihm ja ein gewisser Besucher zuvor die Lichter ausgeblasen«, gab Sander mit seiner zynischen Art zu bedenken.

Tammo hob beide Hände, als wolle er den Vorwurf weit von sich schieben. »Nein, so war es nicht, ich habe keine Gewalt angewendet, ich bin schlichtweg zu einem Teil von dem Jungen geworden, dem bewussten Teil. Wobei ich neben seinem Körper seine Erinnerung und seinen Wissensschatz übernommen habe, dadurch wusste ich, wer ihr seid und wie ich Kontakt zu euch aufnehmen konnte. Indem ich seinen Geist in mich aufgenommen habe, hat er mich ebenfalls verändert. Wir mussten beide ein Opfer bringen – so leid es mir tut, aber es ging nicht anders.«

»Bedeutet das, wir bekommen den alten Tammo Freibaum, der auf Basketball und die Mädchen von der Coverseite der

*Sports Illustrated* steht, in dem Moment wieder, in dem du seinen Körper verlässt?« Ich war mir nicht sicher, ob mir persönlich die Vorstellung gefiel, aber für Becks und ihre Eltern war das gewiss von Bedeutung.

Tammo blickte gequält drein. »Das weiß ich nicht. Ich weiß nur, dass ich es nicht überleben würde. Wenn es einen anderen Weg gegeben hätte, um mit euch zu sprechen, dann hätte ich ihn genommen. Mir blieb jedoch nichts anderes übrig, um den Untergang unserer beiden Welten zu verhindern. Und solange ich in diesem menschlichen Körper bin, kann ich die Salzzeichen nicht durchqueren.«

»Dann hättest du deinen Arsch besser auf der anderen Seite des Tors gelassen, anstatt hier aufzuschlagen und die Mitbürger von Marienfall in Zombies zu verwandeln«, fuhr Sander ihn an.

»Wie kann man nur so verflucht stur sein! Glaubst du etwa, ich bin freiwillig hier? Diese Welt ist mir fremd, sie will mich nicht und ich will sie nicht! Ich bin gekommen, weil es Wichtigeres gibt als mich oder diesen Jungen namens Tammo.«

»Und was, zur Hölle, soll das bitte schön Wichtiges sein?« Sander schrie mittlerweile.

Tammo hatte seine beschwichtigende Geste aufgegeben und schüttelte stattdessen seine Fäuste, während seine Schlagader am Hals sichtbar pochte. »Denjenigen unter den Fließenden zu finden, den wir damals ausgesandt haben, um das Leck zu verschließen und verschlossen zu halten. Nur leider hat der Trottel seinen Job nur halb gemacht und ist dann verschwunden. Während ich hier meine Zeit mit Reden verbringe, setzen meine Leute alles daran, die Randwandler auf der anderen Seite zurückzudrängen und den Weg für einen erneuten Versuch freizuhalten. Während im Ewigen Meer die Zahl der Opfer steigt, muss ich zusehen, dass ich ihn finde und ihn an seine Aufgabe erinnere.«

»Vielleicht hättet ihr bei einer so bedeutenden Aufgabe nicht auf einen Trottel setzen sollen.«

»Danke für den Tipp, den hätten wir allerdings früher gebrauchen können. Übrigens ist es besonders ärgerlich, dass der besagte Trottel seitdem alles daransetzt, mir das Leben schwer zu machen. Offenbar hat er vergessen, wer er ist.«

»Worauf willst du hinaus?«, flüsterte Sander, gefährlich beherrscht. Ich schlang meine Arme um seinen Nacken, als er aufstand und mich in seiner Wut kurzerhand mit in die Höhe zog.

»Worauf ich hinauswill?« Tammo funkelte ihn ungeduldig an. »Darauf dass *du* dich endlich erinnerst, Sander. Du *musst* dich daran erinnern, wer du in Wirklichkeit bist.«

# 25. Eine besondere Gabe

Als wäre ich nicht mehr als eine Feder, streifte Sander meine Umarmung ab, bevor er sich auf Tammo stürzte.

In der Sekunde, als unsere Berührung und mit ihr der Schutzzauber unterbrochen wurde, brachen die Wände des Tropfens ein und die Fluten stürzten auf mich nieder. Ich wurde mit aller Macht gepackt, fortgeschleudert und umhergewirbelt. Trotzdem war es anders als zuvor. Ich atmete, obgleich in dem Wissen, dass stetig weniger Sauerstoff meine Lungen erreichte, nun da Sander nicht länger bei mir war. Vor meinen weit aufgerissenen Augen zogen die blauen Schlieren immer schneller vorbei, bis ich fast erneut das Bewusstsein verlor. Dann erstarrte das Treiben und auch mein Körper verharrte vollkommen unvermittelt.

Ich rührte keinen Finger in der festen Erwartung, dass es jeden Moment wieder von vorne losging, wie eine Endlosachterbahnfahrt. Doch nichts geschah.

Über mir ragte die weiß getünchte Decke über dem Pool der Freibaums auf und von draußen erschall Hundegeheul, während ich wie eine Tote auf dem Rücken auf der Wasseroberfläche des Pools trieb. Alles sah vollkommen normal aus, als wäre niemals ein überdimensionaler Wasserstrudel dabei gewesen, das Kellergeschoss zu verschlingen.

*Das war ein böser Traum*, dachte ich benommen. *Ein ganz böser Traum.* Nur leider wusste ich es besser.

Mein Versuch, das Wasser in Sekundenschnelle zu verlassen, bevor ich erneut in eine Strömung geriet, endete damit, dass ich fast absoff. Meine Beine und Arme verhedderten sich heillos.

Mit mehr Glück als Verstand bekam ich schließlich den Beckenrand zu fassen und zog mich auf die Fliesen, die zu meiner unendlichen Erleichterung glatt waren und sich nicht einmal ansatzweise wie Sand anfühlten.

Während ich noch nach Atem rang und mir schwor, nie wieder auch nur den großen Zeh in einen Pool zu stecken, durchbrach Sander den Wasserspiegel, gefolgt von einem bekümmert dreinblickenden Tammo, dessen Unterlippe kräftig blutete.

»Ich kann es nicht fassen, dass ich dich losgelassen habe. Ich kann es einfach nicht fassen, dass ich so dermaßen dämlich bin und ein solches Risiko eingehe«, erklärte Sander in einem Tonfall, als würde er zugeben, mich höchstpersönlich dem Fegefeuer überlassen zu haben. Leichthändig stemmte er sich aus dem Becken, blieb aber auf Abstand zu mir. »Es tut mir leid, du glaubst gar nicht wie sehr. Das wird nie wieder passieren.«

»Nein, das wird es nicht, weil ich erstens nie wieder Wasser betreten werde, das mir über den Bauchnabel reicht, und weil ich mich zweitens, wenn ich trotzdem noch einmal in einen solchen Strudel geraten sollte, an Tammo halten werde. Der scheint mir der geringere Kindskopf von euch beiden zu sein.« Anstelle dieser Androhung hätte ich Sander genauso gut ohrfeigen können, das war mir klar. Mit herabhängenden Schultern wartete er den nächsten verbalen Schlag ab, aber meine Enttäuschung über sein Verhalten fiel nicht annähernd so groß aus, wie er es scheinbar vermutete. »Ich bin hochgeschossen wie ein Korken und – puff – trieb ich im Pool. Das war vielleicht ein seltsamer Trip, ich komme mir vor wie nach einem Schleudergang in der Waschmaschine. Obwohl ich mich eindeutig nicht bewege, dreht sich in mir drin alles. Wahnsinn, so was erlebt man ansonsten nur mithilfe verbotener Substanzen.«

Sanders verhärteten Gesichtszügen zufolge, verfehlte ich mit diesem Geplapper komplett mein Ziel, die Lage zu entspannen. »Ist alles okay mit dir oder fühlst du dich ein wenig seltsam? Ich meine, seltsamer als sonst? Du siehst ziemlich mitgenommen aus.«

Mühsam setzte ich mich auf. »Vielen Dank. Dass ich fertig aussehe, ist genau das, was ich jetzt hören will. Du weißt wirklich, wie man mit Mädchen umgeht – sie erst fast ertrinken zu lassen und dann ihre ruinierte Frisur kommentieren.« Die Art, wie Sander dastand und sich von mir angehen ließ, ärgerte mich mehr als alles andere. »Also gut, wenn du es unbedingt von mir hören willst: Es war absolut keine Glanzleistung, mich meinem Schicksal zu überlassen, nur weil du dich bei deiner Ehre gepackt fühltest. Du musst echt mal deinen Hitzkopf unter Kontrolle bekommen, sonst ist das ja nicht auszuhalten mit dir.« Und damit endete meine Standpauke auch schon, obwohl ich das später gewiss bereuen würde. Da bot sich mir die Chance, ihm endlich einmal seine Flausen auszutreiben, aber ich knickte ein, weil er sich nicht zur Wehr setzte. Hätte er versucht, sich herauszuwinden oder mich mit seiner unnachahmlichen Art mundtot zu machen, wäre es etwas anderes gewesen, aber es hatte ganz den Anschein, als nähme er sich die Sache übel für zwei.

»Ich weiß nicht, wie ich das wiedergutmachen soll, das war der totale Vertrauensbruch.«

»Entspann dich, Sander. Ich habe keinen Schaden davongetragen und vom Strudel ausgespuckt zu werden, war die leichteste Übung von allen, wenn du es genau wissen willst. Ich musste es einfach nur passieren lassen.« Bevor ich noch dazu überging, ihm tröstend über den Kopf zu streicheln, wendete ich mich Tammo zu, der mit einigem Sicherheitsabstand zu Sander dastand. »Alles so schön trocken hier. Dabei dachte ich, der Keller hätte sich in ein Aquarium der besonderen Art verwandelt.«

»Ich habe den Tropfen geschlossen, er ist jetzt wieder ein Wassertropfen«. Tammo deutete auf die Silberphiole an der Kette, die er um den Hals trug, während er mit dem Handrücken die Blutung an seiner Unterlippe zu stillen versuchte – ohne sichtbaren Erfolg. Sander musste ihm ordentlich eine mitgegeben haben, denn unter der Platzwunde breitete sich bereits eine gut sichtbare Schwellung aus. »Wenn ich diesen Ort das nächste Mal öffne, wird nichts Derartiges geschehen, ich werde sehr vorsichtig sein. Anouk, du bleibst der einzige Mensch, der mein Geheimnis kennt, das verspreche ich dir. So unangenehm es auch für dich gewesen sein mag, du warst zu keinem Zeitpunkt gefährdet.«

»Na, da sind wir doch alle beruhigt.« Sander musterte Tammo, als sei er lange noch nicht mit ihm fertig. »Außerdem wird es ohnehin nicht noch einmal dazu kommen, weil du jetzt nämlich schön brav Freibaums Körper verlassen wirst und dich dahin verpisst, wo du hergekommen bist. Und sag deinen Freunden und diesen Randwandlern, dass ich den Rest meines Lebens in Bereitschaft vor dem Tor fristen werde, um mit jedem kurzen Prozess zu machen, der auch nur einen Tentakel auf unsere Seite streckt. Also, wie sieht es aus: Kommst du freiwillig aus diesem Körper raus oder muss ich dich rausschütteln?«

»Oh Mann. Ich habe dir doch schon gesagt, dass ich diesen Körper nicht wieder verlassen kann, ohne dabei zu sterben. Ich bin mit ihm verschmolzen, anders ging es nicht.«

»Mir ist es, ehrlich gesagt, komplett egal, was mit dir passiert. Du wirst jedenfalls keine Minute länger Freibaums Mund dafür benutzen, Lügen zu erzählen.«

Es war mir ein Rätsel, warum das Wort ›Eskalation‹ nicht mit einem ›S‹ wie Sander anfing. »Geht es darum?«, fuhr ich Sander an, der beim Klang meiner gereizten Stimme sofort den Kopf einzog. »Dass Tammo gesagt hat, du stammst von der anderen Seite Tiamats und hast deine ursprüngliche Aufgabe vergessen? Willst du ihn deshalb zum Schweigen bringen?«

»Allein für dieses Lügenmärchen könnte ich ihn von innen nach außen drehen.«

»Gut möglich, dass er uns eine äußerst raffiniert verpackte

Lüge aufgetischt hat, aber das können wir erst entscheiden, nachdem wir die ganze Geschichte gehört haben, oder?« Sander zuckte widerwillig mit den Schultern, vermutlich gab er nur nach, weil er mir gegenüber ein immer noch nicht besänftigtes schlechtes Gewissen hatte. Sollte mir recht sein, denn mir war es wichtig, dass Tammo zu Ende erzählte. »Wenn ich dich richtig verstanden habe, dann wollt ihr Besucher das Tor genauso wenig haben wie wir. Und du bist nicht gekommen, um wahllos zu töten, sondern um es zu schließen. Oder vielmehr um Sander dazu zu bewegen, der dazu in der Lage ist, was er allerdings vergessen hat.«

Tammo bestätigte dies mit einem schlichten »Richtig«.

»Wenn das stimmt, wäre doch alles wunderbar, dann würden wir am selben Strang ziehen. Schließlich ist es die Aufgabe der Wächter auf unserer Seite, die Tore zu bewachen.«

»Ein Tor zu bewachen, ist aber nicht das Gleiche, wie ein Tor zu schließen«, sagte Tammo. »Sander müsste sich eingestehen, wer er in Wirklichkeit ist, ansonsten wird er an dieser Aufgabe scheitern.«

Okay, die Angelegenheit schien doch nicht ganz so unkompliziert wie erhofft. »Wie meinst du das?«

»Um das zu erklären, müsste ich etwas ausholen.«

Gemeinsam blickten wir Sander an, der sich gerade sein klitschnasses T-Shirt überzog. Die blauen Linien auf seiner Haut hatten sich beruhigt und pulsierten nur noch schwach. »Nur zu«, murrte er. »Wenn Anouk sich deine Story unbedingt anhören will, bin ich der Letzte, der deshalb Stress macht. Ein wenig seichte Unterhaltung nach dem ganzen Drama ist bestimmt nicht verkehrt.«

Der Spott prallte an Tammo ab, stattdessen stand er still da, als sammle er seine ganze Aufmerksamkeit. »Die Welt, aus der ich stamme, ist vollkommen anders als eure, deshalb fällt es mir schwer, die richtigen Worte zu finden. Wenn ich sage, unsere Heimat ist ein Ozean und unser Element das Wasser, dann trifft es das nicht richtig. Das, was ich Wasser nenne, ist eigentlich ein euch fremdes Element, das die Energie meines Volkes leitet. Ihr beide habt es eben erlebt, als ihr in den Strudel eingetaucht seid.«

Während ich nickte, wurde Sander blass und berührte seine Schulter, als lebten die Linien allein bei dem Gedanken an dieses schillernde Element erneut auf.

»Im Gegensatz zu den Randwandlern, die vom Erstarren dieses Elements zehren, beschenkt uns der Ozean mit Gaben. Meine Gabe habt ihr bereits kennengelernt, aber es gibt noch unzählige andere. Um Tiamat zu schließen, bedarf es allerdings einer ganz besonderen Gabe, die es bei unserem Volk eigentlich nicht gibt, weil sie unserem Naturell widerspricht: eine feste Form. Für euch Menschen ist das die natürlichste Sache überhaupt, ihr werdet in einer Form geboren, während wir Fließenden uns eine Form suchen und sie auch wieder ablegen können. Soweit wir wissen, hat es bislang in unseren Reihen nur eine Abweichung von dieser Norm gegeben, und sie fiel mit Tiamats Entstehen zusammen. Dieser Fließende gehörte zu uns und war doch vollkommen anders.« Tammo verstummte.

Einen Moment lang befürchtete ich, er könnte aussprechen, was wir in diesem Moment alle dachten. Und dann würde Sander sich auf ihn stürzen und ihn endgültig zum Schweigen bringen. Doch Tammo leckte sich über die Unterlippe, um den Riss zu prüfen, der soeben erst zu bluten aufgehört hatte, und wechselte scheinbar das Thema.

»Um das Tor zu schließen, braucht es eine Verbindung aus beiden Welten, denn es kann nicht einseitig zugezogen werden. Zuerst müssen auf beiden Seiten Barrieren geschaffen werden, die dann so weit miteinander zu verschmelzen sind, bis das Tor zu existieren aufhört. Unsere beiden Welten, wiedervereint und doch wieder für sich allein – das ist die einzige Möglichkeit, die wir haben. Damals ist es nicht so weit gekommen, die Barrieren blieben unvollendet und stellten zugleich eine unüberwindbare Mauer dar. Uns blieb nichts anderes übrig, als abzuwarten, obwohl uns die Zeit davonlief. Ob wir jetzt noch einmal die Chance bekommen, das Tor zu schließen, liegt von nun an nicht mehr in meinen Händen.« Dieses Mal vermied Tammo es wohlweislich, den Namen desjenigen zu nennen, in dessen Hände diese Chance lag.

Sander war mit jedem Satz bleicher geworden. »Das ist eine verdammt gute Lügengeschichte, das muss ich schon zugeben. Passt wie die Faust aufs Auge.«

»Ja, das tut es«, stimmte ich leise zu, während eine unbestimmte Angst in mir aufstieg. Dass alles fügte sich perfekt in die zunehmende Bedrohung, die wir auch auf unserer Seite des Tors spürten. Es erklärte Tiamats Erwachen, die blutrünstigen Kreaturen, die immer häufiger zu uns durchdrangen, und es erklärte, warum Tammo hier war. All das hätte ich problemlos verkraftet, aber mir setzte zu, was er soeben ausgelassen hatte: den Fließenden mit der außergewöhnlichen Gabe, der seine eigentliche Aufgabe vergessen hatte. Mir schwante, dass Tammo nicht bloß schwieg, um Sander zu schonen, sondern auch mich. Was würde passieren, wenn diese Aufgabe vollendet war? Was würde mit Sander passieren?

Ich schlang die Arme um meine Körpermitte, mir plötzlich der Kälte bewusst werdend, die sich auf meine nasse Haut gelegt hatte. »Wir brauchen einen Beweis, um dir glauben zu können. Etwas, das über Behauptungen hinausgeht, denn behaupten kann man viel.«

In Tammos Gesicht gab es eine Regung, die für mich nach Trauer aussah, die plötzlich und unerwartet wie ein Dorn zusticht. »Es gibt einen Grund, warum ich mich bereit erklärt habe, durch das Tor zu gehen, obwohl ich danach niemals wieder in meine Heimat zurückkehren könnte. Es ist derselbe Grund, aus dem ich deine Nähe gesucht habe, Anouk. Ich habe dich in der Erinnerung des Jungen gesehen, mit dem ich verschmolzen bin, und habe dich wiedererkannt. Das Lockenhaar … die Gestalt … die elegante Bewegung deiner Hände.«

Mein Herz schlug so laut, als sei ich eine hohle Figur, in deren Inneren ein mächtiger Gong geläutet wurde. Für einen Augenblick glaubte ich mich aus der Zeit genommen, unerreichbar für die Außenwelt.

»An dem Tag, an dem Tiamat versiegelt werden sollte, passierte etwas Unerklärliches. Es erschien ein fremdartiges Wesen im Ewigen Ozean, als habe ein Austausch am Tor stattgefunden. Es war eine junge Frau.«

»Beschreib sie«, forderte ich tonlos.

»Es ist, wie ich bereits sagte: Sie sieht dir so ähnlich, dass ich im ersten Augenblick sogar gedacht habe, dass sie es sei, dass sie in beiden Welten zur gleichen Zeit sein kann. Dann sind mir jedoch die Unterschiede bewusst geworden. Du bist jünger, und deine Augenfarbe ist braun, während ihre die Farbe des Ewigen Meeres in seinen strahlendsten Tönen trägt.«

»Das reicht nicht.«

Tammo schlug die kurz die Hände vors Gesicht, als habe er bereits zu viel gesagt. Oder als würde er beim Erzählen einen Schmerz tief in seinem Inneren erleiden. »Sie hatte etwas bei sich. Ein Kuscheltier.«

»Das reicht nicht.«

»Einen Hasen.«

Ich schwankte. Sander umfasste meinen Ellbogen, doch ich stieß ihn weg.

»Lebt sie?«

Da war er erneut, dieser Ausdruck von Trauer auf Tammos Gesicht. »Es war zu spät, als wir sie gefunden haben. Niemand hatte ihr seinen Atem geschenkt. Sie schläft. Träumt. Ich habe bei ihr Wacht gehalten, damit sie im Strudel nicht fortgerissen wird, und dabei habe ich in ihre Träume gesehen. Sie waren süß und manchmal traurig.«

»Madelin träumt. Für immer«, wiederholte ich, als müsse ich die Worte mit meiner eigenen Stimme hören, um sie glauben zu können.

Dann wendete ich mich ab und ging meine Kleidung holen.

Ich schottete mich ab, rein instinktiv.

Ich machte mich taub, nichts erreichte mich.

Der kurze Schlagabtausch zwischen Sander und Tammo ging genauso an mir vorbei wie die Anwesenheit von Becks, die unvermittelt neben mir stand und sichtlich aufgeregt auf mich einredete. Es war ein seltsamer Anblick, wie ihr Mund auf- und zuging, ohne dass auch nur eins ihrer Worte zu mir durchdrang. Mehr als ein Kopfschütteln brachte ich nicht zustande. Ich musste raus hier. Sofort. Vor der Haustür hielt ich einen Moment inne, weil meine Beine nachzugeben drohten. Schließlich gelang es mir, raus auf den Gehweg zu stolpern und immer weiter, bis ein scharfes Reifenquietschen mich anhalten ließ. Blind vor Tränen blinzelte ich und begriff erst, dass es Sander auf seinem Motorrad war, als er mich bereits auf den Sitz hinter sich zog.

»Helm aufsetzen und festhalten«, wies er mich an.

»Nein.«

»Oh doch. Wir zwei machen einen kleinen Ausflug, deine Freundin passt solange auf Lutz auf. Becks war dank deines Verhaltens und Tammos aufgeplatzter Lippe so durch den Wind, dass sie gar nicht erst groß Fragen gestellt hat.«

Ich war immer noch dabei, mir eine Entgegnung zurechtzulegen, da fuhr Sander bereits los, sodass mir nichts anderes übrig blieb, als mich an ihm festzuhalten, als hinge mein Leben davon ab. Und das tat es ja auch, denn er fuhr schneller, als der Strudel mich herumgewirbelt hatte.

# 26. Im Dickicht verstrickt

Um Marienfall erstreckten sich Felder und Wiesen, das Land war so eben, dass der Blick weit schweifen konnte. Nur am Meer war der Horizont noch weiter entfernt.

Sander hielt die Bandit auf einem Feldweg an, der von Weiden umgeben war. »Hierher komme ich, um einen klaren Kopf zu bekommen, wenn mir wieder einmal alles zu viel wird. Es ist ein guter Ort, um sich zu sortieren oder um einfach nur herumzustehen und Löcher in die Luft zu starren. Weit und breit kein Mensch, der einen stört.«

Das Gras leuchtete im Frühlingsgrün und an einigen Stellen unter den Bäumen hatten sich Reste des morgendlichen Nebels gehalten. Es war ruhig, kein Motorenlärm zu hören, nur leises Muhen. Auf einer Weide standen Kühe, deren cremefarbenes Fell leicht gewellt war und ihnen etwas Urwüchsiges verlieh. Ganz anders als die Standardmilchkuh, die einen von den Kühlregalen der Supermärkte anstarrte. Neugierig und entspannt zugleich blickte die kleine Herde erst die Bandit und dann uns an. In ihren seelenvollen Augen konnte man vergehen.

Mit einiger Mühe kletterte ich vom Sitz des Motorrads und nahm den Helm mit tauben Fingern ab. Sogleich rann mir das Wasser aus meinem nassen Haar, das sich in der Fütterung angesammelt hatte, den Nacken hinab und verstärkte das Kältegefühl. Meine Zähne schlugen aufeinander, aber das ignorierte ich, genau wie die Gänsehaut. Langsam ging ich auf die Herde zu und streckte dem am nächsten stehenden Tier meine Hand entgegen, die sofort beschnüffelt wurde. Es mussten Jungtiere sein, die noch alles spannend fanden, aber nicht so spannend, dass sie vor Aufregung aus dem Häuschen gerieten. Ihr Leben war gut, ein gemächlicher Fluss mit massenhaft frischem Gras, einem Endloshimmel und gelegentlich einer lärmenden Maschine, die was zum Beschnuppern vorbeibrachte. Nur allzu gern hätte ich mit ihnen getauscht.

Sander gesellte sich zu mir und streichelte ein Tier zwischen den Augen, was dieses mit einem zufriedenen Schnauben belohnte. »Wie sollen wir beide die Monsterkiste nun anpacken, die Braver-Besucher-Tammo uns eingebrockt hat?«

Ich verlor mich noch eine Weile in dem friedlichen Anblick der Kühe, dann schlug ich vor, ein paar Schritte zu gehen. *Dann müssen wir einander wenigstens nicht in die Augen sehen.*

»Der Hase … Also dieses Schmusetier, von dem Tammo gesprochen hat …« Es war so schrecklich schwer, es auszusprechen. »Damals als Madelin verschwunden ist, habe ich Löffel verloren und ihm schrecklich nachgeweint. Meine Mutter muss ihn gesucht und gerade in dem Moment gefunden haben, als *es* passiert ist.« *Es* – was mochte sich dahinter verbergen? Verzweifelt suchte ich nach einer Antwort, denn solange ich mir darüber den Kopf zerbrach, musste ich mich meiner Trauer nicht stellen. Meine Mutter. Ich hatte Madelin wiedergefunden, nur um sie sofort wieder zu verlieren. Endgültig, wenn ich Tammo richtig verstanden hatte. Es war schlicht zu schmerzhaft, mich dem Verlust zu stellen. »Was ist nur tatsächlich an dem Tag geschehen, an dem Tiamat erwacht ist? Weiß es überhaupt jemand? Weiß es Jakob, oder hat auch er sich bloß eine Geschichte zurechtgelegt, um nicht mit einer Leerstelle leben zu müssen?«

»Es sind einfach zu viele offene Fragen, zu viele Punkte, die wir unmöglich mit Sicherheit benennen können. Eigentlich ist es alles in allem ein ziemliches Chaos.« Sander sprach leise, als rechne er damit, dass, wenn er lauter reden würde, ich davongeweht werden würde wie ein Blatt im Wind. »Eins steht jedoch fest: Wenn wir Tammos Behauptungen auch nur in einer

Hinsicht ernst nehmen, dann müssen wir alles vergessen, was wir bislang über Tiamat, unsere Aufgabe als ihre Wächter und die Besucher zu wissen geglaubt haben. Mehr als das, wir müssen uns auch einer Menge unangenehmer Fragen stellen, weil wir nie herauszufinden versucht haben, was eigentlich genau auf der anderen Seite des Tors los ist.«

Ich ahnte, worauf er hinauswollte. »Was Tammo über dich gesagt hat …«

Augenblicklich unterbrach Sander mich. »Na, im Prinzip nichts Neues. Einer von der Braven-Besucher-Sorte ist rübergekommen, um die Bruchstelle zwischen unseren beiden Welten zu schließen, und dabei ist etwas schiefgegangen. Deine Mutter ist, aus welchem Grund auch immer, auf die Ozean-Seite gelangt, während dieser Wächter-Besucher verschollen ist. Nach allem, was Tammo erzählt hat, steht zu befürchten, dass er mit einem kleinen Jungen, der sich gerade zufällig in der unmittelbaren Nähe aufgehalten hat, verschmolzen ist. Offenbar hatte der Typ die Nummer mit dem Einnisten nicht so gut drauf wie Tammo, deshalb hat er das Ganze ordentlich versemmelt und außer ein paar blauen Linien ist nichts von ihm übrig geblieben. Oder Jakob hat ihn erledigt, bevor er in den Gastkörper geschlüpft ist. So reime ich mir das jedenfalls zusammen. Klingt plausibel, oder?«

*So hat Tammo das aber nicht gesagt, ganz im Gegenteil. Er sprach von einem Fließenden, der in einer festen Form geboren wurde, der es nicht nötig hatte, sich bei einem Menschen einzunisten …* Doch diesen Gedanken behielt ich wohlweislich für mich. Stattdessen starrte ich auf den holprigen Weg vor mir, denn ich wollte auf keinen Fall Zweifel in Sanders Augen sehen, Zweifel an seiner eigenen Auslegung der Ereignisse. Mir machten meine eigenen bereits genug zu schaffen. Wer war der Junge mit den schwarzen Strubbelhaaren, dem bizarren Klamottengeschmack und dem Hang zur Hitzköpfigkeit, der an meiner Seite ging und dessen nasse Stiefel bei jedem Schritt knirschten, in Wahrheit?

Abrupt blieb Sander stehen und presste seine Handballen gegen die Schläfen, als wolle er mit Gewalt seinen Schädel vorm Explodieren bewahren. Seine feuchte Kleidung klebte an ihm und betonte das Beben, das seinen Körper durchlief – allerdings nicht wegen der Kälte, wie bei mir, sondern weil er unter einer enormen Anspannung stand. Die Energie, die er dabei verströmte, drang bis zu mir durch, und ihre Berührung ließ mich erschaudern. Ich kannte diese Reaktion von Sander, war mit ihr vertraut. Sie war etwas Besonders, nicht von dieser Welt.

Dann senkte Sander die Hände und sah mich an. Ganz direkt.

*Den Blick vom Weg zu nehmen, ist ein Fehler gewesen*, erkannte ich sofort. *Jetzt liest er dir deine Bedenken und noch mehr deine Angst von der Nasenspitze ab.*

Was Sander natürlich auch prompt tat. »Ich bin keiner von denen.« Der Bruch in seiner Stimme verriet, dass er sich dessen keineswegs sicher war. Genau wie ich.

»Und wenn es doch so wäre, fände ich es nicht schlimm.«

»Es wäre nicht schlimm, wenn ich nicht menschlich bin? Wenn mein ganzes bisheriges Leben eine einzige Lüge gewesen ist?« Sander schüttelte den Kopf, während in seinen Augen Verzweiflung und Wut miteinander kämpften. »So naiv bist du nicht, dass du das glaubst, Anouk. Meine Weltsicht mag gerade überwiegend aus Fragezeichen bestehen, aber in dieser Hinsicht bin ich mir absolut sicher: Ich bin ein Mensch, durch und durch, genau wie du – und keine perfekt gelungene Nachahmung!«

Meine Hände fuhren vor, um nach Sander zu greifen, verharrten aber auf halbem Weg. Zuerst musste ich ihm etwas geben, das ihm in diesem Durcheinander Halt bot und zugleich bewies, dass es mir wirklich nichts ausmachte, falls Tammo die Wahrheit über ihn gesagt hatte. »Unten am Grund des Strudels hast du mich atmen lassen«, flüsterte ich. »Das ist es doch, was zählt. Du bist ein Wesen zweier Welten, warum auch immer. Diese Erkenntnis verwandelt dein Leben nicht zwangsläufig in einen Scherbenhaufen, denn so oder so bleibst du Sander.«

»Alexander, wenn man es genau nimmt. Alexander, der Beschützer. Diesen ätzenden Namen hat Jakob mir gegeben. Nach den heutigen Erlebnissen frage ich mich, ob dahinter nicht mehr steckt als eine ätzende Namenswahl. Weil er ahnte, dass ich ihm helfen würde, Tiamat in seinem Sinne zu kontrollieren. Oder weil er wusste, was ich in Wirklichkeit bin.« Das Beben, das Sander in seiner Gewalt hatte, wurde schlimmer. Fast befürchtete ich, es könnte ihn zerreißen, seine äußere Hülle sprengen und seinen wahren Wesenskern freisetzen, ein Geschöpf aus einem Reich, das sich der Ewige Ozean nannte. Durch sein T-Shirt drang verdächtig bläulich schimmerndes Licht. »Nein«, murmelte er. »Nein.« Dieses Mal lauter und bestimmter. »Nein! Das ist alles eine gottverdammte Lüge! Nichts anderes als ein Trick von diesem verdammten Besucher, um uns dranzukriegen. Sieh mich an, Anouk. Sieh mich richtig an und nicht knapp an mir vorbei, als würdest du meinen Anblick nicht länger ertragen. Sag mir, dass ich keine Lüge bin, kein Irrtum und kein Fehler, den irgendwer irgendwo begangen hat.«

Darüber musste ich nicht nachdenken. »Das bist du nicht, nichts von alldem, das weiß ich. Und für mich ändert sich auch nichts durch Tammos Geschichte, zumindest nichts, was meine Gefühle für dich betrifft. Ich will mit dir dort weitermachen, wo wir auf dem Dachboden aufgehört haben, daran kann nichts und niemand etwas ändern.«

Meine Antwort war absolut wahrhaftig und offenbar genau das, was Sander am dringendsten brauchte. Wie im Rausch schlang er seine Arme um mich, so heftig, dass ich beinahe das Gleichgewicht verlor. Seine Berührung war hart und elektrisierend, raste über mich hinweg, ein einziger Schauer. Ich versuchte mich an ihn zu schmiegen, doch die Spannung in seinem

Körper war zu groß, es war nicht der Augenblick für tastende Liebkosungen. Er zog mir die Jacke über die Schultern, während sein Mund den meinen suchte, ungestüm und hungrig. Nichts ging schnell genug, nichts war stark genug, um seinem Aufruhr entgegenzuwirken. Ich verstand ihn, verstand ihn nur allzu gut, denn auch in mir tat sich das Verlangen auf, all die wirren Gedanken und Ängste beiseitezuschieben und etwas Wahrhaftiges zu tun. Einen Beweis dafür zu liefern, dass nichts zwischen uns stand und dass es egal war, was sich als endgültige Wahrheit herausstellen würde.

Da waren nur noch sein Mund, seine Hände, der mitreißende Rhythmus seines Körpers, eine Ahnung, dass dies hier anderes war als die sanften Küsse unterm Dach. Es war ein Sog, der sich zwischen uns auftat und mich mitriss, dazu verleitete, meine Hände nicht länger erforschend, sondern erobernd über seinen Nacken zu treiben, angefacht von der Art, wie er den Atem anhielt, um mich im nächsten Moment nur noch eindringlicher zu küssen.

*Diese Bindung zwischen uns ist echt. Das ist es, was zählt …*

Ich wollte ihn das Verlangen spüren lassen, das er in mir hervorrief, dafür sorgen, dass er sich genauso in meinen Berührungen verlor wie ich in seinen. Meine Hände waren dabei, einen Weg unter sein Shirt zu suchen und von seiner kühlen und zugleich brennenden Haut Besitz zu nehmen. Nur mit Not beherrschte ich mich so weit, nicht einfach zu zerren, bis der Stoff nachgab. Jede Sekunde zählte, denn mit jeder Sekunde wuchs die Gefahr, aus diesem Taumel zu erwachen … Und wenn wir erwachten, würde er dann bleiben oder ein weiteres Mal vor mir flüchten?

Als ich meine Hand auf seinen Bauch legte, bemerkte ich die angespannten Muskeln, spürte, wie die harten Schläge seines Herzens bis hierhin getragen wurden. Sander unterdrückte ein Stöhnen, das halb von Erregung und halb von Ungeduld erzählte.

*Nimm, was er dir jetzt geben will, denk nicht an später.*

Es wäre so einfach gewesen, mich an Sander zu wärmen und zu reiben, bis ich Funken schlug, und zugleich eine Bindung einzugehen, die der Tiefe meiner Empfindung gerecht wurde. Aber während wir einander umschlungen hielten, uns küssten und einander hastig die Kleidung abzustreifen bemühten, nisteten sich Zweifel ein. Was wir taten, war zu langsam und zu schnell zugleich. In einem Moment glaubte ich, es nicht länger ertragen zu können, dass wir voneinander getrennt waren, und im nächsten stockte mir der Atem, während Sanders Lippen die Senke unter meinem Schlüsselbein erkundeten.

So hin und her gerissen ich war, ich wollte diesen Weg gehen.

Mit ihm.

Die Vorstellung, es nicht zu tun, war kaum zu ertragen, aber ich ahnte, dass eine solche Verbindung nicht von Dauer wäre, genau wie der Kuss unter dem gläsernen Dach es nicht gewesen war. Der Moment wäre rasch vorbei, und danach bliebe ein schaler Nachgeschmack, weil er nicht zu halten imstande war, was er versprochen hatte: Dass wir ein Bündnis besiegelten, indem wir alles vergaßen und uns liebten, als gäbe es die Welt nicht mehr und mit ihr auch keine Fragen, keine Ängste und vor allem kein Danach. Aber das Danach ließ sich bereits erahnen, wie ein dunkler Film breitete es sich aus unter der Leidenschaft, mit der wir uns küssten, aneinanderdrängten und mit unseren Händen hastig unbekanntes Land erforschten.

Gegen den Willen meines Körpers entzog ich mich Sander, vorsichtig, darauf bedacht, dass er sich nicht zurückgestoßen fühlte oder gar auf den falschen Gedanken kam, ich würde ihn nicht länger wollen, nun, da ich mir unsicher war, in wessen Armen ich eigentlich lag. Ich ließ die stürmischen Küsse verspielter werden, dämpfte die Dringlichkeit mit Milde und schmiegte mich an ihn, anstatt mich wie eben noch gegen ihn zu pressen, als gälte es, mit Gewalt ineinander zu verschmelzen.

Während ich ihn besänftigte, bekam ich auch meine eigene Lust in den Griff, eine Lust, hinter der sich die Verzweiflung verborgen hatte, wie ich erst jetzt erkannte. Ich bedeckte Sanders Gesicht mit federleichten Liebkosungen und streichelte durch sein feuchtes Haar, während seine Hände sich nur widerwillig von Regionen meines Körpers zurückzogen, an denen ich nie zuvor von jemand anderem berührt worden war. Sein schwerer Atem klang mir in den Ohren und ließ mich einen Augenblick an meiner Entscheidung zweifeln, so gut hörte es sich an.

»Ich will mit dir zusammen sein, aber nicht aus nackter Verzweiflung oder aus der Angst heraus, dich zu verlieren«, erklärte ich ihm.

Mit einem Seufzen legte Sander seine Stirn auf der Einbuchtung meiner Schulter ab, während seine Finger meine Taille entlangwanderten. Auf und ab, auf ein Zeichen wartend, um sich erneut einen Weg unter den Stoff zu bahnen. »Anouk«, raunte er.

Ich musste unwillkürlich lächeln. Die Art, wie er meinen Namen aussprach, verriet mehr als jede denkbare Erklärung. »Ich weiß, ich will doch auch nicht aufhören, aber vertrau mir. Sobald wir uns einigermaßen abgekühlt haben, werden wir froh darüber sein, einander nicht die Schürfwunden an Rücken und Knie verarzten zu müssen.«

Sanders Lachen steckte mich sofort an, obwohl es verhalten war. »Wenn das der einzige Grund für deine Zurückhaltung ist … Ich kenne da eine Methode, bei der man mit möglichst geringem Bodenkontakt auskommt. Autsch, nicht die Fingernägel in meine Rippen bohren. Das war doch nur ein Angebot. Vermutlich würde die Stellung ohnehin nicht hinhauen, dafür muss man nämlich einen guten Gleichgewichtssinn mitbringen, über den du bekanntermaßen nicht verfügst. Anouk, hör auf! Das ist kein Kitzeln sondern Kneifen, was du da machst.«

»Ja, das ist es und ich fühle mich dadurch definitiv besser. Du und deine Kommentare, es ist wirklich zum Verrücktwerden.« Obwohl ich einen strafenden Tonfall anschlug, war ich ihm ausgesprochen dankbar für sein Geflachse, denn es half besser als jede andere Reaktion, die Situation zu überbrücken.

»Was heißt hier ›Kommentare‹? Das ist ein ernst gemeinter Vorschlag gewesen, aber du machst ja gleich einen Rückzieher, nur weil ein bisschen Akrobatik gefragt ist.«

»Liebe machen und Akrobatik geht, meiner Meinung nach, überhaupt nicht zusammen. Allein die Vorstellung ist albern.«

Endlich erreichte das Lachen auch Sanders Augen. »Hast du eben wirklich ›Liebe machen‹ gesagt? Das ist ungefähr so, als würdest du ›mit 270 Sachen auf der Bandit über die leere Autobahn heizen‹ einen gepflegten Sonntagsausflug nennen. Mann, wir müssen echt mal an deinem Sprachschatz arbeiten.«

»Ach, ja? Wie sagst du denn dazu? Halt, vergiss die Frage, ich möchte es lieber nicht wissen. Ich habe da so eine dunkle Ahnung. Belassen wir es dabei.«

Das verlegene und gleichermaßen befreiende Grinsen wollte nicht aus meinem Gesicht weichen, also ließ ich es einfach, wo es war. Auch Sander grinste, die Wangen gerötet und von Kopf bis Fuß zerzaust. Von dem blauen Glimmen war zu meiner Erleichterung nichts mehr zu sehen. Auch nicht von seiner Brille, worüber ich ausgesprochen froh war angesichts der Tatsache, dass meine Locken vermutlich wie Drahtspiralen zu Berge standen und es mir noch nicht gelungen war, meine Kleidung wieder zu ordnen. Als könne er meine Gedanken lesen, hob Sander meine Jacke auf und half mir hinein, dann nahm er meine Hand und deutete mit dem Kopf in Richtung seines Motorrads.

»Wir sollten uns langsam auf den Rückmarsch machen, Jakob sitzt garantiert bereits auf heißen Kohlen. Ich hatte ihm nämlich versprochen, dich umgehend nach Hause zu bringen.«

Obwohl seine Worte mich durchaus erreichten, reagierte ich nicht. *Ich kenne Sanders Hände schon mein halbes Leben lang, aber ich hätte nie gedacht, dass sie perfekt zu meinen passen*, stellte ich fest. *Alles an ihm passt zu mir, sobald er mir nur einmal nah genug kommt. Warum gestehe ich mir das erst jetzt ein?*

Während ich über mich selbst staunte, hob Sander mein Kinn an und suchte meinen Blick. »Hör mal, Anouk. Ich weiß, du bist erschöpft und bestimmt auch durcheinander, aber wir können Jakob nicht länger warten lassen. Es wird ohnehin schon elend kompliziert, ihm eine überzeugende Ausrede anzudrehen, wo wir uns so lange herumgetrieben haben.«

»Wir müssen es Jakob erzählen, er hat ein Recht darauf, alles zu erfahren, was Tammo uns gesagt hat«, platzte es aus mir heraus.

Sander kratzte sich am Halsausschnitt seines Shirts, auf der Seite, wo sich die blauen Linien befanden. »Vermutlich hat er das«, stimmte er mir zu. »Allem voran muss er erfahren, was mit Madelin geschehen ist. Es ist nur … Dann erfährt er auch von der anderen Sache.«

Die andere Sache – die Frage, wer Sander in Wirklichkeit war. »Vielleicht ist Jakob nie wie ein Vater zu dir gewesen, aber ich kann mir nicht vorstellen, dass er dich deshalb im Stich lassen würde. Nur die anderen Wächter, die sollten besser erst einmal nichts davon erfahren.«

»Die Wächter.« Sanders Blick schweifte über die Weiden. Der Himmel hatte sich weiter zugezogen, doch das spärliche Licht ließ die Landschaft nur noch einnehmender erscheinen. Alles war mild und ein wenig entrückt. »Irgendwie habe ich das ungute Gefühl, dass die Wächter nicht sonderlich begeistert sein werden, wenn sich herausstellen sollte, dass ihr Tun zumindest in Tiamats Fall nicht nur überflüssig, sondern sogar verkehrt ist.«

Ohne rechten Grund wanderten meine Gedanken zu den Tarotkarten, die Grandmama für Sander gelegt hatte. Hatte er den Tod, von dem sie erzählten, bereits am Grund des Tropfens erlitten, als Tammo seine wahre Herkunft verraten hatte, oder stand ihm dieses Etappe noch bevor? Und wenn es so weit war, würde der Tod wirklich nicht mehr als eine Häutung sein, die notwendig war, um sich zu verändern? Oder stand sie womöglich doch für ein unumstößliches Ende? Gleichgültig, worauf es hinauslaufen würde, ich hatte den Verdacht, dass diese Karte erst noch ausgespielt werden würde.

# 27. Funkenflug und Verdrängung

Auf der Fahrt nach Himmelshoch wurde mir erst bewusst, wie benommen ich gewesen sein musste, als Sander mit mir auf dem Rücksitz das Haus der Freibaums zurückgelassen hatte. Ich war nämlich derartig neben der Spur gewesen, dass mir sogar entfallen war, dass mir beim Motorradfahren schlecht wurde. Dafür holte ich das jetzt doppelt nach, besonders in den Kurven gab mir mein Magen unmissverständlich zu verstehen, dass er bald Tatsachen schaffen würde, wenn diese Horrorfahrt nicht umgehend zu Ende war. Gerade als ich dachte, nun sei alles zu spät und es würde ein Wiedersehen mit Grandmamas Spezialfrühstück geben, rollte die Bandit aus. Ich hob meinen Kopf an und stellte dabei fest, dass mein Nacken steif war. Allem Anschein nach hatte ich es ein wenig übertrieben, als ich mich mit der Stirn voran zwischen Sanders Schulterblätter in Sicherheit zu bringen versucht hatte, während die Landschaft eindeutig zu schnell vorbeigezischt war. Nun wagte ich einen Blick auf meine Umgebung.

Wir waren in der Efeugasse angekommen, an deren Ende Himmelshoch stand. Besagtes Ende war noch hundert Meter entfernt, trotzdem fuhr Sander lediglich Schritttempo. Nach der Raserei fühlte sich das an, als würden wir stillstehen.

»Was ist, warum fängst du so kurz vorm Ziel an zu schleichen?«

Sander deutete auf einen Fiat Punto am Straßenrand.

»Oh, Mist. Laboe ist zu Besuch.«

Nicht allein, wie sich herausstellte. Vor dem Eingangstor stand Moritz mit verschränkten Armen neben einer aufgeregt gestikulierenden Laboe, die ohne Punkt und Komma auf ihn einredete, um das blondhaarige Mädchen neben sich besser ignorieren zu können. Tatsache, dort stand niemand anderes als Becks mit Lutz an der Leine, der wild herumtänzelte, nachdem er uns bereits gesichtet hatte.

»Noch besteht die Chance zur Flucht.«

Ich schluckte schwer. »Nein, manchen Herausforderungen muss man sich stellen, da hilft nichts.«

Sander parkte die Maschine neben meinen Freunden und half mir abzusteigen, was unangenehmerweise notwendig war, weil ich kurz vorm Zusammenklappen stand. Wie viel Aufregung konnte ein einzelner Mensch vertragen?

»Mensch, Püppchen!«, schrie Laboe und umarmte mich eine Sekunde später mit einer Inbrunst, als seien wir seit Jahrzehnten voneinander getrennt gewesen. Dabei ließ sie sich nicht einmal von dem Helm beirren, der immer noch auf meinem Kopf saß. »Du siehst ja miserabel aus, wie einmal ausgekotzt. Grandmama hat mich hergeschickt, sie meinte, es ginge dir nicht gut und du brauchst dringend einen Freund, bei dem du dich kräftig ausheulen kannst. Deshalb habe ich Moritz mitgebracht, der weiß, wie man damit umgeht.«

Moritz verdrehte die Augen und winkte mir zu. Ich kam nicht zum Zurückwinken, weil Laboe mich stur festhielt. Wenigstens gelang es mir, den Helm vom Kopf zu bekommen.

»Ich übernehme im Anschluss das Aufmunterungsprozedere«, plauderte Laboe weiter. »Dafür habe ich sogar eine Schachtel von Grandmamas Keksen mit der lustig machenden Geheimzutat eingepackt. Ganz frisch aus dem Ofen. Ich wäre sogar bereit, Becks einen abzugeben, falls wir sie vorher nicht loswerden sollten. Ansonsten ist sie ja nicht zu ertragen.«

»Das habe ich gehört. Du könntest deine Giftspritzen wirklich subtiler verteilen, Jasmin.« Allerdings sah Becks nicht halb so angesäuert aus, wie ich es unter diesen Umständen erwartet hätte. Sie lächelte mich sogar an. Offenbar hatte ich mit meinem geistesabwesenden Auftritt beim Pool die Brücken zwischen uns nicht abgerissen.

»Gern doch, Becks.« Dabei machte Laboe eine eindeutige Mundbewegung, die wohl auf den Ursprung des ungeliebten Spitznamens hinweisen sollte.

Bevor der Zwist zwischen meinen beiden Freundinnen einen weiteren Höhepunkt erklomm, ging die Haustür auf und Jakob trat hinaus. Er hatte seinen Mantel übergezogen und sah ausgesprochen verstimmt aus. Das Gesicht erstarrt, abgesehen von einer senkrechten Zornfalte auf der Stirn, und die Lippen eine blasse Linie.

»Alexander, ich habe mehrmals versucht, dich übers Handy zu erreichen. Warum bist du nicht drangegangen?«

Sander zog das Handy aus der Tasche seiner schwarzen Jeans und schüttelte es, bis Wassertropfen davonflogen. »Das Teil scheint nicht wasserdicht zu sein. Schöne Scheiße.«

Jakob, der Kraftausdrücke hasste, riss sich mit Mühe und Not zusammen, denn was er noch mehr hasste, waren Szenen vor Dritten. Vermutlich irritierte ihn auch der Freundesaufmarsch vor unserer Tür, denn schließlich ließ sich hier nie jemand blicken, wenn er zu Hause war. Mit langen Schritten stieg er die Treppe hinab und grüßte knapp in die Runde, bevor er Sander erneut ins Visier nahm. »Ich muss sofort zurück ins Büro. Unser Computersystem spielt verrückt, und offenbar ist niemand gewillt, sich der Sache mit dem notwendigen Nachdruck anzunehmen. Wir werden später über diese Angelegenheit reden.« Endlich schenkte mein Vater mir Beachtung … Oder eher leider. Er maß mich von Kopf bis Fuß mit reiner Missbilligung. »Es ist mir ein Rätsel, was du dir dabei gedacht hast, trotz deiner Erkrankung einen Jungen zu besuchen. Mir ist zwar bewusst, wozu verliebte Mädchen in deinem Alter imstande sind, aber eine solche Dummheit in Anbetracht deines Zustands … Ich möchte, dass du dich sofort von deinem Besuch verabschiedest und dich ins Bett legst, wo du zweifelsohne hingehörst.

Morgen früh werden wir als Erstes Dr. Weinbrecht einen Besuch abstatten. Du siehst grauenhaft aus.«

»Ja, Papa.« Mehr brachte ich nicht heraus.

Voller Erleichterung hörte ich das herannahende Taxi, dem Jakob auch schon entgegeneilte. Es musste wirklich dringend sein, wenn er auf seinen Spaziergang zum Zug verzichtete. Der einzige Luxus, den er sich für gewöhnlich gönnte, war eine zwanzig Minuten lange Auszeit von der Arbeit. Unsere kleine Gruppe stand stocksteif da, bis das Taxi außer Sichtweite war, so als wolle keiner etwas Unbedachtes tun, das meinen Vater dazu veranlassen könnte, uns doch noch alle der Reihe nach zusammenzufalten.

Es war Sander, der die Sprache als Erster wiederfand. »Na, das nenne ich doch mal eine ordentliche Galgenfrist. Was auch immer das für ein Notfall mit deren PC-Kram sein mag, die Nacht kostet er Jakob auf jeden Fall. So ist das doch immer, die Bank ist einfach zu geizig, um einen anständigen IT-Fachmann einzustellen. Aber warum auch, wenn sie im Zweifelsfall auf das Allroundgenie Parson vertrauen können, der allzeit bereit ist, um die Welt der Kleinkredite und überzogenen Dispos zu retten? Nicht, dass zum Schluss noch Familie Müllers Überweisung an die Stadtwerke verloren geht.« Dann klopfte er Moritz auf die Schulter, wobei der leicht in die Knie ging. Der Junge war wirklich nur noch Haut, Knochen und jede Menge Barthaar. »Alter, darfst du schon Bier trinken? Ich brauch jetzt nämlich eins.«

Moritz blickte mich fragend an.

Ich ahnte, dass er jetzt lieber mit Sander zusammenglucken wollte, als sich meine Mädchenprobleme anzuhören oder Zeuge zu werden, wie sich die beiden Streithühner duellierten. Mir war das ganz recht, ich würde ruhiger sein, wenn ich Sander in Gesellschaft wusste. Dann kam er wenigstens nicht auf so dumme Ideen, wie einen Arm durch die Salzzeichen zu stecken.

»Nur zu, aber mit dem Bier, das lasst ihr besser sein, Moritz.

Mein Bedarf an grenzwertigen Erlebnissen ist für heute nämlich gedeckt. Ich will dich weder nackt durch den Garten tanzen sehen, noch hören, wie Sander hackevoll koreanische Popsongs zum Besten gibt. Hockt euch einfach aufs Speermüllsofa in der Garage und hört ein Fußballspiel im Radio oder was Jungs sonst so machen, wenn sie nichts machen.«

»Nur keine Sorge, wir wissen uns schon zu beschäftigen.« Sander legte den Arm um Moritz' Schultern, was dieser erstaunlicherweise zuließ. Sah ganz so aus, als habe Sander bei ihm Sonderrechte. Unsereins wurde immer sofort angepfiffen, wenn wir ihn berührten. Vermutlich roch unsere Zuneigung nach Mitleid, während sie bei Sander dieses spezielle Kumpelding war. Im Weggehen zog Sander Moritz sogar am Bart und kassierte dafür lediglich ein Knurren. »Wir könnten dich rasieren, du Nachwuchs-It, dann hätten wir eine Zeit lang was zu tun, ohne Anouk und ihre Geschlechtsgenossinnen in ihren Empfindlichkeiten zu stören«, hörte ich ihn noch sagen.

»Sander ist Punkrock.« Laboe sah ernsthaft beeindruckt aus. »Ich wette, wenn er Moritz regelmäßig unter seine Fittiche nehmen würde, dann ginge es dem bald besser. Ein paar Bierchen, ein paar Partys und ein paar Blondinen später sieht Moritz die Welt aus einer ganz neuen Perspektive – aus der Überflieger-Sander-Perspektive.«

»Klingt nicht gerade nach dem Originalrezept zum Glücklichsein.« Die Entgegnung kam nicht von mir – obwohl mir die Gleichsetzung von Sanders Glück und ein paar willigen Blondinen gar nicht gefiel –, sondern von Becks, die sich bislang eher im Hintergrund gehalten hatte. Nun rückte sie dicht an meine Seite und flüsterte mir ins Ohr. »Tammo hat mir erzählt, dass er wohl etwas voreilig gewesen ist in Bezug auf euch beide und Sander ihm das unmissverständlich klargemacht hat. Ich soll dir ausrichten, dass es ihm leid tut, wirklich sehr leid. Das Letzte, was er wollte, war, dir wehzutun. Und dass er hofft, dass du ihm verzeihst, er mag dich nämlich. Genau wie ich, und deshalb möchte ich nicht, dass dieser Zwischenfall einen Keil zwischen uns treibt.«

»Das wird er auf keinen Fall, das war doch ohnehin alles nur halb so wild. Tammo und ich ... Es ist kompliziert, aber nicht schlimm.« Verlegen trat ich von einem Fuß auf den anderen, während Laboe der Unterkiefer runterklappte.

»Tammo Freibaum und du? Da habe ich wohl was verpasst.«

»Nicht nur du«, gestand Becks ein. »Ich habe auch nicht wirklich eine Ahnung, was sich zwischen den beiden abgespielt hat. Hör mal, Anouk, Jasmin und ich, wir sind doch beide deine Freundinnen. Willst du uns denn nicht erzählen, was los ist? Ich habe grauenhafte Sorge, dass Tammo dich bedrängt und Sander ihm deshalb fast den Kiefer gebrochen hat. Mein Bruder ist manchmal ein Idiot, und falls er dir wehgetan hat, dann muss ich das wissen. Du bist mir wichtig.«

»Du mir doch auch.« Ich musste schniefen, und das machte es nur schlimmer. »Ihr seid mir beide wichtig, aber was passiert ist, lässt sich nicht so ohne Weiteres erzählen. Es ist kompliziert und schwierig, und irgendwie weiß ich von der Hälfte der Geschichte nicht, was überhaupt passiert ist.« Das traf es ziemlich genau. Trotzdem verspürte ich das dringende Bedürfnis, mich meinen Freundinnen anzuvertrauen, damit wenigstens ein Teil der Last von mir genommen wurde. Ich blinzelte unbeholfen, als Laboe mich ermutigend anlächelte. »Ihr werdet gleich nicht mehr so lieb gucken, wenn ich erst einmal ausgepackt habe. Das ist nämlich alles andere als leichte Kost.«

»Nur zu«, ermunterte mich Laboe. »Notfalls habe ich die Spezialkekse, die renken alles wieder ein. Die gute Becks und ich, wir stehen zu dir, egal, was Sache ist.«

Becks nickte und sogar Lutz, der brav neben ihren Füßen saß, gab ein zustimmendes Gebrumme von sich.

»Okay.« Ich atmete tief ein. »Sander ist nicht mein Bruder, wir sind nicht einmal miteinander verwandt. Mein Vater hat ihn als seinen Sohn angenommen, als er noch ein Kind war. Wir wissen nicht, woher er kommt, wir wissen gar nichts über ihn, sogar seinen Namen hat er von meinem Vater. Es war ein großes, oft auch belastendes Geheimnis für mich, aber jetzt kann ich es nicht mehr aufrechterhalten. Ich habe mich nämlich in Sander verliebt. Und was es richtig schlimm macht: Er ist auch in mich verliebt.«

Laboe steckte sich die zweite Hälfte von einem Grandmama-Spezialkeks in den Mund und spülte ihn mit einem großen Schluck Kakao runter. »Ich kann es nicht fassen, ich kann es einfach nicht fassen«, sagte sie zum ungefähr hundertsten Mal.

Zu meiner großen Verwunderung war es Becks, die die Nachricht verhältnismäßig locker aufnahm, während Laboe erst einen hysterischen Lachanfall erlitten hatte und danach in eine »Ich kann es nicht fassen«-Litanei verfallen war. Sie war sogar dermaßen von der Rolle, dass ich sie kurzerhand in die Küche verfrachtete, obwohl Becks mir auf dem Fuß folgte. Gott sei Dank gehörte die Küche zu den wenigen unveränderten Orte von Himmelshoch – schließlich gab es auch so schon massenhaft zu erklären, da wollte ich nicht auf die Besonderheiten unseres Hauses eingehen.

»Das mit Sander ist schon ein starkes Stück«, gestand ich ein, während ich Laboes Rücken tätschelte. »Deine Grandmama hat es übrigens gewusst, also nicht nur, dass wir keine Geschwister sind, sondern auch, dass wir uns zueinander hingezogen fühlen. Das hat sie sogar noch vor uns herausgefunden, wenn ich mich nicht irre.«

»Mir gegenüber hat sie das mit keinem Sterbenswörtchen erwähnt. Ist ja mal wieder typisch.« Laboe bekam vor lauter Aufregung einen Schluckauf, der ihren buschigen Haarschopf zum Wippen brachte.

 Leidlich unterdrückte ich ein Kichern – das musste von den

Keksen kommen, denn zum Lachen hatte ich wirklich keinen Grund. »Vermutlich dachte Grandmama, es sei besser, wenn ich es dir persönlich erzähle.«

»Wäre es ja auch – *hicks*. Und noch besser wäre es unter vier Augen gewesen.« Vorwurfsvoll deutete Laboe auf Becks, die einen unangetasteten Keks in der Hand hielt.

»Ach komm, wollen wir dieses alberne Mit-dem-Finger-aufeinander-Zeigen nicht endlich lassen? Das ist doch nun echt überflüssig, nachdem wir beschlossen haben, in dieser schwierigen Situation beide hinter Anouk zu stehen. Unsere Grabenkämpfe um ihre Gunst können wir gern im Anschluss wiederaufnehmen.«

Meine Bewunderung für Becks nahm sekündlich zu, weil sie trotz allem nicht die Nerven verlor und sich nicht länger durch Provokationen herausfordern ließ. Zweifelsohne war Laboe ein wenig neidisch, wo sie es doch für gewöhnlich war, die stets die Oberhand behielt. Becks war ein taffes Mädchen, das musste ich ihr schon lassen – sie verhielt sich ganz anders, als ich es von ihr erwartet hatte. Zu meiner Schande wäre ich nämlich nicht sonderlich überrascht gewesen, wenn sie mir nach meiner Eröffnung Lutz' Leine in die Hand gedrückt und mir anschließend bis zum Sankt-Nimmerleinstag die kalte Schulter gezeigt hätte. Höchste Zeit für eine neue Lebensregel: *Sei offen für Veränderungen*. Darüber musste ich bei Gelegenheit in Ruhe nachdenken, jetzt war wohl kaum der passende Moment, wie die zwei eindringlichen Augenpaare verrieten, die auf mir lagen. Nun ja, es gab noch ein drittes Paar, unter dem Küchentisch, und sie forderten keine Erklärung, sondern Streicheleinheiten und einen Schmackofatz aus der Hundedose. Erst einmal kam ich Lutz' Bedürfnissen nach, dann stellte ich mich meinen Freundinnen.

»Okay, wo soll ich mit dem Erzählen anfangen?«

»In medias res. Rück einfach damit heraus, wann das mit Sander angefangen hat«, schlug Laboe vor. »Am liebsten wäre es mir, wenn euer Gefühlschaos erst innerhalb der letzten vierundzwanzig Stunden ausgebrochen ist. Ich komme mir nämlich richtig dusslig vor, weil ich nichts davon mitbekommen habe. Nicht einmal einen schwachen Verdacht kann ich anführen, ihr zwei ward für mich bislang ein Geschwisterpaar, das zwar komplett verschieden aussah, sich aber ganz normal anzickte. Immerzu eure Neckereien und dann noch diese Spannung, die in der Luft lag, als würde gleich der Blitz einschlagen. Für mich stand gar nicht zur Debatte, dass die Spannung sich daraus speist, dass ihr nur mit eiserner Willensanstrengung die Finger voneinander lassen könnt. Jungs waren bei dir ja ohnehin nie ein großes Thema. Irgendwie bin ich davon ausgegangen, dass du einfach noch nicht reif bist für Typen aus Fleisch und Blut und deshalb lieber zu Romanen greifst. Von wegen! Meine Anouk hat in Wirklichkeit ein heftiges Geheimnis, ein grün-orange gestreiftes Geheimnis mit braunen Punkten, einer berühmt-berüchtigten Klappe und einer Brille auf der Nase.«

»Das mit der Brille auf der Nase stimmt so nicht wirklich. Außerdem scheint Sander das gute Stück jetzt endgültig verschusselt zu haben, zumindest habe ich es heute noch nicht gesehen.« Verlegen zupfte ich an meinem Oberteil herum, das durch den klammen Bikini drunter ganz zerknittert war. »Mit deinem Verdacht, dass mich die Herrenwelt nicht sonderlich interessiert, hast du ja durchaus richtig gelegen, Laboe, nur der Grund war ein anderer. Der Junge, der mich in so ziemlich jeder Hinsicht interessierte, stand schlicht nicht zur Debatte. Nicht einmal in meinen wildesten Träumen habe ich mir eingestanden, dass mir allein beim Klang seiner Stimme ganz schummerig wird, sondern ich habe mir überzeugend eingeredet, dass er mich deshalb nervös macht, weil er eben Sander ist, der ständig verrückte Dinge veranstaltet und mich mit seinem Gefoppe in den Wahnsinn treibt. Ich habe mir unmöglich erlauben dürfen, mich zu meinen Gefühlen zu bekennen.«

»Aber Sander und du, ihr seid doch nicht verwandt, es gibt also rein gar nichts gegen eure Gefühle einzuwenden«, warf

Becks, die Stimme der Vernunft, ein. Vermutlich fiel es ihr leichter, sich in die neue Situation einzufinden, weil wir erst seit einigen Monaten enger befreundet waren und sie Sander – im Gegensatz zu Laboe – bestenfalls vom Sehen kannte.

»Das stimmt, wir sind nicht einmal wie Geschwister aufgezogen worden, obwohl wir das nach außen natürlich vortäuschen mussten. Aber Sander hat mich, seit ich den Kinderschuhen entwachsen bin, konsequent auf Abstand gehalten. Dazu kamen dann auch noch die ganzen Gerüchte über seine nächtlichen Aktivitäten … Es wäre schlicht zu verletzend gewesen, mir einzugestehen, dass ich für diesen Herumtreiber etwas empfinde. Er durfte nichts anderes sein als eine Nervensäge, mit der ich gezwungen war, unter einem Dach zu leben. In der letzten Zeit wurde es dann immer schwieriger, diese Lüge aufrechtzuerhalten. Ich habe anfangen, mir einzureden, dass ich ihn wegen irgendwas trösten wollte, dabei habe ich in Wirklichkeit nur nach einer Ausrede gesucht, um ihn zu berühren. Und wenn ich ausgeflippt bin, sobald er von einer Party zurückkam, dann lag das angeblich an meiner ehrlichen Entrüstung über sein unverantwortliches Verhalten, das er sich selbst gegenüber an den Tag legte, und nicht etwa daran, weil ich eifersüchtig war. Vermutlich wäre ich als *Jungfrau aus Überzeugung* in die Geschichte eingegangen, wenn er nicht plötzlich vollendete Tatsachen geschaffen hätte.«

Becks drückte meine Hand. »Und, war Sander gut darin, vollendete Tatsachen zu schaffen, wie du es nennst?« Meine plötzlich brennend heißen Wangen beantworteten die Frage offenbar hervorragend, denn sie lächelte mich verschwörerisch an.

Laboe hingegen beschäftigte etwas anderes. »Was du da erzählst, erklärt einiges! Während du dich in deine Buchwelt zurückgezogen hast, in der alles ungefährlich und schön geordnet ist, ist Sander auf seine Weise mit der Situation umgegangen, indem er die Marienfaller Frauenwelt beglückte, wo er sich doch von dir fernhalten musste. Eine so idiotische Vorgehensweise passt zu ihm«, stellte sie grimmig fest.

»Du meinst, seine ganzen wahllosen Affären …«

»Na, klar. Liegt doch eindeutig auf der Hand. Das hatte schon was Verzweifeltes, dieses Hardcoreabtauchen ins Feiern. Reine Verdrängungsstrategie.«

»Das macht Sinn.« Becks hielt sich beim Sprechen die Hand vor den Mund, nachdem sie todesmutig in einen von Grandmamas Keksen gebissen hatte. Allem Anschein nach entfaltete die Geheimzutat bereits ihre Wirkung, sie lächelte nämlich Laboe an. »Wenn ich das, was ich mir von ganzem Herzen wünsche, nicht haben kann, dann suche ich nach einem Ersatz, einem, der scheinbar meine Bedürfnisse befriedigt, mir aber nicht nahkommen und mich auch nicht verletzen kann.«

Verblüfft blinzelte ich sie an. »Wow. Der Erklärungsansatz ist … so hellsichtig.« Und eine weitere Lebensregel: *Weisheit findet man an den unverhofftesten Orten und bei den ungewöhnlichsten Personen.* »Klingt fast so, als würdest du so ein Verhalten aus eigener Erfahrung kennen. Trifft das auch auf dich und Klaas zu?«

Becks zuckte mit den Schultern. »Irgendwie schon. Aber ich könnte mir durchaus vorstellen, dass jeder damit bereits seine Erfahrungen gemacht hat, auf die ein oder andere Art.«

»Ich nicht«, gab Laboe unumwunden zu. »Offenbar bin ich simpler gestrickt: Wenn ich etwas will, gebe ich es offen zu und versuche, es mir unter den Nagel zu reißen.«

»Na ja, Anouk hätte lange Zeit auch Stein und Bein geschworen, dass Sander in ihrem Leben keine wichtige Rolle spielt. Vielleicht weißt du bloß nur nicht, dass du dich selbst belügst, und bekommst deshalb gar nicht mit, wonach du dich in Wahrheit sehnst«, gab Becks zu bedenken.

»Nichts leichter als das: Mila Kunis, nackt auf meinem Schoß.«

So schnell konnte man von einem philosophisch angehauchten Gespräch zurück auf den harten Grund der Realität geworfen werden – dazu brauchte es nicht mehr, als Jasmin Laboe nach ihren innigsten Wünschen zu befragen.

Mit Sorge beobachtete ich das Blickduell zwischen den beiden Mädchen und beschloss, dass es Zeit für ein Ablenkungsmanöver war. Wenn ich eine Sache in Himmelshoch gelernt hatte, dann, wie man zwei Hitzköpfe auf andere Gedanken bringt. »Apropos Funkenflug und Verdrängung …«

»Was hat das Ganze denn nun mit Tammo zu tun?«, unterbrach mich Laboe rüde. »Soweit ich mich erinnere, fandest du den Typen eigentlich ziemlich mau, womit du absolut richtig gelegen hast – sorry, wenn ich das jetzt so freiheraus sage, Becks. Ich weiß, er ist dein Bruder und du scheinst ihn ja zu mögen. Ich mag meine Brüder auch, obwohl sie zwei Pappnasen vor dem Herrn sind. Möglicherweise ist Tammo als Bruder ein Ass, aber als Typ zum Anschmachten … Nee, das geht gar nicht, dafür ist er schlicht zu dröge, total sport- und kumpelfixiert, der Mann. Wenn er nicht supersportlich wäre und so ein Strahlemanngesicht besäße, würde sich kein einziges Mädchen auch nur nach ihm umgucken.«

Becks grummelte etwas Unverständliches und schnappte sich einen weiteren Keks. Klang ganz danach, als wäre sie durchaus in der Lage, ihren Bruder aus der Perspektive eines weiblichen Wesens zu sehen, das nicht mit ihm verwandt war.

»So habe ich Tammo ja auch gesehen«, gestand ich ein. »Ein ganz normaler Junge, der nicht auf meiner Wellenlänge lag. Jedenfalls war das bis vor ein paar Tagen so, dann hat sich Tammo verändert, und zwar gewaltig.«

Ein zustimmendes Nicken von Becks zeigte, dass diese Entwicklung auch an ihr nicht vorbeigegangen war. »Mir ist schon klar, dass Tammo etwas zur Oberflächlichkeit neigt. Davon ist im Moment allerdings nichts mehr zu spüren, stattdessen wirkt er reifer, nachdenklicher und zu allem Überfluss ist er plötzlich sogar aufmerksam im Umgang – nicht nur mit mir, sondern auch mit meiner Mutter. Die wollte ihn unbedingt zum Arzt schleppen, weil er gesagt hat, dass er zu schätzen wüsste, wie sehr sie sich sein Leben lang um ihn gekümmert hat. Nachdem er dann jedoch ohne Aufforderung die Einkäufe ins Haus getragen hat, hat sie das ganz rasch vergessen. Der soll mal schön so bleiben, egal, ob es an seiner Krankheit liegt oder nicht. Es ist schwierig zu beschreiben, er ist noch Tammo, aber er hat eine ganz neue Seite an sich. Kann ich gut verstehen, dass die dich angesprochen hat, Anouk.«

Augenblicklich erwuchs in mir die Hoffnung, dass Tammos grundlegende Veränderung keinen allzu großen Verlust für Becks und ihre Eltern darstellte. Manchmal gingen Märchen doch auch gut aus, oder? Mutig geworden, holte ich tief Atem. »Es steckte keine böse Absicht dahinter, aber ich habe in Tammo die Möglichkeit gesehen herauszufinden, ob ich in der Lage war, mich in jemand anderen zu verlieben. Vor allem weil sich die Sache zwischen Sander und mir ziemlich überraschend zugespitzt hat. Mein veränderter Blick auf Tammo hat mir erst klargemacht, was ich für Sander empfinde – allerdings erst in dem Moment, als er uns beide bei euch im Pool überrascht hat.«

Während Becks sich den letzten Keks aus der Packung nahm, vermutlich um ihre Nerven zu beruhigen, pfiff Laboe anerkennend. »Du hast dich mit Tammo im Pool vergnügt? Ha! Und ich habe von Mathe nix mitbekommen, weil ich mich ständig gefragt habe, warum du heute nicht zum Unterricht aufgetaucht bist. Ich dachte, du wärst sterbenskrank.«

»Tut mir echt leid, aber heute Morgen ging es mir durchaus schlecht. Bis mich Tammo dann eben eingeladen hat …« Ab hier war geschicktes Auslassen und noch geschickteres Umverpacken der Wahrheit angesagt – beides keine Kunststücke, in denen ich gut war. Deshalb beschloss ich, beherzt mit der Tür ins Haus zu fallen. »Der Höhepunkt unserer Schwimmstunde bestand darin, dass Sander sie auf seine Spezialart beendet hat. Er war gekommen, um mich abzuholen, und hat Tammo kurzerhand eine gelangt, als er uns beide zusammen gesehen hat. Ich war so schockiert, dass ich davongelaufen bin. Das war einfach alles zu viel für mich.« Kein Wort über den wahren Grund für Tammos Veränderung, kein Wort über meine Mutter. Warum erzählte ich diese Geschichte überhaupt? Dann erinnerte ich mich wieder: Weil Becks eine Erklärung brauchte und ich ein wenig Seelenfrieden. »Dabei ist Tammo null aufdringlich gewesen, falls du das befürchtest, Becks. In dem Moment, in dem Sander mit von der Partie war, wurde es kompliziert, die Gefühle sind hochgekocht und …«

Becks sah mich erwartungsvoll an, ein sanftes Lächeln auf den Lippen. Allem Anschein nach entfalteten die Kekse mittlerweile ihre volle Wirkung. »Ja …?«

Ich brachte kein Wort heraus. Auf ihrer Schulter saß eine flummigroße blaugrüne Schleimkugel, die gerade zum Sprung in die Kakaotasse in Becks Händen ansetzte. Obwohl sie kein einziges Geräusch von sich gab, wusste ich, dass sie sekündlich loskichern konnte.

»Nicht bewegen, Becks«, flüsterte ich.

Dieses miese Veränderdich hätte sich wirklich keinen schlechteren Zeitpunkt für seine Wiederkehr aussuchen können.

Becks folgte meinem Blick zu ihrer Schulter, doch bevor sie begriff, was sich abspielte, sprang die Kugel, flog in einem hohen Bogen … Um von Lutz im freien Flug weggeschnappt zu werden. Beglückt trabte die Bulldogge ins Körbchen davon, wo es einige Sekunden später kicherte. Offenbar benutzte er das Veränderdich als Bällchen zum Spielen. Hoffentlich.

Ordentlich verdattert deutete Becks auf das Körbchen, während Laboe mit der Faust im Mund ihr Lachen zu unterdrücken versuchte. »Was war das?«

»Der Schlussakkord«, sagte ich. »Höchste Zeit für den Heimweg, Ladies.«

# 28. Pausentaste

Irgendwie gelang es mir, die beiden Mädels, allem Widerstand zum Trotz, in Richtung Haustür zu treiben.

Ich schaffte es auch, Becks zu umarmen und sie zeitgleich über die Schwelle zu schieben, über die sie eigentlich gar nicht gehen wollte, die treue Seele.

Außerdem brachte ich es fertig, Laboes unverständliches Gerede über »einen fliegenden Monsterpopel« zu unterdrücken, indem ich sie äußerst hart am Arm packte und anzischte, dass ich ihr den besagten Popel bei nächster Gelegenheit ins Essen schummeln würde, wenn sie jetzt nicht sofort die Klappe hielt. Zu meiner Erleichterung hatte Becks kein Wort verstanden, weil Laboe mehr gelacht als geredet hatte.

Und steckte meinen Frust weg, obwohl kein einziger Entspannungskeks mehr übrig war und ich locker eine ganze Ladung davon vertragen hätte. Besonders als ich Lutz das in Sabberfäden getauchte Veränderdich entwand und es in ein Marmeladenglas sperrte, in dem dieses Flummiding eifrig Zickzacksprünge übte.

Nur der Gang in die Garage, der fiel mir schwer.

Durchatmen, ohne schlappzumachen – darauf kam es jetzt an, zumindest noch für einige Minuten, dann würde ich mich in einer Ecke verkriechen. Diese Aussicht hielt mich aufrecht, als ich den Anbau betrat, wo die Jungs sich auf Sanders Laptop einen Kung-Fu-Film im Original ansahen, den sie höchstpersönlich synchronisierten. Moritz sah so glücklich aus wie schon lange nicht mehr. Er grinste allem Anschein nach sogar, was wegen der Bartzotteln allerdings nicht so genau zu erkennen war. Sanders Gegenwart hatte auf ihn die gleiche grundentspannende Wirkung wie Grandmamas Kekse auf Becks.

»Hey, Anouk«, flötete Moritz. »Wagst du es, einen Fuß in die Höhle der Wilden Kerle zu setzen? Du Teufelsweib!«

Ich bemühte mich um ein anerkennendes Grinsen ob dieser flotten Ansprache, aber Moritz war schon wieder mit dem Film beschäftigt, in dem gerade eine lautstarke Auseinandersetzung auf Asiatisch stattfand. Ich tippte mal auf Chinesisch, schließlich kam Kung-Fu doch aus China, oder? Mit asiatischen Kampffilmen kannte ich mich genauso gut aus wie mit den Kampfkünsten selbst, da half auch ein halbes Leben unter einem Dach mit Sander nichts.

»Hör zu«, flüsterte ich Sander ins Ohr. »Ich brauche jetzt eine Auszeit. Eine echte Auszeit, in der ich mir die Decke über den Kopf ziehe und mir über nichts, wirklich rein gar nichts Gedanken machen muss. Deshalb versprich mir gefälligst, dass du in der Zwischenzeit die Füße stillhältst. Du wirst nicht einmal an einen Alleingang denken, um Tammos Geschichte zu überprüfen, verstanden?«

Sander rieb sein Kinn an den aufgestellten Knien und sah gebannt zu, wie sich zwei Typen in altmodischen Trainingsanzügen mit den Handkanten bearbeiteten, während sie einander frohgemut beschimpften.

»Sander?«

»Nicht dazwischenreden, Engelchen. Ich versteh ohnehin schon nix.«

Sehr witzig. Ich stellte mich vor den Laptop, der auf einer umgedrehten Getränkekiste stand.

Moritz sah mich übertrieben finster an und sagte etwas, das wie »Haijotto-Miau« klang.

»Bitte?«

»Das heißt ›Wenn die Tussi mit den Locken nicht sofort zur Seite geht, werde ich sie die Macht des Weißen Kranichs spüren lassen‹, übersetzte Sander mit ernster Miene. Dann seufzte er. »Einverstanden, ich beuge mich deinem Willen. Aber glaub ja nicht, dass dieser Trick allgemeingültig ist. Das nächste Mal werde ich dich wie einen ausgedienten Einrichtungsgegenstand in Richtung Sperrmüllsammlung schieben, wenn du dich zwischen mich und meinen Bildschirm stellst.«

Eine solche Aktion war ihm durchaus zuzutrauen, vor allem vor so einem verzückten Publikum wie Moritz.

»Wie schön, dass ihr zwei Irren euch gefunden habt. Wenn der Film vorbei ist, könnt ihr euch ja gegenseitig Kosenamen geben und eure Bruderschaft mit Ketchup besiegeln.«

»Haouwh«, ließ Moritz vernehmen.

Sander zuckte mit den Achseln. »Indianisch kann ich leider nicht.«

Dann schütteten sich die beiden vor Lachen aus, und ich trat schleunigst den Rückzug an, bevor sie noch auf die Idee verfielen, sich gegenseitig mit Chips zu bewerfen oder vor meinen Augen die Klamotten zu tauschen.

Nachdem ich verboten lange unter der Dusche gestanden und anschließend den Fön als Wärmequelle benutzt hatte, bis sich mein Haar vor lauter Trockenheit in Stahlwolle verwandelte, verkroch ich mich im Bett. Das Veränderdich im Marmeladenglas stellte ich auf den Nachttisch, obwohl sein Gezwitscher sogar durch das dickbauchige Gefäß zu hören war. Ich gab es zwar ungern zu, aber seine Laute gefielen mir – es klang so gut gelaunt und unbekümmert. Obwohl die Dämmerung gerade erst einsetzte, fühlte ich mich, als läge mein letzter Schlaf schon mindestens hundert Jahre zurück. Ich war quasi ein Negativ-Dornröschen. Und das augenberingte blasse Gesicht, das mir im Spiegel entgegengesehen hatte, bestätigte diese Vermutung in jeglicher Hinsicht.


Ich hatte mich gerade so richtig schön in meine Decke eingemummelt, als an der Außenseite meiner Tür gekratzt wurde. Nicht etwa mit einem Fragezeichen versehen, sondern mehr befehlsmäßig. Unwillig drehte ich mich auf die andere Seite, doch als Lutz auch noch zu heulen anfing, gab ich auf und ließ ihn in mein Zimmer. Die Zufriedenheit in Person beschnüffelte er erst das Marmeladenglas, in dem das Veränderdich plötzlich still dasaß, dann rollte sie sich auf dem Bettvorleger zusammen und begann noch im selben Moment zu schnarchen. Da konnte man glatt neidisch werden.

Zuerst dachte ich, ich würde niemals einschlafen. Mir tat jeder Knochen weh und mein Herz hämmerte lauter als ein Schlaghammer. Mein armer Körper war komplett adrenalinverseucht und rechnete fest damit, dass gleich etwas passierte und er wieder Vollgas geben musste. Die Gedanken kreuzten dauerhaft auf der Überholspur durch meinen Kopf, ließen sich weder sortieren noch abstellen. Und dann, mit einem Schlag, war ich weg. Tief und fest eingeschlafen. Für ein paar Minuten. Das dachte ich jedenfalls, als ich aufwachte und es draußen immer noch dämmerte. Ein Blick auf den Wecker zeigte allerdings, dass es halb sechs in der Früh war.

Überrascht setzte ich mich auf, dann kam das schlechte Gewissen wie ein Keulenschlag. *Wie kannst Du in aller Seelenruhe schlafen, während deine Mutter auf der anderen Seite von Tiamat gefangen, Tammo nicht mehr Tammo ist und Sander sich mit seinen Sorgen allein herumschlägt?*

Es war eine irrationale Reaktion, das war mir schon klar. Bei niemandem konnte das Leben innerhalb kürzester Zeit derartig auf den Kopf gestellt werden, und er funktionierte ungestört weiter wie ein Aufziehwerk. Trotzdem war ich mit einem Satz aus dem Bett, wobei ich Lutz beinahe den Schädel eintrat, was dieser – Gott sei Dank – verschlief. Sogar das Veränderdich lag zu einer blau glänzenden Pfütze geschmolzen da und gab sanft blubbernde Geräusche von sich.

In neuer Rekordzeit putzte ich meine Zähne, zog mir eine 

Strickjacke über und flitzte in die Garage, wo jedoch weder von Sander noch von Moritz eine Spur zu entdecken war. Stopp! Auf der Kiste, wo am Abend zuvor noch der Laptop gestanden hatte, lag ein Zettel, auf dem in Moritz' Krakelschrift ein paar Zeilen standen.

*Hallo Sempai,*
*wollt noch mal sagen, was für ein lässiger Abend das war, auch wenn ich plötzlich eingepennt bin. Sorry. Bin nach Hause, sonst bekommt meine Mutter einen Koller, vermutlich sucht sie schon den Fluss nach meinen Überresten ab. Bin ja irgendwie nicht ganz unschuldig an ihren Panikattacken, mal schaun, was ich künftig daran ändern kann. Du hast ja gesagt, dass du die nächsten Tage viel um die Ohren hast, aber dann meldest du dich doch wie verabredet, oder? Wäre jedenfalls cool, dann schauen wir uns diesen Hippie-Comicfilm über eine Katze an, von dem ich dir erzählt habe.*

*Hau rein, Moritz*

*PS: Du solltest deine Brille echt nicht überall rumliegen lassen. Als ich mich draufgesetzt habe, hat der Bügel leider was abbekommen. Passt ja zu deinem Look ☺*

Ungläubig starrte ich den Smiley an, den Moritz höchstpersönlich gezeichnet hatte, ohne dass ihn jemand mit einer Waffe in der Hand dazu gezwungen hatte.

Einen Smiley!

Zweifelsohne war am gestrigen Tag mehr ins Rollen gekommen, als ich mir in meinen kühnsten Träumen auszumalen gewagt hätte. Unser Moritz, den bis vor Kurzem noch das Leben an sich in die Knie zu zwingen drohte, malte Grinsegesichter und freute sich wie Bolle auf einen Filmabend. Die Zeile *Wunder gibt es immer wieder* stammte zwar aus einem Schlager, aber ich beschloss spontan, sie trotzdem in meinen Lebensregelvorrat aufzunehmen.

Vielleicht traf diese neue Regel ja auch auf meinen Fall zu, gebrauchen konnte ich es jedenfalls. Denn ich ahnte, wo Sander war. Ich raffte die Strickjacke am Ausschnitt zusammen und machte mich an den Abstieg in das Kellergewölbe unter Himmelshoch.

# 29. Blitzschlag

Sanders Zimmer lag verlassen da, über dem Stuhl hing lediglich die Kleidung, die er gestern getragen hatte.

Unschlüssig blieb ich im Türrahmen stehen.

Auf dem Schreibtisch lugte unter dem Bücherhaufen ein Zipfel hervor.

Das musste das Plakat oder Foto sein, das er bei meinem letzten Besuch abgenommen und versteckt hatte, bevor ich einen Blick darauf werfen konnte. Obwohl es alles andere als korrekt war, in seinen Sachen herumzukramen, ging ich zum Schreibtisch und zog das Papier hervor. Es war eine arg zerknitterte Seite aus einem Ringblock, und ich brauchte einen Moment, um zu begreifen, was darauf verewigt war: Eine Skizze von meinem Gesicht, die Laboe im letzten Sommer angefertigt hatte. Wir hatten einen Nachmittag auf der Picknickdecke im Garten verdöst – genauer gesagt hatte ich ihn verdöst, während Laboe aus lauter Langeweile ein Porträt von mir gezeichnet hatte. Das fertige Bild bewahrte ich in meinem Zimmer auf, es war ihr wirklich gut gelungen und zeigte, dass sie Solanges Kreativ-Gen geerbt hatte. Sanders Exemplar musste ein erster Versuch gewesen sein, den Laboe wegschmissen hatte. Dabei war es ebenfalls geglückt, nur hatte sie die Proportionen falsch eingeschätzt, sodass nicht mein ganzes Gesicht auf das Blatt gepasst hatte, sondern lediglich ein Ausschnitt: mein leicht geöffneter Mund, Nase und ein Blick, als würde ich gerade erwachen oder mit halb geöffneten Augen träumen. Sander musste die Skizze gefunden und aufbewahrt haben. Mehr als das, er hatte sie an seine Wand gehängt.

Augenblicklich wurden meine Hände feucht und ich schob die Zeichnung an ihren ursprünglichen Platz zurück.

Wie lange empfand Sander schon auf diese Weise für mich?

Länger, als ich vermutlich dachte.

Und was mochte es ihn gekostet haben, diese Empfindungen vor mir zu verbergen und jeden Tag den Genervten zu spielen, um seine Gefühle zu vertuschen?

*So viel Täuschung*, dachte ich bedrückt. Wo ich auch hinblickte, alles veränderte sich und zeigte endlich sein wahres Gesicht.

Aber was war mit mir? War ich trotzdem noch die gleiche Anouk, die vor einigen Tagen Bücher auf den Dachboden hatte bringen wollen? Ein ganz normales Mädchen in einer ganz normalen Kleinstadt, dessen Geheimnisse noch nicht einmal ihre eigenen waren, sondern ihrer Familie und ihren Freunden gehörten?

Bislang hatte ich Tiamat, Besucher und Wächter für einen Part meines Lebens gehalten, der zwar vorhanden war, aber keinen größeren Einfluss auf meinen eigentlichen Alltag nahm – von den Sorgen, dass mein Vater mich auf ein Internat schicken könnte, einmal abgesehen. Ich ging zur Schule, hatte einen Freundeskreis, der andere Dimensionen für einen spannenden Kinostoff hielt, und so gewöhnliche Interessen wie Lesen und meinen Hund verziehen. Damit war jetzt Schluss, so konnte ich die Welt nicht länger sehen, denn die Wahrheit über Tiamat und alles, was mit ihr zusammenhing, betraf mich von nun an persönlich. Es war der Weg zu meiner Mutter, und es war eine Grenze, die sich möglicherweise schon sehr bald zwischen Sander und mir auftun würde. Zum ersten Mal stellte ich meinen Vater, sein Tun und seine Entscheidungen infrage, nachdem ich bislang alles stillschweigend akzeptiert hatte: seine Distanziertheit, seine Arbeitssucht und besonders die Kälte, die er Sander entgegenbrachte und die unser Zuhause in eine Eiskammer verwandelte. Nein, ich war nicht mehr die gleiche Anouk. Ich war erwacht und ich konnte es nicht wieder rückgängig machen. Wenn ich bislang eine Zuschauerin der Ereignisse gewesen war, würde ich ab heute anfangen, sie mitzubestimmen. Ich hatte ein Recht darauf – und keine Täuschungen, Lügen und Verwirrspiele würden mich länger davon abhalten.

Zum ersten Mal nahm ich den Weg, der durch das Kellergewölbe zu Tiamat führte, ganz bewusst wahr, während die kindliche Angst, die mich ansonsten immer fest im Griff hielt, verschwunden war. Hinter dem Tor verbargen sich nicht länger Ungeheuer und Monster, sondern Antworten, die ich dringend brauchte. Auf den Metallplatten, die den Weg säumten, bildete ich mir nicht länger besorgniserregende Wasserspuren ein. Meine Hand zitterte, als ich das Schleusenrad drehte, um die schwere Metalltür zu öffnen. Sie zitterte jedoch nicht, weil ich mich vor dem Anblick dessen fürchtete, was am Ende der Schleuse auf mich wartete, sondern es lag an meiner Ungeduld. Hastigen Schrittes stieg ich die Metallröhre hinab und hielt erst vor dem Kraftfeld aus weißem Nebel kurz inne, bevor ich hindurchtrat. Wie immer durchfuhr mich jener angenehme Schauer, dann sah ich mich Tiamat gegenüber.

Sander stand gut zwei Meter vom riesigen zweidimensionalen Maelstrom entfernt, mit dem Rücken zu mir. Er trug eine Trainingshose und ein ärmelloses T-Shirt. Seine rechte Schulter glühte in blauem Schimmer, als würden die Linien dort von den Wasserfluten jenseits von Tiamat zum Leben erweckt. »Ausgeschlafen?«, fragte er, ohne sich umzudrehen.

»Ich weiß jetzt endlich, warum es mich stets irritiert hat, durch das Kraftfeld zu treten. Es ist die gleiche Energie, die dich umgibt, wenn du unter Druck gerätst. Ihr hängt auf irgendeine besondere Weise zusammen, richtig?«

»Ich habe immer gedacht, dass Kraftfeld sei durch Tiamats Erwachen entstanden, ähnlich den Salzzeichen, nur mit ein paar Tagen Verspätung«, antwortete er. »Jetzt würde ich eher darauf tippen, dass es eine Veränderung ist, die zu mir gehört. Zumindest erklärt das, warum ich wahrnehme, was mit dem Feld in Berührung kommt. Am schlimmsten war es übrigens jedes Mal, wenn du hindurchgegangen bist … Als hätte ich dich vor mir und würde dich abtasten, ohne dich anzufassen.«

»Tausend feine Berührungen. Und dabei hast du immer so getan, als würdest du nichts spüren, als wäre ich bloß ein hysterisches Mädel.«

Das leise Lachen, das Sander ausstieß, verursachte mir eine Gänsehaut. »Was hätte ich denn sonst tun sollen? Ich war schon froh, wenn ich dabei nicht in die Knie ging. Ich wollte es ignorieren, wie vieles andere auch. Das begreife ich erst jetzt, und es erklärt, warum ich mich immer so verdreht gefühlt habe. Ich dachte, es liege daran, dass ich meine Herkunft nicht kenne und in Jakob niemals einen Vater gefunden habe. Dabei stand ich bloß schlicht und ergreifend auf der falschen Seite.«

Endlich drehte Sander sich um und sah mich durch seine Brillengläser an. Sein Anblick zerschnitt mich, trieb einen Graben in meine Brust. Unmöglich zu glauben, dass er nicht in meine Welt gehörte, dieser Junge mit seiner Brille und dem neonfarbenen Spruch auf seinem Shirt, den ich nicht einmal hochalkoholisiert laut vorgelesen hätte, obwohl es einem echten Kunststück gleichkam, ein und dasselbe Schimpfwort drei Mal in einem einzigen Satz unterzubringen. Und doch … Es ließ sich nicht leugnen: Sander war anders. Nicht im Sinne von ausgeflippt, unberechenbar und strange, sondern wirklich anders. Ich hatte es von Anfang an gewusst, hatte es in ihm und nicht an dem verräterischen Leuchten der blauen Linien gesehen.

»Du stehst nicht auf der falschen Seite.« Das entsprach meiner tiefsten Überzeugung.

»Ach nein?«

»Zumindest nicht, solange die richtige Seite die ist, auf der ich stehe. Falls du nämlich glaubst, ich lasse mich noch einmal auf Abstand bringen, weil du von irgendwelchen unbegründeten Schuldgefühlen heimgesucht wirst, dann irrst du dich.«

»Anouk, du hast ja keine Ahnung«, setzte er an, doch davon ließ ich mich nicht beeindrucken. Nicht mehr.

»Genau wie du, schließlich wissen wir beide nicht, was hier gespielt wird. In einem Punkt bin ich mir allerdings deutlich sicherer als du, nämlich darin, dass wir zusammengehören. Und damit meine ich nicht nur die stürmischen Küsse, Verliebtsein und so was, sondern dass es ein echtes Band gibt zwischen uns. Es ist eine Schande, dass mir Grandmama erst auf die Sprünge helfen musste, damit ich die Wahrheit erkenne. Aber jetzt weiß ich es, und du tätest gut daran, es ebenfalls zu akzeptieren, damit wir uns den echten Problemen stellen können. Gemeinsam – und nicht als Ein-Mann-Show, wie du dir das offenbar vorstellst.«

Sander zog die Augenbrauen hoch. »War das jetzt mehr eine Liebeserklärung oder eher eine Zurechtweisung?«

»Kommt drauf an, was es braucht, damit du begreifst, dass du mich unter keinen Umständen mehr von dir fernhalten kannst. Erinnerst du dich an die Tarotkarten, die Grandmama dir gelegt hat? Auf den Tod folgt die Liebe. Sie hat absolut recht behalten.«

»Oh Mann, du bist wirklich einzigartig – einzigartig und ziemlich heftig, Anouk. So eine Ansprache am frühen Morgen.« Mit einer vertrauten Geste schob Sander die Brille ins Haar und rieb sich ausgiebig die Augen. »Wäre wohl nicht verkehrt gewesen, mich ebenfalls kurz aufs Ohr zu hauen, anstatt hier Stunde um Stunde den verfluchten Maelstrom anzustarren, als habe er Antworten parat. Dann wäre ich dir jetzt vielleicht gewachsen und hätte möglicherweise sogar einen passenden Kommentar zur Hand, besonders für den netten Teil in deiner

Ansprache.« Sander knabberte an seiner Unterlippe. War er etwa verlegen? So etwas hatte ich ja noch nie bei ihm erlebt. »Obwohl … Wenn ich so nachdenke, wohl eher nicht. Womit ich sagen will, dass ich inhaltlich mit dir übereinstimmen würde, aber nicht von der Form her.«

Ich spielte ernsthaft mit dem Gedanken, ihm den Mund zuzuhalten, bevor er sich noch tiefer ins Elend redete. »Versuchst du mir gerade auf deine verquere Weise zu sagen, dass du genauso für mich empfindest wie ich für dich?« Eigentlich hätte ich in diesem Moment lichterloh brennen oder mich zu Tode schämen müssen, weil ich ihm meine Gefühle ohne doppelten Boden offenbarte. Aber so war es nicht, ich fürchtete mich viel zu sehr vor dem, was uns im Anschluss erwartete. Fast glaubte ich, den Sog des Maelstroms zu spüren, der mit bedrohlichem Gleichmut seine Kreise zog, während durch das Netz aus blauen Linien Salz hinabrieselte und verriet, dass die Barriere zunehmend durchlässiger wurde.

»Also …«, setzte Sander erneut an, um gleich wieder innezuhalten. Ausweichend machte er einen Schritt nach hinten und federte gleich wieder zurück. Für eine solche Situation war er eindeutig nicht geschaffen. »Also, auf so einem Zettel aus Grundschulzeiten, wo man ›ja‹ oder ›nein‹ ankreuzen muss, würde ich in deinem Fall ganz klar das ›ja‹ ankreuzen. Okay?«

Okay, Sander war nicht nur verlegen, sondern schlichtweg überfordert. Ein ansonsten obercooler Junge, der über ein Liebesgeständnis stolperte und sich abmühte, das Ganze mit einer Prise Witz zu übertünchen. »Wenigstens sparst du dir ein selbstgefälliges Grinsen«, hielt ich ihm zugute.

»Nach Grinsen ist mir wirklich nicht zumute. Anouk, du weißt doch, wie es bei mir aussieht. Ich habe jahrelang alles darangesetzt, dass du nichts von meinen …« Sander schloss kurz die Augen, als würde sein Magen einen Doppelsalto schlagen. Das Wort »Gefühle« wollte ihm offenbar nicht über die

Lippen kommen. »Ich dachte, ich hätte alles unter Kontrolle, sogar nachdem deine Sportlehrerin mir erzählte, du hättest ganz liebevoll deinen kranken Freund nach Hause begleitet, und mir daraufhin eine Tasse zu Bruch gegangen ist. Und als du dann auf dem Dachboden vor mir standest, habe ich alles darangesetzt, mich an meiner Wut festzuhalten, um nicht darüber nachdenken zu müssen, woher sie eigentlich stammte. Tja, und in einer Sekunde denke ich noch darüber nach, dass ich Tammo Freibaum hasse wie Pest und Cholera zusammen, und in der nächsten küsse ich dich auch schon. So etwas ist mir noch nie passiert.«

Ich zog eine Augenbraue hoch. »Dass du ein Mädchen küsst?«

Nun grinste Sander doch. »Dass ich ein Mädchen küsse, für das ich so viel empfinde, dass ich eigentlich die Flucht ergreifen müsste, um heil aus dieser Sache herauszukommen. Glücklicherweise liegt mir nicht allzu viel an meinem Seelenheil.«

»Endlich ist es einmal von Vorteil, dass du so kamikazemäßig veranlagt bist, ansonsten hätte ich nie herausgefunden, wie du in Wirklichkeit zu mir stehst.«

Langsam stemmte ich mich auf die Zehenspitzen, während ich Sanders Nacken umfasste und ihn zu mir herabzog. Er leistete absolut keinen Widerstand, wie ich erfreut feststellte. Unsere Lippen trafen sich, und ich schmeckte Salz, hauchfeine Kristalle. Als er seine Arme um mich legte, fiel eine Anspannung von mir ab, derer ich mir gar nicht bewusst gewesen war. Gleichgültig, auf welcher Seite Tiamats seine Heimat war, solange diese Umarmung andauerte, gehörte er mir, mit allem, was ihn ausmachte.

»Wir schaffen das«, wisperte ich und gab mir einige wunderbare Sekunden, in denen ich mich an seinen Oberkörper schmiegte und pure Geborgenheit erlebte. »Und wie geht es nun weiter?«

 »Die Antwort, die wir jetzt am dringendsten brauchen, liegt

hinter dem Tor. Bevor wir darüber nachdenken, wie wir es schließen können, ob es eine Möglichkeit gibt, deine Mutter zurückzubringen, oder was wir dem Wächterzirkel erzählen können, muss ich wissen, wer ich bin und was das Ewige Meer für mich bedeutet.«

Damit sprach Sander meine größte Sorge aus. »Deshalb bist du hier unten, der Maelstrom lockt dich. Die Welt, die hinter ihm liegt, ist jetzt nicht länger bloß Feindesland.« Ich musste hart schlucken, denn ich sprach nicht nur über Sanders mögliche Heimat, sondern auch über jenen Ort, an dem meine Mutter war, träumend. Allein diese Vorstellung veränderte alles, Tiamats Bedeutung hatte sich für mich vollkommen gewandelt. Sander blickte mich forschend an, und ich ahnte, dass es meine Worte sein würden, an denen er seine Entscheidung festmachte. »Ich glaube, dass Tammo uns die Wahrheit gesagt hat, und deshalb glaube ich auch, dass du durch das Tor gehen kannst, um herauszufinden, wer du in Wirklichkeit bist. Es gibt jedoch ein *Aber*, das mir schreckliche Angst macht. Du könntest die Fähigkeit, das Tor zu durchqueren, damals verloren haben, als Madelin an deiner Stelle im Ewigen Meer erschienen ist. Von den blauen Linien auf deiner Schulter abgesehen, bist du ein Mensch aus Fleisch und Blut. Und seit Jakobs Eigenversuch wissen wir, dass die Barriere keinen Menschen aus Fleisch und Blut gewähren lässt. Egal, wie sehr es dich drängt, sofort Gewissheit zu bekommen, sollten wir zuvor mit Jakob reden. Niemand kennt Tiamat besser als er, und er ist auch der Einzige, der jemals versucht hat, sie mit Absicht von dieser Seite aus zu durchqueren, seit die Salzzeichen erschienen sind.«

»Du meinst den Jakob, der sein Leben der Jagd auf Besucher verschrieben hat, das ehrenwerte Mitglied des Wächterzirkels? Der wird mir den Kopf abschlagen, bevor wir Tammos Geschichte auch nur zu Ende erzählt haben. Vermutlich tue ich ihm sogar einen Gefallen, wenn ich eingestehe, ein Besucher zu sein, schließlich bin ich ihm ohnehin ein Dorn im Auge. Zwischen uns wäre es über kurz oder lang zum Bruch gekommen, vor allem weil er bemerkt hat, dass ich ein Interesse an dir hege, das man nicht unbedingt als brüderlich bezeichnen kann. Ich denke nicht, dass er unsere Beziehung dulden würde. Eher würde er mich davonjagen, seinen heiß geliebten Job bei der Bank aufgeben und wieder rund um die Uhr Tiamat bewachen.«

»Das kann ich mir beim besten Willen nicht vorstellen, schließlich hat Jakob dich aufgezogen.«

»Falsch. Er hat mich unter seinem Dach geduldet, weil er ein schlechtes Gewissen hatte. Und er akzeptiert mich in seiner Nähe, weil ich ihm einen nicht zu unterschätzenden Vorteil bei seiner Wacht einbringe. Den Job müsste er ansonsten allein machen, schließlich will er ums Verrecken niemanden aus dem Wächterzirkel für einen längeren Zeitraum im Haus haben. Mehr steckt nicht hinter unserer Beziehung.«

Mein Magen fühlte sich an, als hätte ich eine Packung Eiswürfel verschluckt. »Du siehst das falsch, du bedeutest Jakob mehr, er kann das nur nicht zeigen. Mir gegenüber ist er auch oftmals gleichgültig, aber ich bin mir trotzdem absolut sicher, dass er mich liebt und das Beste für mich will. Wenn du ihn um Hilfe bittest ...«

»Das werde ich nicht tun, Anouk. Auf gar keinen Fall werde ich Jakob um etwas bitten oder mir von ihm die Chance rauben lassen, mich von Tiamat prüfen zu lassen. Darauf würde es nämlich hinauslaufen, wenn du mich fragst. Schon möglich, dass er nicht so weit gehen würde, mich zu töten, aber er würde zweifelsohne verhindern, dass ein Besucher auf die andere Seite des Tors zurückkehrt. Ich bin mir in dieser Hinsicht so sicher, weil ich es als Wächter genauso halten würde. Das Risiko, dass dieser Besucher in Wirklichkeit nämlich einen finsteren Plan verfolgt, wäre mir schlicht zu groß.«

Mit alter Vertrautheit kroch mir die Angst den Rücken hinauf, und ich verspürte das dringende Bedürfnis, meine Finger so fest in Sander zu graben, bis er sich unmöglich von mir lösen könnte. Nun, da er nicht mehr vor mir floh, würde er mir trotzdem verloren gehen.

»Das ändert jedoch nichts daran, dass wir keine Ahnung haben, ob du einen Wechsel unbeschadet überstehen würdest«, sagte ich. »Es mag ja sein, dass die Fließenden dich erwarten und diese Randwandler zurückdrängen, um dir eine sichere Ankunft zu gewähren. Egal, was Tammo über die Sicherheitsmaßnahmen gesagt hat, schließlich ist er schon seit einigen Tagen hier, und seitdem kann im Ewigen Ozean viel passiert sein. Allein die Vorstellung, dass dort irgendwo ein solches Biest lauern könnte, in einer dir unbekannten Umgebung, treibt mich in den Wahnsinn. Jahrelang durfte ich nie zeigen, dass ich in Sorge war, wenn du dich mal wieder Hals über Kopf in einen Kampf gestürzt hast. Und jetzt erwartest du von mir, dass ich so tue, als wäre alles bestens. Das ist es aber nicht! Und, Sander … Ich will dich nicht verlieren.«

»Das wirst du auch nicht.« Der Ausdruck, mit dem Sander mich betrachtete, war mir unbekannt, so ernst und zugewandt war er. Sanft streichelte er meinen Nacken und drängte auf diese Weise die Furcht zurück, die sich dort festgesetzt hatte. »Wenn ich mir nicht absolut sicher wäre, dass die Salzzeichen mich passieren lassen und ich von den Fließenden erwartet werde, würde ich es nicht drauf angekommen lassen, jetzt, wo ich einen sehr überzeugenden Grund habe, am Leben zu bleiben. Den hatte ich in der Vergangenheit nicht unbedingt … So idiotisch waghalsig, wie ich manchmal war, ist man nur so lange, wie man nichts zu verlieren hat. Und ich will dich genauso wenig verlieren wie du mich.«

»Und wenn du durch das Tor gehst und als ein anderer zurückkehrst?«

Sander zuckte mit den Schultern. »Dann hätte sich ja nichts verändert, schließlich war ich ja schon immer anders. So hätte mich Jakob korrekterweise nennen sollen: Anders – und nicht Alexander. Damit hätte ich mich glatt anfreunden können.«

Ich musste wider Willen lachen, hörte aber abrupt auf, als Sander sich meiner Umarmung entzog und seine Brille auf den metallenen Schreibtisch legte, als wolle er möglichst viel Ballast abstreifen.

»Schau, Anouk. Ich verspreche dir, dass ich auf keinen Fall länger als nötig im Ewigen Meer bleiben werde. Mir geht es nur darum, herauszufinden, ob alles, was Tammo gesagt hat, der Wahrheit entspricht. Und falls das der Fall ist, kehre ich sofort zurück, und wir beide besprechen gemeinsam, wie es weitergeht. Ich verspreche, dass ich so schnell wie irgendwie möglich zurückkehren werde.«

*Es ist so weit, er wird mich verlassen, und ich darf ihn nicht davon abhalten, wenn ich sein Vertrauen nicht enttäuschen will. Aber ich habe Angst, schreckliche Angst.*

»Hast du denn keine Abschiedsworte für mich?«, fragte ich, wobei meine Stimme mehr zitterte als mir lieb war, und ich auch nicht so aufrecht dastand, wie ich es mir wünschte.

»Die drei großen Worte zum Beispiel?« Sanders Lächeln war nicht zu deuten. »Du hast doch gerade erst mitbekommen, wie ich mich um Kopf und Kragen rede, wenn es um dieses Thema geht. Bestimmt würde ich alles vermasseln – und letztendlich weißt du es doch auch so.«

»Und ein Kuss?«

Sander blickte angestrengt nach oben, als müsse er ernsthaft darüber nachdenken. »Den gebe ich dir, sobald ich wieder da bin. Was unter diesen Umständen schneller sein wird, als du denkst. Und die drei Worte, die gebe ich dir dann auch. Nimm es als Versprechen.«

Ich nickte lediglich, unfähig, auch nur einen weiteren Laut hervorzubringen, ohne in Tränen auszubrechen.

Sander drehte sich um und berührte mit der Hand das Netz aus Salzzeichen, hinter denen das Tor zum Ewigen Ozean lag – der Heimat der Fließenden.

 Für einen Sekundenbruchteil glaubte ich, mein Herz würde

stillstehen und mit ihm die Welt. Dann bemerkte ich das blau schimmernde Licht, das über seinen rechten Arm hinab zu seinen Fingerspitzen geglitten war und sich wie ein Schutzschild zwischen seine Hand und die Zeichen legte.

In der Tiefe des Maelstroms begann es zu vibrieren, wie eine Antwort auf Sanders Forderung, durchgelassen zu werden. Ferne Blitze zuckten in seinem schwarzen Schlund, rasten heran und fanden einen Weg durch die Grenze zwischen den Welten. Wie goldfarbene Schlangen glitten sie über Sanders Handrücken, knisterten und funkelten. Die Linien auf seiner Haut antworteten, indem ihr Licht so hell wurde, dass es durch sein Shirt drang und sich wie ein Lichtspiel in der von feinen Salzkristallen durchzogenen Luft abzeichnete. Plötzlich war die Atmosphäre durchdrungenen von dem vertrauten Gefühl der Energie, die Sander verströmte. Die Zeichen aus Salz, die Tiamat gefangen hielten, begannen sich zu verändern, wurden vor meinen Augen umgeschrieben, während die weißen Kristalle wie Staub herunterrieselten und sich mit der veränderten Atmosphäre verbanden. Blitze sprangen auf sie über, und ein gleißend helles Netz spann sich, hinter dem der düstere Maelstrom verschwand.

Nur mit Gewalt gelang es mir, die Augen offen zu halten.

Sander war nicht mehr als ein Schatten.

Ein sich auflösender Schatten.

Plötzlich drohte meine Angst um ihn doch die Oberhand zu gewinnen. Was auch immer er ausgelöst hatte, es würde ihn umbringen, auslöschen! Ich sprang vor und griff nach ihm, doch meine Hand glitt ins Leere.

Tiamat hatte ihn passieren lassen.

»Nein!«

Mein Schrei verhallte unerwidert.

Ich schlug die Hände vor meine geblendeten Augen, gerade lang genug, bis der Schmerz wieder erträglich schien. Doch meine Mühe war umsonst. Ich stand allein in der Vorhalle des

Tors, hinter dem der Maelstrom träge seine Runden zog, als sei nie etwas geschehen. Nur die klarer als sonst hervorstechenden Salzzeichen, die kaum noch rieselnden Kristalle und die Brille auf dem Schreibtisch verrieten, dass meine Welt soeben ein weiteres Mal auf den Kopf gestellt worden war.

# 30. Ausloten der Fallhöhe

Ich stand vor Tiamat und starrte in das hypnotisierende Auge des Maelstroms.

Ströme aus Anthrazit, dunklem Blau und Gischtgrau schlangen sich ineinander, trieben im Kreis, um von der Dunkelheit des Sogs verschlungen zu werden. Ein ewig gleich anmutendes Spiel, als habe es nicht soeben eine entscheidende Unterbrechung gegeben. Als sei Sander nie in dieses Schwarz eingetaucht.

Ich blieb so lange bewegungslos stehen, bis meine Knie nachgaben und ich mich auf den Boden setzen musste, der von einer dicken Schicht Salz bedeckt war. Das interessierte mich jedoch nicht, meinetwegen konnte der Nacken vor Verspannung schmerzen oder der Magen rebellieren – nur meine Augen, in denen sich vor Überanstrengung Tränen sammelten, bereiteten mir Sorge.

Wie sollte ich ein Zeichen von Sander erkennen oder ihn gar rechtzeitig in Empfang nehmen, wenn mein Blick verschwamm?

Alles, was ich wollte, war, mich auf den Maelstrom zu konzentrieren und abzuwarten. Nichts anderes zählte. Weder meine schmerzenden Glieder noch die unzähligen Fragen, die sich mir unentwegt aufzudrängen versuchten, und schon gar nicht meine Furcht, die darauf aus war, die Kontrolle an sich zu reißen und mich in ein wimmerndes Häuflein Mensch zu verwandeln. Das durfte ich um keinen Preis zulassen. Sander war davon überzeugt gewesen, dass er Tiamat unbeschadet passieren konnte, und ich wollte ihm vertrauen. Musste es sogar, denn falls er nicht vor Jakob zurückkehren sollte, würde ich ihn überzeugend decken müssen. Wenn ich Jakob nicht überzeugte, würde er die Wächter rufen.

Trotzdem wanderten meine Gedanken immer wieder in den verbotenen Bereich:

Was, wenn er die Durchquerung des Tors nicht überlebt hat?

Was, wenn er seine Heimat nie wieder verlassen will?

Was, wenn es keinen Rückweg für ihn gibt?

*Ihm bleibt gar nichts anderes übrig, als zurückzukommen,* hielt ich standhaft dagegen. *Schließlich schuldet er mir einen Kuss und drei Wörter, verdammt! Mehr gibt es nicht dazu zu sagen.*

Und ganz unverhofft spürte ich, wie sich etwas in mir löste. Seit meine Mutter von einem Moment auf den anderen verschwunden war, hatte ich mich davor gefürchtet, erneut verlassen zu werden. Jedes Mal, wenn Sander sich auf einen Besucher gestürzt hatte, als sei das Ganze nichts anderes als ein Spiel, hatte sie mich zu übermannen versucht. Ich war zu der Überzeugung gelangt, dass meine Welt stets vom Auseinanderbrechen bedroht war. Wahrscheinlich war sie das immer noch, aber deshalb durfte ich mich nicht fürchten. Ich war als Kind geliebt worden, und ich wurde auch jetzt geliebt, darauf musste ich vertrauen.

Ich bemerkte meinen Vater erst, als er mir auf die Schulter tippte. Offenbar hatte er schon länger neben mir gestanden, vermutlich sogar etwas zu mir gesagt, ohne dass ich ihn wahrgenommen hatte. Als ich den Kopf zur Seite drehte, um ihm ins Gesicht zu sehen, knackten meine Nackenwirbel lautstark.

Jakob presste die Lippen fest aufeinander, ein Anzeichen dafür, dass er um seine Beherrschung rang. »Wie lange sitzt du schon auf dem kalten Boden, anstatt im Bett zu liegen? Falls du jedoch eine Spontangesundung erfahren hast, hättest du zur Schule gehen müssen, mein liebes Kind.«

Es fiel mir schwer zu reagieren, nachdem ich so tief in Gedanken versunken gewesen war. Was auch immer ich für meinen Vater nach den ganzen Offenbarungen empfinden mochte, ich wusste es in diesem Augenblick nicht. Ich fühlte mich leer und seltsam entspannt. Wie in Zeitlupe rieb ich meine wunden Augenlider.

»Anouk, hörst du mich? Ich fragte, wie lange du schon hier sitzt.«

»Seit Sander fort ist«, gab ich geradeheraus zu. »Er musste weg, etwas sehr Dringendes erledigen, und ich halte währenddessen Wacht.«

»Das ist nicht dein Ernst.«

Ich zuckte mit den Schultern.

Zum ersten Mal sah es so aus, als würde Jakob seine gefasste Art aufgeben und einen Wutanfall bekommen. Eine gefühlte Ewigkeit stand er wie erstarrt da, und ich glaubte zu erkennen, wie hinter seiner Stirn ein Film aus Raserei und wüsten Beschimpfungen ablief, den er selbst unter diesen Umständen nicht in die Tat umzusetzen bereit war. Fast brachte ich Achtung für seinen eisernen Willen auf, aber nur fast, denn mir war zugleich bewusst, was dieser eiserne Wille ihn und auch unsere Familie gekostet hatte. Er war so unzugänglich, dass sein Ziehsohn sich lieber einer großen Gefahr aussetzte, anstatt ihn um Hilfe zu bitten.

»Sander kann vielleicht was erleben, wenn ich ihn in die Finger bekomme. Dir ohne jegliche Absprache die Wacht zu überlassen«, knurrte Jakob schlussendlich, während er sich mit einer zitternden Hand das Haar aus der Stirn wischte. Er sah zwar übernächtigt aus, aber ich konnte auch ein Leuchten in seinen Augen erkennen. Der Notfall, zu dem er gerufen worden war, musste also eine lohnenswerte Herausforderung dargestellt haben. Es war erschreckend, wie wichtig ihm seine Arbeit war. Nichts sonst schien ihm eine ähnliche Genugtuung zu schenken als diese Welt aus Zahlen. »Was denkt sich dieser Kerl eigentlich? Einmal davon abgesehen, dass du außerstande bist, angemessen zu reagieren, falls ein Besucher Tiamats Durchquerung wagen sollte.«

»Die Gefahr besteht nicht, die Zeichen sind gerade erst verstärkt worden, da schlüpft vorläufig niemand mehr durch, der nicht durchschlüpfen soll.« Meine Stimme klang so rau, als litte ich unter einer Rauchvergiftung. Dabei waren meine Gedanken erstaunlich klar.

»Tut mir leid, wenn ich das so direkt formuliere, aber für dieses Sujet bist du nicht gerade eine Spezialistin.«

Mühsam rappelte ich mich auf und drückte den Rücken durch, während ich auf eine Regung in meinem Inneren wartete, etwas, das mir sagte, wie ich nach all dem zu meinem Vater stand. »Da haben wir ja beide etwas gemeinsam«, sagte ich schließlich.

»Wie bitte?«

»Du und ich, wir sind beide keine Spezialisten für Tiamat und das, was hinter ihr liegt.«

Jakob betrachtete mich, als suche er den Beweis dafür, dass ich den Verstand verloren habe. Anders konnte er sich meine Reaktion scheinbar nicht erklären. »Ach, ja? Und woher willst du das wissen?«

»Weil ich mit einem echten Spezialisten gesprochen habe. Es ist wirklich eine interessante Erfahrung, wenn alles, was man geglaubt hat, sich plötzlich als verkehrt herausstellt. Aber das hast du ja bereits hinter dir. Du weißt längst, dass es Menschen unter gewissen Umständen durchaus möglich ist, Tiamat zu überwinden. Du hast doch gesehen, wie Madelin die Grenze zwischen den beiden Welten durchschritten hat, oder? Zumindest vermutet Sander das, obwohl er selbst ja keine Erinnerung an das Geschehen besitzt.«

Es war, als würde ein Riss durch die unterirdische Halle gehen. Aber es war nur die Verbindung zwischen mir und meinem Vater, die zerbrach.

 »Alexander hat es dir also erzählt. Nach all den Jahren …«

»Die du ungenutzt hast verstreichen lassen, während ich mit einer Lüge gelebt habe.«

»Einer Lüge, die dich hat schützen sollen.«

»Wie sollte das denn bitte schön funktionieren? Indem ich glaube, meine Mutter habe mich nicht geliebt?«

»Indem du glaubst, dass Madelin irgendwo ein Leben führt, anstatt in einer anderen Welt verschollen oder gar tot zu sein. Ich fand, es sei besser für dich zu glauben, deine Mutter sei gegangen, als zu wissen, dass wir sie verloren haben. Und damit habe ich richtig gelegen, denn ich habe am eigenen Leib und durch vielerlei Experimente bewiesen, dass es für uns unmöglich ist, die Salzzeichen zu überwinden.« Mein Vater hob seine versehrte Hand hoch, und zum ersten Mal gelang es mir, sie ohne Schuldgefühle anzusehen. Ja, Jakob hatte versucht, Tiamats Geheimnisse zu erkunden, aber nicht um die Menschheit zu schützen, sondern um seiner selbst willen, weil er den Verlust seiner Frau nicht verwinden konnte. »Madelin ist fort und niemand, wirklich niemand, kann sie zurückbringen. So war es das Beste für dich.«

»Für mich oder für dich, Jakob? Aus meiner Sicht war das eine Entscheidung, die du nicht für mich treffen durftest. Madelin ist meine Mutter, ich hatte ein Recht auf die Wahrheit!«

Jakobs Gesichtszüge zuckten. »Und woraus besteht deiner Meinung nach die Wahrheit? Ich werde es dir sagen: In meinem Versagen. Es war meine Aufgabe, Tiamat zu bewachen. Aber ich habe es nicht getan, zumindest nicht so, wie es meine Pflicht gewesen wäre. Ich habe schlicht keinen Sinn darin erkannt. Ein schlafendes Tor, das seit drei Generationen von Parsons bewacht wird. Mein Vater hat sein Leben in diesem verfluchten Keller verbracht, vor einem schwarzen Nichts. Jede Sekunde war er achtsam, während sein Leben an ihm vorbeizog. Mir sollte das nicht passieren, ich wollte mich nicht an diese scheinbar sinnlose Aufgabe verschwenden. Wer kann mir das vorwerfen? Ich hatte Pläne für meine Zukunft, eine Begabung, mit der ich es weit bringen konnte, und eine Familie. Und dann ist es passiert, von einem Moment zum anderen war ich ein Narr, ein Narr, der versagt hatte. Tiamat war erwacht und hatte mir Madelin geraubt.«

Zum ersten Mal sah ich den Selbsthass meines Vater aufglimmen, den er nach außen stets durch seine Strenge überdeckte. Ich bekam eine Ahnung davon, wie die letzten elf Jahre seines Lebens ausgesehen hatten: ein ständiges Ringen um Wiedergutmachung für einen begangenen Fehler, in dem Wissen, dass er sich niemals würde wiedergutmachen lassen. Zu gern wollte ich ihm sagen, dass es höchste Zeit war, sich endlich aus dem selbst errichteten Gefängnis zu befreien und das Leben zuzulassen. Aber würde ich Jakob überhaupt erreichen?

»Das Tor hat seit Jahrhunderten geschlafen«, fuhr Jakob fort. Dabei klangen seine Worte, als habe er sie sich bereits tausend Mal selbst erzählt. »Sogar nachdem es bei der Kellerausschachtung von Himmelshoch entdeckt wurde und unsere Familie die erste Wacht übernommen hat, sind weitere hundert Jahre vergangen, in denen rein gar nichts passiert ist. Wer hätte es also ahnen können? Madelin zahlte den Preis für meine Unachtsamkeit, und wir alle sind ihr zugleich zu Dank verpflichtet, denn als sie mit dem ersten Besucher die Seiten wechselte, verschloss sie das Tor auch. Anders kann ich es mir jedenfalls nicht erklären, dass Tiamat den Maelstrom nicht hat ausbrechen lassen, um unsere Welt in seinen Strudel zu ziehen. Doch unabhängig davon, was damals wirklich geschehen ist, Madelin war unwiederbringlich fort. Aber meine Aufgabe als Wächter, die hatte ich noch. Ich musste es wiedergutmachen, indem ich Tiamat so gut wie möglich zu kontrollieren lernte. Es war meine einzige Chance, Madelins Verlust zu ertragen. Dafür brauchte es Sanders spezieller Fähigkeiten, die er jedoch nie zum Einsatz gebracht hätte, wenn der Wächterzirkel mit im Spiel gewesen wäre. Du weißt, wie rigide sie sind, wenn es um die Einhaltung ihrer Regeln geht.«

»Hast du Sander wirklich nur deshalb geduldet, weil er die blauen Linien trägt und mit ihnen die Salzzeichen beeinflussen kann?«

»Zu Anfang dachte ich nur, dass er ein zu Schaden gekommener Junge sei. Dass das Mal auf seiner Schulter von so großer Bedeutung ist, haben wir ja erst einige Jahre später herausgefunden. Alexander ist der geborene Wächter, er ist wie geschaffen, um Tiamat in Schach zu halten«, wich Jakob mir aus.

»Das ist er, mehr, als du denkst.«

Allmählich fand mein Vater zu seiner gewohnten Selbstsicherheit zurück. Vermutlich beruhigte ihn die Tatsache, dass ich nicht völlig außer mir war, nachdem ich die Wahrheit über meine Mutter erfahren hatte. Oder er hielt mich für so harmlos, dass er dachte, mir keine weitere Rechenschaft schuldig zu sein. Madelins tragische Geschichte war seine tragische Geschichte, während mir in diesem Drama höchstens eine Rolle am Rand zustand. »Wenn Alexander allerdings so ein großartiger Wächter ist, dann frage ich mich, warum er nicht hier ist«, schnaubte er verächtlich.

»Wie ich sagte, er hat etwas sehr Wichtiges zu erledigen.«

»Soso. Ich kann mir schon vorstellen, was der Kerl Wichtiges zu erledigen hat.«

Ich konnte Jakob regelrecht ansehen, wie er mich innerlich beiseiteschob, um ungestört mit seiner Arbeit weiterzumachen, damit der Schmerz, den unser Gespräch ausgelöst hatte, endlich wieder betäubt würde.

Eigentlich wäre jetzt der richtige Zeitpunkt gewesen, um meinem Vater davon zu erzählen, was Tammo uns über Madelin berichtet hatte. Die Worte verkeilten sich allerdings in meiner Kehle und weigerten sich, hervorzukommen, während ich Jakob zusah, wie er zu seinem Schreibtisch ging, um Papiere zu ordnen, auf denen unzählige Variationen der Salzzeichen zu erkennen waren. Die wissenschaftliche Akribie, mit der er Tiamat studierte, hatte mich schon immer erstaunt.

In diesem Moment fragte ich mich, was ihn eigentlich in Himmelshoch hielt. Die Kleinstadt Marienfall war ihm zuwider, die Wacht hielt ihn von seiner eigentlichen Bestimmung als Mathematiker und Finanzgenie ab und trotz allem Pflichtbewusstsein hätte er die Aufgabe an den Zirkel abtreten können. Lag es wirklich an seinen Schuldgefühlen wegen Madelin, dass er blieb und tat, was er hasste? Jetzt wusste ich, dass der Maelstrom nur von ihm bewacht und erforscht wurde, weil er den Verlust meiner Mutter nicht überwinden konnte. Einer Frau, von der ihn Welten trennten.

Ich trat neben meinen Vater und streckte zaghaft die Hand nach ihm aus. Wenn es mir gelingen würde, ihn zu berühren ... Vielleicht konnten wir einander dabei helfen, mit dem Verlust umzugehen und endlich damit beginnen, ein Leben ohne Angst, Schuld und Lügen zu führen.

»Papa ...«

»Es ist zum Verrücktwerden mit dem Jungen, überall lässt er seine Gläser herumliegen!«, grollte mein Vater und verpasste Sanders Brille, die zwischen seinen Papieren gelegen hatte, einen Stoß.

Gerade noch rechtzeitig fing ich die Brille auf, bevor sie auf den Boden fiel. »So ist Sander eben, für ihn zählen nur die wirklich wichtigen Dinge, den Rest verbucht er unter ›Nebensächlichkeiten, um die sich die anderen kümmern‹.«

Mein Vater blinzelte, als habe er vollkommen vergessen, dass ich mich im gleichen Raum befand.

»Papa, wir zwei sollten mal in Ruhe miteinander reden.«

»Ja, das sollten wir definitiv tun, aber bitte nicht jetzt. Die Salzzeichen treten heute so klar hervor, wie ich es noch nie zuvor erlebt habe. Wenn du mich also entschuldigen würdest?«

Ich schluckte alles, was ich so gern gesagt hätte, herunter, und sofort machte sich das Gefühl breit, vor einer Dummheit bewahrt worden zu sein. So schwer es mir auch fiel, ich gestand mir ein, dass mein Vater in vielerlei Hinsicht ein Unbekannter für mich war, dessen Träume, Hoffnungen und Ängste ich nicht einschätzen konnte. Deshalb beschloss ich, Sanders Rückkehr abzuwarten, bevor ich ihm von Madelins Verbleib und damit zwangsläufig von Tammo erzählte. Jakob beachtete mich ohnehin nicht länger, sondern widmete sich ganz seiner Aufgabe. Sogar sein Ärger auf Sander schien überwunden.

Mein Blick wanderte zum Maelstrom und suchte die kreisenden Fluten nach einem Zeichen für Sanders Verbleib ab. Ob die Zeit wohl genau wie bei uns verlief oder währten hundert Jahre bei uns im Ewigen Meer nicht länger als ein Wimpernschlag? Dann riss mich Hundegebell aus meiner Wachsamkeit.

»Lungern da etwa wieder einige deiner Freunde vor unserer Haustür herum oder warum schlägt Lutz an?« Mein Vater ließ entnervt den Stapel Papiere fallen, wobei Salz wie Staub aufwirbelte. »Anouk, so geht das nicht. Das Besuchsverbot in Himmelshoch hat einen triftigen Grund, wie du genau weißt. Vor allem wenn Filippa wieder einmal unangekündigt erscheinen sollte, wäre es fatal, wenn sie direkt in eine Gruppe Jugendlicher hineinlaufen würde.«

»Wenn du nichts dagegen hast, bleibe ich bei Tiamat, und du schaust nach, wer dort ist. Ehrlich gesagt, möchte ich so lange wachen, bis Sander zurück ist, denn …« Ich unterbrach meine Erklärung, als mir der aggressive Ton in Lutz' Gebelle bewusst wurde. Als habe er soeben einen Besucher gestellt. »Vergiss, was ich gesagt habe, ich kümmere mich darum. Aber versprich mir, dass du mich rufst, sobald auch nur die geringste Änderung am Tor auftritt.«

Mein Vater sah mich an, als habe ich den Verstand verloren, dann nickte er. Vermutlich reichten ihm die Diskussionen vorerst.

Mit schnellen Schritten eilte ich zur Schleuse und hielt im nebelartigen Kraftfeld nur für einen Augenblick inne, um seiner vertrauten Energie nachzufühlen.

*Spürst du mich, wo auch immer du gerade bist?*

# 31. Alles fliesst

Während ich die Sicherheitsbarrieren hinter mir ließ und die Kellertreppe hinaufeilte, überlegte ich, wie ich zu Tammo stand. Mochte ich ihn trotz allem immer noch, oder musste ich ihn allein dafür schon ablehnen, weil er mich getäuscht hatte?

Ich war noch zu keinem Ergebnis gekommen, als ich ihn auf der obersten Stufe der Treppe sitzen sah. Der Lampenschein brachte den Kupferstich in seinem Haar zum Glühen, und in diesem Moment hatte er rein gar nichts mit einem Wesen gemeinsam, dessen Heimat aus einem wasserähnlichen Element bestand. Hinter ihm zitterte die Kellertür, weil Lutz sich mit seiner geballten Bulldoggenkraft dagegenwarf, weiterhin tapfer am Bellen und Knurren.

Tammo schenkte mir ein schüchternes Lächeln, das ich instinktiv erwiderte, bevor ich meine Gesichtsmuskeln wieder unter Kontrolle hatte. Bevor ich nicht entschieden hatte, was ich von ihm hielt, würde es weder Lächeln noch Beschimpfungen geben.

»Hallo, Anouk.« Er bemühte sich, leise zu sprechen und gleichzeitig gegen den Hundelärm anzukommen. Auf seiner Unterlippe, die Sander ihm aufgeschlagen hatte, zeichnete sich dunkler Schorf ab und seitlich des Kinns prangte ein Bluterguss. Er deutete auf die Brille in meiner Hand. »Ist Sander durch das Tor gegangen?«

Es machte wenig Sinn, es zu leugnen, also nickte ich. »In diesem Punkt hast du die Wahrheit gesagt – er ist wie dafür gemacht, Tiamat zu passieren. Die Salzzeichen, die den Maelstrom zurückhalten, sind regelrecht mit ihm verschmolzen und haben ihn ohne Weiteres durchgelassen. Aber genug davon. Wie bist du in unseren Keller gekommen?«

Tammo deutete auf seine fleckigen Jeans. »Auf dem gleichen Weg, auf dem ich vor einigen Tagen entwischt bin: durch den Kohleschacht. Allerdings muss ich zugeben, dass ich ihn nicht halb so dreckig in Erinnerung hatte.«

»Welche Form hattest du eigentlich als Besucher?« Meine Neugier war stärker als mein Wille, Tammo gegenüber zurückhaltend aufzutreten.

Als wäre es die peinlichste Frage von allen, versteckte er sein Gesicht zwischen den Knien. »Sozusagen eine Handvoll Wasser«, gestand er schließlich ein.

»Du warst eine Pfütze? Kein Wunder, dass du bloß so eine mickrige Veränderung in Flummiform hervorgebracht hast.«

»Eine Veränderung?«

Ein Teil von mir war regelrecht erleichtert, sich auf einen Nebenschauplatz zu stürzen. »So nennen wir die Zeugnisse eurer Anwesenheit, die ziemlich unberechenbar ausfallen. Wo ihr langkommt, verändert sich manchmal die Realität.«

»Ach so. Das liegt vermutlich daran, dass wir einen Teil des Ewigen Meeres mit uns herüberbringen, der sich nicht sofort in Totes Wasser verwandelt. Wenn niemand das Wasserelement lenkt, nimmt es eine Zufallsform an. Ähnlich diesem Nebelfeld unten beim Tor.«

Unpassenderweise glomm sofort meine Begeisterung für die Veränderungen auf. »Diese Zufallsformen waren bislang jedenfalls das einzig Gute an Tiamat. Wir haben schon die tollsten Dinge erlebt. Der letzte Randwandler hat zum Beispiel unseren Dachboden in ein Blütenparadies verwandelt, während bei dir nur eine Kichererbse herausgekommen ist. Die steht jetzt auf meinem Nachttisch und hopst mich in den Schlaf, das wirkt besser als Schäfchenzählen. Ich mag die Winzigveränderungen am liebsten, auch wenn sie einem nicht sofort ins Auge fallen.«

»Klein und unauffällig – das bin ich.« Tammo hob den Kopf 

und seine Wangen glühten nun in demselben Rot wie sein Haarschopf. »Wahrscheinlich sollte ich mich glücklich schätzen, alles andere hätte Sander ja sofort gestellt. Nicht, dass ich mir die Form hätte aussuchen können … Ich bin, wie gesagt, nicht für eure Welt geschaffen.«

»Und wie seht ihr Fließenden in eurer Welt denn aus?«

Lutz kratzte mittlerweile wie von Sinnen an der Kellertür, als beabsichtige er notfalls, sich mit den Krallen durch das Holz zu arbeiten. Dabei stieß er ein Heulen aus, das bis in den letzten Winkel von Himmelshoch drang.

Als Tammo zu einer Antwort ansetzte, machte ich das Auszeitzeichen. »Vergiss deine Rede nicht, aber ich muss jetzt dringend etwas gegen Lutz' Lärm unternehmen, sonst steht gleich mein Vater hinter mir, und das wäre alles andere als gut. Bei uns herrscht striktes Besucherverbot – und das gilt für dich gleich im doppelten Sinn.«

Irgendwie gelang mir das Kunststück, mich durch den Türspalt zu quetschen, ohne von Lutz' Schnauze beiseitegedrängt zu werden. Unser Hund war der Einzige, der den Besucher in Tammo erkannt hatte, und ihn nun zur Strecke bringen wollte, wie es sich für einen anständigen Wächter von Himmelshoch gehörte. Ich schleifte Lutz von der Tür weg und versuchte, ihn mit Leckerlies zu bestechen, was er ignorierte. Dann brüllte ich einige Kommandos, die er ebenfalls ignorierte, und zu guter Letzt zerrte ich ihn auf mein Zimmer, um ihn einzusperren, bis er sich wieder beruhigt hatte. Normalerweise waren Lutz und ich ein Dreamteam, aber Tammo setzte diese Regel außer Kraft.

»Ist das die Veränderung, von der du gesprochen hast? *Meine* Veränderung?«

Tammo war nach mir ins Zimmer getreten und zeigte auf das Marmeladenglas auf meinem Nachttisch, in dem die blaugrüne Veränderung auf und ab sprang. Dass Tammo einfach so zur Tür hereinspazierte, als gäbe es da nicht eine wahnsinnig gefährliche Bulldogge, die ihn in tausend Fetzen zerreißen würde, wenn man sie nur ließe, sorgte dafür, dass Lutz vor Hysterie die Augen verdrehte und zu hecheln begann. Hektisch suchte ich nach den Rescue-Tropfen, die ich gewöhnlich gegen Prüfungsstress nahm. Ob die wohl auch bei Hunden anschlugen?

»Mir hinterherzulaufen ist bei diesem Drama wirklich nicht sehr hilfreich«, ließ ich Tammo wissen. »Diese Nummer ist Stress pur für Lutz, nicht bloß weil er dich für einen Besucher hält, sondern auch weil außer Laboe nie jemand vorbeikommt. Sie ist als Einzige darin eingeweiht, dass es Tiamat gibt – und auch nur, weil sie eine Großmutter hat, die sich mit dem Übersinnlichen auskennt. Das reicht, mehr Leute dürfen hier wirklich nicht rumlaufen, da hat Lutz schon recht.«

Tammo nuschelte eine Entschuldigung, dann machte er einen langen Schritt, um sich das Marmeladenglas zu schnappen.

»Nicht aufmachen!«

Aber es war schon zu spät. Tammo hatte den Deckel abgeschraubt und das Veränderdich sprang, vor Freude quietschend, auf seine Hand. Es freute sich sogar so sehr, dass es sich in eine Pfütze verwandelte, um im nächsten Moment die Form eines kleinen Vogels anzunehmen, der ein Lied pfiff. Und zwar richtig gekonnt. Der eben noch kurz vorm Herzinfarkt stehende Lutz hob ein Schlappohr, dann pirschte er sich an Tammo heran, dem er immer noch nicht über den Weg traute, aber dem singenden Veränderdich konnte er offenbar nicht widerstehen. Als Tammo ihm den breiten Kopf tätscheln wollte, knurrte er, allerdings ohne große Überzeugungskraft. Seine Aufmerksamkeit war schlicht woanders.

»Hey, du könntest ruhig ein wenig netter zu mir sei, wo ich deinen kleinen singenden Freund zu verantworten habe«, blaffte Tammo ihn wenig ernst gemeint an. »Wenn du brav bist, verwandle ich das Veränderdich in einen hüpfenden Kauknochen.«

Lutz' Schwanzspitze wedelte. Nur einmal, das musste offensichtlich reichen.

»Du kannst die Form des Veränderdichs einfach so durch deinen Willen kontrollieren?«

»›Einfach so‹ wäre schön, aber da gehört schon ein wenig mehr zu. Ein Randwandler ist nicht dazu imstande, weil er das Ewige Meer durchschwimmt, ohne ein Teil von ihm zu sein. Und für mich bedeutet es, kein Teil des Meeres zu sein, zumindest nicht ausschließlich. Es gehört sehr viel Willenskraft dazu, sich so weit abzutrennen und eine eigenständige Präsenz zu entwickeln, dass man das Wasser in eine vorübergehende Form bringt. Du hast gefragt, wie wir Fließenden in Wirklichkeit aussehen. Das ist nicht einfach zu beantworten, denn unsere Welt ist unablässig in Bewegung, ein riesiges Meer, wenn du so willst. Darin können wir alles sein oder auch nichts. Wir brauchen diese Freiheit, deshalb stellt der Maelstrom, der durch den Riss zwischen unseren beiden Welten entstanden ist, auch eine solche Gefahr da. Wenn die Salzzeichen, die Sander geschaffen hat, brechen, drohen wir in einer Welt zu enden, in der wir gezwungen sind, eine endgültige Form anzunehmen. So, wie das Wasser, das durch die Lücken der Barriere strömt, sich größtenteils in Salz verwandelt. Doch es gibt nichts, was unserer Natur mehr widersprechen könnte.«

*Und genau darin bestand also Sanders Gabe, denn er hatte diesen menschenähnlichen Körper von Anfang an. Selbst unter seinesgleichen war er anders …* Mir kam ein schrecklicher Gedanke. »Sander besitzt keine einzige Erinnerung an sein Leben auf eurer Seite, er hat nicht die geringste Ahnung, was er verloren hat. Was ist, wenn er nicht wieder hierher zurückkehren will, nachdem er es kennengelernt hat?«

Tammo streichelte vorsichtig über meine Wange. Eigentlich hätte ich diese Zärtlichkeit abwehren müssen, aber das schaffte ich nicht, denn er war mein einziger Verbündeter in dieser schwierigen Situation.

»Sander wird es sicherlich genießen, zu einem Teil des Ewigen Ozeans zu werden und doch er selbst zu sein. Trotzdem darfst du nicht vergessen, dass er auch zu eurer Welt gehört. Wir haben seine Gabe lange Zeit für ein großes Unglück gehalten, ausgelöst durch das Erscheinen des Tores, das uns so viel Kummer bereitet. Jetzt wissen wir, dass seine Gabe ein Geschenk war – für unsere beiden Welten.«

»Und was genau sind die blauen Linien auf seiner Schulter?«

Ein Lächeln schlich sich auf Tammos Lippen. »Was du als blaue Linien bezeichnest, ist in Wirklichkeit die Verbindung zum Ewigen Ozean und der Kraft, die ihm zu eigen ist. Diese Verbindung ist nie durchschnitten worden, sie hat sogar das Unglück, das Madelin in den Maelstrom gerissen hat, überstanden.«

»Du weißt, was damals passiert ist, als Tiamat erwacht ist?« Ich konnte kaum an mich halten vor Aufregung. Unwillkürlich sah ich Madelins lächelndes Gesicht und fragte mich, ob es vielleicht die Chance gab, sie wiederzusehen.

»Darum bin ich heute auf diesem unrühmlichen Weg zu dir gekommen, weil ich dachte, wenn ich brav klingele, würdest du mir bestenfalls die Tür vor der Nase zuschlagen. Obwohl es meine Aufgabe war, Sander zu suchen und dazu zu bringen, sich an seine wahre Natur zu erinnern, tut es mir leid, dass es für dich mit so viel Kummer verbunden ist. Das Tor verursacht auf beiden Seiten Schaden, und da ich nichts davon wiedergutmachen kann, wollte ich dir zumindest helfen, besser zu verstehen, was damals passiert ist, als deine Mutter verschwunden ist.«

Gemeinsam mit Tammo setzte ich mich auf den Rand meines ungemachten Bettes, was mich nicht störte, obwohl ich unter normalen Umständen deswegen gestorben wäre. Außer Laboe hatte bislang noch niemand von meinen Freunden je mein Zimmer betreten, und selbst bei ihr, die mich schon in allen Lebenslagen kennengelernt hatte, räumte ich vorher picobello auf. Das war *mein* Zimmer, quasi meine Stellvertretung, noch viel mehr als mein Kleiderschrank. Im Augenblick traf das sogar noch stärker zu, schließlich war ich mindestens genauso durcheinander wie die Decken und Kissen – und auch mindestens so zerknautscht. Lutz, inzwischen ein Schäfchen vorm Herrn, machte es sich zwischen meinen Füßen bequem und begann eine Sekunde später zu schnarchen. Sein Wutanfall hatte ihn merklich ausgepowert.

Tammo öffnete seinen Handteller, woraufhin der Piepmatz seinen Lutz-Besänftigungs-Gesang einstellte und erneut zu einer Pfütze zerlief, bis sie so glatt wie ein Spiegel war, dessen Oberfläche in dunklen Meerestönen schimmerte.

»Schau hinein«, forderte Tammo mich auf.

»Ich sehe … Ich sehe meinen Schmusehasen Löffel«, sagte ich staunend, während das Veränderdich mir ausschnittartig leicht verzerrte Bilder ohne Ton zeigte. »Lutz als Welpe hält ihn im Maul und schüttelte ihn. Wow, ich kann mich gar nicht daran erinnern, dass dieser Brummer von einem Hund jemals so klein gewesen ist. Ich strecke meine Hand aus, doch der Sturkopf will nicht nachgeben und stemmt sich mit den Hinterläufen in den dunklen Boden. Ich hebe meinen Zeigefinger und drohe ihm, was ihn natürlich nicht beeindruckt. Der war schon als Welpe ausgesprochen stur.«

Dann stockte ich.

*Nein, das sind nicht meine Hände, obwohl sie meinen ähnlich sehen, nur älter und die Nägel sind in einem altmodischen Farbton lackiert. Das müssen Mamas Hände sein!*, begriff ich.

Das Veränderdich zeigte, was Madelin gesehen hatte, bevor sie durch das Tor gegangen und aus meinem Leben verschwunden war.

Unwillkürlich schluchzte ich auf, während mich eine Mischung aus Glück, Trauer und Furcht überwältigte. Ich griff nach dem Veränderdich, um diese Erinnerung meiner Mutter an mich zu bringen, den Beweis, dass ich kein verlassenes, sondern ein geliebtes Kind gewesen war. Zugleich setzte mir zu, dass ich Madelins letzte Minuten in unserer Welt miterlebte. Meine Finger legten sich um die Ränder des Fensters in die Vergangenheit, sie waren glatt und strahlten jene vertraute Energie aus, die auch Sander umgab. Als ich es jedoch aufzuheben versuchte, erschienen auf der Oberfläche Wellen, wie wenn man Steine ins Wasser wirft, und das Bild drohte zu erlöschen.

»Es tut mir leid, aber du kannst das Veränderdich nicht an dich nehmen«, erklärte Tammo verständnisvoll. »Es braucht den Kontakt zu mir, um dir Madelins Vergangenheit zu zeigen. Dazu muss es nämlich auf das zurückgreifen, was ich in ihrer Erinnerung gesehen habe.«

»Du hast in ihre Erinnerung geblickt?«

Tammo zögerte. »Nur in die jüngste. Ich befürchte, der Rest ist verloren gegangen. Falls es dich tröstet, kannst du dir später eigene Erinnerungen an deine Mutter anschauen. Ich könnte das Veränderdich entsprechend formen … Und noch zu ganz anderen hübschen Spielzeugen, wenn ich mich nicht irre.«

»Das wäre schön, aber jetzt muss ich erst einmal wissen, was damals passiert ist. Dieser Moment hat nämlich unser aller Leben verändert, ohne dass einer von uns weiß, was genau vorgefallen ist.«

Schweren Herzens nahm ich meine Hand zurück, woraufhin sich die Oberfläche nach und nach wieder glättete und das Bild zurückkehrte. Zu Anfang dachte ich noch, die Erinnerung wäre verloren, weil sich lediglich ein schwarzes Feld zeigte, dann begriff ich, dass Madelin Tiamat betrachtete. Allerdings zeigte es nicht den unheimlichen Maelstrom, sondern war ein schwarzes Nichts, das schwerelos durch den Raum gespannt war. So hatte das Tor also ausgesehen, ehe es erwacht war.

Madelin starrte gebannt in das Nichts.

Fast glaubte ich zu spüren, wie ihre Augen vor Konzentration schmerzten. Dabei war der Anblick unerträglich. Dann erst bemerkte ich, worauf ihre Aufmerksamkeit gerichtet war: Sie hatte einen Schemen entdeckt, der sich kaum vor der Dunkelheit abzeichnete und im Vergleich zu dem Tor winzig sein musste. Plötzlich durchfuhr ein blauer Blitz das Schwarz und ließ das

Gesicht eines Jungen aufleuchten, dessen ernste, hoch konzentrierte Züge mir schmerzhaft vertraut waren.

Es war Sander, zu einer Zeit, als er diesen Namen noch nicht getragen hatte und sein Gesicht noch kindlich gewesen war. Ein Junge, nicht mehr als neun oder zehn Jahre alt. Das war also seine ursprüngliche Form gewesen, ein Kind! Seine Augen waren geschlossen, während seine Hände tastend vorgestreckt waren.

Der Blitz suchte und fand ihn, schlug in seinen schmalen Körper ein, breitete sich wie ein Netz über seine Haut aus.

»Schau dir das an, er sammelt die Kraft des Ewigen Ozeans, um die Salzzeichen zu erschaffen. Aber nicht nur bei uns, sie entstehen auch auf eurer Seite des Tors. Niemand anderes aus unserem Volk wäre dazu imstande, dazu muss man mit beiden Welten verbunden sein. Sander ist einzigartig, diese Gabe besitzt nur er«, flüsterte Tammo, und mir entging der anerkennende Ton in seiner Stimme keineswegs. Was Sander tat, sah nicht nur beeindruckend aus, sondern war es sogar aus der Sicht seines Landsmanns, der imstande war, Erinnerungsspiegel zu formen.

Madelins Hand tauchte kurz in meinem Sichtfeld auf, bevor sie sich vor Fassungslosigkeit über ihren Mund legte. Obwohl das Veränderdich keinen einzigen Laut vermittelte, gellte ihr erstickter Schreckensschrei durch meine Ohren. Was meine Mutter sah, war ein hinter dem Tor gefangener Junge, der Qualen erlitt. Dass er seiner Bestimmung nachging und eine überaus wichtige Aufgabe erfüllte, wusste sie nicht. Sie hatte nicht die leiseste Ahnung, dass das seit Jahrhunderten schlafende Tor gerade in jenem Moment erwachte, in dem sie einem Welpen ein verschlepptes Spielzeug abrang.

Ein neuer Blitz erschien aus dem Nirgendwo, dann noch einer. Sie fuhren in den Jungen, der mittlerweile auf einem Grund kauerte, der mit feinem Nebel bedeckt war … oder vielmehr Gischt. Sander war wie eine Brandung, die der Maelstrom nicht einzunehmen vermochte, weil er zuvor an einer unsichtbaren

Grenze scheiterte. Auf wundersame Weise war er imstande, die Fluten zurückzudrängen, anstatt von ihnen mitgerissen zu werden. Inzwischen erhellten die Blitze das Tor so weit, dass das Schwarz einem kreisenden Grau in Blau wich, dem Maelstrom, der sich bedrohlich im Hintergrund abzeichnete, eingedämmt durch die Anwesenheit eines Jungen, der in Wirklichkeit kein Junge war. Oder doch?

»Sander sieht so jung und verletzlich aus. War er das zu dem Zeitpunkt, als er das Tor verschließen wollte?«

Tammo schwieg, als stände es ihm nicht zu, darüber zu sprechen. Gut möglich dass er es als Sanders Vorrecht ansah, mir von seinem anderen Leben zu berichten, wenn er zurückgekehrt war.

Mit einem Mal bewegte sich das Bild, das von dem Veränderdich gezeigt wurde. Madelin fuhr herum, blickte sich in der bis auf das Tor leeren Halle um. Nicht einmal die kleinste Spur von Salz war zu sehen. Vermutlich rief sie nach meinem Vater, denn sie schaute zur Schleuse, die zu diesem Zeitpunkt noch von keinem Kraftfeld gesichert wurde. Als sie sich erneut dem in blauen Flammen stehenden Jungen zuwandte, zeigten sich an den Rändern des Tors blaue Zeichen, die in der Luft zu schweben schienen und an das Geflecht über Sanders Schulter erinnerten. Der kleine Lutz sprang aufgeregt in die Luft und versuchte, nach ihnen zu schnappen, ohne etwas zu erreichen. Immer feiner verästelten sie sich, verbanden sich miteinander und spannen dadurch ein Netz, von dem das Tor schon bald verhüllt sein würde.

»Die blauen Zeichen sind Manifestierungen der Kraft, die Sander gesammelt und in eine Form gebracht hat. Sobald sie vollendet wären, würde er sie zusammenziehen und den Riss dadurch schließen. Das Tor wäre endgültig versiegelt. Das war seine Aufgabe, auch wenn sie einen sehr hohen Preis forderte.«

Ich hatte Tammo vergessen, und auch jetzt brachte ich es nicht über mich, meinen Blick von der Szene zu lassen. Was das Veränderdich zeigte, war einfach zu wichtig, da konnte ich jetzt nicht darüber nachdenken, was geschehen wäre, wenn Sander seine Aufgabe vollendet hätte. Stattdessen zählte, was wirklich passiert war.

»Der Preis, den Sander für den Einsatz seiner Gabe zu zahlen hat, ist nicht zu übersehen«, murmelte ich. »Egal, wie sehr der Junge sich bemüht, den Schmerz der einschlagenden Blitze über sich hinweggleiten zu lassen, er leidet. Siehst du, wie sich sein Mund zu einem stummen Schrei öffnet?«

Auch meiner Mutter entging Sanders Pein nicht. Rasch warf sie einen weiteren Blick über die Schulter, doch die Schleuse lag verlassen da. Von Jakob war keine Spur zu sehen, wenn überhaupt würde er erst erscheinen, wenn es bereits zu spät war. Selbst der kleine Lutz begriff nun den Ernst der Lage und verkrümelte sich mit runterhängenden Ohren in eine Ecke.

Der Junge fand die Kraft, erneut seinen Arm anzuheben und die Hand in Richtung des Tors auszustrecken. Durch das dicht gesponnene Netz aus Linien war er kaum noch zu erkennen, ein gleißend blauweiß schimmernder Körper, dessen Umrisse sich aufzulösen drohten, während die Zeichen das Tor fast vollständig bedeckten.

In diesem Moment traf Madelin eine Entscheidung. Sie trat vor und versuchte, die Hand des Jungens durch das Netz zu ergreifen. Und tatsächlich gelang es ihr, das Geflecht aus gesponnenen Blitzen zu durchdringen, es glitt auseinander und hinterließ auf ihrer Haut einen Film wie aus flüssigem Platin. Madelin starrte auf ihre lang gezogenen Finger, die auf der anderen Seite des Tors aussahen, als beständen sie aus silbrigem Spiegelglas. Trotzdem hielt sie nicht inne, sondern schob ihren Arm so weit vor, bis sie die Hand des Jungen berührte. Der riss endlich die Augen auf und in ihnen war nacktes Entsetzen zu lesen. Allerdings nur für den Bruchteil einer Sekunde, dann verwandelte sich alles in ein blaues Strahlen.

Die Erinnerung erlosch.

# 32. Trost

Eigentlich war ich niemand, der nah am Wasser gebaut hat. Auch wenn mir etwas noch so ans Herz ging, war ich stets darum bemüht, nicht in Tränen auszubrechen. Ich glaubte fest daran, dass Tränen es nur schlimmer machten, denn sie erhielten den Schmerz am Leben, räumten ihm oft sogar einen noch größeren Raum im Herzen ein, als er ohnehin schon für sich in Anspruch nahm. Tränen bestätigten die Empfindungen in ihrer Intensität, anstatt sie zu lindern. Nachdem meine Mutter verschwunden war, hatte ich mich oft in den Schlaf geweint – und es hatte nichts besser gemacht. Ich hatte mich dadurch weder getröstet noch erleichtert gefühlt, sondern meine verquollenen Augen hatten mir am nächsten Morgen nur bewiesen, dass ich allein war und nichts dagegen tun konnte.

Nachdem das Veränderdich wieder zu einer vergnügt umherspringenden Kugel geworden war, gelang es mir erstaunlich lange, nicht zu weinen. Mein Blick verschwamm, während meine Kehle sich zuzog, aber ich neigte einfach den Kopf in den Nacken und verweigerte das Bedürfnis zu blinzeln.

»Es ist so knapp gewesen«, flüsterte Tammo. »Wenn Madelin nur einige Sekunden länger gezögert hätte, dann wäre es Sander gelungen, dass Tor zu schließen. Offenbar war der Moment vor der Vollendung ein Moment der Schwäche, sodass Madelin durch die Barriere hindurchgelangen konnte. Als sie Sander berührt hat, muss ein Austausch stattgefunden haben, bei dem Sander auf eure Seite gelangt ist, während Madelin von dem Maelstrom ergriffen wurde. Seitdem zerfallen die Salzzeichen, die er geschaffen hat. Und die Randwandler verstärken diesen

Prozess zusätzlich. Wir Fließenden waren so sehr mit dem Schaden beschäftigt, den der Maelstrom anrichtet, dass wir Tiamat viel zu oft vernachlässigt haben. Es ist wie eine Wunde, die wir nicht stillen können, und uns deshalb mehr mit ihren Folgen beschäftigen. Das Tor ist für uns sowieso ein nur schwer zu ertragender Anblick: Wir sehen ausschließlich Kaskaden von rieselndem Salz, Unmengen von vernichtetem Wasser. In das, so dachten wir, verwandelt sich unsere Welt also, wenn sie durch das Tor abfließen würde, in eine Salzwüste ohne jedes Leben. Du kannst dir bestimmt vorstellen, wie grauenhaft die schiere Vorstellung für ein Volk ist, das sich die Fließenden nennt. Nur ich ahnte, dass hinter dem Strom aus Totem Wasser eine Welt wartet, die zwar anders ist als unsere, aber nichtsdestotrotz vor Leben pulsiert. Schließlich habe ich mich in all den Jahren um Madelin gekümmert.«

»Du hast gesagt, einer der Gründe, warum die Wahl auf dich gefallen ist, lag in deiner Gabe, ein Stück deiner Heimat mit dir auf die Reise zu nehmen. Aber du hattest noch einen anderen Grund hierherzukommen, nicht wahr?«

Tammo musterte mich lang und eindringlich. »Du siehst deiner Mutter so verblüffend ähnlich. Für alle anderen war es eine lästige Pflicht gewesen, sie atmen zu lassen, für mich nie.«

»Vielleicht gelingt es Sander, sie wieder zu uns zurückzubringen«, dachte ich laut nach. »Schließlich hat er die Salzzeichen geschaffen … Er könnte es schaffen.«

»Schon möglich, dass ihm ein solches Kunststück gelingen würde, nur würde das an Madelins Zustand nichts ändern, so leid es mir tut. Ich habe sehr viel Zeit mit ihr verbracht und jede ihrer verbliebenen Regungen kennengelernt.« Tammo zögerte, und ich ahnte, dass er davor scheute, mich zu verletzen. Aber vor der Wahrheit darf man sich nicht fürchten, erinnerte ich mich an Grandmamas Worte und blickte ihn fordernd an. »In meiner Welt ist Madelin eine Träumerin, die nicht mehr erwachen wird, aber sie wird auch niemals so tief einschlafen, dass es für sie kein Zurück gibt«, fuhr Tammo schließlich fort. »Hier wäre das anders, niemand kann ihren Geist halten, sie wäre eine Komapatientin, deren Körper eines Tages versagt.«

*Madelin ist eine Komapatientin, schon seit vielen Jahren* ... Diese Vorstellung traf mich tiefer als das Bild einer sanft dahingleitenden Träumerin, die für immer außerhalb meiner Reichweite bleiben würde. Es änderte jedoch nichts an dem Schmerz, den diese Eröffnung mir bescherte. Unwillkürlich wehrte ich Tammos Hand ab. »Lass, es geht schon, ich bin dir dankbar dafür, dass du es mir gesagt hast. So kann ich wenigstens meinen Frieden schließen.«

»Genau das hoffe ich für mich ebenfalls.« Tammos Stimme war nicht mehr als ein Wispern. »Ich habe mich für deine Mutter verantwortlich gefühlt, manchmal sogar mehr als das. Deshalb bin ich gekommen, um zu vollenden, was sie begonnen hat.«

»Meine Mutter wollte den Jungen retten, von dem sie glaubte, er würde die Hand in seiner Pein hilfesuchend nach ihr ausstrecken. Sie hat alle Ängste und Bedenken beiseitegeschoben und ist ihm zu Hilfe geeilt.« Meine Worte waren kaum zu verstehen, aber ich musste sie unbedingt aussprechen.

»Das wollte Madelin, daran besteht kein Zweifel.«

Tammos Bestätigung brach alle Dämme in mir. Ich rollte mich auf meinem Bett zusammen und ließ es geschehen, gab mich dem Schmerz hin, aber auch der Genugtuung, dass der Grund für die Trennung, unter der ich so gelitten hatte, Mitleid und Erbarmen gewesen waren. Madelin hatte Sander retten wollen und war deshalb verloren gegangen. Damit würde ich leben können, auch wenn es schmerzte.

Während ich mich tränenüberströmt und am ganzen Körper bebend zusammenkugelte, rutschte Tammo an meinen Rücken und legte mir beruhigend eine Hand auf. Allem Anschein nach war mein Weinen dermaßen laut, dass sogar Lutz sich berufen fühlte, seinen Wurstkörper aufs Bett zu hieven und mir mit

Hundesabberzunge und Fiepgeräuschen seine Anteilnahme zu bestätigen, ehe er sich eng an mich presste. Ich war froh über alles, was ich an Zuneigung bekam, und zum ersten Mal auch froh, meinen Tränen freien Lauf zu lassen.

»Geht es wieder?« Tammos Stimme schien von weit her zu kommen.

Ich schniefte wenig damenhaft und brachte ein dumpfes Ja zustande.

»Okay. Ich sehe in deinem Badezimmer mal nach Taschentüchern. Oder besser nach einem Waschlappen. Einem großen.«

Ich lächelte, aber nur innerlich, alles andere war mir gerade zu anstrengend. Mein Kopf fühlte sich an, als sei er mit Blei gefüllt, und ich war sogar zu erschöpft, um die Haarsträhne wegzuwischen, die zwischen meinen nassen Wimpern klebte. Als Tammo mit einem Waschlappen und einem Zahnputzbecher mit Wasser zurückkehrte, setzte ich mich schwerfällig auf. Der feuchte Lappen war eine Wohltat und auch das Leitungswasser schmeckte herrlich.

»Soll ich Nachschub holen?«

»Gern, schließlich sollte ich dringend meine Wasserreserven auffüllen, bevor ich mit der Heulerei in die zweite Runde gehe.«

Obwohl es Unsinn war, überkam mich Verlegenheit, weil ich mich vor Tammo so hatte gehen lassen. Anstatt jedoch peinlich berührt nach meiner Heulattacke die Zimmerdecke zu studieren, blickte er mich unverwandt an. Für ihn war ich offenbar kein Häufchen Elend mit Schniefnase, sondern ein Mensch, der das Recht hatte, in seiner Trauer zu weinen. Mir kam es beinahe so vor, als würde mich mein Gefühlsausbruch für ihn nur noch anziehender machen.

»Wenn es das Richtige für dich ist, das Kissen in einen nass triefenden Schwamm zu verwandeln – nur zu. Du hast in den letzten Tagen viele Schrecken und Verluste hinnehmen müssen, da kann man sich nicht unentwegt zusammenreißen. Meinetwegen musst du das jedenfalls nicht tun.«

Das war eine sehr fürsorgliche Antwort, und sie wärmte mich, aber zugleich wurde mir auch klar, dass mir eine schnippische Entgegnung noch lieber gewesen wäre. Ein Spruch, der mich zum Lachen brachte, während ich gleichzeitig vor Empörung auf hundertachtzig schaltete.

»Mir fehlt Sander, dabei ist er erst ein paar Stunden weg«, gestand ich Tammo. »Außerdem habe ich schreckliche Angst, unabhängig davon, ob die Fließenden ihn erwarten oder nicht. Ich kann es ertragen, dass Madelin auf der anderen Seite Tiamats träumt, aber sollte ich auch noch Sander verlieren, dann werde ich verrückt. Richtig ernsthaft verrückt. In mir baut sich jetzt schon das dringende Verlangen auf, mich häuslich vor dem Tor einzurichten und immer wieder zu sagen: ›Gleich ist er wieder da. Gleich. So, wie er es versprochen hat.‹ Und egal, wie sehr ich mich auch bemühe, zuversichtlich zu sein, flüstert mir eine innere Stimme unentwegt zu, dass am Ende aller Geschichten der Tod steht.« Ich hob die Hand, als Tammo mich unterbrechen wollte, um etwas Beschwichtigendes zu sagen. »Laboes Grandmama hat die Gabe, in die Zukunft zu sehen. Sie hat Sander die Karten gelegt, und sie haben gezeigt, dass der Tod auf ihn wartet.«

Tammos Augenbrauen fuhren nachdenklich zusammen, als erscheine es ihm abwegig, dass Sanders Geschichte so gut wie auserzählt sei. »Und mehr war da nicht, nur der Tod?«

»Doch, da war noch etwas.« Warum fiel es mir schwer, diese letzte gelegte Karte zu benennen? »Ich habe nur irgendwie den Verdacht, dass Grandmama in der Reihenfolge durcheinandergekommen ist. Den Schlussakkord bildeten ›Die Liebenden‹, aber die haben ihren Dienst bereits geleistet … Wir haben darüber gesprochen, was wir füreinander empfinden.« Was eine glatte Übertreibung war. Fest stand nur, dass wir kaum die Finger voneinander lassen konnten, seit wir diesen neuen Weg betreten hatten. Seine Liebe hatte Sander mir keineswegs gestanden. Jedenfalls nicht offiziell.

»Anouk, kann es sein, dass du dich selbst schützt, indem du von vornherein vom Schlimmsten ausgehst?«

Ich ließ resigniert die Schultern sinken. »Ich weiß es nicht. Aber ich sollte langsam in den Keller zurückkehren und meinen Vater davon überzeugen, mir die Wacht über Tiamat zu überlassen. Nicht um nicht verrückt zu werden, sondern um da zu sein, wenn Sander zurückkehrt. Sonst nutzt er vielleicht noch die Chance, sich direkt wieder aus dem Staub zu machen, um seine neu entdeckte Identität als Fließender im Ewigen Meer zu feiern.«

Tammos Mundwinkel hoben sich zu einem breiten Lächeln an. »Tja, ich persönlich hatte auf dem Grund meines Tropfens eher den Eindruck, dass Sander sich keine Sekunde länger als nötig von deinen Lippen lösen würde.«

»Herr Freibaum, also wirklich!« Mit gespielter Empörung warf ich den Waschlappen nach ihm.

»Schon gut, ich hör ja schon auf. Außerdem muss ich ebenfalls los, meine neuen Eltern brechen zu einem Wochenendtrip auf, und ich habe Becks versprochen, dass wir beide heute Abend was zusammen machen. Diese ganze Familiensache ist voll der Eiertanz. Ich weiß zwar, wie ich mich benehmen sollte, damit alle denken, ich sei ganz der Alte, allerdings klappt das bislang nicht sonderlich gut. Besonders Becks scheint misstrauisch zu werden. Wenn ich ihre Reaktionen richtig deute, befürchtet sie, ich hätte ein paar bewusstseinserweiternde Drogen eingeschmissen. Lange werde ich mich wohl nicht mehr hinter der Krankheitsgeschichte verstecken können.«

Schlagartig stieg mir vor schlechtem Gewissen Hitze ins Gesicht. Da ließ ich mich von Tammo trösten und umsorgen und verschwendete im Gegenzug nicht einen Gedanken an seine Lage. Er war in einer fremden Welt, gefangen in einem fremden

Körper, gezwungen, ein Leben zu leben, das seiner Natur in keinerlei Hinsicht entsprach, und musste dabei auch noch Menschen Vertrautheit vortäuschen, die ihm im Grunde fremd waren. Bei Sander war es etwas anderes gewesen, denn er hatte schließlich keine Erinnerung an sein früheres Leben besessen, aber Tammo wusste, was er verloren hatte. »Die Freibaums sind wirklich eine tolle Familie, nicht nur hinsichtlich des coolen Pools. Die Mama ist eine total Liebe, und Becks ist schlichtweg klasse – und das sage ich nicht nur, weil sie meine Freundin ist. Du hast mit deiner Wahl Glück gehabt.«

»Ist nur die Frage, ob die Freibaums auch Glück mit mir haben. Ich habe ja einiges vom alten Tammo mitbekommen, der war komplett anders, als ich es bin. Seine Erinnerung und mein Wesenskern … Das ergibt eine seltsame Mischung.«

»Nur für den Fall, das es dich interessiert: Ich mag das Ergebnis. Und Becks mag es auch, das hat sie mir gesagt. Dass hinter dem ›neuen‹ Tammo kein Entwicklungsschub oder gar eine Erleuchtung steckt, muss sie ja nicht unbedingt wissen. Sie hat sogar ein bisschen Sorge, dass der ganze Zauber plötzlich wieder vorbei sein könnte. Also mach dir nicht zu viele Sorgen.«

Ein trauriges Lächeln erschien auf Tammos Gesicht. »Becks mag mich, weil sie nicht weiß, wer ich in Wirklichkeit bin. Andernfalls würde sie mich zweifelsohne hassen, schließlich habe ich einen Großteil dessen verdrängt, das ihren Bruder als Menschen ausgemacht hat. Ich kann mich an die gemeinsame Kindheit erinnern und kenne ihre Lieblingseissorte, während mein Wissen über das Ewige Meer mit jeder Stunde mehr zu verblassen droht. Doch selbst wenn mir das gemeinsame Leben vor Augen steht, bin ich noch lange nicht ihr Bruder.«

Dazu wusste ich nichts zu sagen. Der Weg, für den Tammo sich entschieden hatte, als er durch das Tor trat, um Sander seine wahre Bestimmung zu offenbaren, war nicht nur schwer, sondern er schloss auch jede Rückkehr aus. »Wie heißt du eigentlich wirklich?«

Mit einer flüchtigen Geste berührte Tammo die silberne Phiole um seinen Hals, in der er den Tropfen aus dem Ewigen Meer aufbewahrte. Dabei blieb eine schimmernde Spur, die aussah wie von Sonnenlicht beschienenes Wasser, an seinen Fingern zurück. »Ich hatte keinen Namen, genau, wie ich in Wirklichkeit keine wahre Form angenommen hatte. Alles, was ich war, war ein Funken Ich, nicht mehr. Das ist mir erst bewusst geworden, als ich mich um Madelin kümmerte und in ihre Träume und in die Reste ihrer Erinnerung blickte. So gesehen habe ich dazugewonnen, obwohl es nichts daran ändert, dass ich mich wie ein Gefangener in diesem langsam zerfallenden Körper fühle. Ich weiß erst jetzt, was es bedeutet, ein Mensch zu sein.«

»Es wird besser werden im Laufe der Zeit«, versprach ich Tammo und schwor mir zugleich, dafür zu sorgen, dass es sich bewahrheitete. Dann ergriff ich seine Hand und nahm ihn mit auf den Flur hinaus, ganz darauf konzentriert, jeden Laut und jedes Bodenknarren in Himmelshoch wahrzunehmen. Das Letzte, was ich wollte, war eine unfreiwillige Begegnung mit Jakob. Mein Vater würde vermutlich die Fassung verlieren, wenn er mitbekam, dass ich Gäste ins Haus ließ. Deshalb warf ich noch einen raschen Blick über die Schulter, als ich die Haustür aufzog. Als sich Tammos Finger fester um meine schlangen, blickte ich ihn verwundert an, dann hörte ich eine Frauenstimme. Eine gereizte Frauenstimme, voll offenkundiger Empörung.

»Du hast einen Besucher, Anouk?«

Filippa Margold trat ins Foyer ein, bevor ich etwas dagegen unternehmen konnte.

# 33. Gerufene Geister

Filippa gab mir keine Chance, ihr die Tür vor der Nase zuzuschlagen. Dafür waren ihre Reaktionen zu gut trainiert, während ich aus meiner Starre erst aufwachte, als es bereits zu spät war. Folglich brachte ich nur ein schlappes »Kann mich gar nicht erinnern, ›herein‹ gesagt zu haben« hervor. Filippa ignorierte mich ohnehin, sie war viel zu sehr damit beschäftigt, Tammo zu mustern, als wäre er ein schleunigst auszuradierender Fehler im Foyer von Himmelshoch. Dabei ahnte sie nicht einmal ansatzweise, wer er in Wirklichkeit war.

Tammo machte verblüfft einen Schritt zurück. »Hallo«, begrüßte er Filippa, die ihm sofort nachrückte. »Und auch gleich auf Wiedersehen, ich wollte nämlich gerade gehen.«

Als er das sagte, wurde mir bewusst, dass er ebenfalls nicht die geringste Ahnung hatte, wer vor ihm stand. Dass es einen Wächterzirkel gab, dessen Ziel es war, alles auszurotten, was durch die Tore in unsere Welt eindrang, hatte er weder in Madelins noch Tammos Erinnerung gesehen. Er hatte keine Ahnung, in welcher Gefahr er schwebte.

Im letzten Moment versperrte Filippa ihm den Weg. »Wer ist das?«

»Das ist Tammo Freibaum, ein Junge aus meiner Schule«, beeilte ich mich klarzustellen. »Es tut mir leid, ich weiß, die Regel lautet ›Keine Besucher auf Himmelshoch‹. Tammo steht mir allerdings sehr nah, wenn Sie verstehen, was ich meine. Ich war krank, und da ist er vorbeigekommen, um nach mir zu sehen. Alles ganz harmlos.«

»In welchen Räumen des Hauses hast du dich aufgehalten,

Tammo Freibaum?« Die Art, wie Filippa seinen Namen aussprach, verriet, dass sie ihn in ihrem Hinterkopf auf eine schwarze Liste setzte.

»Entschuldigen Sie, aber wer sind Sie eigentlich?«

»Diejenige, der du jetzt Rede und Antwort stehst, wenn du keinen Wert auf Schwierigkeiten legst.« Mir lief ein Schauer über den Rücken.

An Tammo schien die Drohung jedoch abzuprallen. »Schwierigkeiten? Weil ich eine kranke Mitschülerin besuche?« In seinem Lachen schwang Unglauben mit. Dann warf er mir einen fragenden Blick zu. »Bist du etwa Mitglied in einer Sekte, die Kontakt zum anderen Geschlecht erst nach der Eheschließung erlaubt?«

Ich fand das alles andere als witzig, schließlich ahnte ich, dass Filippa ihn nicht ungeschoren davonkommen lassen würde. Sie hatte sämtliche Stufen der Ausbildung des Wächterzirkels durchlaufen, sie würde also alles daransetzen, andere Menschen in absoluter Unkenntnis über die Tore zu lassen. Das war aus Sicht des Zirkels eine der wichtigsten Aufgaben überhaupt und einer der Hauptgründe, warum mir dieser Verein nicht ganz geheuer war. »Ich habe Tammo mit auf mein Zimmer genommen, das ist alles, was er von Himmelshoch gesehen hat. Mir ist klar, dass das ein Fehler war, aber ich habe mich so gefreut, als er plötzlich vor der Tür stand. Mir ging es wirklich schlecht in den letzten Tagen.«

Endlich beachtete Filippa mich – und was sie zu sehen bekam, schien sie zu überzeugen, dass unsere Geschichte durchaus im Bereich des Möglichen lag: Ein verliebter Junge, der sich Sorgen um seine kranke Angebetete gemacht hatte und außer ihrem hübschen Antlitz nichts anderes wahrnahm. »Er war also nur auf deinem Zimmer?«, hakte sie nach, mit einem speziellen Unterton in der Stimme, der mir klarmachen sollte, dass dies meine einzige Chance sei, ohne Konsequenzen für Tammo aus der Sache rauszukommen. Ich selbst würde trotzdem ordentlich was abbekommen, so viel stand fest.

Ich nickte so eifrig, dass mir fast der Kopf abfiel. »Tammo ist geradewegs auf mein Zimmer gegangen, dort haben wir die ganze Zeit auf meinem Bett verbracht, wo wir uns …«

Wie erwartet flog Filippas Hand hoch, um mir das Wort abzuschneiden. »Erspar mir die Einzelheiten. Gut. Um eins klarzustellen, das war dein letzter Besuch in diesem Haus, Tammo Freibaum. Wenn du deine Freundin treffen möchtest, dann lad sie ins Kino ein, sobald sie wieder einigermaßen auf den Beinen ist und nicht länger den Eindruck macht, jede Sekunde zusammenzuklappen. Verstanden?«

Tammo zuckte mit der Schulter. »Klar, warum nicht – Kino ist klasse. Ich mach mich dann mal aus dem Staub, wenn das für dich okay ist, Anouk.«

»Sicher, vollkommen okay. Mach's gut, mein Herz, ich hau mich jetzt wieder aufs Ohr. Geh nur. Bye.«

»Ja, bye.«

Einen Moment lang schien Tammo noch zu überlegen, ob er vielleicht doch lieber bleiben sollte, und spielte dabei mit der Silberphiole. Dann wandte er sich in Richtung Tür, wo Filippa immer noch wie ein Bollwerk stand. Anstatt endlich beiseitezutreten, zögerte sie. Vielleicht irritierte es sie, wie schnell er klein beigab. Oder es war ihr jahrelang trainierter Instinkt, der ihr zuflüsterte, dass hier etwas nicht stimmte.

»Hand auf's Herz«, begann ich in der Hoffnung zu plappern, sie von ihrer Spur abzubringen. »Wenn wir das nächste Mal unbedingt auf Tuchfühlung gehen müssen, dann machen wir das im Park. Wobei Kino natürlich auch ein toller Tipp ist. Stammt der aus Ihrem persönlichen Erfahrungsfundus?«

Ja! Innerhalb von Sekunden gehörte Filippas Aufmerksamkeit mir allein. »Das reicht jetzt, würde ich sagen. Verabschiedet euch jetzt, und zwar umgehend.«

»Sieh zu, dass du wieder, so gut es geht, zu Kräften kommst, Anouk. Die nächsten Tage werden bestimmt hart für dich.« Tammo lächelte mich an, dann wendete er sich Filippa zu und deutete auf die Tür. »Würde es Ihnen was ausmachen, mich endlich vorbeizulassen?«

Nach einigen Sekunden der Ungewissheit trat Filippa beiseite.

Genau diesen Augenblick suchte Lutz sich aus, um gut gelaunt die Treppen runterzuhopsen. Vollkommen unempfindlich gegen die Anspannung im Foyer, spuckte er mir das Veränderdich vor die Füße, das zu seiner Freude erneut die Form eines Bällchens angenommen hatte. Vielleicht wären wir sogar damit durchgekommen, wenn das vermaledeite Ding still liegen geblieben wäre, wie man es von einem beschleimten Bällchen eigentlich erwarten durfte. Stattdessen machte es ein verdächtig nach »Brrrr« klingendes Geräusch und schüttelte die Sabberfäden ab, bevor es auffordernd hoch- und runterzuspringen begann.

»Anouk, was ist das?«

Leider war es nicht Filippa, die mir diese Frage stellte, sondern mein Vater, der gerade zu uns getreten war.

Ich riss die Schultern so heftig nach oben, dass sie fast meine Ohrläppchen berührten. »Ein Hundespielzeug?«

Leider war es jedoch nicht das Veränderdich, auf das mein Vater deutete, sondern Tammo. ›Was‹ und nicht ›wer‹, hatte er gesagt, als sei Tammo ein Ding und kein Junge. Dann begriff ich, warum mein Vater diese Formulierung gewählt hatte: Tammos Finger lagen immer noch an der Silberphiole, in der sich ein Tropfen aus dem Ewigen Meer befand. In seiner Nervosität musste er sie ein wenig aufgeschraubt haben, jedenfalls leuchtete sie in überirdischer Weise auf, als trüge Tammo einen Stern vor der Brust.

Filippa sagte nichts, sondern reagierte. Blitzschnell hatte sie Tammo im Sicherheitsgriff, überging seinen Protest und deutete stattdessen auf die Phiole. »Eine weitere von diesen verrückten Veränderungen, von denen es in Himmelshoch nur so wimmelt? Zeig her!«

Mit einem brutalen Ruck versuchte sie, ihm die Kette vom Hals zu reißen. Tammo nutzte den Moment und befreite sich aus ihrem Griff, wobei er ihr einen kräftigen Stoß gab. Doch kaum war Tammo wieder frei, holte Jakob aus und verpasste ihm einen Fausthieb gegen die Schläfe. Mein Pseudofreund taumelte, und kaum dass er sich gefangen hatte, sah er sich zwei Angreifern gegenüber.

Am liebsten hätte ich mir beide Hände vors Gesicht geschlagen und abgewartet, bis der Kampf vorbei war, aber dieses Mal konnte ich mich nicht zurückhalten. Alles vergessend, was Sander mir jemals über Nahkampf beigebracht hatte, stellte ich mich vor Tammo und sank sogleich in die Knie, als mich ein Fußtritt am Rippenbogen erwischte, den Filippa eigentlich dem Jungen hinter mir zugedacht hatte.

»Aus dem Weg!«, schrie Filippa aufgebracht und wollte mich zur Seite schubsen, doch Jakob hielt ihr Handgelenk gerade noch rechtzeitig fest. »Wollen Sie sich mit mir anlegen, Parson?«

»Sie werden meiner Tochter nicht wehtun.«

Ich nutzte die Gelegenheit, um trotz der Schmerzen in meinem Brustkorb zu Tammo aufzublicken, der mir ein »Entschuldige bitte« zuflüsterte. Dann öffnete er die Phiole und ein mächtiger Wasserschwall ergoss sich über mich.

Eine Springflut tat sich auf, spülte mich fort und riss auch meinen Vater von den Beinen. Filippa setzte mit einem wütenden Schrei zu einem Sprung durch die Wasserfluten an, verschwand und tauchte einige Momente später strampelnd und wild fluchend im schäumenden Wasser auf. Jakob war es gelungen, sich am Treppengeländer festzuhalten. Als ich an ihm vorbeigeschleudert wurde, griff er mit seiner versehrten Hand zu, ohne mich festhalten zu können.

»Lass mich«, rief ich unter Husten, denn obwohl die Kraft des Wassers erschreckend war, machte ich mir keine ernsthaften Sorgen. Tammo würde die Macht des Wassertropfens aus dem Ewigen Ozean nur so lange entfesselt wüten lassen, bis er geflohen war.

»Anouk!«

Jakob gab das Geländer auf, um mich mit der unversehrten Hand an sich zu ziehen. Doch die Strömung war zu mächtig und der Pegel stieg zu rasant. Ich sah die Panik in den Augen meines Vaters. Gleich würde er mich verlieren.

*Es wird uns nichts passieren*, wollte ich ihm zurufen, aber es war bereits zu spät, wir wurden gemeinsam von dem Strudel in die Tiefe gezogen.

# 34. Trockenübung

Dann war die Rutschpartie urplötzlich vorbei.

Von einer Sekunde zur nächsten lag ich zappelnd auf dem Steinboden des Foyers.

Kein Wasser weit und breit. Kein Reißen und Zerren und vor allem kein Mangel an Sauerstoff, obwohl mein Schädel sich anfühlte, als sei er randvoll mit Blubberbläschen gefüllt.

Das war ja wohl vollkommen verrückt, was eben passiert war! Filippa vor der Tür ... mein Vater ... der geöffnete Tropfen aus dem Ewigen Ozean ... und die Wächterin mittendrin. *Mehr gaga geht nicht!* Mit aller mir zur Verfügung stehenden Willenskraft unterdrückte ich einen sich ankündigenden Lachanfall. Vermutlich hätte er sowieso in einem Husten geendet, denn mein verkrampfter Brustkorb hatte noch nicht mitbekommen, dass die aus dem Nichts hervorbrechende Flut genauso schnell wieder verschwunden war.

Neben mir rang Jakob nach Luft, wobei er mich weiterhin mit schmerzhafter Entschlossenheit festhielt.

»Papa, du kannst mich loslassen. Alles ist wieder in Ordnung.«

Doch Jakob stand zu sehr unter dem Eindruck des sich unvermittelt auftuenden Strudels, um schon reagieren zu können.

So gut es mit meinem Arm im Schraubstockgriff meines Vaters eben ging, setzte ich mich auf und verschaffte mir einen Überblick. Vom Wasser war nicht die geringste Spur zu entdecken, genau wie von Tammo. Dafür sah ich unter einer hochbeinigen Kommode Filippa, die sich gerade aufrappeln wollte und dann panisch zu schreien anfing, als ihr klar wurde, dass sie eingeklemmt war. Sollte sie ruhig allein zusehen, wie sie aus der Situation herauskam. Die Haustür war geschlossen und ein Kläffen verriet, dass Lutz um Einlass bat. Allem Anschein nach hatte Tammo ihn vorsorglich nach draußen gebracht, was auch richtig war, denn unsere alte Bulldogge konnte Wasser auf den Tod nicht ausstehen und wäre am liebsten über jede Pfütze getragen worden.

Langsam kam mein Vater auf die Knie, wankend, als wäre der Grund unter ihm keineswegs fest, sondern unsteter als Bootsplanken. Mit einem Seufzen zog er mich in seine Arme, die erste herzliche Umarmung seit Jahren. »Geht es dir gut?«, fragte er mit heiserer Stimme. »Wie konnte das nur passieren?«

»Die Phiole …«, bemühte ich mich zu erklären.

Nur war mein Vater allem Anschein nach viel zu geschockt, um jetzt darüber nachzudenken. Stattdessen betrachtete er mein Gesicht mit einer Intensität, die ich nicht von ihm kannte, geradezu als habe er jetzt erst bemerkt, dass es mich gab und ich nicht nur ein Einrichtungsgegenstand war, den meine Mutter ins Haus gebracht hatte.

»Es ist alles meine Schuld, ich hätte dich schon längst von diesem unseligen Ort fortbringen müssen, anstatt darauf zu warten, dass dir etwas zustößt. Ich war so blind … Jetzt wärst du fast ertrunken, während ich außerstande war, dich zu schützen. Und wofür das alles? Jahr für Jahr auszuharren, hat mir weder mein Leben noch Madelin zurückgegeben. Soll sich der Zirkel doch um Tiamat kümmern, darauf lauern sie ohnehin schon seit Jahren. Himmelshoch schenke ich ihnen obendrein.«

Ich stellte mir vor, wie es wäre, woanders von vorn anzufangen, ohne die Bürde, die Tiamat uns auferlegte, ohne Geheimnisse und ohne die ständige Bedrohung durch Besucher oder den Maelstrom. »Nein«, antwortete ich leise, aber bestimmt. »Himmelshoch ist mein Zuhause, mit allem, was es ausmacht. Ich möchte nicht von hier fortgehen, wirklich nicht. Aber falls du es willst, dann würde ich das verstehen. Es ist an der Zeit, dass du die Vergangenheit loslässt, Papa.«

»Was zur Hölle war das?« Filippa war es zu guter Letzt gelungen, sich unter der Kommode rauszuarbeiten. Zerzaust und mit hektisch blinzelnden Lidern versuchte sie, sich aufzurichten, nur um wie eine Betrunkene umzukippen. »Was hat dieser Kerl, dieser Freibaum getan? Er muss unbemerkt am Tor gewesen sein. Verdammt, er hat einen Maelstrom mitten auf dem Trockenen ausgelöst. Das muss es sein! Das Tor unter Himmelshoch stellt eine unwägbare Gefahrenquelle dar, Parson. Ich werde umgehend den Zirkel um Verstärkung anrufen, um Himmelshoch entsprechend zu sichern. Dieses Mal werden Sie sich nicht gegen eine Besetzung stellen – und wenn doch, dann können Sie sich auf was gefasst machen. Und du …« Sie zeigte mit dem Finger auf mich. »Du schuldest mir eine Erklärung und zwar eine verflucht überzeugende. Bis ich die nicht habe, stehst du für mich unter dem Verdacht, hauptverantwortlich für dieses Desaster zu sein, schließlich hast du den Jungen ins Haus gelassen.«

Mein Herz schlug mir bis in die Kehle. Ich hegte keinen Zweifel daran, dass Filippa mich notfalls einmal komplett auseinandernehmen würde, um an ihre Antworten zu gelangen.

»Das wird nicht nötig sein.« Mein Vater streichelte mir über den Kopf, dann stand er auf und trat vor Filippa. »Das, was wir soeben erlebt haben, war nichts anderes als eine ausgesprochen spektakuläre Illusion, hervorgerufen von der Veränderung in der Silberphiole. Sie schafft ein Abbild des Maelstroms in unseren Köpfen, und das ist auch schon alles, was passiert. Oder sehen Sie irgendwo einen Hinweis darauf, dass es den Strudel tatsächlich gegeben hat? Die einzige Frage, die wir Anouk stellen müssen, ist die, wie dieser Bengel ins Haus und an die Phiole gelangt ist.« Mein Vater sah mich streng an, aber es war nicht der typischer Ausdruck, mit dem er mich mein halbes Leben bedacht hatte, sondern ein künstlich aufgesetzter, wie ich verblüfft feststellte. Filippa hingegen bemerkte den Unterschied glücklicherweise nicht. »Auch wenn du keine Ahnung hattest, was es mit der Phiole auf sich hatte, so durftest du sie doch nicht einfach an dich nehmen, meine Liebe. Einmal davon abgesehen, dass du sie sogar verschenkt hast. An diesen Jungen, den du mir noch nicht einmal richtig vorgestellt hast.«

Vollkommen perplex stand ich da und starrte meinen Vater an, der gerade empört mit dem Kopf schüttelte. Nichts an ihm deutete darauf hin, dass er nicht hundertprozentig meinte, was er sagte. Sogar als Schauspieler war Jakob großartig. Ich leider nicht. Meine Lippen bewegten sich, aber außer wirrem Gemurmel brachte ich nichts hervor.

»Jakob, Sie haben diese Veränderung nicht gemeldet, wenn ich mich nicht irre«, bohrte Filippa nach.

Mein Vater zuckte mit den Schultern. »Nun, sie ist relativ neu. Für den ganzen bürokratischen Akt, der mit jeder Veränderung einhergeht, hatte ich bislang noch nicht die Zeit gefunden. Also, Anouk, ich warte auf eine Erklärung, wie die Phiole in die Hände dieses Jungen gelangt ist, der in unserem Haus obendrein nichts zu suchen hatte.«

Obwohl ich es kaum fassen konnte, dass mein Vater in Sekundenschnelle eine perfekte Ausrede erdacht hatte, gelang es mir endlich, auf sein Schmierentheater einzugehen. Wie eine überführte Schuldige ließ ich den Kopf hängen und scharrte mit der Fußspitze. »'Tschuldigung, Papa. Es tut mir schrecklich leid, gegen die Regeln verstoßen zu haben. Aber wegen meiner Krankheit habe ich Tammo ein paar Tage lang nicht gesehen, und du weißt ja, wie das ist, wenn man verliebt ist. Als er dann plötzlich unangemeldet vor der Tür stand, konnte ich ihn unmöglich fortschicken. Auf dem Weg in mein Zimmer hat er nichts von den Veränderungen bemerkt, dafür habe ich gesorgt. Das musst du mir glauben.«

Jakob runzelte die Stirn. »Das tue ich, aber entscheidend ist in diesem Fall die Phiole.«

Ich schlug mir die Hände vors Gesicht, als würde ich mit Tränen kämpfen, um Zeit zu schinden. Eine Geschichte musste her, ganz rasch … Falls ich wegen meiner grottig schlechten Schauspielkünste nicht schon längst aufgeflogen war. »Die Phiole … Die ist so schön«, brachte ich stockend hervor.

Filippa packte mich hart am Handgelenk und zwang mich, sie anzusehen. »Du hast mit deiner Dummheit schon für genug Probleme gesorgt, um die ich mich kümmern muss. Also reiß dich gefälligst zusammen und verschwende nicht unnötig meine Zeit.«

Ich biss meine Zähne, so hart es ging, aufeinander und ignorierte den Schmerz an meinem Handgelenk. Andernfalls stand zu befürchten, dass Jakob sich einmischen würde – und das wollte ich nicht. Filippa hatte recht, meine Probleme nahmen von Minute zu Minute zu. Jeden Moment konnte Sander durch das Tor zurückkehren, ich würde meinem Vater, auch wenn er mich jetzt deckte, später eine plausible Erklärung für alles liefern müssen, und in ein paar Stunden würde es in Himmelshoch nur so wimmeln von Wächtern, die anschließend Jagd auf Tammo machen würden. Ich musste diese Angelegenheit schleunigst und mit möglichst hoher Schadensbegrenzung hinter mich bringen.

»Papa hatte die Phiole im Kellergewölbe auf seinem Schreibtisch liegen gelassen, ganz lieblos in ein wenig Seidenpapier eingeschlagen zwischen den Notizstapeln und dem ganzen Salz. Ich dachte, es sei ein Schmuckstück von meiner Mutter, so hübsch, wie sie ist. Deshalb habe ich die Phiole heimlich an mich genommen. Tammo war ganz begeistert von ihr, und da ich aus Erfahrung nur allzu gut weiß, wie die Reaktion meines Vaters ausfiele, wenn ich sie selbst tragen würde, habe ich sie ihm geschenkt. Ein Liebesbeweis. In seiner Nervosität muss Tammo sie versehentlich geöffnet haben und ist dann vor Schrecken geflohen, als der Strudel aufkam.«

Endlich gab Filippa mein Handgelenk frei. »Das werden wir

umgehend herausfinden. Du wirst mir seine Adresse geben und mir alles über diesen Jungen und seine Familie erzählen, was ich wissen muss, um den richtigen Ansatz zu finden, damit diese Geschichte nicht ihre Kreise zieht. Und was noch viel wichtiger ist: Ich will diese Phiole.«

»Selbstverständlich«, mischte Jakob sich ein. »Wir werden die Arbeit des Zirkels natürlich mit allen Kräften unterstützen. Schließlich ist niemandem damit gedient, wenn die Familie Freibaum tiefer als nötig in diese Angelegenheit hineingezogen wird. Und was die Phiole anbelangt, so sollten wir sie umgehend vernichten, so, wie ich es ursprünglich geplant hatte. Sie stellt ein viel zu großes Sicherheitsrisiko dar.«

Filippa legte den Kopf schief wie eine Katze, kurz bevor sie sich auf ihr Opfer stürzt. »Ob die Phiole vernichtet wird, wird der Zirkel entscheiden. Genau, wie er darüber entscheiden wird, was nun mit Himmelshoch geschehen soll. Mir scheint es, dass wir uns viel zu lang von Ihren Versicherungen, Tiamat sei unter Kontrolle, haben einspinnen lassen, Jakob. Dieses Mal werden wir uns dessen selbst versichern – mit oder ohne Ihre Unterstützung.«

# 35. Der Himmel ist besetzt

Ich hatte die Macht des Wächterzirkels, trotz meiner bisherigen Erfahrungen, eindeutig unterschätzt. Sie brauchten nicht länger als drei Stunden, um Himmelshoch mit Mann und Gerätschaft zu besetzen – ohne dabei in der Efeustraße Aufsehen zu erregen. In der Welt dort draußen waren die Wächter ganz normal und unauffällig, erst wenn sie die unsichtbare Grenze überschritten, die Himmelshoch zum ihrem Revier machte, zeigte sich ihre wahre Bestimmung. In Räumen, in denen sich außer meinem Vater, Sander und mir seit meiner Kindheit nur Filippa gelegentlich aufgehalten hatte, tummelten sich nun Fremde mit abweisender Miene. Die meisten von ihnen trugen Waffen bei sich oder waren mit mir unbekannten Maschinen und Apparaturen beschäftigt, andere verschanzten sich am Esstisch hinter Laptops, sicherten Fenster und Türen von beiden Seiten, damit ihnen bloß nichts und niemand entging. Einige in Zivil gekleidete Wächter, die wohl den Jägern zuzuordnen waren, besprachen sich mit Filippa und schwärmten anschließend aus, vermutlich um den verschwundenen Tammo zu suchen. Währenddessen organisierte Filippa die Untersuchung der Familie Freibaum, wobei sie dank Kreditkartenauskunft schnell feststellte, dass die Eltern gerade zu einem romantischen Wellness-Wochenende aufgebrochen waren.

»Komm ja nicht auf die Idee, deine Freundin Juliane Freibaum in irgendeiner Form am Telefon vorzuwarnen, damit würdest du alles nur noch schlimmer machen. Und damit du Bescheid weißt: Wir würden ohnehin mithören«, hatte Filippa mich zwischen Tür und Angel angefaucht, bevor sie mich des Esszimmers verwiesen hatte.

Auch im Kellergewölbe herrschte Aufruhr, da das Kraftfeld am Ende der Schleuse niemanden außer uns Parsons passieren ließ. Auch das kompliziert verpackte elektronische Equipment, wie Kameras und Messgeräte, das wir hinübertrugen, gab nach der Berührung mit dem Kraftfeld, wie erwartet, den Geist auf.

»Wir *müssen* Tiamat überprüfen«, fuhr Filippa meinen Vater an, was der mit stoischer Miene an sich abprallen ließ.

»Natürlich müssen Sie das, aber ich kann es nun einmal nicht ändern. Das Kraftfeld entzieht sich meinem Einfluss, einmal davon abgesehen, dass Sander der Spezialist für diese Veränderung ist. Sie werden also warten müssen, bis er von seinem Ausflug zurück ist, damit er ihnen bestätigt, dass am Kraftfeld nichts geändert werden kann.«

»Dass Sie seit Jahren nichts unternehmen, um dieses Kraftfeld unter Kontrolle zu bringen, lässt mich eine gewisse Absicht vermuten, Parson.«

»Gewiss doch. Allerdings nicht die Absicht, die Sie unterstellen. Wir blockieren das Kraftfeld nicht, weil es ein wichtiger Bestandteil der Absicherung Tiamats darstellt. Schließlich wollen wir nicht nur vermeiden, dass eines Tages ein Besucher durch das Tor in unsere Welt dringt, sondern auch, dass jemand Unbefugtes von unserer Seite das Kellergewölbe betritt und Unheil anrichtet. Wir, für unseren Teil, haben jedenfalls aus dem Vorfall mit Sander gelernt.«

Ohne ihn einer Antwort zu würdigen, hatte Filippa auf dem Absatz kehrtgemacht und zwei grimmig dreinblickende Wächter am Schleusentor zurückgelassen. Dort standen sie nun noch immer im flackernden Licht der Tiamat-Leuchtröhren.

Mein Vater nahm mich beiseite und flüsterte mir ins Ohr. »Einer von uns beiden sollte dringend Sander kontaktieren, damit er schleunigst nach Hause kommt. Und dabei sollte derjenige Filippa möglichst unauffällig auf die Finger schauen. Für meinen Geschmack führt sie sich eine Spur zu herrisch auf, gerade so, als würde Himmelshoch ihr bereits gehören. Würdest du so lange beim Tor bleiben, Anouk? Du brauchst keine Angst zu haben, denn heute wird ganz bestimmt kein Besucher eindringen, so stabil, wie die Zeichen wirken. Und auch von frisch durch die Barriere gerieseltem Salz ist keine Spur zu entdecken.«

Unter anderen Umständen hätte ich den Vorschlag liebend gern angenommen. Meine Gedanken eilten trotz der ganzen Aufregung unentwegt zu Sander, von dem bislang noch kein Zeichen auszumachen gewesen war. Zwar wäre es albern gewesen, seine sofortige Rückkehr zu erwarten, schließlich würde ihm ein rascher Blick auf das Ewige Meer nicht ausreichen, um zu begreifen, wer er in Wahrheit war. Er war jedoch nun schon so lange fort und mit jeder Minute nahm meine Sorge zu. Was wäre, wenn es den Randwandlern gelungen war, die Fließenden zurückzudrängen und Sander ihnen direkt in die Hände gefallen war? Oder hatte er es erst gar nicht geschafft, die Salzzeichen-Barriere im Ewigen Meer zu durchdringen? *Ich hätte niemals zulassen dürfen, dass er geht. Wenn ich ihn darum gebeten hätte, dann wäre er geblieben … Habe ich ihn in den Tod gehen lassen, den Grandmamas Karten vorhergesagt hatten?* Um diese Fragen drehten sich meine Gedanken unentwegt, trotzdem konnte ich mich jetzt nicht wartend vors Tor setzen.

»Hör mal, Papa. Ich pass auf Tiamat auf, sobald ich kann, aber vorher muss ich noch ein paar Sachen erledigen. Tammo steckt meinetwegen in großen Schwierigkeiten, ich muss zusehen, dass er gewarnt ist, bevor die Jäger ihn finden.«

Jakobs Miene verfinsterte sich, und ich befürchtete schon, nun würde er mir auf den Zahn fühlen, was es mit dem plötzlich auftretenden Wasserstrudel in unserem Foyer in Wahrheit auf sich hatte. Aber dann nickte er. »Das ist vermutlich eine gute Idee, wir sollten den Schaden, den die Wächter anrichten werden, möglichst begrenzen. Für alles andere ist später noch Zeit genug. Hast du eine Möglichkeit, Sander zu erreichen?«

Mein wunder Punkt. Ich schluckte, dann sagte ich: »Sobald ich von ihm höre, gebe ich dir Bescheid. Versprochen.«

»Bitte tu das. Wir Parsons müssen zusammenhalten, wenn wir vermeiden wollen, dass der Zirkel auf die Idee kommt, dass er nicht nur Tiamat unter seine Herrschaft bringen kann, sondern uns gleich mit. Ich befürchte, wir können ihre Möglichkeiten und ihren Einfluss gar nicht hoch genug einschätzen. Wenn sie herausfinden, dass durch das Tor nicht bloß Salz dringt ...«

»Ich weiß.« Ich begann zu zittern, unfähig, mich der sich ausbreitenden Kälte zu erwehren.

Einen Augenblick lang glaubte ich, Jakob würde mich umarmen, wenigstens flüchtig, doch er sah mich nur an. Es hatte ganz den Anschein, als bräuchte es ernsthaftere Gefahren, damit er mir seine Zuneigung zeigte. Andererseits brachte ich es ja auch nicht fertig, die Hand nach ihm auszustrecken. Es stand einfach zu viel Unausgesprochenes zwischen uns.

Zu meiner Verwunderung stellte ich fest, dass es bereits spät am Abend war, als ich das Kellergewölbe verließ.

Sander war demnach schon seit über zwölf Stunden fort.

Nach einiger Wartezeit und Miniverhören durch Wachtpersonal durfte ich mich endlich mit Lutz im Schlepptau auf mein Zimmer zurückziehen. Allerdings erst, nachdem mich Wächter in Schutzanzügen einer halben Leibesvisitation unterzogen und mich schließlich mit den Worten »Keine Veränderung vorhanden« freigegeben hatten. Noch bevor ich die Tür richtig verschlossen hatte, spuckte Lutz das Veränderdich auf den Bettvorleger und schaute mich auffordernd an.

»Fein gemacht«, lobte ich und tätschelte seinen breiten Kopf, während ich mir das sich windende Veränderdich schnappte. Offenbar hatte es niemand gewagt, das Maul unserer Bulldogge nach kontaminiertem Material abzusuchen. Auch Wächter erkannten allem Anschein nach, wann sie an ihre Grenzen stießen.

Zurück in seinem Marmeladenglas machte das Veränderdich einen bekümmerten Eindruck, doch damit konnte ich mich nun wirklich nicht beschäftigen. Nach einigem Nachdenken versteckte ich es in meiner Sockenschublade. Nachdem die Wächter meine Einrichtung bereits gründlich auf den Kopf gestellt hatten, sollte es dort in Sicherheit sein. Mit einem Anflug von Beklemmung blickte ich mich um. Nichts lag an seinem urtümlichen Platz, die Möbel waren verrückt und an einigen Stellen machte sogar die Stofftapete einen mitgenommen Eindruck, als habe man sie mehr als nur abgetastet. So mussten sich Menschen nach einer Hausdurchsuchung fühlen, ganz entfremdet im eigenen Reich. Bei mir schlich sich zusätzlich noch der paranoide Gedanke ein, ob bei der Durchsuchung vielleicht auch Wanzen oder Minikameras zurückgelassen worden waren. Hektisch begann ich, Lampenschirme und Vorhänge abzusuchen, während Lutz – aufgebracht durch mein Verhalten – jede Ecke beschnüffelte und dabei vor sich hin knurrte, ohne jedoch etwas Interessantes aufzustöbern.

Nach einer halben Stunde wilder Sucherei ließ ich mich aufs Bett fallen und holte mein Handy aus dem Nachtschrank. Zweifelsohne war jemand meine Anruflisten und Nachrichten durchgegangen, ein jemand, der es nicht einmal für nötig gehalten hatte, diese Schnüffelei zu verdecken. Warum auch? Filippa hatte sie ja ganz dreist angekündigt. Mein Vater wusste scheinbar ziemlich genau, warum er Filippa auf die Finger schauen wollte. Ich war heilfroh, kein Tagebuch zu führen, ansonsten wäre es bestimmt sofort beschlagnahmt worden.

Nervös scrollte ich die SMSs durch, die seit gestern Abend reingekommen waren. Einige der Nachrichten stammten von Mitschülern und von Becks, die sich nach meinem Wohlbefinden erkundigte und nachfragte, ob ich wisse, wo Tammo stecke. Sie hätten gemeinsam einen faulen Abend machen wollen, aber er sei nicht aufgetaucht. Die meisten SMS stammten jedoch von Laboe, die auf diese Weise dokumentiert hatte, wie sich die Nachricht über Sanders und meine Beziehung langsam setzte, während die Wirkung der Kekse verflog. Im Laufe des heutigen Schultages, den ich verpasst hatte, kamen Anspielungen herein, ob ich mich lieber daheim vergnügen würde, anstatt mich in Bio mit Genetik zu beschäftigen. Dann, am Nachmittag, kam die entscheidende Kurznachricht:

Wir haben Besuch.

Ich starrte diese letzte Nachricht an, während es in meinen Schläfen wild zu pochen begann.

*Die Wächter sind bei Laboes Familie aufgeschlagen. Sie müssen irgendwie herausgefunden haben, dass ich bereits früher gegen die Besucher-Regel verstoßen habe und sie ebenfalls auf Himmelshoch gewesen ist. Nun horchen sie sie nach allen Regeln der Kunst aus und setzen sie zugleich unter Druck, damit sie niemandem jemals etwas davon berichtet, was sie gesehen hat.*

Ich hatte meine beiden Freundinnen, sowohl Becks als auch Laboe, an die Wächter ausgeliefert, wurde mir schlagartig klar. Ich hätte sie niemals auch nur in die Nähe von Himmelshoch kommen lassen dürfen. Und Tammo? Ich musste ihn umgehend kontaktieren. Nur wie? Die Wächter waren gewiss meine Kontaktliste durchgegangen, in der auch Tammos Nummer stand. Bei dem ganzen Technikequipment, das die nach Himmelshoch gebracht hatten, stand für mich fest, dass sie nicht nur mein Handy überwachten, sondern auch Tammos zu orten imstande waren.

Während ich noch das Display anstarrte, als könne es mir die dringend benötigte Antwort geben, fing es in meinen vier Wänden an zu rappeln. Genauer gesagt, rappelte es in der Kommode, und zwar so heftig, dass die Schublade herauszufallen drohte. Offenbar war mein Zimmer nicht verwanzt, denn spätestens jetzt hätte eigentlich eine Brigade Wächter hereinstürzen müssen, um nach dem Rechten zu sehen. So war es nur Lutz, der aufgeregt herumhopste.

»Aus dem Weg«, scheuchte ich meinen Hund beiseite.

Gerade noch rechtzeitig fing ich die Lade auf, nur um sie sogleich fallen zu lassen, weil das Veränderdich zum Befreiungssprung ansetzte. Ich schnappte es mir aus der Luft und brauchte beide Hände, damit es sich beruhigte. Was es nicht tat. Stattdessen schmolz es zwischen meinen Fingern hindurch und tropfte auf den Boden, wo es eine Pfütze bildete.

»Zurück, Lutz. Nicht dran lecken!«

Doch das hatte der kluge Hund gar nicht vor, er wollte lediglich einen guten Blick auf die schimmernde bläuliche Lache haben. Ich kniete mich neben ihn und erschrak leicht, als sich der Umriss eines Gesichts abzeichnete und nach und nach auch Augen, Mund und ein Wust von Haaren deutlich wurden.

Laboe! Das Veränderdich zeigte mir Laboe!

Sie gestikulierte wild, und es sah so aus, als würde sie dabei direkt auf mich zeigen, winken und breit grinsen. Dann wechselte die Richtung und zeigte mir eine freundlich nickende Grandmama, die einen Handspiegel anhob und seinen Winkel korrigierte, bis er Tammos Gesicht zeigte. Ein erschöpftes und bekümmert aussehendes Gesicht.

Tammo war also bei den Laboes untergeschlüpft! Mir fiel ein Stein vom Herzen. Dann hielt ich meinen hochgestreckten Daumen vor das Veränderdich, um zu signalisieren, dass er das einzig Richtige getan hatte. Nirgendwo auf der Welt konnte er gerade besser aufgehoben sein als bei Grandmama, verriet mir mein Bauchgefühl.

Tammo lächelte mir zu und ich lächelte zurück.

Mit den Fingerspitzen rollte ich das Veränderdich auf, formte es zu einer Kugel und gab sie Lutz, der sie gleich ins Maul nahm.

»Pass schön darauf auf, du braver Hund«, sagte ich zu ihm. »Das kleine Etwas darf auf keinen Fall die Aufmerksamkeit der

Wächter erregen. Wir nehmen es mit ins Kellergewölbe zu Tiamat, das Kraftfeld kann ihm nichts anhaben. Wenn du das schaffst, bade ich dich als Belohnung in Leberwurst und Stinkepansen. Versprochen.«

Lutz' Blick war so verständig, wie es nur einem blitzgescheiten Hund gelingen kann, und ich wusste, ich hatte eine Sorge weniger. Nun musste nur noch Sander zurückkehren, dann würde sich alles zum Guten wenden.

# 36. Warteschleife

Nach meinem Abstecher in die Küche, wo ich mir Lutz' gefüllten Futternapf, eine Wasserflasche und für mich eine Packung Reiswaffeln geschnappt hatte, kam ich am Esszimmer vorbei. Dort führte mein Vater gerade ein leise, aber nichtsdestotrotz eindringliche Unterredung mit Filippa. Obwohl alles, was Filippa von sich gab, nichts Gutes bedeuten konnte, hoffte ich darauf, dass sie noch einiges an Themen auf Lager hatte. Denn je länger sie Jakob beschäftigte, desto besser. Die Lage war auch so schon kompliziert genug, da musste mein Vater nicht noch Zeuge davon werden, wie Sander durch das Tor zurückkehrte.

»Papa«, rief ich in den Raum hinein, obwohl mir das die Aufmerksamkeit sämtlicher anwesenden Wächter einbrachte. »Ich übernehme heute Nacht Tiamats Wache, ich mach's mir gemeinsam mit Lutz dort unten gemütlich. Darum musst du dich also nicht kümmern, schließlich hast du ja genug anderes um die Ohren.« Nachdem ich einen vielsagenden Blick mit meinem Vater ausgetauscht hatte, schenkte ich Filippa ein böses Grinsen, das sie ohne Wimpernzucken an sich abprallen ließ. »An Sander kommen wir übrigens nicht ran, der hat sein Handy vorsorglich in seinem Zimmer liegen lassen.«

»Vielen Dank, das haben wir auch bereits ohne deine Hilfe herausgefunden«, klärte Filippa mich herablassend auf.

»Ach, haben Sie sein Zimmer auch schon auf den Kopf gestellt? Mensch, ihr Zirkelwächter seid ja echt von der fixen Sorte. Falls ihr Schweinkram auf Sanders Gerät gefunden habt, lasst es mich wissen. Dann hätte ich was in der Hinterhand, wenn er mir das nächste Mal auf die Nerven geht. Da bin ich für jede Munition dankbar.«

»Schweinkram nicht, aber wir sind auf ein interessantes Porträt von dir gestoßen, versteckt unter einem Stapel Bücher.«

*Ein klassisches Eigentor.*

Die Art, wie Jakob den Kopf schief legte, verriet, dass ihm diese Information überhaupt nicht gefiel – Filippa hingegen mit jedem Moment mehr.

»Über das Verhältnis zwischen dir und Sander sollten wir auch noch sprechen, sobald hier das Gröbste geordnet ist«, flötete sie. »Für eure Außendarstellung ist es schließlich von immenser Bedeutung, dass ihr daran festhaltet, Bruder und Schwester zu sein. Alles andere würde viel zu viel Aufmerksamkeit nach sich ziehen.«

»Über was für ein Porträt von meiner Tochter sprechen Sie?«, fragte Jakob mit heiserer Stimme.

»Filippa redet von einer Skizze, die Laboe gemacht hat. Sander und sie mögen sich, deshalb hat er die Zeichnung aufgehoben. Da sehen Sie mal, was dabei rauskommt, wenn man bei anderen Leuten herumschnüffelt und falsche Schlüsse aus dem Erschnüffelten zieht. Peinlich, peinlich.«

Leider zog meine vermeintliche Überführung nicht, stattdessen hob Filippa eine schmale Braue. »Ach, meinst du Jasmin Laboe, die sich so freimütig zur gleichgeschlechtlichen Liebe bekennt? Und ihretwegen hebt Sander also eine missratene Skizze auf?«

Höchste Zeit für mich, den Rückzug anzutreten, bevor mein Vater Filippa stehen ließ, um mich wegen Sander gründlich auszuhorchen. Schließlich hatte er in der letzten Zeit schon häufiger durchblicken lassen, dass er von Sanders Zuneigung zu mir wusste und absolut nichts davon hielt.

»Also, ich schau dann mal nach, ob Tiamat noch da steht, wo sie stehen soll. Ihr habt ja deutlich Wichtigeres zu tun, und das ist auch richtig so, denn im Augenblick rieselt ja nicht einmal

Salz durchs Tor. Es herrschen himmlisch harmlose Zeiten unter Himmelshoch.« Beim Rückwärtsgehen stieß ich gegen einen breitschultrigen Wächter, der mich mit einem Blick maß, als sei ich eine Veränderung auf zwei Beinen, die man nach einer gründlichen Inspektion für immer wegsperren müsste. Ich bedeutete Lutz, mir zu folgen, was er dank seines Futternapfs in meinen Händen auch geradewegs tat.

Das Tor lag verlassen da. Träge und bedrohlich zugleich drehte der Maelstrom seine Kreise, nur gehalten von einer Barriere, die Sander geschaffen hatte, um die Öffnung zwischen unserer Welt und dem Ewigen Meer zu schließen.

Mit einiger Mühe schluckte ich meine Enttäuschung hinunter.

Wie schön wäre es gewesen, durch das Kraftfeld zu treten und Sander zu sehen, der mit baumelnden Beinen auf dem Schreibtisch saß, zum Zeitvertreib Jakobs Briefbeschwerer in Form eines silbernen Erdballs in die Luft warf und mich mit gelassener Miene fragte, was zum Teufel eigentlich in Himmelshoch los sei. Aber er war nicht da, und nichts deutete darauf hin, dass er Tiamat heimlich passiert hatte. An den Wächtern am anderen Ende der Schleuse wäre er sowieso nicht vorbeigekommen, ohne Aufmerksamkeit zu erregen.

*Alles ist im grünen Bereich*, redete ich mir ein. Mein Pulsschlag schien mir das jedoch nicht abzunehmen und schraubte sich weiter in die Höhe. *Ein Abstecher in die alte Heimat geht eben nicht so ruckzuck über die Bühne, wie man das seinem Mädchen verspricht. Bestimmt ist es superspannend dort drüben, und Sander ahnt ja nicht, was in Himmelshoch los ist.* Ganz egal jedoch, was ich mir einzureden versuchte, es änderte nichts an dem Kummer, der sich in mir festsetzte.

Nachdem Lutz gefressen hatte, kraulte ich ihn gründlich durch und ließ ihn dann das Veränderdich auf seiner Schmusedecke neben dem Schreibtisch bewachen – er parkte es zwischen seinen Vorderpfoten und schlief prompt mit der Schnauze darauf ein. Ich stellte vor dem Tor das Feldbett auf, das mit Salzkristallen eingestaubt an einer Wand gelehnt hatte. Mein Vater benutzte die Pritsche, wenn ihn bei seinen Nachtschichten doch einmal der Schlaf überkam oder Rückenschmerzen ihn vom Schreibtisch vertrieben. Das gute Stück war hart, aber trotzdem gemütlicher als der Fußboden.

Zuerst setzte ich mich in den Schneidersitz, um auf jeden Fall die ersten Blitze im Maelstrom mitzubekommen, die Sanders Rückkehr ankündigten. Nach einer Weile glaubte ich auch tatsächlich welche zu sehen, aber es waren bloß meine überanstrengten Augen, die mir einen Streich spielten. Langsam glitt ich auf die Seite, hörte das ferne Gespräch der Wächter am anderen Ende der Schleuse, Lutz' Grunzen und das sanfte Brummen des Veränderdichs, das fast lautlose Mahlen in den Steinwänden und das Knacken der Salzzeichen. Ich ließ zu, dass sich das Blau und Grau der Wasserfluten in meine Gedanken schlichen und mir vorgaukelten, wie Sander mit schwerelosen Bewegungen durch den Ewigen Ozean glitt. Mit vor Staunen weit aufgerissenen Augen sah er sich um, doch was er sah, erkannte ich nicht, das Element dieser Welt sprach nicht zu mir. Zu fremd, zu anders war es. Aber das Bild eines faszinierten Sander, der nicht genug von diesem Blau bekam, beruhigte mich so weit, dass ich einschlief, ohne mir dessen gewahr zu werden.

# 37. Come to me again, in the cold cold night

Ich träumte von goldenem Lichtschein, der über Wellenkämme glitt, von ineinandergeschlungenen Wasserströmungen, die an das Liniengeflecht auf Sanders Schulter erinnerten, von süßen Tiefen und dem Kribbeln von Gischt auf nackter Haut. Ich träumte von Wellen, die mich umschmiegten und dem Geschmack von Salz auf den Lippen, wie wenn man an einem stürmischen Tag am Meer steht.

Das Gefühl war so wunderbar, dass ich den Schlaf hinter mir ließ, um mir über die Lippen zu lecken. Doch ich traf auf einen Widerstand ... Einen mir vertrauten Widerstand.

Ein sanfter Kuss lag auf meinen Lippen.

Ich wagte es nicht, die Augen auch nur einen Spalt zu öffnen, plötzlich erfüllt von der Sorge, ich würde doch noch träumen und im Erwachen alles zerstören. Ich wollte diesen Kuss behalten, selbst wenn er nicht mehr als eine Illusion war. Für eine Illusion allerdings fühlte sich der Druck der Lippen auf meinen zunehmend echt an, bis er plötzlich nachließ.

»Sander?«, wisperte ich.

»Von wem lässt du dich denn sonst noch so wach küssen, du schlafende Schönheit?«

Obwohl beim Klang seiner Stimme ein Sturm durch meinen Körper fegte, der die letzten Spuren von Müdigkeit wegwischte, blieb ich regungslos auf der Seite liegen. Nur ein Lächeln konnte ich nicht zurückhalten. Sanders Hand streichelte meinen Nacken entlang über meine Schulter hinab zur Senke meiner Taille. Ich konnte seinen Atem auf meinen Wangen spüren und nahm seinen Geruch nach Salz wahr, als er sich vorbeugte, um mir ins Ohr zu flüstern.

»Reicht ein Kuss vielleicht nicht aus, um dich zu wecken? Oder ist dir noch nicht danach, der bösen Realität ins Auge zu blicken? In dem Fall könnte ich dir eine Geschichte erzählen über ein magisches Reich, das sich der Ewige Ozean nennt.«

Zustimmendes Murmeln, mehr gab ich nicht von mir. Dafür wurde ich prompt ins Ohrläppchen gebissen, wenn auch nur sacht. Dann glitt Sander neben mich auf die Pritsche, sodass sein Körper eng an meinem lag. Ich kuschelte mich an ihn, jedoch nicht allzu sehr, denn ich wollte seine Geschichte hören, bevor ich mich in seiner Berührung verlor.

»Es gab einen Jungen, der stand schon sehr lange vor einer verschlossenen Tür, bis er plötzlich herausfand, dass die Tür gar nicht verschlossen war. Er brauchte nur die Klinke herunterdrücken und schon wurde er eingelassen. Neugierig und auch ein wenig bange, schaute er auf das, was hinter der Tür lag, aber bevor er sich's versah, war er schon hindurchgestolpert ... In eine Welt, in der ihm nichts vertraut war und sich doch alles vertraut anfühlte. Obwohl seine Füße keinen Grund fanden, konnte er laufen. Obwohl kein Laut aus seinem Mund drang, konnte er sprechen. Obwohl die Welt nur aus Blau und Grau bestand, sah er ein wunderbares und schreckliches Reich zugleich. Und er sah Wesen, die ihm ähnelten, dabei gab es kaum eine Ähnlichkeit zwischen dem Jungen und ihnen. Nur ein Geschöpf schien von der gleichen Art wie er zu sein, aber es schlief, es schlief mit einem glücklichen Lächeln im Gesicht. Während der Junge herumgeführt wurde, begriff er, dass alle Märchen, die er über dieses Reich hinter der Tür gehört hatte, wahr sind. Und er begriff, dass er sich sputen musste, dass er schon viel zu viel Zeit vergeudet hatte. Denn ganz gleich, wie fantastisch dieses Reich war, sein wahres Leben fand auf der anderen Seite der Tür statt. Und nachdem der Junge wieder durch die Tür geschlüpft war, stellte er fest, dass sich sein Zuhause so anfühlte, als stecke er in Beton fest. Alles erscheint festgefügt, es gibt bloß wenig, das er beeinflussen kann. Allerdings ergeht es ihm nur für einen kurzen Moment so, denn dann erinnert er sich daran, was diese Welt trotz aller Abstriche zur richtigen für ihn macht – und das Gefühl, zu erstarren, verfliegt.« Sander hielt inne. »Und, hat dir das Märchen gefallen, du immer noch schlafende Schönheit?«

War es möglich, die Sehnsucht eines anderen Menschen mit den Sinnen wahrzunehmen? Ich glaubte, Sanders Ungeduld geradezu zu schmecken. Ein überaus aufregender, berauschender Geschmack. Trotzdem hielt ich still.

»Okay, also noch ein kleiner Nachschlag. Der Junge beschließt, das zu tun, was das Leben in dieser Welt so richtig schön lebenswert macht: seine Angebetete mit Küssen zu bedecken. Zuvor muss er allerdings einer unruhigen Bulldogge erlauben, die Wacht am Tor zu beenden und den überaus dringenden Morgenspaziergang anzutreten«, setzte Sander belustigt nach. »Nur für den Fall, dass du glaubst, wir würden von einer gewissen Bulldogge beobachtet. Werden wir nämlich nicht.«

*Lutz ist also zu seinem Morgenspaziergang aufgebrochen. Was für ein braver Hund.* Die Vorstellung von einer mächtig unter Druck stehenden Bulldogge, die wie eine Rakete in Richtung Kraftfeld absauste, kribbelte in meinen Mundwinkeln, aber ich beherrschte mich.

»O-kay. Was muss ich tun, damit du die Augen aufschlägst und endlich richtig bei mir bist, Anouk?«

Ich schmiegte mich fester an Sander, um dem Bedürfnis, ihn zu berühren, entgegenzuwirken. »Den Kuss habe ich schon, nun musst du noch dein anderes Versprechen einlösen.«

Sander stöhnte auf.

»Drei magische Worte«, flüsterte ich.

»Was hältst du von denen: Ich bin zurück. Obwohl … Da

würde dann noch das entscheidende Wort fehlen – nämlich: deinetwegen.«

»Die Variante finde ich großartig, mehr, als du dir vorstellen kannst.«

Sanders Oberschenkel streifte über meinen, während seine Finger mit meinen Locken spielten und dabei immer wieder meine Schulter berührten, bis sie dort schließlich liegen blieben. Allerdings nur für einen Moment, dann begannen sie sanft auf und ab zu streicheln. Ich musste nur ein Zeichen aussenden, dann würden seine Finger sich einen Weg über meine kribbelnde Haut bahnen. Nichts wünschte ich mir sehnlicher. Aber ich tat es nicht.

»Muss ich das wirklich aussprechen?« In Sanders Stimme lag ein Flehen. »Es klingt immer wie ein Stück Hollywood, als würden gleich die Geigen loslegen, eine große dicke Illusion. Was ich für dich empfinde, ist aber alles andere als eine Illusion. Als ich Tiamat passiert habe, war es alles, was ich noch besaß. Ich will es nicht klein machen und in dieses Drei-Worte-Korsett zwingen, das wahrscheinlich gerade irgendwo jemand als Abschiedsfloskel zwischen Tür und Angel dahinsagt. Ich will mein Versprechen nicht brechen, ich will es nur so wahrhaftig wie möglich erfüllen, indem ich dir beweise, was ich in Wahrheit für dich empfinde – und das schaffen diese abgegriffenen Wörter nicht.«

Ich horchte in mich hinein und stellte überrascht fest, dass ich Sander verstand. Vielmehr noch: Ich begriff, wie wichtig ihm es war, dass ich keinen Zweifel an seinen Gefühlen hegte.

»Du warst von Anfang der Mensch für mich, der über mein Leben entscheidet«, flüsterte er. »Du bist meine erste Erinnerung, du hast mir meinen Namen und einen Platz in dieser Welt gegeben. Ich brauchte niemals daran verzweifeln, weil ich meine Vergangenheit nicht kannte, denn an deiner Seite wusste ich, wer ich war. Alles, was ich seitdem getan habe, zielte darauf, bei dir zu sein und dafür zu sorgen, dass es dir gut geht – unabhängig von dem, was Jakob, die Wächter oder sonst wer von mir erwartete. Lange Zeit sah es so aus, als würde mir das gelingen, bis …«

Ich öffnete ruckartig die Augen. »Es war kein Fehler, mich zu küssen. Wenn du das denkst, dann liebst du mich zwar, hältst es aber für falsch – und das wäre schrecklicher für mich, als wenn du meine Gefühle nicht erwidern würdest.«

»Anouk, würdest du das auch dann noch so sehen, wenn ich dich verlassen müsste?«

Es fühlte sich an, als würde ich durch verschiedene Kälteschichten tauchen. »Du wirst mich nicht verlassen.«

»So, wie die Dinge stehen, liegt das nicht in meiner Hand. Tiamat muss geschlossen werden. Sofort. Die Salzzeichen, die ich damals geschaffen habe, stehen kurz vorm Bersten. Die Randwandler haben zu große Schäden angerichtet, und es würde zu lange dauern, bis ich die Kunst erlernt hätte, um sie neu zu erschaffen. Davon einmal abgesehen, dass die Salzzeichen allein als Schutzwall niemals ausreichen würden. Sie würden früher oder später immer wieder nachgeben, weil sie nur dann für immer halten, wenn sie miteinander verschmolzen sind. Ich bin der Einzige, der Tiamat besiegen kann, aus genau dem Grund, warum ich mich so perfekt in eure Welt einfügen konnte. Ich trage beide Seiten des Tors in mir. Tammo hatte recht, ich musste in keinen menschlichen Körper eindringen und dafür einen Teil meiner Selbst aufgeben, weil ich genau der bin, den du vor dir hast. Um das Tor zu schließen, muss man in beiden Welten stehen. Ich bin der Kitt, der den Riss schließen wird, der Deich, der die drohende Flut zurückhalten kann. Verstehst du, Anouk? Ich habe keine Wahl.«

»Du … Du gehst zurück in den Ewigen Ozean. Du wirst dort ein Leben führen … Ist es das, worauf du hinauswillst?« *Bitte, bitte lass es das sein.*

Lediglich mit einer leichten Bewegung des Kopfes deutete

Sander an, dass meine Hoffnung nicht erfüllt werden würde. »Ich kann weder bei dir sein noch im Ewigen Ozean, denn ich werde zwischen unseren Welten verharren, um den Riss zu schließen. Beide Seiten fließen in mir zusammen, meine menschliche Form und die Energie aus den Strömungen des Ewigen Ozeans. So schlimm es auf den ersten Blick erscheinen mag, es ist lediglich ein kleines Opfer gemessen an dem, was wir ansonsten verlieren würden.« Als ich mich schmerzerfüllt abwenden wollte, umfasste Sander mein Gesicht. »Erinnerst du dich, welche Karte Grandmama für meine Zukunft gezogen hat? Den Tod. Es ist meine Bestimmung, Tiamat niederzuwerfen, auch wenn es in einer gewissen Weise den Tod für mich bedeutet, weil ich aufhören werde, ein Leben zu führen. So gesehen war der Kuss eben doch ein Fehler, obwohl ich ihn nicht bereue. Es wäre jedoch bestimmt einfacher für dich gewesen, wenn ich jetzt immer noch die Nervensäge aus dem Kellerloch wäre, die nichts als Party und Besucher filetieren im Kopf hat.«

Gleichgültig, wie sehr ich mich bemühte, es gelang mir nicht zu begreifen, was Sander soeben gesagt hatte. Seine Worte prallten gegen eine Schutzwand in meinem Inneren. Die Wahrheit an mich heranzulassen, würde mich nämlich viel zu tief verletzen. Da half auch nicht Grandmamas Rat, mich ihr zu stellen. »Mit der Gefahr, die von Tiamat ausgeht, werden wir uns später auseinandersetzen, okay? Erst einmal müssen wir uns mit den ganzen Problemen beschäftigen, die seit deinem Besuch im Ewigen Meer über uns hereingebrochen sind.«

Ohne Punkt und Komma sprudelte aus mir heraus, wie Jakob von seinen Schuldgefühlen erzählt hatte und Tammo mir durch das Veränderdich die letzten Minuten meiner Mutter in unserer Welt und Sanders Übergang gezeigt hatte. Ich berichtete von dem unglücklichen Zusammenstoß von Filippa und Tammo, dem Wasserstrudel im Foyer, der Besetzung durch die Wächterschaft des Zirkels und dass Tammo bei den Laboes untergeschlüpft war. Als ich die Stelle erreichte, bei der ich mich mit Lutz in Tiamats Bannkreis zurückgezogen hatte, stieg Panik in mir auf. Gleich würde ich nichts mehr zu sagen haben, und dann würde Sander mir einen Kuss auf die Stirn geben und behaupten, dass diese Schwierigkeiten sich von allein auflösen würden, wenn er Tiamat erst einmal geschlossen hätte. Als stände ich kurz vorm Ertrinken, klammerte ich mich an ihm fest, krallte meine Finger in seine Haut und unterdrückte das Bedürfnis zu schreien. In meiner Not presste ich meinen Mund in die Beuge zwischen seinem Hals und seiner Schulter, so fest, dass es schmerzte. Trotzdem ließ der Druck in mir nur unmerklich nach.

»Beiß ruhig zu«, sagte Sander. »Du kannst mit mir tun, was du willst, solange es dir nur hilft.«

Zuletzt war es dieses Angebot, das mich beruhigte. Allein die Vorstellung, ihn zu verletzen, um meinen eigenen Schmerz zu überwinden, war so schrecklich, dass ich mich wieder in den Griff bekam. Zur Wiedergutmachung küsste ich die geschundene Stelle an seinem Hals, setzte eine Spur von Liebkosungen hinauf bis zum Schwung seines Kiefers. Ich löste mich ein Stück, sah ihn an und brach unvermittelt in Tränen aus.

»Ich schaffe das nicht«, rang ich mir ab, während er mich in seine Arme zog. »Es ist egal, ob du keine andere Wahl hast, ich werde es nicht überstehen, dich zu verlieren. Vielleicht schaffe ich es zu akzeptieren, dass Madelin für immer unerreichbar sein wird, aber noch einen solchen Verlust kann ich unmöglich verkraften. Ich brauche dich mehr als alles andere.«

»Ich brauche dich auch – und genau deshalb muss ich es tun. Denn wenn ich es nicht tue, wird es dich bald nicht mehr geben. Dich nicht, Jakob nicht, Lutz nicht, Laboe und Moritz nicht, das ganze verfluchte Marienfall und der Rest der Welt würden überrollt werden von einer unerschöpflichen Salzflut, während der Ewige Ozean als Heimat für die Fließenden verloren ginge. Anouk, ich weiß, du hast gehofft, wir könnten gemeinsam entscheiden, wie wir vorgehen wollen, weil es eigentlich der Beginn unserer gemeinsamen Zukunft sein sollte. Aber die Sache ist bereits entschieden und wir können uns nur noch voneinander verabschieden.«

Verabschieden? Wie verabschiedete man sich von jemandem, den man liebt, für alle Ewigkeit?

Ich fand keine Antwort darauf, als Sander und ich einander schweigend in den Armen hielten, eng aneinandergeschmiegt und doch schon von dem Wissen erfüllt, den anderen bereits verloren zu haben.

# 38. Verrat

All meine Sinne waren so sehr auf Sander ausgerichtet, dass sein unvermitteltes Zusammenzucken gleich einem Stromstoß durch mich hindurchging.

Jemand hatte seine Aufmerksamkeit erregt.

Sanders grüne Augen suchten meinen Blick und mehr als zuvor glaubte ich ihm, dass die drei magischen Worte überflüssig waren. Ich erkannte auch ohne sie, was er für mich empfand. Dann setzte er sich auf der Pritsche auf und verdeckte mit seinem breiten Rücken meine Sicht auf das Kraftfeld.

Augenblicklich wappnete ich mich innerlich, denn ich ahnte, dass es nicht Lutz war, der von seinem Morgenspaziergang zurückkehrte. Vorsichtig spähte ich über Sanders Schulter.

Es war Jakob, der das Kraftfeld durchschritten hatte, nur um sogleich wie vom Schlag getroffen stehen zu bleiben. »Wo kommst du denn her?«, fragte er Sander, doch bevor der antworten konnte, wanderte Jakobs Blick zu Tiamat, vor der die Salzzeichen klarer denn je hervorstachen, genau wie die blauen Linien auf Sanders Schulter, die im Dämmerlicht leuchteten. »Du bist auf der anderen Seite von Tiamat gewesen, sie hat dich passieren lassen, ohne dich in Stücke zu zerschneiden.«

Fast hörte ich schon das Wort ›Besucher‹, das Jakob auf den Lippen lag, doch seine Aufmerksamkeit wurde im letzten Augenblick abgelenkt. Vielleicht war es Sanders zerwuscheltes Haar, die dunkle Stelle an seinem Hals oder seine geschwollenen Lippen, jedenfalls legte sich auf das Gesicht meines Vaters eine kalte Wut. »Wie kannst du es wagen, meine Tochter anzufassen?«, fragte er. »Wie kannst du es wagen, sie anzufassen, nach allem was geschehen ist? Mit dir ist nicht nur das Unglück in dieses Haus eingezogen, sondern der Feind selbst. Und als wäre das nicht genug, musst du dich auch noch an Anouk vergreifen? Ich habe dir gesagt, du kannst deine Spiele treiben, mit wem du willst, aber nicht mit meinem Kind. Sie bedeutet dir nichts, genau, wie dir alles andere nichts bedeutet. Dir geht es bloß darum, dich zu amüsieren.«

Sander stand langsam auf. »Das stimmt nicht, Jakob. Und das weißt du. Genau aus diesem Grund hast du mir auch gedroht, mir die Wächter auf den Hals zu hetzen, falls ich mich Anouk nähern sollte. Weil du wusstest, wie ernst es mir ist, und dass es einer wahrhaftigen Drohung bedurfte, um mich von ihr fernzuhalten.«

»Jakob hat was getan?« Doch meine Stimme war zu brüchig, niemand hörte meine Frage.

Sander straffte den Rücken, als wolle er Jakob zeigen, dass er niemals vor ihm einknicken würde. »Es tut mir leid, es dir sagen zu müssen, aber deine Drohung hatte keinerlei Wirkung. Weder du noch die ganze Wächterschaft hätte bewirken können, dass ich Anouk fernbleibe – eben weil es kein Spiel ist. Schon möglich, dass es nicht sonderlich viel auf dieser Welt gibt, das mir etwas bedeutet, aber Anouk macht all das wieder wett.«

»Es ist vollkommen egal, was meine Tochter dir bedeutet«, schrie mein Vater, und zum ersten Mal erlebte ich, wie er die Fassung verlor. »Du hast kein Recht dazu, ihr nahzukommen. Du bist kein Mensch!«

Das ging eindeutig zu weit. Ich glitt an Sander vorbei und ignorierte seinen Versuch, mich wieder hinter seinen Rücken zu ziehen. Schließlich war ich kein kleines Mädchen mehr, das vor dem Zorn seines Vaters geschützt werden musste. »Du bist unfair«, schrie ich Jakob an. »In all den Jahren hast du Sander für deine Zwecke benutzt und ihn dabei unablässig spüren lassen, dass er dir nicht willkommen ist. Tiamat bewachen? Gern. Die Besucher jagen? Aber sicher doch. Den Wächterzirkel ruhig stellen? Nur zu. Aber Teil unserer Familie sein oder ihn gar wie einen Sohn behandeln? Niemals. Und jetzt gehst du sogar so weit, ihm abzusprechen, ein Teil unserer Welt zu sein.«

In den Augen meines Vaters glomm Abscheu auf, während er Sander von Kopf bis Fuß musterte. »Das ist er auch nicht, er hat sich eingeschlichen. Tiamat lässt niemanden aus unserer Welt passieren, er ist also ein dreckiger Besucher, der uns all die Jahre über getäuscht hat. Ich war nicht dabei, als deine Mutter in den Maelstrom geraten ist, aber ich würde darauf schwören, dass es nicht ihre, sondern seine Schuld war. Diese Kreatur, die du in Schutz nimmst, muss das Tor geweckt haben, als Madelin sich gerade im Kellergewölbe aufhielt. Meine Schuld ist es, meine Wacht vernachlässigt zu haben, aber er ist der Auslöser für dieses Unglück. Damals habe ich das nicht begriffen, ich habe ihn für ein Kind gehalten, dessen Leben durch einen schrecklichen Zufall fast ausgelöscht worden wäre. Wie konnte ich nur so blind sein und nicht erkennen, dass er zu Tiamats Brut gehört?« Die Abscheu umgab Jakob wie einen undurchdringlichen Schild, als habe Sander sich in seinen Augen tatsächlich in ein widerwärtiges Monster verwandelt. »Ich hätte dich sofort den Wächtern übergeben sollen, stattdessen habe ich dich in meinem Haus behalten und vor dem Zirkel Tiamats Bedrohung runtergespielt, damit sie nicht herausfinden, dass du etwas Unmenschliches an dir hast. Von den ganzen Geschöpfen, die seitdem durch das Tor gekrochen sind, warst du das einzige raffinierte – das muss ich dir lassen. Du hast einfach die Gestalt eines unschuldigen Kindes angenommen und ich bin darauf hereingefallen. Vermutlich hast du nur auf eine Gelegenheit gelauert, um Tiamat endgültig zu öffnen. Die ganzen Probleme in der letzten Zeit gehen gewiss auf dein Konto. Meinst du nicht, dass es an der Zeit ist, die Lügenfassade aufzugeben und uns dein wahres Gesicht zu zeigen?«

»Was du siehst, ist mein Gesicht. Ich täusche dir nichts vor, und ich habe nie etwas getan, um dir, Anouk oder sonst einem

Menschen zu schaden«, versicherte Sander ihm. In seiner Stimme schwang eine Trostlosigkeit mit, die mich verletzte. Er glaubte nicht daran, Jakob überzeugen zu können.

»Du stammst von der anderen Seite.« Jakob deutete mit dem Zeigefinger auf den Maelstrom. »Alles, was jemals von dort drüben zu uns gekommen ist, ist Salz und widerwärtige Ungeheuer. Genau das bist du – ein Ungeheuer. Somit ist es unwichtig, wie du aussiehst. Ich hätte mir schon viel früher eingestehen müssen, dass mit dir etwas nicht stimmt, etwa als du imstande warst, Erschütterungen im Kraftfeld wahrzunehmen, oder dass du die Besucher ohne weitere Schwierigkeiten aufspüren und vernichten konntest. Aber am ehesten hätte ich es an der Art erkennen müssen, mit der du Anouk seit einiger Zeit angesehen hast, mit diesem Hunger, den du nicht verschleiern konntest, egal, wie sehr du dich darum bemüht hast. Anstatt dich sofort in die Schranken zu weisen, habe ich mir eingeredet, du wärst ihr wie ein großer Bruder, aber in Wahrheit bist du nur ein Bestie auf der Jagd nach Beute.«

Das konnte ich mir unmöglich anhören. »Alles, was du gerade gesagt hast, ist falsch, Jakob. Ich verstehe, dass du aufgebracht bist, weil nicht nur Sander etwas für mich empfindet, sondern ich seine Gefühle erwidere. Das ist gewiss ein Schock für dich, und es wäre schön gewesen, wenn du es auf eine andere Weise erfahren hättest. Ich begreife auch, warum du aus der Tatsache, dass Sander das Tor unbeschadet durchschritten hat, falsche Schlüsse ziehst. Das liegt daran, weil du trotz deiner unermüdlichen Forschung nicht besonders viel über das Ewige Meer und über die Erweckung des Tors weißt. Aber wenn du Sander absprichst, er selbst zu sein, nachdem er nie etwas getan hat, das gegen dich oder einen anderen Menschen ging, dann reicht es.« Ich trat so dicht vor Jakob, dass ihm gar nichts anderes übrig blieb, als meinen Blick zu erwidern, was er offenbar nur ungern tat. Wenn es nach ihm gegangen wäre, hätte ich höchstens beschwichtigend dazwischengehen dürfen, so, wie ich es ansonsten stets tat – aber diese Zeiten waren vorbei. »Ich bin kein Kind mehr, das man zu seinem Schutz anlügen muss, und ich lasse mich auch nicht länger beiseitedrängen und akzeptiere nicht mehr folgsam, dass du die Entscheidungen in diesem Haus allein triffst. Und was Sander und mich anbelangt ... Das ist zuallererst unsere ganz private Angelegenheit.«

»So, glaubst du das?«

Ich erahnte die Gefahr, die hinter dieser Frage lauerte, doch ich schob es auf meine Angst, da ich meinen Vater so herausforderte. Darum setzte ich nach. »Ich bin mehr als verliebt in Sander, und daran wird sich nichts ändern, egal, was du sagst oder tust.«

Einige Herzschläge lang stand Jakob in sich versunken da, dann packte er mich hart am Unterarm und riss mich so plötzlich mit zum Kraftfeld, dass ich lediglich einen Schrei ausstieß. Aus den Augenwinkeln sah ich Sander lospreschen, doch es war zu spät. An der Seite meines Vaters durchkreuzte ich bereits den Nebel, dessen Berührung sich anfühlte, als habe Sander mich doch noch erreicht, als tanzten seine Fingerspitzen über meine Haut.

»Wachen!«, schrie Jakob, während er mich durch die Schleuse schubste. Meine Versuche, mich loszureißen, verpufften wirkungslos, mein Vater war mir nicht nur körperlich, sondern auch von seinen Reaktionen her überlegen. Und er schreckte in dieser Situation nicht davor zurück, mir wehzutun. »Wachen, es gibt einen Überfall, das Tor ist nicht länger geschlossen, Tiamat ist befreit!«

Die beiden in Schwarz gekleideten Männer, die sich hinter der Metalltür positioniert hatten, reagierten sofort und stürmten uns entgegen.

Panisch warf ich einen Blick über die Schulter und sah, wie Sander die Hand nach mir ausstreckte. »Anouk ...«

Ich wich zurück. »Geh sofort zum Tor, Jakob will dich in eine Falle locken.« Als Sander trotzdem auf mich zuhielt, versetzte ich ihm einen Stoß gegen die Brust. »Geh!«

Im nächsten Moment schon drängte sich Jakob zwischen uns und deutete auf Sander. »Ergreift ihn, er ist durch das Tor gekommen und hat die Gestalt eines Menschen angenommen. Oder habt ihr ihn vielleicht durch die Schleuse gelassen? Natürlich nicht, denn er ist ein Geschöpf Tiamats, das uns alle ins Verderben reißen will.«

»Jakob, wie kannst du das tun?« Sander sah vollkommen geschockt aus, als könne er unmöglich glauben, dass er gerade ans Messer geliefert wurde. Obwohl es keine Schwierigkeit für ihn gewesen wäre, Jakob auszuschalten, stand er reglos da.

»Seht her!« Jakob zerrte den Ausschnitt von Sanders Shirt über dessen Schulter, ohne dass der sich auch nur wehrte. Die blauen Linien leuchteten im Dunkeln der Schleuse überirdisch auf. »Glaubt ihr mir jetzt?«

Mehr brauchte es für die Wächter nicht, um anzugreifen. Wie Schatten schossen sie durch die Schleuse, doch Sander wehrte den ersten problemlos ab und schickte ihn auf den Boden. Der andere Wächter wich nach einem kurzen Handgemenge zurück, zog eine Waffe und schoss ohne Vorwarnung. Sander fasste ungläubig an seine Seite, dann sackte er vornüber. Ich kämpfte darum, den Griff meines Vaters abzuschütteln, panisch, wie ein wildes Tier, aber es gelang mir nicht. Jakob hielt mich fester, als er es im Strudel getan hatte.

»Keine Sorge, es ist nur ein Betäubungsmittel«, erklärte der Wächter, der seine Schusswaffe wegsteckte und den zusammengesackten Sander auf den Bauch drehte. Vor Erleichterung gab ich meine Gegenwehr auf. »Der kommt schon wieder auf die Beine. Dieses Dreckspack ist erfahrungsgemäß nicht so leicht kleinzukriegen.«

»Schade«, sagte Jakob.

Ich sah zu meinem Vater, der mir in diesem Moment vollkommen fremd war, dann zu dem Wächter am Boden, der sich gerade fluchend aufrichtete und eine Plastikschlinge um Sanders Fußgelenke band, während sein Kollege die Waffe ansetzte und eine weitere Betäubungsladung auf Sander abgab, der nicht einmal mit einem Zucken reagierte. Ich fragte mich, ob ich die Kraft besaß, um an meinem Vater vorbeizukommen und dem Wächter die Betäubungswaffe zu entreißen, um sie alle miteinander außer Gefecht zu setzen. Aber ich kannte mich gut genug, um zu wissen, dass ich vermutlich nicht einmal an Jakob vorbeikommen würde. Also beugte ich mich vor und biss meinen Vater ins Handgelenk, bis er mich mit einem Schmerzensschrei freigab. Dann rannte ich los, so schnell mich meine Füße trugen. Durch das Kellergewölbe, wo sich mir ein beunruhigter Lutz anschloss, die Flure von Himmelshoch entlang, vorbei an überrumpelten Wächtern, hinaus zur Eingangstür und immer weiter.

*Sie haben Sander in ihrer Gewalt!*, schrie es unentwegt hinter meiner Stirn. *Die Wächter haben ihn!*

»Aber nicht mehr lange«, schwor ich mir.

# 39. Schulterschluss

Es fiel ein gleichmäßiger Landregen und der Himmel war von einer Wolkendecke verhangen. Ein diesiger Schleier lag über den Feldern, sie waren durch die Tropfen auf den Fensterscheiben ohnehin kaum zu erkennen, denn die Reifen des Busses verwandelten jede Pfütze in eine Fontäne. Mir kam es vor, als erblickte ich die Welt nur aus der Ferne, so abgeschnitten von der Außenwelt fühlte ich mich.

Lutz saß zwischen meinen Füßen, und ich spürte, wie die Unruhe seinen gedrungenen Körper vibrieren ließ, während für einen Außenstehenden höchstens seine aufgerichteten Ohren verrieten, dass er jederzeit bereit war loszusprinten. Ob mein Ausnahmezustand auf ihn abfärbte? Als der Bus angefahren war, hatte ich aus jedem Fenster geblickt, erfüllt von der Angst, einen der Wächter zu erspähen, der sich an meine Fersen gehängt hatte. Doch meine Sorge schien unbegründet, meine Flucht war wohl selbst für diese Profis zu überstürzt gewesen. Ich wollte mich vorbeugen und Lutz seinen breiten Schädel tätscheln, aber das gelang mir nicht, ich war wie festgefroren, seit ich mich in die hinterste Reihe gesetzt hatte. Klitschnass und kaum in der Lage, dem Fahrer zu danken, der meinetwegen ein Stück hinter der Haltestelle noch einmal angehalten hatte. Eine ältere Dame, die mich anzischte, dass mein Kampfhund an die Leine gehöre, ignorierte ich ebenso wie das Tirilieren des Veränderdichs, das Lutz im Maul trug. Als der Hof der Laboes abseits der Landstraße auftauchte, befürchtete ich, nicht die Kraft zum Aufstehen aufzubringen, obwohl jeder einzelne Muskel in meinem Körper zum Zerreißen angespannt war.

Ich würde einfach sitzen bleiben und bis ans Meer fahren.

Die Vorstellung war verlockend, denn es schien mir unmöglich, mich dem zu stellen, was in Himmelshoch passiert war. Geschweige denn, eine Lösung für das Desaster zu finden. Ich war keine Kriegerin, ich war nur gut im Weglaufen. Bislang war ich für die schönen Seiten des Lebens in unserem Himmelshoch-Dreieck verantwortlich gewesen, während Sander sich dem Kampf und mein Vater sich dem Wächterzirkel gestellt hatte. Nun waren sie für mich beide unerreichbar: Sander bewusstlos und gefesselt den Wächtern und ihrem Hass auf alles, was von jenseits der Tore kam, ausgeliefert, während Jakob sich gegen uns und damit für den Zirkel entschieden hatte. Und in meinem Hinterkopf wummerten Sanders Worte, dass die Barriere aus Salzzeichen, die er einst geschaffen hatte, nicht mehr lange halten würde. Selbst wenn ich den Verrat meines Vaters verkraftete und es mir irgendwie gelingen sollte, Sander zu befreien, dann würde ich ihn trotzdem verlieren – entweder weil er Tiamat verschloss oder weil der lauernde Maelstrom uns alle vernichtete.

Der Bus machte einen leichten Schlenker, als er die Haltestelle erreichte.

Ich starrte auf meine Hände. Sie sahen Madelins verwirrend ähnlich. Vor meinem inneren Auge sah ich, wie sie ihre Hände ausstreckte, um Sander zu helfen, gleichgültig gegenüber der Gefahr, in die es sie brachte. Madelin hatte nicht gewusst, was sie erwartete, aber ich ahnte, dass sie es sogar dann getan hätte, wenn sie sich dessen bewusst gewesen wäre. Meine Mutter war keine Kriegerin gewesen, sie hatte exzentrische Möbel und Geschichtswälzer geliebt. Aber sie war mutig und entschlossen gewesen, als es darauf ankam.

*War ich ihre Tochter?*

Wie vom Blitz getroffen sprang ich auf, als der Bus wieder anfuhr.

»'Tschuldigung! Ich muss hier raus. Würden Sie bitte …«

Der Busfahrer hielt an und warf mir einen genervten Blick zu, genau wie der einzige andere Fahrgast, die ältere Dame mit der Hundeaversion. »Mädel, ist das irgendwie dein Hobby, immer alles auf den letzten Drücker zu machen?«

»Tut mir wirklich leid, ich habe offenbar mit offnen Augen geträumt. Ich bin sechzehn Jahre alt, da passiert das schon mal. Hormone ... Sie wissen schon.«

Die Art des Busfahrers, die Augen zu verdrehen, verriet, dass er sich mit diesem Thema nur allzu gut auskannte. Vermutlich hatte er einen Teenager im selben Alter zu Hause, dessen innerer Empfang, wenn überhaupt einmal, selten auf die Frequenz der Alltagswelt eingestellt war.

Als ich mit Lutz ausgestiegen war, hörte der Regen gerade auf. Obwohl die Wolken dicht an dicht hingen, machte sich eine unterschwellige Wärme bemerkbar. Nicht mehr lange und der Frühling würde kommen.

»Nun schaut euch das Mädchen an: Einmal heiß geduscht und in trockene Klamotten gesteckt, sieht sie tatsächlich wie unsere Anouk aus – und nicht wie ein triefendes Etwas, das man aus dem Wassergraben gezogen hat. Wenn du jetzt noch lächelst, bin ich ganz die deine.«

»Vielen Dank für das Angebot, Laboe, aber so verführerisch es sein mag, mir ist absolut nicht nach lächeln zumute.«

Obwohl ich zugeben musste, dass ich mich deutlich besser fühlte als noch bei meiner Ankunft. In der Küche hatte ich sie alle versammelt vorgefunden: Laboe, Grandmama, Tammo und – zu meiner Überraschung – Becks. Nachdem ich erzählt hatte, was seit dem Besuch meiner beiden Freundinnen alles vorgefallen war, hatte Grandmama erst einmal darauf bestanden, dass ich mir was Trockenes anziehe, was mir angesichts der Lage, in der Sander steckte, vollkommen überflüssig erschien.

Aber die alte Dame konnte sehr überzeugend sein und im Nachhinein war ich ihr äußerst dankbar. Vor Kälte bibbernd, ließ sich der Junge, den ich liebte, nicht ganz so gut aus den Fängen eines unbelehrbaren Wächterzirkels befreien.

»Ich denke, was Anouk jetzt braucht, ist Ruhe«, erklärte Becks. Schwer zu sagen, wer von uns beiden mitgenommener aussah. »Wir alle brauchen ein wenig Ruhe. Ruhe, um über das nachzudenken, was in der letzten Zeit passiert ist. Und um einen Plan zu schmieden, wie wir dieses Wächterpack umgehend aus Marienfall vertreiben können. Natürlich erst, nachdem sie Sander rausgerückt haben. Und versprochen haben, meinen Eltern nichts von diesen ganzen grauenhaften und verwirrenden Dingen zu erzählen. Die sind zwar tolerant, aber so tolerant nun auch wieder nicht.«

Becks klang ein wenig, als würde sie unter Schock stehen. Ihr Blick wanderte unentwegt zu Tammo, der neben ihr stand und verunsichert auf seiner verschorften Unterlippe herumknabberte.

Auch wenn es unmöglich war, so veränderte sich seine äußere Erscheinung mit jedem Tag einen Hauch mehr. Nicht, dass seine gerade Nase plötzlich einen Bogen machte, das nicht. Es war mehr ein inneres Leuchten, das alles an ihm zum Strahlen brachte und ihn zunehmend überirdisch aussehen ließ. Daran würde er definitiv arbeiten müssen, ansonsten würde er bald keinen Schritt mehr vor die Tür setzen können, ohne dass eine Schar Verehrerinnen über ihn herfiel. Im Moment hatte er allerdings andere Sorgen. Nachdem er in Filippas Visier geraten war, war er nicht nur klug genug gewesen, bei Laboe unterzuschlüpfen, sondern auch seine Schwester aus der Reichweite des Zirkels zu bringen. Die Schattenseite hatte darin bestanden, dass er Becks darüber aufklären musste, was ihm widerfahren war. Dabei war Grandmama ihm eine große Hilfe gewesen, die es ihr so erklärt hatte, dass nun quasi ein Besucher aus einer anderen Welt bei ihrem großen Bruder zur Untermiete wohnte und Tammo zwar noch Tammo war, aber eben auch noch ein wenig mehr.

Becks' Reaktion war bemerkenswert nüchtern ausgefallen, indem sie Tammo eine Menge Fragen über ihre gemeinsame Kindheit und sein Lieblingsgericht gestellt hatte, obwohl ihre Lider unregelmäßig zu zucken angefangen hatten. »Könnte man sagen, dass du Tammo bist, der einen gewaltigen Bewusstseinsschub hingelegt hat und deshalb jetzt als Persönlichkeit komplexer aufgestellt ist?« Ihre Leidenschaft für Psychologie war in mancherlei Hinsicht ein Segen.

Tammo hatte vorsichtig genickt, denn im Grunde entsprach diese Beschreibung durchaus der Wahrheit.

»Fein. Und du siehst dich als Teil der Familie Freibaum und hast nicht vor, dich bei der ersten Gelegenheit aus dem Staub zu machen oder uns vielleicht ebenfalls ein paar kleine Untermieter einzupflanzen, damit wir dir ähnlicher werden?«

»Nein, ich bin der Einzige meiner Art und werde es definitiv bleiben. Außerdem kann ich dir versprechen, dass ich nicht vorhabe, mich abzuwenden. Schließlich seid ihr meine einzige Chance, in dieser Welt eine Heimat zu finden.«

Becks hatte geschluckt und dann plötzlich zu weinen angefangen. »Bin ich eine schreckliche Schwester, wenn ich zugebe, dass ich dich in den letzten Tagen sehr viel sympathischer gefunden habe?«

Erst mit meinem Auftauchen war Becks ernsthaft bewusst geworden, dass die Schwierigkeiten weit über Tammos Persönlichkeitsveränderung hinausgingen. Die Wächter würden alles daransetzen, ihn zu finden, und niemand konnte sagen, was sie mit ihm machen würden, sobald sie ihn hatten und herausfanden, dass er keineswegs ein gewöhnlicher Junge war.

»Es sieht ganz so aus, als würden sich eure Probleme nur gemeinschaftlich lösen lassen«, erklärte Grandmama, während sie mir einen Becher heiße Schokolade hinhielt.

 »Das riecht aber … interessant.«

»Ich habe einen ordentlichen Schuss Rum reingetan. Die richtige Nahrung, um das Feuer in dir wieder auflodern zu lassen. In solchen Fällen ist Rum nie verkehrt, genauso wenig wie eine Tafel Schokolade in Sahne aufgekocht.«

Staunend blickte ich auf die dampfende Flüssigkeit im Becher und beschloss, dass es nicht das Ende meiner Hüften sein würde, wenn ich dieser Versuchung nachgab. Schließlich stammte eine meiner Lebensregeln nicht umsonst von Oscar Wilde: »Versuchungen sollte man nachgeben. Wer weiß, ob sie wiederkommen.«

Unwillkürlich musste ich an Sander denken, der für mich eine einzige Versuchung darstellte. Hätte ich unser letztes Beisammensein anders nutzen sollen, anstatt bloß schweigend in seinen Armen zu liegen? Vielleicht würde ich nun nie wieder die Gelegenheit dazu haben. Ich hatte gesehen, wozu die Wächter – und viel mehr noch Filippa – imstande waren, um ihrer Aufgabe gerecht zu werden. Sie würden Sander nur so lange am Leben lassen, bis sie alle Informationen, die ihnen wichtig erschienen, aus ihm herausgebracht hatten. Dann würden sie sich, ohne zu zögern, an ihre Regeln halten, die besagten, dass nichts und niemand durch das Tor gelangen durfte. Und falls es doch passierte, dann musste der Fehler umgehend beseitigt werden.

Ich stürzte die heiße Schokolade hinunter und stellte zufrieden fest, dass Grandmama wusste, was sie tat. In meinem Bauch breitete sich Hitze aus, während meine Gedanken Fahrt aufnahmen. »Lasst uns loslegen. Wir haben einerseits ein Tor, das bald aufbrechen und mit einer riesigen Flutwelle aus Salz unsere gesamte Welt auslöschen wird. Dann gibt es da den Wächterzirkel, der keine Ahnung von der wirklichen Gefahr hat, sondern Sander und Tammo für sein größtes Problem hält.«

»Ein Einwurf«, unterbrach Tammo meine Rede. »Sie halten mich nicht für einen Besucher, sondern gehen davon aus, dass ich mit einer äußerst interessanten Veränderung untergetaucht bin. Sie haben es auf den Tropfen in der Phiole abgesehen.«

»Ja, das stimmt«, gab ich nachdenklich zu.

»Wir müssen also in zwei Schritten vorgehen.« Laboe hatte ihre Augen vor Aufregung zusammengekniffen, trotzdem entging mir nicht das Funkeln in ihnen. Wenn sie sich erst einmal in eine Sache verbissen hatte, war sie nicht mehr zu stoppen. »Zuerst einmal müssen wir die Wächter loswerden, denn bis die verstanden haben, was Sache ist, könnte es längst zu spät sein. Und die würden uns ja auch niemals glauben, dass Sander nicht der Feind ist. Wir müssen sie also schleunigst aus Himmelshoch rausbekommen.«

»Und meinen Vater können sie gleich mitnehmen, den braucht hier niemand mehr.«

»Sei nicht so hart«, sagte Grandmama. »Dein Vater hat gewiss aus Liebe zu dir so gehandelt, auch wenn sein Verrat an Alexander schmerzhaft ist. Du solltest seinen Weg respektieren, auch wenn du ihn nicht verstehst.«

»Wenn Jakob mich lieben würde, dann hätte er Sander niemals an den Zirkel ausgeliefert!«

»Die Wege der Liebe sind manchmal verschlungen.« Grandmama wirkte vollkommen gelassen, so als würde es hier lediglich um die üblichen Teenager-Problemchen gehen, und nicht um den bevorstehenden Weltuntergang. Und erstaunlicherweise wirkte ihre Haltung ansteckend. Wir alle kamen merklich ein Stück runter, während die Melodie ihrer dunklen Stimme erklang. »Auch du hast eine Weile gebraucht, bis du dir deine Liebe zu Sander eingestanden hast, falls du dich erinnerst. Dein Vater braucht seine Zeit, um in sein Herz zu hören. Deshalb musst du dich nicht von ihm abwenden. Oder bist du etwa der gleichen Meinung wie er, dass man Fehler niemals verzeihen kann?«

»Was Jakob getan hat, ist weit mehr als ein unglücklicher Fehler. Was er getan hat, könnte nicht nur Sanders, sondern unser aller Tod zur Folge haben.«

 »Aber das wusste er zu diesem Zeitpunkt doch nicht, oder?«

»Nein, Jakob weiß ja noch nicht einmal, was in Wahrheit mit meiner Mutter passiert ist«, gestand ich kleinlaut ein. »Wir sind nicht dazu gekommen, es ihm zu erzählen.« *Weil Sander und ich zu sehr miteinander beschäftigt gewesen sind,* fügte ich in Gedanken hinzu.

»Es tut mir leid, aber du wirst die Frage, wie du zu deinem Vater stehst, später klären müssen. Uns läuft die Zeit davon.« Auf Tammos Stirn zeichneten sich Schweißtropfen ab, die er mit einer fahrigen Geste fortwischte. »Ich kann das Ewige Meer immer stärker spüren. Es drängt weiter in diese Welt vor. Die Salzzeichen werden nicht mehr lange halten.«

Besorgt blickte ich in die Runde und sah verängstigte, aber entschlossene Gesichter. Sogar Becks, die vermutlich kaum richtig begriff, um was es ging, nickte mir zu. »Gut, wir müssen also einen Weg finden, Sander zu befreien und die Wächter aus Himmelshoch rauszubekommen, damit er Tiamat schließen kann, bevor der Maelstrom entfesselt wird.« Den Gedanken an das, was danach kommen würde, verdrängte ich mit aller Kraft, ansonsten konnte ich unmöglich weitermachen.

»Mir scheint eins genauso unmöglich zu sein wie das andere. Wir sind doch nur ein Haufen Kids aus Marienfall, wie sollen wir es mit einem Trupp hervorragend ausgebildeter Wächter aufnehmen?« Becks sah ernsthaft überfordert aus. Als Tammo ihr eine Hand auf die Schulter legte, zuckte sie zuerst zurück, aber dann entspannte sie sich merklich. Tammos Geständnis hatte der Verbindung zwischen den beiden offenbar keinen Abbruch angetan.

»Ihr müsst die Karten, die ihr habt, nur richtig ausspielen«, sagte Grandmama mit einem Lächeln.

# 40. Alles Verhandlungssache

Nach einer langen Diskussion stand unser Plan – mehr oder weniger. Er war zwar das Beste, was wir aus unseren Möglichkeiten herausholen konnten, aber es gab beängstigend viele Schwachstellen, wodurch das Risiko unabsehbar wurde. Nur, was blieb uns anderes übrig?

»Das ist wie bei der Planung der Jahrhundertparty«, entkräftete Laboe meine Einwürfe. »Wenn du erst einmal anfängst, darüber nachzudenken, was möglicherweise alles schiefgeht, kannst du es gleich bleiben lassen. Bei so einem Knallerevent gibt es nur eine richtige Taktik: Augen zu und durch. Außerdem haben wir den Vorteil auf unserer Seite, weil Filippa und ihre Wächter uns null einschätzen können, während wir wissen, wie die ticken.«

»Falls sie aus Sander nicht schon mit Gewalt herausgebracht haben, was sie wissen wollen.« Genau so würde Filippa vorgehen, sie würde sich die Informationen holen, die ihr wichtig waren. Die ganze Wahrheit gehörte bestimmt nicht dazu. Wenn Sander anfing zu erzählen, dass die Fließenden und die Wächter im Prinzip auf derselben Seiten standen, würde sie ihn bestenfalls mit einem Schlag ins Gesicht zum Schweigen bringen.

Laboe schob den Unterkiefer vor, was so viel bedeutete, dass jetzt das Ende der Fahnenstange erreicht war. »Und genau deshalb dürfen wir nicht den Kopf in den Sand stecken, nur weil unser Schlachtplan nicht superperfekt ist. Wir *wollen* unser buntes Kaninchen zurück und außerdem möchten wir gern am Leben bleiben. Heute Nachmittag ist die Eröffnung des Kinderfestes auf dem Marktplatz, und der glänzende Höhepunkt besteht am frühen Abend in einem Rolf-Zuckowski-Konzert, da wird die Hölle los sein. Also, legen wir jetzt los?«

Tammo schlug sofort bei Laboe ein, für seinen Geschmack hatten wir ohnehin schon zu viel Zeit verschwendet. Man konnte regelrecht beobachten, wie er sekündlich mehr unter Druck geriet.

Becks hingegen zögerte. »Das Ende der Welt würde zumindest bedeuten, dass sich mein Klaas-Problem von allein erledigt. Nein, Unsinn, ich bin natürlich dabei. Außerdem gehe ich ja nun wirklich kein Risiko ein, weil das alles nur ein verrückter Traum ist. Knallverrückt.« Ihre leicht schief geratene Lache verriet, dass sie noch einige Zeit an den Ereignissen würde knapsen müssen.

Zuletzt nickte ich zustimmend, wobei ich mit den Gedanken schon halb bei Sander war. Was auch immer in den Betäubungspatronen drin gewesen war, gewiss war er bereits erwacht. Und was hatte er gesehen, als er die Augen aufschlug? Seinen Ziehvater, der ihn hinterrücks ausgeliefert hatte? Filippa, die als hohes Zirkelmitglied nichts anderes als einen Feind in ihm erkannte? Und wen sah er vor allem nicht: mich. Ich war nicht da. »Lasst uns sofort aufbrechen.«

Und genau das taten wir.

Die Dämmerung brach bereits herein und noch immer lag der eigentümliche Wettstreit von regenschwangeren Wolken und Frühlingserwachen in der Luft. In den nächsten Tagen würde ein Umschwung stattfinden. Je näher wir Himmelshoch kamen, umso ruhiger wurde ich zu meiner eigenen Verwunderung.

Kurz vorm Erreichen des Eingangstors von Himmelshoch tauchten zwei Wächter wie aus dem Nichts hinter Tammo und mir auf. Ich war nicht weiter überrascht, denn zum einen war es mir klar gewesen, dass sie Himmelshoch samt Umgebung sorgfältig im Blick behielten, zum anderen hatte Lutz ein leises Knurren von sich gegeben. Der Wächter musterte mich mit geübtem Blick und schätzte mich offenbar als ungefährlich ein – was nur gut war, denn alles andere hätte ihm Lutz auch nicht durchgehen lassen. Die Bulldogge machte ohnehin schon einen schwer genervten Eindruck, dass wir so kurz vorm Ziel aufgehalten wurden. Die Wächterin hingegen griff nach Tammos Arm und drehte ihn schweigend auf seinen Rücken. Auch Tammo gab keinen Laut von sich, sondern warf mir lediglich einen raschen Blick zu.

Staunend stellte ich fest, was die Wächter im Laufe des Tages alles an Material nach Himmelshoch gebracht hatten. Die Büsche und Sträucher im Vorgarten waren herausgerissen worden, damit schwere Baufahrzeuge Zugang zum hinteren Teil des Gartens fanden. Es war mir ein Rätsel, wozu das gut sein sollte. Wollten sie Himmelshoch zu einer Festung umbauen? Dann erkannte ich einen Bohrturm. Darum ging es also. Sie waren dabei, einen Schacht in die unterirdische Maelstrom-Halle zu bohren. Vermutlich hofften sie darauf, dass das Kraftfeld sich nicht bis zur Decke erstreckte und sie auf diesem Weg einen Zugang zu Tiamat finden würden.

Wir wurden ins Foyer eskortiert, wo uns vier weitere Wächter erwarteten. Mein Vater war, zu meiner Erleichterung, nicht anwesend. Auch von unseren Möbeln war keine Spur zu sehen, stattdessen waren Monitore an den Wänden befestigt worden, die jeden Winkel des Außengeländes zeigten. Auch an der altehrwürdigen Eichentür, die seit Jahrhunderten den Eingang bewachte, war der Wandel nicht vorbeigegangen, sie war ohne Rücksicht auf Verluste mit Sicherungsbolzen, Verstärkungen und Schlössern gespickt worden. Während ich die Veränderungen noch in mich aufnahm, wurden wir abgetastet, zuerst flink, dann deutlich gründlicher. Was auch immer die Wächter zu finden hofften, wir hatten es nicht bei uns. Allerdings auch nichts, wovon irgendeine Gefahr ausging, wenn man einmal von Lutz absah, der jedoch gerade mit seinem Bällchen beschäftigt war.

»So alt, aber immer noch verspielt, der gute Lutz«, erklärte ich einem der skeptisch dreinblickenden Wächter.

Schließlich kam Filippa die breite Treppe herunter. Ich fragte mich, in welchem Zimmer sie sich wohl gerade aufgehalten hatte, denn die Wächter waren eigentlich im Erdgeschoss einquartiert. Filippa sah zu dem Wächter, der Tammos Handgelenke mit einem Plastikband gefesselt hatte und ihn nun mit einem Elektroschocker in Schach hielt. Dafür, dass sie Tammo für einen gewöhnlichen Jungen hielten, der nur zufällig in diese Geschichte hineingerutscht war, sprangen sie ganz schön hart mit ihm um. Nachdem der Wächter ihr mit einem Kopfschütteln signalisiert hatte, dass er nichts Nennenswertes gefunden hatte, richtete Filippa ihre Aufmerksamkeit auf mich.

»Willkommen zurück, Anouk. Ich freue mich, dass du und deine Freunde euch so rasch dazu durchgerungen habt, uns einen Besuch abzustatten. Ich wäre nämlich nur sehr ungern bei den Laboes eingedrungen, um die Silberphiole zu holen.«

Mit Mühe gelang es mir, meinen Schrecken zu überspielen. Dass draußen auf dem Hof der Laboes ein Beobachtungsposten gesessen hatte, während wir uns in Sicherheit wiegten und unser Vorgehen besprachen, bestürzte mich und zeigte zugleich, wie professionell der Wächterzirkel aufgestellt war. Es war naiv gewesen, schließlich hatte dieser Verein seit Jahrhunderten Übung darin, mit solchen Situationen fertig zu werden. Zumindest schienen sie uns nicht abgehört zu haben, ansonsten hätten sich die Wächter wohl kaum die Mühe gemacht, Tammo zu durchsuchen.

Filippa lächelte schmal. »Sag bitte nicht, du hättest nicht damit gerechnet, dass wir deinen Freundeskreis überwachen. Dabei habe ich mir doch wirklich Mühe gegeben, dich in die weitreichende Arbeit des Zirkels einzuführen.«

»Seit wann verschwenden Sie denn so viel Zeit mit reden? 

Ich hatte Sie eigentlich mehr als Frau der Tat angesehen, so eine, die Zeichnungen von kleinen Mädchen, die Ihnen helfen wollen, vor deren Augen in Fetzen zerreißt.« Ihre überhebliche Art ärgerte mich. Als ob es hier um ihre verletzte Eitelkeit ginge. »Sie haben recht, ich kenne die engstirnige Sicht des Zirkels, darum bin ich mit Tammo hergekommen. Wir haben etwas, das Sie wollen.«

»Etwas, das ich mir auch ohne deine Hilfe besorgen könnte.« Die Warnung in Filippas Stimme war nicht zu überhören.

»Wenn Sie so topinformiert sind, dann wissen Sie ja bestimmt auch, wohin Laboe mit Tammos Schwester gefahren ist, nachdem sie uns abgesetzt hat. Der Zirkel ist gut, aber ist er so gut, alle Besucher von Marienfall davon zu überzeugen, dass sie nicht in einen riesigen Wasserstrudel geraten sind, der sich mitten auf dem Marktplatz geöffnet hat? Am Samstag ist in Marienfalls Stadtkern immer ordentlich was los und heute vermutlich besonders, weil dort ein Kinderfest stattfindet. Also, wollen Sie sich weiterhin aufspielen und die allwissende Wächterin geben oder sich anhören, was wir zu bieten haben?«

Filippa wendete sich ab und zückte ein Handy. Von ihrem geflüsterten Gespräch bekam ich nichts mit, aber ich konnte mir durchaus vorstellen, wie ein Wächterposten ihr gerade berichtete, wie die beiden Mädchen inmitten des knallvollen Markplatzes vor der Bühne standen und Becks schützend die Hand vor die Silberphiole hielt, die sie an einer Kette um den Hals trug. Tammo hatte sie ihr umgelegt, nachdem sie darauf bestanden hatte, Laboe zu begleiten. »Ein Mädel allein fangen die Wächter leicht weg, bei zwei schreienden und um sich tretenden Mädchen wird das schon schwieriger. Außerdem tue ich es für meinen großen Bruder«, hatte sie erklärt, obwohl ihr die Angst anzusehen gewesen war.

Filippas saurem Gesichtsausdruck zufolge musste der Posten ihr gesteckt haben, dass es schwierig sein dürfte, an die Phiole heranzukommen ohne Aufmerksamkeit zu erregen. »Ich habe von Anfang an gewusst, dass wir nichts als Probleme mit dir haben würden. Du schlägst zu sehr nach deiner Mutter, die hat unsere Vorgehensweise auch stets infrage gestellt.«

»Danke für das Kompliment. Nachdem wir das geklärt haben, können wir ja ruhig zum Geschäftlichen kommen. Zuerst lösen Sie aber die Fesseln um Tammos Hände. Die Maßnahme finde ich, ehrlich gesagt, ziemlich lächerlich, wenn man bedenkt, dass wir lediglich zwei Schüler von der Sophie-Scholl-Schule sind, während der Rest der hier Anwesenden eine spitzenmäßige Kampfausbildung genossen hat.«

»So, wie die Dinge in Himmelshoch stehen, kann man sich nicht unbedingt sicher sein, wer einem wirklich gegenübersteht.« Trotz dieser Worte bedeutete Filippa, Tammo loszumachen, woraufhin dieser erst einmal die roten Einschnittstellen an seinen Handgelenken massierte.

*Wenn die schon mit uns so umspringen …*, ging es mir durch den Kopf, doch ich führte den Gedanken nicht zu Ende. »Wir haben diese Veränderung, die in unseren Köpfen so ein spektakuläres Chaos anrichten kann. Die möchten Sie aus verständlichen Gründen gern haben, und wir möchten sie Ihnen auch überlassen, wenn wir im Gegenzug ein kurzes Gespräch mit Sander führen dürfen.«

»Diese Kreatur stammt aus einer uns feindlich gesinnten Welt, du solltest sie nicht mit einem Menschennamen bedenken.«

Ich verspürte den dringenden Wunsch, Filippa für ihren herablassenden Ton zu zeigen, was ich bei der Kreatur namens Sander an Angriffstechniken gelernt hatte.

Gott sei Dank griff Tammo rechtzeitig ein, bevor ich tätlich werden konnte. »Wir wollen lediglich fünf Minuten mit Sander, um uns von ihm zu verabschieden, schließlich ist uns klar, dass es für ihn in Ihren Händen keine Zukunft gibt. Gerade Anouk ist es wichtig, ihn noch einmal zu sehen, auch wenn Sie das vermutlich nicht verstehen können.«

»Nein, das kann ich tatsächlich nicht, aber es soll mir recht sein. Ihr gebt mir die Veränderung und bekommt dafür eure fünf Minuten. Eine Verabschiedung ist auf jeden Fall eine gute Idee, obwohl wir mit dieser Kreatur leider nicht so verfahren können, wie es eigentlich unseren Regeln entspricht. Jedenfalls nicht solange dein Vater ohne seine Hilfe außerstande ist, die Salzzeichen ausreichend zu stabilisieren, oder wir einen Damm gebaut haben, um den Maelstrom an seiner Ausbreitung zu behindern. Hast du den Bohrturm im Garten gesehen? Sobald wir zu Tiamat durchgestoßen sind, werden wir einen Dämmstoff hineinpumpen, der die Kammer verschließt. Vertrau mir, wir kennen uns gut genug mit Toren aus, um das hinzubekommen. Wir hätten dem Maelstrom schon vor Jahren die freie Bahn versperrt, wenn Jakob nicht so stur gewesen wäre.«

Als ich den Namen meines Vaters hörte, entglitt mir die Kontrolle über meine Gesichtszüge. Also ließ Jakob Tiamat jetzt plötzlich vom Wächterzirkel verschließen, bloß damit sie Sander nicht länger am Leben lassen mussten – so klang das jedenfalls in meinen Ohren. Wie konnte er das nur tun?

»Es scheint dich zu schockieren, dass dein Vater sich wie ein Wächter verhält, nachdem er entdeckt hat, dass Sander in Wirklichkeit ein Besucher ist, der nur auf seine Chance wartet, das Tor endgültig aufzureißen. Genau wie du ist er all die Jahre auf die Kreatur hereingefallen, wobei sie natürlich auch der perfekte Schläfer war. Ich selbst habe sie ja das ein oder andere Mal befragt und nie hat das Ding sich auch nur im Geringsten verdächtig gemacht. Ich hege den Verdacht, dass es selbst nicht wusste, was es in Wahrheit ist, bis ein Signal es geweckt hat. Gut möglich, dass dieses Signal die Veränderung war, die unseren Köpfen einen Wasserstrudel vorgegaukelt hat, während es eine Botschaft an die Kreatur gesendet hat. Daran solltest du denken, wenn du ihr gegenübertrittst. Sie ist nicht der Junge, mit dem du aufgewachsen bist und für den du vollkommen unangebrachte Gefühle entwickelt hast. Dieses Wesen, das sich hinter einem menschlichen Gesicht verbirgt, ist mit der Absicht gekommen, uns zu vernichten. So sind alle Ungeheuer, die durch die Tore in unsere Welt eindringen, sie wollen nichts anderes, als Verderben über uns bringen.«

»Haben Sie wenigstens ein einziges Mal in Betracht gezogen, dass diese Regel nicht für alle Tore gelten muss, sondern dass es auch Welten gibt, die uns nicht feindlich gesonnen sind? Filippa, Sie sind doch eine gebildete Frau, Sie müssen doch wissen, dass die Dinge nie nur Schwarz und Weiß sind.«

Filippa legte den Kopf schief. »Interessant. Eine ähnliche Behauptung hat die Kreatur aufgestellt, nachdem sie aus der Betäubung erwacht ist. Offenbar hat sie die wenige Zeit nach ihrer Entdeckung zu wissen genutzt und dir diesen Gedanken in den Kopf gepflanzt. Du kennst demnach seine Mär, dass nur er in der Lage sei, uns vor Tiamat zu bewahren. Und du glaubst sie. Verliebte Mädchen sind so leichtgläubig.«

Bevor ich darauf etwas erwidern konnte, stürmte eine dunkelhäutige Wächterin den Flur entlang ins Foyer. Auf ihrem Gesicht spiegelte sich blankes Entsetzen. Wenn ich mich nicht irrte, kam sie aus dem Keller. »Wir wissen nicht genau, was hinter dem Kraftfeld vor sich geht, aber es quillt Salz in die Schleuse. Und wenn unsere Messgeräte richtig funktionieren, geht von Tiamat eine Erschütterung aus, die die Statik des Kellergewölbes gefährdet.«

Filippa schnalzte gereizt mit der Zunge. »Warum haben Sie nicht Parson gefragt, was hinter dem Kraftfeld los ist? Schließlich ist er doch schon seit Stunden dort unten zugange.«

»Wir haben versucht, ihn zu kontaktieren, aber er reagiert nicht. Außerdem glaube ich, ein Rauschen zu hören. Mein Kollege meinte jedoch, ich würde mir das einbilden. Ich wollte es Ihnen trotzdem melden.«

»Vielen Dank. Jetzt gehen Sie runter und holen Sie Parson aus seiner Höhle! Wenn er nicht sofort reagiert, sagen Sie ihm, seine Tochter ist bei mir. Außerdem brauchen wir dort unten einen Trupp, der die Gewölbedecken verstärkt, bis wir mit den Dämmungsarbeiten anfangen können. Sie und Sie«, Filippa zeigte auf zwei Wächter, »werden sich darum kümmern. Außerdem Lorenz, der muss im Garten sein, der kennt sich mit Statikproblemen am besten aus. Mehrends, geben Sie ihm Bescheid. Und zwar sofort.«

Einen Moment lang standen die Wächter noch still, dann eilten sie los, während Filippa, sichtlich verärgert, die Lippen aufeinanderpresste, bis die Farbe aus ihnen gewichen war.

»Nun?«, fragte ich. »Wollen Sie vielleicht doch über das nachdenken, was Sander Ihnen erzählt hat? Das Tor muss sofort geschlossen werden, wenn es nicht zur Katastrophe kommen soll. Allerdings habe ich so meine Zweifel daran, ob ein wenig Dämmstoff dazu ausreichen wird, um Tiamat in Schach zu halten.«

»Ich sagte dir doch, wir wissen, was wir tun. Dieser Notfallplan ist bereits vor einigen Jahren erdacht und seitdem weiter ausgearbeitet worden. Wir werden die Wasserfluten stoppen, und zwar ohne die Hilfe dieser Kreatur. Solange ich hier das Kommando habe, werden wir sie nicht einmal in die Nähe des Kellergewölbes lassen.«

Es lag mir auf der Zunge, Filippa zu fragen, ob sie wirklich so engstirnig war. Nur kannte ich die Antwort bereits. Man konnte nicht mit ihr reden, und genau deshalb hatten wir einen Plan aufgestellt, bei dem wir von den Wächtern als unseren Feinden ausgingen.

»Bringen Sie uns nun zu Sander? Dann ruft Tammo bei seiner Schwester an.«

Es war Filippa anzusehen, wie sehr es ihr zuwider war, auf meinen Vorschlag einzugehen. Trotzdem deutete sie auf die Treppe. »Wenn ich bitten darf?«

»Sie haben Sander in einem der oberen Räume untergebracht?« Gegen meinen Willen stellte ich ihn mir blau und grün geschlagen in der Ecke meines Zimmers vor. Falls das stimmte, wäre dieses Zimmer nicht länger meins, ich würde es nicht einmal mehr betreten können.

»Wir haben ihn unterm Dach festgesetzt, so weit weg vom Keller wie möglich. Es sieht übrigens ganz danach aus, als hätten wir die richtige Entscheidung getroffen, denn irgendetwas dort scheint ihn durcheinanderzubringen. Als verbinde er mit diesem Raum bestimmte Erinnerungen – nur welche, das wollte er mir nicht verraten.«

Dafür wusste ich es umso besser, und die Erinnerung, wie ich ihn zum letzten Mal auf dem Dachboden getroffen hatte, raubte mir den Atem. Rasch wendete ich den Blick ab, bevor Filippa die Gefühle in meinen Augen lesen konnte. Der Dachboden war ein Geheimnis, das nur Sander und mir gehörte.

# 41. Auf Zeit gespielt

Ich versuchte, mich innerlich gegen das zu wappnen, was ich gleich zu sehen bekommen würde.

Es gelang mir jedoch nicht.

Ganz gleich in welchem Zustand Sander war und wie die Wächter ihn gefangen hielten, sein Anblick würde mir eine schwere Wunde schlagen, allein aus dem Grund, weil es unserer letztes Beisammensein sein würde.

Lutz, der mir auf dem Fuß folgte, legte den Kopf schief, dann stimmte er mit Bällchen im Maul ein leises Geheul an, als würde ihm der Ernst der Lage ebenfalls zusetzen – und möglicherweise stimmte das auch, schließlich steckte in meiner massigen Bulldogge ein Sensibelchen, das Sander innig liebte. Als Tammo mir eine Hand auf die Schulter legte, musste ich mich ernsthaft zusammenreißen, um nicht in Tränen auszubrechen. Später würde noch ausreichend Zeit sein, um zu verzweifeln und zu trauern, jetzt musste ich erst einmal dafür sorgen, dass Sander frei kam. Auch wenn das bedeutete, dass ich ihn für immer an Tiamat verlieren würde.

»Es wird schon gut gehen«, versuchte Tammo mich zu beruhigen.

*Nein, das wird es nicht. Wir sind nicht hier, damit es gut ausgeht, zumindest nicht für Sander.* Doch ich hütete mich davor, den Gedanken laut auszusprechen und damit Filippa auf eine Spur zu bringen.

Die Dachluke war vergrößert und die klapprige alte Stiege gegen eine Holztreppe ausgetauscht worden, sodass nun problemlos zwei Mann nebeneinander hinaufsteigen konnten. Der

Wachdienst trat erst zur Seite, als Filippa ihnen den eindeutigen Befehl dazu gab. Zu gern hätte ich gewusst, ob die Waffen in ihren Händen mit echten Geschossen oder mit Betäubungsmunition geladen waren. Ich tippte auf Letzteres, denn im Zweifelsfall durften sie Sander nicht töten, solange sie das Tor nicht unter Kontrolle hatten und ihn möglicherweise noch brauchten. Trotzdem schob ich mich eingeschüchtert an den Wachen vorbei und folgte Filippa, die die Treppe bereits erklommen hatte.

Mit pochendem Herzen blickte ich über den Rand der Luke.

Nirgendwo schlängelte sich ein grüner Zweig, auf dem bereits die ersten Knospen hervorbrachen. Vermutlich war die florale Veränderung für die Wächter nicht interessant genug gewesen und sie hatten sie kurzerhand gerodet.

Kaum hatte ich den Dachboden betreten, packte Filippa mich hart am Oberarm. »Dort drüben ist das Kuckucksei, wegen dem du dich von uns allen, sogar von deinem Vater, abwendest. Schau ruhig hin.«

Genau das tat ich.

Ich sah ein Paar aufmerksamer und schwer bewaffneter Wächter, das einen Käfig mitten im leer geräumten Dachgeschoss bewachte. Die eng aneinanderstehenden Gitterstäbe waren fest im Boden verschraubt und mit einer schwer gesicherten Tür versehen. Ein Stück abseits des Käfigs surrte ein Generator, der unabhängig vom Stromnetz des Hauses war. Er war mit den Stäben verbunden, was nichts Gutes verhieß.

Im Zentrum des Käfigs stand Sander auf einer schwarzen Gummimatte, die Hände hinterm Rücken in Handschellen gefesselt, die linke Hand war schwarz verbrannt. Offenbar hatte Filippa ihn allein herausfinden lassen, dass die Stäbe unter Strom gesetzt waren. Den Kopf hatte er in den Nacken gelegt und er starrte durchs gläserne Dach hinaus in den rot verfärbten Abendhimmel. Keine Reaktion verriet, ob er bemerkt hatte, wer den Dachboden betreten hatte. Von seiner Kleidung war ihm lediglich die schwarze Trainingshose geblieben. Das blaue Geflecht auf seiner Schulter leuchtete Azurblau auf, sogar an den Stellen, die von klaffenden Wunden durchbrochen waren. Es sah so aus, als hätten die Wächter mehrere Gewebeproben von der Größe eines 2-Euro-Stücks an den Stellen entnommen, wo eine Linie verlief. Und sie hatten sich nicht die Mühe gemacht, diese Wunden zu versorgen. Genauso wenig wie die Einstichstellen an seinen Armbeugen oder die zahlreichen Blutergüsse und die blutverkrustete Platzwunde an seiner Stirn, von der ich inständig hoffte, dass er sie sich beim Sturz in der Schleuse zugezogen hatte, und nicht etwa, weil ein Wächter ihn misshandelt hatte.

»Nun kommen wir zu deinem Teil der Abmachung.« Filippa sprach leise, als wolle sie Sander nicht aus seiner Trance wecken. »Dein Freund Tammo ruft jetzt bei seiner Schwester an und bestellt sie samt der Silberphiole nach Himmelshoch. Erst wenn ich die Veränderung in den Händen halte und sie überprüft habe, darfst du hinübergehen und dein ach so wichtiges Gespräch führen. Verstanden?«

Mein Blick traf Tammos, der neben mir kniete, um Lutz am Halsband festzuhalten. Der wollte nämlich sofort zu Sander stürmen und ihn begrüßen, was angesichts des unter Strom gesetzten Käfigs gefährlich war. Mit der freien Hand holte Tammo sein Handy hervor.

»Schwesterchen? Ich bin es. Du kannst jetzt beruhigt mit Laboe zur Aftershowparty mit den Leuten vom Musikzentrum gehen, bei uns ist alles im grünen Bereich. Wir sehen uns dann später zu Hause.« Und damit legte er auf.

»War das alles, hast du da nicht etwas Wesentliches vergessen?« Filippa verzog das Gesicht, als habe ihr jemand einen glühenden Span zwischen die Schulterblätter getrieben und sie würde sich nun dafür rächen wollen.

Tammo zeigte sich nicht sonderlich beeindruckt. »Sie können sich ruhig wieder entspannen. Auf die Mädels zu warten, hätte doch viel zu lange gedauert. Deshalb haben wir uns eine kleine Abkürzung einfallen lassen.« Dann kraulte er Lutz hinterm Ohr, ehe er ihm das Bällchen abnahm.

Misstrauisch beobachtete Filippa, wie Tammo sich aufrichtete, das Bällchen auf dem ausgestreckten Handteller liegend. Das blaugrüne Material, aus dem es bestand, begann zu schmelzen und eine Pfütze zu bilden, in die wie von Geisterhand Bewegung kam: Ein winziger Strudel, der sich rasch auszubreiten begann. Die Wachen am Käfig griffen reflexartig an ihre Waffengürtel.

»Das reicht«, herrschte Filippa Tammo an. »Mach sofort, dass es aufhört oder ich lasse euch beide festsetzen. Glaub ja nicht, dass ich mich noch einmal von deinem Trick reinlegen lasse.« Der Bruch in ihrer Stimme verriet die Panik, die sie bei der Erinnerung, was der Strudel zu bewirken vermochte, überkam.

Mit einer sachten Bewegung wischte Tammo über den Ministrudel, der sich sofort wieder beruhigte. »Es ist ganz einfach – wer diese Veränderung in den Händen hält, kann über sie verfügen. Er kann dafür sorgen, dass in den Köpfen der anderen eine rasante Flut Einzug hält oder dass sie lediglich diese winzige Variante sehen. Ich überlasse die Veränderung Ihnen und erkläre Ihnen sogar, wie sie funktioniert, sobald Anouk allein mit Sander gesprochen hat. Was sagen Sie zu diesem Handel?«

Da musste Filippa nicht lange überlegen. Dieses Mal verzichtete sie sogar auf ihre typischen Drohungen, so erpicht war sie auf die Veränderung. »Handel. Pascal und Rehrup«, sprach sie die beiden Wachen an, die vor Sanders Käfig standen. »Ziehen Sie sich auf die untere Etage zurück.«

Die Wächter folgten ihrem Befehl zwar, zogen dabei aber unübersehbar die Stirn kraus. Trotz der ganzen Vorkehrungen schienen sie Sander für ein nicht zu unterschätzendes Sicherheitsrisiko zu halten, das man unter keinen Umständen allein mit irgendwelchen Mädchen lassen sollte.

»Du kannst jetzt zum Käfig gehen, Anouk. Aber verzichte darauf, die Hand zwischen die Stäbe zu stecken, das elektrische Spannungsfeld ist nicht zu unterschätzen. Der Generator ist übrigens ebenfalls gesichert – nur für den Fall, dass du auf die Idee kommen solltest, ihn dir genauer anzusehen. Deinen Freund unter Verschluss zu behalten, war schwieriger als gedacht. Für ihn scheint nichts anderes als ein Ausbruch zu zählen, egal, welchen Schaden er sich bei seinen waghalsigen Unternehmungen zufügt. Wenn du ihn davon überzeugen kannst, dass er trotzdem nicht entkommen wird, wäre dieses Gespräch tatsächlich zu etwas nütze.«

Ich starrte Filippa nur an, bis sie den Blick abwendete.

»Ich warte mit der Frau Wächterin so lange unten bei der Treppe, bis du hier fertig bist.« Tammo wirkte, als habe er jetzt das Sagen übernommen. Sofort schnaufte Filippa gereizt durch die Nase. »Dann kann ich Sie schon einmal an die Veränderung heranführen«, schob er beschwichtigend hinterher.

Als Tammo sich der Luke näherte, wünschte ich mir plötzlich, er würde bleiben, denn ich wusste nicht, wie ich das Gespräch mit Sander durchstehen sollte, obwohl ich zugleich nichts anderes wollte, als bei ihm zu sein und seine Stimme zu hören. An den wenigen Minuten, die uns zur Verfügung standen, hing mehr, als ich ertragen konnte. Ein Schluchzen unterdrückend, schlug ich mir die Hände vors Gesicht und spürte, wie sich eine Träne auf meine Wange stahl. Bevor Tammo ging, berührte ich ihn zaghaft, und er lächelte, als er meine Hand streifte. Die Träne rann zwischen seine Finger und verschwand in seiner hohlen Hand.

»Keine Angst«, sagte er. »Obwohl … So mies gelaunt, wie Sander aussieht, ist ein wenig Angst vermutlich durchaus angebracht. Hat was von einem eingesperrten Gorilla, der nur auf eine Gelegenheit lauert, jemandem den Kopf abzureißen. Wenn sie ihn nicht in Ketten gelegt hätten, würde er sich bestimmt vor die Brust schlagen und mit seinem Wutgebrüll

Himmelshoch zum Einsturz bringen. Pass auf, dass er dich nicht beißt.«

»Sofort stopp, Herr Freibaum. Du weißt ganz genau, dass nur ich fiese Sachen über Sander sagen darf. Und jetzt mach dich aus dem Staub und nimm Lutz mit, okay?«

Tammo blinzelte mir noch einmal zu, dann war ich mit Sander allein auf dem Dachboden.

# 42. Kurzschlussreaktion

Gut vier Schritte vor den Gitterstäben blieb ich stehen. Nicht unbedingt weil mir noch Filippas Warnung in den Ohren klang, sondern weil Sander eine zornige Entschlossenheit ausstrahlte, die mich instinktiv Abstand wahren ließ. Es sah ganz so aus, als brauche er nicht erst das Beben in den Grundfesten von Himmelshoch zu spüren, um zu wissen, dass Tiamat kurz davor stand, ihr Gefängnis zu sprengen. Da ging es ihm wohl genauso wie Tammo.

Wie er so dastand, wurde mir zum ersten Mal bewusst, dass er nicht nur ein ordentliches Stück größer war als ich, sondern größer als die meisten Menschen – von seinem breiten Rücken und der definierten Armmuskulatur ganz zu schweigen. Er war eine überaus beeindruckende Erscheinung, jetzt da er sich nicht hinter seiner verrückten Kleidung und seinem noch verrückteren Image versteckte. Im Nachhinein betrachtet, hatte er die perfekte Verkleidung getragen. Niemand wäre je auf die Idee gekommen, was für eine Kämpfernatur er in Wirklichkeit war, nicht einmal ich, obwohl ich ihn oft genug im Einsatz erlebte hatte. *Der prügelt sich einfach gern, typisch Junge,* hatte ich immer gedacht, wenn Sander sich wieder einmal mit seinem unnachahmlichen Elan auf einen Besucher gestürzt hatte. *Für den ist ein Gemetzel das reinste Unterhaltungsprogramm, wenn er könnte, würde er jeden Schlag mit einem Comic-rumms!-Geräusch unterlegen, so viel Spaß macht es ihm.* Erst jetzt begriff ich, dass Sander stets ernsthaft bei der Sache gewesen war, auch wenn er seine Arbeit immer mit einer Leichtigkeit gestemmt hatte, sodass sie nicht nach Arbeit aussah. Er hatte fast sein ganzes Leben in Tiamats Nähe verbracht und keinen Einzigen der Randwandler entkommen lassen. Der perfekte Wächter für das Tor unter Himmelshoch. Der perfekte Wächter schlechthin. Kein Wunder, dass selbst die zu Kampfmaschinen ausgebildeten Zirkelleute ihre liebe Not mit ihm gehabt hatten.

Noch immer starrte Sander zur Decke hinauf, obwohl kein Zweifel daran bestand, dass er mich längst bemerkt hatte. Bis auf die Augen waren seine Sinne schon immer übermenschlich scharf gewesen.

Ich widerstand dem Bedürfnis, die Arme um mich zu schlingen. Jetzt war nicht der passende Zeitpunkt, um Schwäche zuzulassen – und schon gar nicht, wenn Sander gerade auf stur schaltete.

»Könntest du bitte damit aufhören, mich zu ignorieren?«

Ein paar Herzschläge lang stand er noch reglos da, dann beugte er sich vor, wobei er der surrenden Gitterwand gefährlich nah kam, und funkelte mich aufgebracht an. »Was zur Hölle machst du hier?«

Obwohl es ein Widerspruch in sich war, fühlte ich mich dank dieses Anfratzers sofort besser. Mich mit Sander zu fetzen – damit kannte ich mich aus. »Hallo, mein Herz, freut mich auch, dich zu sehen. Leider erübrigt sich nach deiner herzlichen Begrüßung wohl die Frage einer liebenden Gefährtin, ob es ihrem Schatz auch gut geht. Wer so knurren kann, dem kann es an nichts fehlen.« Angesichts seiner vielen Verletzungen hätte ich mir nach diesem Kommentar am liebsten auf die Zunge gebissen. Aber Sander wirkte keineswegs verletzt, sondern eher, als würde meine Retourkutsche seine Lebensgeister wecken.

»Lenk nicht ab, Anouk. Ich habe dir doch klipp und klar gesagt, dass mich allein die Vorstellung, du könntest einen Rettungsplan aushecken, in den Wahnsinn treibt. Das letzte Mal, als du versucht hast, mich zu retten, bist du fast ertrunken! So viel zu deinen Plänen, die sind die reinsten Himmelfahrtskommandos. Fuck, jetzt kann ich mir den Kopf zermartern, wie ich dich in einem Stück von diesem durchgeknallten und zu allem fähigen Wächterpack wegbekomme, anstatt zuzusehen, wie ich möglichst schnell ins Kellergewölbe gelange.«

»Falls es dir noch nicht aufgefallen sein sollte: Du sitzt gefesselt in einem unter Strom gesetzten Käfig, während ich davor stehe und tun und lassen kann, was ich will. Was soll ich sagen? Du hast einfach nicht den Durchblick, aber so kenne ich dich ja. Seit du in unsere Welt gekommen bist, würdest du halb blind durchs Leben stolpern, wenn du mich nicht hättest.« Ich holte seine angeknackste Brille hervor und hielt sie triumphierend in die Höhe.

Die Zornesfalte auf Sanders Stirn glättete sich, während die Intensität seines Blicks blieb. »Ich brauche das Teil nicht, um dich zu sehen, Anouk. Ich sehe dich selbst mit geschlossenen Augen.«

Was Stress, Aufregung und Angst nicht zu bewirken vermochten, gelang Sander mit diesem einzigen Geständnis. Meine Knie drohten nachzugeben, während mein Magen sich um die eigene Achse drehte. Nachdem ich mich leidlich beruhigt hatte, räusperte ich mich erst einmal, um meine Stimme wiederzufinden. »Dreh dich bitte um und komm so dicht, wie es geht, an die Gitter heran. Vielleicht ist das alte Brillengestell ja noch zu etwas nütze.«

Als Sander sich positioniert hatte, schob ich meine Sorge, die mieseste Werferin auf diesem Planeten zu sein, beiseite und warf ihm die Brille durch die Gitterstäbe zu. Der Knall, als sie das Spannungsfeld durchquerte, war – dem Himmel sei Dank – leise genug, um die Wächter nicht auf den Plan zu rufen. Wie erwartet, fing Sander sie problemlos auf. Nur ein leises Stöhnen entglitt ihm, als die Brille seine verbrannte Hand berührte.

»Fein. Und jetzt leg mal mit den Handschellen los. Zu irgendwas muss es ja gut sein, dass du jahrelang jede miese Party mit deinen Befreiungskünsten aufgemischt hast. Es sei denn, du hast einen top Plan, gegen den meiner abschmiert. Dann würden wir unseren Befreiungsversuch natürlich sofort aufgeben und dir das Feld für deinen Alleingang überlassen.«

»Befreiungsversuch?«, echote Sander. »Ich glaube, mir wird schlecht. Anouk, vergiss einfach, was du mit Tammo und dem Club der Ahnungslosen ausgeheckt hast, und sieh zu, dass du von Himmelshoch wegkommst. Diese Leute sind skrupellos, du hast keine Ahnung, was die mit mir angestellt haben. Ich komme hier schon raus, versprochen. Wenn diese Wächter erneut vorbeischauen, um ein Stück von mir abzuschneiden, werden die ihr blaues Wunder erleben. Dieses Mal werde ich mich nicht überwältigen lassen. Mir fällt schon was ein, mir fällt doch immer was ein. Und jetzt ab mit dir. Mir zuliebe, ja?«

Ein Zittern fuhr durch Himmelshoch.

Ich setzte meine unerbittlichste Miene auf und verschränkte die Arme vor der Brust. »Red nicht so viel, sondern sieh endlich zu, dass du die Handschellen aufbekommst. Mach schon, gleich geht's los.«

»Was geht los? Mist, verflucht! Anouk, du wirst gar nichts tun, außer ...«

Filippas greller Schrei dröhnte durch den Dachboden, gefolgt von Angstrufen anderer Wächter und Lutz' aufgeregtem Gebell. Fluchend machte Sander sich mit dem Brillenbügel an dem Schloss der Handschellen zu schaffen.

»Tempo«, feuerte ich ihn an.

»Der Bügel ist angeknackst und meine linke Hand ...«

»Sander!«

»Ich mach ja schon. Himmel, in Zukunft bin ich dagegen, dass du das Kommando übernimmst. Du bist ja noch herrischer als Filippa.«

Bevor mir dazu eine passende Entgegnung einfiel, stürmte Tammo auf den Dachboden.

»Seid ihr so weit? Wir haben nur noch ein paar Minuten, dann muss ich den Tropfen wieder schließen, wenn wir die

Wächter nicht ersticken lassen wollen. Ich werde nämlich ganz bestimmt nicht reingehen, sie in meinen Raum ziehen und einzeln beatmen. Dürfte auch ganz schön was los sein da drinnen.«

Für einen Moment stellte Sander seine Arbeit ein. »Du hast die gesamte Wächterschaft auf Himmelshoch in deinen Tropfen gesperrt?«

Tammo zuckte mit den Schultern. »Wie hätten wir sonst mit dieser Horde fertig werden sollen? Es ist nur eine Frage der Zeit, bis die anderen Wächter, die außerhalb des Hauses postiert sind, mitbekommen, dass etwas nicht stimmt. Also nichts wie raus aus diesem Käfig, würde ich sagen.«

»Nichts lieber als das. Wenn du so gut wärst und mir die Tür öffnest? Du weißt ja offenbar, wie es geht«, ätzte Sander, während er verbissen mit dem Schloss an den schwarzen Handschellen kämpfte.

Tammo starrte Sander an, als stände er kurz davor, zwischen den Stäben durchzugreifen, um ihn zu erwürgen – Elektroschock hin oder her.

»Hast du das Veränderdich noch?«, fragte ich ihn.

»Ja, Filippa hat sich nicht getraut, es anzufassen. Zumindest hat es sie so weit abgelenkt, dass ich den Tropfen öffnen konnte. Ihr war nicht einmal der Verdacht gekommen, dass du ihn in Wirklichkeit haben könntest. Wer hätte auch gedacht, dass der Tropfen so eine wunderschöne Träne abgibt? Deine Augen waren wirklich das perfekte Versteck.«

Ich wog das Veränderdich in der Hand, das immer noch vorgab, ein gefährlicher Wasserstrudel in Taschenformat zu sein.

»Was willst du damit anstellen?« Tammo rieb sich nervös den Nacken.

»Sander, geh in den Mittelpunkt des Käfigs und mach dich klein.«

 »Eine Sekunde noch ... Ta-ta-ratar!« Er hob seine befreite

Hand in die Höhe. »Und jetzt sagt, dass ich der Meister aller Klassen bin.«

»Hinknien!«

Zum ersten Mal hörte Sander auf einen Befehl von mir, ohne Widerspruch zu erheben.

Als Tammo begriff, was ich vorhatte, deutete er auf das Veränderdich. »Soll ich das lieber tun, wo du doch so ungern wirfst?«

»Mach dir keine Sorgen, heute treffe ich alles.«

Dann schleuderte ich das Veränderdich gegen den Generator, in dessen Öffnungen es versank, als sei es eine Handvoll Wasser, die jemand über ihm ausgegossen hatte. Einen Moment lang geschah gar nichts, dann hörte das Surren schlagartig auf, ehe es einen ohrenbetäubenden Knall gab. Blitze schossen aus dem Generator hervor, rasten über Kabel und Gitterstäbe, versengten die Dachbodendielen. Ein Ruck ging durch den Käfig und ließ ihn leicht verzogen zurück. Beißender Rauch quoll aus dem ramponierten Gerät und hüllte die auf der Matte kauernde Gestalt ein.

»Sander?«, rief ich aufgebracht.

Ein Husten, dann: »Alles klar. Und bei dir, geht es dir gut?

Ich lachte erleichtert auf und wollte auf den Käfig zustürzen, doch Tammo hielt mich zurück.

»Warte noch einen Moment ab, bis die Gitter abgekühlt sind. Da ist ein ordentlicher Rumms durchgegangen, so, wie das geknallt hat. Noch eine verbrannte Hand kann hier niemand gebrauchen.«

Mittlerweile war Sander wieder auf die Beine gekommen und inspizierte die Käfigtür. »Großartig. Und jetzt? Ich bekomme einige Schlösser auf, aber diese Tür ist verdammt clever gesichert, dafür bräuchte ich Stunden mit dem Brillenbügel. Stunden, die wir nicht haben.«

Tammo massierte sich die Schläfen. »Sekunde. Hast du gesehen, wer von den Wächtern den Schlüssel aufbewahrt?«

»Na, wer wohl, du Genie? Unser Kontrollfreak Filippa natürlich. Als ob die da einen anderen ranlassen würde.«

Ich suchte Tammos Blick. »Denkst du, sie und die anderen sind schon ohnmächtig?«

»Das werden wir gleich wissen«, sagte Tammo und rannte zur Luke.

Der Blick, mit dem Sander mich musterte, fühlte sich seltsam schwer an. »Ihr beiden seid ein gutes Team, er wird sich bestimmt großartig um dich kümmern, wenn ich fort bin. Und Tammo wird deine Unterstützung nicht nur dringend brauchen, sondern auch annehmen.«

»Das ist nicht dein Ernst.«

»Doch, das es ist es. Und ob du es mir glaubst oder nicht, ich bin froh darüber, auch wenn ich ihm gleichzeitig ausgesprochen gern eine reinhauen würde. Es ist leichter für mich, wenn ich dich in guten Händen weiß. Tammo und du, ihr beide habt euch von Anfang an verstanden ... Mehr als das, du hast ihm vertraut. So ein Geschenk darfst du nicht abschlagen.«

Ich streckte meine Hände zwischen den Gittern durch, bekam die herabhängende Handschelle zu fassen und zog Sander so dicht an die Stäbe, wie es nur ging. »Ich habe bereits ein Geschenk bekommen, das mich zum glücklichsten und zugleich traurigsten und verzweifeltsten Mensch auf diesem Planeten macht. Dafür gibt es keinen Ersatz. Und ob du es mir glaubst oder nicht – ich bin froh darüber. Selbst wenn ich meine Karten neu mischen dürfte, ich würde immer wieder dich ziehen.«

Sanders Lippen bewegten sich stumm, ohne dass sie verrieten, was er sagen wollte. Aber das war auch gar nicht nötig. Ich stellte mich auf die Zehen und küsste ihn zum letzten Mal, denn ich war mir sicher, dass ich dazu nicht mehr imstande sein würde, wenn der Abschied am Tor bevorstand. Als Schritte auf der Dachbodentreppe ertönten, löste ich mich von Sanders Lippen. Er hielt die Augen geschlossen, als könne er auf diese

Weise die Zeit anhalten, bis ein lautstarkes Knacken im Gebälk ihn zusammenfahren ließ. Die Zeit verrann nicht nur, sie lief uns davon.

Tammo verschwendete keinen Atem mit Erklärungen, sondern raste auf den Käfig zu und machte sich mit einem Schlüsselbund an der Tür zu schaffen. Ein Schloss nach dem Nächsten klackte auf, bis auf das letzte. »Dreck, dieses eine Schloss hier … Siehst du? Der Schlüssel sieht aus wie eine Chipkarte. Der Kurzschluss hat es lahmgelegt, es lässt sich nicht öffnen.«

»Dann machen wir es eben auf die klassische Weise, wenn sonst nichts geht«, erklärte Sander.

»Etwa mit dem Brillenbügel?« Meine Gedanken überschlugen sich, während ich bereits ein schwaches Stöhnen von der unteren Etage heraufdringen hörte. Die Wächter erwachten bereits aus ihrer Ohnmacht.

»Noch klassischer.«

Als Sander zwei Schritte zurücktrat, begriff ich, was er vorhatte, und sprang gerade noch rechtzeitig beiseite, ehe er sich mit voller Wucht gegen die Tür warf und sie mit Gewalt aufsprengte.

Ich schrie begeistert auf, als er ins Freie stolperte. Als ich ihn umarmte, keuchte er schmerzerfüllt auf. »Tut mir leid, tut mir leid.« Erschrocken beobachtete ich, wie sich entlang seines gesamten Oberarms in Höchstgeschwindigkeit eine purpurne Schwellung ausbreitete. »Das sieht ja furchtbar aus.« Trotzdem konnte ich meine Hände nicht von ihm nehmen, davon abgesehen, dass es nur noch wenige Stellen an seinem Oberkörper gab, die keine Verletzungen aufwiesen.

Sander lächelte gequält. »Wie gut, dass ich für diese Schulter sowieso keine Verwendung mehr habe. Die Hand ist ja auch schon im Eimer.«

»Solange deine Beine noch funktionieren, ist in der Tat alles paletti«, fuhr Tammo dazwischen, bevor Sander und ich doch noch einen Weg fanden, einander nahzukommen, ohne dass er vor Schmerzen aufschrie. »Wenn wir jetzt einen ordentlichen Sprint hinlegen, schaffen wir es vielleicht noch bis zum Kellergewölbe.«

Sander presste die Lippen fest aufeinander, als befürchte er ansonsten, Tammo für seine Unterbrechung ein paar Takte zu sagen. Dann nahm er meine Hand und lief los.

# 43. Abwärts

Am Fuß der Treppe erwartete uns ein vor Übereifer vibrierender Lutz, der auf die am Boden liegende Wächterschar aufgepasst hatte. Als er mich sah, gab er ein Grunzen von sich, das wohl »Habe alles unter Kontrolle, o Captain« bedeuten sollte. Stolz tätschelte ich ihm den breiten Rücken.

Nur einen Meter entfernt hustete die zusammengekauert am Boden liegende Filippa, als stecke ihr ein Schwall Salzwasser im Brustkorb. Sander beugte sich runter und schnappte sich den Elektroschocker, den sie am Gürtel trug.

»Vielen Dank, Frau Wächterin. Mit der Wirkung dieses Geräts kenne ich mich nach unserem kleinen Stelldichein ja bestens aus. Schade, dass ich nicht Schwein genug bin, um es auch mal an Ihnen auszuprobieren – obwohl es eigentlich nur fair wäre«, raunte er ihr ins Ohr, woraufhin ihre Augenlider zu flackern begannen. Vermutlich hoffte Filippa noch, einen schrecklichen Traum zu durchleben, indem es ihrem Gefangenen gelungen war, sich wider alle Sicherheitsmaßnahmen zu befreien. Dann gab Sander mir den Elektroschocker. Mit dieser Waffe hatte Filippa ihn also drangsaliert … Am liebsten hätte ich sie weit von mir geworfen.

»Falls sich dir einer von dieser Sippschaft in den Weg stellt, verpasst du ihm eins mit dem Teil, egal wohin«, erklärte Sander. »Einfach mit dem offenen Ende zielen und den Auslöser drücken. Und bloß keine falschen Hemmungen, Anouk. Die Stromladung tut zwar höllisch weh, richtet aber keinen größeren Schaden an, als dass man kurzzeitig umkippt.«

Mehr als ein Nicken bekam ich nicht zustande, dann steckte ich den Elektroschocker in meinen Hosenbund.

Wir rannten den Flur entlang zur breit geschwungenen Treppe, Lutz wie ein Rammbock vorneweg, jeden die Masse seines Körpers spüren lassend, der es wagte, auf alle viere zu kommen. Auf der letzten Treppenstufe richtete sich gerade ein Wächter auf und zog seine Waffe, doch Sander verpasste ihm einen Tritt gegen den Unterarm, woraufhin die Waffe im weiten Bogen davonflog.

»Klasse, treten klappt noch. Ich sagte doch, ich brauche die Schulter nicht mehr.«

Draußen quietschten Autoreifen, während bereits gegen die Eingangstür geschlagen wurde, als wolle man sie notfalls einbrechen. *Wie praktisch, dass die Wächter unsere schöne Eichentür durch Sicherheitsbolzen verstärkt haben. Hier kommt so schnell keiner rein*, dachte ich hämisch, während wir auf die Kellertreppe zuhielten.

»Anouk Parson!«, dröhnte Filippas heisere Stimme von der oberen Etage. »Du begehst einen nicht wiedergutzumachenden Fehler, für den du, dein Vater und deine Freunde bitter bezahlen werden, wenn wir das hier alle überleben sollten. Dafür werde ich persönlich sorgen!«

»Das werden wir ja sehen«, raunte Tammo in meinem Nacken. »Sollte diese Schreckschraube uns noch einmal krumm kommen, kann sie es sich dauerhaft in meinem Tropfen bequem machen.«

So unwahrscheinlich es war, dass Tammo seine Drohung wahr machen würde, so gab sie mir doch Auftrieb, um den entscheidenden Abstieg vorzunehmen.

In den Gängen und Kellerräumen lagerten, wo sie nicht bis unter die Decke mit Salzmassen verstopft waren, Gerätschaften und Materialien. Offenbar hatten die Wächter eifrig an der Umsetzung ihrer Dammpläne gearbeitet, bevor Tammo sie in den Strudel gerissen hatte. Vor der Schleuse standen Schweißgeräte, vermutlich hätten sie in wenigen Minuten damit angefangen, die Eisentür zu verschweißen. Demnach hatten sie meinen Vater doch noch dazu bewegen können, das Gewölbe zu verlassen. Obwohl ich mehr als wütend auf Jakob war, verspürte ich Erleichterung darüber, dass er aus der Gefahrenzone raus war.

*Und wenn sich Tiamat doch unter Eisen und Beton begraben lässt?*

Ich verlangsamte meinen Schritt und zwang Sander dadurch, ebenfalls langsamer zu werden. »Wäre es denn nicht doch möglich, dass es den Wächtern gelingt, einen Damm zu bauen, der dem Maelstrom Einhalt gebietet?«, fragte ich.

Als Sander meinen Blick erwiderte, las ich in seinen Augen, wie gern er aus meinem Hoffnungsfunken ein Feuer geschlagen hätte. Aber er würde auf unserer letzten gemeinsamen Strecke bei der Wahrheit bleiben. »Niemand kann den Maelstrom zurückhalten, wenn er erst einmal das Tor durchbrochen hat. Nicht einmal ich.«

Ich glaubte ihm. Sogar wenn die Wächter unsere Welt in einen einzigen Damm zu verwandeln imstande gewesen wären, hätte ich Sander geglaubt.

Mit einem dumpfen Schmerz in mir blickte ich auf die Schleusentür. Dieses Mal bekam ich keine Angst, obwohl meine Albträume, in denen ich vor der Schleusentür stand, sich in diesem Augenblick bewahrheiteten.

Die Nieten des Türrahmens vibrierten.

In den Fugen zwischen den Metallplatten schob sich Salz wie eine weiße Schlange voran.

Unter meinen Sohlen zitterte der Boden.

Die Drähte in den Leuchtbuchstaben verglühten.

Sander würde Tiamat verschließen. Ich glaubte an ihn. Nur bedeutete das, dass ich ihn verlieren würde.

»Verdammt!«

Sanders Schrei riss mich aus meiner Verlorenheit. Einer der am Boden liegenden Wächter war unbemerkt zu sich gekommen und hatte seine Waffe auf ihn abgeschossen. Im letzten Moment war Tammo dazwischen gesprungen und lehnte nun kreidebleich an der Wand. Als er in sich zusammenzusinken drohte, packte ich ihn fest an den Oberarmen, während Sander den Wächter wieder ins Reich der Bewusstlosigkeit schickte.

»Oh Gott! Bist du getroffen?«

Tammo sah mich an, als würde er durch einen dichten Nebel zu mir blicken. »Ich ... Ich weiß nicht. An meiner Hüfte ist es ganz kalt. Richtig eiskalt.«

In dem dämmrigen Licht des Kellers war auf Tammos dunkler Jeans nichts zu erkennen außer einer leichten Verwerfung im Stoff unterhalb des Ledergürtels. Tammo atmete seltsam abgehackt, als Sander sich zu mir stellte, eine der Waffen in der Hand.

»Schau nach, wo er getroffen wurde. Notfalls musst du ihn hochbringen und einen Krankenwagen rufen.«

»Das kann ich nicht, ich kann dich doch nicht allein gehen lassen.«

Sander lächelte traurig. »Ich gehe doch ohnehin allein. Vielleicht wäre es auf diese Weise sogar besser.«

Bevor er sich abwenden und in der Schleuse verschwinden konnte, zog ich Tammos Jeans vorsichtig über die Hüfte. Trotzdem krallte er vor Schmerz die Finger in die nackte Felswand. Direkt oberhalb seiner Leiste prangte eine blutende Furche. Als ich mit einem Stück seines Shirts darüberwischte, schimmerte etwas Weißes auf. Mir wurde schlecht.

Sander hingegen stieß erleichtert die Luft aus. »Sauberer Streifschuss, Freibaum. Dein Hüftknochen hat wie ein Schutzschild gewirkt und die Kugel abprallen lassen. Also kein Grund, hier zusammenzuklappen. Wir packen dich in die Schleuse und machen die Tür hinter uns zu, dann kannst du dir in Ruhe deine

Heldenwunde ansehen und darauf warten, dass Anouk zurückkommt oder die Salzflut dich aus Himmelshoch rausschwemmt. Durch das Kraftfeld können wir dich nämlich leider nicht mitnehmen, in diesem Körper kommst du gar nicht durch. Aber keine Sorge, der getreue Lutz passt auf dich auf. Nicht wahr, Lutz?«

Auch wenn es nur ein Streifschuss war, stand Tammo so weit unter Schock, dass er sich von Sander den Arm um die Taille legen ließ, um mit seiner Hilfe in den Schacht zu humpeln. Salzströme suchten sich langsam, aber beharrlich ihren Weg durch die Metallröhre und erschwerten den Weg.

»Ohne dich hätte die Kugel mich getroffen und in meinem Fall wäre sie nicht glücklich an einem Knochen abgeprallt. Dafür schulde ich dir was«, hörte ich Sander leise sagen.

»Ja, dein Leben.« Tammos Stimme war lediglich ein Krächzen. »Sieht so aus, als wären wir gleich quitt.«

# 44. Zeit des Abschieds

Ich hielt Sanders Hand so fest ich konnte, als wir durch das Kraftfeld traten und dieser einzigartige Schauer durch mich hindurchfuhr, als würden seine Hände über meine Haut tanzen.

*Ob die Nebelwand wohl bleiben wird, wenn er fort ist? Als eine Erinnerung …* Doch ich ahnte, dass diese Veränderung, die er vor Jahren bei seiner Ankunft ausgelöst hatte, ohne ihn nicht länger sein würde. Sie brauchte ihn, um zu existieren. *Genau wie ich.*

Als wir die Gewölbekammer betraten, war von den Wänden vor lauter Salztürmen kaum noch etwas zu sehen. Nur zu Füßen Tiamats blieb der Platz frei, ihr Anblick grub sich wie eine Schneise in die Flut aus Totem Wasser, das unaufhörlich durch das zerbrechende Netz aus Salzzeichen rieselte, um am Boden wie von unsichtbarer Hand beiseitegedrängt zu werden. Hinter dem weißen bewegten Schleier drehte der Maelstrom mächtiger denn je seine Kreise, eine lauernde Macht, bereit, alles zu verschlingen, das sich ihm in den Weg stellte. Wenn Tiamat erst einmal entfesselt war, würden die Randwandler auf Strömen aus Salz tanzen und sich auf alles stürzen, was die Flut nicht unter sich begrub.

In dem unsteten Licht, das der Maelstrom in das Gewölbe warf, sah ich Sander an. Seine zerwuschelten schwarzen Haare, seine Drachenaugen und der Mund, den ich in jeder Hinsicht liebte, ob er nun Frechheiten von sich gab oder sich gerade auf meine Lippen senkte … Vielleicht erschien nur sein Äußeres menschlich, während er in seinem Inneren andersartig war, aber er passte vollkommen in meine Welt.

»Anouk …«, setzte er an.

Sanft legte ich ihm den Zeigefinger über die Lippen. »Ab hier gibt es keine Versprechen mehr und die einzigen Worte, die bleiben, heißen ›Leb wohl‹. Ich will sie nicht hören. Ich werde nie begreifen, warum mir dieses Tor dich erst geschenkt hat, um dich dann wieder wegzunehmen, aber ich bin froh über jeden Moment. Daran wird sich nichts ändern.«

»Dort, wo ich hingehe, werde ich vermutlich nicht länger imstande sein, mich zu erinnern oder gar etwas zu empfinden. Ich weiß nicht, wer von uns beiden besser abschneidet.«

»Dumme Frage.« Ein Zittern breitete sich von meinen Schultern aus rasch in meinem ganzen Körper aus, so als verlöre ich jeglichen Halt in meinem Leben. »Natürlich schneide ich besser ab, denn ich werde mich an dich erinnern. Und das werde ich tun, egal, wie weh es tut.«

Es war an Sanders Gesichtsausdruck abzulesen, dass er die Vorstellung hasste und dass er mein Unglück am liebsten auch noch auf sich genommen hätte, wie damals als er sich beim Sturz vom Baum verletzt und dann auch noch Jakobs Zorn auf sich genommen hatte, um mich zu schützen. Allein dafür würde ich immer nur zu ihm gehören, gleichgültig, wie sehr es schmerzte.

»Vergessen ist schlimmer«, flüsterte ich, in der festen Überzeugung, dass es die Wahrheit war. Ich küsste Sander und versuchte zugleich, jede Einzelheit in mein Gedächtnis einzubrennen. Wie er schmeckte, wie sein Daumen meinen Nacken entlangfuhr und das Heben und Senken seines Brustkorbs. Ich wollte mir einprägen, wie sein Kuss einem Rausch glich, in den ich mich fallen lassen wollte. In Gedanken festhalten, wie sich seine Haut anfühlte, sogar an den verletzten Stellen, die ich versehentlich streifte. Und ich begriff, während wir einander hielten, dass es unmöglich war, diesen Moment zu bewahren. Er war zu vielschichtig, und die Gefühle, die er in mir auslöste, waren so intensiv, dass ich in meiner Erinnerung niemals dicht genug an sie herankommen würde. Ich gab Sander frei, ehe meine Verzweiflung überhandnahm und ich mit Tränen nur verschlimmern würde, was ohnehin schon unerträglich war.

»Geh zu Tammo«, sagte Sander sanft. »Es ist besser für dich, nicht hier zu sein, wenn ich Tiamat die Stirn biete.«

»Weil es zu gefährlich ist?«

»Ja, hierfür.« Er legte seine Hand über mein Herz.

»Zu spät.« Ich gab ihm einen letzten Kuss, dann trat ich einen Schritt zurück.

Einen Moment lang sah es so aus, als würde Sander seine Entscheidung doch noch ändern und das Tor den Wächtern überlassen. Als würde er auf die Konsequenzen pfeifen, seine Aufgabe ignorieren und mit mir fliehen, damit wir noch ein paar Stunden miteinander verbringen konnten. Wäre es nur um mich allein gegangen, hätte ich das sogar in Betracht gezogen. Aber es ging nicht um mich allein. Es ging um alles oder nichts. Also hielt ich still, ich wollte sein Zögern nicht bekräftigen. Ruhig wartete ich ab, bis er sich umdrehte und auf das Tor zuschritt.

Blitze sammelten sich in den Tiefen des Maelstroms, als hätten sie nur auf Sander gewartet. Sie flogen heran, einer nach dem anderen, als Ziel den Jungen, der seine Hand durch den Salzschleier streckte. Als der erste Blitz Tiamat passierte und in Sander einschlug, leuchtete das zerrissene Netz aus Zeichen so blau auf wie das Meer an einem Sonnentag. An den gebrochenen Stellen begannen sie sich zu verästeln, bis von den Lücken nichts mehr zu sehen war und der Salzstrom versiegte. Immer mehr Blitze fanden ihren Weg und Sander leitete sie in die Barriere um. Es galt nur noch wenige Bruchstellen zu schließen, dann würde sie so dicht sein wie noch nie zuvor. Unterdessen wanderte die Energie aus den Blitzen über seine Haut, verdichtete sich zu einem feinen Nebel, hinter dem er schon bald verschwinden würde. Ich hatte es schon einmal gesehen, wie er verschwand, doch dieses Mal würde ich nicht auf seine Rückkehr hoffen können, denn er würde zwischen den Barrieren bleiben, nachdem er sie von beiden Seiten miteinander verschmolzen hatte.

Ich stand da und versuchte, mich auf den Schlag vorzubereiten, der mich treffen würde, wenn Sander ging. Dann trat plötzlich eine Gestalt hinter einer Salzverwehung hervor. Es war Jakob. Er musste die ganze Zeit über hier gewesen sein. Offenbar war es den Wächtern nicht gelungen, ihn zum Gehen zu überreden, obwohl sie die Schleuse verschweißen wollten.

»Wenn ich das richtig beurteile, wird sich die Barriere aus Salzzeichen gleich verfestigen. Es hat ganz den Anschein, als seien Tiamats Tage tatsächlich gezählt. Ich bin fast versucht, daran zu glauben, dass unser Schicksal miteinander verknüpft ist, aber so weit will ich dann doch nicht gehen.« Jakobs Ton klang überraschend leicht, als spräche er über eine amüsante Kleinigkeit. Und er sah auch nicht aus wie sonst: den Hemdkragen geöffnet und die Ärmel hochgekrempelt – sein erster freier Tag seit zig Jahren. »Nun schau mich doch nicht so schockiert an, Anouk. Nicht nur deine Weltsicht hat sich innerhalb kürzester Zeit geändert, sondern auch meine. Das Betäubungsmittel, das die Wächter in Sander gepumpt hatten, hat eine interessante Nebenwirkung gezeigt. Unser Freund hat unter seinem Einfluss geplaudert, über den Sinn der Salzzeichen und über die drohende Flut aus Totem Wasser. Filippa hat das alles als Unsinn abgetan, verlogene Wichtigtuerei, aber ich habe zugehört. Ich weiß nun, wo Madelin ist. Wie es ihr geht. Und ich habe darüber nachgedacht, was ihr Wechsel auf die andere Seite des Tors bedeutet. Vielleicht gibt es das Schicksal ja doch.«

Ich glaubte, meinen Ohren nicht zu trauen. Jakob musste aus Verzweiflung und Trauer den Verstand verloren haben, anders konnte ich mir seine Worte nicht erklären. »Ich verstehe nicht, wovon du redest, Papa.«

Mein Vater deutete auf Sander. »Er glaubt zu wissen, wie man Tiamat bezwingt. Aber ich weiß es besser, ich werde zwischen die beiden Barrieren aus Salzzeichen treten und sie miteinander verschmelzen.«

Ruckartig wirbelte Sander herum, einen Schweif milchigen Nebels hinter sich herziehend. Seine grünen Augen funkelten übersinnlich und seine Hände umspielten winzige Explosionen aus Licht, während sich an seinen Fingerspitzen Salzkristalle festsetzten. »Das hast du durchaus richtig begriffen, Jakob. Von einem Fehler abgesehen: Du bist keineswegs dafür geschaffen, den Riss zu schließen. Das Bindemittel muss beiden Welten angehören, und das kannst du für dich wohl kaum in Anspruch nehmen.«

Dem Lächeln meines Vaters wohnte etwas Seltsames inne, als befände er sich schon längst nicht mehr unter uns. »Genau aus diesem Grund warst du fürs Bewachen und ich fürs Denken zuständig«, zog er Sander auf. »Vielleicht ist das auch nicht ganz fair, denn schließlich bin ich dir gegenüber im Vorteil. Im Gegensatz zu dir erinnere ich mich daran, wie Madelin Tiamat überwunden hat und vom Maelstrom fortgerissen wurde. Sie gelangte, ohne Schaden zu nehmen, durch die Zeichen, die von deiner Energie erfüllt waren – so, wie sie es jetzt wieder sind. Aber die Barrieren waren noch unvollständig, es klafften Lücken in ihnen. Dadurch blieb Madelin nicht zwischen ihnen verhaftet, sondern wurde auf der anderen Seite herausgespült. Das Opfer, das sie gebracht hat, ist nicht umsonst gewesen, und dafür bin ich dankbar. Madelin hat uns gezeigt, wie es gehen kann. Dieses Mal werden wir es richtig machen. Ich bin ein Teil dieser Welt, und die Salzzeichen, die du schaffst, sind ein Teil deiner Welt. Ich werde sie miteinander verbinden und dadurch Tiamat verschließen.«

»Warum willst du das tun?«, fragte ich meinen Vater.

»Ich habe gehört, was du zu Alexander über die Erinnerung an eine verlorene Liebe gesagt hast. Du irrst dich. Vergessen ist nicht schlimmer, als sich zu erinnern und gleichzeitig zu wissen, alles unwiederbringlich verloren zu haben. Das ist die wahre

Hölle. Ich weiß es, denn ich habe genau das mit Madelin durchlebt. Es gab keinen einzigen Tag, an dem es mich nicht fast umgebracht hat, an sie zu denken. Und trotzdem habe ich es getan, nichts konnte mich davon abhalten, nicht die Arbeit, nicht der Versuch, mich für jede Art von Gefühl taub zu machen. Die Erinnerung an einen geliebten Menschen kann zu einem Gefängnis werden. Ich will nicht länger in einem Gefängnis leben. Ich will frei sein, genau wie Madelin will ich träumen und vergessen.«

»Das kann unmöglich der einzige Grund sein.«

Jakob blickte mich abwägend an. »Das ist er auch nicht. Ich weiß, dass ich es dir so gut wie nie gezeigt habe, aber ich liebe dich und bin sehr stolz auf die junge Frau, zu der du geworden bist, Anouk.« Dann warf er einen flüchtigen Blick auf Sander. »Und auf dich auch. Du bist leider nie wie ein Sohn für mich gewesen, dafür stand Madelins Schicksal zwischen uns. Aber ich schätze den Mann, zu dem du dich entwickelt hast. Ihr werdet euren Weg gehen. Gemeinsam. Und ich werde meinen zu Ende bringen.«

Sander schüttelte den Kopf. »Nein, das kann ich nicht erlauben. Anouk hat bereits einen Elternteil verloren, ich werde ihr nicht den zweiten nehmen.«

»Und was ist, wenn ich sage, dass ich dich unmöglich in dieses Schicksal gehen lassen kann, weil ich Tiamats Wächter bin, während du dich in erster Linie opfern willst, um Anouk zu schützen? Lass mich meine Aufgabe erfüllen und kümmere du dich im Gegenzug um mein Kind. Du bist ihre Zukunft, nicht ich. Das habe ich schon viel früher begriffen. Wie hätte ich es auch nicht verstehen können, so, wie ihr beide einander angesehen habt! Doch ich habe den Gedanken nicht ertragen. Es tut mir leid, meine Sturheit war nur ein Fehler von vielen. Lass es mich wiedergutmachen, Sander.«

Einen Moment nachdem Jakob ihn das erste Mal mit seinem wahren Namen angesprochen hatte, löste sich eine Härte in

Sanders Zügen auf, als müsse er die Abwehrhaltung, die ihn so sehr geprägt hatte, nicht länger aufrechterhalten. »Ich bin dir dankbar für deine Worte, aber es gibt nichts wiedergutzumachen. Keiner von uns trägt die Verantwortung für Tiamat, vielmehr hatten wir alle unter ihr zu leiden und du hast am meisten verloren. Was dein Angebot anbelangt … Ich kann es nicht annehmen, so gern ich es würde. Das Risiko, dass du dich irrst, ist zu hoch. Im Endeffekt würde Anouk uns beide verlieren.« Damit drehte Sander sich um, ohne mich auch nur eines einzigen Blickes zu würdigen – ansonsten hätten wir es wohl kaum ausgehalten.

Das Spiel der Blitze lebte erneut auf. Mit einem leisen Knacken begannen die Zeichen sich fortzusetzen und das Netz fertig zu spinnen, hinter dem der Maelstrom verschwinden würde.

Wortlos schloss mein Vater mich in die Arme und zum ersten Mal seit meiner Kindheit spürte ich seine Liebe. So, wie ich zuvor gehofft hatte, Sanders Kuss in mich aufnehmen zu können, und gescheitert war, so grub sich nun ohne mein Zutun die Erkenntnis ein, von meinem Vater geliebt zu werden. Wie eine warme Schutzhülle legte sie sich um mich und nichts würde sie mindern können.

»Hättest du es wirklich getan, wenn Sander dich gelassen hätte? Wärst du an seiner Stelle zwischen die Salzzeichen gegangen?«, fragte ich ihn, während ich meinen Kopf in seinem Hemd vergrub.

»Natürlich wäre ich das – und es wäre für uns alle das Beste gewesen.«

Ich konnte den Sturm in meinem Inneren nicht länger fesseln und brach in Tränen aus. Jakob streichelte mir den Rücken und plötzlich verharrte seine Hand. Ich nahm ihren Ballen wahr, die einzelnen Finger, ihre Knöchel und die Stellen, an denen die Salzzeichen sie zerschnitten hatten. Trotzdem hätte er es gewagt, sie zu durchschreiten, einzig und allein auf seine Erkenntnis vertrauend. *Jakob hat Tiamat und die Salzzeichen unablässig studiert. Warum sollte er sich irren?*

Mein Vater schob mich ein Stück von sich und sah mich mit sanften Augen an. »Ich habe dich jahrelang nicht wirklich anschauen können, weil du deiner Mutter so ähnlich siehst. Dabei hätte ich jede Sekunde genießen sollen. Jetzt kann ich es.«

Die Zeit schien sich auszudehnen, dann wendete Jakob sich abrupt ab. Etwas fehlte, nicht nur seine Umarmung. Da begriff ich, dass er den Elektroschocker hinter meinem Gürtel ertastet und ihn an sich genommen hatte. In der nächsten Sekunde schlug Sander auch schon bewusstlos zu Boden, während das aus Blitzen gesponnene Netz sich weiterhin aus ihm speiste und die letzten Linien austrieb, bis es perfekt war und derartig strahlte, dass der Maelstrom nicht länger zu erkennen war.

Mein Vater trat auf die vollendete Außenbarriere zu, lächelte mich ein letztes Mal über die Schulter an und durchquerte sie.

# 45. Das Tor schliesst

Ein Blitz, so hell wie gleißendes Weiß, durchfuhr den Raum und blendete mich, während ich mich auf alle viere fallen ließ und zu Sander kroch. Ich ertastete sein Wuschelhaar, fand seine Schultern und zog seinen leblosen Oberkörper auf meinen Schoß. Wie von Sinnen suchte ich seinen Puls, glaubte schon, er habe keinen, bis mir klar wurde, dass ich in meiner Panik viel zu fest zudrückte.

Gerade als ich den Puls fand, ertönte ein Geräusch, das eigentlich kein Geräusch war. Trotzdem überlagerte es das Knirschen der Gewölbewände genauso wie meinen Schrei, von dem ich gar nicht bemerkt hatte, dass ich ihn ausstieß. Es fühlte sich an, als befände man sich im leeren Raum, vollkommen schwerelos. Alle Regeln schienen für einen magischen Augenblick aufgehoben zu sein, und ich glaubte trotz meiner geblendeten Augen zu sehen, wie der Riss zwischen den Realitäten, der wie eine hässliche Wunde klaffte, sich langsam schloss, bis er ganz verheilt war. Es war ein wunderschöner Anblick, der jedoch sogleich von einem Bersten und Tosen beendet wurde.

Der Boden unter mir begann sich zu bewegen, erst nur ganz leicht, dann zunehmend heftiger, als befände ich mich auf einer zerbrechenden Eisdecke. Verzweifelt blinzelte ich, doch alles was ich sah, war Schwärze. Dann durchfuhr ein so heftiger Ruck den Boden, dass ich mit Sander auf die Seite fiel. Er stieß einen wütenden Fluch aus, weil er auf seiner verletzten Schulter landete, und ich begann trotz des ganzen Irrsinns zu lachen. Vermutlich wäre ich einfach liegen geblieben und hätte gelacht, bis die Gewölbedecke über mir zusammengebrochen wäre, aber Sander packte mich und gemeinsam suchten wir uns im Dunkeln einen Weg durch die Erdbrocken, die immer dichter herabstürzten, und den sich auftuenden Rissen im Boden. Als wir ein fernes Schimmern erkannten, riss Sander mich regelrecht hinter sich her. Wir stürzten durch das Kraftfeld in die Schleuse, wo uns ein versteinerter Lutz und ein sichtlich schockierter Tammo empfingen.

»Teufel, was machst du hier, Sander? Du musst doch …«

»Rennen. Genau wie du. Das Gewölbe bricht zusammen, also gib Gas … Und nimm den Hund mit! Sonst kommt der noch auf die Idee, das Erdbeben zu attackieren, weil es ihn nervt.«

Nachdem Sander das Schleusentor aufgestoßen hatte, fanden wir einen leeren Gang vor uns. Die Wächter waren geflüchtet. Wie betäubt stolperte ich durch den Kellergang, in dem plötzlich das Licht ausging, stürzte, stand auf, stürzte wieder, wurde von Sander gepackt, wobei ich trotz des Radaus hörte, wie er dabei schmerzvoll Luft durch die Zähne ausstieß. Ich versuchte, seinen Griff abzuschütteln, aber Sander war sogar verletzt und erschöpft entscheidend stärker als ich.

»Lasst uns die Abkürzung durch den Kohleschacht nehmen, bis nach oben schaffen wir es auf keinen Fall mehr«, hörte ich Tammo sagen.

Sander grummelte und nahm mich in eine Richtung mit, die für mich keinen Sinn machte. Ich hatte vollkommen die Orientierung verloren und funktionierte einfach nur. Für mich gab es bloß noch Staub, der in Augen und Mund brannte, den heißen Schmerz, wenn mich wieder ein Stück fallendes Mauerwerk traf, und Sanders unerbittliches Drängen, mit dem er mich vorantrieb. Als er endlich mit mir im Arm zu Boden sank, brauchte ich lange, um zu begreifen, dass ich mich mitten auf der Straße der Efeugasse befand. Eine Straße, die von tiefen Rissen durchzogen war. Von der Straßenbeleuchtung war genauso wenig zu sehen wie von erleuchteten Fenstern in der Nachbarschaft, obwohl bereits der Mond am Aufgehen war. Allerdings reichte sein Schein aus, um das Desaster zu beleuchten. Vor uns ragte hinter der eingestürzten Gartenmauer Himmelshoch auf, ein wenig schief und in eine mächtige Staubwolke gehüllt, die jedoch erahnen ließ, dass das Schließen des Tors nicht spurlos an dem alten Herrenhaus vorbeigegangen war. Die eine Außenfassade war eingestürzt, während vom Garten nur eine Senke zurückgeblieben war, in deren Tiefe Baufahrzeuge und einige mächtige Eichen verschwunden waren.

Ungläubig rieb ich mir die Augen und konnte den Blick immer noch nicht vom ramponierten Himmelshoch nehmen, als Sander anfing, meine Wange mit Küssen zu bedecken, während die andere von Lutz' Hundesabberzunge bearbeitet wurde.

»... zusammen ... unfassbar«, hörte ich Sander wie durch eine Wattewand hindurch sagen.

Aus den Augenwinkeln bemerkte ich, wie ein Wagen neben uns hielt. Laboes alter Fiat Punto. Ich sah sie und Becks herausspringen, beide wild herumgestikulierend und Tammo umarmend, aber es kam mir vor, als würde das Wiedersehen meilenweit von mir entfernt stattfinden. Willenlos ließ ich mich ins Auto manövrieren, während die Fragen an mir abprallten. Das Einzige, worauf ich achtzugeben imstande war, war, Sander nicht loszulassen, nicht einmal, als wir bei den Laboes ankamen und Grandmama sich seiner Verletzungen annahm. Ich hielt ihn fest, weil ich ansonsten abzustürzen glaubte. Und weil er sonst vielleicht doch noch verloren ging. Für mich würde beides auf dasselbe hinauslaufen. Ich betrachtete Sander, wie er sich auf Grandmamas Befehl auf ein Bett legte und nach einiger Diskussion das süßlich duftende Gebräu austrank, das sie für ihn zubereitet hatte. Ich setzte mich auf die Kante und blieb sitzen, während er Dinge sagte, die mich nicht erreichten. Stattdessen beobachtete ich, wie er gegen die Schwere seiner Lider ankämpfte und unterlag. Ich sah ihn mir ganz genau an und fragte mich, wie ich jemals hatte glauben können, ich könne ohne ihn atmen.

»Anouk?«

Grandmamas Stimme riss mich aus meiner Trance wie aus einem Traum. »Ja?«

»Was ist es, was dich von uns fernhält?«

»Jakob«, brachte ich mühsam heraus. »Mein Vater … Er ist gegangen.«

Grandmama lächelte ein trauriges und wissendes Lächeln. »Nicht wirklich – und das weißt du. Wir hinterlassen immer Spuren bei den Menschen, die wir lieben, nicht wahr?«

Unwillkürlich spürte ich die Wärme, die sich um mich gelegte hatte, als mein Vater mir gesagt hatte, was ich ihm bedeute. »Das ist wahr.«

»Es ist genauso wahr wie die Tatsache, dass der Tod nur ein Tor ist, durch das wir gehen, um etwas Neues zu beginnen. Das Ende ist der Anfang und Jakob hat einen guten Neuanfang gewählt. Ein Mann mit Herz.«

»Das stimmt.«

Mehr brachte ich nicht hervor. Plötzlich fühlte ich mich gelöst und trotz der Trauer auf unerklärliche Weise versöhnt. Die Flut, die über uns gekommen war, hatte Opfer gekostet, aber sie hatte auch Gutes bewirkt. Ich schmiegte mich an den schlafenden Sander, aber ich hielt ihn nicht fest. Das war nicht länger notwendig.

# Epilog

»Egal, wie sehr man auf die guten alten Zeiten schwört, ich bin mir sicher, dass man nicht aus der Historikergilde ausgeschlossen wird, nur weil man beim Schreiben einen Computer anstelle eines Federkiels benutzt.«

»Ich benutze einen Füller und keinen Federkiel. Den Unterschied solltest selbst du erkennen.«

»So ganz ohne Brille? Unmöglich.«

Sander lag neben mir Gras, die Arme hinterm Nacken verschränkt und blinzelte mich an. Die Frühlingssonne hatte sich endlich hinter den Wolken hervorgekämpft und innerhalb weniger Tage das Grün hervorbrechen lassen, das nun von Lutz bereits wieder kräftig umgepflügt wurde. Diese Bulldogge buddelte für ihr Leben gern. Obwohl unser Garten größtenteils aus einem Krater bestand, hatte ich mich nicht davon abbringen lassen, die Picknickdecke auszubreiten und den schönen Tag zu genießen. Eigentlich hatten wir mit Sander einige von unseren Sachen holen wollen, denn wir wohnten vorübergehend auf dem Hof der Laboes. *Vorübergehend* aus meiner Sicht. Ich war nämlich fest entschlossen, Himmelshoch trotz der vielen erlittenen Schäden nicht aufzugeben. Egal, was an diesem Ort geschehen war, es war mein Zuhause.

Die angebliche Naturkatastrophe, die Himmelshoch und meinem Vater widerfahren war, lockte immer noch Schaulustige an, die über die eingebrochene Grundstücksmauer auf das zum Garten hin fassadenlose Herrenhaus blickten. Ein Erdbeben in Marienfall – so etwas hatte es noch nie gegeben, darin waren sich alle einig. Was für ein Glück, dass es nur dieses alte, unheimliche Gemäuer erwischt hatte! Sander und ich hatten unser Lager seitlich der Büsche aufgeschlagen und waren damit weitgehend unsichtbar für neugierige Blicke. Davon einmal abgesehen war die allgemeine Aufmerksamkeit ein Segen, denn sie hielt den Wächterzirkel auf Abstand. Tiamat war besiegt und ihre Spuren vom Antlitz der Welt getilgt, das bedeutete allerdings noch lange nicht, dass Filippa und ihresgleichen nicht noch eine Rechnung mit uns offen hatten.

Ich legte meinen Schreibblock beiseite und beugte mich über Sander, der mich erwartungsvoll anlächelte. »Vielleicht sollte ich tatsächlich auf Federkiele umsteigen, dann hätte ich wenigstens etwas in der Hand, um dich zu kitzeln.«

»Das kannst du doch auch so.«

So leicht wie nur irgendwie möglich ließ ich meine Lippen von seinem Hals zum Schlüsselbein gleiten. Als ich eine der blauen Linien kreuzte, verspürte ich ein Kribbeln. »Du kannst das offenbar auch.« Ich deutete auf die Gänsehaut auf meinen nackten Unterarmen.

»Ich kann das sogar noch besser. Viel besser.«

Sander zog mich zu sich hinab und küsste mich, zärtlich und verspielt und mit einer gewissen Vorsicht – so, wie er es stets getan hatte, seit Jakob an seiner Stelle Tiamat die Stirn geboten hatte. Und damit gab er mir genau das, was ich im Augenblick am meisten brauchte: Nähe und Halt, Zutrauen und vor allem Zeit. Denn auch wenn ich die Entscheidung meines Vaters nachvollziehen konnte, so änderte das nichts an der Trauer, die mich immer wieder überkam. Obwohl ich wusste, dass meine Eltern weiterlebten – wenn auch auf eine andere Art –, so waren sie für mich doch verloren. Der einzige Weg zu ihnen war unumstößlich verschlossen.

Ich kuschelte mich an Sanders Seite und blickte in den Himmel. »So weit …«

»Ganz ohne Grenzen«, setzte er leichthin nach. »Als wäre mit Tiamats Verschwinden eine Kuppel über Marienfall aufgebrochen. Als wären wir endlich frei.« Sander stockte. »Ein ziemlich verrückter Gedanke. Solche Dinge gehen mir in der letzten Zeit häufiger durch den Kopf, frage mich nicht, warum.«

»Nun, ja. Es stimmt doch. Du bist frei, nichts hält dich mehr fest. Alles, was du tun musst, ist die Bandit aus der Garage holen und losfahren. Genau danach hast du dich doch immer gesehnt.«

»Mag sein, aber ich glaube nicht, dass das noch die richtige Antwort für mich ist. Weggehen, meine ich. Ich habe zum ersten Mal das Gefühl, wirklich angekommen zu sein. Warum sollte ich da woandershin wollen?«

Ich schmiegte mein Gesicht an Sanders Brust und lächelte. Jahrelang hatte er unter Fernweh gelitten und nun war es mit einem Schlag verflogen. Fast glaubte ich, die Veränderung in seinen Bewegungen zu sehen, in seiner Stimme zu hören ... Wie hatte er gesagt? Er war angekommen. Nun würden wir dafür sorgen müssen, auch bleiben zu können. Selbst wenn wir unsere Angelegenheiten in Marienfall gelöst hatten, wäre da immer noch der Wächterzirkel, den wir nicht nur gegen uns aufgebracht hatten, sondern über den wir mehr wussten als ihnen lieb sein konnte. Bislang hatten Sander und ich dieses Thema gemieden, weil wir zu bedrückt und mitgenommen von den Geschehnissen waren. Das änderte jedoch nichts daran, dass ich nachts wach neben ihm lag, wenn er sich unruhig von einer Seite auf die andere wälzte, von Albträumen heimgesucht. Dann fragte ich mich, wann sie wohl kommen würden. Um ihn zu holen. Das einzige Wesen, von dem sie wussten, dass es ein Tor durchquert hatte und ihnen entkommen war.

Eine dunkle Ahnung beschlich mich und ließ mich unwillkürlich auf meinen Schreibblock schauen, in dem ich in meiner Rastlosigkeit niederschrieb, was mir und den Menschen, die mir nahestanden, durch Tiamats Erscheinen widerfahren war.

»Wenn du willst, kann ich dir meinen Laptop leihen«, sagte Sander, als habe er meine Gedanken gelesen. »Es wäre schade, wenn deine Schreibereien Lutz oder jemand anderes zum Opfer fielen. So eine Datei kannst du überall ablegen, sogar an verschiedenen Orten. Zur Sicherheit, verstehst du?«

»Ja.« Behutsam strich ich ein Eselsohr glatt. »Ich glaube, das sollte ich tun. Das, was ich schreibe, ist zwar ein Geheimnis, aber …«

»… aber das ist es nur so lange, wie du es für richtig hältst«, half Sander mir aus. »Sobald sich das ändert, kann man alles Geschriebene öffentlich machen. Darum geht es dir doch, oder? Ich gebe es nur ungern zu, aber wenn es um die Wahl der Waffen ging, hast du schon immer die richtige Entscheidung getroffen. Eine gewisse Person sollte sich besser warm anziehen, falls sie sich erneut mit dir anlegen sollte.«

»Gilt das für dich etwa nicht?«

Sanders Miene war zuerst verschlossen, dann grinste er mich an. »Sicher. Und nur um das rasch zum hundertsten Mal klarzustellen: Ich kann allein auf mich aufpassen, dazu brauche ich keine todesmutige Beschützerin.«

Ich zwickte ihn in die Rippen. »Red dir das ruhig ein.«

»Nein, ernsthaft, Anouk. Wenn sie kommen sollten, um mich zu holen, werde ich mich schon zu wehren wissen. Aber bis dahin sehen wir zu, dass wir unser Leben auf die Reihe bekommen und Himmelshoch wieder ein Zuhause wird. Lass uns das gemeinsam tun, damit werden wir schon beschäftigt genug sein. Über etwas anderes musst du dir vorläufig keine Sorgen machen.«

Beinahe hätte ich Sander zugestimmt. Dann bemerkte ich jedoch ein Flackern in seinen Augen, eine nur schwerlich zu unterdrückende Wut. Die Dinge, die ihm die Wächter angetan hatten, hatten Narben hinterlassen – solche die ich ertastete, wenn ich mich an ihn schmiegte, und solche die ich lediglich erahnen konnte, weil sie unsichtbar, aber nichtsdestotrotz tief waren. Diese Narben an seiner Seele würden ihm keine Ruhe lassen. »Und was ist dann? Wirst du danach allein losziehen und den Wächtern zeigen, mit wem sie sich angelegt haben?«

Sanders Schweigen verriet ihn.

»Wenn du gegen den Zirkel antrittst, dann gehe ich mit«, erklärte ich so entschlossen, dass es mich selbst überraschte. »Denn es geht um weit mehr als Rache oder unsere persönliche Sicherheit. Das Tor unter Himmelshoch war nicht das einzige. Wer weiß, was die Wächter an anderen Orten für Unheil anrichten, weil sie um jeden Preis an ihren Regeln festhalten. Stell dir vor, sie vernichten Geschöpfe, die uns überhaupt nicht böse gesinnt sind. Oder versagen an gefährlichen Toren, wie sie bei Tiamat versagt haben. Hätten die Wächter sich durchgesetzt, dann wäre hier jetzt nichts als Salz.«

»Hört, hört, Ritterin Anouk will in die Schlacht ziehen.«

»Das will ich nicht. Ich will mit dir im Gras liegen und in den blauen Himmel schauen. Nur hat es ganz den Anschein, als bliebe mir nichts anderes übrig. Im Augenblick haben die Wächter sich zurückgezogen und lecken ihre Wunden, geschockt von der Tatsache, ein Tor vollkommen falsch eingeschätzt zu haben. Dabei werden sie es jedoch nicht belassen. Und selbst wenn der Zirkel es dabei belassen sollte, so ist da immer noch Filippa Margold. Sie will dich – und sogar wenn es dir gelingen sollte, dich ihr zu entziehen, dann bleibt immer noch die Frage, was aus Tammo wird, nachdem er ein Dutzend Wächter in einen Tropfen gesperrt hat.«

Sander kratze sich mit einem Grashalm am Kinn. »Das treibt dich also um. Ich hatte es mir schon fast gedacht, dass dein Schweigen noch lange nicht bedeutet, dass du Ruhe gibst.« Er klang erstaunlich erleichtert über meine Reaktion. Allem Anschein nach hatte er sich mehr Sorgen um mich gemacht, als er mir gegenüber jemals eingestanden hätte. »Gut möglich, dass Filippa einen Verdacht gegen Tammo hegt, er ist sich nicht sicher, ob sie ihn nach der Show nicht als Besucher aus dem Ewigen Meer durchschaut hat.«

»Du hast mit Tammo darüber geredet?« Dass diese beiden Streithähne sich hinter meinem Rücken miteinander austauschten, überraschte mich so sehr, dass ich nicht einmal auf die Idee kam, mich darüber aufzuregen, dass sie mich bei ihren Diskussionen außen vor ließen.

Sander nickte, nicht die Spur verlegen. »Klar, schließlich muss unser kleiner Trupp zusehen, dass wir auf alles vorbereitet sind. Becks meinte allerdings, dass du im Moment noch nicht emotional belastbar bist, deshalb haben wir schon einmal ohne dich mit der Planung von ›Bewachte Wächter‹ gestartet.«

»Becks ist bei eurer Verschwörung also ebenfalls mit von der Partie?«

»Selbstverständlich.« Der Blick, mit dem Sander mich bedachte, verriet, dass ich in seinen Augen gerade bewies, dass ich emotional nicht bloß auf wackligen Füßen stand, sondern auch verstandesmäßig nicht rund lief. »Der Name für unser Projekt stammt übrigens von Laboe – und bevor du fragst: Wir haben Moritz in die Sache eingeweiht. Eine super Idee übrigens, endlich hat sein Leben einen Sinn. Was so ein Hauch von Abenteuer alles bewirken kann.«

»Die Wächter sind doch kein Abenteuer! Die sind gefährlich und skrupellos. Was die allein dir innerhalb kürzester Zeit angetan haben … Die halten Moritz bestimmt für einen Besucher, wenn der in deren Fänge gerät. Ihr seid Wahnsinnige, alle miteinander.«

Das befreite Lachen, das Sander ausstieß, ließ mich die Lippen fest aufeinanderpressen, um weitere Wutausbrüche in Schach zu halten. Belustigen wollte ich ihn nämlich keineswegs. Nachdem er sich einigermaßen beruhigt hatte, kitzelte er mich mit dem Grashalm unterm Ohrläppchen, bis ich zumindest ansatzweise grinste.

»Das sind wir wirklich – Wahnsinnige«, gestand er ein. »Weil wir der Meinung sind, dass man den Wächterzirkel nicht länger frei und im Geheimen walten lassen darf. Aber genau zu der Überzeugung bist du doch ebenfalls gelangt. Oder schreibst du etwa bloß deine Sammlung an Lebensweisheiten in diesem Notizblock, den du unentwegt mit dir herumträgst, nieder?«

*Erwischt.* »Ehrlich gesagt, habe ich ja schon länger mit der Idee gespielt, über die Wächter zu schreiben. Nur wirkt so eine Chronik ein wenig langweilig und ich weiß ja bestenfalls ein Bruchstück. Warum sich die Tore geöffnet haben oder wer die Wächter in Wirklichkeit sind, darüber weiß ich nichts. Noch nicht.«

»Willkommen bei den Wahnsinnigen«, sagte Sander und besiegelte meinen Beitritt mit einem Kuss.

Blogeintrag von *torwächter*

Mein Name ist Anouk Parson. Mein Vater war, wie Generationen der Parsons zuvor, ein Wächter. Ein *echter* Wächter. Ihm ist es gelungen, ein Tor zwischen unserer und einer anderen Welt zu verschließen, bevor es zu einer Katastrophe gekommen ist. Damit ist die Aufgabe meiner Familie jedoch noch nicht beendet, denn es gibt noch andere Tore, und vor allem gibt es dort draußen einen mächtigen Zirkel, der seine Geheimnisse viel zu lang bewahrt hat. Das wird sich nun ändern. Und zwar genau … Jetzt.

# Danksagung

Diese Danksagung muss ich leider mit einem Klagegeheul eröffnen, denn »Tiamat« hätte beinah eine einsame Frau aus mir gemacht. Während des Schreibprozesses fühlte ich mich, als wäre ich tatsächlich ihr Wächter und dürfe mich nicht eine Sekunde lang mit etwas anderem beschäftigen. Sie ist eben eine tyrannische Göttin. Vermutlich hätte ich gar nicht mehr damit aufgehört, über abgetragene Vans und die Verwendung der drei berühmt-berüchtigten Worte nachzugrübeln, wenn mich nicht einige liebe Menschen daran erinnert hätten, dass es ein Leben abseits des Tors unter Himmelshoch gibt. In diesem Sinne geht mein größtes Dankeschön an Justus, Bastian und Sigrun – die Zeit mit euch ist stets etwas Besonderes.

Meiner Schwester Nadine gilt ein herzlicher Dank, weil sie sich sofort aufs Fahrrad geschwungen hat, um Fotos zu schießen von einem verwitterten Gemäuer, das ich als die perfekte Vorlage für Himmelshoch in Erinnerung hatte. Nur leider war das Gemäuer während Nadines Fotosession mittlerweile alles andere als verwittert, sondern frisch toprenoviert. Manche Leute wissen den Charme des Vergänglichen einfach nicht zu schätzen. Außerdem ist meine liebe Sissi Spezialistin für rasende Zweiräder, sodass Sander ihr sein Motorrad verdankt. »Was für eine Maschine würde ein richtig cooler Junge fahren?« Ihre Antwort kam wie aus der Pistole geschossen: »Eine Bandit!« Ein knuffiges Dankeschön geht an unsere Hundedame, die mich trotz ihres zarten Alters mit ihrer bullyhaften Art inspiriert hat. Lutz wäre dein größter Fan, Poppy-Maus! Außerdem danke ich unserem Elektriker, Herrn Claudi, der mir versichert hat, dass

Generatoren ordentlich knallen und rauchen, wenn sie mit Wasser in Kontakt kommen. Himmel, was bin darüber erleichtert.

Viel liebe Unterstützung habe ich von den Random-House-Lektorinnen erfahren, allen voran Susanne Stark, die kaum, dass ich ihr ein paar Sätze über »Tiamat« erzählt habe, sofort meinte: »Großartig! Den Roman musst du unbedingt schreiben!« Besser motiviert werden kann man wohl kaum. Auch das Lesefeedback »meiner« Julia Bauer war wieder das reinste Vergnügen, obwohl es dieses Mal enttäuschend wenig spitzfindige Kommentare gab. Ich verspreche, mich das nächste Mal mehr anzustrengen und Unsinn zu schreiben. Gewisse Talente müssen gefördert werden, gell? Und ein abschließendes Danke geht an Michelle Gyo, die das Vergnügen hatte, sich dem sprachlichen Feinschliff zu stellen. Ich drücke uns fest die Daumen, dass das schöne Wörtchen »glibschig« es dank unseres Tuns in den Duden schafft.

Tanja Heitmann

# Schattenschwingen

## Die dunkle Seite der Liebe

464 Seiten, ISBN 978-3-570-30846-2

Mila und Sam sind überglücklich: Nachdem er den Kampf gegen Asami gewonnen hat, kann Sam frei zwischen Sphäre und Menschenwelt hin und her wechseln! Doch in der Sphäre brodelt es, und die Konflikte unter den Schattenschwingen greifen auf bedrohliche Weise auf die Menschenwelt über. Als ihre beste Freundin Lena von einer Schattenschwinge angegriffen wird, fasst Mila einen folgenschweren Entschluss: Wohl wissend, dass Sam sich einzig in der Sphäre wirklich lebendig fühlt, trennt sie sich von ihm ...

cbt FANTASY

30061

www.cbt-jugendbuch.de

Tanja Heitmann

# Schattenschwingen

## Zeit der Geheimnisse

ca. 400 Seiten, ISBN 978-3-570-16069-5

Nach seinem Sieg über den Schatten hat Sam beschlossen, der Sphäre auf immer den Rücken zu kehren. Endlich können Sam und Mila ein ganz normales verliebtes Paar sein. Doch beide haben Geheimnisse voreinander: Zwar hält Sam sich der Sphäre fern, aber heimlich suchen die Schattenschwingen seine Gesellschaft. Mila wiederum verschweigt Sam, dass der Schatten wiederholt in ihren Träumen erscheint. Und dann steht der Schatten Mila zu deren unendlichen Entsetzen auf einer Party gegenüber! Und er hat nur ein Ziel: Er will Mila unter seinen Einfluss bringen ...

20128

cbt

www.cbt-jugendbuch.de

Lauren Kate

# ENGELS SAGA

**Band 1 – Engelsnacht**
448 Seiten, ISBN 978-3-570-30840-0

**Band 2 – Engelsmorgen**
448 Seiten, ISBN 978-3-570-30889-9

**Band 3 – Engelsflammen**
416 Seiten, ISBN 978-3-570-30946-9

**Band 4 – Engelslicht**
(Gebunden mit Schutzumschlag)
416 Seiten, ISBN 978-3-570-16080-0

**Engelszeiten – Vier unsterbliche Liebesgeschichten**
256 Seiten, ISBN 978-3-570-30928-5

zum
23. Februar 2006

*Möge deine Zeit erfüllt sein von Freude* ...
Worte, die begleiten

... wünschen wir
Dir lieber Herbert
und lieber Vater
von Herzen zu
Deinem neuen
Lebensjahr (-zehnt)
Deine Susanne
und Rolf